Alles voor jou

Van dezelfde auteur

Het geheim van mijn man
Grote kleine leugens
Bijna echt gebeurd
Drie wensen
Wat Alice vergat
Negen volmaakte vreemden

Liane Moriarty

Alles voor jou

A.W. Bruna Uitgevers

Oorspronkelijke titel
The Hypnotist's Love Story

Vertaling
Anna Livestro
Omslagbeeld
© Suzanne Tucker/Shutterstock
Omslagontwerp
bij Barbara

ISBN 978 94 005 1123 1
NUR 302

Voor George en Anna

1

Bij hypnose denken mensen vaak aan slingerende horlogekettingen, 'Je wordt nu heel erg slaperig', en aan mensen die vrijwillig op een podium als kippen staan te tokken. Het is dan ook niet verwonderlijk dat veel van mijn cliënten wat nerveus zijn als ze mij voor het eerst bezoeken! In werkelijkheid is er niets onnatuurlijks of griezeligs aan hypnose. De kans is zelfs groot dat u in uw gewone, dagelijkse leven al eens een soortgelijke 'trance-ervaring' hebt gehad. Bent u weleens naar een vertrouwde bestemming gereden en bedacht u later dat u zich de rit ernaartoe helemaal niet meer kon herinneren? Raad eens? Juist: u was in trance!

Uit de brochure 'Kennismaking met
Ellen O'Farrell, hypnotherapeute'

Ik was nog nooit onder hypnose geweest. Eerlijk gezegd geloofde ik er niet zo in. Het plan was dat ik zou gaan liggen, en zou doen alsof het werkte, en dat ik ondertussen mijn best deed om niet te lachen.

'De meeste mensen zijn verbaasd dat ze het zo prettig vinden,' zei de hypnotherapeute. Ze was echt zo'n softie, zonder make-up en sieraden. Haar huid was glad en doorschijnend, alsof ze zich uitsluitend in bergbeekjes waste. Ze rook als zo'n veel te dure ethisch verantwoorde prullenwinkel: naar sandelhout en lavendel.

De kamer waarin we zaten was piepklein, warm en wonderlijk. Hij was aangebouwd aan het huis als een soort dicht balkon. De vloerbedekking rook muf en had een patroon van vervaagde roze rozen, maar de ramen waren modern: glaspanelen van het plafond tot de vloer, waardoor het er heel licht was. Toen ik binnenkwam leek dat licht door mijn hoofd te suizen als een felle bries en ik rook oude boeken en de zee.

We stonden samen, de hypnotherapeute en ik, met onze gezichten dicht bij het raam. Als je zo dichtbij stond, zag je het strand onder je niet, alleen maar zee, een glimmende tinnen vlakte die zich uitstrekte tot de bleekblauwe streep horizon. 'Het voelt hier net alsof ik aan het roer van een schip sta,' zei ik tegen de hypnotherapeute, die zich net iets te veel verkneukelde om deze opmerking en met ronde glimmende ogen en het enthousiasme van een clown op een kinderfeestje zei dat zij altijd precies datzelfde gevoel had.

We gingen tegenover elkaar zitten. Ik zat in een stoel met ligstand, bekleed met zacht groen leer. De stoel van de hypnotherapeute was rood met crème en had van die oren. Er stond een lage salontafel tussen de stoelen in, met daarop een doos tissues – kennelijk moeten mensen huilen om hun vorige leven als een uitgehongerd keuterboertje – een kan water met ijsblokjes waar twee volmaakt ronde schijfjes citroen in dobberden en twee hoge waterglazen, een klein zilveren schaaltje met chocolaatjes verpakt in glimmende papiertjes en een platte schaal gevuld met piepkleine gekleurde knikkertjes.

(Ik heb ooit eens een grote, ouderwetse knikker gehad die nog van mijn vader was geweest toen hij een jongetje was. Die hield ik altijd in mijn handpalm tijdens tentamens en sollicitatiegesprekken, omdat ik dacht dat hij geluk bracht. Ik ben hem een paar jaar geleden kwijtgeraakt, en inderdaad heb ik vanaf toen ook geen geluk meer gekend.)

Ik keek om me heen en zag dat het licht weerkaatste van de oceaan op de muren; prisma's van oogverblindend, dansend licht. Het was op zich al hypnotisch. De hypnotherapeute zat met haar handen in haar schoot gevouwen, en haar voeten naast elkaar op de grond. Ze droeg ballerina's, een zwarte panty, een rok met folkloristisch borduursel en een crèmekleurig overslagvestje. Hip en toch elegant. New age en toch klassiek.

Ik dacht: wat een mooi, rustig leven heb jij. Je zit elke dag in deze bijzondere kamer te baden in het licht. Geen computerscherm dat volloopt met mailtjes. Geen hoofd dat volloopt met woedende telefoongesprekken. Geen vergaderingen en geen spreadsheets.

Haar geluk was voelbaar. Het straalde van haar af, mierzoet, als een goedkoop parfum; niet dat zij ooit een goedkoop parfum zou dragen.

Ik proefde de zure smaak van jaloezie in mijn mond en nam een chocolaatje om die smaak te verdringen.

'Goed idee, ik neem er ook eentje,' zei de hypnotherapeute, en ze haalde een chocolaatje uit zijn papiertje als warm meisjes-onder-elkaar-gebaar, alsof we al jaren vriendinnen waren. Zo'n soort mens is het. Ze heeft waarschijnlijk een enorme kring superlieve, giebelende vriendinnetjes die elkaar door dik en dun steunen, en die elkaar suf knuffelen en avondjes samen naar de dvd's van *Sex and the City* kijken en eindeloos met elkaar aan de telefoon hangen om over mannen te kirren.

Ze sloeg het notitieblok op haar schoot open en begon te praten met haar schattige chocolademond. Ze zei: 'Zo. Voor we beginnen ga ik je eerst nog een paar vragen stellen. Jeetje, ik had niet die met karamel moeten nemen. Taai, joh!'

Zoveel vragen had ik niet verwacht.

De meeste beantwoordde ik naar waarheid, want ze waren tamelijk onschuldig. Een beetje sneu zelfs. 'Wat doe je voor werk?', 'Wat doe je in je vrije tijd?', 'Wat is je lievelingseten?'

Uiteindelijk zakte de hypnotherapeute achterover in haar stoel, glimlachte en vroeg: 'Kun je me nu eens vertellen waarom je hier vandaag bent gekomen?'

Het antwoord op die vraag was uiteraard niet honderd procent eerlijk.

Hij zei: 'Ik moet je iets vertellen.'

Hij had zijn mes en vork op de rand van zijn bord gelegd

en zat nu rechtop, met zijn schouders naar achteren, alsof hij eindelijk klaar was om de gevolgen onder ogen te zien. Hij leek bang en ook een beetje beschaamd.

Ellen, die had zitten lachen, voelde meteen een pijnlijke kramp die haar maag deed samentrekken. (Een deel van haar bewustzijn registreerde dat: hoe haar lichaam als eerste reageerde. De mind-body-spiritdriehoek in actie. Zo fascinerend.)

Haar blije, open glimlach bevroor schaapachtig.

Ze was vijfendertig jaar oud. Ze wist wat dit betekende. Deze aardige man, deze keurige landmeter met zijn eigen bedrijf, deze alleenstaande vader die hield van kamperen en cricket en countrymuziek, stond op het punt iets te gaan zeggen waardoor ze helemaal geen trek meer had in haar vis met wittewijnsaus. Hij stond op het punt iets te zeggen wat haar hele dag zou verpesten, terwijl het net zo'n heerlijke dag was en de vis echt superlekker smaakte.

Spijtig legde ze ook haar vork neer.

'Vertel eens?' vroeg ze op prettig vragende toon, en elke spier in haar lijf spande zich aan alsof dat haar voorbereidde op een harde klap. Ze zou zich wel weer redden. Dit was niet het einde van de wereld. Dit was pas hun vierde date. Ze had er nog niet veel in geïnvesteerd. Ze kende de man nauwelijks. En hij hield van countrymuziek, nota bene. Als dat geen veeg teken was! Goed, ze had net wel hoopvol zitten dagdromen in bad, maar dat was altijd een valkuil als je een date had. Ze was nu al bezig met het herstel na de klap die komen ging. Tegen woensdag zou ze er wel weer overheen zijn. Donderdag op zijn laatst. Godzijdank was ze nog niet met hem naar bed geweest.

Over wat er nu ging gebeuren had ze geen controle, alleen over hoe zij erop zou reageren.

Heel even zag ze haar moeder voor zich, die haar ogen ten hemel sloeg. *Ellen, lieve schat, geloof je zelf nu echt in die zelfhulpnonsens die je uitkraamt?*

Jazeker. Daar geloofde ze in. Met haar hele ziel en zaligheid. (Haar moeder had later haar excuses aangeboden voor haar opmerking. 'Dat klonk misschien een beetje badinerend,' had ze gezegd, en Ellen deed toen net of ze flauwviel van verbijstering.)

'Nee, wacht, excuseer me even.' Hij stond op, en zijn servet gleed op de grond. Met een rood hoofd raapte hij het op en legde het zorgvuldig op tafel, naast zijn bord.

Ze keek naar hem op.

'Ik ga even...' Hij gebaarde naar de achterkant van het restaurant.

'Oké,' zei ze sussend.

'Het is direct links, meneer.' Een ober wees hem discreet waar het toilet was.

Ze keek hem na.

Patrick Scott.

Ze vond Patrick trouwens toch een stomme naam. Een nichterige naam. Echt een naam voor een kapper. En zijn vrienden noemden hem blijkbaar 'Scottie', wat natuurlijk... nou ja, heel normaal was voor Australische mannen.

Als hij er nu een punt achter wilde zetten, zou dat zeker pijn doen. Een prikje, maar wel scherp. Niet dat Patrick Scott nu zo verschrikkelijk bijzonder was. Hij had gewoon een aardig gezicht (lang, smal, lichte inhammen), een gewoon lichaam (gemiddelde lengte, best brede schouders, maar niet zo van kijk-mij-eens-even-de-bodybuilder-uithangen), een gewone baan, een gewoon leven. Ze voelde zich alleen zo ontzettend op haar gemak bij hem, bijna meteen vanaf het begin, al binnen een paar minuten na hun eerste ontmoeting in een ongemakkelijk leeg café. Dat café was haar idee, en ze schrok zich dood toen het praktisch uitgestorven bleek, zodat hun nerveuze eerste-date-stemmen veel te hard klonken, en de drie verveelde tienerserveersters niets beters te doen hadden dan meeluisteren naar hun houterige gesprek. Ze zaten op hun cappuccino te wachten en hij speelde met een suikerzakje. Hij draaide er kringetjes mee en tikte ermee op tafel. Toen ontmoetten hun ogen elkaar, en ze grijnsden zo'n beetje, omdat ze allebei inzagen hoe gruwelijk de situatie was, en ineens voelde Ellen alle spanning uit haar lijf vloeien, alsof ze een sterke pijnstiller had geslikt. Ze had het gevoel alsof ze hem al kende, al jaren. Als ze in een vorig leven geloofde (en dat deed ze niet níét, want in haar werk had ze al zoveel meegemaakt, dat ze openstond voor allerlei bizarre mogelijkheden), zou ze hebben gezegd dat ze elkaar in dat vorige leven al eens hadden ontmoet.

Zo'n soort warmte die direct voelbaar was, iets wat ze al heel vaak met vriendinnen had meegemaakt – want zij was een ster in vrouwenvriendschappen – maar nog nooit met een man.

Dus ja, ze kende deze aardige landmeter genaamd Patrick Scott nauwelijks, maar het zou haar pijn doen als hij het nu al uitmaakte. Waarschijnlijk meer dan een prikje.

Ze dacht aan de honderden, misschien wel duizenden verhalen over afwijzing die ze door de jaren heen van haar cliënten had gehoord. 'Dus ik kook een driegangenmenu voor zijn hele familie, dertien man. Ben ik daarna bezig met de afwas, komt hij vertellen dat hij niet meer van me houdt.' 'We hadden een heerlijke vakantie in Fiji gehad, dronken op de terugweg een glas champagne, zegt zij dat ze bij me weggaat! Bij de champagne – alsof we iets te vieren hadden!'

Ach, de naakte pijn die nog altijd groeven trok in hun gezicht, ook al beschreven ze iets wat al jaren geleden was gebeurd. De afwijzing door een minnaar of zelfs alleen een potentiële minnaar was toch zoiets hards voor het Innerlijke Kind. Verlatingsangst, herinneringen aan zielenpijn uit vorige levens, gevoelens van minderwaardigheid en zelfhaat: alles kwam boven in een niet te stuiten stortvloed van gevoelens.

Ze deed haar best om haar eigen situatie objectief te bekijken, als een anamnese van een van haar cliënten, in de hoop dat ze afstand kon bewaren. Maar het lukte niet.

Alle paniek zou natuurlijk voor niets kunnen zijn. Misschien stond Patrick helemaal niet op het punt om haar te dumpen. Er was niets wat daarop wees, en zij was altijd heel goed in het duiden van mensen. Ze had er niet voor niets haar beroep van gemaakt. Toen ze die avond de deur voor hem opendeed, had hij gezegd dat ze er 'geweldig' uitzag, met zo'n tevreden uitdrukking op zijn gezicht, alsof iemand hem net een cadeautje had gegeven. En hij was niet zo'n gladde jongen die op de automatische piloot complimentjes uitdeelde en zei wat vrouwen graag willen horen. Ze hadden best veel oogcontact gehad tijdens het eten; je zou zelfs kunnen zeggen dat ze elkaars blik af en toe lang vasthielden. De hele maaltijd merkte ze dat hij naar haar toe leunde (hoewel het natuurlijk ook kon zijn dat hij een beetje doof was – echt verbazingwekkend hoeveel mannen een beetje doof zijn; dat wist ze zowel door haar liefdesleven als door haar werk).

Ze had gevoeld dat hun lichaamstaal en ademhalingsritme synchroon liepen, en niet alleen omdat zij de zijne spiegelde zoals ze dat bij cliënten deed. Tenminste, niet expres.

Er vielen geen pijnlijke stiltes en er waren geen ongemakkelijke momenten. Hij had op een respectvolle manier interesse getoond in hypnotherapie. Hij zei niet: 'Laat eens zien dan! Laat mij maar eens een kip nadoen!' Hij dreef er niet de spot mee en maakte geen laatdunkende opmerkingen, wat nog erger was, en hij zei niet dat hij niet zoveel ophad met 'alternatieve geneeswijzen'. Hij zei niet: 'Dus je hebt helemaal geen opleiding nodig om dat te mogen doen?' of: 'Valt daar nou geld mee te verdienen?' En hij vond het ook niet eng. Sommige mannen met wie ze op date was geweest, leken echt bang te zijn dat zij hen zou hypnotiseren zonder dat ze het doorhadden. Maar Patrick was vooral nieuwsgierig.

Bovendien had hij haar een paar minuten geleden nog foto's van zijn zoon laten zien! Een schatje: een blond, mager jongetje van acht, op een skateboard, op de trombone met zijn schoolorkest, aan het vissen met zijn vader. Dat zou hij toch nooit allemaal laten zien als hij vond dat het niets zou worden?

Behalve als hij dat net in een flits had ingezien. Nu ze er zo eens over nadacht, het was wel raar en abrupt zoals hij zijn mes en vork neerlegde om zijn aankondiging te doen, en zoals hij over haar schouder keek alsof hij in de verte een glimp van een heel andere toekomst zag. Ze was midden in een zin, nota bene. (Ze vertelde hem een verhaal over een cliënt die geobsedeerd was door Jennifer Lopez. Eigenlijk was het John Travolta, maar om privacyredenen veranderde ze de details altijd. En het verhaal klonk grappiger als het Jennifer Lopez was.)

Hij keek zo verdrietig. Zelfs al stond hij niet op het punt om haar te dumpen, wat hij te zeggen had was hoe dan ook onacceptabel en onaangenaam.

Misschien loog hij wel dat hij weduwnaar was en was hij nog gewoon getrouwd, ook al sliepen zijn vrouw en hij ieder in een andere slaapkamer.

Of hij was helemaal geen landmeter; misschien zat hij wel bij de maffia. Dan zou de FBI haar dwingen een afluisterapparaatje te dragen, en zou haar lijk nooit meer gevonden worden. (Afgelopen zomer had ze alle delen van de *Sopranos* op dvd gezien.) Of misschien had hij een dodelijke ziekte. Dat zou verschrikkelijk zijn, maar dan hoefde ze het tenminste niet persoonlijk op te vatten.

Wat het ook was, ze wist bijna zeker dat het zonnige gevoel dat ze de hele dag had gehad dadelijk zou verdwijnen.

Ze nam een flinke slok wijn, en keek op om te zien of hij al terugkwam van het toilet. Nee. Jemig, wat duurde dat lang. Had hij soms net wat water over zijn gezicht gegooid en stond hij nu in de spiegel in zijn eigen ogen te staren, puffend en met zijn handen stevig om de randen van de wastafel?

Hij was op de vlucht voor justitie.

Haar eigen ademhaling werd nu ook wat rafelig.

Meer fantasie dan goed voor haar is: dat had juffrouw Pascoe in groep 7 op haar rapport geschreven.

Ze keek om zich heen. De andere gasten waren allemaal druk aan het praten, bestek tikte metalig tegen borden, en hier en daar klonk een net-niet-te-bulderend gelach. Niemand lette op de vrouw met de lege stoel voor zich.

Was er nog tijd? Was het echt nodig? Ja.

Ze ging kaarsrecht op haar stoel zitten en legde haar handpalmen op haar dijen. Ze deed haar ogen dicht en ademde in door haar neus, en uit door haar mond. Bij elke ademhaling stelde ze zich voor dat er een sterk gouden licht door haar lichaam stroomde. Dat licht gaf haar energie en kracht. Het licht vulde haar voeten, haar benen, haar buik, haar armen en uiteindelijk, *woesj*, kolkte het ook door haar hoofd, zodat ze alleen nog een gouden gloed zag, alsof ze recht in de ondergaande zon keek. Even had ze het gevoel alsof ze een paar centimeter boven haar stoel zweefde.

Het komt goed met mij. Wat hij ook zegt, het zal mijn kern niet raken. Ik kan het aan. Na drie tellen. Een... twee...

Ze deed haar ogen open, verfrist en gesterkt. Ze keek om zich heen. Niemand staarde haar aan. Ze wist best dat ze niet echt als een gloeilamp boven haar stoel had gezweefd. Maar het gevoel was soms zo verbluffend echt dat ze niet kon geloven dat het zich niet op de een of andere manier fysiek manifesteerde.

Zelfhypnose was een geweldige tool. Ze zag het altijd precies als een student of cliënt doorhad hoe het moest. Dan hadden ze zo'n ontzag voor waar hun hersens toe in staat waren. De eerste keer dat ze zelf het gevoel had te zweven, was het alsof ze ontdekte dat ze kon vliegen. Als zij alle pubers zelfhypnose kon leren, zou er geen drugsproblematiek meer bestaan.

Patrick was nog steeds niet terug. Ze keek naar het eten. Zonde om dat te laten verpieteren. Een voorbijschrijdende ober vulde haar wijnglas bij. Lekkere wijn, lekkere vis. Jammer dat ze geen boek bij zich had.

Ze dacht na over haar dag.

Tot het moment dat Patrick zijn mes en vork neerlegde, was het een perfecte dag geweest. Meer dan perfect, zelfs.

Ze had diep en droomloos geslapen op het ritme van de regen, en werd laat wakker door de zon die op haar gezicht viel. Het eerste wat ze zag toen ze haar ogen opendeed was de tak die ze aan het plafond had gehangen om haar te herinneren aan de boeddhistische soetra van mindfulness. Toen had ze ingeademd en in drie pufjes zachtjes uitgeademd met een 'halve glimlach'.

(Had ze trouwens maar nooit iets over deze gewoonte gezegd tegen haar vriendin Julia, die Ellen vervolgens had gevraagd om haar halve glimlach eens te laten zien. Toen Ellen na veel gezeur eindelijk gehoor gaf aan dit verzoek, rolde Julia tien minuten lang over de grond van het lachen.)

Daarna was ze opgestaan en het raam voelde ijzig aan, maar de nieuwe centrale verwarming die haar grootouders voor hun overlijden hadden laten aanleggen (met dank aan het lottoformulier van oudtante Mary!), had van het huis een warme cocon gemaakt. Ze at havermout met bruine suiker als ontbijt, en luisterde naar het nieuws op de radio, dat vrolijk en spottend werd gebracht. De recente grieppandemie was waarschijnlijk helemaal geen pandemie. (Haar moeder, die huisarts was, had dat al die tijd al gezegd.) Een vermiste peuter was veilig boven water gekomen. Het laatste slachtoffer van een bendeoorlog was waarschijnlijk gewoon slachtoffer van een familieruzie. Het nieuwste politieke schandaal was uitgedoofd. Het verkeer stroomde lekker door. De wind kwam uit het zuidwesten en was zwak tot matig. De wereld leek voor de verandering een keertje gemakkelijk te behappen.

Na het ontbijt had ze zich ingepakt voor een strandwandeling, en ze was uitgelaten en uitgewaaid teruggekomen, het zout van haar lippen likkend.

Ze had die dag vier afspraken. Haar eerste afspraak was met een man die van zijn vliegangst af wilde, zodat hij zijn vrouw mee naar Frankrijk kon nemen voor hun robijnen bruiloft. Toen hij vandaag vertrok, gaf hij haar een stevige hand en beloofde een kaartje te sturen uit Parijs. Ze had ook twee nieuwe cliënten, en dat vond ze altijd leuk, nieuwe mensen ontmoeten. De ene was een vrouw die al vier jaar een verlammende, onverklaarbare pijn in haar been had, en die al talloze artsen, fysiotherapeuten en chiropractors had bezocht, die geen van allen iets voor haar konden betekenen. De andere cliënt was een vrouw die haar verloofde had beloofd dat ze voor de bruiloft zou stoppen met roken. Beide sessies waren goed verlopen.

Haar laatste afspraak was met een cliënt die waarschijnlijk niet een van haar succesverhalen zou worden. Ze vond het lastig om haar vinger achter de precieze reden te krijgen waarom Mary-Beth hypnotherapie wilde, maar Mary-Beth wilde per se niet doorverwezen worden en wilde zelf doorgaan met de behandeling. Het leek Ellen beter om die dag niet iets heel moeilijks te doen met haar, en dus bracht ze haar een eenvoudige ontspanningstechniek bij. Ze noemde het een 'massage voor de ziel'. Na afloop zei Mary-Beth dat haar ziel nog precies hetzelfde voelde. Maar dat was typisch Mary-Beth.

Nadat Mary-Beth was vertrokken, had Ellen het huis schoongemaakt, waarbij ze een paar rommeltjes had laten liggen zodat het er niet uit zou zien alsof ze had huisgehouden, maar alsof ze van nature zo opgeruimd was. Ze had overwogen om een paar boeddhistische spreuken weg te halen. Die had ze op paarse Post-its geschreven en overal in huis opgehangen. Haar ex Jon stak er altijd de draak mee – dan stond hij bij de koelkast en las ze voor met een raar stemmetje. Maar het leek haar toch niet de goede manier om een relatie te beginnen door haar ware ik te verbergen.

Ze deed haar allerlekkerste, mooiste lakens op het bed. Het was waarschijnlijk tijd om met hem naar bed te gaan. Ja, dat was een beetje klinisch gedacht, maar zo ging dat nu eenmaal als je aan het daten sloeg na je dertigste. Het was niet meer een en al hartjes en bloemetjes. Ze waren geen zestien meer. Ze hadden elkaar online ontmoet: op een datingsite. Dus het was van tevoren al duidelijk dat ze allebei op zoek waren naar een vaste relatie. Ze hadden het vakje aangekruist om dat aan te geven.

Er was al wat gezoend (lekker, hoor), en nu was het dus tijd voor seks. Ze was al bijna een jaar celibatair, en Ellen hield van seks. Dat verbaasde sommige mannen, die haar aanvankelijk als zweverig, lief en onschuldig zagen. Niet dat ze dat erg vond

– ze speelde er zelfs een beetje mee. Het klopte alleen niet.

(Ze hield namelijk ook van horrorfilms, en koffie, en biefstuk, medium rare gebakken. Veel mensen waren ervan overtuigd dat ze vegetariër was – sterker nog, dat ze wel een kruidentheedrinkende vegetariër móést zijn – ze kookten zelfs speciale dingen voor haar tijdens etentjes en beweerden dan dat ze zeker wisten dat zij ooit had gezegd dat ze geen vlees at.)

Ze had de tijd genomen om zich klaar te maken voor vanavond: lekker lang in een dampend heet bad met een glaasje wijn en een cd van Violent Femmes. De heftige akkoorden en schrille stemmen staken zo schokkend af tegen het geklingelklangel van de ontspanningstapes die ze de hele dag speelde, dat het net leek of er een emmer koud water over haar hoofd werd gegooid. De Violent Femmes deden haar denken aan de jaren tachtig, toen ze nog een puber was en strak stond van de hormonen en hoop. Tegen de tijd dat Patrick had aangeklopt, was ze in zo'n krankzinnig goede stemming dat de gedachte zelfs nog bij haar was opgekomen: pas maar op, wie zo hoog vliegt, kan diep vallen.

Ze had het idee van zich afgezet. En nu. *Ik moet je iets vertellen.*

Ze legde haar vork neer. Waar hing die man uit? Ze zag een van de obers onopvallend naar haar kijken, omdat hij duidelijk probeerde in te schatten of hij haar misschien te hulp moest schieten.

Ze keek naar Patricks halflege bord. Hij had een stuk varkensgebraad besteld. Slechte keus, vond ze, maar ze kende hem nog niet lang genoeg om hem ermee te kunnen plagen. Varkensgebraad! Het klonk weerzinwekkend, en inmiddels lag het erbij als een enorme brok koud gestold vet.

Als hij het soort man was dat de hele tijd zulk soort aderverstoppend spul at, was hij misschien op het toilet bezweken aan een infarct. Zou ze die bezorgde ober erop af moeten sturen? Maar als het varkensvlees nou gewoon niet goed was gevallen? Dan zou hij zich doodschamen. Tenminste, zíj zou zich doodschamen als ze hem was. Maar misschien kon het een man niet schelen.

Ze was te oud voor dit soort datingperikelen. Ze zou nu eigenlijk thuis taarten moeten bakken, of wat ouders van kinderen in de basisschoolleeftijd ook maar deden met hun avonden.

Ze keek nog eens op en daar kwam hij aan. Hij zag er geschrokken uit, alsof hij net met zijn auto ergens tegenop gebotst was, maar hij keek ook verslagen, alsof ze hem hadden betrapt bij het beroven van een bank en hij met zijn handen omhoog naar buiten kwam lopen.

Hij ging tegenover haar zitten en legde zijn servet weer op schoot. Hij pakte zijn mes en vork op, keek naar het stuk varken, zuchtte en legde het bestek weer neer.

'Je zult wel denken dat ik niet helemaal goed snik ben,' zei hij.

'Nou, ik ben wel nieuwsgierig!' zei Ellen op de toon van een goedmoedige dame van middelbare leeftijd.

'Ik hoopte dat ik je dit pas hoefde te vertellen als we... maar toen besefte ik dat het vanavond al moest.'

'Neem je tijd.' Nu sprak ze hem toe met de kalme, tikje zangerige stem die ze bij haar cliënten gebruikte. 'Het komt vast wel goed – wat er ook aan de hand is.'

'Zo erg is het nu ook weer niet!' zei Patrick vlug. 'Het is vooral gênant. Het punt is... Oké, ik zeg het maar gewoon.'

Hij zweeg en trok een schaapachtige grijns.

'Ik heb een stalker.'

Ellen begreep even niet wat hij bedoelde. Het was alsof Engels haar tweede taal was en ze de woorden eerst moest vertalen.

Ik heb een stalker.

Uiteindelijk zei ze: 'Iemand stalkt jou?'

'Ze stalkt me nu al drie jaar. Mijn ex-vriendin. Soms houdt ze zich een tijdje koest, maar de volgende keer slaat ze des te harder toe.'

Ellen werd overspoeld door goddelijke opluchting. Nu ze niet werd gedumpt, was het haar ineens duidelijk hoe leuk ze hem eigenlijk vond, en hoe erg ze hoopte dat dit iets zou worden, en dat de woorden 'ik zou best verliefd op hem kunnen worden' zelfs al bij haar opgekomen waren terwijl ze haar mascara opdeed. De reden waarom ze vandaag zo gelukkig was, was niet het weer of de havermout of het nieuws. Het kwam door hem!

Een stalkende ex was prima!

Interessant juist.

Alhoewel, stalken...

Ze zag briefjes voor zich met uit kranten en tijdschriften geknipte letters. In bloed geschreven boodschappen op muren. Gestoorde fans die bij beroemdheden op de stoep bivakkeren. Gewelddadige exen die hun vrouw neerschieten.

Maar wie stalkt er nou een landmeter? (Al had hij nog zo'n fraaie kaaklijn.)

'Wat doet ze dan precies, die stalker van je? Is ze gewelddadig?'

'Nee.' Patrick keek alsof hij onder dwang een paar zeer intieme medische vragen moest beantwoorden. 'Ze gebruikt nooit fysiek geweld. Ze schreeuwt weleens. En ze scheldt soms. Ze belt me midden in de nacht op, stuurt me brieven, mailtjes, sms'jes, maar ze is er vooral altijd. Waar ik ook ben, zij is er altijd.'

'Je bedoelt dat ze je achtervolgt?'

'Ja. Overal.'

'Jeetje! Wat verschrikkelijk voor je!' Daar had je het weer, dat middelbare toontje. 'Ben je er al mee naar de politie gegaan?'

Hij kromp ineen, alsof hij zich iets heel onprettigs herinnerde. 'Ja. Eén keer. Toen heb ik met een vrouwelijke politieagent gesproken. Ik weet niet of ze – nou ja, ze zei precies wat ze moest zeggen, maar toch had ik het gevoel dat ik voor gek stond. Alsof ik een watje was. Ze zei dat ik een logboek van "stalkincidenten" bij moest houden, dus dat doe ik nu. Ze zei ook dat ik een contactverbod kon laten opleggen. Maar toen ik mijn ex vertelde dat ik naar de politie was gegaan, zei ze dat ze tegen de politie zou zeggen dat ik háár lastigviel als ik nog verdere stappen zou ondernemen. En dat ik haar had geslagen – ja, en ik ben de man, dus wie geloven ze in dat geval? Haar natuurlijk. Dus toen heb ik het erbij gelaten. Ik hoop maar dat ze er eens een keer mee ophoudt. Maar het gaat nu al jaren zo. Ongelofelijk dat het al zo lang aan de gang is.'

'Het is vast...' Ellen wilde 'doodeng' zeggen, maar daarmee zou ze hem misschien voor het hoofd stoten. Ze geloofde dat het ego van een man zo broos was als een eierschaal. Dus zei ze: '... heel stressvol.' Maar het lukte haar niet de blije ondertoon uit haar stem te houden.

'In het begin wond ik me er ontzettend over op,' zei hij. 'Maar nu heb ik het min of meer geaccepteerd. Mijn leven is nu eenmaal zo gelopen; het is alleen wel moeilijk als ik een nieuwe relatie heb. Sommige vrouwen worden er knettergek van. En andere zeggen eerst dat ze er geen probleem in zien, maar dan blijken ze het toch niet te trekken.'

'Ik trek het wel,' zei Ellen vlug, alsof ze op sollicitatiegesprek was en ze moest bewijzen dat ze niet vies was van een uitdaging. Als ze hoorde wat voor zwaktes ex-vriendinnen hadden, werd ze altijd competitief en wilde ze bewijzen dat zij beter was.

Met een rood aangelopen hoofd nam ze een slok wijn. Nu had ze zich dus in de kaart laten kijken. Want wat ze net in feite had gezegd, was: ik wil wel een relatie met jou.

Ze deed net of ze fronsend naar haar glas keek, alsof ze een kritische kanttekening wilde plaatsen bij de kwaliteit van de wijn, maar toen ze opkeek zag ze dat Patrick naar haar glimlachte. Een brede lach, met rimpeloogjes van puur geluk. Hij reikte over de tafel en nam haar hand in de zijne.

'Ik hoop het,' zei hij. 'Want ik heb hier een heel goed gevoel over. Over ons. Over wat het met ons zou kunnen worden.'

'Wat het met ons zou kunnen worden,' herhaalde Ellen, en ze proefde de woorden en genoot van het gevoel van zijn hand. Het was allemaal zo'n flauwekul, dat je klinisch en afgestompt werd na je dertigste. Het gevoel van zijn hand deed de endorfine haar bloedstroom in schieten. Ze wist alles over de wetenschappelijke aspecten van de liefde, en dat haar hersenen momenteel ondergedompeld werden in de 'liefdesstofjes' (noradrenaline, serotonine en dopamine), maar dat wilde nog niet zeggen dat ze er niet vatbaar voor was als ieder ander.

Dus nu speelden ze allebei open kaart.

'Waarom wilde je me dit nu juist vanavond vertellen?' vroeg Ellen. Zijn duim trok cirkeltjes in haar handpalm. 'Over je stalker?'

Zijn duim stopte.

'Omdat ik haar zag,' antwoordde hij.

'Je zag haar?' Ellens ogen schoten door het restaurant. 'Hier, bedoel je?'

'Ze zat aan een tafeltje bij het raam.' Hij gebaarde met zijn kin over Ellens schouder. Ze draaide zich meteen om, om te kijken, maar Patrick zei: 'Maak je geen zorgen. Ze is weg.'

'Wat deed ze daar? Zat ze... naar ons te kijken?'

Ellen voelde hoe haar hartslag versnelde. Ze wist niet precies wat voor gevoel dit was: angst, maar misschien ook iets van opwinding.

'Ze zat te sms'en,' zei Patrick moedeloos.

'Naar jou?'

'Waarschijnlijk. Mijn mobiel staat niet aan.'

'Wil je niet weten wat ze heeft gestuurd?' Ellen wilde het namelijk wel weten.

'Liever niet,' zei Patrick. 'Helemaal niet, zelfs.'

'Wanneer is ze weggegaan?' Had Ellen dit maar eerder geweten, dan had ze haar kunnen zien.

'Toen ik opstond om naar het toilet te gaan, liep ze me achterna. We hebben even staan praten op de gang. Daarom duurde het zo lang. Ze zei dat ze net weg wilde gaan, en goddank is ze toen inderdaad vertrokken.'

Ze was dus vlak langs Ellen gelopen! Ellen pijnigde haar hersens op zoek naar een herinnering aan een langslopende vrouw, maar er kwam niets bij haar op. Waarschijnlijk was het gebeurd toen zij net met haar zelfhypnose bezig was. Shit.

'Wat zei ze?'

'Ze doet altijd heel kinderachtig alsof het puur toeval is dat we elkaar tegen het lijf lopen. Je zou denken dat ze eruitziet als een zwerfster, weet je wel, met raar haar en zo, maar ze ziet er volkomen normaal uit, volkomen beheerst. Daardoor twijfel ik soms aan mezelf, alsof ik het me allemaal maar verbeeld. Ze is een succesvolle carrièrevrouw. Gerespecteerd. Dat geloof je toch niet? Ik vraag me altijd af of haar collega's wel weten wat ze in haar vrije tijd uitspookt. Maar goed... zullen we het over iets leukers hebben? Hoe was je vis?'

Ja, doei! Ellen wilde het nergens anders meer over hebben. Ze wilde tot in detail weten hoe het zat. Ze wilde begrijpen wat er in het hoofd van die vrouw omging. Normaal begreep ze altijd het standpunt van de vrouw, in alle situaties. Ze was een meisjesmeisje. Ze hield van vrouwen; mannen vond ze juist een mysterie. Maar je ex-vriend drie jaar lang stalken? Was ze soms een psychopaat? Had hij haar slecht behandeld? Was ze nog steeds verliefd op hem? Hoe vergoelijkte ze haar gedrag voor zichzelf?

'De vis was heerlijk,' zei Ellen. Ze probeerde haar gretigheid om er meer van te weten te onderdrukken. Het was nogal onbetamelijk om te hengelen naar informatie als die deze man duidelijk zoveel last in het leven bezorgde. Ze wist dat het een van haar zwakke kanten was: haar woeste nieuwsgierigheid naar andermans privéleven.

'Wie past er vanavond op je zoon?' vroeg ze om hem te helpen van onderwerp te veranderen.

'Mijn moeder,' zei Patrick. Zijn gezicht verzachtte. 'Jack is stapel op zijn oma.'

Toen knipperde hij met zijn ogen, keek op zijn horloge en zei: 'Ik heb hem beloofd dat ik nog even zou bellen om welterusten te zeggen. Hij voelde zich niet zo lekker toen ik wegging. Vind je het erg?' Hij haalde zijn mobieltje uit zijn zak.

'Natuurlijk niet.'

'Ik bel hem normaal nooit als ik uitga,' zei hij terwijl hij zijn telefoon aanzette. 'Ik bedoel, het is een heel zelfstandig mannetje. Hij gaat zijn eigen gang.'

'Ik vind het prima.'

'Het punt is dat hij ontzettend verkouden is geweest en toen is het omgeslagen in een bronchitis. Hij is nu aan de antibiotica.'

'Ik vind het echt geen probleem.' Ze wilde weleens horen hoe hij met zijn zoontje praatte.

Zijn telefoon bleef maar piepen. Er kwam geen eind aan.

Patricks gezicht vertrok. 'Sms'jes.'

'Van, eh, je stalker?' Ellen probeerde niet te enthousiast naar het schermpje te kijken.

Hij bestudeerde zijn telefoon. 'Ja. Meestal delete ik ze gewoon zonder ze te lezen.'

'Aha.' Ze kon zich niet meer inhouden. 'Zijn ze dan zo akelig?'

'Soms. Maar ze zijn vooral belachelijk.'

Ze keek naar zijn gezicht terwijl hij de berichtjes las, en met zijn duim de deleteknop indrukte. Hij glimlachte ironisch, alsof hij in een valse polemiek verwikkeld was, en hij rolde met zijn ogen en beet op zijn lip.

'Wil je ze lezen?' Hij stak de telefoon naar haar uit.

'Ja, hoor,' zei Ellen achteloos. Ze leunde voorover en las terwijl hij voor haar door de berichtjes scrolde.

Wat een toeval! Ik zit aan een tafeltje bij het raam.

Dat shirt staat je goed.

Heb jij het varkensvlees besteld? Ben je wel goed snik?

Ze is knap. Jullie zijn een mooi stel. Sxx

Ellen huiverde ervan.

'Sorry,' zei Patrick. 'Die had ik je niet moeten laten zien. Maar ik zweer het, je bent echt niet, nou ja, in gevaar of zo.'

'Nee joh, niks aan de hand.' Ze knikte naar de telefoon. 'Ga maar door.'

Leuk om je vanavond even gesproken te hebben. We moeten

binnenkort eens koffiedrinken. Ik hou van je. Ik haat je. Ik hou van je. Ik haat je. Nee, ik haat je, ik weet het zeker.

Ellen zakte achterover.

'Wat zeg jij nu van zoiets, als professional?' vroeg Patrick. 'Die is toch knettergek? We hebben het hier over een relatie die al drie jaar voorbij is, moet je niet vergeten.'

'Hoe lang hebben jullie iets gehad?'

'Twee jaar. Nou ja, drie jaar. Ze was mijn eerste vriendin na het overlijden van mijn vrouw.'

Ellen wilde weten hoe de relatie geëindigd was, maar in plaats daarvan vroeg ze: 'Waarom neem je niet gewoon een ander nummer?'

'Heb ik al heel vaak gedaan, maar het loont niet. Ik ben eigen baas en mensen moeten me gemakkelijk kunnen vinden. Hé, ik moet nu echt even bellen met mijn zoon. Ik zal het kort houden.'

Ellen keek naar hoe hij een nummer intoetste en de telefoon aan zijn oor hield.

'Hé, met mij. Hoe is het? Wat ik heb gegeten? O, varkensvlees.' Hij keek spijtig naar zijn bord. 'Ja, het was ook niet zo lekker.

Maar goed, hoe is het nu met je? Gaat het beter? Heb je je antibiotica al ingenomen? Ja. Oké. Nou, vertel maar even snel.' Hij stopte met praten en luisterde. Zijn blik ontmoette die van Ellen en hij knipoogde. 'O ja? Nou ja, zeg. Een vulkaan? Met een parachute? Jemig.'

Hij bleef luisteren en trommelde ondertussen met zijn vingers op het tafelkleed. Ellen keek naar zijn hand. Het was een prachtige hand. Met grote, recht afgeknipte nagels.

'Zeg, mannetje, luister, misschien moet je de rest morgen maar vertellen. Anders is het zo onbeleefd voor... degene met wie ik zit te eten. Oké. Tot morgen. Wafels, uiteraard. Yep, absoluut. Slaap lekker, apenkop. Hou van jou.'

Hij hing op, schakelde de telefoon uit en stak hem weer in zijn zak. 'Sorry,' zei hij. 'Hij had een film gezien en nu wilde hij me er alles over vertellen. Dat heeft hij van mij, vrees ik.'

'O ja?' vroeg Ellen.

Ze voelde een intense scheut genot aan de achterkant van haar schedel. Ze vond het heerlijk hoe hij met zijn zoon praatte, zo soepel en grappig en mannelijk en liefdevol. Ze vond het geweldig dat ze morgenochtend samen wafels zouden eten. (Ze was namelijk dol op wafels!) Ze vond het fantastisch dat hij zo zonder gêne 'Hou van jou' zei.

Een ober keek naar hun borden en zette die op zijn onderarm. 'Was het vlees naar wens, meneer?'

'Ja, prima.' Patrick keek hem glimlachend aan. 'Ik had alleen minder trek dan ik dacht.'

'Kan ik u verleiden met onze dessertkaart? Of wilt u liever koffie?'

Patrick keek Ellen vragend aan.

'Nee, dank je,' zei ze.

'We willen graag de rekening,' zei Patrick.

Ellen keek op haar horloge. Het was pas tien uur. 'Ik heb thuis nog wat lekkere bonbons,' zei ze. 'Als je tenminste zin hebt om bij mij nog een kopje koffie te drinken.'

Van die koffie en die bonbons kwam natuurlijk niets meer. Toen ze voor het eerst de liefde met elkaar bedreven op de schone lakens, begon het plotseling heel hard te regenen op het dak, en Ellen dacht even aan Patricks stalker en vroeg zich af waar die nu uithing, en of ze soms zonder paraplu onder een lantaarnpaal stond terwijl de regendruppels langs haar bleke, gekwelde (mooie?) gezicht dropen. Maar toen werd ze volledig in beslag genomen door alle interessante gevoelens die haar nieuwe minnaar bij haar losmaakte, en vergat ze dat hele mens weer.

2

Ik ben op zo'n leeftijd dat de meesten van mijn vriendinnen allang een vaste relatie hebben, en mijn werk biedt me ook niet de gelegenheid om veel potentiële nieuwe partners te ontmoeten. Dus dit leek mij een leuke manier om nieuwe vrienden te maken. Ik ben romantisch, maar ook realistisch.

Uit het profiel op de internetdatingsite
met de gebruikersnaam Ellen68

De volgende ochtend liep Ellen op blote voeten langs het strand met haar broekspijpen opgerold tot haar knieën zodat de golven om haar enkels konden klotsen. Ze dacht aan Patrick (wat een geweldige naam, Patrick, totaal niet nichterig!) en alles wat er de vorige avond was gebeurd.

Zijn zoon. (Zo schattig!)

Zijn gestoorde ex-vriendin. (Intrigerend! Hoewel misschien ook best eng? Ze wist het niet precies.)

Zijn lijf. Mijn hemel, had ze gedacht toen hij zijn overhemd losknoopte, alsof ze een zwijmelende heldin uit de bouquetreeks was. Alleen al de gedachte aan zijn borst maakte pure lust bij haar los en ze drukte twee vingers tegen haar lippen, die een beetje schraal waren van al het kussen.

Hij was precies om middernacht naar huis gegaan. Net als Assepoester. Hij zei dat zijn moeder weliswaar bij hem thuis oppaste en in zijn logeerkamer sliep, maar dat hij altijd het gevoel had dat hij misbruik van haar maakte als hij te lang wegbleef.

'Ik vind het vreselijk om zo snel te vertrekken. Maar als we

– je weet wel – dan kan ik best eens tegen haar zeggen dat ik de hele nacht wegblijf,' had hij gezegd toen hij zijn shirt weer dichtknoopte over zijn mannelijke torso.

'Het is prima zo,' had Ellen slaperig geantwoord. Ze vond het fijn dat hij ging. Ze lag liever in bed aan hem te denken dan dat hij er daadwerkelijk bij was en ze zich zorgen moest maken over hoe haar kapsel er de volgende ochtend uit zou zien.

'Ik bel je,' had hij gezegd toen hij haar een afscheidszoen gaf.

Om zes uur 's ochtends piepte haar telefoon, want hij had een sms'je gestuurd.

Wanneer kan ik je weer zien? Volgens mij heb je me gehypnotiseerd!

Dat was wel een beetje goedkoop, maar ook ontzettend lief.

Dus zag het ernaar uit dat dit iets ging worden. Ze stond aan het begin van iets nieuws. *Daar gaan we weer.* Ze ademde een diepe teug zilte lucht in en voelde het kriebelen in haar keel. Heel even was ze zich bewust van het gewicht van al die eerdere teleurstellingen.

Laat het deze keer alsjeblieft goed gaan, dacht ze wanhopig.

En daarna, met wat meer spirit: kom op, Lieve Heer, gun mij ook eens iets!

Ellen had drie langere relaties achter de rug: Andy, Edward en Jon. Soms had ze het gevoel dat ze de herinneringen aan die relaties altijd achter zich aan sleepte, als drie oude, rammelende blikjes aan een stuk touw.

Andy was een belachelijk lange, jonge bankier. Hun drie jaar durende relatie had Ellen altijd wat onecht geleken, alsof ze maar deden alsof ze verliefd waren; hoewel ze daar wel heel goed in waren, dat doen alsof. Toen Andy een baan in het buitenland kreeg, kwam geen van beiden met het voorstel dat Ellen met hem mee kon gaan. Ze bleef achter met een soort morsig gevoel, precies zoals ze zich altijd voelde als ze bij McDonald's had gegeten.

Edward was een lieve, gevoelige leraar op een middelbare school. Ze waren diep en hevig verliefd en werden zo'n stelletje met een duidelijk pad voor zich, vol kindjes en huisdieren. Maar toen, om allerlei ingewikkelde redenen die haar nu nog steeds niet duidelijk waren, en tot schrik van iedereen, implodeerde hun relatie plotseling. Het was ongelofelijk pijnlijk.

Ze ontmoette Jon op haar dertigste verjaardag. Nou, oké, dacht ze, dan moet dít het zijn. De echt volwassen relatie. Hij was een slimme, welbespraakte ingenieur. Ze vond hem geweldig. Pas nadat hij haar hart vermorzelde zag ze in dat hij haar eigenlijk nooit zo geweldig had gevonden.

Deze mislukte relaties had ze altijd gezien als, enfin, mislukkingen. Maar nu drong het tot haar door dat het in feite essentiële stappen op een voorbestemd pad waren dat haar leidde tot dit moment, hier op het strand. Tot een landmeter met groene ogen genaamd Patrick Scott.

Ze dacht aan Patricks ex-vriendin, zijn stalker. Saskia. Vreemde naam voor een Australisch meisje. Met harde, puntige medeklinkers. Ellen liet de naam door haar mond rollen, als een vreemde, onbekende vrucht. Saskia zou het vast niet waarderen dat Ellens hart zich nu vulde met aarzelende hoop.

Ellen schopte tegen het water voor zich, waardoor een regen ijskoude druppeltjes omhoogkwam. Wat was dat eigenlijk voor een mens? Had ze dan helemaal geen trots? Ellen kromp ineen bij het idee dat een van haar exen ooit zou weten dat ze nog weleens aan hen dacht.

Terwijl ze in feite alle drie altijd wel ergens in haar achterhoofd rondhingen. Elke keer als ze uit de auto stapte, zette ze automatisch de stoel naar achteren vanwege Andy's lange benen; een gewoonte die nog overgebleven was uit de jaren dat ze samen een auto deelden. En elke keer als ze een tomaat doorsneed dacht ze aan Jon, omdat die haar ooit had verteld dat een tomaat sappiger was als je hem schuin doorsneed. En elke tweede kerstdag was Edward jarig.

Het viel uiteraard te verwachten dat ze nog altijd aan hen dacht. Ieder van hen was een poosje degene geweest die haar het allerbest kende, die haar elke dag sprak, die altijd wist waar ze uithing, die op de eerste rij zou hebben gezeten bij haar begrafenis als ze op tragische wijze om het leven zou zijn gekomen.

Het leek haar soms zo raar en zo fout dat je zo intiem met iemand kon zijn, dat je met hem sliep en met hem wakker werd, dat je op regelmatige basis echt heel gekke dingen met elkaar deed, en dat je dan, zomaar ineens, niet eens meer wist wat zijn telefoonnummer was, of waar hij woonde of werkte, of wat hij die dag had gedaan, of gisteren, of verleden jaar.

Ellen keek naar een gigantische golf die aan de horizon opkrulde en met een ver gebulder stuksloeg.

Daarom voelde een verbroken relatie alsof je vel van je lijf werd gescheurd. Het was eigenlijk een wonder dat niet veel meer mensen waren zoals Saskia, maar dat iedereen er zo keurig en waardig onder bleef.

'Goedemorgen!' Een ouder echtpaar kwam met ferme pas voorbijlopen, vanaf de andere kant van het strand. Ze pompten met hun ellebogen. Ellen ging zelf ook wat sneller lopen, want ze wilde niet onderdoen voor een stel tachtigjarigen.

Toen haar grootouders nog leefden, liepen ze elke avond vlak voor het journaal van zes uur over dit stuk strand.

Ze waren drieënzestig jaar bij elkaar. Drieënzestig jaar lang wakker worden naast dezelfde persoon, in dezelfde slaapkamer waar ze de avond ervoor met Patrick had gevreeën. (Wat vreselijk was, nu ze er zo over nadacht. Ze mocht graag geloven dat de geest van haar grootouders nog in het huis rondwaarde. Ze hoopte dat haar arme opa zich niet achter de gordijnen had moeten verstoppen, met zijn hand voor zijn ogen.)

Ellen was er altijd van uitgegaan dat zij ook jong zou trouwen en dat ze precies zo'n relatie zou hebben. Ze dacht dat zij zo iemand was. Traditioneel. Aardig. Alsof aardige meisjes altijd aardige jongens troffen. Alsof er voor een relatie niet meer nodig was dan 'aardig zijn'.

Om heel eerlijk te zijn (en het bereiken van oprecht zelfbewustzijn was haar doel) lag het niet zozeer aan hoe aardig ze was. Het lag er vooral aan dat ze ervan overtuigd was dat ze totaal niet op haar eigen moeder leek: haar moeder, die Ellen helemaal alleen had grootgebracht, en voor wie mannen nauwelijks een rol van betekenis speelden.

En toch, hier was ze dan nu, vijfendertig, en op mannenjacht op het internet. Telkens als ze de website aanklikte had ze het gevoel dat ze iets morsigs deed.

Morsig voor háár doen. Dat was het punt. Verder vond ze internetdating helemaal niet zo erg. O nee, voor gewone mensen was het prima! Maar het was Ellens beroep om mensen te helpen met hun persoonlijke problemen.

Dat was het punt. Ze vond dat zij bij uitstek geweldig in relaties moest zijn en het leek erop dat dat niet het geval was. Maar aan de andere kant, zo hield ze zichzelf streng voor, waarom zou ze niet ook hebben geleden en een gebroken hart hebben gehad, net als iedereen? Waarom zou het voor haar niet even moeilijk zijn om de juiste man te vinden als voor zoveel andere vrouwen? Waarom zou zij zich niet ook zorgen hoeven te maken over het tikken van haar biologische klok, ook al was het nog zo'n cliché? Waarom zou ze eigenlijk geen cliché mogen zijn?

Ze schaamde zich voor haar schaamte. Om boete te doen was ze extreem open over haar status van alleenstaande. Ze vertelde Jan en alleman dat ze aan het internetdaten was. En elke ongemakkelijke nieuwe date ging ze met opgeheven hoofd tegemoet, met een positieve houding, en met een hart en een hoofd die openstonden voor nieuwe kansen.

Maar het was soms wel zwaar werk.

Ze kwam aan bij het poeltje tussen de rotsen waar ze altijd omkeerde en zette hijgend haar handen in de zij. Ze had helemaal niet door dat ze zo hard gelopen had.

Ze keek terug over het strand naar het huis van haar grootouders, dat nu haar huis was, en naar de glazen kamer die in de ochtendzon naar haar knipoogde als een diamant die schitterde aan de zijkant van het huis. 'Fantastisch. Heeft hij het nog lelijker gemaakt dan het al was,' had haar moeder gezegd toen ze de nieuwe kamer zag die Ellens opa had aangebouwd; alweer met dank aan het geld dat oudtante Mary met de Lotto had gewonnen.

De kinderloze, ongetrouwde jongere zus van Ellens opa, haar oudtante Mary, had een half miljoen dollar gewonnen met de Lotto en was nog geen zes weken later overleden. Ze had nog niet eens besloten wat ze met haar meevallertje zou doen. (Een nieuwe tv misschien? Zo'n flatscreengeval? Maar zou *Deal or No Deal* er niet precies hetzelfde uitzien, alleen groter?) Haar geld was naar Ellens grootouders gegaan, die het hadden gebruikt voor de extra glazen aanbouw en de aanleg van de centrale verwarming, en voor een tiendaagse cruise, elk jaar tot hun overlijden. Het feit dat tante Mary de Lotto had gewonnen, had ook geleid tot de beslissing om hun huis aan Ellen na te laten; haar moeder en Amnesty International erfden hun geld. Dat vond iedereen prima, want Ellens moeder had geen zin om in haar ouderlijk huis te wonen. 'Dat is toch niet meer te redden, hoeveel geld je er ook tegenaan gooit,' mocht ze graag met een meewarig soort autoriteit zeggen, alsof iemand haar om haar deskundig advies had gevraagd.

Het was een raar huis om te zien, gebouwd in de jaren zeventig, met alle details die in dat decennium in de mode waren: zichtbare balken en bakstenen, een roestvrijstalen wenteltrap, gespiegelde bogen, limekleurige, hoogpolige vloerbedekking en een knaloranje keuken. Maar Ellen was altijd dol op het huis geweest. Ze vond dat het een te gekke retrosfeer uitstraalde en ze weigerde om er ook maar iets aan te veranderen. Ze had alleen een parkeerplek voor haar cliënten laten aanleggen. Hoewel ze 'verrassend goed' kon leven van haar baan als hypnotherapeut (zoals haar moeder altijd aan andere mensen vertelde, even teleurgesteld als trots), woonde ze nog in een flat met een behandelkamer toen haar oma kwam te overlijden. Doordat ze het huis erfde en ze haar oma's naaikamer kon inrichten als behandelruimte stond Ellen er nu financieel beter voor dan ooit.

Een witte steen op het strand trok haar aandacht en ze boog zich voorover om hem op te rapen. De steen had een fijne vorm en voelde lekker aan; die kon nog weleens van pas komen voor een van haar cliënten.

Toen ze rechtop ging staan, keek ze uit over de oceaan en ze voelde dat er iets loskwam in haar borst. Het was alsof ze uit een korset was bevrijd. Je mocht het eigenlijk niet toegeven, zelfs niet tegenover jezelf, hoe vreselijk graag je liefde in je leven wilde. De man hoorde de kers op de taart te zijn, niet de taart zelf. Ze schaamde zich een beetje, zo verheugd voelde ze zich. Gelukkig kon niemand de knallende champagnekurken in haar hoofd zien.

Als ze dadelijk thuiskwam, zou ze Patricks sms'je beantwoorden en voorstellen om vanavond naar de film te gaan. Niet erg origineel, maar toch nog altijd een van de fijnste dingen om te doen met een nieuwe vriend. Ze zou haar best doen niet al te happig over te komen.

Ze ging dichter langs het water lopen en stak haar tenen diep in het zand. Ze herinnerde zich het gevoel van Patricks rug onder haar vingers; zijn sleutelbeen tegen haar lippen.

Het spijt me voor je, Saskia, maar ik denk dat ik hem hou.

Hij is dus naar bed geweest met de hypnotherapeute.

Ik weet het zeker. Ik wist het al toen ik zag hoe hij zijn hand tegen haar rug hield toen ze uit de film kwamen. Hij hield hem namelijk laag, vol zelfvertrouwen, bezitterig.

Hij vindt zichzelf heel goed in bed. Dat is de schuld van zijn vrouw. Die had ooit tegen hem gezegd dat hij een 'fantastische minnaar' was. En toen ging ze dood. Dus elk woord dat ze ooit had gezegd, werd als het Heilige Evangelie. Het Evangelie volgens Colleen.

Colleen had ooit tegen Patrick gezegd dat het waspoeder volledig opgelost in de machine moest voor je de kleren erbij kon doen, ook al gooien de meeste mensen het er gewoon zo bij. Maar volgens Colleen werd je kleding schoner als het poeder helemaal was opgelost. En dus moest het zo. Ik doe het nog steeds, trouwens, dat geloof je toch niet! Ook al is het heel vervelend, want je moet eerst wachten tot het water de machine in stroomt voor je de kleren in de trommel doet, en soms vergeet ik dat en loop ik weg, tot het plotseling tot me doordringt dat er een lege machine staat te draaien.

Hij was best goed in bed, hoor. Waarschijnlijk nog steeds. Ik denk dat hij ook nog wel steeds dezelfde dingen zegt, en dezelfde dingen doet.

Ik denk eraan hoe hij met haar in bed ligt, haar sandelhoutgeur inademt, en zijn handen over haar gladde, gifvrije rug laat glijden.

Ik zou het willen zien. Ik zou erbij willen zijn, aan het voeteneind, zodat ik kan zien hoe hij zijn hoofd naar haar tepel buigt. Haar borsten zijn groter dan de mijne. Nou, fijn voor hem.

Zou zij hem voor niets hypnotiseren?

Haar stem klinkt als warme honing die van een lepel af druipt.

Gisteravond zijn ze naar die nieuwe film van Russell Crowe geweest. Best een goede film. Hij had moeten weten wat er zou gebeuren, want de film is gebaseerd op een serie die wij altijd keken, op maandagavond. Ik vroeg me af of hij dat nog wist, maar ik dacht van niet, dus toen heb ik hem een sms'je gestuurd om hem eraan te herinneren.

Na afloop gingen ze eten in dat Thaise restaurant op de hoek waar hij voor het eerst tegen mij zei dat hij van me hield.

Ik vroeg me af of hij eraan dacht, al was het maar heel even. Ik ben toch zeker wel een vluchtige gedachte waard!

Ik kon geen tafeltje krijgen. Ze hadden vast en zeker gereserveerd – zal zij wel gedaan hebben, hij denkt nooit aan dat soort dingen. Dus ben ik een café in gegaan, en daar heb ik hem een brief geschreven, gewoon, om het hem uit te leggen, om te zorgen dat hij het snapt, en die heb ik onder zijn ruitenwisser gestopt.

Ik verheug me op mijn volgende afspraak met de hypnotherapeute.

3

'Een mens is zoals hij zichzelf ziet, en zoals hij zichzelf voorstelt te zijn.' Dat zei Paracelsus in de zestiende eeuw. Het idee dat het brein macht heeft, is niet nieuw, dames en heren. Goedemorgen.

Inleiding op een lezing van Ellen O'Farrell voor de Northern Beaches Rotary Club, ter gelegenheid van het augustusontbijt, helaas door een groot deel van de aanwezigen gemist wegens een niet-functionerende microfoon

'We moeten gaan,' geeuwde Ellen.

'Ja, we moeten echt gaan,' geeuwde Patrick.

Ze verroerden zich geen van beiden.

Het was bijna elf uur op een donderdagavond en ze lagen plat op hun rug op een picknickkleed op een grasheuveltje, recht onder Harbour Bridge. Eerder die dag waren ze naar het theater in Kirribilli geweest, waar ze een raar toneelstuk hadden gezien. Ze hadden gegeten in een piepkleine, overvolle noedelbar, en daarna hadden ze een wandeling gemaakt langs de kade bij de haven en hadden ze gekeken naar het voorbijzoevende verkeer terwijl de verlichte veerboten onder hen door gleden. Ze waren het eens dat ze vanavond vroeg naar huis moesten, en dat Patrick niet met haar mee zou gaan, omdat het meisje van de buren op Patricks zoontje paste en zij de volgende dag naar college moest. Hij wilde haar niet tot laat laten babysitten. Maar geen van beiden wilde dat er een eind aan deze avond kwam.

Ze gingen nu drie weken met elkaar om en alles had nog steeds dat spannende nieuweautoluchtje. Zelfs de geeuwstemmen waar ze nu mee spraken hadden een zelfbewust vernisje: *Hoor dan! Zo klink ik als ik moe ben!*

'Heb je morgen een drukke dag?' vroeg Patrick.

'Nee, gewoon,' zei Ellen. 'Vijf afspraken. Dat vind ik genoeg. Als ik er meer inplan, word ik, nou ja, doodmoe.'

Ze was zich bewust van het defensieve gevoel dat ze overgehouden had aan haar vorige relatie. Jons minachting voor haar beroep was altijd subtiel geweest, een vage geur waar ze haar vinger nooit op kon leggen en waar ze dan ook nooit vol tegenin kon gaan. Hij was een nog hartstochtelijker atheïst dan haar moeder. (*God als misvatting* was zijn lievelingsboek.) 'Laat me dan eens wat empirisch bewijs zien,' was een zinnetje dat ze vaak moest aanhoren. Telkens als Ellen het over haar werk had, hield Jon zijn hoofd schuin en schonk hij haar een geduldig, vaderlijk lachje, alsof zij een schattig klein meisje was dat kwetterde over sprookjesprinsessen. Vervolgens maakte hij altijd een humoristische, plagerige opmerking waarbij hij nog net niet het bestaan van sprookjesprinsessen ontkende, maar die bedoeld was ter vermaak van de andere grote mensen die in de buurt waren. 'Ellen heeft een bachelor in hypnotherapie,' zei hij tegen ze, wat zijn sarcastische manier was om aan te geven dat Ellen helemaal niet gestudeerd had, omdat de studie hypnotherapie natuurlijk helemaal niet bestond. (Ze had zich ingeschreven voor psychologie, maar na driekwart jaar was ze daarmee opgehouden om zich op hypnotherapie toe te leggen. Haar moeder was nog steeds in de rouw.)

Pas toen zij en Jon uit elkaar waren, zag Ellen in hoeveel moeite het haar had gekost om zich staande te houden in de tijd dat ze nog samen waren. Elke keer als zij iets zei, was het net of ze tegelijkertijd probeerde om zichzelf niet al te serieus te nemen – *Ik kan heus wel tegen een beetje pesten!* – terwijl ze ook nog haar hele bestaan probeerde te rechtvaardigen: *Ik ben wie ik ben en dat is helemaal goed. Ja, ik geloof in mezelf en in wat ik zeg. Ik ben geen frivool lichtgewicht, tenminste... Hooguit een beetje. Misschien.*

'Is het zo uitputtend omdat...' Patrick krabde aan de zijkant van zijn kaak en fronste naar de sterren. 'Waarom is het eigenlijk zo uitputtend, ik bedoel, in welk zin put het je uit?'

Hij wist niet wat hij moest zeggen, maar bracht het respectvol.

'Ik denk dat het komt doordat ik nooit de kantjes eraf kan lopen,' zei Ellen. 'Ik moet me altijd volledig op de cliënt concentreren. Ik werk niet met vaste scripts. Elke inleiding is precies op maat...'

'Inleiding?'

'Dat is welke techniek ik ook maar gebruik om de hypnose tot stand te brengen – ik kan iemand zich bijvoorbeeld laten inbeelden dat hij een trap afloopt en dat hij bij elke trede dieper ontspant. Ik stem het altijd af op de interesse of achtergrond van de cliënt – en of die visueel is ingesteld of juist analytisch, of wat dan ook.'

'Zitten er weleens moeilijke cliënten tussen?' Patrick rolde op zijn zij en liet zijn hoofd in zijn handpalm rusten. 'Mensen die moeilijk onder hypnose te brengen zijn?'

'Bijna iedereen is tot een bepaalde hoogte onder hypnose te brengen,' antwoordde Ellen. 'Maar sommige mensen hebben er meer aanleg voor, geloof ik, want ze hebben meer verbeeldingskracht en kunnen echt focussen en visualiseren.'

'Hm,' zei Patrick. 'Ik vraag me af of ik er aanleg voor heb.'

'Wacht, dan doe ik een suggestibiliteitstest met je,' zei Ellen. Enthousiast ging ze op haar knieën zitten; zoiets zou ze met Jon nooit gedaan hebben.

Patrick keek omhoog. 'Is dat een soort onnozelheidstest?'

'Nee, nee, het is een korte oefening om aan te tonen hoe sterk jouw verbeeldingskracht is. Ontspan! Er gebeurt niets geks. Je hebt het waarschijnlijk allang een keer gedaan, tijdens een salesconferentie of zo.'

'Goed.' Patrick ging ook op zijn knieën zitten, keek haar aan en rechtte zijn schouders. De geur van zijn aftershave kende ze al, maar die rook nog altijd nieuw genoeg om haar op te winden. 'Moet ik mijn ogen dichtdoen?'

'Nee. Hou je handen maar zó.' Ze vouwde haar handen alsof ze in gebed ging, en stak vervolgens haar wijsvingers naast elkaar uit, zonder dat die elkaar raakten. Patrick deed hetzelfde en keek haar in de ogen. Jemig, wat was dit sexy.

'Stel je maar eens voor dat er een heel sterke magnetische kracht is die je twee vingertoppen naar elkaar trekt. Je vecht ertegen, maar je kunt er geen weerstand aan bieden. Kijk maar. Het wordt al sterker. En nog sterker. Nu is het te sterk – kijk!'

Patricks vingertoppen raakten elkaar nu aan.

'Zie je? Je onderbewuste geloofde dat die magneet er echt was.'

Patrick keek naar zijn vingertoppen, die nog steeds tegen elkaar aan gedrukt waren. 'Nou. Ja. Ik bedoel, ik weet niet. Het voelde wel echt, denk ik, maar dat was ook omdat ik het spelletje met jou meespeelde.'

Ellen glimlachte. 'Precies. Alle hypnose is zelfhypnose. Er is niets magisch aan.'

'Doe nog eens iets?'

'Goed. Dan moet je nu je ogen dichtdoen, en je armen voor je uitstrekken.'

Hij deed het en ze bleef even stil terwijl ze de kuiltjes en ronde delen van zijn gezicht in het maanlicht bekeek.

'Hallo?' vroeg hij.

'Sorry. Oké. Stel je voor dat ik een enorme heliumballon vastbind aan je rechterpols. Voel hoe die aan je trekt. In je linkerhand geef ik je een emmer. Die is heel zwaar, want ik heb er nat zand van het strand in gedaan.'

Patricks rechterarm zweefde meteen naar boven en zijn linkerhand zakte omlaag. Het kon zijn dat hij het deed om haar een plezier te doen, of hij liet zich echt heel gemakkelijk hypnotiseren.

'Doe je ogen open,' zei ze.

Patrick deed zijn ogen open en keek naar zijn armen. 'Hè?' zei hij. Hij liet zijn armen vallen en sloeg ze om zijn middel. Hij leunde naar haar toe alsof hij haar wilde kussen, maar bedacht zich en draaide zich plotseling om, om achter zich te kijken.

'Wat is er?' vroeg Ellen geschrokken.

'Sorry,' zei Patrick. 'Ik dacht dat ik iets hoorde. Ik dacht dat zij het was.'

Het was allang geen vraag meer wie 'zij' was. Ellen keek naar de schaduwpartijen onder de brug om te zien of zich daar een vrouw verstopt hield. Ze vond het wel spannend: ze voelde een prettige adrenalinestoot bij de gedachte aan Patricks stalker die hen begluurde.

'Je hebt haar vanavond toch niet gezien?' vroeg Ellen. Laatst waren ze naar de film geweest en uit eten gegaan en toen had Patrick niet eens gezegd dat hij Saskia had gezien tot ze bij de auto kwamen en een brief van haar onder de ruitenwisser vonden.

Patrick keek om zich heen, met half dichtgeknepen ogen. Toen ging hij weer zitten. 'Nee, ik heb haar helemaal niet gezien. Ik denk dat ze ons een avondje vrij geeft.' Hij sloeg zijn armen om haar heen. 'Sorry, ik word er soms zo'n zenuwpees van.'

'Kan ik me voorstellen,' zei Ellen meelevend. Zag ze daar nu iets bewegen bij die hoogspanningsmast?

'Dus, jouw werk gaat over de macht van het brein,' zei Patrick.

'Klopt,' zei Ellen. 'De macht van het onbewuste brein.'

'Ik geloof daar wel in, hoor, begrijp me niet verkeerd,' begon Patrick.

Daar gingen we weer. Ellens maagspieren verkrampten.

'Maar er is een grens aan, dat kan toch niet anders?'

'Hoe bedoel je?' vroeg Ellen. Hij is Jon niet, hield ze zichzelf voor. Hij geeft alleen zijn mening. Rustig maar.

'Ik bedoel, het kan niet alles helen. Toen Colleen – mijn vrouw – ziek werd, zeiden mensen steeds dat ze positief moest denken. Alsof ze de kanker dan weg kon denken. Toen ze was overleden zag ik een vrouw op televisie zeggen: "Ik weigerde om me door de kanker te laten verslaan, want ik had twee kleine kinderen." Woedend was ik. Alsof het Colleens schuld was dat ze doodging. Alsof ze beter haar best had moeten doen.'

Nu moet ik voorzichtig zijn, dacht Ellen. Ze deed haar mond open om iets te zeggen, maar deed hem toen weer dicht.

Patrick legde zijn hand op haar knie. 'Ik wil trouwens niet dat jij het gevoel hebt dat je op eieren moet lopen als we het over mijn vrouw hebben. Ik ga echt niet raar doen, dat beloof ik.'

Hm, dacht Ellen. 'Mijn moeder is huisarts,' zei ze. 'Dus...'

Ja, dus? Dus ik ben medisch best een beetje geloofwaardig, vanwege mijn moeder? Mijn moeder gelooft ook niet in wat ik doe.

'Ik heb wel cliënten gehad die terminaal ziek waren, voor pijnbestrijding en stressverlichting, maar ik zou nooit, maar dan ook nooit, beweren dat ik hen kon genezen.'

'Dat wilde ik ook helemaal niet zeggen,' zei Patrick. Hij greep haar knie nog steviger vast.

'Dat weet ik wel.' Ellen legde haar eigen hand over de zijne, en vroeg zich af of hij op dat moment het gezicht van zijn vrouw voor zich zag.

Ze vertelde hem niet dat ze wel degelijk geloofde dat het brein wonderbaarlijke krachten had waar mensen geen gebruik van maakten.

'*Laat me dan eens wat empirisch bewijs zien*,' zei Jon in haar gedachten.

Ze zeiden niets meer. Het geluid van de scheepshoorn van de veerboot dreef op hen af vanaf de andere kant van de haven. Er klonken voetstappen achter hen. Ze draaiden zich allebei om en zagen een vrouw in een donker mantelpak met witte sneakers eronder over het pad op hen aflopen.

'Dat is toch niet...' vroeg Ellen.

'Nee,' antwoordde Patrick, en zijn gezicht klaarde op toen de vrouw in het licht van de lantaarnpalen zichtbaar werd.

Ze bleven stil. Ellen dacht aan hoe ze zo'n enorm deel van haar identiteit had verloochend tijdens haar jaren met Jon. Als ze wilde dat deze relatie zou slagen, moest ze die deuren opengooien. Laat het licht naar binnen! De zuurstof! De – oké, Ellen, zo kan-ie wel weer met je huismetafoor.

'Ik hou ontzettend van mijn werk,' zei ze tegen Patrick. Het verdedigende toontje was er nog steeds. Ze deed bewust een poging om het los te laten, om gewoon te zíjn. 'En ik ben er ook vrij goed in.'

Patrick bekeek haar geamuseerd. 'Ben jij soms de Koningin van de Hypnotherapeuten?'

'Jazeker.'

'Wat een toeval. Ik ben namelijk de Koning der Landmeters.'

'Echt?'

Patrick zuchtte. 'Nee, niet echt. Ik ben eerder de Achterloper der Landmeters.'

'Hoezo?'

'Ik ben niet zo dol op al die nieuwe technologie. Ik maak mijn tekeningen nog steeds het liefst met de hand. Dus ik werk langzamer. Niet zo efficiënt. Dat geeft me een nadeel ten opzichte van de concurrentie, zoals mijn jongere broer me altijd inpepert.'

'Is hij ook landmeter?'

'Nee, hij is grafisch ontwerper, maar hij is echt zo'n technofreak. Ben jij ook van de technologie?'

'Niet echt, maar ik hou wel van Google. Ik gebruik het elke dag. Google is mijn orakel.'

'Wat heb je vandaag gegoogeld?'

Die dag had ze 'nieuwe+liefde+weduwnaar+valkuilen' gegoogeld en 'stiefkinderen+ramp', gevolgd door 'gescheurde+haarvaatjes+rond+neus+oplossing'.

'O, weet ik niet meer.' Ze maakte een vaag handgebaar. 'Niks bijzonders.' Ze veranderde vlug van onderwerp. 'Hoe kwam jij er zo bij om landmeter te worden?'

'Landkaarten,' antwoordde Patrick meteen. 'Landkaarten hebben me altijd gefascineerd. Dat ik precies weet waar ik ben in verhouding tot alles om me heen. Ik had een oom die landmeter was en toen ik nog jong was zei die tegen me: "Patrick, jij hebt een uitstekend oriëntatievermogen. Jij zou een heel goede landmeter zijn." Toen ik hem vroeg wat een landmeter precies deed, legde hij het zo uit: hij zei dat een landmeter de locatie van dingen op de aarde bepaalt in verhouding tot al het andere op en boven de oppervlakte van de aarde. Dat heeft hij letterlijk zo gezegd. En dat is in mijn hoofd blijven hangen. En om de een of andere reden sprak het me heel erg aan. Ik dacht: yep, dat ga ik doen.'

'Volgens mij is mijn oriëntatievermogen dramatisch slecht,' merkte Ellen op. 'Ik heb totaal geen gevoel voor waar ik ben in verhouding tot wat dan ook. Nu bijvoorbeeld – ik zou je niet kunnen aanwijzen waar mijn huis ligt.'

Patrick wees over haar schouder. 'In het noorden. Die kant op.'

'Als jij het zegt.'

'Heb je een stuk papier bij je?' vroeg Patrick. 'Dan zal ik eens een kaart voor je tekenen.'

Ellen had altijd een mooi, ingebonden notitieblokje en een pen bij zich, zodat ze haar gedachten kon noteren zodra die bij haar opkwamen; ideeën voor haar werk en zo. Ze scheurde er snel een stuk papier uit. Ze wilde niet dat hij haar onsamenhangende krabbels zou lezen, want de meeste waren supersuf.

Patrick haalde een slanke vulpen uit zijn zak. 'De Parker van mijn opa. Ik zou een brandend huis in rennen om hem te redden.'

Hij legde het stuk papier op het notitieblok en tekende een ouderwets kompas in de hoek. Toen begon hij vlug de inhammen en bochten van de haven te schetsen. Hij tekende er veerboten en jachten bij, Harbour Bridge en het Opera House. Het was alsof ze voor haar ogen een eeuwenoude schatkaart zag verschijnen.

'Hier hebben we gegeten.' Hij maakte een klein tekeningetje van het restaurant. 'Hier hebben we dat vreselijke toneelstuk gezien. En nu gaan we naar de Northern Beaches.' Hij schetste een strand en een huis met twee verdiepingen. 'Dit is jouw huis.' Hij schreef: *Ellens Hypnosehuis*. 'En dan gaan we terug naar de groene North Shore en daar heb je mijn huis.' Hij schreef: *Het Rommelhol van Patrick en Jack*. Hij had een prachtig handschrift; het herinnerde aan een veel eleganter tijdperk.

Ze was nog niet bij hem thuis geweest. Ze vroeg zich af of het echt zo'n rommelhol was.

'En hier hebben we elkaar voor het eerst ontmoet,' ging hij verder. 'En dat is het wel zo'n beetje – o, nee, dit nog.' Hij tekende een piepklein kruisje naast de haven en schreef: HIER ZIJN WIJ.

'Dat is de mooiste kaart die ik ooit heb gezien,' zei Ellen oprecht. Landkaarten hadden haar nooit geïnteresseerd, maar ze wist nu al dat ze deze voor altijd zou bewaren.

Er viel een vage schaduw over Patricks gezicht. Hij kwam en verdween zo snel dat ze niet kon zien of het verdriet of woede was, of misschien schaamte, of dat ze het zich maar verbeeldde.

Toen glimlachte hij. 'Gratis en voor niks, liefje.'

Haar hart smolt alweer volkomen.

Ik heb een doos.

Soms denk ik dat ik hier misschien mee zou kunnen stoppen als ik die doos wegdeed. Ik ben er zelfs een keer mee naar mijn afvalcontainer gelopen. Ik deed het deksel van de container open en rook het rottende eten en hoorde vliegen zoemen, en ik dacht: dit is geen afval, dit was mijn leven.

Vanavond ben ik hen kwijtgeraakt. Ze gingen naar Milsons Point of Kirribilli. Ik had honger, dus ik heb verder niet rondgereden om zijn auto te zoeken. Ik kwam thuis en heb toast met sardientjes gegeten terwijl ik *Cold Case* keek, met de doos naast me op de grond.

Tijdens elk reclameblok stak ik mijn hand in de doos en trok er zomaar iets uit. Dat inspecteerde ik vervolgens alsof het een clou of een oplossing was; alsof ik een van de rechercheurs uit *Cold Case* was en ik de geheimen van het verleden moest zien te ontrafelen.

Een verjaardagskaart, die nog steeds stevig is en mooi glanst. Helemaal nog niet vervaagd. Alsof ik hem gisteren in de bus kreeg.

Lieve Saskia,

Van harte gefeliciteerd namens jouw jongens.

We houden van je,

Patrick en Jack xx

Een foto van Jack en mij met een van onze stadjes van Play-Doh. Uren deden we erover om die stadjes van klei te bouwen. Dan legde ik een stuk karton op de eettafel en maakten we straten en rotondes en stoplichten. Winkels en huizen. Dagen deden we over zo'n stad: Jacksville, Jackland, Jacktown. Ik vond het net zo leuk om die stadjes te bouwen als hij. Het was alsof je een stedenbouwkundig ontwerper was die geen rekening hoefde te houden met politiek of bureaucratie.

Een boardingpass voor een vlucht naar Queenstown, in Nieuw-Zeeland. Patrick en ik zijn daar een week gaan snowboarden. Zijn moeder paste op Jack. Ik weet nog dat Patrick bleef staan om me te kussen toen we naar binnen liepen voor een beker warme chocolademelk. Warme lippen; koude sneeuwvlokken als zachte strelingen om ons heen.

Een kaartje dat Patrick voor me tekende om uit te leggen hoe ik bij het kantoor van een projectontwikkelaar in de buurt van de luchthaven moest komen.

Ik weet nog dat ik toen tegen hem zei: 'Dat is de mooiste kaart die ik ooit heb gezien.'

4

In deze wet wordt onder 'stalken' onder andere begrepen het volgen van een persoon of het bekijken van deze persoon of het zich regelmatig in de buurt van deze persoon ophouden, of het benaderen van het huis, de werkplek of enige andere regelmatig door deze persoon met enig sociaal oogmerk of voor ontspanningsdoeleinden bezochte locatie.

Hoofdstuk 8 van het *Wetboek van Strafrecht*
i.v.m. huiselijk en persoonlijk geweld

'Dus ze achtervolgt jou? Overal? Hoe kan dat überhaupt?'

'Nou, niet echt overal. Maar wel toen we laatst in de bioscoop waren.'

'Misschien was ze daar toevallig.'

'Misschien, maar ze heeft ook geprobeerd om in hetzelfde restaurant een tafeltje te krijgen, en daarna heeft ze een brief onder zijn ruitenwisser gestopt, die hij niet heeft gelezen. Blijkbaar staat ze altijd om de hoek van Patricks huis te wachten, en rijdt zij achter zijn auto aan. Hij zegt dat hij haar vaak van zich af weet te schudden als hij naar een plek gaat waar ze nog nooit is geweest, maar als hij ergens naartoe gaat waar hij wel vaker komt, zoals de bioscoop in Cremorne, is ze er zo achter.'

'Allemachtig.'

'Raar, hè?'

'Wat vreselijk voor je! Dit verpest het begin van je relatie, en dat is juist altijd zo heerlijk. Je zou eigenlijk alleen maar dromerig in elkaars ogen moeten staren, en niet om je heen hoeven kijken of zijn gestoorde ex in de buurt is.'

'Ik vind het niet zo erg, hoor. Ik vind het juist wel interessant.'

'Eng mens!'

Ellen lachte om Julia's besliste toontje, en rekte zich eens lekker uit. Het was zaterdagochtend en ze hadden net gezwommen in het zwembad in de buurt. En nu lagen ze op witte handdoeken in de steeds warmer wordende sauna. Ellens benen en schouders deden pijn van het zwemmen. Julia liet haar altijd harder en sneller zwemmen dan ze zou doen als ze in haar eentje was. Ze voelde het zweet overal op haar lijf parelen: langs haar rug, haar decolleté in. Ze liet haar handen losjes op haar dijen rusten en voelde zich slank en glibberig en sensueel. Het was helemaal niet moeilijk om je te oefenen in mindfulness als je aan het begin van een relatie stond. Dan ging het vanzelf. Met al die seks. En al die chemische stoffen die door je lijf raceten.

En al die waardering. Dat was zo heerlijk van verliefd worden. Patrick schonk zijn goedkeuring aan alle nieuwe dingen die hij over haar lichaam, haar verleden en haar persoonlijkheid te weten kwam. En Ellen voelde zich daardoor niet alleen sexyer, maar ook grappiger, aardiger, liever, gewoon een veel beter mens. Ze was onoverwinnelijk! Haar leven leek een volmaakt harmonieuze flow, alsof ze een staat van verlichting had bereikt. Haar cliënten waren allemaal lief en dankbaar, haar vriendinnen schattig, haar moeder totaal niet frustrerend. ('Wanneer krijg ik hem eens te zien?' vroeg ze aan de telefoon op warme en blije toon, en ze klonk net als een normale moeder. Waarschijnlijk.) Als Ellen naar de winkel ging hadden ze altijd precies wat ze zocht, de stoplichten sprongen op groen als ze aan kwam rijden, en haar autosleutels, zonnebril en portemonnee lagen keurig op het tafeltje in de gang. Vanochtend had ze bijvoorbeeld maar een uurtje om naar de bank, de Dienst Wegverkeer en de stomerij te gaan en ze had alles kunnen doen, en er was nog tijd over ook. En iedereen, zelfs de Wegverkeerman was alleraardigst geweest. Ze had een vrij emotioneel gesprek gevoerd met de bankbediende over het weer. (Ze kwam uit Engeland en vond de Australische winters 'goddelijk', en Ellen kreeg tranen in haar ogen van trots, alsof zij, in haar onoverwinnelijke staat, persoonlijk verantwoordelijk was voor het Australische klimaat.)

Kon ze dit gevoel maar in een flesje stoppen, zodat ze er eeuwig mee kon doen. Het zou niet eeuwig duren, dat wist haar rationele brein best, maar haar hart, haar domme hart, kirde: 'Jawel, hoor, het kan best eeuwig duren! Waarom niet! Dit is hoe jij nu bent! Dit is voortaan jouw leven!'

'Ik zou mezelf nooit zo vernederen,' zei Julia.

Wat? O ja, dat stalkgedoe.

'Ze heeft gewoon moeite met loslaten,' zei Ellen. Op dit moment voelde ze niets dan liefdevol medeleven met de hele mensheid.

Julia snoof. Ze lag op het bankje tegenover Ellen, met een handdoek als een tulband om haar hoofd geslagen. Ze had een lang, slank, atletisch lichaam en een bos woeste blonde krullen, en ze was op het randje van heel erg mooi. Als Ellen met haar over straat liep, zag ze de ogen van mannen onwillekeurig naar Julia schieten voor een tweede, goedkeurende blik. Helaas leek Julia's schoonheid een bepaald type man aan te trekken; het soort dat gesteld was op kwaliteit en bereid was om daar extra voor te betalen. Het probleem was alleen dat dit soort mannen alles met regelmaat inwisselde voor een nieuwer modelletje: hun computers, hun auto's en hun vrouwen. Zo waren ze nu eenmaal; het waren rasconsumenten, uitstekend voor de economie. Na een huwelijk van bijna vijf jaar besloot Julia's echtgenoot William dat het tijd was om over te stappen op het nieuwste merk vrouw: een brunette van drieentwintig.

(Ellen mocht graag geloven dat het soort mannen dat zijzelf aantrok automatisch superieur was aan degenen die voor Julia gingen, omdat zij geen reclameborden nodig hadden om te weten wat ze mooi vonden. Ze waren niet oppervlakkig; ze waren heel individueel. Helaas kon ze deze theorie niet aan de werkelijkheid staven aangezien haar relatiegeschiedenis al even rampzalig was als die van Julia.)

(Trouwens, nu ze toch de waarheid onder ogen wilde zien: ze zag heus wel dat haar theorie voornamelijk bedoeld was om zich iets beter te voelen, omdat de meeste mannen geen enkele behoefte voelden om haar ook zo'n tweede blik te schenken.)

(Hoewel William echt een vreselijke zak was.)

(Ook al was ze eerlijk gezegd in het begin heel dol op hem.)

'Heeft dat mens dan helemaal geen zelfrespect?' zei Julia fel. 'Godallemachtig, ga door met je leven. Ze zet ons allemaal voor schut.' Ze klonk echt scherp, alsof ze dit als een persoonlijke belediging opvatte.

'Je bedoelt dat ze vrouwen in het algemeen voor schut zet?' vroeg Ellen. 'Normaal gesproken zijn het mannen die stalken. Dus is het juist goed. Zij laat zien dat vrouwen even doeltreffend kunnen stalken als mannen.'

Julia stootte een 'pf'-klank uit. Ze ging zitten, leunde op een van haar lange armen en pakte de lepel op die naast een emmertje water lag. Ze gooide water over de hete stenen. Er klonk een kokend gesis en de sauna vulde zich met nog meer stoom.

'Julia,' zei Ellen terwijl ze naar adem snakte. 'Ik stik zowat.'

'Word je hard van,' zei Julia. Ze ging weer liggen en vroeg: 'Hoe heet dat mens?'

'Saskia,' zei Ellen, en ze ademde oppervlakkig de hete, zware lucht in. Ze durfde het bijna niet hardop uit te spreken, alsof ze het over een celebrity hadden.

'Heb jij haar zelf weleens gezien? In het echt, of op een foto?'

'Nee. Hij vertelt het altijd pas als ze alweer weg is. Ik zou dolgraag willen weten hoe ze eruitziet.'

'Misschien verzint hij het allemaal maar, en is híj juist gestoord.'

'Dat denk ik niet.' Patrick was niet gestoord. Hij was geweldig.

'Ik neem aan dat hij het uitgemaakt heeft.'

'Hij zei dat het gewoon op was tussen hen.'

'Dus heeft hij haar hart gebroken.'

'Nou, ik weet niet...'

'Maar goed, dat is natuurlijk geen excuus. Dat overkomt ons allemaal. Patrick moet haar een straatverbod laten opleggen. Heeft hij dat al geprobeerd?'

Julia geloofde dat overal een oplossing voor was.

'Hij zei dat hij naar de politie is geweest,' begon Ellen, maar toen zweeg ze en gaf verder geen details. Ze was er niet helemaal van overtuigd dat Patrick haar het hele verhaal had verteld over waarom hij geen verdere stappen had ondernomen om het contactverbod te regelen.

'Hoe dan ook, dat stomme mens moet eens normaal doen,' zei Julia, alsof Ellen dit maar aan haar door moest geven.

'Ja.'

Ze lagen er een poosje zwijgend bij. Ellen was aan het bedenken wat ze die avond voor Patrick zou koken. Hij had al een keer voor haar gekookt, op een avond toen Jack bij een vriendje logeerde. Het was heel lekker; vlees, aardappelen en groente, niets moeilijks, en dat was prima, want ze had ook mannen gehad die zichzelf een ster in de keuken vonden. Dat leek in het begin altijd zo geweldig, maar al snel bleek dat ze er heel ijdel over deden, en dat ze bij je in de keuken stonden om kritiek te leveren op de manier waarop jij knoflook fijnsneed.

Misschien iets met varkensvlees, omdat hij toen dat braadstuk had besteld. Een lekker stukje varkenshaas.

'Ken jij Eddie Masters nog?' vroeg Julia.

'De slagersjongen,' zei Ellen, en ze herinnerde zich een magere slungel met lang haar en een blauw met wit gestreept slagersschort. Ja, varkensvlees. Ze zou dadelijk op de terugweg bij die dure slager in de passage langsgaan.

'Na mij ging hij met Cheryl van de drogist,' zei Julia.

'Dat meisje dat er zo eng uitzag. Trouwens, ze was ook eng, want ze had twee gaatjes in haar oren laten prikken.'

'Ja. Nou, nadat Eddie mij had gedumpt belde ik de hele tijd naar haar huis. Als ze opnam deed ik niks, zei ik niks, totdat zij ophing. Ze schold me verrot en ik zat maar te zitten, adem te halen. Niet hijgend, maar gewoon ademhalen, zodat ze wist dat ik er was.'

'Julia Margaret Robinson!' Ellen kwam vliegensvlug overeind, en deed geschokt, half voor de grap en half omdat ze het echt was. Ze keek naar haar vriendin die nog altijd met haar handen gevouwen op haar buik lag. Julia was hoofdmeisje op de bekakte privéschool voor meisjes waar ze allebei op hadden gezeten. En ze had gerotzooid met de jongen van de slager.

Julia deed haar ogen niet open. Ze glimlachte ondeugend. 'Ik dacht aan jouw stalker en toen herinnerde ik het me ineens weer,' zei ze. 'Ik heb er al in geen jaren aan gedacht.'

'Maar het is niks voor jou.'

'Ik weet het, maar ik was er kapot van dat hij me dumpte. Ik bleef maar aan haar denken, en aan waarom hij haar liever had dan mij. Ik had het gevoel dat ik niet meer bestond. Door haar te bellen had ik op de een of andere manier het gevoel dat ik weer leefde. Het was een soort verslaving. Ik haatte mezelf na afloop en ik dacht dat ik het nooit meer zou doen, maar voor ik het wist had ik haar nummer alweer gedraaid.'

'Hoe ben je er dan mee gestopt?'

'Weet ik niet meer. Ik geloof dat ik er gewoon ineens overheen was.' Julia bleef even stil en zei: 'Zal ik je eens wat zeggen? Eddie de slagersjongen kon waanzinnig goed zoenen.'

'Had hij niet zo'n sikje?' vroeg Ellen. 'Zo'n vlassig sikje? Alsof er een pluk engelenhaar aan zijn kin bungelde?'

'Ja, en weet je nog dat hij altijd een pakje sigaretten in de mouw van zijn T-shirt bewaarde?'

'Het leek wel of hij een gezwel op zijn arm had.'

'Ik vond het ongelofelijk sexy.'

Ze zwegen een paar seconden en kregen vervolgens verschrikkelijk de slappe lach, zoals alleen vrouwen kunnen lachen die hun schooltijd samen hebben doorgebracht.

'Je moet Eddie eens opzoeken op Facebook,' opperde Ellen toen ze uitgelachen waren. 'Hij heeft nu vast zijn eigen slagerij.'

'Nee, mens, zo wanhopig ben ik nu ook weer niet,' antwoordde Julia. 'En trouwens, ik vind het heerlijk om single te zijn.'

Ach, lieve schat, nu lieg je, dacht Ellen terwijl ze heimelijk Julia's lichaamstaal las: gevouwen handen, opeengeklemde lippen. Het was nu twee jaar geleden sinds haar man een upgrade nam in de vorm van die brunette.

Julia tilde ineens haar hoofd op. 'Je zuigt dat stalkverhaal toch niet uit je duim, hè? Het is toch geen parabel die je hebt bedacht om mij duidelijk te maken dat ik een soort gestoorde stalker ben en dat ik door moet met mijn leven en weer moet gaan daten?'

'Waar heb je het over?' Maar Ellen wist precies waar ze het over had.

'Ik herinner me dat je me ooit eens een verhaal vertelde over die beroemde hypnotherapeut, jouw held. Die kerel in die paarse cape.'

'Milton Erickson,' verzuchtte Ellen. 'Jeetje, wat heb jij een goed geheugen.'

Mensen onderschatten Julia altijd. Dat kwam doordat ze zo mooi was, en ook omdat ze het gevoel voor humor had van een veertienjarig jongetje.

'Je zei dat hij mensen behandelde door hun verhalen te vertellen,' ging Julia verder.

'Hij gebruikte therapeutische metaforen,' mompelde Ellen.

'Nou, ik heb gemerkt dat jij sinds William bij me weg is langs je neus weg van die motiverende verhaaltjes vertelt over mensen die hindernissen overwonnen, en die het geluk weer vonden nadat iemand anders hun hart had gebroken.'

'Dat is helemaal niet waar!' zei Ellen. Maar het was helemaal wel waar.

'Hm,' zei Julia. Ze tilde haar kin op en glimlachte naar Ellen, die schaapachtig teruglachte. 'Dus Patricks stalkster is geen therapeutische metafoor?'

'Nee, dat is ze niet,' zei Ellen.

Ze lagen er een poosje zwijgend bij.

'Dus die Patrick heeft een gestoorde ex en een dode echtgenote,' zei Julia. 'Je boft wel. Helemaal geen complicaties.'

'Het voelt niet gecompliceerd,' zei Ellen.

'Nog niet,' antwoordde Julia.

'Leuk dat je me zo enthousiast steunt,' zei Ellen.

'Ik zeg het alleen maar.' Julia ging rechtop zitten en haalde de handdoek van haar hoofd om ermee over haar roze, glimmende wangen te wrijven. 'Ik durf te wedden dat je het geweldig vindt dat hij weduwnaar is. Heb ik gelijk of niet?' zei ze. 'Zo lekker romantisch en tragisch. Net als Miles.'

'Miles?'

'Miles. Die eenbenige jongen op wie je op school verliefd was.'

'Giles,' zei Ellen. 'En we waren allemaal verliefd op de jongen met één been. Omdat hij superknap was.'

Dat was het probleem als je al zo lang met iemand bevriend was. Dan nam ze je nooit helemaal serieus, omdat ze je al kende toen je nog een domme puber was.

Het was wel waar dat ze het niet erg vond dat Patrick weduwnaar was. Het feit dat dat de zaak complexer maakte, sprak haar juist aan. Het gaf haar het gevoel dat ze deel uitmaakte van de rijke schakering van het leven (en de dood). En het gaf haar de gelegenheid om haar professionele vaardigheden te tonen. Ze nam aan dat mensen tegen haar zouden zeggen: 'Ben je niet bang dat hij nog steeds van zijn vrouw houdt?' Dan zou zij sereen antwoorden: 'Nee, helemaal niet.' Ze zou het volkomen begrijpen als hij nog steeds gevoelens voor zijn vrouw had. Ze zou instinctief weten wanneer ze zich terug moest trekken, en wanneer ze hem om zijn vrouw moest laten rouwen.

'Ik ben anders nooit verliefd geweest op die jongen met zijn ene been,' zei Julia.

'Nee, jij had het te druk met bellen naar de nieuwe vriendin van je ex.'

'Ha, touché!' Julia maakte een behendige beweging met een denkbeeldig zwaard. Vroeger op school was ze kampioen schermen. Ze draaide de handdoek weer om haar hoofd en ging weer op het bankje liggen. 'Hoe dan ook, ik heb tenminste een excuus voor mijn stalkgedrag,' zei ze. 'Ik was zeventien. Tieners hebben nog geen volgroeid brein. Dat is een medisch feit. Hoe oud is jouw stalker?'

'Ze is Patricks stalker, niet die van mij. Ze is ergens begin veertig, geloof ik.' Heel basale feiten over Saskia loskrijgen bij Patrick was net als het trekken van een tand. Ellen had wel gemerkt dat hij het zo veel mogelijk probeerde te vermijden om haar naam te noemen. Hij noemde haar 'dat mens' of die 'Glenn Close', naar die enge stalkster in *Fatal Attraction*.

'Dat bedoel ik dus. Het is een volwassen vrouw. Sterker nog, een vrouw van middelbare leeftijd. Geen enkel excuus. Gewoon knettergek. Rijp voor een inrichting.'

Ellen zuchtte en rekte haar armen en benen uit, waarna ze haar lichaam tegen het bankje liet smelten. 'We zijn allemaal een beetje gek, Julia.'

5

'Je zult afvallen!'/'Je kunt zo slank worden als je maar wilt!' Kijk eens naar de verschillen tussen deze twee suggesties. De eerste laat zich omschrijven als autoritair, bevoogdend en direct. De tweede kun je zien als vrijblijvender, indirect en moederlijk. Milton Erickson geloofde dat het onderbewuste zich verzet tegen autoritaire suggesties. Hij was de eerste die werkte met 'intelligente vaagheid'. Vinden jullie dat ook geen verrukkelijke uitdrukking?

Ellen O'Farrell tijdens een cursus 'Hypnotherapie voor gevorderden.'

Drie studenten knikten, de rest staarde haar vaag intelligent aan.

Het nieuws dat ze die avond Patricks zoon voor het eerst zou ontmoeten, terwijl ze daar helemaal niet op had gerekend, vervulde Ellen met een buitenproportioneel gevoel van paniek.

'Tuurlijk! Hartstikke leuk!' had ze tegen Patrick gezegd, en ze knikte als een maniakale marionet toen hij belde om te vragen of ze het goed vond dat Jack ook kwam eten, omdat het klasgenootje bij wie hij die avond zou zijn, ineens door een of ander virus was geveld.

'Hij eet gewoon met ons mee,' zei Patrick. 'En anders bestellen we wel een pizza voor hem. Geen stress. O ja, en hij neemt een dvd mee, dan kan hij die bij jou kijken.'

Was het de bedoeling dat ze het kind een plakje van hun varkenshaasje gaf? Of moest ze nog even snel naar de winkel voor een lamskoteletje? Nee, geen tijd. Ze had die middag twee cliënten en de eerste kwam al over vijf minuten.

En ze had ook niets te drinken in huis, alleen champagne en

wijn. Ze had cola nodig, of limonade, of op zijn minst sap. Ze had aardbeien in likeur met dikke room als toetje, en dat was totaal ongeschikt voor een kind.

Hij verwachtte natuurlijk ijs. Of taart. Cupcakes? Of was dat weer te kinderachtig? Ze wilde hem natuurlijk niet beledigen door hem als een klein kind te behandelen. Allemachtig. Ze had uren nodig om dit voor te bereiden. Ze moest haar vriendin Madeline bellen, want die was een expert op kindergebied; en ze moest Julia sms'en, die vervolgens tegen haar zou zeggen dat ze zich aanstelde. En haar vriendin Carmel in New York, die een boek voor haar zou bestellen bij Amazon met een titel als *Het geheim van de goede stiefmoeder*. En ze moest googelen: achtjarige jongetjes en hoe met ze te praten zonder de indruk te wekken dat je graag de moederrol op je wilt nemen.

Toen ze het met Patrick had over de eventuele eerste ontmoeting met Jack, waren ze het eens dat die overdag moest plaatsvinden, en niet 's avonds. Waarschijnlijk tijdens een bezoekje aan het zeeaquarium. Een of ander uitje, zodat er niet te veel druk op stond. Ze was van plan geweest om geestige, interessante, schijnbaar losse opmerkingen te maken (die ze in werkelijkheid van tevoren had uitgewerkt) over de vissen die een jongetje van acht zouden aanspreken.

Huiverend bedacht ze nog iets anders: haar dvd-speler deed het niet meer. Het arme, moederloze schaap zou zich dood vervelen.

Spelletjes! Ze moesten maar spelletjes spelen. Deden kinderen nog wel aan ouderwetse spelletjes? Of moesten ze maar gewoon zitten en kletsen? Maar waarover dan?

Ze kon wel janken.

Dus moest ze dit probleem in een positiever licht stellen.

Ellen, het is een kind, niet de koningin van Engeland, of de president van de Verenigde Staten.

Dat hielp dus geen bal, want Ellen zou nog liever de koningin of de president over de vloer hebben. De koningin leek op haar oma, die ze nog elke dag miste, en president Obama leek haar een gezellige kletskous. Ellen was als enig kind opgegroeid met alleen volwassenen, en dankzij haar werk kwam ze heel vaak in contact met nieuwe mensen. Ze was niet verlegen, en al had ze aanleg voor zelfhaat (een verbeterpuntje waar ze voortdurend aan werkte), ze voelde zich nooit sociaal minderwaardig aan wie dan ook.

Behalve aan kinderen. Ja, echt, ze voelde zich minderwaardig aan kinderen.

Dat was een op zichzelf staand soort, met een eigen taal en cultuur. En die kinderen van tegenwoordig blaakten van het zelfvertrouwen. Toen ze vandaag na het zwemmen naar de winkel ging, gleed er een klein meisje van hooguit een jaar of acht voorbij dat in haar roze mobieltje aan het kleppen was. Ze droeg een jas waarvan de kraag met bont was afgezet, en haar gezicht was geschminkt als een tijger, en ze gleed, omdat er kleine wieltjes verstopt zaten in de hakken van haar sneakers. En dat niet alleen: langs de zijkanten van die schoenen flitsten roze lichtjes. Ellen had verbijsterd naar deze exotische tijgerprinses op haar onzichtbare rolschaatsen gestaard.

Een paar van haar vriendinnen hadden een baby, maar baby's waren makkelijk. Die kon je knuffelen en aan het lachen maken. En daar hoefde je niets anders voor te doen dan hun handpalmen kietelen of in hun zachte, lieve halsjes blazen. Ach, ze was dol op baby's, maar kinderen...

Ondanks het feit dat ze al halverwege de dertig was, waren veel van haar vriendinnen van dezelfde leeftijd kinderloos. 'Jullie denken dat jullie eeuwig de tijd hebben,' zei haar moeder. 'Maar realiseren jullie je wel dat je alle eitjes die je ooit zult hebben al bij je geboorte hebt gekregen? Niet dat ik zo graag een gerimpeld grijs omaatje wil zijn.' Gevolgd door een afgemeten lachje.

Oké, dus Ellen had niet zoveel ervaring met kinderen. Maar haar paniek kon toch niet alleen daardoor komen? Ze pelde genadeloos efficiënt de lagen van haar bewustzijn af om de naakte, hachelijke waarheid bloot te leggen.

Ze wilde de stiefmoeder van dit kind worden. Ze wilde dat hij een schattig bruidsjonkerpakje zou dragen op haar bruiloft. Ze wilde dat hij de grote broer werd van haar eigen kindje, omdat ze vijfendertig was en omdat ze alle eitjes die ze ooit zou hebben al sinds haar geboorte bij zich droeg. Ze wilde dat zijn papa de ware was, omdat ze de gedachte aan nog een profiel op die verschrikkelijke datingwebsite niet meer trok. Alweer zo'n middelbare, kale dikzak die haar zelfingenomen aanstaarde vanaf haar computerscherm, en die een 'slanke dame die goed voor zichzelf zorgt, om mee te knuffelen en voor lange strandwandelingen' eiste. Ja, ze wilde dat dit kind van haar zou houden en dat hij haar zou behoeden voor de omhelzingen van die zelfingenomen dikzakken.

En dat was uiteraard allemaal veel te veel en veel te snel, en heel gênant, en als het kind haar krankzinnige wanhoop zou voelen (en zij had het donkerbruine vermoeden dat kinderen angst instinctief aanvoelden, net als honden), dan zou hij...

Er werd ongeduldig aangebeld.

Ellen keek op haar horloge. Het was haar cliënt van twee uur. Ze holde de trap af, met twee treden tegelijk, en bleef onder aan de trap staan om haar gebruikelijke affirmatie op te zeggen. *Adem in, ik ben nu met al mijn aandacht bij deze cliënt; adem uit, ik zal alles geven wat ik te geven heb.*

Ze deed de deur open en glimlachte kalm en professioneel. Neurotische Ellen zat nu veilig opgesloten in een kastje ergens in haar achterhoofd.

De cliënt was Rosie: haar aanstaande bruid die haar verloofde had beloofd dat ze voor hun trouwdag zou stoppen met roken.

Rosie was een kleine vrouw met rondingen, grote ogen die altijd vol vertrouwen stonden en een klein spleetje tussen haar voortanden, waardoor ze eruitzag als een onschuldig kind. Ellen zag haar helemaal niet voor zich met een sigaret. Dat zou net zoiets zijn als een rokende kleuter.

Tijdens hun eerste sessie had Rosie verteld dat ze met 'Ian

Roman' ging trouwen, waarbij ze Ellen vol verwachting aankeek.

Ik moet die naam kennen, dacht Ellen.

'Hij zit in de media,' zei Rosie. 'Hij is nogal, eh, prominent.'

En toen viel het kwartje bij Ellen. Ian Roman! Dat was zo'n naam die tot je onderbewuste doordrong als door osmose. Hij was eigenaar van kranten of van televisiestations of zoiets. Zijn naam verscheen op de financiële pagina's. Niet dat Ellen die las.

'Dus als ik straks getrouwd ben, heet ik Rosie Roman.' Rosie lachte gemaakt.

'Je hoeft zijn naam toch niet aan te nemen?' merkte Ellen op.

'O nee, ik ben niet zo'n carrièrevrouw.' Rosie maakte een afwerend gebaar met haar hand alsof iemand haar iets had aangeboden wat veel te duur was naar haar smaak. 'Ik ben maar een heel gewoon meisje.'

Rosie leek vandaag niet in haar hum, en ze bewoog haar hoofd van links naar rechts alsof haar nek pijn deed, om vervolgens een stevige ruk aan haar trui te geven alsof die in de was gekrompen was.

'Hoe staat het met de trouwplannen?' vroeg Ellen toen ze haar voorging, de trap op.

'Hou op, schei uit,' antwoordde Rosie.

'O jee.'

'Wat een stom moment om te stoppen met roken, net nu ik stijf sta van de stress.'

'Het kan ook juist een goed moment zijn om iets aan een verslaving te doen als je helemaal uit je gewone ritme bent.'

'Dat zal wel.' Rosie leek niet erg overtuigd.

Ellen zag Rosies schouders ontspannen toen ze haar glazen behandelruimte in liepen. De combinatie van het licht en het uitzicht op de oceaan was zo krachtig dat ze weleens dacht dat ze verder niet veel meer voor haar cliënten hoefde te doen dan hen in deze kamer te laten plaatsnemen.

'Zo, hoe gaat het verder?' vroeg Ellen toen ze eenmaal zaten.

'Ik rook nog steeds als een schoorsteen,' zei Rosie kribbig.

Voor Ellen de kans kreeg om te reageren, zei Rosie: 'Sorry, het is niet jouw schuld. Ik weet dat het mijn eigen schuld is. Ik heb de cd die je me gaf niet eens beluisterd.'

Ellen had haar een van haar cd's gegeven met een speciaal script voor het doorbreken van een rookverslaving. Ze had ze jaren geleden gemaakt, en klanten waren er vaak vol lof over, maar zelf kon ze niet naar haar eigen stem luisteren.

'Waarom heb je hem niet beluisterd?'

Veel van haar cliënten kwamen er niet aan toe om haar cd's te beluisteren, en ze vertelden haar dat altijd met een schuldbewuste, defensieve blik. Alsof ze hadden bekend dat ze hun huiswerk niet hadden gemaakt, maar niemand kon hen iets maken, omdat ze volwassen waren en hier zelf voor betáálden.

Rosie haalde haar schouders op. 'Weet ik niet. Ik kan nergens anders meer aan denken dan aan de bruiloft. Bijvoorbeeld dat ik de kleur van de jurken voor de bruidsmeisjes eigenlijk spuuglelijk vind. Abrikoos! Ik was waarschijnlijk tijdelijk ontoerekeningsvatbaar.'

Ze pakte een chocolaatje uit de schaal, en liet het meteen weer vallen. 'Mijn verloofde is jaren geleden al gestopt met roken. Hij zat op een dag in zijn auto op de snelweg, en toen heeft hij dat gewoon besloten. Hij heeft zijn raampje omlaag gedraaid en zijn halfvolle pakje sigaretten uit het raam gegooid en daarna heeft hij nooit meer gerookt.'

'Wat een milieuvervuiler,' zei Ellen.

Rosie keek haar verbaasd aan en giechelde. 'Inderdaad.' Toen verdween haar glimlach abrupt, alsof ze zich betrapt voelde.

Er klopte hier iets niet helemaal. Ellen had het gevoel dat Rosie ergens over loog. Mensen logen natuurlijk de hele tijd, bewust of onbewust.

'Wil jij eigenlijk wel stoppen met roken?' vroeg Ellen.

Rosies ogen werden groot. 'Natuurlijk!'

'Weet je, soms zijn er blokkades in het onderbewustzijn die een verslaving niet op willen geven. Misschien moeten we dat vandaag maar eens onderzoeken.'

'Prima,' verzuchtte Rosie. 'Hoewel ik je nu al kan zeggen dat er niets mysterieus aan de hand is. Ik heb gewoon meer wilskracht nodig.'

'Laten we maar eens kijken wat er gebeurt.' Ellen bleef even stil, en bedacht welke inductie ze zou gebruiken. Maar ineens bedacht ze de perfecte metafoor. 'Welke kleur had je liever gehad voor je bruidsmeisjes?'

'Blauw,' zei Rosie meteen.

'Oké, kies een plek op de muur en concentreer je daarop. Het maakt niet uit waar.'

Rosie zuchtte nog eens, haalde haar schouders op en keek de kamer rond. Ze hield haar ogen gericht op de plek rechts achter in de kamer die bijna iedereen koos en zei: 'Oké.'

'Je moet dadelijk met je ogen knipperen.'

Rosie knipperde met haar ogen.

'Goed zo,' zei Ellen hartelijk. 'En nog even, en je ogen vallen dicht. Misschien gebeurt het nu meteen al, maar het kan ook nog best even duren.'

Rosie deed haar ogen dicht.

Ellen zag hoe Rosies borst op en neer ging en paste haar eigen ademhaling aan die van Rosie aan. Ze sprak snel en soepel, en stelde zich voor dat ze haar woorden als vloeistof uit een kan in Rosies gedachten goot.

'Ik wil je vragen om een muur te visualiseren. En het spijt me, maar die muur is abrikooskleurig. Maar het goede nieuws is dat jij bezig bent om hem blauw te schilderen. Je verfkwast gaat op en neer, in ritmische streken. Op... en... neer. Op... en... neer.'

Te moeilijk? Ellen had gemerkt dat ze voorzichtig moest zijn met haar metaforen. Mannen namen ze vaak veel te letterlijk. Een man zou na afloop zeggen: 'Dan moet je wel eerst de boel in de grondverf zetten.' Vrouwen maakten juist weer allerlei gedachtesprongen. Een van haar allereerste cliënten had gezegd dat ze dol was op zonnebaden, dus gebruikte Ellen een vrij veilige inductie, dacht ze: de vrouw moest denken dat ze op een tropisch strand lag. Na afloop gaf de cliënt toe dat ze de hele tijd bezig was geweest met de vraag in welke bikini ze daar lag.

Ellen zag Rosies ogen snel heen en weer schieten achter haar oogleden. Ze zag ook de spanning in Rosies lichaam: haar schouders opgetrokken, haar vingers die stevig in het leer duwden. Er kwam een wolk voor de zon en er viel een zonnestraal op de diamanten in Rosies verlovingsring.

'Telkens als je die kwast ziet bewegen, merk je dat je lichaam zich dieper ontspant. Je zult waarschijnlijk merken dat je ademhaling het ritme van de verfkwast overneemt. Op... neer... in... uit. Op... en... neer. In... uit.'

Ze keek naar Rosies kleine, elfachtige zwarte laarsjes die naar buiten in een V vielen. 'Let op hun voeten,' zei Flynn altijd tegen haar. 'Die verraden alles.'

'De muur is bijna af. Als hij bijna helemaal blauw is... of misschien iets later... raak je in de allerlekkerste ontspanning die je ooit hebt gevoeld.'

Rosies mond ging hangen, haar gezicht verslapte en haar hoofd bungelde naar een kant. Als sommigen van haar cliënten zouden weten hoe ze eruitzagen als ze in trance waren, zouden ze zich een ongeluk schrikken. Dat had Ellen nog nooit tegen iemand gezegd, zelfs niet tegen andere therapeuten. Het voelde als iets heel persoonlijks dat ze deelde met haar cliënten.

Oké, Ellen, en wat wil je nu precies met die blauwe muur?

Maar ze wist het best. Soms voelde haar werk onbeholpen en geforceerd. Maar er waren ook dagen bij dat het natuurlijk en fluïde aanvoelde. Dan was ze zelf in een lichte trance. Dan was er 'flow'.

'Rosie, jij hebt de macht om van die muur een weelderig blauw gordijn te maken, zoals de gordijnen die je voor een toneel ziet hangen. En achter dat gordijn staat iemand op je te wachten die belangrijk voor je is. Ik weet niet wie, maar het is iemand met veel wijsheid, iemand die je blind vertrouwt. Je trekt het gordijn weg, en daar staat die persoon. Misschien doet hij of zij wel een stap naar voren om je te omhelzen.'

Ze wachtte af en keek.

'Ben je nu met die persoon?'

Rosie tilde haar rechterwijsvinger op: dat was het teken dat ze hadden afgesproken als ze 'ja' bedoelde.

'Ik denk dat deze persoon jou iets te zeggen heeft. Misschien kan hij of zij jou wel vertellen waarom het zo moeilijk voor je is om te stoppen met roken. Of misschien kan hij of zij jou de kracht geven die je nodig hebt om een eind te maken aan deze verslaving. Ik zeg even niets meer, dan kun jij luisteren naar wat de persoon te zeggen heeft.'

Er schoof weer een wolk voor de zon weg, en de kamer vulde zich met warmte. Ellen voelde haar eigen borst op en neer gaan, helemaal synchroon met die van Rosie. Rosies gezicht bleef onbewogen, maar ze beet wel op haar lip.

Na een paar seconden begon Ellen weer te praten. 'Rosie,' zei ze, 'zou je misschien met mij willen delen wat je net hebt gehoord? Het is aan jou.'

Rosie bleef even stil, en begon toen te praten. Haar stem was hees, laag en monotoon.

'Ik wil niet met hem trouwen,' zei ze. 'Daarom wil ik niet stoppen met roken. Omdat ik niet wil trouwen.'

Ellens wenkbrauwen schoten omhoog, en haar ogen vielen op het groepje glinsterende diamanten aan Rosies vinger.

'Ik vind hem eigenlijk niet zo leuk,' zei Rosie.

'Nou, dit is dan mijn zoon Jack!' Patrick stond in Ellens hal met zijn handen op de magere schoudertjes van zijn zoontje.

'Hi, Jack! Hoe gaat het?' Ellen klonk precies zoals ze al vreesde: als een bibliotheekjuf die een voorleesuurtje hield.

'Goed, hoor.' De jongen keek even snel op naar Ellen, en wendde zijn blik meteen af. Hij had zijn vaders amandelvormige, lichtgroene ogen. Zijn dikke blonde haar was lang en zat slordig, en viel over zijn oren, zodat hij net een rockster uit de jaren zestig leek.

'Mooi zo! Nou... super! Ik hoop dat je van broodjes worst

houdt.' Tot haar uitzinnige opluchting had Ellen nog een paar worstjes in de vriezer ontdekt voor ze kwamen.

Jack had haar blijkbaar niet gehoord. Hij hield zijn kin omlaag en trok aan het voorpand van zijn T-shirt alsof hij wilde controleren hoe sterk de stof was.

Patrick schraapte zijn keel. 'Hé, man, Ellen stelde je een vraag.'

'Niet.'

'Jawel. Ze vroeg of je van worstjes hield. Jij bent gek op worstjes, toch?'

Jack schudde zijn vaders handen van zijn schouders. 'Ik ben niet gek op worstjes, pap. En ze vroeg niet of ik van worstjes hield. Ze zei: "Ik hoop dat je van worstjes houdt." Dat is geen vraag. Dat is een... eh... zin.'

'Oké, nou...' begon Ellen.

'Ik ben gek op pizza. Jij zei dat ik vanavond pizza mocht bestellen.'

'Ik zei dat we misschien pizza zouden bestellen, maar als Ellen broodjes worst voor jou heeft gemaakt, dan eet je die.' Patrick wierp Jack een strenge, vaderlijke en lichtelijk paniekerige blik toe.

'Ik heb nog niks gemaakt,' zei Ellen vlug. 'Dus als jij liever pizza wilt, kan dat, hoor. Tuurlijk.'

'Ja, fijn, dat heb ik liever.' Jack zuchtte opgelucht, alsof iemand eindelijk iets zinnigs had gezegd. 'Mag ik dan nu mijn dvd gaan kijken?'

'Jack. Alsjeblieft. Je hoeft die dvd niet meteen al te kijken. Dat is niet beleefd.'

Ellen zag dat Patricks wangen invielen alsof hij zijn kaken op elkaar klemde. Hij wilde zo graag dat Jack een goede indruk op haar zou maken. Haar eigen zenuwen verdwenen als sneeuw voor de zon.

'Geeft niks, joh,' zei ze tegen Jack. 'Mijn dvd-speler doet het niet, maar je kunt hem wel op mijn laptop kijken als je wilt.'

'Ja, dat is goed,' zei Jack goedmoedig. 'Ik weet wel hoe laptops werken.' Voor het eerst tilde hij zijn hoofd op om haar eens echt goed te bekijken.

'Je zult wel balen dat je vriend ziek is,' zei ze tegen hem.

'Ja,' zei hij ongeduldig. 'Hé, wil jij mij hypnotiseren? En wil je me leren hoe ik mijn vriendjes kan hypnotiseren? Dat ze alles doen wat ik wil? Dat zou cool zijn! Dan zijn ze mijn slaven.'

'Dat is niet zo ethisch,' zei Ellen.

'Huh?'

'Oké, laten we die dvd dan maar meteen opzetten.' Patrick klapte in zijn handen.

'Je doet heel gek, pap,' zei Jack fronsend.

Patrick keek Ellen met een verlegen grijns aan. 'Nog gekker dan normaal?'

Jack schudde ernstig zijn hoofd. 'Ik meen het, papa.'

Ze liepen de hal door en Jack bleef staan om met een vinger langs de zilverkleurige stippen op het oranje behang te strijken. Hij keek weer naar Ellen. 'Dit is een cool huis.'

'Dank je.' Ze was zo verrukt dat ze zich moest inhouden om er niet 'schatje' aan toe te voegen.

Twintig minuten later zat Jack in Ellens zitkamer met de laptop op schoot, een koptelefoon over zijn oren en zijn ogen op het flikkerende beeldscherm gericht. Zijn enorme sneakers lagen op Ellens fraai gerestaureerde retrosalontafeltje.

Patrick vroeg hem niet zijn voeten van tafel te halen, en Ellen wist niet hoe ze het hem moest vragen zonder meteen als boze stiefmoeder over te komen. En ach, wat maakten die paar krasjes nou uit?

'Het is een ontzettend leuke jongen,' zei ze tegen Patrick toen ze aan tafel gingen zitten. Ze had een schaal neergezet met zuurdesembrood, wat dipjes en grote groene olijven. Ze konden Jacks kruin door de eetkamerdeuren zien. Ze praatte zachtjes, ook al kon hij hen absoluut niet horen.

'Hij kan inderdaad heel leuk zijn,' zei Patrick. Hij schraapte zijn keel en schonk haar een glimlach. 'Jij bent de eerste vrouw aan wie ik hem heb voorgesteld sinds zijn moeder is overleden.'

'Nou, wat een eer – maar wacht even, had je hem ook niet aan Saskia voorgesteld? Ik bedoel, je zei toch dat jullie een paar jaar hebben samengewoond? Dan heeft ze toch zeker ook met Jack gewoond?' Ze had er nog niet eerder over nagedacht dat Saskia Patricks zoontje ook moest hebben gekend.

Patricks neusgaten bewogen alsof hij iets vies rook. Hij spuugde een olijfpit in zijn handpalm. 'Haar tel ik niet mee.'

Ellen voelde zich ongemakkelijk. Hij kon toch niet doen alsof Saskia nooit had bestaan? Hij moest ooit van haar hebben gehouden, in het begin. En Ellen was niet de eerste vrouw die hij aan zijn zoon had voorgesteld. Dat was feitelijk onjuist. En dat vond ze maar niets.

'Hoe oud was Jack toen Saskia bij jullie woonde?'

'Hij was toen nog een peuter.'

'En, konden ze het vinden met elkaar? Was hij verdrietig toen ze wegging?'

'Hij kan zich haar niet eens meer herinneren,' zei Patrick afwimpelend, wat helemaal geen antwoord op haar vraag was. Zijn ogen dwaalden van haar af, en opeens riep hij: 'Jack! Voeten van tafel!'

Hoe kon hij vanhier uit zien dat Jack zijn voeten op tafel had? Of had hij het net ook gezien, maar had hij toen geen zin er iets van te zeggen?

'Sorry.' Patrick stond op en liep de andere kamer in.

Toen hij terugkwam wilde hij het duidelijk over iets anders hebben. 'En, hoe was je dag? Je had een paar cliënten, zei je. Waren het goeie, eh, sessies?'

Als ze hem beter zou kennen, had ze gezegd: 'Ik ben nog niet uitgepraat over Saskia en Jack,' maar ze deed haar best om haar misschien wel voyeuristische belangstelling voor zijn ex binnen de perken te houden. Hij vroeg per slot van rekening ook niets over haar exen.

Dus vertelde ze hem over haar sessie met Rosie en hoe ze had ontdekt dat de reden waarom ze niet met roken wilde stoppen, was dat ze eigenlijk helemaal niet wilde trouwen. Ze noemde er uiteraard geen namen bij, en ook niet dat het afzeggen van dit huwelijk waarschijnlijk de roddelrubrieken van de kranten in Sydney zou halen. Ze vond het een interessant gespreksonderwerp dat haar in een positief licht stelde.

Patrick luisterde aandachtig, en keek haar toen met half dichtgeknepen ogen aan, alsof hij door zonlicht probeerde te kijken. Dit maakte hem ouder om te zien. Hij had diepe groeven rond zijn ogen, waarschijnlijk omdat hij als landmeter zo vaak in de buitenlucht werkte, dacht ze.

Hij zei: 'Dus nu zegt ze de bruiloft af? Dankzij jou?'

'Ik weet niet wat ze nu gaat doen. Dat is aan haar. Maar ik geloof wel dat ik haar heb helpen inzien wat ze werkelijk voelt.'

'Maar stel je nou eens voor hoe die arme kerel zich moet voelen. Weet je wel zeker dat het niet gewoon koudwatervrees is? Of misschien zocht ze een excuus om niet te hoeven stoppen met roken.'

Ellen raakte geïrriteerd. Ze had verwacht dat hij gefascineerd zou zijn en zelfs vol ontzag voor wat je met hypnotherapie kunt bereiken. Ze krabde aan een plekje op haar pols. (Irritatie uitte zich bij haar altijd als jeuk aan haar rechterpols, precies op de plek waar ze als kind eens een infectie had gehad.)

'Ik laat mijn cliënten helemaal niets dóén,' zei ze. 'Ik hélp hen om hun kritische stem te negeren en direct toegang te krijgen tot hun onderbewustzijn. Wat mijn cliënte doormaakte, heet een minisatori. Dat is het zenwoord voor verlichting.'

Ellen dacht terug aan haar sessie met Rosie. Nadat die was gekomen met de onthulling over haar huwelijk, had Ellen haar een posthypnosesuggestie gedaan: 'Als je straks uit deze trance komt voel je je kalm en weet je dat je zelf de touwtjes in handen hebt bij het nemen van een beslissing over wat je nu moet doen.'

Toen Rosie uit haar trance was gekomen, had ze met haar ogen geknipperd en meteen haar hand opgestoken om naar haar verlovingsring te kijken. Ze trok de ring van haar vinger en hield hem tussen haar vingertoppen tegen het licht om hem verwonderd te bekijken alsof het een vreemd en onprettig wetenschappelijk monster was. Toen glimlachte ze naar Ellen en zei ze: 'Zal ik je eens wat zeggen? Zelfs die ring vind ik niet mooi.'

'Het spijt me. Het was geen kritiek,' zei Patrick. 'Ik identificeer me te veel met die man, denk ik.'

'Geeft niet,' zei Ellen. Dit was de eerste keer dat er iets van spanning tussen hen was. Dat moest toch een keer gebeuren, hield ze zichzelf voor. Geen reden tot paniek.

'Ik heb een keer zo'n optreden gezien,' zei hij. 'Je weet wel, dat ze mensen uit het publiek halen om te hypnotiseren. Ik hoop niet dat je nu beledigd bent, en ik neem aan dat theaterhypnotiseurs heel anders zijn dan, nou ja, echte hypnotherapeuten zoals jij, maar ik vond het vreselijk.'

Ellen moest glimlachen om zijn schuldbewuste uitdrukking. 'Dat mag,' zei ze. 'Het is iets totaal anders dan wat ik doe.'

'Die domme uitdrukking op hun gezichten vond ik zo erg.' Hij deed hen na door onderuit te zakken in zijn stoel en zijn kin op zijn borst te laten vallen. Hij ging meteen weer rechtop zitten en nam een slok wijn. 'Ze zaten er zo sneu bij. Het leek wel of hij die lui drugs had gegeven en hij daardoor met hen kon doen wat hij maar wilde.'

'Dat is niet echt zo. Ze waren nog steeds zelf de baas over wat ze deden. Het enige wat hij deed is hen van hun remmingen af helpen,' zei Ellen.

'Ik heb graag zelf de controle,' zei Patrick. 'Daarom ben ik ook nooit zo'n drinker geweest, en heb ik ook nooit drugs geprobeerd. Ik wil altijd aan het stuur zitten, om het zo maar eens uit te drukken.' Hij zweeg, nam nog een olijf, en legde die voorzichtig terug op de schaal. Hij bleef ingespannen naar de olijf staren. 'Dat haat ik nog het meest van dit gedoe met mijn ex. Dat zij de baas is. Zij heeft invloed op mijn leven en daar heb ik niets over te zeggen. Dus het spijt me als ik af en toe raar doe over haar. Het punt is: als we het over haar hebben, is het net alsof ze erbij is, hier, in deze kamer.'

Hij keek op met dezelfde smekende, wanhopige blik als zoveel van haar cliënten die bij haar kwamen voor een oplossing van een probleem waar zij hen, dachten ze, toch niet bij kon helpen. Ineens voelde Ellen een schokje van medeleven. Het was allemaal valse bravoure geweest toen hij haar die eerste keer over zijn stalker vertelde. Natuurlijk was hij hierdoor beschadigd: hij was het slachtoffer van een stalker! Wat ongelofelijk tactloos dat ze daar nooit bij stil had gestaan. Ze was zo geboeid door Saskia en wilde zelfs haar motieven begrijpen, dat ze helemaal niet had nagedacht over het effect dat dit op Patrick zou kunnen hebben. Ze deed net alsof alleen vrouwen echte emoties hadden en alsof mannen een minder complexe levensvorm waren.

'Sorry,' zei ze. 'Ik dacht er niet bij na dat zij wel de laatste is over wie jij het wilt hebben toen ik al die vragen over Saskia stelde. Ik bedoel, ik stond er niet bij stil hoeveel last jij hiervan hebt – het moet... enfin, ik heb geen idee hoe dat voor jou moet zijn.'

Patrick keek haar nog steeds aan, recht in haar ogen. Hij probeerde een of ander complex gevoel op haar over te brengen. Misschien had hij zelf ook wel een mini-satori.

Hij leunde voorover. Zij leunde ook naar voren. Mooi. Hij zou zijn gevoel nu met haar delen. Nu zou hun relatie een nieuwe, diepere, spirituelere laag krijgen.

'Heb je zin om een paar minuten naar boven te gaan?' vroeg hij.

'Dus ik denk dat hij me iets heel dieps en belangrijks wil vertellen, toen bleek dat hij alleen een vluggertje wilde maken! Terwijl zijn zoon bij mij thuis is! Seks was wel het laatste waar ik zin in had!'

'Mannen denken altijd alleen maar aan seks,' zei Ellens vriendin Madeline.

Ze hingen met elkaar aan de telefoon. Ellen was bezig met het archiveren van papieren in haar kantoor, en aan het sissen en kletteren van pannen te oordelen was Madeline aan het koken. Waarschijnlijk iets elegants en ecologisch verantwoords, waarschijnlijk met een bloemetjesschort om haar zwangere buik gebonden. Madeline was stralend zwanger van haar tweede kind. Zij en Ellen deelden een appartement toen ze twintigers waren, en toen Madeline nog zou zijn omgevallen van het lachen bij het idee van een bloemetjesschort.

Ellen had liever Julia gebeld, maar Julia's belangstelling voor Patrick was wat bekoeld naarmate de relatie langer duurde. Zelfs vóór Julia's scheiding was ze altijd al zo'n vriendin geweest die je belde als het slecht met je ging, niet als het goed ging. Nu Patrick officieel Ellens 'vriend' was, klonk er een beetje minachting door in Julia's stem als Ellen iets over hem zei, behalve als het over zijn gestoorde ex ging. Niet dat ze niet wilde dat Ellen gelukkig was; ze vond alleen dat je over geluk snel uitgepraat was.

Madeline daarentegen was het soort vriendin dat diep met je meeleefde maar totaal niets voor je kon betekenen als het even tegenzat, omdat ze zelf in paniek raakte en snel over iets anders begon als iemand zelfs maar een emotioneel trillertje in haar stem had.

Ellen fronste bij de afwijzende klank in Madelines stem. 'Dat is niet waar. Dat is een cliché,' zei Ellen tegen Madeline. 'Ik ben met mannen uit geweest die nooit aan seks dachten. Maar goed, toevallig was het precies op dat moment net tot me doorgedrongen dat ik hem juist niet als een typische man moest zien, maar als een mens.'

'Dat hij zin had in seks wil nog niet zeggen dat hij geen mens is.'

Madeline miste haar punt. 'Ja, maar met zijn zoon erbij in huis?'

'Als je ooit met hem gaat samenwonen, zul je je daar wel overheen moeten zetten.'

'Wachten ouders dan niet altijd tot de kinderen slapen?'

'Ging dit verhaal eigenlijk niet over zijn gezichtsuitdrukking?'

'Ja, inderdaad. Dus toen ik zijn charmante aanbod afsloeg, keek hij zo... zo pruilend. Geloof ik.'

'Hoezo "geloof ik"?'

'Nou, ik zag het in een flits. Mensen die gespecialiseerd zijn in leugendetectie noemen dat meen ik een "micro-expressie". Daarna was er niets meer aan de hand. We hebben heerlijk gegeten, en na het eten hebben we een potje Monopoly gespeeld met zijn zoontje, en dat was hartstikke leuk. Maar ik moest steeds denken aan dat gezicht, die micro-expressie, en ik vroeg me af: is dit soms een teken? Ga ik hier op een dag op terugkijken en zeggen: "Dat was het moment dat ik er een eind aan had moeten maken"? Want dat heb je met micro-expressies. Die tonen je ware ik!'

'Ellen, ik heb nog nooit zoiets stoms gehoord. Die arme man is zo verliefd op jou dat hij elke seconde van de dag met je naar bed wil, en als jij hem afwimpelt en hij laat heel even zien dat hij teleurgesteld is...'

'Ja, ja, ja, je hebt gelijk, ik ben een spook. Ik analyseer veel te veel. Hysterisch. Ik wil alleen zo graag dat het deze keer goed komt, Madeline. Dat wil ik echt heel graag.'

'Tuurlijk wil je dat,' zei Madeline gedecideerd.

Dus het is serieus. De hypnotherapeute heeft Jack ontmoet. Voor zover ik weet is dit de eerste vrouw die hij aan Jack heeft voorgesteld sinds mij.

Ik vraag me af wat hij van haar vond.

Ze lijkt me niet echt iemand voor kinderen. Te spiritueel en zweverig. Kinderen houden van aardse, echte mensen die met ze op de grond gaan zitten om te spelen. Ik kan me niet voorstellen dat iemand die het heeft over 'je lichaam vullen met licht' in de zandbak gaat zitten.

Jack zal inmiddels wel te groot zijn voor de zandbak, ook al staat die nog wel steeds in hun achtertuin. Soms, als Patrick aan het werk is en Jack op school zit, ga ik naar hun huis en eet ik mijn lunch in hun achtertuin. Dan zit ik op het tuinbankje dat we samen op eBay hebben gekocht, en waar ik 's ochtends altijd een kopje thee dronk, en dan denk ik aan hoe dit ooit mijn huis was en mijn tuin en mijn leven.

Ik heb altijd al gezegd dat we een slot op de poort nodig hadden.

Vroeger zat ik met Jack in die zandbak en dan speelden we urenlang met zijn autootjes. Zijn vader maakte betere autogeluiden, maar ik had meer geduld. Patrick was zelf nog te zeer een kind. Hij had een keer een waanzinnige racebaan aangelegd in de zandbak, met bruggetjes over meertjes, en toen raakte hij helemaal gefrustreerd omdat Jack ineens opstond en alles plat stampte. Dan moest ik zeggen: 'Patrick, hij is pas twee.'

Jack zag er zo lang en slungelig uit toen hij uit de auto stapte voor het huis van de hypnotherapeute. Ik stond aan de overkant geparkeerd, want ik was gewoon blijven staan na mijn afspraak met haar. Ik had al zo'n gevoel dat Patrick bij haar kwam eten. Toen ze me mee naar boven had genomen, rook ik iets van knoflook en wijn, alsof ze iets in de marinade had liggen. Ik had alleen niet verwacht dat Jack er ook bij zou zijn. Dat was wel een schok. Een onverwachte steek die onbeschrijfelijk veel pijn deed. Net als wanneer je klein bent en iemand op een koude ochtend een basketbal tegen je neus gooit, terwijl je vriendjes je uitlachen en je alleen nog maar naar je moeder wilt.

Ik geloof niet dat Jack erg veel zin had in het bezoekje aan de hypnotherapeute. Hij keek helemaal niet blij. Zijn schouders hingen. Ik geloof dat ik hem nog zijn neus zag snuiten. Ik hoop maar dat hij geen griep heeft. Dat is heel erg voor mensen met astma.

Toen hij drie was, was Patrick een keer weg voor zijn werk, en toen kreeg Jack midden in de nacht een astma-aanval en moest ik met hem naar de Spoedeisende Hulp. Ik weet nog hoe bang ik was toen ik dat borstje zag uitzetten terwijl hij probeerde genoeg lucht binnen te krijgen, en dat ik hem toen op schoot heb genomen om te voorkomen dat hij dat vervloekte plastic maskertje aftrok terwijl ze hem Ventolin toedienden. De artsen en verpleegkundigen gingen ervan uit dat ik zijn moeder was. 'Gaat het goed met mama?', 'Heeft mama soms trek in een kopje thee?'

Jack noemde me Sas, want zo noemde Patrick me. Elke avond als ik hem welterusten kwam zeggen, haalde hij zijn speen uit zijn mond (we lieten hem tot zijn vierde met die speen slapen; dat was natuurlijk helemaal fout, maar we waren nu eenmaal te soft voor hem) en zei hij: 'Houvanjou, Sas.' En dan stopte hij zijn speentje snel weer terug. Dan had ik altijd het gevoel alsof mijn hart zou ontploffen.

Jack was meer dan ik ooit had durven hopen, meer dan ik ooit had durven dromen.

De nacht van die astma-aanval lieten ze ons pas weer naar huis gaan toen de zon al op was. Ik wilde hem niet in zijn eigen bedje leggen, dus nam ik hem mee naar ons bed, waar we allebei in slaap vielen. Toen ik wakker werd, was Patrick al terug van zijn werk, en stond hij naar ons te kijken met die blik van tederheid en liefde en trots, en hij zei: 'Hallo, gezin van me.'

Twee jaar later, drie weken nadat Jack voor het eerst naar school ging, zei Patrick: 'Ik geloof dat het voorbij is.'

'Wat is voorbij?' vroeg ik blij. Zo onverwacht was het. Ik had geen idee waar hij het over had. Een televisieserie? De zomer?

Maar hij had het over ons. Het was voorbij tussen ons.

6

'De afgewezen stalker is vaak een voormalige intieme partner met een complexe, gevaarlijke mix van verlangen naar hereniging en wraak.' (?!! Wraak vanwege wat? Vanwege wat hij haar heeft aangedaan?)

Kanttekening van Ellen O'Farrell,
na het googelen van 'motieven van stalkers'

Er kwamen geen nieuwe 'micro-expressies' bij, en als die er wel waren, vielen ze haar niet op. Haar twijfels verwaaiden als de walm van een kaars.

Het begin van de Australische winter was heerlijk dat jaar: stralende blauwe julidagen, zo fris en knisperend als een beet in een appeltje. Het was perfect weer voor een nieuwe relatie, om elkaars hand vast te houden in het openbaar vervoer, voor het soort gedrag waar mensen met een vers gebroken hart wel om konden janken, en dat de rest met zijn ogen deed rollen.

Ellen verzamelde herinneringen: een wel heel erg wellustige kus terwijl ze als pubers tegen een muur buiten het Museum of Contemporary Art aan gedrukt stonden; een zondags ontbijtje waarbij zij hem zo hard aan het lachen maakte dat andere mensen in de zaak omkeken; een licht aangeschoten spelletje kaart dat eindigde in bed; thuiskomen van yoga en een enorme bos bloemen op de stoep vinden met een briefje eraan waarop stond: *Voor mijn meisje*.

Ze liepen niet meer zo op eieren bij elkaar. 'Jezus,' zei Patrick toen hij Ellen voor het eerst een enorme steak soldaat zag maken.

'Ik dacht dat jij zo'n keurige katholieke jongen was?' reageerde Ellen.

'Ik gebruikte de naam van de Heer niet ijdel. Ik zei: "Jezus, hebt u gezien wat die vrouw daarnet allemaal naar binnen werkte?" Ik dacht dat ik een veganistische hippievriendin had, niet een bloeddorstige carnivoor.'

'Schiet nou maar op, anders eet ik die van jou ook op.'

Een hele poos lang hoorde ze niets meer over Saskia.

'Misschien heb ik haar wel verjaagd,' zei Ellen, die nog altijd doelloos onderzoek deed naar de psychologie achter het stalken, als ze even niets te doen had.

'Wie weet.' Patrick gaf haar een vriendelijk klopje op haar arm, op een bezorgde manier, zoals een arts zou doen bij een terminale patiënt die zegt: 'Misschien ben ik wel de uitzondering op de regel.'

De woorden 'Ik hou van jou' begonnen door Ellens gedachten te spelen, als een songtekst die ze maar niet uit haar hoofd kon krijgen. Ze herinnerde zich dat ze ergens had gelezen, waarschijnlijk in een of ander dom tijdschrift, dat het een fatale fout was als een vrouw als eerste 'ik hou van jou' zei. Ze had nog nooit zoiets seksistisch en bijgelovigs gehoord... maar toch, ze had geen haast. Ze kenden elkaar pas zes weken. Het juiste moment zou zich vanzelf aandienen.

Ze dacht terug aan haar 'ik hou van jou'-geschiedenis.

Zij had als eerste tegen Andy gezegd dat zij van hem hield. Hij had even verschrikt gekeken, voor hij snel en plichtmatig antwoordde dat hij ook van haar hield.

Met Edward was zij ook de eerste die het zei, na een uitzonderlijk lekkere strawberry daiquiri. Ze was het eerlijk gezegd helemaal niet van plan. Ze had eigenlijk willen zeggen dat ze van strawberry daiquiri's hield.

Nu ze er zo eens over nadacht, had zij altijd als eerste de stap gezet. Op de kaart voor Jons achtendertigste verjaardag had ze *Ik hou van jou* geschreven, en het duurde tweeënveertig vernederende dagen voor hij het ook tegen haar zei.

Het was waarschijnlijk wel zo veilig als Patrick het als eerste zei.

En toen deed hij het.

Hij bleef bij haar slapen, op een doordeweekse dag, en de volgende ochtend was hij bijna te laat voor een vroege afspraak. Hij leunde over het bed, kuste haar op de wang en zei: 'Oké, ik moet rennen, hou van jou,' en weg was hij.

Hij zei het op dezelfde neutrale toon zoals hij aan de telefoon tegen Jack had gezegd dat hij van hem hield. Het was gewoon een slip of the tongue.

Hier lag ze, half geamuseerd, over na te denken terwijl ze zijn voetstappen weer de wenteltrap op hoorde stampen. 'Dat bedoelde ik niet! Of nee, dat bedoelde ik wel! Maar ik had willen wachten op het perfecte moment, met maanlicht en regenbogen of weet ik wat. En nu heb ik het verpest. Stom.' Hij sloeg zich tegen het voorhoofd.

Hij ging naast haar op het bed zitten en keek haar aan zoals niemand haar ooit had aangekeken, geen minnaar en geen vriend; niemand had zich ooit zo op haar geconcentreerd.

Hij zei: 'Ik wil graag iets heel duidelijk stellen.'

'Oké.' Ellen trok een ernstig gezicht.

'Deze, eh, verklaring is helemaal officieel. Ik ben uiteraard bereid om haar op schrift te stellen, als je dat nodig acht.'

'Aha.'

Hij schraapte zijn keel. 'Ellen, ik hou van jou. Ik hou officieel van jou.'

'Ik hou ook van jou,' zei Ellen. 'Ook officieel.'

'Oké. Mooi zo. Nou, dat hebben we dan prima voor elkaar.' Ze schudden elkaar de hand, alsof ze een uiterst bevredigende zakelijke deal hadden gesloten; alleen voordat ze hem los kon laten had hij haar al tegen zich aan getrokken, op haar rug gelegd, en een heftige kus gegeven.

Ze gingen weer zitten, keken elkaar met een idiote grijns aan en toen keek Patrick op zijn horloge. 'Dit klinkt vreselijk, maar...'

'Toe maar. Verlaat me maar.'

Hij gaf haar nog een kus en vertrok. Zij ging weer liggen en voelde zich door en door gelukkig. Zó hoorde liefde dus te voelen: simpel en vredig en grappig. Natuurlijk. Er viel niets te analyseren. Ze had het idee dat ze nog nooit zo van iemand had gehouden, en dat nog nooit iemand zo van haar had gehouden. Al die andere keren waren slappe imitaties van de ware liefde.

Dat ze dat tot nu toe haar hele leven niet had geweten!

(En ook, niet dat het ertoe deed, maar voor later was het toch misschien interessant om te weten: híj zei het eerst.)

Ik had mijn afspraak met de hypnotherapeute verzet, omdat ik naar Melbourne moest voor mijn werk.

Ik probeerde nog om eronderuit te komen, maar Trish had zogenaamd ineens een nare griep, en ik was de enige die op korte termijn beschikbaar was. De alleenstaande, kinderloze vrouw. Wat heb jij verder omhanden? Precies. Niets.

Patrick en ik zijn nooit samen in Melbourne geweest, dus er lagen niet op elke straathoek herinneringen op de loer. Dus leek deze trip me aanvankelijk een goed idee. De donkere luchten en gemene wind waren een opluchting na het genadeloos opgewekte weer in Sydney. Mijn werk hield me bezig en afgeleid. 's Avonds was ik moe, en viel ik meteen in slaap.

Maar hoe langer ik weg was uit Sydney, des te sterker werd mijn verlangen om Patrick en Ellen weer te zien. Op donderdagochtend werd ik vroeg wakker met een geweldige behoefte aan informatie. Wat waren ze op dat moment aan het doen? Had hij bij haar geslapen? Of zij bij hem? Mijn behoefte om dat te weten was lichamelijk voelbaar, als een gebrek aan een of andere voedingsstof.

Ik nam vrijdagochtend de eerst mogelijke vlucht terug naar Sydney. In het vliegtuig klemde ik mijn handen om de armleuningen, en ik boog voorover alsof het vliegtuig daardoor sneller ging. Ik was een vampier en ik had bloed nodig.

Het was vrijdagmiddag en Ellen gebruikte de tijd tussen twee afspraken voor wat diepe ademhaling en positieve affirmaties.

Ze had een stressvol weekend voor de boeg.

Die avond zou Patrick Ellens moeder en peettantes ontmoeten bij een etentje, en de volgende avond zou Ellen voorgesteld worden aan Patricks familie. Op zondagavond zou Patrick dan Julia voor het eerst zien. Ze zouden fish-and-chips eten bij Watsons Bay, en Patricks vriend 'Stinky' kwam ook. Om Ellen te ontmoeten, en ook als mogelijke match voor Julia, hoewel zo'n bijnaam natuurlijk geen goed voorteken was. ('O, maar hij stínkt niet echt,' had Patrick gezegd, en hij moest grinniken bij de gedachte dat Stinky echt zou stinken. 'Zo noemen we hem gewoon.' 'Maar waarom noemen jullie hem dan zo?' had Ellen gevraagd, maar Patrick grinnikte alleen maar. Mannen zijn soms echt raar.)

Het was niet de bedoeling dat al die kennismakingen in hetzelfde weekend zouden vallen. Het was per ongeluk zo gekomen, bijvoorbeeld doordat Ellens moeder ineens hun etentje wilde verzetten, en doordat Stinky onverwacht dat weekend in Sydney zou zijn.

Het weekend doemde voor Ellen op als een week vol examens en tandartsafspraken. Ze was die ochtend met een vaag gevoel van angst opgestaan, dat zich uitte in een onprettig soort misselijkheid. Het voelde alsof er ineens een hele horde mensen dwars over hun tere, nieuwe relatie zou stampen, met hun meningen, vragen en opmerkingen over hun minpunten. Patrick en Ellen zouden elkaar zien door de ogen van andere mensen; mensen die belangrijk voor hen waren. Hun perspectief zou een kille, weinig flatteuze schijnwerper zetten op de minder prettige hoekjes.

Adem in.

Het kon haar geen bal schelen wat de anderen ervan dachten!

Adem uit.

Onzin. Het kon haar een hele ballenbak schelen. Ze wilde dat iedereen dol was op Patrick en dat iedereen die hij leuk vond ook dol zou zijn op haar.

Adem in. Adem uit. Adem...

'Ach, laat ook maar,' zei ze hardop.

Ze staakte haar pogingen om in contact te komen met haar hogere ik, en in plaats daarvan nam ze een chocolaatje uit haar zilveren schaal. Ze liet het smelten in haar mond. De chocola stond daar voor therapeutische doeleinden. Door chocola werden neurotransmitters vrijgegeven, zoals endorfines en serotonine, en die leidden tot een weldadig gevoel, euforie zelfs. Maar zoals Julia altijd zei, was dat gewoon een moeilijke omschrijving voor iets wat gewoon lekker was.

Ellen deed haar ogen een moment dicht en voelde de warmte van de zon op haar gezicht. Ze zat in de ligstoel waar haar cliënten altijd in zaten. Daar zat ze vaak, en dan probeerde ze zich voor te stellen hoe het voor hen was, met haar tegenover zich. Vingen ze ooit een glimp op van haar twijfels, of, nog erger, van haar ijdelheid? Zag ze er stom uit in die stoel, met haar benen zo professioneel en toch elegant over elkaar geslagen? Konden ze de kleine haartjes en rimpeltjes rondom haar lippen zien door de zon die door het raam viel?

Ze durfde te wedden dat Patrick zich nooit een moment onzeker voelde als hij aan het werk was, voorover geleund door zijn theodoliet turend en dan een arm hoog optillend. Maar het was anders bij een 'soft' beroep zoals dat van haar, waarvan er nog steeds mensen waren die dachten dat ze een soort tovenaar was, of een gebedsgenezer, of een charlatan. Zo kwam ze een keer een vroegere vriendin tegen die oprecht verbaasd vroeg: 'Zit je nou nog stééds in dat hypnosegedoe?' alsof het een grappige fase in haar leven had moeten zijn.

'Het is mijn vak,' had Ellen geantwoord, maar de vriendin, die inmiddels bedrijfsjurist was, dacht dat ze een geintje maakte, en lachte beleefd.

Het was zelfs nog meer dan haar vak. Het was haar passie, haar roeping.

De stoel was nog warm van de vorige cliënte die er had gezeten: Deborah Vandenberg, de vrouw met de onverklaarbare, heftige pijn in haar rechterbeen als ze langer dan tien minuten liep. Voor ze bij Ellen kwam, had ze al allerlei fysiotherapeuten en chiropractors en sportartsen afgelopen; ze had röntgenfoto's laten maken en MRI-scans, en ze had kijkoperaties ondergaan. Maar de dames en heren medici hadden uiteindelijk hun schouders opgehaald en gezegd: 'Sorry, we hebben geen idee.'

'Ik was altijd heel actief,' had ze Ellen verteld. 'Ik was gek op wandelen in de bush. Maar tegenwoordig kan ik soms niet eens meer naar de winkel. Deze pijn heeft bijna mijn hele leven op zijn kop gezet.'

'Dat is altijd zo met chronische pijn,' zei Ellen.

Ze had het nog nooit zelf meegemaakt, maar met de jaren waren zoveel van haar patiënten bij haar gekomen met verhalen over hoe pijn hen uitholde en boosaardig alle simpele genoegens van hun leven aantastte.

'Maar misschien kan ik helpen,' had ze gezegd.

'Iedereen denkt dat hij kan helpen.' Deborah schonk haar een beleefd maar cynisch lachje. 'Tot hij de moed opgeeft.'

Deborah deed Ellen een beetje aan Julia denken. Ze was lang en vol zelfvertrouwen. Ze had kort, donker haar en een jongensachtige charme als ze achterover zakte in de stoel en haar ene lange, in zwarte jeans gestoken been over het andere sloeg.

Ze had weleens gezegd dat ze graag kookte, dus tijdens hun vorige sessie liet Ellen haar denken aan een oventhermostaat die ze kon gebruiken om haar pijn te temperen. Die dag vertelde Deborah, zodra ze zat, dat het 'zou kunnen' dat ze haar pijn een graadje omlaag had weten te draaien terwijl ze die ochtend door een parkeergarage liep.

'Maar ik denk dat ik het me maar verbeeldde,' zei ze, alsof ze ineens aan zichzelf twijfelde. Ze had van meet af aan duidelijk laten blijken dat ze sceptisch was. Aan het eind van haar laatste sessie zei ze met enige trots: 'Je hebt me niet in slaap gekregen, ik was de hele tijd helemaal bij.'

'Dat is prima,' had Ellen toen gezegd. (Dat zeiden mensen bijna altijd, terwijl ze vlak daarvoor nog kwijlend en met openhangende mond overduidelijk in diepe trance waren.)

'Vandaag gaan we met een andere knop aan de slag,' zei Ellen. 'Ik denk dat we die de Positieve Energieknop noemen.'

Deborahs lippen vertrokken tot een honend glimlachje. 'Dat klinkt erg... schattig.'

'Ik denk dat je het wel leuk vindt,' zei Ellen stellig, en ze negeerde het gehoon. Negativiteit was een dekmantel voor angst.

Ze had een snelle, eenvoudige inductie gedaan, waarbij ze Deborah een trap liet af lopen en zich met elke stap dieper liet ontspannen. Ze zag Deborahs scherpe trekken per trede verzachten. Ze zag er altijd veel jonger uit als ze in trance was (want ondanks haar scepsis raakte Deborah vrijwel zeker in een trance). De lijnen in haar gezicht werden milder, en ze had iets kwetsbaars, iets opens, in tegenstelling tot haar gespannen zelfvertrouwen als ze bij was. Het maakte iets moederlijks los bij Ellen.

'Ik wil dat je terugdenkt aan een tijd waarin je overliep van vertrouwen of blijdschap,' zei ze. 'Zoek maar eens in je herinneringen tot je het perfecte moment hebt gevonden. Knik maar als je daar bent.'

Ellen wachtte en keek toe, en terwijl ze dat deed, reisde ze zelf ook terug in de tijd op zoek naar haar eigen perfecte moment, toen ze nog maar net was begonnen met het toepassen van hypnose. Ze was elf, en het gebeurde in de kamer waar ze nu ook zat, met haar oma, de moeder van haar moeder, die alles wat Ellen deed fantastisch vond. Ellen had net een boek gelezen met de titel *Hypnotiseren kun je leren*, en haar oma had zich opgeworpen als haar eerste cliënt. Ze had een ketting als pendel gebruikt, en zag hoe de schrandere ogen van haar oma die pendel nakeken, heen en weer, heen en weer.

'Wat kun jij dat goed,' had haar oma na afloop gezegd, en ze knipperde oprecht verbaasd met haar ogen, dat kon Ellen wel zien: het leek helemaal niet op het enthousiaste applaus nadat

Ellen een stukje blokfluit voor haar had gespeeld. 'Volgens mij heb jij een gave.'

Volgens mij heb jij een gave...

De liefste, meest verrassende woorden ooit. Het was als dat moment in een film waarop een superheld zijn krachten ontdekt, of misschien was het wel wat nonnen voelden als ze voor het eerst de griezelige, charismatische woorden van God ingefluisterd kregen in hun maagdelijke oren.

Deborah, nog altijd met haar ogen dicht en een blosje op de wangen, knikte om aan te geven dat ze haar moment te pakken had. Ellen vroeg zich kort af waar Deborah aan dacht.

'Ik wil dat je steeds als je dat nodig hebt, teruggrijpt naar dit gevoel dat je nu opnieuw beleeft. Telkens als je met je duim in je rechterhand drukt, kun je dat gevoel oproepen. Hoe harder je drukt, des te sterker wordt het gevoel, tot het als elektriciteit door je lichaam stroomt.'

Ellen legde de intensiteit en power in haar stem die ze Deborah wilde laten voelen.

'Dus de volgende keer als je de pijn voelt, kun je het volgende doen: eerst kun je de pijnthermostaat gebruiken om je pijn een graadje lager te draaien, en vervolgens kun je je energieknop gebruiken om dit gevoel van power op te roepen.'

Ze zag iets van aarzeling op Deborahs gezicht en schakelde onmiddellijk over naar een toon waar meer autoriteit van uitging. 'Jij kunt dit, Deborah. Het zit allemaal in je. Jij gaat uitblinken in deze technieken. Jij kunt de pijn laten verdwijnen. Jij kunt de pijn laten verdwijnen.'

Een paar minuten later haalde Ellen Deborah uit haar trance. Ze knipperde gedesoriënteerd en keek verdwaasd, als een passagier die wakker wordt in het vliegtuig, en keek toen vlug op haar horloge. Toen haalde ze beide handen door haar haar en zei: 'Ik ben alweer niet in trance geweest,' waarna ze kordaat haar portemonnee trok.

Ellen knikte alleen en hield haar de schaal met chocolaatjes voor. Maar later, toen ze bij de voordeur stonden en Deborah haar jas aantrok, zei ze langzaam en zonder Ellen aan te kijken omdat ze zich op haar knopen concentreerde: 'Zal ik je eens wat zeggen? Misschien kun jij me wel echt genezen.'

'Ik genees je niet,' bracht Ellen haar in herinnering. 'De fysieke oorzaak blijft, wat het ook mag zijn. Ik help je alleen een manier te vinden om met de pijn om te gaan.'

'Ja, maar dat zou weleens echt kunnen werken,' zei Deborah, en de verbazing en het respect in haar ogen waren precies zoals Ellen die jaren geleden op het gezicht van haar oma had gelezen.

Ellen glimlachte bij de herinnering aan dat moment. Ze had eer van haar werk.

Ze sloeg haar agenda open en haar glimlach verdween toen ze haar laatste afspraak van die dag zag staan: Mary-Beth McMasters. Ach, nou ja. Geen verbaasde, respectvolle blikken meer vandaag.

Ze keek op haar horloge. Misschien zou Mary-Beth nog afzeggen. De vorige drie keer had ze op de valreep gebeld om te zeggen dat ze niet weg kon van haar werk. Ze werkte als secretaresse op een advocatenkantoor en deed altijd zo opgeblazen over hoe belangrijk haar werk was als ze afbelde, alsof het kantoor zonder haar niet kon draaien.

Ellen verwenste zichzelf voor die onvriendelijke gedachte. Misschien was Mary-Beth wel écht onmisbaar. En ze stond er altijd op om het afzegtarief van vijftig procent te betalen dat Ellen op haar tarievenlijst had staan (voor afzeggingen binnen vierentwintig uur), ook al had Ellen haar eigen beleid nog nooit in praktijk gebracht. Ze vond het vreselijk om geld te vragen voor nietsdoen.

De deurbel ging en Ellen vloekte alsof ze haar teen had gestoten. Het irriteerde haar dus als Mary-Beth afbelde, en het irriteerde haar als ze kwam opdagen. Om de een of andere reden had ze een enorme afkeer van dit arme, treurige mens. Waarom eigenlijk? Ze had wel vaker cliënten die haar irriteerden, en sommige cliënten mocht ze nu eenmaal meer dan andere, maar ze had nog nooit zo'n instinctief gevoel van ergernis gehad als een klant zich aandiende voor een afspraak.

Als ze niet oppaste, zou die antipathie nog haar weerslag vinden in Mary-Beths therapie, en dat zou schandalig zijn.

Ze dacht aan de boeddhistische doctrine *Wij zijn allen één*. Zij was Mary-Beth en Mary-Beth was Ellen.

Hm.

Ze deed de deur open met een warme, hartelijke glimlach. 'Mary-Beth! Wat goed om je weer te zien!'

'Ja, het is vast een waar genoegen om mij weer te zien,' zei Mary-Beth met een opgewekte, sarcastische glimlach.

Ze had Ellen toch hopelijk niet horen vloeken?

Zoals gewoonlijk was Mary-Beth van top tot teen in het zwart gekleed. Het was een kleine, dikke vrouw met lang, slap haar met een scheiding in het midden, als een hippie uit de jaren zeventig, alleen had ze niet meer het frisse snoetje dat zo'n kapsel vereist. Haar gezicht stond boos en kwaadaardig.

Mijn hemel, wat zie jij er toch deprimerend uit, dacht Ellen. Ze zou haar dolgraag eens onderhanden nemen, ander kapsel met wat volume en kleur, eens iets kleurigs in plaats van al die zwarte kleding. Haar gezicht was best knap. Zelfs een beetje lippenstift zou haar al opfleuren!

Lieve hemel, ze leek wel een bemoeizieke moeder.

'Wil je misschien nog even gebruikmaken van het toilet?' vroeg ze aan Mary-Beth. Dat vroeg ze altijd aan haar cliënten; met een volle blaas werd het nooit een goede sessie.

'Nee, dank je,' antwoordde Mary-Beth. 'Laten we maar opschieten.'

Toen Mary-Beth in de groene ligstoel zat, en de indruk wekte dat dit de meest oncomfortabele stoel was waar ze ooit in had gezeten, sloeg Ellen haar dossier op schoot open.

'Hoe is het gegaan sinds de vorige keer?' vroeg ze.

'Zoals altijd. Nog steeds een dikke walvis. Hoe is het met jóú gegaan?'

Ellen keek op. 'Je maakt je zorgen over je gewicht?'

'Nee, nou, ja, natuurlijk, uiteraard, maar, ach, laat maar.' Mary-Beth zuchtte en geeuwde. 'Dus, vandaag is het vrijdag. Nog interessante plannen voor het weekend, Ellen? Afspraakjes met vrienden? Familie?'

'Niks bijzonders,' zei Ellen. 'Vertel eens, wil je soms aan gewichtsverlies werken?'

Mary-Beth had tijdens haar eerste afspraak gezegd dat ze hypnose wilde omdat ze paniekerig werd als ze door de Sydney Harbour Tunnel reed en ze daar een eind aan wilde maken voor ze een 'gestoorde slappe trien' werd. Ze had het nog nooit over haar gewicht gehad, maar dat had je vaker met cliënten. De werkelijke reden waarom ze bij haar kwamen, kwam soms pas na een paar sessies ter sprake.

'Misschien heb ik wel in een vorig leven de Ierse aardappelhongersnood meegemaakt,' zei Mary-Beth. 'En haal ik nu de schade in. Heb ik daarom altijd zo'n trek in aardappelen.'

'Nou, hypnotherapie kan heel zinvol zijn...'

'Ik geloof niet in vorige levens,' zei Mary-Beth uitdagend. 'Zo'n gelul.'

'Volgens mij hebben we het hier de vorige sessie ook al over gehad,' zei Ellen mild. Ze hield niet van het woord 'gelul'. Bovendien was Mary-Beths mening over vorige levens al uitgebreid aan de orde geweest.

'Dus je brengt mensen niet terug naar een vorig leven.'

'Ik bied niet specifiek regressietherapie aan,' begon Ellen. 'Maar ik heb wel degelijk cliënten die geloven dat ze iets uit een vorig leven herbeleefden toen ze onder hypnose waren. Ik heb wat dat betreft een open mind.'

Mary-Beth snoof en lachte honend.

'Heb je nog weleens door de tunnel gereden sinds onze vorige afspraak?' vroeg Ellen.

Mary-Beth haalde haar schouders op. 'Ja, ja. Ging prima. Ik zal er wel overheen gegroeid zijn.'

Ellen bestudeerde haar. 'Wat had je dan graag willen aanpakken, Mary-Beth?'

Mary-Beth zuchtte nog eens. Ze keek misprijzend om zich heen, alsof ze in een goedkope hotelkamer zaten, leunde voorover, nam een chocolaatje, maar bedacht zich en liet het weer in de schaal vallen.

Toen zei ze eindelijk: 'Ik denk dat ik toch gebruik wil maken van je toilet.'

Het was een opluchting om haar weer te zien.

Ik heb geen idee wat zij van mij vindt, maar ik mag haar ergens wel. Ik bedoel, ik word natuurlijk ziek van het feit dat ze bestaat, maar gek genoeg vind ik haar onweerstaanbaar.

Het lijkt wel een perverse verliefdheid. Net zoals een man ontmoeten die je afstotelijk vindt, maar met wie je toch naar bed wilt, en met wie je geweldige seks hebt, ook al ben je daarna misselijk van spijt. Zoals die aapachtige kerel die ik verleden jaar op de kerstborrel van een van onze klanten ontmoette. Hij droeg veel te veel aftershave en meer make-up dan ik. De seks was prima, maar na afloop voelde ik me aangerand, en heb ik onder de douche staan schrobben en huilen om Patrick. Het is waarschijnlijk hetzelfde gevoel van walging voor jezelf dat je voelt na het eten van slechte, vette junkfood.

Ellen zou nooit junkfood eten. Tofoe en linzen, gok ik. Ik vraag me af of ze al liefdevol ontzet is door Patricks pizzaverslaving.

Niet dat ik met haar naar bed wil, trouwens. Ik wil alleen alles over haar weten. Ik wil haar bekijken, in alle denkbare situaties. Ik wil in haar hoofd kunnen kruipen en in haar lichaam. Ik wil haar zijn, al is het maar voor een dag.

Dat heb ik bij die andere meisjes met wie Patrick uitging nooit gehad.

Het geeft me een goed gevoel dat ik haar naam kan gebruiken. Tijdens onze laatste sessie heb ik het veel gezegd: 'Dank je, Ellen.' 'Tot volgende week, Ellen.' Telkens als ik haar naam zeg, is het alsof ik Patrick een klap in zijn zelfingenomen gezicht geef.

Denk maar niet dat jij een stap verder bent, mannetje. Dat je een nieuw leven hebt waar ik geen enkele rol meer in speel. Ik ben er nog. Ik strooi met haar naam. Ik ben in haar huis geweest. Ik heb gebruikgemaakt van haar toilet, dus ik weet welk merk deodorant ze gebruikt, en welke tampons. Ze is niets bijzonders.

Of wel. Misschien is ze zelfs te goed voor jou, vriend. Ze is misschien te hoog gegrepen voor jou. Voor óns.

Het punt is dat Ellen vanbuiten en vanbinnen precies dezelfde persoon lijkt te zijn. Die indruk wekt ze tenminste, alsof ze wars is van alle uiterlijk vertoon, alsof ze niet elk woord dat uit haar mond komt hoeft te filteren om zeker te zijn dat het precies zo overkomt als zij het bedoelt.

Ze moet natuurlijk iets van een filter hebben. Iedereen heeft een filter. Alleen dat van haar werkt snel en eenvoudig, en het ontdoet haar woorden zorgvuldig van alles wat de ander misschien voor het hoofd zou kunnen stoten. Mijn filter daarentegen is een labyrint van leidingen en trechters en zeven die alles wat ik denk omzetten, zodat het acceptabel klinkt wat ik allemaal zeg, afhankelijk van de situatie en de persoon en wat ik op dat moment wil bewijzen.

Zij hoeft niets te bewijzen. Zij gelooft oprecht in al dat gelul over 'de macht van je gedachten'. Ze is er gepassioneerd over. Het is als een religie voor haar.

Ze komt aanvankelijk wel wat schijnheilig over, maar ik geloof echt dat ze een goed mens is – in de ouderwetse betekenis van het woord. Ze wenst de hele wereld niets dan goeds toe. Terwijl jij en ik, Patrick... Wij zijn wat gemankeerd. Wij wensen helemaal niet iedereen alle goeds toe, of wel soms?

Ik voel me zo'n oplichter als ik bij haar ben, en niet alleen om de voor de hand liggende redenen. Als ik haar als mijn ware ik zou ontmoeten, zou ik me nog steeds bewust zijn van dat verschil tussen ons.

Ik begrijp wel waarom jij denkt dat je misschien wel verliefd op haar bent, Patrick. Echt, ik begrijp het. Ik ben ook een beetje verliefd op haar.

Alleen tijdens onze eerste kerst samen, zijn jij en ik plat op onze rug in slaap gevallen, alsof we lagen te zonnebaden. We hielden elkaars hand vast, met de smaak van framboos in onze mond van die fantastische likeur die Stinky ons had gegeven, en de ventilator aan het plafond draaide rond, en de kamer leek te schudden, heel zachtjes maar, en ik weet nog dat ik dacht dat we net twee kinderen op een vlot waren, drijvend op een magische rivier.

Die nacht was echt. Het kan me niet schelen hoe lief of puur Ellen is, die nacht was echt. En hij was van ons.

En zij bestond nog niet eens.

Weet je nog dat we allebei verliefd waren op Cameron Diaz? Nou, zo zou het ook moeten zijn met Ellen. Eigenlijk hadden we haar tijdens een etentje moeten ontmoeten, en op weg naar huis hadden we het kunnen hebben over hoe schattig ze was, en hoe interessant en hoe vreemd al dat hypnosegedoe was, en tegen de tijd dat we thuiskwamen, waren we dat hele mens alweer vergeten.

Ze is ontzettend aardig, maar ze is net als Cameron Diaz, Patrick. Ze hoort niet echt een rol in ons leven te spelen. Ze heeft niets met ons te maken.

Ellen en Patrick reden naar het huis van haar moeder. Patrick zat achter het stuur. Hij was zo'n man die er automatisch van uitging dat het zijn taak was om te rijden, en dat vond Ellen prima, want zij was altijd wat gespannen als ze moest rijden. (Ze herinnerde zich dat Jon de rijbeurten altijd keurig bijhield. 'Jouw beurt,' zei hij dan voor hij haar de sleutels toewierp, en dan zuchtte en snoof hij en bekritiseerde haar de hele rit.)

'Dus je moeder heeft na je vader nooit meer iemand ontmoet,' zei Patrick. 'Jezus. Wat een gekkenhuis op de weg.' Hij zette zijn voet abrupt op de rem, en de auto schokte. 'Sorry.'

Hij was duidelijk gespannen. Wat ontzettend jammer dat Ellen niet iets geruststellends kon zeggen als: 'Joh, mijn moeder vindt je vast geweldig!'

Haar moeder vond hem vast niet geweldig. Van al Ellens vorige relaties vond Anne Jon de beste, met zijn geestige, scherpe opmerkingen. Uiteraard. Jon was degene die Ellens gevoel voor eigenwaarde het meest had beschadigd. Degene van wie zij had gehouden, maar die nooit van haar had gehouden.

Had ze maar zo'n lieve, beetje mollige kletsmoeder die vaag deed over politiek en economie, en alle andere dingen die buiten het domein van het huishouden vielen. Had ze maar zo'n grijze vader, met een brilletje, die Patrick hartelijk de hand zou schudden en hem van man tot man vragen zou stellen over landmeten, terwijl de lieve moeder de 'jongens' nog een tweede stuk cheesecake in de maag probeerde te splitsen.

Maar zo zou het bepaald niet gaan.

'Mama heeft een aantal relaties gehad, de afgelopen jaren,' zei ze tegen Patrick. 'Maar nu heeft ze al een poosje niemand meer.'

'En je vader is gewoon... uit beeld?'

'Die is nooit in beeld geweest,' zei Ellen. Ze zweeg even, en voelde een lichte irritatie. 'Maar dat had ik al een keer verteld.'

Ze had hem haar familiegeschiedenis al verteld toen ze elkaar een paar weken kenden. In de loop der jaren had ze het verhaal geperfectioneerd, zodat het was verworden tot een ideale anekdote tijdens etentjes; ongewoon en interessant en intiem, precies goed qua lengte, en zonder gênante emotie, want daar gaan mensen maar ongemakkelijk van schuiven op hun stoel.

Ze begon altijd met: 'Mijn moeder was als vrouw haar tijd ver vooruit.' Vervolgens legde ze uit dat vroeg in de ochtend van de eerste januari 1971 dr. Anne O'Farrell het goede voornemen had om alleenstaande moeder te worden. Ze was een succesvolle, onafhankelijke vrouw van in de dertig en ze had geen zin om getrouwd te zijn, maar ze wilde (gek genoeg) wel een kind. Met hulp van haar twee beste vriendinnen maakte ze een lijst van alle potentiële kandidaten die de vader van haar kind konden worden, met al hun positieve en negatieve kenmerken:

hun opleidingsniveau, hun medische anamnese en hun karaktertrekken.

Anne had deze lijsten bewaard en aan Ellen gegeven toen die puber was. Haar 'vader' was een lijst punten in haar moeders hanenpoten met daaronder het omcirkelde cijfer 'vijfentachtig procent'. Tien procent hoger dan de anderen.

De positieve kenmerken van haar vader waren onder andere 'gepromoveerd' (hij was chirurg; Anne kende hem van de universiteit), 'goed gebit', 'kleine oren' (haar moeder had een afkeer van grote flaporen), 'vlekkeloze huid', 'geen hartaandoeningen, diabetes of ademhalingsproblemen in de familie', en 'goede sociale vaardigheden'.

Zijn negatieve kenmerken waren 'zicht' (bril), 'spirituele neigingen', 'moeder doet aan tarotleggingen', 'ietwat vreemd gevoel voor humor' en 'verloofd'.

De laatste jaren liet Ellen dat 'verloofd' weg uit haar verhaal. Ze wist niet of de rest van de wereld meer moreel besef had gekregen – een soort globalisering richting preutsheid – of dat alleen haar eigen sociale kring conservatiever werd.

Kennelijk was de verloving van haar vader geen obstakel. Het was makkelijk zat om hem te verleiden, niet één keer, maar het optimale aantal keren, en op de juiste dagen en vlak voor en na de ovulatie.

'Het waren per slot van rekening de jaren zeventig,' zei haar moeder.

En dat was dat. Alles keurig geregeld. Haar 'vader' trouwde twee maanden later en verhuisde naar Engeland, en heeft nooit iets van Ellens bestaan af geweten.

'En als ik mijn pa nou eens op wil zoeken?' had ze tegen haar moeder gezegd toen ze haar extreem tamme en korte rebelse puberfase doormaakte, en ze huiverde licht bij het onbekende, bijna seksueel geladen woord in haar mond: 'pa'.

'Ik hou je niet tegen.' Anne had niet eens opgekeken van de krant die ze aan het lezen was. 'Het zou alleen wel heel wreed en kwetsend zijn voor zijn vrouw.'

En Ellen zou uiteraard nooit willens en wetens iets wreeds of kwetsends doen, en trouwens, de gedachte aan een ontmoeting met deze man van middelbare leeftijd maakte haar intens verlegen. De vaders van haar vriendinnen waren groot en harig en hadden lage stemmen, en sommige waren grappig, maar de meeste doodsaai, en op de een of andere manier totaal niet relevant voor het echte leven.

De vriendinnen van haar moeder, Melanie en Phillipa, hadden zelf nooit kinderen gekregen. Ze waren Ellens peettantes, en voor het grootste deel van Ellens jeugd woonden ze bij haar moeder in. Ze hadden diverse vriendjes die hen mee uit namen, en die soms aan het ontbijt verschenen (ongeschoren en met schorre stemmen zaten ze ineens aan de keukentafel), maar over het algemeen waren deze mannen niet meer dan een amusante bijzaak in Ellens leven. Voor ze weer verdwenen, werden hun maniertjes en uiterlijk onder veel hilariteit gefileerd. (Hoewel Mel uiteindelijk, toen ze al in de vijftig was, toch trouwde met een verlegen, ondoorgrondelijke man die haar heel gelukkig maakte, en die geen al te sterk stempel drukte op haar sociale leven.)

'Het was net of ik drie moeders had,' zei Ellen altijd, en dat was ook zo. Drie succesvolle, eigenwijze, single dames die allemaal een gelijke stem hadden wat haar opvoeding betrof.

'Het was net zoiets als opgroeien in een lesbische commune,' vervolgde ze dan, maar toen ze ouder werd, zei ze dat er niet meer bij, want ze vertelde het alleen maar om interessant en anders te klinken. En misschien was het wel een belediging voor echte lesbiennes. En bovendien had ze geen idee hoe het was om in een lesbische commune te leven, als zoiets al bestond.

'Dus mijn vader was in feite niet meer dan een spermadonor – alleen wist hij er niets van.' Zo besloot ze het verhaal doorgaans, en meestal leidde dat tot een boeiende discussie, en zeiden mensen dingen als: 'Aha! Dus daar heb je je voorliefde voor hypnose van – je spirituele vader en je tarot leggende grootmoeder!' (Alsof zij de eersten waren die dat bedachten.)

Sommigen vonden het geweldig hoe haar moeder het had aangepakt, en anderen spraken beleefd, of minder beleefd, hun afkeuring uit.

Ze vond het niet erg als mensen het afkeurden. Ze wist niet zeker of ze het zelf wel goedvond, maar ze wist dat het haar moeder geen bal kon schelen wat een ander ervan dacht, en Ellen had het verhaal van haar conceptie nu al zo vaak verteld, dat het steeds verder van haar af kwam te staan. Het was net als Julia's verhaal over hoe haar vader haar en haar broertje had ontvoerd tijdens een bittere strijd tussen haar ouders om de voogdij. Hij had hun haar bruin geverfd, en er kwam ook een spannende politieachtervolging in het verhaal voor. Ellen wist dat Julia ooit wel iets van emotie moest hebben gevoeld bij deze herinnering, en op onbewust niveau voelde ze dat waarschijnlijk nog steeds wel, maar tegenwoordig was het niet meer dan een goed verhaal. Iets om feestjes mee op te luisteren.

Patrick had intens naar Ellens verhaal geluisterd en aan het eind had hij gezegd: 'Goed dat je moeder heeft gedaan wat ze wilde, maar het spijt me wel voor jou dat jij daardoor een vader moet missen.'

'Wat je niet kent, kun je niet missen,' zei Ellen, ook al geloofde ze dat zelf niet echt. Maar ze had niet haar hele jeugd in haar kussen liggen snikken om haar 'papa'. 'Misschien was het anders geweest als ik een jongen was.'

'Ik denk dat dochters nog steeds hun vader nodig hebben,' had Patrick serieus geantwoord, en zijn ernst maakte haar nog verliefder. Ze stelde zich voor dat hij liefdevol een klein babymeisje in zijn armen had (ja, oké, dat van haar), als een man in een wasmiddelenreclame.

En nu vroeg hij dus: 'En je vader is gewoon uit beeld?' alsof hij helemaal niet echt naar haar verhaal had geluisterd. Alsof hij het ooit, jaren geleden, een keer had gehoord op een feestje, maar de details niet meer scherp had. Het was zo teleurstellend. Ellen voelde weer die misselijkmakende spanning. Wat nu als ze vooral graag dolverliefd wílde zijn op deze man? Wat nu als ze zichzelf gigantisch voor de gek aan het houden was? Wat nu als hij eigenlijk een oppervlakkige, egocentrische zak was?

Zou ze beter in staat zijn geweest om goede mannen uit te kiezen als ze met een vader was opgegroeid? Waarschijnlijk. Nee, bijna zeker. Toen haar moeder haar overbluftte over het contact leggen met haar vader, had Ellen onderzoek gedaan naar de psychologie van vaderloze dochters en ze had fotokopieën rond laten slingeren waarin ze de uitgesproken bezwarende delen met gele highlighter had gemarkeerd. 'Wat wil je precies dat ik hiermee doe?' had haar moeder gevraagd. 'Dat ik terugga in de tijd en jouw conceptie ongedaan maak?'

'Dat je je schuldig voelt,' had Ellen geantwoord.

Anne was in de lach geschoten. Schuldgevoel kwam in haar emotionele woordenboek niet voor.

'Het spijt me,' zei Patrick toen het stoplicht op groen sprong en de auto weer in beweging kwam. 'Ik weet best dat je vader niet in beeld was. Ik ben alleen zo zenuwachtig. Ik heb het gevoel alsof ik op sollicitatiegesprek moet. En ik ben niet goed in sollicitatiegesprekken, vooral niet als ik de baan heel graag wil.'

Ellen keek naar hem en zag een soort doodsbange kwetsbaarheid over zijn gezicht glijden. Op dat moment leek hij precies op zijn zoon.

'Als ik nerveus ben, begin ik uit mijn nek te lullen,' zei Patrick. Hij keek fronsend in de achteruitkijkspiegel. 'En ik ben een beetje afgeleid, want onze vriendin is er weer.'

'Onze vriendin?' vroeg ze.

'Ja, Glenn Close. Achter ons.'

'Volgt Saskia ons weer?' Ellen draaide zich meteen om in haar stoel en scande de auto's achter hen. 'Welke auto?'

'Ja, geweldig. Super. Daar zit je nu echt op te wachten als je voor het eerst op bezoek gaat bij de familie van je nieuwe vriendin: dat je ex je achtervolgt,' mompelde Patrick.

'Ja maar, waar is ze dan?' De stoelriem sneed in Ellens nek. Direct achter hen zat een man in een bestelbus met gesloten ogen op zijn stuur te tikken terwijl hij meezong met een lied dat zij niet konden horen.

'Ze zit in de baan naast ons, een paar auto's terug,' zei Patrick. 'Maak je niet druk. Ik zorg wel dat ik haar los.' Hij trapte keihard op het gaspedaal en de auto schoot naar voren. Ellen draaide zich weer terug en zag de stoplichten nog net op oranje springen. Toen ze nog eens omkeek naar het kruispunt zag ze een hele rij auto's voor het stoplicht staan wachten.

'Wat voor kleur?' vroeg ze wanhopig. 'Wat voor kleur is haar auto?'

'We zijn haar kwijt,' zei Patrick tevreden.

'Nou, fijn,' zei Ellen, en ze wreef over haar pijnlijke hals.

Ik raakte ze kwijt bij de stoplichten en ik had geen idee welke kant ze op reden.

Misschien hadden ze afgesproken met vrienden van haar. Patrick kent niemand in dat deel van de stad.

Ik zag hoe ze zich omdraaide in haar stoel. Zou ze geprobeerd hebben om mij te zien? Patrick wist waarschijnlijk wel dat ik achter hem reed. Ik weet altijd precies wanneer hij het doorheeft. Dan rijdt hij harder en slordiger dan normaal. Soms steekt hij zijn middelvinger naar me op. Ik heb weleens gezien dat hij een bon kreeg omdat hij ergens rechts afsloeg waar dat niet mocht, om mij van zich af te schudden. Toen voelde ik me schuldig, want hij was altijd zo trots op het feit dat hij nog nooit een bekeuring had gekregen in al die twintig jaar dat hij nu autoreed. Ik heb een fles wijn naar zijn werk gestuurd om mijn excuses aan te bieden. Had ik speciaal uitgezocht. Een witte van Pepper Tree. Die wijn ontdekten we op een reisje door de Hunter Valley, tijdens onze laatste zomer samen. We kochten een hele doos en we raakten er verslaafd aan. Ik zou niet weten hoe hij die wijn kan drinken zonder aan mij te denken. Maar ik wachtte die avond buiten zijn kantoor en ik zag een van de meisjes met wie hij werkt naar haar auto lopen met mijn wijn in haar handen. Dat kon ik zien, omdat ik de fles in blauw vloeipapier had ingepakt. Hij had niet eens de moeite genomen om de fles uit te pakken. Hij had hem zo aan dat meisje gegeven.

Ik probeer me voor te stellen hoe hij mij aan de hypnotherapeute omschrijft. Aan Ellen. Hij zal wel zeggen dat ik 'psychotisch' ben. Hij heeft een keer tegen me geschreeuwd. Ik liep achter hem aan in zijn buurtwinkel, en toen draaide hij zich ineens om en liep regelrecht op me af. Ik bleef staan en wachtte hem glimlachend op. Hij glimlachte ook. Ik dacht dat we nu eindelijk echt zouden gaan praten. Maar toen hij dichterbij kwam zag ik dat het een sarcastische, kwade glimlach was. Hij hield zijn vinger recht voor mijn gezicht en schreeuwde: 'Jij bent een psychotische idioot!'

En dat... nou ja, onder andere omstandigheden was dat misschien grappig geweest, maar nu was ik bang dat hij me zou slaan.

Hij was zo kwaad dat hij helemaal stond te shaken.

Eigenlijk verlangde ik er ergens juist naar dat hij me zou slaan. Ik wilde het graag. Als hij me nooit meer in zijn armen zou houden, kon hij me ten minste slaan. Dan zou er toch weer een band tussen ons zijn. Vlees tegen vlees.

Maar hij sloeg niet. Hij haakte zijn handen ineen achter zijn nek en bewoog zijn hoofd heen en weer als een autistisch kind. Ik wilde hem zo graag troosten. Hij moest zich niet zo opwinden, ik was het maar. Ik ben nog steeds dezelfde. Dat lijkt hij maar niet te snappen. Ik zei: 'Lieveling.'

Hij liet zijn handen vallen en ik zag dat zijn ogen rood en waterig waren. Hij zei: 'Noem me niet zo,' en liep weg. Ik bleef staan waar ik stond en bekeek het dagmenu op het raam van de winkel waar we op zondagavond altijd fish-and-chips haalden.

Dat is het punt. Ik zit nu voorgoed vast in de rol van gestoord wijf. Hij zal altijd aan me denken als een gestoord wijf. Vroeger vond hij me een 'grapjas' en had ik 'prachtige ogen' en was ik 'een van de gulste mensen die hij ooit had ontmoet'. Die dingen heeft hij allemaal tegen me gezegd, en hij meende ze ook op dat moment.

Maar nu ben ik alleen nog maar gestoord.

De enige manier waarop ik niet meer gestoord lijk, is door uit zijn leven te verdwijnen. Zoals een fatsoenlijke ex dat zou doen. Discreet oplossen in het verleden.

En daar word ik dus... gestoord van.

Ellen zag Patricks vecht-of-vluchtreactie zodra ze bij haar moeder de deur door waren.

Ach, mijn arme schat, dacht ze. Ze herinnerde zich de eerste keer dat ze Jon had meegenomen naar haar moeder; hoe hij om zich heen keek met die lome, half geloken ogen, zo zeker van zijn eigen superioriteit. Patricks heldergroene ogen schoten heen en weer alsof hij op zoek was naar mogelijke nooduitgangen, en hij schraapte steeds zijn keel.

Hij vond het belangrijk wat Ellens moeder ervan dacht. Het was belangrijk, en dat betekende dat Ellen belangrijk voor hem was.

Arme man. Het was niet zo gek dat hij zo gespannen was. Jon was de uitzondering; de meeste mannen zouden geïntimideerd zijn.

Drie waanzinnig elegante, waanzinnig zelfverzekerde vrouwen van in de zestig, die alle drie het tere steeltje van hun wijnglas tussen hun vingertoppen vasthielden, en die bizar genoeg alle drie bijna helemaal in het wit gekleed waren, geheel passend bij het witte interieur van haar moeder – witte banken, witte muren, witte accessoires – en die alle drie van de hoge krukken doken om Patrick op beide wangen te kussen. Terwijl hij dacht dat hij maar één kus zou krijgen en steeds de verkeerde wang voorhield en ongemakkelijk door zijn knieën moest zakken zodat ze erbij konden.

'Waarom dragen jullie allemaal wit?' vroeg Ellen. 'Jullie vallen weg tegen het meubilair.'

Ze lachten onbedaarlijk.

'We konden het zelf ook nauwelijks geloven toen we elkaar zagen!' kirde Phillipa.

'We lijken wel die vrouwen uit die film met Bette Midler. *The First Wives Club*. Niet dat wij ook *wives* zijn geweest.' Ellen zag hoe de blik van haar moeder rustte op Patricks houthakkersoutfit, een blauwe spijkerbroek en een geruit overhemd met tot de ellebogen opgerolde mouwen. Jon droeg Armani en Versace en nog meer Italiaans designerspul dat zo exclusief was dat Ellen er nog nooit van had gehoord.

'Nou, Anne, Mel is wel degelijk een echtgenote,' wees Phillipa haar terecht.

'Ja natuurlijk. Ik zie haar alleen nooit zo. En dat is een compliment, Mel.'

'Ik voel me zeer gevleid, Anne.'

'Wie speelde er nog meer in die film?' peinsde Phillipa. 'Bette Midler, Goldie Hawn en nog iemand. Iemand die ik leuk vind. Weet jij het, Patrick?'

Patrick keek verschrikt. 'Eh, ik ben niet zo...'

'We kwamen erachter dat het door een artikel in *Vogue* komt, dat we alle drie hadden gelezen,' zei Mel. 'Over kleuren die vrouwen van in de vijftig flatteren. Ook al zijn wij technisch gesproken al in de zestig.'

'Spreek voor jezelf,' zei Anne. Ellens moeder vond het oprecht beledigend om aan haar echte leeftijd te worden herinnerd.

'Jij bent vierendertig dagen ouder dan ik, Anne O'Farrell.'

'Diane Keaton!' gilde Phillipa. 'Dat was de derde echtgenote. Godzijdank kwam ik er nog op. Anders zou ik er de hele avond over piekeren tot ik er gek van werd.'

'Patrick, wat kunnen we eens voor jou inschenken. Bier, wijn, champagne, iets sterkers? Je klinkt alsof je wel een borrel kunt gebruiken.' Ellens moeder fixeerde haar violetkleurige ogen op Patrick zoals een vogel zich fixeert op zijn prooi.

(Annes ogen waren haar mooiste kenmerk. Toen ze jong was, wilden haar vriendinnen haar opgeven voor een Elizabeth Taylor-lookalikewedstrijd, en als ze zich niet te goed waande voor zulke wedstrijden, zou ze nog gewonnen hebben ook. Helaas was het haar niet gelukt haar prachtige ogen door te geven aan Ellen. Daar had ze uiteraard niets over te zeggen gehad, maar Ellen had het vermoeden dat als haar moeder er wél inspraak in zou hebben gehad, ze had besloten om alle glorie voor zichzelf te houden. Ze was ontzettend ijdel wat haar ogen betrof.)

Patrick schraapte zijn keel nog maar eens. 'Een biertje zou heel lekker zijn, alstublieft, eh...'

'Ellen, je hebt ons nog niet eens fatsoenlijk voorgesteld. Die arme man zal wel denken dat hij bij een of andere harem van oude dames op bezoek is.'

'Jullie praten maar door,' zei Ellen. Ze legde haar hand op Patricks arm. 'Patrick, dit is mijn moeder, Anne.'

'Zie je de gelijkenis?' Anne wapperde met haar wimpers terwijl ze Patrick een glas bier gaf.

'Ik, eh... ik weet niet.' Patrick greep zijn bierglas uit alle macht vast.

'En dit zijn mijn peettantes, Mel en Pip,' ging Ellen verder, zonder acht te slaan op haar moeder. 'Of moeten we haar vanavond Phillipa noemen? Ze wisselt steeds van naam.'

'Afhankelijk van het feit of ik dik ben of dun,' zei Phillipa. Ze keek Patrick stralend aan en streek met een hand over haar mollige lijf. 'Dus het lijkt me wel duidelijk wie ik vanavond ben.'

Op Patricks gezicht viel pure paniek te lezen.

'Phillipa!' zei Ellen streng.

'Aha! Niet dun genoeg voor Pip, dus! Ik moet weer eens bij je komen voor wat hypnotherapie, Ellen.' Phillipa wendde zich tot Patrick met een bloedserieuze blik. 'Ik lijd aan een hoogst ernstige verslaving aan koolhydraten.'

'Dat is...' begon Patrick. Hij had duidelijk geen flauw idee hoe hij die zin moest beëindigen, en dronk zijn bier alsof zijn leven ervan afhing.

'Ik heb Ellen laten proberen om de verslaving weg te hypnotiseren.'

'Maar ze giechelde de hele tijd,' zuchtte Ellen terwijl haar moeder haar een glas witte wijn gaf zonder eerst te vragen waar ze trek in had; ze wilde liever een sapje.

'Kom maar bij mij zitten, Patrick, dan kunnen we tenminste een zinnig gesprek voeren,' zei Mel. Ze klopte op de kruk naast de hare. 'Ellen vertelde dat je landmeter bent? Mijn grootvader heeft me een schitterende verzameling oude landkaarten nagelaten. De oudste is, meen ik, van 1820.'

Patrick haalde zijn bierglas meteen van zijn lippen en vroeg met zijn normale stem: 'Echt waar?'

Mel zorgde ervoor dat Patrick zich naast haar installeerde, en duwde een bord met brood en zalmdip zijn kant op. Ellen zag Patricks schouders ontspannen terwijl Mel rustig met hem kletste en hem in de richting van een gedegen, feitelijk en mannelijk terrein bracht met haar gespreksonderwerp, waar hij zeker van zichzelf kon zijn. Ellen vond altijd dat Mel diplomatenvrouw had moeten worden, vanwege haar vermogen om vriendelijk en met verstand van zaken te vertellen over alle mogelijke onderwerpen.

(Hoewel Mel dat zelf een ontzettend seksistische opmerking zou hebben gevonden. 'Ik zou toch zeker zélf de diplomaat zijn!' zou ze zeggen.)

'Kom, dan gaan we je moeder helpen.' Phillipa greep Ellen bij de arm.

'Goh, wat aardig van je, Pip,' zei Anne, met haar violetkleurige ogen nog altijd op Patrick gericht.

'O, liefje, hij is gewoonweg snoezig!' zei Phillipa zodra ze in Annes kraakheldere keuken waren. 'Hij is vast zo'n sterk, zwijgzaam type, hè? Ik zie hem al helemaal staan, op een bergtop met zijn landmeterdingen, met half dichtgeknepen ogen tegen de zon in kijkend.'

'Nee,' zei Ellen (hoewel zij hem zelf precies zo voor zich zag). 'Zo is hij helemaal niet. Hij is een ontzettende kletskous als hij de kans krijgt. En hij werkt meestal in de stad.'

'Ach, wat is het toch heerlijk om jong en verliefd te zijn,' zei

Phillipa vol weemoed. 'Ik vond verliefd zijn toch altijd zo heerlijk. Ik viel er altijd zo ontzettend van af.'

'Ik weet nog dat jij in deze keuken zat en tegen Julia en mij zei: "Ach, wat is het toch heerlijk om jong en verliefd te zijn," toen we zeventien waren,' zei Ellen. Ze zweeg even. 'Dus toen was jij niet zoveel ouder dan ik nu ben!'

'Over Julia gesproken,' zei haar moeder, die nooit hulp nodig had en de laatste hand legde aan op gigantische vierkante witte borden geplaatste, prachtig geconstrueerde gerechten die vast goddelijk smaakten. Al twijfelde ze er niet aan dat Patrick straks op weg naar huis toch nog zou voorstellen een pizza te scoren en zou Phillipa vaak naar het brood grijpen, want erg vullend was het vast niet. 'Ik zag haar moeder afgelopen zaterdag bij yoga. Ze zei dat jouw nieuwe vriend een stalker heeft.'

'Ach, wat is de tamtam toch efficiënt,' zei Ellen. Soms had ze het gevoel dat ze nooit aan dat benauwde leventje van haar privéschool zou ontsnappen, aangezien de moeders van al haar vriendinnen bij elkaar in allerlei commissies zaten.

'Een stalker!' Phillipa's ogen vielen bijna uit hun kassen. 'Wat spannend!'

'O ja, echt reuzespannend, Pip, vooral als mijn dochter straks dood in een greppel wordt gevonden.' Anne sprak vanuit haar inloopvoorraadkast.

'Is het een voormalige geliefde?' ging Phillipa verder, waarbij ze Anne negeerde. 'Een versmade vrouw? Of gewoon zomaar een moordlustige maniak die toevallig een oogje op hem heeft laten vallen?'

Anne kwam de kast uit en zette een fles vinaigrette onnodig hard op het aanrecht. 'Heeft deze persoon blijk gegeven van een gewelddadige aanleg?' vroeg ze. 'Heeft Patrick haar al aangegeven bij de politie?'

'Het is gewoon een ex die hem nog niet helemaal los kan laten,' zei Ellen. 'Echt niets om je zorgen over te maken.'

Ze vroeg zich af hoe haar moeder zou reageren als ze wist dat Saskia hen die avond was gevolgd, of dat Ellen teleurgesteld was toen ze haar bij de stoplichten waren kwijtgeraakt.

Anne zei: 'Beloof me dat je voorzichtig zult zijn. Jij ziet altijd alleen maar het goede in mensen, Ellen, en dat is ontzettend schattig maar ook naïef.'

Ellen glimlachte. 'Die schattige neiging heb ik waarschijnlijk van mijn vader.'

Anne lachte niet terug. 'Je hebt het zeer zeker niet van mij.'

'Dat kun je wel zeggen,' zei Phillipa en toen moest ze zo hard lachen dat ze ervan knorde.

Ik kon maar niet beslissen waar ik ze op zou wachten. Bij Patricks huis of bij haar huis. Ik wist dat het ervan af zou hangen wat ze die avond met Jack hadden gedaan. Meestal komt Patricks moeder bij hem om op Jack te passen, maar soms brengt hij Jack naar haar toe. Dan zal hij wel in het kamertje achter in het huis slapen. Het is niet erg eerlijk tegenover Maureen. Ik weet nog dat ze doodop was als we haar weleens op hem lieten passen toen hij nog een peuter was. Hij had haar volledig in zijn zak. Maar dat is vast anders nu hij acht is. Waarschijnlijk vermaakt hij zichzelf wel – met televisiekijken of zo. Ik hoop dat Patrick hem niet te veel tv laat kijken. Ik hoop dat hij boeken leest. Vroeger hield hij zo van boeken. Ik weet nog dat ik een keer heb getest hoe vaak ik hem *Rupsje Nooitgenoeg* kon voorlezen voor hij er genoeg van kreeg. Ik moest het zelf na vijftien keer opgeven. Telkens als het uit was, vroeg hij: 'Nog een keer?' met hetzelfde enthousiasme. Ik zie nog zijn bolle rode wangetjes als hij op schoot zat in zijn *Thomas de Trein*-pyjamaatje, zijn lippen stijf op elkaar van concentratie terwijl hij met zijn vingertje in de gaatjes prikte die de rups in de appel had gegeten.

Ik zou vanavond best op Jack hebben kunnen passen terwijl Patrick en Ellen waren waar ze nu ook maar uithangen. Dat zou toch prima zijn? Dan had ik vrolijk 'Dag!' geroepen, als een tieneroppas, en was ik gezellig met Jack op de bank gekropen, onder een dekentje, met een zak chips voor ons tweetjes.

Misschien moet ik Patrick sms'en om het hem aan te bieden. Haha.

Ik had al die jaren wel voor hem op kunnen passen. Ik denk weleens dat dat een enorm verschil zou hebben gemaakt – als Patrick niet had besloten om Jack uit mijn leven te scheuren, mijn jongetje, mijn lieve kleine jongetje.

Ik herinner me dat een van de moeders die ik kende van Jacks crèche me belde toen ze het had gehoord, en dat ze zei: 'Hij mag jou dit niet aandoen, Saskia. Dit mag wettelijk gezien vast niet. Jij hebt toch rechten? Jij bent Jacks moeder.'

Alleen was ik niet zijn echte moeder. Ik was alleen maar de vriendin van zijn vader. En welke rechter gaf daar iets om? Een relatie die drie jaar heeft geduurd. En het eerste jaar woonde ik niet eens officieel bij hem. Helemaal niet zo lang, alles bij elkaar.

Maar lang genoeg om mee te maken dat hij zindelijk werd, om hem grapjes te vertellen, en te leren zwemmen en hoe met mes en vork te eten. Lang genoeg om te zien dat zijn haar eerst krulde en toen steil werd. Lang genoeg dat hij mij altijd riep als hij naar had gedroomd. Mij. Niet papa. Hij riep altijd om mij.

Een plotselinge gil dwars door mijn slaap en ik was al halverwege de gang voor ik zelfs maar goed wakker was. Ik ben een keer naar hem toe gegaan toen hij rechtop in bed zat en in zijn ogen wreef terwijl hij hartstochtelijk snikte. 'Ik wilde zo graag de kaarsjes uitblazen!' zei hij tegen me.

En ik zei: 'Goed, blaas maar,' en ik hield een denkbeeldige taart op. Hij maakte zijn wangen bol en blies, en klaar, probleem opgelost. Hij glimlachte naar me met zijn ogen nog vol tranen, legde toen zijn hoofdje weer op het kussen, en viel meteen in slaap. Patrick wist er niets van, tot de volgende dag.

Ik neem aan dat Jack tegenwoordig niet meer van die lieve, simpele nachtmerries heeft.

Wat ik weleens zou willen weten: waar ligt de grens tussen babysitter en moeder? Als je een avond op een kind past word je niet ineens zijn moeder omdat je hem in bad hebt gestopt en te eten hebt gegeven. Datzelfde geldt voor een week. Of een maand. Maar hoe zit dat dan als het een jaar is. Twee jaar? Drie jaar? Is er ergens een punt waar je een onzichtbare grens overgaat? Of is er helemaal geen grens, behalve de wettelijke, in de vorm van door jou ondertekende adoptiepapieren? Pleegkinderen kunnen altijd nog worden opgeëist door hun echte ouders, zelfs na jaren.

Ik had Jack moeten adopteren. Dat was mijn fout. Maar het kwam toen nooit bij me op.

Ik vond het een voorrecht om op Jack te mogen passen, een geschenk. Het was een van de fantastische aspecten van mijn relatie met Patrick.

Dus toen hij het uitmaakte, wist ik dat ik Jack kwijtraakte, naast al het andere waar ik zo van hield: de adertjes op Patricks handen, om maar eens iets te noemen. Ik hield zo van zijn handen. En van zijn handschrift. Hij had een schitterend handschrift voor een man; en de manier waarop hij glimlachte na de seks. En hoe hij zong. Hij zong altijd countryliedjes, zachtjes, bij zichzelf, als hij in het huis bezig was. Ik haat countrymuziek, maar dat zachte zingen vond ik heerlijk. Het was de soundtrack van mijn leven.

Ik heb nooit uitgezocht of ik rechten had wat Jack betrof. Misschien had ik die wel.

Maar ik raakte in shock toen Patrick zei dat hij niet meer van me hield.

Ik kon niet meer uit bed komen. Ik kon niet praten. Niet eten. Het was alsof ik een verschrikkelijke ziekte had. Het was alsof er een bom was ontploft in mijn leven, en alles waar ik in geloofde in stukken was gespat.

Als Patrick me Jack nu maar had laten ontmoeten in de weekenden. Als een gescheiden vader. Dat was misschien genoeg geweest. Dan zou ik dit misschien niet doen, wat dit ook maar is, dit gedoe waar ik niet mee kan stoppen, hoe hard ik ook mijn best doe. En ik heb het echt geprobeerd. Echt. Vroeger had ik geen begrip voor alcoholisten of gokverslaafden. Hou er toch gewoon mee op, dacht ik altijd als ik hoorde dat iemand zijn leven verziekte vanwege een of andere domme verslaving. Maar nu snap ik het. Het is net zoiets als tegen iemand zeggen dat hij moet stoppen met ademhalen. *Hou nou maar gewoon op met ademen, dan komt het allemaal wel weer goed met je leven.* Dan moet je dus zo lang mogelijk je adem inhouden, maar zo lang is dat niet, want al snel snak je naar lucht. Ik weet dat het vernederend is. Ik weet dat het belachelijk is. Het kan me alleen niet schelen. Het is fysiek onmogelijk om ermee te stoppen.

En dus zat ik daar in mijn auto bij Ellens huis. Ze vertelde me dat ze het van haar oma had geërfd, wat de verschillen tussen ons aardig samenvat. Ik heb een fruitschaal geërfd van mijn oma. Ik had het raampje omlaag gedraaid en kon horen hoe de golven op het strand spoelden. Dat hoort Ellen dus als ze gaat slapen. Dat hoort Patrick dus als hij daar logeert.

Uiteindelijk viel ik in slaap, en toen ik wakker werd was het in mijn rug geschoten. De zon was op en ik zag Patricks auto nergens. Dus hadden ze bij hem thuis geslapen.

Ik dacht eraan hoe ze samen in het bed lagen dat ooit van mij was, waarschijnlijk onder lakens die ik nog heb uitgekozen, en ik vroeg me af of hij nu in het vroege ochtendlicht naar haar tastte, en met een vingertop zo zachtjes over haar arm gleed dat ze niet wist of ze het droomde of niet. Dromerig, half slapend vrijen bij zonsopgang was zijn ding.

Ik deed het autoportier open en stapte uit, voorovergebogen als een oud vrouwtje. De kookaburra's lachten zich een ongeluk.

7

Onthoud...

1. *Alle hypnose is zelfhypnose.*
2. *Je kunt niet in hypnose blijven hangen.*
3. *Je hebt zelf altijd de controle. Je kunt op elk moment stoppen.*
4. *Hypnose is een natuurlijke geestestoestand.*
5. *Neem een chocolaatje! Ze staan ervoor!*

Tekst op geplastificeerde kaart aan de muur
in de behandelkamer van Ellen O'Farrell

Ellen werd wakker en voelde Patricks vingertop langzaam en zachtjes over haar hele arm glijden.

De vingertop over de arm was altijd zijn openingszet.

Jon begon altijd met kussen achter in haar hals. Heel zachte kusjes.

Edward likte aan haar oorlel, vol overgave, en heel nat, wat ondraaglijk kietelde. Hij vatte haar gegil en gespartel ten onrechte op als waanzinnige seksuele opwinding, en ze kwam er nooit toe dat misverstand uit de weg te ruimen.

Andy fluisterde altijd in haar oor, met hete, irritante adem: 'Heb je zin om...' ('Wat?' wilde ze altijd zeggen. 'Heb ik zin om wát? Maak je zin eens af!')

Ze vroeg zich af of Jon nu op dit moment iemand in de hals kuste, en of Edward ergens aan een oorlel lag te sabbelen, en of Andy iemand zijn halve vraag influisterde.

Waarom lig je nu aan je ex-geliefden te denken?

Met haar ogen dicht rolde ze naar Patrick toe, zodat hij gemakkelijker bij haar arm kon. Ze vond dat vingertoppenspelletje wel erg lekker.

Maar ze vond Jons kussen ook lekker.

Nou en? Concentreer je nu maar op die vingertop.

Waarschijnlijk had Patrick dezelfde techniek op Saskia losgelaten, in ditzelfde bed, misschien zelfs wel onder deze lakens.

Dat was interessant, maar totaal niet relevant.

Als je eenmaal je seksuele moves had geperfectioneerd, veranderde je er meestal niet veel meer aan. Zelf kuste ze nog op precies dezelfde manier als ze had geleerd van die jongen op de camping, toen ze vijftien was. Hij smaakte naar bier. Walgelijk en heerlijk. Hoe heette hij ook alweer? Chris? Craig? Zoiets in elk geval.

Patrick trok aan haar nachtpon. 'Doe eens uit.'

Ze wilde nu, op dit moment, met Patrick in bed liggen; ze wilde nergens anders zijn. Maar ze vond het ook niet echt een leuk idee dat Jon de nek van een ander lag te zoenen.

Ze hielp Patrick om de nachtpon over haar hoofd te trekken.

Ze vroeg zich af wat Saskia nu aan het doen was. Waar zou ze gisteravond naartoe zijn gegaan nadat ze hen bij het stoplicht was kwijtgeraakt? Was ze naar huis gegaan en had ze daar oude foto's van Patrick en zichzelf bekeken? Moest ze huilen?

Was Ellen verantwoordelijk voor de pijn van die andere vrouw? Moest ze hem eigenlijk teruggeven? Geen haar op haar hoofd die eraan dacht om hem terug te geven. Hij wilde Saskia helemaal niet. Hij wilde Ellen.

Zo ging het nu eenmaal in het leven. Relaties liepen stuk. Als dat niet zo was, zat ze nu nog steeds met die jongen met zijn bieradem op de camping.

Julia had gelijk. Saskia moest eens volwassen doen en verdergaan met haar leven.

Maar toch, had het niet iets nobels, Saskia's weigering om hem los te laten? Ze was gek van hartstocht. Ellen had nog nooit uit hartstocht iets geks gedaan.

'Waar denk je aan?'

Patrick leunde op een elleboog en keek omlaag naar haar, glimlachend. Hij veegde haar haren van haar voorhoofd.

'Saskia,' antwoordde ze naar waarheid, zonder nadenken.

Patrick trok zijn hand terug. 'Ik kom echt nooit meer van dat mens af, hè?'

'Sorry,' zei Ellen. Ze trok hem naar zich toe, maar zijn lippen waren tot een dunne streep vertrokken, en hij leek op een mokkende leraar die het allemaal tot hier zat met de klas.

Hij zei: 'Nu ligt dat rotwijf ook al bij ons in bed.' Hij stond op en liep naar de badkamer. Hij sloeg de deur onnodig hard achter zich dicht.

Ellen ging weer op haar kussen liggen en staarde omhoog naar de langzaam ronddraaiende ventilator. (Rond en rond en rond. Ze sloeg het op als een goed beeld voor een inductie. 'Stel je voor dat je naar een ventilator kijkt aan het plafond.'

Kijk dan, Saskia. Je hebt ervoor gezorgd dat wij geen seks hebben. Hij is boos op mij, door jou.

Telkens als ze met Patrick was, stelde ze zich voor hoe Saskia zou reageren als ze hier was en zat te kijken. Het was alsof ze meedeed in haar eigen realityprogramma, met een publiek van slechts één persoon. Als Patrick wist hoe vaak ze aan Saskia dacht, zou hij woedend zijn.

Buiten bij het raam, lagen de kookaburra's dubbel van het lachen.

Als je lang genoeg naar iemands achterkant staart, voelen ze je blik en draaien ze zich om. Ze zien je niet echt, maar ze voelen iets in de atmosfeer.

Daarom heb ik altijd geloofd dat Patrick het zou voelen als ik hard genoeg aan hem dacht. Als iemand een blik kan voelen van de andere kant van een kamer, kan hij toch ook best een storm van oprechte emotie, een tsunami van emoties, een handjevol wijken verderop in de stad voelen?

Ik stel me mijn gevoelens voor als een dikke wolk die boven de straten van Sydney hangt, en op een dag staat Patrick onder de douche (hij staat graag lang onder een gloeiend hete douche waar de damp vanaf slaat) met het raam open en ineens voelt hij het – mijn liefde. Hij ademt mijn wolk van gevoelens in, draait de kranen dicht en denkt: Saskia.

En terwijl hij zich staat af te drogen, denkt hij: ik ben stom geweest.

En dan, nog voor hij zich aankleedt, belt hij me op. En dan is alles weer goed.

Mensen komen weer bij elkaar. Dat gebeurt vaak zat. Waarom zou het niet met ons gebeuren?

Ellen kon het geluid van Patricks stromende douche horen.

Waarschijnlijk had ze hem boos gemaakt; hij had zich op deze ochtend verheugd. Jack logeerde bij zijn grootouders, en Patrick zou hem pas vanavond weer mee naar huis nemen, nadat ze daar samen hadden gegeten. Hij had gezegd dat ze die ochtend lang zouden uitslapen, en op bed zouden ontbijten met de krant erbij. Hij had nog speciaal croissantjes gekocht. En nu had zij zijn ochtend verpest.

Was het zo vreemd dat die arme man de naam van zijn stalker niet wilde horen als hij met Ellen probeerde te vrijen?

Door spijt overmand gooide ze de dekens van zich af. Zonder haar nachtpon weer aan te trekken stapte ze uit bed en voelde ze aan de badkamerdeur. Hij zat niet op slot. Het water beukte op de vloer van de douche. Er was zoveel stoom dat ze bijna niets kon zien.

'Kom je erbij?' vroeg Patrick van onder de douche. Hij klonk helemaal niet meer als een boze leraar.

Ze trok het douchegordijn opzij.

Een paar minuten later had ze haar benen om Patricks middel geslagen en dacht ze helemaal niet meer aan Saskia.

Ik banjerde een poosje door de voortuin van de hypnotherapeute.

Ik pakte een margriet op die op de grond was gevallen, en

stak die achter mijn oor; alsof ik zo'n soort meisje was, het soort dat weet dat ze er apart en mooi uitziet met een bloem achter haar oor. Het was alsof ik dacht dat die margriet de hele situatie kon veranderen, en mij schattig en vertederend maakte. Alsof dit een geestige driehoeksverhouding was en Ellen en ik twee meisjes op een feestje waren die allebei de aandacht van dezelfde jongen probeerden te krijgen. Toen liep ik Ellens veranda op en zag mijn eigen spiegelbeeld in het glas naast de voordeur. Ik zag er middelbaar en morsig uit. Ik haalde de bloem uit mijn haar en vermorzelde hem in mijn handpalm, en toen klopte ik, heel hard, op de deur, ook al wist ik dat ze niet thuis was. Ik klopte nog eens, boos. Kennelijk wilde ik een punt maken. *Hier ben ik!*

Toen haalde ik mijn schouders op, alsof we een afspraak hadden en zij me had laten zitten. Ik stapte de veranda af en zag een pad dat langs de zijkant van het huis naar het strand liep.

Ik liep het af, trok mijn schoenen uit en liep op mijn blote voeten over het koude zand.

Stel je voor. Je loopt je achterdeur uit en je bent op het strand.

Ik vraag me af of ze het wel waardeert. Ze lijkt me niet echt een sportief type. Ik kan me haar niet zwetend of puffend voorstellen. Volgens mij zit ze alleen met gekruiste benen te mediteren en te chanten. Of ze doet aan yoga. Zonnegroeten en dat soort onzin.

Het strand was verlaten en stil, op het geklots van de golven na. En zo nu en dan krijste er een meeuw. Nog te vroeg voor joggers en powerwalkers en mensen die hun hond uitlieten. Het was vloed en de parelkleurige lucht leek heel laag te hangen.

Zonder erover na te denken, trok ik al mijn kleren uit en rende ik de oceaan in, waar ik pardoes in een golf dook. Toen ik weer overeind kwam, schreeuwde ik het uit, en weer dook ik onder en nog eens. Telkens als ik onderdook deed ik mijn ogen open en zag ik kolkend zand en dunne stroken licht.

Vergeet hem.

Laat hem los.

Bevrijd jezelf van hem.

Telkens als ik onder water dook kwamen de woorden als vanzelf mijn hoofd in, kristalhelder, alsof zeemeerminnen mij ze influisterden.

Later, toen ik naakt het strand op liep, richting mijn kleren, met de vroege ochtendzon die zachtjes mijn schouders streelde, besloot ik om koffie te gaan drinken en de krant te lezen in een van de cafeetjes, en ineens voelde ik iets vreemds, iets wat ik al heel lang niet had gevoeld, en het duurde een paar minuten voor ik doorhad dat het geluk was. Doodgewoon geluk. Ik was vergeten hoe heerlijk ik het vond om in zee te zwemmen. Ik had het al eeuwen niet meer gedaan. Pas als het buiten brandend heet was en de zee praktisch lauw, wilde Patrick zwemmen. 'Watje!' riep ik altijd tegen hem vanuit het water, en dan stak hij een hand op om dat toe te geven, zonder zelfs maar op te kijken van zijn krant.

Zijn moeder heeft me een keer verteld dat hij altijd al moeilijk deed over koud water. Ze moest altijd briefjes schrijven zodat hij niet met school hoefde te zwemmen. En als hij in de douche stond, gooide zijn broer altijd bekers koud water over hem heen en dan gilde hij als een meisje. 'Mietje,' zei zijn vader altijd.

Ik vroeg me af of de hypnotherapeute zijn ouders al had ontmoet. Zijn moeder was dol op mij. Met kerst, toen ze te veel punch had gedronken, zei ze een keer tegen me dat ik net als een dochter voor haar was.

Misschien volg ik de raad van de zeemeerminnen wel op, en neem ik een avondje vrij van Patrick en de hypnotherapeute. Misschien ga ik vanavond toch wel naar dat feestje van mijn werk. Ik zou die rode jurk aan kunnen doen die ik steeds maar niet aantrek.

En onderweg ga ik misschien wel even bij Patricks moeder langs. Gewoon om even dag te zeggen. Dan kan ze zien dat ik de draad van mijn leven weer heb opgepakt.

'Dus, Ellen, jij bent hypnotiseur,' zei Patricks moeder. 'Ik moet toegeven dat ik nog nooit een hypnotiseur heb ontmoet.'

'Ze is hypnotherapeute, ma,' verbeterde Patrick.

'O, sorry!' Zijn moeder leek aangeslagen.

'Geeft niks!' zeiden Patrick en Ellen tegelijk om haar gerust te stellen.

Maureen Scott was een doorsneemoeder en een oma. Ze had het kleurloze kapsel, het zacht uitzakkende gezicht, het vormeloze figuur en de pastelkleurige kleding met elastiek in de taille die daarbij hoorden.

'Mijn moeder is een stuk ouder dan de jouwe,' had Patrick gezegd toen ze hiernaartoe reden. 'Ze is van een andere generatie.'

'Hoe oud is ze dan?' had Ellen gevraagd.

'Ze wordt dit jaar zeventig.'

Ellens moeder was zesenzestig, maar drie jaar jonger, maar dat had Ellen niet gezegd, en daar was ze nu blij om. Maureen leek inderdaad wel twintig jaar ouder dan Anne. Ellens moeder was een en al scherpe lijnen en hoeken, terwijl Maureen vormeloos was. Maureen zou een van Annes patiënten kunnen zijn. Anne zou haar kortaf en badinerend behandelen, en zeggen dat ze calcium moest slikken om botontkalking te voorkomen en dat ze regelmatig een mammogram moest laten maken, alsof dit soort oudedamesproblemen voor haarzelf nog lang niet in het verschiet lagen.

'Een hyp-no-the-ra-peu-te,' herhaalde Maureen zorgvuldig. 'Nou, daar wil ik weleens wat meer van weten, Ellen.' Ze gaf Ellen een blaadje met een afbeelding van Sydney Harbour Bridge, waarop een schaaltje uiendip stond, met een rijtje Tucjes ernaast.

'We mogen wel oppassen,' zei Patricks vader. 'Straks hypnotiseert ze ons nog onder het eten.' Hij klapte in zijn handen en grinnikte.

George leek komisch genoeg verontrustend veel op Patrick. Ellen moest zich inhouden om niet naar hem te staren. Ze had nog nooit een ouder en een kind gezien die zoveel op elkaar leken. Als Patrick niet bij hen in de kamer was geweest, zou ze nog gedacht hebben dat hij een geintje met haar uithaalde en net deed of hij een oude man was. George had wit haar in plaats van bruin, maar het was precies hetzelfde geknipt en Patricks groene ogen keken haar aan vanuit een veel gerimpelder gezicht. Verder was alles hetzelfde: de vorm van zijn neus, de kaaklijn, de stand van de schouders, zelfs de manier waarop ze op hun stoel zaten, met hun benen recht voor zich uit gestoken, en een glas bier in hun grote handen geklemd.

'Eigenlijk zijn het klonen,' zei Patricks broer in haar oor terwijl hij een onderzetter voor haar neerlegde. Op de onderzetter stond een afbeelding van Ayers Rock.

Patricks jongere broer Simon was klein en donker en had een keurig getrimd sikje, als een modeontwerper. Hij was pas vierentwintig, en Ellen vond dat hij eruitzag alsof hij nu aan de drugs in een nachtclub moest zitten, in plaats van drankjes rond te brengen in deze bungalow van rode baksteen, met een crucifix boven de televisie. Die televisie stond aan; er was een quiz op, maar het geluid stond uit. Ook hingen er vitrinekastjes vol met prulletjes en jubileumborden.

'Ellen gaat me leren hoe ik mijn vrienden moet hypnotiseren,' zei Jack zonder op te kijken van zijn plek voor de tv, waar hij op zijn buik lag met een computerspelletje.

'Dat kan ik je ook wel leren,' zei George. Hij pakte een theelepeltje op en liet dat heen en weer zwaaien tussen zijn vingertoppen. 'Je... wordt... slaperig.' Hij sloeg op zijn knie. Hij was zo iemand die zijn eigen grappen altijd dijenkletsers vond.

'Ja, hoor, opa,' zei Jack.

'Die grap heeft Ellen vast nog nooit gehoord,' zei Simon.

'George!' zei Maureen. 'Er komt vast veel meer kijken bij hypnose dan dat!' Ze keek Ellen gespannen aan. 'Toch?'

'Wel iets meer,' zei Ellen met een glimlach. De uiendip bestond uit een bakje zure room vermengd met een zakje droge uiensoep. Het deed haar denken aan haar schooltijd.

'Soms heb ik het gevoel dat ik onder hypnose ben als ik te

veel televisie heb gekeken,' zei Maureen. 'Dan heb ik het gevoel dat ik helemaal wazig ben.'

'Dat is inderdaad een vorm van hypnose,' zei Ellen.

'Echt waar?' vroeg Maureen tevreden.

'Ellen helpt mensen die willen stoppen met roken, of afvallen,' verkondigde Patrick. 'Zulke dingen. En ze helpt mensen met hoge functies om hun angst te overwinnen voor spreken in het openbaar.'

Hij citeerde letterlijk een van Ellens brochures. Ze wist niet eens dat hij die had gelezen.

Ze had het gevoel dat hun relatie die dag een nieuwe laag had bereikt: een complexere, diepere laag. Hun vrijpartij die ochtend in de douche was zo bijzonder dat ze er steeds met andere mensen over wilde praten. (De man in de groentewinkel zei: 'En, nog iets leuks gedaan vandaag?' en ze had eigenlijk willen antwoorden: 'Fijn dat je dat vraagt, want ik heb vanochtend een ongelofelijk fijne seksuele ervaring in de douche gehad!') Na afloop waren ze weer in bed gaan liggen, en Patrick bood zijn verontschuldigingen aan omdat hij zo was uitgevallen en hij zei dat hij af en toe zo gestoord werd van Saskia dat hij zélfs had overwogen in therapie te gaan.

'Dus, jij helpt mensen bij het spreken in het openbaar. Ik moet ook weleens een praatje houden voor klanten, voor mijn werk,' zei Simon, die websites ontwikkelde. 'Dan denk ik dat ik totaal niet gespannen ben, maar dan gebeurt er altijd iets raars.' Hij stond op om het te demonstreren. 'Het is een soort onwillekeurig spasme in mijn linkerbeen.' Hij liet zijn ene knie tegen de andere slaan.

'Huh?' zei Patrick 'Dat heb ik ook! Alleen bij mij gaat het meer zo.' Hij stond op en trok met zijn been.

'Jullie lijken wel Elvis-imitators,' grinnikte Maureen.

Jack was op zijn rug gerold om te kijken. 'Ik ben supergoed in speeches,' zei hij. 'Ik heb dat niet, met dat been. Jij wel, opa?'

George schudde zijn hoofd. 'Nee. Ik denk dat jij je stalen zenuwen van mij hebt.'

'Stalen zenuwen,' mompelde Jack bij zichzelf. 'Ik heb stalen zenuwen.'

'En jij, Maureen?' vroeg Ellen.

'Ik ben best goed in toespraken,' antwoordde Maureen onverwacht. 'Ik doe al ruim veertig jaar de kerstspeech bij ons op de tennisclub. En dat gaat meestal prima.'

'Ma kan heel goed moppen tappen,' zei Patrick terwijl hij ging zitten en zijn glas oppakte.

'De meeste moeders bakken daar niks van,' zei Simon, 'maar de onze wel.'

Beide mannen keken hun moeder trots aan. Maureen straalde.

'Ze vertelt soms heel schuine,' zei George. 'Dat kan ze goed, die vrouw van mij.'

'Niet wáár!' giechelde Maureen.

'Ik weet een mop! Klop, klop!' riep Jack.

Er werd op de deur geklopt. Iedereen moest lachen.

'Maar ik heb de grap nog helemaal niet verteld,' zei Jack beledigd.

'Iemand klopte aan net toen jij "Klop, klop" had gezegd,' verklaarde Maureen. 'We moesten lachen om het toeval. Wie zou dat nou zijn? Ik verwacht niemand. Jullie, jongens?'

'Het zal wel iemand zijn die je iets aan wil smeren,' zei Patrick. 'Een nieuw telefoonabonnement of zo.'

'Nou, ik weet het niet, hoor,' zei Maureen zonder in beweging te komen, alsof ze dit raadsel eerst wilde oplossen.

Er werd weer geklopt.

'Ik zou niet weten wie er om deze tijd op bezoek zou komen,' peinsde Maureen. 'Het is zo'n raar tijdstip. Zo vlak voor het eten.'

'Wow! Zoiets waanzinnigs is ons nog nooit overkomen!' zei Simon, en hij klonk zo oprecht verbijsterd dat Ellen eerst dacht dat hij het meende. 'Dit is pas gevaarlijk leven! Dit is...'

'Ik doe wel open.' Patrick legde zijn handen op zijn knieën.

'Nee, ík!' Jack sprong op en rende de kamer uit.

Ze hoorden de deur opengaan en toen een onverstaanbare vrouwenstem.

'Waarschijnlijk weer zo'n beeldschone vrouw op zoek naar mij,' zei Simon achter zijn hand tegen Ellen. 'Zoals zo vaak.'

'In zijn dromen,' zei Patrick.

Ze hoorde Jack uitgebreid praten.

'Volgens mij vertelt hij onze mysterieuze bezoeker zijn klop-klopgrap,' grijnsde Simon.

'Ik moet geloof ik echt... Maar ik zou niet weten wie het kan zijn!' Maureen liep de kamer uit en streek haar haren glad.

Ze hoorde een vrouw lachen en ineens zette Patrick zijn glas zo hard op de salontafel neer dat er bier over de rand klotste. 'Dit meen je niet.'

'Wat meen ik niet?' vroeg zijn vader.

Patrick stond op en trok het gordijn van de voorkamer open. Hij schudde zijn hoofd met een akelige, bittere grimas, liet het gordijn vallen en beende de kamer uit zonder Ellen aan te kijken.

Ellen voelde hoe haar hartslag versnelde. Toen ze hierheen reden had Patrick de hele tijd in zijn achteruitkijkspiegel gekeken. 'De *bunny boiler* is nergens te zien,' zei hij opgelucht toen ze voor het huis van zijn ouders parkeerden.

'Wat is er aan de hand?' vroeg Patricks vader.

'Ik denk dat je-weet-wel aan de deur is,' zei Simon. Hij wierp Ellen een quasimedelijdende, nieuwsgierige blik toe.

'Godsamme,' zei George. 'Ik kan er maar beter even heen om te zien of ze een scheidsrechter nodig hebben.'

'Ik neem aan dat je wel weet over wie het gaat,' zei Simon voorzichtig toen ze alleen waren. 'Over zijn ex.'

'Ja,' antwoordde Ellen. Ze drukte haar handen tegen haar dijen, om te voorkomen dat ze ook op zou springen en naar de deur zou rennen. *Ik wil weten hoe ze eruitziet!*

Ze probeerde te horen wat er aan de hand was.

Simon schudde zijn hoofd. 'Het is vast een beetje raar voor jou – of lastig.'

'Nee, niet echt,' zei Ellen. 'Ik heb haar nog nooit gezien.' Ze deed haar best om het niet als een klacht te laten klinken.

Patricks stem was luid en duidelijk te verstaan. Ellen had hem nog nooit zo horen praten, met zo'n ruwe, onprettige stem. Hij klonk als een grote, zware man met een rode kop die zijn handpalm voor de camera hield in zo'n actualiteitenprogramma. 'Saskia. Als jij nu niet weggaat, bel ik de politie. Je bent te ver gegaan. Dit is onacceptabel.'

En toen Jacks stem, hoog van angst of opwinding: 'Papa, waarom ga je de politie bellen?'

Simon kromp ineen. 'Ik moet proberen Jack daar weg te krijgen.' Hij liep de kamer uit. Ellen bleef als aan haar stoel genageld zitten. Ze had geen enkel excuus om zich er ook mee te bemoeien.

Ze vroeg zich af of ze zich zorgen moest maken om hun veiligheid; of Saskia misschien een pistool zou trekken of een groot glimmend keukenmes. Volgens het boek dat ze nu las werd de overgrote meerderheid van de slachtoffers van stalkers nooit fysiek aangevallen (alleen geestelijk geterroriseerd) maar het boek stond wel vol met gruwelijke, waargebeurde verhalen waarbij de arme slachtoffers wel degelijk de dood vonden.

Of misschien had haar moeder gelijk en zou ze moeten vrezen voor haar eigen veiligheid: misschien was zíj Saskia's doelwit. Ellens moeder zou zo kwaad worden als dit Ellens dood werd.

'Oké, en nu kalm iedereen.' Het was Patricks vader. Ellen had Saskia's stem nog steeds niet goed gehoord.

Ze zette haar drankje neer op de Ayers Rock-onderzetter, boven op een gehaakt kleedje, en liep rusteloos door de kamer. Er was een boekenplank die helemaal vol stond met foto's. Ze herkende Patrick met een andere vrouw en pakte het lijstje gretig op. Zou dat Saskia zijn?

Toen zag ze dat de foto in een ziekenhuis was genomen en realiseerde ze zich dat de jonge blonde vrouw met een baby in een blauw dekentje met konijntjes erop Colleen moest zijn.

Patricks vrouw. Zijn overleden vrouw. Ellen vroeg zich af of de kankercellen die haar een jaar later het leven zouden kosten toen al in haar lichaam aanwezig waren, en kracht aan het verzamelen waren voor hun kwaadaardige aanval.

Patrick was naast zijn vrouw op het bed geklommen. Ze zaten op elkaar gepropt, met hun rug tegen de metalen spijlen van het ziekenhuisbed. Colleen had een arm om de baby, en haar andere hand lag verstrengeld in die van Patrick op zijn schoot. Je kon zien dat hij haar stevig vasthad.

Colleen glimlachte naar de baby; Patrick naar degene die de foto nam. Het was pas acht jaar geleden, maar Patrick zag er zo anders uit, veel jonger: zijn ogen leken ronder, zijn wangen voller, zijn haar dikker en langer, en zijn T-shirt was een jongemannenshirt. Colleens haar zat slordig en Patrick was ongeschoren. De foto was waarschijnlijk maar een paar uur na Jacks geboorte genomen. Ze hadden die verbaasde blik die Ellen wel vaker had gezien op de eerste babyfoto's van mensen. *Kijk eens wat wij hebben gemaakt!* De geboorte van een eerste baby. Een van die alledaagse gebeurtenissen die alleen voor de betrokkenen ongelofelijk waren.

Ellen geneerde zich een beetje. De hele dag had ze zitten denken aan seks in de douche met de echtgenoot van die jonge vrouw. Wat fout. Met Colleen had hij een échte relatie gehad. Hij was met haar getrouwd, en had een kind met haar. Het was een volwassen relatie. Je kon zien hoeveel Patrick van Colleen hield aan de manier waarop hij zijn lichaam om haar heen had gevouwen.

Ellen voelde een zekere verwantschap met die arme, gestoorde Saskia bij de voordeur, die maar niet losliet, en die zichzelf zo voor schut zette. Als de lieve Colleen (je kon alleen aan de foto al zien dat ze lief was) niet was gestorven, zou Patrick noch Saskia, noch Ellen ooit een blik waardig hebben gekeurd.

Sterven was zo'n elegante manier om uit een relatie te stappen. Geen ontrouw, geen sleur, geen lange moeilijke gesprekken tot diep in de nacht. Geen 'ik heb gehoord dat zij nog steeds niemand heeft'. Geen elkaar-tegen-het-lijf-lopen op feestjes en trouwerijen. Geen 'wat wordt zij dik, zeg', of 'je kunt wel zien dat ze een dagje ouder wordt'. Doodgaan was definitief en mysterieus en het gaf jou voor eeuwig het laatste woord.

'Dat is mijn moeder.'

Ellen schrok. Jack stond naast haar en keek naar de foto in haar hand. 'Die dag ben ik geboren. Mijn moeder is dood.'

'Ja.' Ellen zette de foto voorzichtig terug op zijn plek. Ze vroeg zich af of Jack dezelfde gevoelens koesterde voor zijn overleden moeder als zij voor haar niet-bestaande vader: een soort emotieloos gevoel. 'Ik weet het.'

'De ex-vriendin van mijn vader is aan de deur,' zei Jack. 'Saskia. Ze heeft een poos bij ons gewoond.'

'Kun je je haar nog herinneren?' vroeg Ellen nieuwsgierig.

Jack keek argwanend. 'Een beetje. Ik weet nog dat ze me uit school haalde en dat ze zei: "Welkom terug, Jack!" Ze had altijd een schaaltje met koekjes en fruit en zo voor me bij zich.' Hij gaf haar een snelle, waarschuwende blik. 'Papa wil niet over haar praten.'

'Dat weet ik,' zei Ellen. *Waarom haalde Saskia hem uit school? Hoefde ze niet te werken? Waarom haalde Patrick hem niet op?*

Aan de voorkant van het huis klonk een schelle vrouwenstem, en toen een autoportier dat werd dichtgesmeten en piepende banden.

Hij zei dat hij de politie zou bellen als ik niet wegging.

Ik wist niet eens dat hij daar zou zijn. Ik was zo blij dat ik er zo goed uitzag in mijn rode jurk en ik voelde me nog zo schoon van mijn naakte zwempartij bij het strand, en ik had gedacht dat een bezoekje aan de ouders van Patrick een heel normaal, sociaal, alledaags iets was. Ik dacht nog half dat het misschien tijd werd om weer eens wat oude vrienden op te zoeken, en dit leek me een goed begin.

Ik zag het helemaal niet als onderdeel van mijn 'verslaving'. Mijn viezige, akelige verslaving.

Het bewijs is dat ik niet eens had gezien dat Patricks auto voor de deur geparkeerd stond! En ik ben gefixeerd op die auto. Ik ben er zo aan gewend om hem te volgen, dat mijn blik als een telescoop op die wagen is gericht, ook al zit ik meters achter hem in de file.

Het enige waar ik aan dacht terwijl ik het pad op liep, was de eerste keer dat Patrick me meenam om kennis te maken met zijn familie. Jack holde voor ons uit. Ik was nerveus, want Colleen was nog geen jaar dood, en ik was bang dat ze vonden dat ik de rouwende weduwnaar te snel had ingepikt.

Ik weet nog dat Simon in zijn examenjaar zat. Hij droeg zijn schooluniform nog en om de een of andere reden had hij ergens elastiekjes vandaan gehaald en droeg hij zijn haar in allemaal kleine staartjes. Hij leek wel een stekelvarken. Maureen bleef zich maar verontschuldigen voor hem.

Daar zat ik aan te denken toen ik de oprit op liep: hoe aardig ze toen allemaal voor me waren geweest. De voordeur zag er nog precies zo uit als toen.

Stom. Voor een intelligente vrouw doe ik soms zulke ontzettend stomme dingen. Dacht ik nu echt dat ik de afgelopen paar jaar uit kon wissen omdat hun voordeur er nog precies hetzelfde uitzag? En dat ik een doodgewone vriendin van vroeger was die even langskwam? Ik kan mezelf zo ongehoord voor de gek houden.

Toen klopte ik aan, en ik hoorde mensen binnen in lachen uitbarsten, alsof ze me allemaal uitlachten. Daardoor was ik in één klap weer terug in de realiteit. Dat was ook het moment waarop ik mijn hoofd omdraaide en Patricks auto zag staan. Niet te geloven dat ik die had gemist. En ik dacht: hij is hier met Ellen, hij laat hen kennismaken met Ellen.

Ik dacht erover om weg te rennen, maar dan zouden ze me zien, en bovendien wilde ik ook dat huis in stormen en zeggen: 'Hoe halen jullie het in je hoofd om met deze nieuwe vrouw af te spreken alsof ik nooit heb bestaan? Hoe krijgen jullie het voor elkaar, al die geïnteresseerde vragen, het zorgvuldige inschenken van niet zulke beste wijn, het speciale Harbour Bridge-blaadje met de Tucjes, durf ik te wedden. Alles allemaal precies hetzelfde, alleen dan met een andere vrouw? Vinden jullie dat zelf ook niet bizar? Fout?'

En toen deed Jack de deur open. Ik heb hem natuurlijk nog wel gezien, vaker dan Patrick weet, maar zo dicht ben ik niet meer bij hem geweest sinds de dag dat ik weg ben gegaan. Ik had hem heel vaak kunnen benaderen, maar ik wilde hem niet in verwarring brengen of bang maken.

Hij glimlachte naar me. Het was een prachtige, open glimlach. Zijn schitterende ogen waren nog precies hetzelfde. En toen begon hij tegen me te kletsen, volkomen natuurlijk, en hij vertelde dat ik net aanklopte toen hij 'klop, klop' had gezegd om een klop-klopgrapje te vertellen. Hoe groot is die kans, een op de duizend, een op de miljoen? En ik stond te lachen toen Maureen verscheen, en zij had een beleefde, vragende uitdrukking op haar gezicht die meteen verdween toen ze mij zag staan. Ze keek me vol afschuw aan, alsof ik een indringer was.

En toen kwam Patrick, en zijn gezicht was zo lelijk door zijn woede, en toen zijn vader, met een ernstige frons, alsof iemand een auto-ongeluk had gehad. En Simon, volwassen ineens, zonder staartjes, die me niet eens aankeek, maar Jacks hand pakte alsof hij hem van mij moest redden.

Wat ik ook zei, het maakte geen enkel verschil. Ze wilden alleen maar dat ik wegging.

Ik kon wel gillen: 'Maar ik hield van jullie. Jullie waren mijn familie.'

'We hielden van haar,' zei Maureen tegen Ellen. 'Echt waar.'

'Kunnen we het alsjeblieft over iets leukers hebben?' zei Patrick, maar iedereen negeerde hem.

Ze hadden gegeten en Jack was in slaap gevallen op de bank in de zitkamer, en Ellen vermoedde dat iedereen iets meer had gedronken dan ze normaal zouden drinken na de stress van het Saskia-incident, zodat de tongen flink los waren.

'Natuurlijk vonden we het erg dat Patrick een eind aan hun relatie had gemaakt. Ik vond het vreselijk voor haar,' vervolgde Maureen. 'Ze had hier namelijk helemaal geen familie, want ze is opgegroeid in Tasmanië. Dus ze zag ons als haar familie.'

'Dit wil Ellen allemaal helemaal niet horen,' zei Patrick.

'Ik vind het niet erg, hoor,' zei Ellen, wat het understatement van het jaar was.

'Soms houdt de liefde nu eenmaal geen stand,' zei George. 'Dat kun je hem niet kwalijk nemen.'

'Dat weet ik ook wel, George,' zei Maureen geïrriteerd. 'Maar daarom kan ik nog wel medelijden hebben met dat arme kind.'

'Ze moet Patrick met rust laten,' zei George. 'Dit heeft nu lang genoeg geduurd.'

'Ze was als een moeder voor Jack.' Maureen negeerde haar man en richtte zich direct tot Ellen.

'Je had haar moeten toestaan om Jack af en toe te zien,' zei Simon tegen Patrick.

'Hoe vaak moet ik het nog zeggen? Ze heeft er nooit om gevráágd om hem te zien,' zei Patrick. 'Zodra ik zei dat ik er een eind aan wilde maken, draaide ze helemaal door. Dat mens is echt compleet gestoord.'

'Haar hart was gebroken,' zei Maureen.

'Whatever. Ik vond het niet veilig om Jack bij haar te laten.'

'En haar moeder was nog maar net overleden,' zei Maureen.

'Ja, je timing was vrij beroerd,' beaamde Simon.

'Ze was heel close met haar moeder,' zei Maureen tegen Ellen. 'Ze belden elke dag. Mijn jongens zouden gek worden als ik ze elke dag zou willen spreken! Hoewel het waarschijnlijk anders ligt met dochters.' Ze keek even weemoedig voor zich uit. 'Spreek jij jouw moeder elke dag, Ellen?'

'Nee,' glimlachte Ellen, hoewel ze wel bijna dagelijks mailden of sms'ten, dus er was wel dagelijks contact.

'Saskia's vader is overleden toen zij heel klein was, en ze had geen broers of zussen, dus haar moeder was haar enige familie,' zei Maureen. 'De dood van haar moeder kwam hard aan.'

'Het was een maand nadat haar moeder overleed,' zei Patrick. 'Haar moeder was een jaar ziek geweest. Hoeveel langer had ik dan moeten wachten? Ik vond het niet eerlijk tegenover haar om te blijven doen alsof.'

'Een maand is niks,' zei Simon.

Ellen was het er heimelijk mee eens.

'Moet je hem horen, Meneer De Tactvolheid Zelve. De laatste keer dat jij het uitmaakte met een vriendin deed je dat per sms!' zei Patrick.

'Maar het was een heel gevoelige sms. En trouwens, ik woonde niet samen.'

'Toen Patrick pas voor zichzelf begon, had hij het natuurlijk erg druk, en Saskia was parttime gaan werken zodat zij voor Jack kon zorgen.' Maureen praatte alleen nog maar tegen Ellen. 'Ze was een fantastische moeder voor hem.'

'Colleen was zijn moeder,' zei Patrick.

'Ja natuurlijk, lieverd, maar Colleen was er niet meer.'

'Dat was niet haar schuld.'

'Natuurlijk niet, ik probeer alleen recht te doen aan Saskia, want die heeft het geweldig gedaan.'

'Colleen had het beter gedaan. En Colleen was niet gestoord.'

'Je hebt Colleen nooit gedumpt,' zei Simon. 'Dus dat weet je helemaal niet.'

'Ik weet het wel,' zei Patrick. 'Ik weet het wél. En trouwens, ik zou Colleen nooit gedumpt hebben.' Er klonk een trilling van emotie in zijn stem waardoor iedereen aan tafel stilviel. Ellen zag dat ze hun best deden haar niet aan te kijken. Ze voelde Maureens uitstekende lamsbout en gebakken aardappelen als een steen op haar maag liggen. *Ja, natuurlijk is hij nog steeds verliefd op zijn overleden vrouw. Die meid is ertussenuit geknepen voor ze de tijd kreeg om saai of irritant te worden.*

Patricks vader haalde diep adem en schonk Ellen een glimlach zonder haar echt in de ogen te kijken. 'Nou, ik wil weleens wat meer horen over dat hypnotiseren.'

Ellen glimlachte zwakjes. Ze hadden het onder het eten al uitgebreid over 'dat hypnotiseren' gehad.

'Ik heb weleens ergens gelezen dat Hitler gebruikmaakte van hypnose,' zei Simon.

'De meeste politici zijn heel goed in hypnotische gesprekspatronen,' begon Ellen automatisch. Ze kreeg deze vraag vaak voor haar kiezen als ze ergens een lezing gaf. 'Simpele dingen, zoals herhaling...'

'Er is nu een televisiereclame,' zei Patrick terwijl hij naar de tafel keek, 'ik weet niet meer voor wat voor product, maar er zit een man in, in een zwembad, en iemands bloederige oude pleister drijft in het water en komt in zijn mond terecht. Dan trekt hij hem eruit en gooit hem weg, huiverend, zo van: weg met dat ding, weg ermee.'

'Ik weet al welke je bedoelt. Dat is een autoreclame,' zei Simon.

'Wat heeft een oude pleister te maken met auto's?' vroeg Maureen fronsend.

'Het punt is, elke keer als ik Saskia's auto in mijn achteruitkijkspiegel zie, of als ik weer zo'n brief krijg waarin ze over god-weet-wat tekeergaat, of een mailtje, of een sms, of als ik haar stem weer moet aanhoren op mijn antwoordapparaat, of als ze goddomme weer eens een bos bloemen laat bezorgen – het spijt me voor het vloeken, ma – ik heb het over rozen, op mijn werk, dan voel ik me net die vent in die reclame. Weg met dat ding, weg ermee.'

'Heeft ze je rozen gestuurd?' vroeg Maureen. 'Heeft ze bloemen gestuurd naar een man?'

'Dus daarom wil ik niet horen dat Saskia zo'n geweldige moeder was, of dat mijn timing zo beroerd was toen ik een eind maakte aan mijn relatie met haar,' zei Patrick. 'Als ik haar verkeerd heb behandeld dan heb ik de prijs daarvoor allang betaald. Ik doe niets anders dan betalen, betalen, betalen.' En daarmee stond hij op van tafel en liep hij de kamer uit.

'Ach hemeltje,' zuchtte Maureen.

‘Welkom in de familie, Ellen!’ zei Simon opgewekt.

‘Hij is ook veel te snel na het overlijden van Colleen iets met Saskia begonnen,’ zei Maureen. ‘Dat was het probleem. Veel te snel. Hij heeft nooit gerouwd. Mannen zijn zo slecht in rouwen. Als ze iets naars voelen, proberen ze dat gevoel gewoon weg te drukken.’

‘Terwijl vrouwen alles dood praten,’ zei George.

‘Praten helpt!’ zei Maureen. Ze richtte haar aandacht weer op Ellen. ‘Toen we Colleen hadden verloren, had Patrick het in zijn hoofd gehaald dat hij een goede kostwinner moest zijn voor Jack. Hij was erdoor geobsedeerd. Hij stortte zich op zijn werk. Daarom deed Saskia zoveel voor Jack. Patrick was altijd maar aan het werken.’

‘Mam, volgens mij hebben we Ellen wel genoeg verteld voor een avond,’ zei Simon.

‘Misschien heb je wel gelijk,’ zei Maureen. Ze stond op en begon de borden te stapelen, en zonder Ellen aan te kijken zei ze vlug: ‘Vertel eens, Ellen, ben jij toevallig katholiek?’

Simon snoof.

‘Nee, sorry,’ zei Ellen verontschuldigend.

‘O! Nou, dat is... Zou ik mogen vragen wat voor geloof je dan hebt?’ Maureen pakte het bord van haar man op. ‘Niet dat het uitmaakt, natuurlijk, maar ik was gewoon benieuwd.’

‘Nou, ik ben eigenlijk niets,’ zei Ellen. ‘Ik ben nict opgegroeid met een bepaald geloof. Mijn moeder is een verstokte atheïst.’

Maureen keek geschokt. ‘Een verstokte... Je bedoelt dat ze niet in God gelooft? Helemaal niet? Maar jij toch zeker wel?’

‘Is er niet zo’n regel dat je het aan tafel niet over politiek en religie mag hebben?’ vroeg Simon.

‘Ik ben, denk ik, wel veel spiritueler dan mijn moeder,’ antwoordde Ellen. ‘Ik ben bijvoorbeeld erg geïnteresseerd in het boeddhisme. De filosofie erachter spreekt me aan – en dingen als mindfulness.’

‘O ja, ik heb gehoord dat dat momenteel erg “in” is,’ zei Maureen. Ellen voelde dat ze punten verloor.

'Ohmmmm,' chantte George. Hij legde zijn handpalmen onder zijn kin en boog zijn hoofd. 'Dat doen jullie boeddhisten toch? Ohmmmm, ohmmmm.'

'George! Ze is geen échte boeddhist,' zei Maureen. Ze keek Ellen panisch aan. 'Toch, kindje?'

Simon kwam niet meer bij van het lachen.

'Ik vind het alleen heel boeiend,' zei Ellen schaapachtig.

'Nou!' Maureen rechtte haar schouders alsof ze wilde zeggen dat je je lot maar te torsen hebt. Ze tikte met een vinger tegen haar mond. 'Hou jij van baby's, Ellen?'

'Ma!' Simon sloeg met zijn hand tegen zijn voorhoofd.

Ellen zag de opstandige glinstering in Maureens ogen. Ze wist precies waar ze mee bezig was.

'Ik ben dol op baby's,' zei ze stellig.

'Geweldig,' zei Maureen. 'Ik ook.' Ze hadden elkaar uitstekend begrepen.

'Krijgen we er soms eentje als toetje?' vroeg George.

Maureen rolde met haar ogen. 'We hebben *apple crumble* met slagroom en ijs.'

'Voor mij graag een klein beetje,' zei Ellen.

'Ach, kind, je bent zo mager als een lat,' zei Maureen berispend. 'Ik zal een lekker groot bord voor je opscheppen.'

Later die avond lagen Ellen en Patrick plat op hun rug in haar bed te sabbelen op een maagzuurremmer. Maureen stond erop dat Jack nog een nachtje bij hen bleef slapen. Patrick had hem van de bank naar de logeerkamer gedragen en hij was niet eens wakker geworden. Daarna hadden Patrick en Ellen een taxi genomen naar haar huis, omdat ze allebei te veel hadden gedronken.

'Het spijt me van vanavond,' zei Patrick.

'Niks aan de hand,' zei Ellen. 'Ik vind je familie superleuk.'

Dat was ook zo. De familie Scott had iets waardoor ze zich verbazingwekkend op haar gemak voelde, alsof ze er al zo vaak aan tafel had gezeten en de aardappelen door had gegeven.

'Ik had het gesprek over Saskia niet zo lang door moeten laten gaan,' zei Patrick. 'Ik vind het alleen zo beledigend als ze haar kant lijken te kiezen.'

'Dat weet ik,' zei Ellen, en ze rolde om zodat ze zijn schouder aan kon raken. Die voelde keihard aan, alsof hij al zijn spieren had samengebald. Ze kneedde zijn vlees met haar vingers om zijn spanning wat te verlichten. 'Ik begrijp het.'

'En ik had ook nooit zo tegen Saskia moeten schreeuwen waar Jack bij was,' zei Patrick. 'Ik werd overvallen door blinde woede toen ik haar stem hoorde. Ik heb nog een poos gedacht dat ik best kon accepteren dat zij in mijn leven was, als een soort handicap. Maar het gaat juist compleet de andere kant op. Ik ben aan het eind van mijn Latijn. Soms kan ik haar wel vermoorden, weet je dat? Ik begrijp nu dat mensen op dat punt komen. Het punt waarop ze een moord kunnen plegen. Ik zou haar kunnen vermoorden.'

'Doe dat maar niet,' zei Ellen. Ze hield op hem te masseren. Het leek toch niet te helpen. 'Ik wil niet bij je op bezoek in de gevangenis.'

'Ik zou heus wel zorgen dat ik niet gepakt werd,' zei Patrick. Hij haalde nog een tablet uit het pakje dat op zijn borst lag en kauwde er grimmig op.

Ellen bekeek zijn gezicht bezorgd. Hij zag haar blik en glimlachte. 'Ik maak maar een grapje,' zei hij. 'En bovendien zou ik wel gepakt worden. Ik kom nooit ergens mee weg. Als ik een keer rechts afsla waar dat niet mag, staan de agenten me al op te wachten.'

'Over de politie gesproken...'

'Ja, ik weet het.' Patricks kaak bewoog krampachtig heen en weer. 'Het enige is... Ik weet niet. Ik weet niet zeker of dat wel de juiste aanpak is.'

Hij wilde duidelijk niet nog eens naar de politie, maar waarom niet, daar kreeg Ellen haar vinger niet achter. Was het uit angst dat Saskia zou doen wat ze had gedreigd te zullen doen en dat zij hém zou aanklagen? Of was er meer aan de hand?

'Denk er maar eens over na,' zei ze.

‘Zal ik doen.’ Maar ze voelde dat hij dat niet zou doen.

Ze geeuwde ineens enorm. ‘Ik ben zo ongelofelijk moe.’

‘Ik lig vast nog uren wakker,’ zei Patrick. ‘Het maalt zo in mijn hoofd. Kun je me niet in slaap hypnotiseren?’

‘Ha,’ zei Ellen.

‘Nee, serieus. Zou dat kunnen?’

‘Het is niet zo’n goed idee om je partner te hypnotiseren, ethisch gezien,’ antwoordde ze, en ze voelde zich heel tuttig. Het was al eerder ter sprake gekomen, in vorige relaties, maar meestal vroegen ze het haar gekscherend en had ze zich er met een lachje van af kunnen maken.

‘Ik geef je heus niet aan,’ zei Patrick. ‘Ik zou alleen zo graag van al die gedachten af willen.’

‘Ik dacht dat jij niet hield van het idee om gehypnotiseerd te worden. Je zei dat je het zo verschrikkelijk vond om de controle te verliezen,’ zei Ellen om tijd te rekken.

‘Dat was voor ik jou kende. Nu snap ik het beter. En ik vertrouw jou.’

Ellen dacht aan haar mentor, Flynn, een hypnotherapeut van de oude stempel, want hij was ergens in de zestig. Hij haatte mensen die hypnose als act opvoerden vurig, en was van mening dat de enige manier om je professionele integriteit te bewaren was om nooit, maar dan ook nooit, je vak uit te oefenen buiten de behandelruimte. Ze dacht aan Danny, de coole jonge gast voor wie zij mentor was, die haar trots had verteld dat hij hypnotisch handen schudden had gebruikt om vrouwen te versieren in de kroeg (met groot succes, kennelijk, dus Ellen wist dat het niet uitmaakte hoe streng ze het ook afkeurde). Als ze ooit aan Flynn zou vertellen waar ze Danny mee weg liet komen, zou hij vol afgrijzen zijn, als een grootouder die vond dat ze haar kind verwende. Op het ethisch spectrum zat zij ergens tussen Flynn en Danny in.

‘Het kan waarschijnlijk geen kwaad om alleen een ontspanningsoefening te doen,’ zei ze.

8

Trouwens, ik 'stalk' jou niet. Wil je dat woord alsjeblieft niet meer gebruiken, je weet zelf best dat het nergens op slaat. Ik wil alleen met je PRATEN, *meer niet.*

Uit een ongeopende e-mail aan Patrick Scott

'Dus die vent in Amerika gaat naar de rechter omdat hij door zijn ex wordt gestalkt,' zei Patrick. 'En de rechter zegt: "U zou gevleid moeten zijn dat ze u zoveel aandacht geeft," en een paar dagen later is die vent dood. Zijn stalker had hem neergestoken of doodgeschoten of zo. Waargebeurd.'

Het was zondagmiddag en Ellen, Patrick, Julia en Patricks vriend 'Stinky' (zijn echte naam was nog steeds niet duidelijk, en Ellen en Julia waren te veel het product van een opvoeding door een beschaafde moeder om hem aan te spreken met 'Stinky') zaten fish-and-chips te eten op een picknickkleed bij Watsons Bay.

Het was Julia die over het stalken was begonnen. Ze zaten nog maar net, of ze zei: 'Zo, Patrick, ik hoor dat jij een stalker hebt,' op een toon alsof ze zei: 'Zo, Patrick, dus jij bent landmeter.' Tot Ellens verrassing had Patrick niet geprobeerd om van onderwerp te veranderen. Vooral na wat er gisteravond bij zijn ouders was gebeurd, verbaasde dat haar. Sterker nog: hij reageerde bijna enthousiast. Het was interessant om de kleine variaties in zijn persoonlijkheid te zien, afhankelijk van het gezelschap waar hij in verkeerde. Bij zijn familie was hij spraakzamer, zachtaardiger, jongensachtig. Bij Stinky en Julia was hij een relaxte typische aussie van het type 'mij maak je niet gek.'

'Maar jij vreest toch niet voor je leven, Scottie?' vroeg Stinky.

Stinky was een stevige, kalende man met kuiltjes in zijn wangen, zodat hij net een reuzenbaby leek met een grijze stoppelbaard en een donkere stem. Hij was ook best klein, voor een man, iets wat Patrick niet had gemeld, zoals Ellen niet had gemeld dat Julia vrij lang was, voor een vrouw. Toen Julia, die er vandaag wel heel kosmopolitisch uitzag in haar getailleerde jasje met sjaal en leren laarzen met stilettohakken waardoor haar benen zo lang leken als die van een supermodel, de hand had geschud van Stinky, die een verkreukeld houthakkershemd droeg en een verwassen spijkerbroek met afgetrapte werkmansschoenen, had ze over zijn hoofd een wenkbrauw opgetrokken naar Ellen, die haar schouders ophaalde. Ze had het gevoel dat dit een verhaal werd waar Julia nog jaren met de nodige overdrijving over zou praten: *Die ene keer dat jij me wilde koppelen aan een kale dwerg genaamd Stinky.*

Maar ergens was het beter dat Julia Stinky zo duidelijk had afgeschreven, want ze was volkomen ontspannen, en at de hete frietjes als een machine, en ze zat zelfs een beetje te flirten met Stinky. Als ze echt iets in hem had gezien, zou ze alle oogcontact mijden, en agressief ongeïnteresseerd doen, en had ze totaal geen eetlust gehad.

'Ik vrees niet voor mijn leven,' zei Patrick. 'Maar wel af en toe voor mijn geestelijke gezondheid. Mijn punt was dat mensen mannelijke stalkslachtoffers niet serieus nemen.'

'Hé, jij daar, heb jij dat meisje weleens ontmoet?' vroeg Julia aan Stinky. 'Zeg nou gewoon hoe je echt heet. Ik kan jou geen "Stinky" noemen en bovendien ruik je volkomen acceptabel.'

'Ik heet Bruce,' zei Stinky.

'Niet.'

'Wat is er mis met Bruce? Je beledigt me.'

'Oké, Bruce, heb je haar weleens ontmoet?' vroeg Julia. 'Patricks stalker?'

'Ik kende haar vrij goed zelfs,' zei Stinky. 'Ik mocht haar wel. Ik mocht haar zelfs heel graag.'

Hij keek even naar Patrick, die zijn schouders ophaalde en

zei: ‘Wil je haar telefoonnummer? Je mag haar hebben wat mij betreft.’

‘Dus jij had nooit gedacht dat zij in staat was tot zulk... gestoord gedrag?’ vroeg Julia.

‘O, geen idee.’ Stinky’s kuiltje werd dieper. ‘Zijn we niet allemaal in staat tot gestoorde dingen? Volgens mij is liefde sowieso een soort gekte.’

‘Liefde is een soort gekte,’ herhaalde Julia. ‘Dat is een erg, eh, poëtische uitspraak voor een man die Bruce heet.’

‘Hij wil gewoon indruk maken op de lady’s,’ zei Patrick.

‘Het punt is,’ zei Julia, ‘dat we allemaal weleens door iemand gekwetst zijn, maar daar moeten we ons dan maar overheen zetten, toch? Zo is het leven nu eenmaal.’

‘Heb jij weleens de naam van een ex gegoogeld? Toen mijn vorige vriendin het uitmaakte, heb ik haar urenlang gecyberstalkt,’ zei Stinky. ‘Ik heb haar dan wel niet fysiek gestalkt, maar wel in mijn hoofd.’

‘Nou en? Ik heb weleens geschreeuwd tegen mijn ex-man, maar dat wil nog niet zeggen dat ik in dezelfde categorie val als iemand die zijn ex vermoordt.’

‘Maar kun je daardoor niet begrijpen hoe zoiets zou kunnen gebeuren?’

‘Absoluut niet,’ antwoordde Julia.

‘Oei, wat ben jij hard.’

‘Zeg dat wel.’ Ellen keek Julia indringend aan.

‘Nou, goed dan,’ zei Julia. ‘Ik heb ooit anoniem gebeld naar de nieuwe vriendin van een ex van me. Maar dat duurde maar een paar weken en bovendien was ik pas zeventien.’

‘Aha!’ Stinky wees triomfantelijk naar haar met een frietje. ‘Dus je bent zelf een stalker geweest!’

‘Ik ben helemaal geen stalker geweest, ik was gewoon een domme puber.’

‘Jij zit niet in dezelfde categorie als mijn Glenn Close,’ zei Patrick. Hij zweeg even. ‘Ik denk weleens dat ze mijn huis in gaat als ik er niet ben.’

'Dat heb je mij nooit verteld!' Ellen draaide zich om en keek hem aan.

'Geef haar in godsnaam aan bij de politie!' zei Julia. 'En vervang je sloten.'

'Waarom denk je dat ze bij je binnen is geweest?' wilde Stinky weten.

'Ik heb de sloten meer dan eens vervangen,' zei Patrick. 'Ik weet niet precies waarom ik dat denk. Het is een gevoel dat ik heb als ik thuiskom. Er is niks van zijn plaats gehaald of zo, maar ik voel dat ze er is geweest. Er hangt iets in de lucht. Misschien ruik ik haar parfum wel.'

Ellen merkte dat Patrick niet inging op Julia's opmerking over de politie.

Julia huiverde theatraal. 'O god, het lijkt wel een griezelfilm.' Ze wees met haar kin naar Ellen. 'Je hebt mazzel dat je nieuwe vriendin zo dol is op griezelfilms.'

'O ja?' Patrick legde zijn hand op Ellens knie. 'Dat wist ik niet. Ik ben een watje, want ik vind ze doodeng.'

'Ik vind ze het lekkerst met popcorn en een cornetto,' zei Ellen. 'Het idee dat Saskia bij jou door het huis loopt vind ik een stuk minder leuk! Een heel stuk minder.' Ze huiverde, al wist ze voor een deel dat ze huiverde omdat de anderen dat van haar leken te verwachten. Ze voelde veel medeleven met Patrick en begreep zijn angst, maar om de een of andere reden maakte ze zich oprecht geen zorgen om zichzelf. Misschien omdat zij Saskia nog nooit had ontmoet en omdat ze daardoor niet echt leek. Of misschien kwam het wel doordat Saskia een vrouw was, en ze niet echt geloofde dat vrouwen tot geweld in staat waren, ook al wist ze best dat ze dat wel degelijk waren. Hoe dan ook, ze vond Saskia nog altijd eerder interessant dan angstaanjagend.

'Sorry,' zei Patrick. 'Ik had je dat nooit willen vertellen. En trouwens, ik zal het me wel verbeelden.'

'Ze zou nooit iemand iets aandoen,' zei Stinky tegen Ellen. 'Misschien is dat een troost. Ze is een pacifist. Ze heeft nog meegelopen in demonstraties tegen de oorlog in Irak.'

'Dat was politiek,' zei Patrick. 'Dit is persoonlijk.'

'Heeft ze niet een poosje bij een dierenasiel gewerkt?'

'Een dierenasiel,' grinnikte Julia.

'Wat is daar zo grappig aan?' vroeg Ellen.

'Ik weet niet,' antwoordde Julia. 'Het is zo cliché.'

'Niet voor die arme kleine katjes en puppy's,' zei Stinky somber.

'Wat is hier eigenlijk aan de hand?' Patrick stak zijn arm uit en gaf Stinky een stomp. 'Iedereen om me heen is mijn stalker aan het verdedigen.'

'Sorry, Scottie.' Stinky hief zijn handpalmen op. 'Ik wilde Ellen geruststellen, zodat ze weet dat zij geen gevaar loopt.'

'Nou, Scottie, in tegenstelling tot onze vriend Stinky ga ik jouw stalker niet verdedigen,' zei Julia tegen Patrick. 'Volgens mij is ze volkomen van god los en jij en Ellen zouden allebei als de dood moeten zijn voor dat mens.'

'Dank je,' zei Patrick.

Ik ben vandaag weer naar het strand geweest en toen ben ik in mijn rode jurk op het zand in slaap gevallen.

Niet het strand waar de hypnotherapeute woont, of een van de stranden waar ik weleens met Patrick ben geweest. Ik ben naar Avalon gegaan. Ik was daar nog nooit geweest, dus geen herinneringen.

Gisteren heb ik mezelf ziek gemaakt met herinneringen. Het was een overdosis.

Toen ik wegreed bij Patricks ouderlijk huis ben ik niet naar het feestje gegaan. Misschien wist ik de hele tijd al dat ik toch niet zou gaan. Ik ga sowieso nooit naar feestjes. Ik heb zes uur aan een stuk door gereden, en ik ben maar een keer gestopt om te tanken en een fles water te kopen.

Ik ben naar alle plekken in Sydney gereden waar ik ooit met Patrick ben geweest.

Ik ben minstens dertig keer heen en weer gereden over Harbour Bridge.

Ik was zo verliefd op deze stad toen ik hier voor het eerst kwam. Sydney. Zelfs de naam klonk opwindend, zoals 'New York' waarschijnlijk opwindend klinkt voor mensen die wat wereldser zijn dan ik, en die niet zijn opgegroeid in een klein, grauw provinciestadje midden in Tasmanië.

'Kom jij uit Tasmanië?' vroegen de mensen uit Sydney altijd, met een halve frons en een klein lachje, alsof ze wilden zeggen: 'Echt waar? Wat schattig!' En dan liet ik nederig mijn hoofd zakken, alsof ik me verontschuldigde, alsof ik zei: 'Reken het me alsjeblieft niet aan.' Dat gebeurt nooit meer. Nu mompelen de mensen: 'O, prachtig is het daar in Tasmanië.' Ik weet niet of ik veranderd ben, of Tasmanië.

Sydney is mijn grote, onbeschaamde, glitterende, met geld smijtende ex-geliefde. Sydney verblindde me met zijn stranden en barretjes en zonneschijn, met zijn restaurants en cafeetjes en muziek, en die grote, glimmende saffier van een haven.

Als een dwaas, verliefd vriendinnetje stortte ik me op de stad en wilde er alles over te weten komen. Ik ken Sydney inmiddels beter dan de gemiddelde autochtoon of taxichauffeur. Ik kan je vertellen waar je de beste yum cha kunt krijgen en de lekkerste sushi en tapas. Ik ken de theaters en musea en de coolste pubs. Ik weet waar je moet snorkelen, waar je de bush in moet, en waar je kunt parkeren. Ik woonde pas een halfjaar in Sydney toen ik Patrick ontmoette, die zelf nooit ergens anders heeft gewoond, en die niet eens af wist van het bestaan van de helft van alle plekken waar ik hem mee naartoe nam.

Patrick en Sydney schonken me de beste, gelukkigste tijd van mijn leven. We kusten op de veerboten en dronken champagne bij de haven. We gingen naar toneelstukken en films en bandjes. We namen Jack mee op lange wandelingen door het groene spikkellicht in de nationale parken. Dan keek hij altijd grijnzend op me neer vanuit Patricks draagzak. We hielden allebei een handje van hem vast op het strand en zeiden: 'Een, twee, drie!' en dan zwaaiden we hem hoog boven de schuimende golven die om onze enkels spoelden.

Ik was zo verliefd op die twee. Ik weet nog dat ik tegen mijn moeder zei: 'Ik wist niet dat het zo makkelijk was om zo gelukkig te zijn.' En zij zei: 'Dat je dat zegt, maakt mijn hele dag goed.' Ik zag voor me hoe ze met een glimlach haar keuken schoonpoetste met een vaatdoek en een fles allesreiniger.

Want mama wilde altijd alleen maar dat ik gelukkig was.

Ik vond haar altijd belachelijk onbaatzuchtig, tot ik voor Jack ging zorgen. Toen begon ik iets te snappen van hoe de stemming van je kind die van jou bepaalt en hoe dat misschien zelfs een verslaving kan worden.

Ik herinner me wel dat ze een keer vroeg: 'Denk je dat Patrick net zo gelukkig is als jij?' en toen zei ik dat hij uiteraard precies even gelukkig was als ik.

Ze viel even stil en toen zei ze heel voorzichtig: 'Hij heeft zijn vrouw nog geen jaar geleden verloren. Hij moet nog altijd om haar in de rouw zijn, Saskia. Zoiets heeft veel tijd nodig, dus misschien... moet je dat wel in je achterhoofd houden.'

Ze had recht van spreken, want mijn vader is overleden toen ik een peuter was. Ik kan me helemaal niets meer van hem herinneren. En ik heb absoluut geen onderdrukte verlatingsangst vanwege mijn vader.

Ik weet dat mijn vader de liefde van mijn moeders leven was, want dat zei ze zelf, en ik weet dat ze hem elke dag van haar leven miste, want dat zei ze ook. Maar dat wilde niet zeggen dat Patrick ook zo was. Om te beginnen heeft mijn moeder nooit meer iemand ontmoet die haar gelukkig had kunnen maken. En Patrick ontmoette mij. Ik maakte hem gelukkig. Dat weet ik zeker. Ik ben niet gek. Ik heb me niet maar wat verbeeld.

Ik wist natuurlijk best dat hij voor een deel nog steeds in de rouw was om Colleen. Ik had diep respect voor Colleens wensen wat betreft de opvoeding van Jack. Ze had een lijst met instructies opgesteld. Haar handschrift was beverig, want toen ze hem schreef moet ze al heel ziek zijn geweest. Haar spelling was niet al te best. Het was harteloos van me dat ik dat zag, dat weet ik, maar zo is het nu eenmaal: ik ben nooit echt een aardig mens geweest. Colleen geloofde in vitamines, dus gaf ik Jack elke dag zijn vitaminetabletjes. Colleen geloofde dat hemdjes kinderen op de een of andere manier beschermden tegen alle kwaad, dus trok ik hem een hemd aan, ook al wist ik dat hij het waarschijnlijk te warm zou hebben. Ik weet zeker dat Colleen niet had bedoeld dat het arme schaap ook op warme dagen een hemd onder zijn kleren aan moest, maar Patrick nam alles op die lijst letterlijk.

Patrick was gelukkig met me. Hij zei dat hij gelukkig was. Hij zei: 'Jij hebt mijn leven gered.' Hij zei: 'Ik hou jou voor altijd.' Hij zei: 'Zonder jou was ik verloren.'

Vandaag lag ik op het strand en ik droomde over Colleen. In mijn droom schreeuwde ik tegen haar: 'Je schrijft het woord "vitamines" met een apostrof!'

Dus dat is een tamelijk gênante, suffe droom: schreeuwen tegen een dode over haar grammatica.

Iemand vroeg: 'Feestje gehad?'

En ik deed mijn ogen open, en toen stond er een man naast me in het zand naar me te staren. Ik keek recht in de zon, dus ik zag niet veel van hem, behalve dat hij een wetsuit droeg met halve pijpen, en dat hij een bodyboard onder zijn ene arm droeg en dat hij wollig haar had dat me veel te jeugdig leek voor hem.

Ik ging rechtop zitten en keek naar mijn rode jurk. Waarschijnlijk zag ik eruit als iemand die out was gegaan na een enorme party, ook al ben ik te oud voor dat soort gedrag. Ik zei: 'Zoiets.'

En toen wist hij kennelijk niet meer wat hij moest zeggen. Hij glimlachte en hield zijn vingers bij zijn voorhoofd als een saluut, en vervolgens liep hij door naar het water. Ik zat op het strand en keek naar hem op zijn bodyboard. Hij kon het niet zo goed. Hij bleef maar peddelen richting de golven, maar miste ze steeds. Toen hij er eindelijk eentje te pakken had, had hij zo'n grappige opgewonden blik in zijn ogen en zijn wollige haar zat tegen zijn voorhoofd geplakt.

Vanmiddag ben ik naar zo'n surfshop gegaan en ik weet niet wat me bezielde, maar ik ging weer naar buiten met een wetsuit en een bodyboard.

Dus nu moet ik maar leren hoe ik daarop kan surfen, of hoe je dat ook maar noemt. Ik ben er heel erg mee in mijn nopjes.

Toen Ellen maandagochtend wakker werd voelde ze zich uitgeput en leeg, en tot haar ontzetting bleek haar agenda helemaal vol te staan met afspraken, en had ze niet eens een lunchpauze voor zichzelf ingepland.

Ze kon zich vaag herinneren dat ze onbezorgd had gedacht: o, dat red ik wel!, toen ze al die afspraken inboekte. Maar nu dacht ze vol verlangen aan haar bed, en dat het zo verrukkelijk zou zijn om weer onder de dekens te kruipen en de rest van de dag te slapen. Had ze maar echt iets besmettelijks, met serieuze symptomen. Dan kon ze iedereen afbellen. Maar ze wist dat ze alleen maar moe was. Ze had te veel eten en drank en zenuwslopende kennismakingen achter de rug, dit weekend. Te veel emoties. Te weinig slaap en te veel seks. Ze vermoedde dat er een dikke blaasontsteking aan zat te komen.

Ze had ook geen melk meer, en terwijl ze dat voor haar open koelkast constateerde, voelde het even als het einde van de wereld. Ze stampvoette zelfs. Die contrasterende knapperigheid van cornflakes met de koele melk had ze gewoon nodig.

Ze stopte wat oud brood in het broodrooster, met snelle, nukkige bewegingen, alsof degene die verantwoordelijk was voor het gebrek aan melk toekeek en zich nu wel schuldig zou voelen. Ze liep naar de voortuin om de krant te halen. De krantenjongen was zo vriendelijk geweest hem midden in haar heg te gooien, zodat ze door de vieze, natte bladeren moest waden om erbij te kunnen.

En toen, om het allemaal nog even erger te maken, en ze haar toast at (die vreemd zurig smaakte) en de krant las (die vol met slecht nieuws stond: moorden, dodelijke ongelukken, oorlogen en zelfmoordterroristen – de wereld dreef stuurloos in een zee van tranen), stuitte ze op een artikel met de titel 'De hele *A-list* draaft op voor societyhuwelijk'.

Er stond een foto bij van haar cliënte Rosie. Ellen had haar twee maanden geleden voor het laatst gezien, en in die tijd was ze enorm afgevallen. Al haar rondingen waren verdwenen. Haar schouders staken knokig en kromgebogen uit een strapless trouwjurk, en ze was omgeven door vier lange, magere bruidsmeisjes in jurken die tot de grond reikten. Dus ze was toch getrouwd.

Haar onthulling onder Ellens zogenaamd vaardige hypnose dat het haar niet lukte om te stoppen met roken omdat ze haar verloofde eigenlijk niet leuk vond, betekende helemaal niets. Of ze had besloten dat ze dat helemaal niet erg vond, of ze trouwde toch met hem, misschien om het geld of het prestige, of omdat ze de moed niet had om het huwelijk af te zeggen nadat al die uitnodigingen al uitgegaan waren naar de 'A-list'.

Hoe dan ook, Ellen voelde zich er nog gedeprimeerder door. Zinloos en incompetent.

De telefoon ging en Ellen nam hem snel op, in de hoop dat iemand wilde afzeggen; liefst de eerste cliënt van die dag, want dan kon ze weer naar bed.

'Goedemorgen,' zei ze kortaf. 'Met Ellen.'

'Het klinkt anders helemaal niet alsof jij een goede morgen hebt!'

Het was Harriet, het jongere zusje van haar ex. Ze waren vriendinnen gebleven toen het uitging tussen Ellen en Jon.

Harriet was een klein, broos, bazig vrouwtje, en af en toe was haar boosaardige geroddel precies wat Ellen nodig had, zoals ze soms ook een onweerstaanbare trek had in de scherpe, lichtzure smaak van drop. Maar op dit moment had Harriets wat nasale stem op Ellens getergde zenuwen het effect van een kaasschaaf.

Ze haalde diep adem om zich schrap te zetten, alsof ze op het punt stond een steile heuvel op te rennen, en vroeg: 'Hoe gaat het, Harriet?'

‘Prima, prima, ik belde alleen om te kletsen. Het is al maanden geleden.’

Behalve Harriet kende Ellen niemand die maandagochtend halfacht een geschikte tijd vond om bij te kletsen.

‘Ja, inderdaad, veel te lang,’ zei Ellen, en ze deed heel even haar ogen dicht. Ze had absurd veel zin om te gillen.

Altijd als ze Harriet sprak, sprong Jon plotseling weer vol in haar aandacht. Ze hoorde zijn stem dwars door Harriets manier van spreken. Ze zag zijn lome glimlach voor zich. Harriet herinnerde haar eraan dat Jon nog bestond.

Ellen wilde liever vrolijk en bruisend en op-volle-kracht-vooruit-met-het-leven doen als ze met Harriet sprak, zodat die de juiste boodschap zou overbrengen op Jon. (Ze wist dat Harriet alles wat ze vertelde aan Jon zou overbrieven. Dat deed ze nu eenmaal: informatie verzamelen om die weer uit te delen als kleine bolletjes macht.) Eigenlijk zou Ellen nu over Patrick moeten beginnen (*Heb je het al gehoord? Ellen heeft een vriend.*), maar ze had de energie niet om daar het enthousiasme in te steken dat hij verdiende.

‘Hoe is het met Jon?’ vroeg ze in plaats daarvan. Laten we die maar meteen midden op het podium zetten, dan hoeft hij zich niet in de coulissen van dit gesprek te verstoppen.

‘Wat grappig dat jij over hem begint. Je zult het niet geloven, maar die eeuwig vrijgezelle broer van mij gaat trouwen. We zijn allemaal in shock. Het is toch ook niet te geloven?’

‘Inderdaad,’ zei Ellen. Ze schraapte haar keel. ‘Jemig.’

Ze had vier jaar met Jon samengewoond, en het woord ‘huwelijk’ was nooit gevallen. Zij had altijd begrepen dat hij niet in dat instituut geloofde, en het leek ook nooit bij hem op te komen om Ellen eens te vragen hoe die erover dacht. Maar in werkelijkheid geloofde hij alleen niet in een huwelijk met háár.

Het kwetste haar ontzettend. Ze voelde letterlijk hoe ze brak, als een rij tere porseleinen kopjes die allemaal tegelijk explodeerden. Er vlogen scherven pijn door haar lijf; kleintjes die in haar bijholten prikten, een enorme scherf die zich in haar borst boorde. *Godallemachtig, wat kan het jou schelen! Je bent verliefd op een ander! Je bent voor het eerst echt verliefd! Het kan je niets schelen, het kan je niets schelen, het kan je niets schelen.* Alleen, het kon haar wel wat schelen.

'Hij kent het kind pas een paar maanden,' ging Harriet verder. 'Ze is mondhygiëniste.'

Een paar maanden. Na een paar maanden al. Misschien was Jon ook wel voor het eerst echt verliefd. En als Ellen nooit echt van Jon had gehouden, was dat prima, maar het was niet prima dat Jon nooit echt van haar had gehouden. Waarom niet? Omdat zij de aardigste van hun twee was!

'Maar goed, we denken allemaal dat het geen standhoudt,' zei Harriet. Haar stem zakte een beetje in, alsof ze zich terugtrok nu de schade was toegebracht.

Had ze soms expres meteen maandagochtend gebeld, als een normaal mens niet op zijn hoede is, zodat de informatie extra hard aankomt? Ze moest toch weten dat het geen prettig nieuws was. En toch wist Ellen zeker dat Harriet oprecht dol op haar was.

'Nou ja, ik hoop voor hen van wel.' Ellen was onder de indruk van haar koele, afstandelijke toon. 'Harriet, moet je horen, mag ik je een ander keertje terugbellen? Het loopt vanochtend allemaal niet zo soepel. Ik heb geen melk meer, en ik ben uit mijn hum.'

'Last van PMS?' vroeg Harriet. Ze was altijd al zo'n vrouw die het graag over haar menstruatiecyclus had.

'Nee, gewoon met mijn verkeerde been uit bed gestapt,' antwoordde Ellen.

Ze hing op en barstte in huilen uit. Harde, scherpe, boze snikken. Dit sloeg nergens op. Het was buiten proportie.

'Dit is je ego,' zei ze hardop. Haar stem klonk hard, kinderlijk en gebroken door haar keuken. 'Dit is alleen je ego maar.'

Ze kon zich niets ergers indenken dan getrouwd te zijn met Jon. Ze miste hem niet. Het had lang geduurd voor ze haar persoonlijkheid weer had opgebouwd nadat hij die systematisch had afgebroken, zodat ze aan al haar gedachten moest twijfelen.

Hij was een egocentrische, arrogante, zelfzuchtige, gemene man en toch had ze wanhopig veel van hem gehouden. Ze wilde hem niet, maar ze wilde wel dat hij haar wilde.

Het was stom en onvolwassen en toch was het zo, en ze kreeg haar gevoelens blijkbaar niet onder controle. Ze huilde en huilde. Het was een orgie van buitensporig snikken en jammeren. Ze wilde de telefoon pakken om hem op te bellen. Ze wilde schreeuwen: 'Wat was er dan niet goed aan mij?' Ze wilde het meisje zien. Ze wilde hen samen zien. Ze wilde horen wat ze tegen elkaar zeiden.

O, Saskia. Ik begrijp je. Echt, ik snap het helemaal.

En eindelijk, na veel geschok met haar schouders, en hard gesnotter en plotselinge uitbarstingen van nog meer tranen, was het voorbij. Ze voelde zich wonderlijk verfrist, uitgeput, trillerig en bleek, maar goed. Alsof ze het allerlaatste brokje van een bedorven maaltijd had overgegeven.

Goeie hemel. Wat wonderlijk. Misschien had Harriet wel gelijk, en had ze inderdaad PMS, hoewel haar hormonen zich anders altijd keurig gedroegen en nooit van dit soort dramatische golven van gevoel teweegbrachten.

Ze pakte haar agenda om te kijken wanneer ze weer ongesteld moest worden.

Ze sloeg heen en weer tussen de bladzijden: eerst langzaam en toen sneller en sneller. Dit kon toch niet?

Uiteindelijk legde ze de agenda neer en staarde ze uit het keukenraam naar de zee.

Ik stop ermee. Ik ben eroverheen. Ik ben er klaar mee.

Ironisch genoeg dacht ik dat letterlijk toen ik vandaag naar mijn afspraak met de hypnotherapeute ging.

Ze zag er niet zo florissant uit toen ze de deur voor me opendeed. Haar huid was vlekkerig, en haar haar was sluik, en er zat een vetvlek op haar bloes. Het vrolijkte me behoorlijk op haar zo te zien.

En toen, voor we aan onze sessie begonnen, toen ze me vroeg of ik nog gebruik wilde maken van haar badkamer, zei ik ja, omdat ik echt moest plassen.

Uit gewoonte deed ik automatisch het badkamerkastje boven haar wastafel open. Niet dat ik zo geïnteresseerd was. Ik wist precies wat ik er aan zou treffen: een moisturiser van een supermarktmerk, contactlensvloeistof, deodorant en scheermesjes, een handjevol lippenstiften en wat flesjes met essentiële oliën.

Ik had het bijna over het hoofd gezien. Ik wilde het kastje net dichtdoen toen mijn oog ergens anders op viel: een lang, plat, rechthoekig doosje.

Ik pakte het achteloos op, en voelde toen iets splijten in mijn borst; een scherp haakje dat mijn hart aan flarden scheurde.

Het was een zwangerschapstest. Ik herkende hem meteen, omdat ik dit merk zelf ook heb gebruikt. Heel vaak.

Het doosje was open.

Ik haalde er twee lange, witte plastic staafjes uit. Ze had allebei de tests al gedaan, want ze wilde de uitslag nog eens checken.

In het controlevenstertje op beide staafjes stond hetzelfde symbooltje. Het symbooltje waar ik zo naar had verlangd maar dat ik nooit te zien kreeg.

De hypnotherapeute was zwanger.

9

U ziet niets, hoort niets, denkt aan niets anders dan Svengali, Svengali, Svengali!

Svengali's opdracht aan Trilby O'Ferrall in de klassieke roman *Trilby*, door George du Maurier

Soms vergat ze het minutenlang en dan dacht ze er ineens weer aan.

Het was pas zeven uur geleden dat ze de test had gedaan. Nadat ze haar agenda had neergelegd en minstens tien minuten uit het raam had zitten staren, was ze plotseling doorgedraaid, alsof iemand anders bezit van haar lichaam had genomen. Ze had vieze kleren aangetrokken, was naar het dorp gereden en had haar auto daar dubbel geparkeerd voor de plaatselijke drogist, die nog maar net open was. De grijze kletskous die Ellen normaal haar hooikoortsmedicijnen verkocht, had haar gezicht beleefd ongeïnteresseerd in de plooi gehouden toen Ellen haar vroeg om een zwangerschapstest. Ze stopte het doosje in een witte papieren zak, plakte die stevig dicht met tape en ondertussen besprak ze het weer dat zich zo vreemd gedroeg voor de tijd van het jaar.

Haar eerste afspraak van die dag klopte aan toen Ellen nog op de rand van haar oma's badkuip zat, met allebei de onmiskenbaar positieve zwangerschapstesten in haar slaphangende hand.

Daarna was de ochtend in een waas aan haar voorbijgegaan. Ze had geen idee of haar werk bar slecht of juist briljant was. Ze had gekletst en geluisterd en mensen in trance gebracht en reçuutjes uitgeschreven, terwijl in haar achterhoofd een verbijsterde stem steeds maar scandeerde: 'Ik ben zwanger, ik ben zwanger, ik ben gewoon zwanger.'

Het was veel te vroeg. Pas drie maanden! Hun relatie was veel te vers voor de woorden: 'Ik ben zwanger'. Het voelde fout en smakeloos. Als iets wat een stel pubers overkomt in een soap.

Bovendien was het veel te medisch. *Mijn menstruatie kwam niet op gang als gevolg van het feit dat een van jouw spermatozoiden is samengesmolten met mijn eitje, hetgeen op zich weer het gevolg was van een lek dan wel afgegleden condoom dan wel enig ander probleem in verband hiermee. Ik heb dan ook een test gedaan die de aanwezigheid van zwangerschapshormonen in mijn urine bevestigde. Dus.*

Los daarvan, wilde Patrick eigenlijk nog wel een kind? Überhaupt? Ooit? Ze dacht van wel, maar nu ze er zo bij stilstond, zag ze wel dat die overtuiging op wel heel gebrekkig bewijs stoelde, zoals het feit dat hij zijn zoon aanbad, en ze hem weleens vertederd naar een wildvreemde baby had zien glimlachen. En zijn moeder wilde graag dat hij nog meer kinderen zou krijgen, en hij was zo te merken erg dol op zijn moeder. Los daarvan was hij een fantastische man, en fantastische mannen moesten automatisch meer kinderen willen, want het was van groot biologisch belang dat zij hun fantastische genen doorgaven.

Maar eigenlijk was het heel goed mogelijk dat hij naar die vreemde baby had geglimlacht omdat hij dacht: goddank ligt dat allemaal achter me.

Ze voelde een koude rilling bij die gedachte. Het was waanzin. Ze wist zoveel over hem – dat hij bang was voor spinnen, dat hij het nut van komkommer niet inzag, dat hij ooit een jongen genaamd Bruno een stomp had gegeven – maar dat ene essentiële ding wist ze niet.

En aangenomen dat hij nog een kind zou willen, wat zouden ze dan eigenlijk doen? Zouden ze bij elkaar intrekken? In zijn huis of het hare? Trouwen? Ze wilde niet in zijn huis wonen.

Het bad was te ondiep en de keuken te klein en de kleur van de vloerbedekking in de zitkamer was slecht voor haar ziel. Ze hield van het huis van haar grootouders en van werken in deze kamer en van inslapen bij het geluid van de zee. Maar misschien was het slecht voor Jack om hem uit zijn huis te halen? En hoe zat dat trouwens met Jack? Was die wel klaar voor een broertje of zusje?

Een broertje of zusje. Dat gaf haar weer een nieuwe schok. De baby zou of een jongen of een meisje worden. Dat stond nu al vast. Mijn hemel, ze kreeg een baby. Ze voelde zich ineens slap worden door een vreemd gevoel, vermoedelijk deels hysterische angst en deels blinde vreugde. Een baby.

'Ellen? Kunnen we beginnen?'

Het was haar afspraak van twee uur. Luisa. Ze was net terug uit Ellens badkamer, en keek haar aan met een enigszins boze blik op het aantrekkelijke, gebeeldhouwde gezicht. Ellen voelde altijd al een onderstroom van nauwelijks ingehouden woede bij Luisa. Ze was een relatief nieuwe cliënte, de dochter van een vriendin van Julia's moeder. Ze kwam bij Ellen vanwege 'onverklaarde onvruchtbaarheid' en ze had heel duidelijk gemaakt dat, hoewel ze eigenlijk niet geloofde in 'dat alternatieve gedoe', ze een punt had bereikt waarop ze alles wel wilde proberen. Ze zei dat ze ook bij een acupuncturist zat, een kruidendeskundige en een diëtiste. Stel je voor dat Luisa zou weten dat Ellen per ongeluk, slordig, dom en onhandig genoeg zwanger was geworden. Het was uitermate oneerlijk verdeeld in de wereld.

Ik was eind dertig toen ik Patrick leerde kennen, dus ik wist dat hij mijn enige kans was als ik ooit nog een baby zou willen. En ik hoefde hem er niet om te smeken of zo. Hij zei meteen ja. Hij vond het kennelijk een heel spannend idee – hij bleef maar zeggen dat hij niet wilde dat Jack enig kind zou blijven – maar toen de maanden voorbijgingen zonder dat er iets gebeurde, leek hij niet meer zo geïnteresseerd.

Hij wilde er niet over praten en hij weigerde om mee te gaan naar de dokter. Hij wilde het niet eens meer proberen op de geschikte dagen. Hij zei: 'Ik wil helemaal niet horen dat je ovuleert.' Alsof ovuleren iets weerzinwekkends was.

Eerlijk gezegd deed hij er nogal hufterig over.

Ik vergaf het hem. Ik begreep dat het anders is voor een man. Die heeft niet die biologische drang.

Hij zei: 'Saskia, mijn lieve schat, als het niet in de sterren geschreven staat, dan is dat maar zo.'

En dat was waar. We hadden Jack.

Alleen, het was niet waar. Híj had Jack. Ik had Jack helemaal niet. En ik was zijn lieve schat niet.

En nu bleek dus dat het wél in de sterren geschreven stond. In de sterren stond geschreven dat hij nog een kind zou krijgen, alleen niet met mij.

'Pardon? Wat zei je? Nodig je mij nu uit voor een tupperwareparty?' Ellen hing aan de telefoon met Danny, de jonge hypnotherapeut die ze het afgelopen jaar had gecoacht.

'Ha! Echt niet!' schreeuwde Danny. Zo te horen belde hij uit een nachtclub. Hij deed Ellen denken aan Patricks jongere broer, Simon. Die generatie leek een ander dialect of accent te hebben, of zoiets. Ze klonken allemaal een beetje Amerikaans, en ze bekeken de wereld met een geamuseerde achteloosheid, alsof hen niets te gek was. Misschien kwam het wel door de technologie. Die gaf hun een gevoel van macht.

Of had Ellen ook zo geklonken toen ze vierentwintig was? Nee. Zij was nooit achteloos over wat dan ook.

'Wacht, dan loop ik even naar buiten,' zei Danny.

Ik ben zwanger, Danny. Zwanger. Dat houdt in dat ik een baby krijg. En ik heb pas drie maanden iets met die man. Wat zou jij doen als jouw vriendin je zou vertellen dat ze zwanger was, al na drie maanden?

'Oké, zo beter?' Het geluid op de achtergrond was verdwenen. 'Nee, wat ik zei, je kent toch van die tupperwareparty's? Nou, ik stond dus aan de bar te luisteren naar twee vrouwen van middelbare leeftijd, moeders, weet je wel. En ze hadden het over hoeveel ze moesten afvallen, en over hun personal trainers, en hoe lang je op de loopband moet hardlopen om een gebakken aardappel te verbranden. Ze waren echt gepassioneerd over die shit, weet je.'

'Ik volg het niet helemaal,' zei Ellen.

'Hypnoparty's! Ik ga hypnoparty's geven voor mensen die willen afvallen! Dan komen al die vrouwen samen en dan geef ik ze groepshypnose. Ik zou die snelle inductietechnieken van Flynn willen gebruiken waar jij het over had – dat vindt hij toch niet erg? En dan een standaardscript met een paar positieve affirmaties – misschien een aversiesuggestie voor als ze naar een gebakken aardappel kijken of de koelkast opentrekken. Maar ze moeten natuurlijk eten koken voor de kids. Anyway, ik buig me nog wel over de details. Wat vind je?'

'Ik weet niet of...' begon Ellen.

'Het is briljant! Hoeveel denk je dat ik daarvoor zou kunnen rekenen?'

'Nou, ik weet niet,' zei Ellen. 'Ik geef altijd de voorkeur aan een behandeling op maat om...'

'Voor het geld dat ze uitgeven aan die personal trainers garandeer ik betere resultaten.'

'Misschien.'

Al die vrouwen zouden verliefd op hem worden. Hij was de enige mannelijke deelnemer aan de cursus 'Inleiding tot hypnotherapie' die Ellen had gegeven, en hij was aantrekkelijk en charismatisch, maar op een onopvallende manier, zodat jij dacht dat je de enige was die dat zag. Toen hij Ellens cursus volgde, ging hij altijd helemaal rechts in de hoek zitten, en het was Ellen opgevallen hoe alle andere deelnemers onbewust naar hem toe leunden, als bloemen die meebogen met een briesje.

Ze hoorde een meisjesstem op de achtergrond roepen: 'Danny! Ik loop je overal te zoeken!'

Dat zal best, dacht Ellen. Als Danny je aankeek, hield hij het oogcontact vast. Het was een gave. Niet veel mannen konden dat doen zonder psychotisch over te komen.

'Oké, ik moet hangen. Ik kreeg alleen net dit idee en ik wilde horen wat jij ervan vond! Ik bel je, goed? Hoe gaat het trouwens met je, Ellen? Sorry, kom ik nu pas mee.'

Hij klonk niet plichtmatig. Hij klonk alsof hij oprecht om haar gaf. Misschien deed hij dat ook wel. Of misschien was hij wel de perfecte verkoper.

'Het gaat prima, Danny. Ga maar gauw.'

Later die avond lag Ellen op de bank naar *Beauty and the Geek* te kijken en bij wijze van avondeten at ze met haar vingers een bord gebakken aardappelen, want dat was het enige waar ze trek in had.

Het was niet voor het eerst in haar leven dat ze een sterk verlangen voelde naar een bepaald soort eten, maar nu ze zwanger was vond ze dat ze eraan toe mocht geven. Misschien had de baby nu wel behoefte aan aardappel.

Of misschien kwam het wel doordat Danny het over gebakken aardappelen had gehad, en haar onderbewuste gehoorzaam reageerde op die suggestie.

Ze liet deze gedachten en woorden door haar hoofd gaan – nu ik zwanger ben... de baby... verlangen naar aardappel – en ze had het gevoel alsof ze iets illegaals deed. Ze kon toch moeilijk die complexe wereld van het moederschap in walsen zonder een soort officiële toegangspas? Wat was de toegangspas? Een trouwboekje? Wat krankzinnig dat gisteren het idee van kinderen krijgen nog zo ver in de toekomst lag, en ze vandaag, na één bezoekje aan de drogist, al woeste trek had in gebakken aardappelen en lag te denken aan 'de baby'. Nog even en ze at zure bommen met slagroom als toetje.

De koolhydraten en slechte televisie brachten haar in een soort half comateuze staat. Het leek wel of haar hoofd gevuld was met watten.

Zwangerschapsamnesie.

Zo is het genoeg, Ellen!

De telefoon ging, ze zette haar bord neer en hees zich grommend van de bank. Ze liep nu zelfs als een zwangere vrouw, met een hand haar onderrug ondersteunend. Ze dwong zichzelf rechtop te gaan staan. Er was geen mens gemakkelijker te beïnvloeden dan zij.

Het was haar peettante, Melanie. Gelukkig. Mel hield niet van telefoneren, en wilde altijd zo snel mogelijk ophangen. Ze zou het kort houden zodat Ellen weer terug kon naar die grappig stompzinnige schoonheden en de vertederend suffe geeks.

'Ik wilde je alleen even laten weten dat ik Patrick ontzettend leuk vind,' zei Mel. 'Ik vond hem echt heel, heel erg leuk. Zo'n verbetering vergeleken met die Jon. Dat was zo'n zelfingenomen zak, als ik het zeggen mag.'

'Die zelfingenomen zak heeft net iemand ten huwelijk gevraagd,' zei Ellen.

'O, dat arme kind,' zei Mel welgemeend. 'Daar ben jij dan mooi aan ontsnapt.'

En zo werd Jon veilig opgeborgen in de archiefkast achter in haar geheugen, waar hij thuishoorde. Ellen voelde een golf van dankbaarheid en genegenheid voor allebei haar peettantes. Phillipa had eerder die dag ook al gebeld en had een ellenlang, giechelend bericht op Ellens voicemail ingesproken over soulmates en kerkklokken en of ze al te oud was om bruidsmeisje te mogen zijn. Ellens eigen moeder had natuurlijk nog niet gebeld.

'Je moeder vond hem ook leuk,' zei Mel.

'Zei ze dat?' vroeg Ellen.

'Nou, nee,' gaf Mel toe. 'Maar ik kon het merken. Over je moeder gesproken, vond jij dat ze zichzelf was, vrijdagavond?'

'Ik geloof het wel.' Ellen pijnigde haar hersens om te bedenken hoe haar moeder zich vrijdagavond had gedragen. Was Anne zichzelf geweest? Ellen was zo op Patrick gefocust, dus ze had niet zo op haar gelet.

'Wat was er dan?'

'O, niks. Ze is de laatste tijd alleen een beetje, hm, geheimzinnig. Alsof er iets is wat ze niet aan ons wil vertellen.'

Moet je horen, ik heb zelf een enorm geheim. Ik heb geen tijd voor de geheimen van mijn moeder. Het is toch mijn rol om jong en interessant te zijn. Waarom had ze geen saaie, bezadigde moeder, die alle ingrijpende aardverschuivingen in het leven al achter zich had, zoals de moeder van Patrick?

Dit waren de kinderachtige gedachten die door Ellens hoofd schoten terwijl ze verlangend naar de gebakken aardappelen en de flikkerende tv keek.

'Je denkt toch niet dat ze ziek is, of iets mankeert?' vroeg ze ineens panisch, alsof ze afgestraft zou worden voor haar egocentrische gedrag.

'Nee, nee,' zei Mel. 'Wat stom van me dat ik jou ongerust maak. Nee, ze is kerngezond. Verleden week heeft ze me nog van de tennisbaan geslagen. Waarschijnlijk verzin ik dit allemaal maar, of snak ik naar een fijne roddel. Let maar niet op mij. Het punt van dit telefoontje was dat ik jou wilde zeggen dat ik Patrick echt heel leuk vind. Nu moet ik hangen. Tot gauw!'

En weg was ze. Niemand hing abrupter op dan Mel, in tegenstelling tot Phillipa, die minstens twintig minuten nodig had om een eind aan een gesprek te breien. Als het Phillipa was geweest die zei dat ze iets vreemds aan haar moeder had gemerkt, zou Ellen het meteen van zich afzetten, maar Mel was niet het type om zoiets te verzinnen. Haar moeder had dus iets te verbergen. Dat hoefde natuurlijk niet iets ergs te zijn. Mensen hadden recht op hun geheimen.

'Ik heb zelf ook een geheim,' zei Ellen hardop. Het was een vreemd gevoel. Ze kon zich niet herinneren wanneer ze voor het laatst zo'n groot geheim had gehad, als het überhaupt al eens was voorgekomen. Een geheim dat mensen een beetje zou choqueren.

Jij en ik, en verder niemand, kindje. Wij zijn de enigen die dit weten.

Ze zou dat nog een poosje zo laten.

Halverwege nog een bord gebakken aardappelen ging de telefoon alweer. Ditmaal was het Julia.

'Ik kan niet geloven dat jij me wilt koppelen aan een kerel die tot mijn oksels komt!' krijste ze.

'Sorry,' zei Ellen met haar mond vol. 'Ik wist het niet.'

Het was zo verleidelijk om Julia nog harder te laten krijsen met die drie woordjes: ik ben zwanger.

'Het leek wel of hij zo uit *Boer zoekt Vrouw* was gestapt!'

'Ik vond hem eigenlijk wel sexy,' zei Ellen. Ze mocht Julia niet vertellen over de zwangerschap. Patrick moest het eerst weten.

'Ik heb niet gezegd dat hij niet sexy was,' zei Julia.

Ellens wenkbrauwen schoten omhoog. 'Aha.'

'Toen Patrick en jij weggingen, bracht hij me naar mijn auto, en toen heeft hij gevraagd of ik een borrel met hem wilde drinken.'

'Wat zei je?'

'Ik heb ja gezegd. Maar gewoon als vrienden, uiteraard.'

'Uiteraard.' De omslag in Julia's stem was hartverwarmend. De afstandelijkheid was eruit. Zo had ze al in geen jaren geklonken.

'En ik weet hoe hij echt heet. Sam. Ik wist wel dat hij geen Bruce heette. O, hé, ik vergeet helemaal te zeggen dat ik Patrick geweldig vond! Hij is superknap. Echt een man-man. Zorg nou maar dat je het deze keer niet verpest.'

'Fijn, al dat vertrouwen.'

'Ik meen het, Ellen. Deze moet je houden.'

'Oké.' *Lijkt mij ook handig, nu ik zijn kind krijg.*

'Ik bedoel, Jon was zo blij met zichzelf,' mijmerde Julia.

'Waarom komen jullie pas achteraf met de waarheid? Iedereen deed alsof ze Jon geweldig vonden toen ik nog met hem was,' zei Ellen. 'Jullie lagen altijd dubbel om zijn grappen.'

'Ja, hij was wel vrij geestig,' zei Julia afwezig. 'Kijk jij *Beauty and the Geek*? Moet je die blonde meid zien met die uitpuilende ogen. Die ziet er toch uit als een seriemoordenaar? Trouwens, over moordenaars gesproken, jij had mij helemaal niet verteld dat Patricks stalker bij hem inbreekt!'

'Dat wist ik niet.' Ellen keek naar het meisje met de uitpuilende ogen op de tv. Ze was deze nieuwe onthulling over Saskia alweer vergeten. Wat zou zij ervan vinden dat Ellen zwanger was? Zou dat haar genezen? Of zou dat haar juist het allerlaatste zetje richting waanzin geven? Zou zíj ooit een baby van Patrick hebben gewild?

'Hé, ik moet hangen. Mijn mobiel gaat. Misschien is het Sam wel! Spreek je later!'

Julia hing op. Ellen zat nog niet op de bank met haar gebakken aardappelen op schoot, of de telefoon rinkelde alweer.

'*Hello, darlin'*.' Het was Patrick. Om de een of andere reden was het een van hun rituelen geworden dat hij haar met een zware stem en het accent van een Amerikaanse cowboy begroette. 'Wat ben je aan het doen?'

'Ik kijk tv en... ik eet aardappelen.' Ellen voelde zich schuldig, alsof elke seconde dat ze hem niet van de zwangerschap vertelde verraad was. Maar het was niet goed om het hem aan de telefoon te vertellen, toch? En ze wilde eerlijk gezegd nog niet weten wat Patrick ervan vond. Het was al verwarrend genoeg om te bepalen wat ze er zelf van dacht. Zíjn gevoelens zouden een heel nieuwe laag complexiteit aan de situatie toevoegen. Als hij dolblij was met het nieuws, zou zij schrikken: het was te vroeg, het klopte niet, het was verstandig om de zwangerschap niet door te zetten. Als hij zich doodschrok, als híj zou opperen dat ze het weg moest laten halen, zou ze er kapot van zijn. Ze wilde deze baby! Als hij zei: 'Ik sta achter je, wat je ook besluit,' zou het haar irriteren. Het was hún probleem, niet alleen dat van haar. Het kwam erop neer dat die arme man haar hoe dan ook niet tevreden kon stellen met zijn reactie.

'Hoe was je dag?' vroeg ze, en ze probeerde gewoon te klinken.

'Prima, totdat je-weet-wel op kantoor verscheen.'

'Je-weet-wel?' vroeg Ellen. 'O, natuurlijk. Ik weet wel wie.' Arme Saskia. Hij weigerde haar naam te gebruiken.

'Ze was nog gekker dan anders. Janken. Dingen roepen over baby's.'

'Baby's?' vroeg Ellen. Ze kreeg het er koud van. Wíst Patrick het al? Was dit zijn griezelige manier om haar duidelijk te maken dat hij het wist?

'Wat zei ze dan over baby's?' vroeg ze. Ze vlocht haar vingers door het krulsnoer van haar oma's telefoon. (Het was een groene telefoon, meer dan dertig jaar oud, met een draaischijf die je langzaam met een vingertop bediende.)

'Ach, weet ik veel. Echt, ik luister nooit. Ik zei dat ze psychiatrische hulp nodig had. Ze gaf me alweer een brief en smeekte me om die te lezen.'

'En, heb je dat gedaan?'

'Natuurlijk niet. Ik lees die dingen al jaren niet meer. Het is altijd hetzelfde gelul. Maar goed, hé, heb jij zin om een lang weekend weg te gaan uit Sydney? Ik had ineens zo'n zin om in het vliegtuig te stappen en aan dit koude weer te ontsnappen, en toen kreeg ik een mailtje met een aanbieding voor goedkope vluchten naar Noosa. Dat leek mij een teken dat we maar eens een romantisch weekendje weg moesten. Na afgelopen weekend zou ik je weleens een paar dagen helemaal voor mezelf willen hebben.'

Ellen bleef even stil. Ze voelde een overweldigende vermoeidheid bij de gedachte. Dan zou ze een koffer moeten pakken. En zo'n breedgerande zonnehoed meenemen die meisjes altijd droegen op romantische weekendjes. Ze wist niet eens waar haar zonnebril lag. Die was ze al dagen kwijt. De verloren zonnebril leek een onoverkomelijk probleem.

'Je weet wel, cocktails bij het zwembad, lekker uitslapen, op het strand liggen,' zei Patrick. Hij aarzelde, en klonk onzeker terwijl hij doorging: 'Maar misschien is Noosa wel niet zo spannend voor iemand die aan het strand woont.'

Ellen schudde zichzelf wakker. Haar fantastische nieuwe vriendje stelde voor om een weekend weg te gaan. Ze zou door het dolle moeten zijn.

'Nee, nee, het lijkt me heerlijk. Precies wat we allebei nodig hebben.'

De opluchting streek Patricks stem glad. 'Ik heb ma al gevraagd of zij op Jack kan passen en dat vond ze prima. O, en mijn hele familie vindt je geweldig, trouwens. Mijn broer zei dat je een lekker wijf bent. Dus ik zei: "Als je maar van haar afblijft, vriend!"'

'Zei hij dat echt?' Ellen was gevleid. Simon was zo jong! *Die kun je in je zak steken, Jon.*

Wat zou Patricks familie ervan vinden als ze wisten dat ze zwanger was? Ze dacht aan het crucifix boven de televisie. Het waren traditionele katholieken, had Patrick gezegd. Waarschijnlijk vermoedden ze wel dat Patrick en zij al wel met elkaar naar bed gingen, gezien de moderne tijd, maar dat wilden ze niet zo snel al onder hun neus gewreven krijgen. Zou zijn moeder haar nu ineens een losbandige sloerie vinden?

'Kun jij volgende week maandag vrijmaken?' vroeg hij.

'Ik heb een paar afspraken, maar die kan ik waarschijnlijk wel verzetten.'

'Mooi zo. Ik heb er zo'n zin in. Ik hou van jou.'

'Ik ook van jou.'

Toen ze ophing liep ze regelrecht naar het bord met aardappelen om die weg te gooien.

Ze zou het hem dat weekend vertellen. Dat leek haar goed. Een neutrale locatie; niet bij hem of bij haar thuis. Ze zouden op een kingsize bed liggen, verstrengeld onder de sneeuwwitte hotellakens, zonder de rompslomp van hun dagelijks leven, en daarom zouden ze een even heldere, elegante oplossing bedenken.

'Patrick, mijn lief,' zou ze zeggen, met de witte lakens over haar borsten en onder haar armen getrokken zoals ze in de film altijd deden, en met een sexy warrige haardos. 'Ik moet je iets vertellen.'

Toen ze overeind kwam van het afschrapen van het aardappelbord in de vuilnisbak zag ze haar vermiste zonnebril boven op de koelkast liggen.

Ja, alles zou goed komen.

Na mijn afspraak bij de hypnotherapeute ben ik regelrecht naar mijn werk gereden. Toen ik het kantoor in liep, bewoog ik me voorzichtig en langzaam, omdat ik in een miljoen stukjes was gebroken, en bij elke beweging kon ik uiteenspatten als een special effect in een film.

'Heb je pijn?' vroeg mijn baas. Hij denkt dat ik naar de fysiotherapeut ga voor rugpijn. Dat excuus heb ik expres verzonnen, omdat hij verleden jaar de hele tijd rugpijn had, en nu vindt hij alles wat met zere ruggen te maken heeft een fascinerend gespreksonderwerp.

Ik zei dat ik pijn had, en toen hadden we het over verschoven wervels en rekoefeningen en ontstekingsremmers voor het tot hem doordrong dat hij bijna te laat was voor een vergadering.

Toen heb ik gewerkt.

Ik heb e-mails beantwoord, mensen teruggebeld, mijn post afgehandeld en de eerste vijf pagina's van een rapport geschreven.

Ik heb goed gewerkt. Ik was snel en efficiënt en toegewijd. Ik word zeer gerespecteerd binnen mijn werkkring. Ik vraag me af wat mijn collega's ervan zouden vinden als ze wisten dat ik tijdens mijn lunchpauze zit te huilen in het kantoor van mijn ex. Ik vraag me af wat ze zouden denken als ze wisten dat ik gebroken ben onder dat vernis.

Ik gaf Patrick een brief die ik had zitten schrijven buiten de behandelkamer van de hypnotherapeute. Ik was zo woedend dat er waarschijnlijk geen touw aan vast te knopen viel.

Het had geen zin, want ik heb het gevoel dat hij mijn brieven niet meer leest.

En dat is het probleem van deze woede. Er is geen uitlaatklep meer, omdat hij me niet meer ziet staan. Het is alsof ik met mijn hoofd tegen een enorme, onbeweeglijke, zwijgende rots beuk, steeds maar weer, tot ik druip van het bloed. Wat ik ook doe, hij zal zijn mening over mij niet bijstellen. Wat ik ook doe, hij zal me nooit meer zien staan.

En dat kan ik blijkbaar niet accepteren.

Als hij dood was, zoals mijn moeder, dan zou ik het begrijpen. Dan was hij weg. Maar hij is niet weg. Hij is er nog. Hij leeft zijn leven alsof ík dood ben, net als zijn vrouw. Alsof hij het volste recht heeft om door te gaan met zijn leven, om mij te vervangen, om een andere vrouw zwanger te maken.

Vertelde iemand me maar wat ik moet doen om de pijn en de woede te stoppen. Ik zou het zo doen.

Het is raar, maar soms, als ik in de behandelkamer van de hypnotherapeute zit, met al dat licht dat van de muren af spat, wil ik haar smeken: 'Ellen, help me alsjeblieft.'

Ze zou het nog doen ook, denk ik.

10

Wil je afvallen? Heb je alles al geprobeerd? Nu kun je je met je vriendinnen DUN DENKEN, *gewoon bij jou thuis, onder begeleiding van een volledig gekwalificeerde, ervaren klinisch hypnotherapeut! Organiseer een* HYPNOPARTY*! (Speciale attentie voor de gastvrouw!)*

Brochure in full colour (oplage: 10.000),
vervaardigd door Danny Hogan

Op donderdagavond, toen Ellen probeerde te pakken voor haar weekendje weg, werd er op de deur geklopt.

'Wat is er gebeurd?' vroeg Ellen toen ze de deur opendeed en haar moeder zag staan met een fles wijn in de hand en een glimlach alsof ze was gekomen voor een etentje.

'Ik kom "even binnenvallen",' zei Anne. 'Kijk maar niet zo paniekerig. Ik had een etentje in de buurt, dus toen besloot ik spontaan om even bij mijn dochter langs te gaan. Allemachtig, je ziet helemaal bleek. Zo ongewoon is dat toch ook weer niet?'

'Ja, dat is het wel,' zei Ellen, en ze deed een stap naar achteren zodat Anne naar binnen kon. 'Jij doet niet aan binnenvallen.'

'Niet te geloven dat je dat behang laat hangen,' zei Anne terwijl ze haar vingers misprijzend over de muur in de hal liet glijden. 'Ik zou het er meteen aftrekken...'

'En de boel een lekker neutraal kleurtje geven,' maakte Ellen de zin voor haar af. 'Ik weet het. Dat heb je al eens gezegd, en toen zei ik dat ik het mooi vind. Het doet me aan oma denken.'

'Precies,' mompelde Anne. Ze liep de keuken in en kromp ineen zoals altijd als ze het oranje aanrecht zag, alsof ze hier nog nooit was geweest. Het maakte allemaal deel uit van een soort toneelstukje dat moest bewijzen dat zij een ander pad had gekozen. Haar moeder had een ronduit idyllische jeugd doorgebracht in dit ronduit geweldige, ruime huis, aan het strand, niet te vergeten. Maar om de een of andere reden deed ze graag alsof zij was opgegroeid in een getto vol asocialen en alsof ze nu in Parijs woonde.

'Glaasje wijn?' vroeg Anne.

'Nee, dank je,' zei Ellen. 'Ik heb afgelopen weekend te veel gedronken, en ik probeer deze week alcoholvrij te blijven.'

En ik ben zwanger, mam.

Die gedachte kwam bij haar op maar voelde vreemd genoeg betekenisloos. Hoewel er niets was veranderd sinds ze maandag de test had gedaan, begon het, nu de eerste schrik voorbij was, steeds minder waarschijnlijk te lijken dat ze daadwerkelijk zwanger was. Om te beginnen had ze na dat bord aardappelen geen symptomen meer gehad; ze voelde zich volkomen normaal. Het was ook bij haar opgekomen dat de kans op een miskraam groot was. Ze was per slot van rekening al in de dertig, en je hoorde eigenlijk foliumzuur te slikken als je van plan was zwanger te worden en een afspraak bij de dokter te maken en bloedonderzoek te laten doen. Zodra dit bij haar opkwam, wist ze zeker dat het mis zou gaan. Als ze er geen toestand van maakte, en er niet te veel over nadacht, zou deze zwangerschap waarschijnlijk stilletjes overgaan, tot haar lichaam klaar was voor een fatsoenlijk georganiseerde zwangerschap.

'O, nou, dan neem ik ook niet,' zei haar moeder. Ze zette de fles wijn neer en tikte zachtjes met haar knokkels op tafel. Ellen vond het een zinloos gebaar dat helemaal niet bij haar moeder paste, en Ellen dacht aan Mels telefoontje eerder die week, over dat haar moeder zo 'geheimzinnig' deed.

'Hoe gaat het met je?' vroeg ze.

'Met mij? Met mij gaat het goed. Heel goed.' Haar moeder stopte met tikken en schudde licht met haar hoofd. 'Zullen we dan maar een kopje thee nemen? Wat was je eigenlijk aan het doen toen ik je zo schokkend onderbrak?’

‘Pakken,’ zei Ellen terwijl ze water opzette en zorgvuldig twee van haar oma’s allerbloemigste ouwedameskopjes uitkoos. ‘Ik ga een weekendje weg met Patrick. Naar Noosa.’

‘Ah, Patrick,’ zei Anne. Ze ging aan tafel zitten. ‘Ik hoef echt niet zo’n keurig kopje met een schoteltje. Ik ben geen tachtig.’

Ellen negeerde haar en pakte de theepot.

‘Een theezakje in een beker lijkt me genoeg! Ben jíj soms tachtig?’

‘Wat vond je eigenlijk van Patrick?’ vroeg Ellen, en ze warmde de theepot voor, gewoon om haar moeder te irriteren. ‘Mel en Pip hebben allebei gebeld om te zeggen dat ze hem zo leuk vonden.’

‘O ja?’ vroeg Anne. Ze verhief haar stem om boven het geborrel van de waterkoker uit te komen. ‘Nou, ik vond hem zeker niet stom. Koop eens een nieuwe waterkoker.’

Ellen zette de theepot neer. ‘Wat bedoel je daar nou weer mee?’

‘Ik bedoel dat dat ding zoveel lawaai maakt. Het lijkt wel of er een vliegtuig opstijgt.’

‘Nee, wat bedoel je met dat je Patrick “zeker niet stom” vindt.’

‘Er is niets mis met hem,’ zei Anne.

‘Dat is zo ontzettend beledigend!’ Ellen moest bijna lachen, zo ongelofelijk vond ze dit.

‘Als je het echt wil weten: ik vond dat er iets niet helemaal klopte aan hem. Hij had iets kils.’

Iets kils! En dat uit de mond van haar warme, knuffelgrage, moederlijke moeder.

‘O ja, en jij hebt zo’n uitstekende kijk op mensen.’ Ellen ging aan tafel zitten en zag dat haar hand een beetje trilde toen ze de thee inschonk. Het was woede. Ze was woedend vanwege Patrick.

‘Nou, je vroeg het zelf,’ zei Anne. ‘Ik zeg niet dat ik gelijk heb. Ik zeg je alleen hoe ik het voelde.’

'Jij vond Jon geweldig.'

'Jon was goed gezelschap.' Anne glimlachte vol genegenheid, alsof Jon een goede vriend van vroeger was.

'Mel zei laatst nog dat hij een zelfingenomen zak was. En hij was ongehoord sarcastisch. Hij behandelde me alsof ik niet goed snik was. Het was op het randje van geestelijke mishandeling.'

'Ach, Ellen, hoe kóm je erbij? Dat is geschiedvervalsing, en je zet jezelf ook nog als slachtoffer neer. Ik haat die slachtoffermentaliteit die vrouwen tegenwoordig allemaal hebben. Het was gewoon een relatie die misliep. Hij was geen monster.'

'Jon maakte mij heel erg ongelukkig,' zei Ellen. Haar stem trilde. *Hij was een VERSCHRIKKELIJK monster!* Ze dacht aan het jaar waarin zij vijftien werd, en haar hormonen met haar aan de haal gingen, en bijna elk gesprek dat ze met haar moeder had in tranen leek te eindigen. 'En Patrick maakt me wel heel gelukkig.'

'Nou, prima, daar gaat het immers om,' zei Anne op hetzelfde kordate, verstandige, sussende toontje waar Ellen gestoord van werd toen ze vijftien was. 'Naar mij hoef je niet te luisteren, hoor. Kijk maar naar mijn eigen liefdesleven. Wat weet ik nou van mannen?'

'Niks,' zei Ellen. 'Jij weet helemaal niks.'

Haar moeder keek verbaasd en tilde haar theekopje op. 'Ik wist niet dat je kwaad werd.'

'Nou, ik ben dus wél kwaad,' zei Ellen mokkend. Ze stelde zich aan als een puber. Waar was al die hoogontwikkelde emotionele intelligentie van haar gebleven?

'Het spijt me. Het spijt me werkelijk.' Anne klopte onhandig op Ellens schouder. 'Je ziet nog steeds vreselijk bleek.'

'Dat zal wel komen doordat ik zwanger ben,' zei Ellen, en ze gaf zich over aan een heerlijke stortvloed van zilte tranen.

Op dinsdag heb ik me ziek gemeld en ben ik weer naar Avalon Beach gegaan, met mijn nieuwe bodyboard.

Ik heb nog nooit zoiets gedaan. Zo ben ik niet opgevoed. Mijn moeder zou met stomheid geslagen zijn. Ze vond een vast inkomen iets fantastisch; iets waar een vrouw niet lichtzinnig mee om diende te springen. Ik hoor nog de eerbied in haar stem toen ze mensen over mijn allereerste functie vertelde na mijn afstuderen. 'Saskia heeft een báán.'

En ik weet ook nog hoe verbijsterd ze was toen ik een keer iets zei over 'arbeidsvreugde'. 'Maar, liefje, ze betalen je!' Ze was bang dat ik onbeleefd zou zijn tegen de baas. En je ziek melden zou ze krankzinnig vinden, riskant en hoogst ongemanierd.

Sorry, mam. Ik had een geestelijke gezondheidsdag nodig.

'Geestelijke gezondheid,' zou ze honend zeggen.

Ze geloofde niet in moderne kwaaltjes als depressie en anorexia. Bij de zoon van een vriendin werd een klinische depressie vastgesteld en mam vond het walgelijk. 'Waar maakt die dwaas zich zorgen over? Hij heeft een goeie baan! Een vrouw! Een baby!'

Ze geloofde in rouwen om de dood en vreugde over geboortes en in liefde en het huwelijk en gewoon, gezond eten en een brandschoon huis. Al het andere was gewoon 'dwaas'.

Ik vroeg me af of ze mij ook dwaas had genoemd toen ik instortte nadat Patrick het uitgemaakt had. Ze was stapel op hem, en natuurlijk ook op Jack. Ze zag Patrick als haar schoonzoon en Jack als haar kleinzoon.

Ik neem aan dat Patrick de ouders van de hypnotherapeute inmiddels ook heeft ontmoet. De gedachte aan hoe hij beleefd zit te kletsen met de moeder van de hypnotherapeute en probeert indruk op haar te maken, alsof mijn eigen lieve moeder nooit heeft bestaan, alsof mijn moeder maar een opstapje was naar de echte schoonmoeder – daar word ik toch wel zo allemachtig razend van.

Ik pak de telefoon niet meer om mijn moeder te bellen. Dat bleef ik namelijk nog maanden na haar dood doen. Ik heb zelfs een paar keer het nummer ingetoetst, maar toen herinnerde ik het me weer en heb ik snel opgehangen voor een of andere vreemde opnam. Als ik de telefoon hoor overgaan, denk ik ook nooit meer: daar zul je mama hebben. Maar ik mis haar nog wel. Elke dag.

Verstandelijk begrijp ik wel dat de dood van een ouder een natuurlijk, acceptabel onderdeel van het leven is. Geen mens vindt de dood van een heel zieke vrouw van tachtig een tragedie. Er werd zachtjes gehuild op haar begrafenis, en er waren wat rode, natte ogen. Geen hartverscheurend snikken. Nu vind ik dat ik mezelf had moeten laten huilen. Ik had moeten janken en mijn haren uit mijn hoofd moeten trekken en me op haar kist moeten storten.

Ik heb een gedicht voorgelezen. Een mooi, ontroerend gedicht dat ze volgens mij wel mooi zou vinden. Ik had mijn eigen woorden moeten gebruiken. Ik had moeten zeggen: 'Niemand zal ooit nog zo intens van mij houden als mijn moeder.' Ik had moeten zeggen: 'Jullie denken allemaal dat jullie op de begrafenis van een lief oud vrouwtje zijn, maar jullie zijn op de begrafenis van een meisje dat Clara heette, dat lang blond haar had dat ze in een dikke vlecht op haar rug droeg, dat verliefd werd op een verlegen man die bij de spoorwegen werkte. En toen Clara eindelijk zwanger werd, dansten ze door de kamer, heel langzaam, om de baby geen pijn te doen. En de eerste twee jaar van het leven van dat kleine meisje waren de gelukkigste jaren van Clara's leven. Maar toen ging haar man dood, en moest ze het kleine meisje in haar eentje grootbrengen, nog voor er zoiets was als een toeslag voor alleenstaande moeders. Nog voor de term "alleenstaande moeder" was uitgevonden.'

Ik had hun moeten vertellen dat mama, als ik op school zat en het buiten onverwacht koud werd, op het schoolplein stond met een jas voor mij. Ik had hun moeten vertellen dat ze zo'n gruwelijke hekel had aan broccoli dat ze er niet eens naar kon kijken. En dat ze verliefd was op de hoofdpersoon uit de Engelse televisieserie *Judge John Deed*. Ik had hun moeten vertellen dat ze zo graag las, en dat ze totaal niet kon koken, omdat ze altijd onder het koken haar nieuwste bibliotheekboek probeerde te lezen zodat het eten altijd aanbrandde en het bibliotheekboek altijd onder de spetters kwam te zitten, zodat ze eindeloos bezig was om die weg te krijgen met de natte punt van een theedoek. Ik had hun moeten vertellen dat mijn moeder Jack zag als haar eigen kleinkind, en dat ze speciaal voor hem een sprei had gemaakt met een raceauto erop, en dat hij hem prachtig vond. Ik had moeten praten en praten en ik had het spreekgestoelte met beide handen vast moeten grijpen en moeten zeggen: 'Ze was niet alleen een oud vrouwtje. Ze was Clara. Ze was mijn moeder. Ze was fantastisch.'

In plaats daarvan zei ik mijn korte, keurige gedichtje op en daarna ging ik weer zitten en hield ik Patricks hand vast. Na afloop hielp hij me kopjes thee uit te delen aan de vriendinnen van mijn moeder, en hij praatte zo charmant met de oude dametjes, en ik heb niet één keer gedacht: nu heb ik geen familie meer. Want Patrick bleef mijn hand vasthouden, en Jack zou ons in de armen springen op het vliegveld in Sydney, en ik wist dat Patricks moeder van plan was een grote schaal van haar boeuf stroganoff voor ons achter te laten in de koelkast, omdat ze wist dat dat mijn lievelingseten was.

Vier weken later zei hij: 'Het is voorbij.'

Mijn gedachten gingen rond in eindeloze kringetjes. Als ik mama bel om haar te vertellen van Patrick, voel ik me beter, maar mama is dood. Als ik Patrick vertel dat ik niet kan geloven dat mijn moeder er niet meer is, voel ik me beter, maar Patrick wil mij niet meer. Als ik met Jack naar het park of de bioscoop ga, voel ik me beter, maar ik ben zijn moeder niet meer. Als ik naar Maureen ga, voel ik me beter, maar zij hoort niet meer bij mijn leven.

Ik had niet genoeg mensen in mijn leven om het verlies van zoveel mensen tegelijk aan te kunnen. Ik had niet nog ergens een paar tantes of neven en nichten of grootouders. Ik had geen reservemensen. Ik was niet verzekerd tegen een verlies van deze omvang.

De pijn voelde zo fysiek: alsof er grote stukken van mijn huid afgerukt waren en het nooit meer wilde genezen.

En nu krijgt de hypnotherapeute een baby.

Dus, mam, ik weet dat ik een goede baan heb, en inderdaad, ze betálen me, maar sinds ik de zwangerschapstests van de hypnotherapeute heb gezien, heb ik van die rare beelden in mijn hoofd. Soms stel ik me voor dat ik een kop gloeiend hete koffie in het gezicht van een collega gooi, of dat ik al mijn kleren van me af scheur en naakt de directiekamer in ren en allerlei obscene dingen roep, of dat ik een schaar pak en mezelf steeds maar met de scherpe punt in mijn dij steek. Dat zou jij niet begrijpen. Gestoorde gedachten kwamen in jouw hoofd niet voor.

Dus heb ik me ziek gemeld en ben ik naar het strand gegaan om te leren bodyboarden.

Het was moeilijker dan ik had verwacht. De plank was glibberig. Waarom was die zo glibberig? Het lukte me maar niet om hem op zijn plek te houden onder mijn buik. Ik bleef er maar vanaf glijden. Als ik andere mensen zag bodyboarden, leek dat nooit het probleem. Ik werd kwaad en ik vloekte. Ik dacht: zelfs het bodyboard wil me niet.

En toen het me uiteindelijk toch lukte om de plank stil te houden, lukte het niet met mijn timing en miste ik de golven steeds.

Ik dacht: jongetjes van zes kunnen dit, dus wat is er mis met mij?

Ik dacht: andere mensen vinden wel liefde en krijgen kinderen en stichten gezinnen, dus wat is er mis met mij?

Ik dacht: andere mensen zijn niet geobsedeerd door hun ex, dus wat is er mis met mij?

In een vlaag van opstandigheid overwoog ik om de plank de zee op te laten drijven, maar dat vond ik toch verspilling, en ik geneerde me al genoeg voor mijn vrije dag.

Toen ik naar de auto liep, snotterig en koud en chagrijnig omdat ik die stomme plank niet eens normaal onder mijn arm kon dragen, zag ik die man met dat wollige haar weer, die mij had zien liggen toen ik in mijn rode jurk in slaap gevallen was. Hij liep het strand af met zijn bodyboard losjes onder zijn arm.

'Hoe is de branding?' vroeg hij.

'Vervelend,' antwoordde ik en ik liep door.

Toen ik bij mijn auto aankwam, ging mijn telefoon.

Het was de hypnotherapeute.

Doordat ze voor het eerst met elkaar zouden vliegen, waren Ellen en Patrick druk en opgewonden. Ze kregen allebei de slappe lach toen de stewardess met een wel heel grimmig gezicht de veiligheidsinstructies gaf, hoewel verder niemand dat grappig vond. Ze hadden boeken gekocht om aan boord te lezen, maar die lagen nog op hun schoot, zodat ze konden kletsen.

Vooral Patrick was in een geweldig humeur.

'Ik heb je nog niet eens gevraagd of je weleens in Noosa bent geweest,' zei hij toen het vliegtuig opsteeg.

'Ik niet,' zei Ellen. 'Jij wel?'

'Een keertje maar,' antwoordde Patrick. 'Dat is waar ik Saskia heb ontmoet.'

Ellen merkte op dat dit een van de zeldzame keren was dat hij over haar sprak alsof ze een gewone vrouw was.

'Hoe hebben jullie elkaar dan leren kennen?' vroeg ze, en ze probeerde luchtig en niet overmatig geïnteresseerd te klinken.

'We waren allebei in Noosa voor een congres,' zei Patrick. 'Zij is stedenbouwkundige, had ik dat al eens verteld? Hoe dan ook, ik zat naast haar tijdens een van de sessies. Het is vreemd, want ik had toen juist het gevoel dat ik een beetje doorgedraaid was, volgens mij doordat ik nog in shock was vanwege Colleens overlijden, en Saskia leek me zo normaal. Ze hield van wandelen, en ze nam me mee op lange tochten door het National Park. Ik had al heel lang niets meer aan lichaamsbeweging gedaan en ineens begon mijn hart weer te pompen en vulden mijn longen zich met lucht, en met al die schitterende uitzichten had ik het gevoel dat het mogelijk was om weer gelukkig te worden.'

'Endorfine,' zei Ellen. 'We moeten dit weekend ook maar een stuk wandelen.'

En als jij dan vol zit met endorfine, vertel ik je van de baby.

'Ja, dat zou ik leuk vinden. Saskia en ik hebben een poos elk weekend door de bush gewandeld, maar toen kreeg zij iets aan haar been. Ze kon bijna niet meer lopen zonder pijn. Dat was vreselijk voor haar.'

'Wat was er dan aan de hand?' vroeg Ellen. Dit verhaal kwam haar vreemd bekend voor. Had Patrick haar soms al verteld over Saskia's been? Dat zou ze zich toch zeker nog wel herinneren? Alle informatie die hij verstrekte over Saskia bewaarde ze op een veilig plekje in haar geheugen.

'Niemand kon het haar vertellen. Ze liep allerlei artsen af, en fysiotherapeuten, maar niemand kon iets voor haar doen. Een specialist opperde dat het psychisch was, en toen werd Saskia zo kwaad dat ze weggelopen is.'

Ellen voelde een akelige, glibberige paniek opkomen, alsof ze net had bedacht dat ze vergeten was het gas uit te doen.

'Ze moest soms een stoel in de keuken neerzetten zodat ze zittend kon koken,' mijmerde Patrick. 'Haar hele persoonlijkheid veranderde erdoor. Ze was altijd zo sportief. Ik probeerde met haar mee te leven, maar ik raakte ontzettend gefrustreerd, omdat ik er niets aan kon doen. Zij dacht dat ik mijn geduld met haar verloor, maar dat was niet zo. Ik had echt met haar te doen. Ik werd er alleen knettergek van dat ik het niet kon oplossen. Het herinnerde me aan Colleen die zo ziek was. Dat nutteloze gevoel. Alsof je een gevecht verliest zonder zelf terug te mogen vechten.'

Patrick werd afgeleid door de naderende stewardess. Hij draaide zijn hoofd om naar haar te kijken. 'Zullen we wat drinken? Je moet er alleen wel apart voor betalen, en dan is het lang niet zo decadent. Dat is het probleem met die goedkope vluchten.'

Dit kon toch geen toeval zijn?

Ze zei het bijna hardop, om te horen of het kon. 'Hè? Dat is gek. Ik heb een cliënte met precies hetzelfde probleem.' Alleen wist ze dat het geen toeval was, en ze wist dat hij zou weten dat het geen toeval was.

Deborah.

Wat was haar achternaam ook weer?

Deborah Vandenberg.

Ze zag Deborah Vandenbergs gezicht zo voor zich. Ze was te laat voor haar allereerste afspraak. Ze leek wat vreemd, schichtig, maar ja, veel van haar cliënten deden vreemd en schichtig tijdens hun eerste sessie. Dat kwam doordat ze nog nooit een hypnotherapeut hadden meegemaakt, en niet wisten wat ze moesten verwachten. Ze waren erg op hun hoede, alsof ze vermoedden dat iemand een grap met hen uit zou halen.

'Ik heb pijn in mijn been,' had ze tegen Ellen gezegd, en ze had haar handpalm langs haar lange, slanke, in jeans gestoken dij laten glijden.

Ze had Ellen verteld dat ze soms moest zitten bij het koken. Ze had haar verteld over een 'zijige dokter' die haar had gevraagd of ze soms last had van 'stress', en dat ze toen zo kwaad was geworden om zijn suggestie dat ze zich de pijn maar verbeeldde, dat ze zonder een woord te zeggen zijn spreekkamer uit gelopen was.

Deborah was Saskia.

Saskia was Deborah.

Ze was de hele tijd maar aan het piekeren over die Saskia terwijl ze haar allang had ontmoet en met haar had gesproken. *Saskia was bij haar in huis geweest.* Ze was lang en opvallend. Ogen met een interessante kleur. Bijna goud. Als de ogen van een tijger. (Ellen lette altijd op ogen, omdat ze was opgegroeid in de schaduw van de violetkleurige ogen van haar moeder.) Goedgekleed. Welbespraakt. Ze zou haar nooit voor een stalker houden. Ze had geen duidelijk beeld in haar hoofd van Saskia, maar ze had gedacht dat die klein was, met half dichtgeknepen ogen, als een krankzinnig rondhollend muisje. (Waarom dacht ze eigenlijk dat lange mensen niet gestoord konden zijn? Omdat die eruitzagen alsof zij het voor het zeggen hadden in de wereld? Omdat ze hen bewonderde en stiekem net zulke benen wilde als zij?)

Ze voelde Patricks hand op haar arm. 'Ellen? Wilde je iets drinken?'

Het rare was dat ze haar best mocht. Deborah – Saskia. Ze vond hun sessies leuk. Vond het leuk om met haar te praten. Een keertje had Deborah – Saskia heel mooie laarzen aan en toen vertelde ze dat ze niet alleen mooi waren, maar nog lekker zaten ook, en Ellen had precies zo'n paar gekocht. Ze had nog nooit zoveel geld uitgegeven aan schoenen.

Die laarzen had ze nu zelfs aan.

'Nee, ik hoef niets,' zei ze tegen Patrick, en ze stak haar laarzen onder haar stoel.

Had Saskia echt hulp nodig voor haar been? Of was dat maar een excuus? En wat was precies haar doel? Wilde ze alleen maar Ellen observeren? (Zoals Ellen ook best graag stiekem de nieuwe aanstaande van Jon, de mondhygiëniste, eens zou willen zien. Alleen zou zij nooit echt een afspraak maken. Want zo geïnteresseerd was ze nu ook weer niet, maar vooral: het zou te gênant zijn als iemand erachter kwam.)

Patrick zuchtte en strekte zijn benen.

'Het fijnste van niet in Sydney zijn is dat ik weet dat ik me geen zorgen hoef te maken dat Saskia overal kan opduiken. Ik heb mijn mobieltje niet eens bij me. Ik heb ma en Jack het nummer van het hotel gegeven, en jouw mobiele nummer. Ik hoop dat je dat niet erg vindt. Ik had het je nog willen vragen.'

'Natuurlijk vind ik dat niet erg.' *O nee, nee, nee.*

'Dus dat is het laatste wat ik dit weekend over dat mens zeg. Ik wil het niet meer over haar hebben, ik wil niet meer aan haar denken, ik krijg haar niet te zien. We betreden een Saskia-vrije zone.'

O god. Ellen tikte ritmisch met twee vingers tegen haar voorhoofd. Als dit niet zo gruwelijk was, zou het grappig zijn. Of op zijn minst amusant.

'Wat is er aan de hand?'

'Er schoot me ineens iets te binnen. Iets wat ik nog had willen doen voor ik wegging.'

Ze had Deborah, of Saskia, precies verteld waar zij dit weekend naartoe gingen. Ze had haar zelfs verteld waar ze zouden logeren.

Ze had haar gisteren met haar mobieltje gebeld om te vragen of ze hun afspraak van maandag konden verzetten. 'Ik ga onverwacht weg,' had ze tegen haar gezegd. 'Een lang weekend naar Noosa.'

'Ik ben jaloers,' had Saskia gezegd met haar afstandelijke Deborah-stem. 'Ik ben dol op Noosa. Waar logeer je?'

'Ik geloof dat mijn partner een kamer heeft gereserveerd in het Sheraton,' had Ellen geantwoord. Partner! Ze had Patrick haar partner genoemd! Waarom had ze dat gedaan? Ze vond het een vreselijk woord. Het was omdat Deborah haar het soort vrouw leek dat 'vriend' een te kinderachtige term vond. Maar waarom moest ze het überhaupt over Patrick hebben? Om de een of andere reden wilde ze dat Deborah wist dat zij een relatie had. Omdat Deborah haar een aantrekkelijke professional leek van ergens in de veertig, die vast zo'n elegante relatie had met wijngaarden en zeiljachten en seks van de bovenste plank, die niet uitliep op ongeplande zwangerschappen. Ze wilde dat Deborah zou denken dat zij ook zo'n soort relatie had.

Dus vanwege haar domme, onprofessionele behoefte om indruk te maken op een cliënt (en het was sowieso fout om indruk te willen maken op cliënten) had ze Saskia laten weten dat ze een romantisch weekendje zouden beleven op de plek waar Saskia en Patrick elkaar hadden ontmoet.

Ze keek naar Patrick. Hij leunde met zijn hoofd tegen de stoel en ontspande zijn gezicht.

'Ik besef niet eens hoe gespannen ik van haar word tot ik weg ben,' zei hij zonder zijn ogen te openen.

Ellen liet haar hoofd hangen en sloeg in stille wanhoop met de muis van haar hand tegen haar voorhoofd. In plaats van Patricks leven gemakkelijker te maken, had ze zijn stalker de helpende hand geboden. Haar mond voelde droog en ze tilde haar kin op. Saskia zou hen toch zeker niet helemaal naar Noosa achtervolgen? Ze zou toch niet een ticket hebben geboekt op deze vlucht? Ellen maakte haar stoelriem los en ging half staan, zodat ze over haar stoel naar de gezichten van de passagiers om hen heen kon kijken. Mensen meden haar blik, of zaten met gebogen hoofd te lezen of te praten. Alleen een klein meisje dat bij haar moeder op schoot zat en als een bezetene op haar speen sabbelde staarde haar nieuwsgierig aan. Ellen zakte weer terug en onderdrukte een hysterische behoefte om te giechelen of te huilen.

Nu sleepte ze dit weekend dus twee enorme geheimen met zich mee. Elk moment kon ze haar mond opendoen om die relaxte uitdrukking op het gezicht van die arme man te wissen.

Hij deed zijn ogen open, en in het zonlicht dat door het raampje naar binnen stroomde leken ze heel erg groen. 'Gaat-ie?'

'Het gaat prima.' Ze klopte op zijn knie en wendde zich af om uit het raam naar de vleugel van het vliegtuig te kijken. 'Helemaal prima.'

Het lukte dus om een ticket te krijgen voor dezelfde vlucht.

Ze liepen vlak langs me. Patrick voorop, gefronst turend naar de stoelnummers op zijn boardingpass, en Ellen erachter, die dromerig om zich heen keek. Ik hoef niet fronsend naar mijn boardingpass te kijken, want mijn 'partner' zoekt onze stoelen voor ons. O, wat ben ik toch new age en blij en zwanger.

Ze gaat een weekend weg met haar 'partner'. Ik haat dat woord. Het is zo typisch Sydney. Wat is er mis met 'mijn vriend'? Toen ik met hem was, was hij mijn vriend. En ik was zijn vriendin.

En dus gaan we allemaal een weekendje naar Noosa. Gezellig met z'n drietjes.

Ik liet het bodyboard vallen toen zij 'Noosa' zei. Ik dacht dat er niets nieuws meer was wat me kon kwetsen. Waarom nou Noosa? Ze hebben een heel land vol plekken waar je een romantisch weekendje kunt beleven, en hij koos Noosa.

Ik dacht dat mijn herinneringen aan die week veilig waren. Ik dacht dat niets die tijd kon aantasten. Ik kan me volgens mij elke minuut nog herinneren. Elke smaak, elk geluid, elke geur.

Ik voel nog precies de vorm van mijn kamersleutel in mijn hand, en ik proef nog precies de combinatie van zout en ijs en alcohol in mijn mond van de margarita's die we dronken. We stonden in de lift van het hotel naar de voorbijflitsende etagenummers te kijken, en we wisten allebei dat we naar mijn kamer gingen om voor het eerst de liefde te bedrijven. Ik zie nog het door de zon verbrande gezicht van de jonge jongen die de volgende ochtend met de lompe ontbijttrolley binnen kwam rijden: de geur van verse koffie en gebakken spek. Ik zie de schilfers van onze croissants op de krant liggen die we in bed lazen.

Hij logeert zelfs in het Sheraton. Waarom zou hij nou juist daar een kamer boeken. Ik vraag me af of dat soms komt doordat hij ook zulke speciale herinneringen heeft aan die week, en hij denkt – want hij kan soms zo stóm zijn – dat hij datzelfde geluk met iemand anders kan terughalen.

Dat kan niet. Hij kan mij niet zomaar uit al zijn herinneringen wissen en me vervangen door een andere vrouw.

Daarom wist ik dat ik moest gaan zodra ik het telefoontje van de hypnotherapeute kreeg. Ik moest daar zijn. Ik moet hem laten weten dat ik hier ook ben. Dat ik hier altijd zal zijn.

Ik zal het perfecte moment uitkiezen om hen te laten weten dat ik ook mee ben. Hij zal wel kwaad worden, maar dat geeft niet. Ik heb liever zijn woede dan zijn onverschilligheid. Ik heb liever dat hij tegen me schreeuwt dan dat ik helemaal niet meer besta.

Patrick stond in de badkamer zijn tanden te poetsen en Ellen zat al in bed een film te kijken en at chocola uit de minibar.

De kamer was geweldig. Een kingsize bed met sneeuwwitte lakens, dikke, donzige handdoeken, zacht, gedempt licht en neutrale kleuren.

Precies zoals alle hotels waar ze met andere mannen had geslapen.

'Waar sliep je toen je hier de vorige keer was?' had Ellen gevraagd toen ze met de lift naar boven gingen.

'Hier,' had Patrick geantwoord, zijn blik op de voorbij flitsende etagenummers boven hen gericht.

'Dus met Saskia was je ook in dit hotel?'

'Nou, ik wist dat het een goed hotel was,' zei Patrick en hij legde een vinger op haar lippen. 'We zouden die naam dit weekend niet meer noemen, weet je nog?'

Dus die arme Saskia had moeten aanhoren dat Ellen en Patrick in hetzelfde hotel zouden logeren als waar zij voor het eerst de liefde hadden bedreven. Wat zou die wetenschap hebben gedaan met haar verwrongen geest?

Ellen keek naar de deur en dacht aan horrorfilms die ze weleens had gezien. Ze zouden roomservice bestellen, en Saskia zou zich verkleden als iemand van het personeel en ze zou met haar hoofd omlaag de trolley binnenrollen en de muziek zou het publiek laten weten dat er iets verschrikkelijks stond te gebeuren. En dan, als de muziek een angstaanjagend crescendo bereikte, sprong ze ineens op hen af met een uitbeenmes voor zich uit en...

'Heb jij eraan gedacht om tandpasta mee te nemen?' vroeg Patrick met zijn hoofd om de deur.

'Yep. Zit in mijn toilettas.'

Hij was nog steeds te beleefd om in haar spullen te rommelen zonder toestemming.

En ze kreeg zijn kind.

Te vroeg. Te vroeg.

'Jij houdt het kind natuurlijk,' had Anne gezegd.

'Dat weet ik nog niet,' had Ellen geantwoord, verrast door haar moeders stellige toon. Ze had gedacht dat Anne iets zou zeggen als: 'Wat je ook besluit, ik zal je steunen, en wat voor voorbehoedsmiddelen heb je überhaupt gebruikt?'

'Het hangt af van wat Patrick gaat zeggen. En je weet dat ik... *pro-choice* ben.' Het was een Amerikaanse uitdrukking. Ze was er even niet zeker van of ze wel het goede team had gekozen. Hoe heette de tegenpartij ook weer? *Pro-life*. Nou ja, ze was natuurlijk helemaal voor *life*.

Anne snoof. 'Je bent vijfendertig, niet zestien. Je wilt dolgraag een kind...'

'Wat? Hoe kom je daar nou weer bij? Ik wil helemaal niet dolgraag een kind.'

'Ik zag heus wel hoe je keek op Madelines babyshower, toen je dat kind van hoe-heet-ze vasthield – het spijt me dat ik het zeggen moet, maar wat een foeilelijk kind was dat, zeg.'

'Mama.'

'Het leek wel een kleine pad. Hoe dan ook, mijn punt is dat jij kinderen wilt, en je hebt het financieel goed voor elkaar, en je vindt de vader leuk – misschien hou je zelfs van de vader. Als je abortus laat plegen en je kunt daarna nooit meer zwanger worden, zou je het jezelf nooit vergeven. Natuurlijk hou je het kind. Zeg maar tegen hem dat je zwanger bent, ook al was het niet jullie bedoeling, en we leven niet meer in de jaren vijftig dus hij hoeft niet met je te trouwen, en hij kan er zoveel of zo weinig bij betrokken worden als hij wil. Zo simpel is het. Hij heeft wettelijke verplichtingen wat betreft alimentatie, maar als ik jou was, zou ik me daar niet zo druk over maken. Je hebt het huis van je grootouders. Je hebt mij, en je hebt je peettantes. Je hebt zijn geld helemaal niet nodig.'

'Nee, dat zal wel niet,' zei Ellen. Patricks geld was wel het laatste waar ze zich druk om maakte.

'Het is echt heel simpel,' zei Anne nog eens terwijl haar vingertoppen een vreugdedansje tapten op het tafelblad en Ellen zag dat ze blij was met de baby. Heel erg blij zelfs.

Er viel een stilte. De zachte uitdrukking verdween van haar moeders gezicht.

‘Het is natuurlijk nog pril,’ vervolgde ze. ‘Op jouw leeftijd is de kans op een miskraam in het eerste trimester relatief groot.’

‘Dank je, moeder.’

‘Hoor eens, jij hebt het zelf over het beëindigen van je zwangerschap, dus doe nu maar niet zo overgevoelig over de mogelijkheid van een miskraam.’

‘Ik zei helemaal niet dat... Oké, ja, inderdaad.’

Haar moeder had gelijk. Ze had nooit een seconde getwijfeld. Ze wilde het kind graag hebben. Het probleem was niet de vraag of ze een kind wilde. Het probleem was hoe dit haar relatie met Patrick zou beïnvloeden.

Want Ellen wilde niet alleen een kind. Ze wilde het hele plaatje. De echtgenoot. De papa. De man die haar hand vasthield tijdens de bevalling.

Maar dat kon ze niet tegen haar moeder zeggen: ‘Ik wil het niet doen zoals jij het hebt gedaan. Dat heb ik nooit gewild. Ik wil niet in mijn eentje een kind grootbrengen. Ik wil niet anders zijn. Ik wil gewoon zijn zoals iedereen.’

Patrick kwam uit de badkamer en sprong naast haar in bed. Hij brak een stuk chocola af van de reep die zij aan het eten was.

‘Je hebt net je tanden gepoetst,’ zei Ellen.

‘Ik weet het. Niet tegen Jack zeggen. Stoute papa.’

Nu we het daar toch over hebben: hoe zou je het vinden om nog een kind te krijgen? Het lag op het puntje van haar tong, alleen had ze nu niet de energie om het hierover te hebben. Morgen. Ze zouden het morgen bespreken. Gelukkig was hij niet zo’n drinker. Toen zij bij het eten zei dat ze niet zo’n trek in wijn had, had hij gezegd: ‘O, prima, dan neem ik ook niet.’ Samen een fles goede wijn delen vormde zo’n integraal onderdeel van haar relatie met Jon dat hij meteen had gemerkt dat ze niet dronk.

Ze keken samen naar de film. De plot was veel te gecompliceerd. Ze konden de karakters niet uit elkaar houden. Ze zeiden allebei steeds: ‘Wat? Wie is dat nou weer?’ Uiteindelijk zetten ze de film uit, want ze waren er te moe of te oud voor, vonden ze. Ze stortten zich liever op elkaar.

Ze vreeën slaperig en teder, alsof ze een oud getrouwd stel waren. Ellen voelde de tranen branden. Het zou allemaal helemaal goed komen.

'Wil je me in slaap hypnotiseren?' vroeg Patrick terwijl hij het licht uitdeed.

'Ik ben zo moe,' geeuwde Ellen.

Het was al snel een gewoonte geworden. Zij gaf hem een ontspanningsoefening van vijf minuten voor hij ging slapen. Het verblufte hem oprecht. Hij vond het geweldig, zei hij, het leek wel tovenarij. En hij zei dat het luisteren naar haar stem zijn favoriete moment van de dag was, en dat hij sinds zijn puberteit niet meer zo lekker had geslapen. En dat ze hem hielp om te gaan met de stress van 'dat mens', zijn werk, alles. Ze had nog nooit een geliefde gehad die zo onder de indruk was van haar vaardigheden als hij.

'Geeft niet,' zei Patrick. 'Ik heb ook wel misbruik van je gemaakt, hè? Ik zou nu ook geen trek hebben in een potje landmeten.'

O, wat was hij lief, en ze wilde zo graag dat hij morgen ontspannen was.

Ze ging zitten en legde een hand op zijn voorhoofd. Soms voelde dit nog intiemer dan seks. Ze had nog maar heel zelden aanraking ingezet bij haar cliënten, maar ze kende therapeuten die dat wel deden. In bed, in de privacy die het pikkedonker bood, voelde ze zich machtig, zorgzaam en mystiek in de wetenschap dat haar woorden beelden in zijn hoofd konden oproepen, zijn hartslag konden vertragen, zijn bloeddruk konden verlagen. Een goede heks, een tovenares. Geen hypnotherapeut, maar een hypnotherapeute.

'Ik tel tot tien. Bij drie of vier voel je hoe je ademhaling trager wordt en dat je oogleden zwaarder worden. Bij vijf of zes lukt het bijna niet meer om ze open te houden. Bij zeven of acht, of misschien zelfs bij negen kun je je er niet meer tegen verzetten en je laat je oogleden vallen. Bij tien zijn je ogen dicht, en is je ademhaling diep en regelmatig.'

Ze zag zijn ogen glanzen in het donker. Ze voelde nu al dat hij langzamer begon te ademen. Ze gebruikte telkens een andere inductietechniek, wat er maar bij haar opkwam. Ze was vrijer, losser, creatiever dan bij haar betalende klanten.

Ze begon te tellen, en oefende meer druk uit met haar hand op zijn voorhoofd, en liet haar stem zachter klinken, langzamer en dringender.

Zijn ogen vielen dicht bij de zevende tel.

'En nu wil ik dat je je het volgende voorstelt: warme honing die van een lepel druipt.'

Hij was gek op honing. Hij deed enorme scheppen honing over zijn muesli, en ze had gezien hoe hij in de keuken gebiologeerd stond te kijken naar hoe de honing langzaam van de lepel golfde.

'Dit is geen gewone honing. Deze honing heeft de kleur van het ochtendlicht. Deze honing is warm en zoet en veilig. Deze honing is elk gelukkig moment in jouw leven. Elk prachtig moment. Elke seconde dat jij het gevoel had dat je echt leefde.'

Ze wist dat hij de honing kon zien. Zij zag die ook. Zelf was ze ook in een lichte trance. Dat gebeurde wel vaker als het werk lekker ging, en het was altijd een genoegen.

'Blijf kijken naar de honing. Blijf kijken tot je nergens anders meer aan denkt.'

Ze zweeg en voelde de kromming van zijn schedel onder haar hand, en de warmte van zijn lichaam tegen het hare, en ze dacht: hij is de vader van mijn kind. Hij wordt de papa en ik word de mama.

Het zou kunnen dat ze overdreven romantische ideeën had over het hele concept 'vaderschap'.

'En nu wil ik dat je je aandacht richt op je voeten. Stel je voor dat je voeten oplossen in het bed als warme honing. Ze lossen op... worden vloeibaar.'

Ze hield vast aan de honingmetafoor terwijl ze langzaam

al zijn lichaamsdelen benoemde, en hem zo stimuleerde om steeds dieper weg te zakken in zijn trance. Zo diep had ze hem nog nooit laten gaan.

Ze kneep in zijn arm en hij gaf geen krimp. Spontane anesthesie.

Als hij een vaste cliënt zou zijn, was dit het punt waarop ze een posthypnotische suggestie zou inprenten. Als ze bijvoorbeeld een roker zou behandelen, zou ze kunnen zeggen: 'Elke keer als je een pakje sigaretten openmaakt, voel je een overweldigende afkeer en walging.' Tegen iemand die te veel eet, zou ze misschien zeggen: 'Je eet langzaam en bewust en alleen dat wat je lichaam nodig heeft.'

Maar Patrick had niet om hulp gevraagd voor een bepaald probleem. Hij wilde alleen van zijn stress af. Hij wilde alleen lekker slapen.

Als therapeut zou ze alleen weten wat hij haar had verteld.

Als zijn vriendin wist ze toevallig dat dit weekend extreem stressvol kon worden.

Ze zei: 'Tijdens dit hele weekend hou je dit lekkere, ontspannen gevoel vast.'

Daar was niets mis mee. Hij was nu toch al in die staat.

Ze zei: 'Als er iets misgaat, als je iets hoort of ziet wat je boos maakt of zorgen baart, zal de aanraking door mijn hand van je rechterschouder – zo – meteen een gevoel van diepe ontspanning geven.'

Ze legde haar hand op zijn schouder.

'Wat het leven je ook brengt, je hebt het in je om dat te doen wat volgens jou, diep in je hart, het beste is. Je zult je deze suggesties niet herinneren. En als ik tot drie heb geteld, zul je meteen in slaap vallen, en je zult de hele nacht slapen zonder te dromen of wakker te worden en morgenochtend word je verfrist en verkwikt wakker. Een. Twee. Drie.'

Zijn ademhaling veranderde, werd oppervlakkiger, en hij maakte een komisch geluid dat het midden hield tussen snuiven en snurken.

'Dank je wel,' mompelde hij terwijl hij op zijn zij draaide en een van de kussens verticaal onder zijn hoofd trok. 'Slaap lekker, liefje.'

En toen sliep hij.

Ellen ging ook op haar zij liggen, met haar rug tegen de zijne gedrukt.

Had ze net een grens overschreden, ethisch gesproken?

Flynn zou zeggen dat ze die al overschreden had toen ze Patrick voor het eerst onder hypnose bracht.

Danny zou lachen en zeggen dat er volgens hem helemaal geen grenzen waren waar je overheen kon. Dat het hier sowieso om ging in relaties: proberen de ander te manipuleren om te doen wat jij wilde. 'Iedereen probeert zijn partner te hypnotiseren,' had hij een keer tegen haar gezegd. 'Wij zijn er alleen beter in dan de gemiddelde mens.'

Wat dacht ze zelf? Nou, ze vond niet dat ze de grens helemaal had overschreden, maar misschien stond ze er wel met haar tenen overheen.

Met het puntje van haar tenen. Ze dacht aan Saskia. Ze wist nu tenminste wat voor gezicht er bij haar hoorde. Een intelligent, aantrekkelijk gezicht. Saskia was niet bang om grenzen te overschrijden om Patrick terug te krijgen.

Grenzen waren er om overschreden te worden.

Dus misschien deed Ellen wat ze moest doen voor haar ongeboren kind. Ze was een leeuwin die haar welp beschermde; een moeder die een brandend gebouw in stormde om haar kind te redden. Of misschien was dat wel onzin en probeerde ze het te rationaliseren terwijl ze best wist dat ze fout zat.

Nou. Oké. Ze zou het nooit meer doen. Ze zou hem zelfhypnose aanleren. Dat was de oplossing. Want het was een tikje... onsmakelijk zoals het nu ging. Ze genoot er te veel van. Dit was de laatste keer. Ze voelde zich net een misdienaar die beloofde nooit meer de hand aan zichzelf te zullen slaan.

Ze viel in slaap en droomde over Deborah-die-nu-Saskia-was. Ze lag met haar benen over elkaar geslagen in Ellens ligstoel, en doopte een lepel in een enorme pot honing. Ze nam een lepel honing en hield die hoog boven haar hoofd, en liet een lange, dunne stroom honing in haar open mond lopen.

Toen deed ze haar mond dicht en keek Ellen aan, waarna ze langzaam en sensueel haar tong over haar lippen liet glijden.

'Je bent de grens overgegaan,' zei ze. 'Dat weet je donders goed.'

'Let je op dat er geen honing op mijn stoel komt,' zei Ellen kortaf, om haar schaamte te verhullen.

Toen we uit het vliegtuig stapten, stond ik in een hoek van de terminal naast een dikke pilaar vanwaar ik hen zag staan wachten bij de bagageband, maar zij konden mij niet zien.

Ellen keek de hele tijd om zich heen, alsof ze naar iemand uitzag. Patrick was volledig gefocust op de band, met half dichtgeknepen ogen, en zijn hele lichaam klaar om op de koffers af te springen. Zo was hij ook altijd als wij samen op reis gingen. Hij zag het oppikken van bagage blijkbaar als een soort kracht- en behendigheidsproef, alsof hij zijn koffer moest bespringen zodra die zichtbaar werd en hem op de grond moest zien te worstelen. Ik moest er altijd om lachen.

Ellen vond het ook grappig. Ik zag haar glimlachen toen hij plotseling naar voren schoot en zich tegelijk op allebei hun koffers stortte, om vervolgens triomfantelijk met zijn prooi terug te komen.

Ik heb hem die koffer voor zijn verjaardag gegeven, tijdens ons laatste jaar samen.

Ellen is zo iemand die een lintje om het handvat van haar koffer bindt, zodat je hem makkelijk kunt herkennen. Haar lintje was in een grote, glimmende blauwe strik gebonden, vrouwelijk en lekker gek, en tegelijk zo verstandig. Dat lintje is een samenvatting van alles wat ik zo leuk vind en zo verafschuw aan haar.

Ik zag ze in de richting van de balie van het autoverhuurbedrijf lopen. Hij droeg allebei de koffers. Hij zal wel extra zorgzaam en ridderlijk zijn nu zij zwanger is.

Ik dacht dat het mijn geboorterecht als vrouw was om dat ook mee te maken, al was het maar één keer: die tijd dat een man je als een prinsesje behandelt, 's avonds je voeten masseert, zijn hand op je buik legt, je vaderlijk verbiedt om zelf zware dingen te tillen.

Maar dat was het blijkbaar niet.

Ik zou er waarschijnlijk toch stapelgek van geworden zijn. Bovendien ben ik te lang om als prinsesje te worden behandeld. Maar het idee sprak me aan.

Toen ze bij de balie bleven staan, zag ik dat hij de achterkant van haar hals kneedde terwijl ze met de dame van de autoverhuur stonden te praten. Op een gegeven moment moesten ze met z'n allen ergens hartelijk om lachen. Nadat ze de terminal hadden verlaten, liep ik zelf naar de bagageband. Er was verder geen mens meer. Mijn koffer ging langzaam rond over de band, alleen, onopgemerkt, onzichtbaar. Geen mooi lintje eraan. Oud en sleets en uitgezakt in het midden. Waar doet dat me toch aan denken?

'Niet zoveel zelfmedelijden,' zei ik bits tegen mijn koffer, en een voorbijlopende man wendde snel zijn blik af.

Ik liep naar dezelfde autoverhuurbalie. Met mij lachte de vrouw helemaal niet zo hartelijk. Ze smeet alleen chagrijnig de paperassen voor me neer, en waarschuwde me voor het eigen risico en dat het mijn verantwoordelijkheid was om de auto voor ik ermee wegreed zorgvuldig op schade te controleren.

'Volgens mij is dat jullie verantwoordelijkheid,' zei ik.

De vrouw staarde me aan, en ik zei: 'Laat ook maar.'

Ik reed naar het Sheraton en wapende mezelf tegen de herinneringen terwijl ik de lobby in liep, maar ze hadden de boel gerenoveerd. Het zag er totaal anders uit. Net alsof ze het expres hadden gedaan. Jij bestaat niet meer, Saskia. We hebben er binnenhuisarchitecten bij gehaald om elk spoor van jou uit te wissen.

Ellen en Patrick waren nergens te bekennen.

Ik ging naar buiten voor een strandwandeling, en probeerde

Ellens thermometertechniek voor de pijn in mijn been. Misschien werkt het wel. Ik weet niet zeker of ik het me verbeeld. Zij zou zeggen dat dat precies het punt is: dat ik mijn verbeelding moet gebruiken om mijn pijn niet te voelen.

Ze zal haar technieken nu wel kunnen gebruiken voor een pijnloze bevalling. Ze zei dat er vrouwen zijn die een keizersnede zonder verdoving hebben ondergaan, 'omdat ze hun lichaamseigen anesthesie gebruiken'. Tuurlijk. Iemand snijdt je buik open met een mes, en je voelt er niets van. Je hoeft er alleen maar in te geloven. Klinkt als iets uit een kerstfilm.

Het was nooit bij me opgekomen dat ze me echt zou kunnen helpen met de pijn in mijn been. Het was gewoon het eerste wat bij me opkwam toen ze vroeg: 'Wat kan ik voor je betekenen?' In plaats van te antwoorden: 'Ik ben hier omdat jij een paar keer met Patrick uit bent geweest, en ik heb gezien hoe hij naar je kijkt en ik denk dat jij de eerste serieuze kandidate bent, dus ben ik je gevolgd naar je huis, en toen stond er zo'n schattig schuin hangend bordje met ELLEN O'FARRELL HYPNOTHERAPIE erop in je voortuin. En omdat je zo vriendelijk was om daar meteen je telefoonnummer op te zetten, heb ik gebeld en een afspraak gemaakt. Aangenaam kennis te maken.'

Na elk van onze sessies heb ik gezegd dat ik helemaal niet onder hypnose was geweest, maar ze trok steeds die zelfingenomen Mona Lisa-lach, alsof zij wel beter wist.

Eerlijk gezegd wist ik nooit zeker wat er precies was gebeurd in die zonnige glazen kamer. Telkens als ik in die groene stoel zit, denk ik eerst dat ik helemaal niet naar haar instructies hoef te luisteren. Dat ik ergens anders aan moet denken, omdat ik daar niet eens ben voor hypnose. Ik ben daar voor het voor-en-na-praatje. Dan hebben we het over van alles, van hooikoorts tot hoe lastig het is om lekker lopende schoenen te vinden. Maar op de een of andere manier sijpelen haar woorden mijn hoofd in, en begin ik te luisteren en dan denk ik: ach, nou ja, wat voor kwaad kan het om mijn oogleden te laten zakken, en voor ik het weet zakt mijn hele lichaam in de stoel weg, en vraagt ze me mijn ogen open te doen, maar dat lukt niet. Of nou ja, als ik het echt zou willen, kan ik het heus wel.

Als ze eenmaal begint te praten denk ik helemaal niet meer aan Patrick.

De vorige keer vroeg ze me om terug te denken aan een 'kort moment waarop alles perfect was' en ik vervuld was van zelfvertrouwen of blijdschap of een gevoel van rust of power, en dus dacht ik aan de zondagse ontbijtjes in de zomer, met mijn moeder, toen ik nog klein was. Dan bakte ik een hele stapel pannenkoeken en mama deed altijd alsof ze dat superknap vond en dan zaten we op een picknickkleed in de achtertuin te lezen en pannenkoeken met suiker en citroensap te eten. Soms bleven we zitten tot het tijd was voor de lunch.

Ik moest de 'power van die herinnering' gebruiken tegen de pijn in mijn been.

Wat natuurlijk ongelofelijk gelul is.

Denk ik.

Ik kan me nog herinneren dat ik voor het eerst die pijn in mijn been voelde. Het was vlak nadat mama me vertelde over haar diagnose. Ik was boodschappen aan het doen met Jack, en het duurde eindeloos, omdat Jack steeds van alles zag wat hij wilde hebben en waar we dan weer over moesten steggelen. En Patrick had klanten uitgenodigd voor het eten op wie we indruk wilden maken, dus ik was op jacht naar exclusieve ingrediënten. 'Hou het simpel,' zei Patrick altijd, maar ik zei dat mensen zich speciaal voelen als je moeite voor hen doet, en als je de tafel dekt met mooi linnen, verse bloemen, stoffen servetten en glimmende glazen. Ik hou ontzettend van een mooi gedekte tafel. Tegenwoordig eet ik op de bank, met een bord op schoot, of staand aan het aanrecht, of in bed.

Ik voelde de pijn omhoogkruipen, aan de binnenkant van mijn been. Het was geen stekende pijn, maar een zeurpijn, alsof ik een spier had verrekt. Uiteindelijk moest ik gaan zitten op de rand van het diepvriesvak om te rusten, en Jack vroeg: 'Wat dóé je, Sas?'

De volgende dag gebeurde het weer. Ik stond er nog steeds niet bij stil. Het was zeker niet bij me opgekomen dat ik vijf jaar later nog steeds met die pijn zou zitten.

Ik ging ervan uit dat de fysiotherapeut het wel zou verhelpen. Ik dacht dat het iets was wat ik van mijn lijstje moest afstrepen, net zoiets als de grote beurt of een afspraak maken om mijn benen te laten ontharen. Help mij eens van mijn irritante pijn af, en snel een beetje.

Patrick leefde aanvankelijk met me mee, maar toen verloor hij zijn geduld en interesse. We konden niet meer lopen in de bush. We konden niet meer naar een restaurant in de stad wandelen zonder dat ik even moest uitrusten in een bushokje. We konden niet meer bij een groepje mensen op een feestje staan zonder dat ik moest zeggen: 'Ik heb een stoel nodig.' Ik zag een glimp van ongeduld in zijn gezicht toen hij een keer thuiskwam en mij op de keukenvloer aantrof met de snijplank op schoot. Ik zat worteltjes te snijden. Het zal wel ontzettend saai voor hem zijn geweest dat zijn vriendin zich gedroeg als een bejaarde.

En toen ging mama dood, en maakte hij een eind aan de relatie. Misschien stond de sleur hem sowieso al tegen, en was mijn been de laatste druppel.

De pijn in mijn been is niet meer zo hevig als hij is geweest, maar op een gegeven moment heeft het een bepaald niveau bereikt en vanaf toen is het nooit meer beter geworden. Het is als een permanente fysieke herinnering aan een tijd in mijn leven waarin alles voorgoed anders werd. Het markeert de overgang van de persoon die ik nu ben – vreemd, obsessief, kwabbig en niet fit – en degene die ik vroeger was: normaal, gelukkig, met een superconditie, in geen jaren naar een dokter geweest. Zodra ik die sluipende pijn voel opkomen, voel ik tegelijk een langzaam opkomend gevoel van hopeloosheid en zinloosheid en nietsheid.

En van alle mensen die ik heb bezocht voor deze pijn, is Ellen de eerste die op zijn minst geïnteresseerd lijkt in wat dit allemaal met me heeft gedaan.

‘Het moet ongelofelijk frustrerend zijn,’ zei ze, en ze leek zo mee te leven dat ik tot mijn ontzetting bijna moest huilen.

Ja, Ellen, het is ongelofelijk frustrerend, vooral nu het een van mijn hobby’s is geworden om mijn ex te achtervolgen, die trouwens toevallig nu jouw vriend is. Dat doe ik vaak te voet, en die pijn maakt dat heel lastig, hoewel ik er trots op ben dat ik nooit heb opgegeven. Ik ga gewoon door, hoe erg de pijn ook is. Mensen staren me na, vanwege mijn vertrokken gezicht, denk ik. Daar gaat ze, een krankzinnige ouwe heks; ze hobbelt haar oude, pijnvrije leventje achterna, en met haar uitgestrekte klauwhandjes probeert ze er weer vat op te krijgen.

11

Vanaf onze geboorte worden we door iedereen gehypnotiseerd. We zijn allemaal tot op zekere hoogte in trance. Onze cliënten denken dat we hen 'onder zeil helpen', maar uiteindelijk is ons doel precies het tegenovergestelde. We proberen hen wakker te maken.

Citaat uit een artikel geschreven door Ellen O'Farrell
voor het tijdschrift *Hypnotherapy Today*

De zaterdag was geweldig. Ze hadden uitgeslapen. Ontbijt en krantje op bed. Een lange strandwandeling en even snel gezwommen (heel kort; Patrick rilde al na een paar minuten). Koffie en taart aan de rivier. Lunch bij het zwembad. Een middagdutje.

Ellens zintuigen leken gevoeliger. De zon en de zeebries streelden haar huid. Terwijl ze Hasting Street af liepen, kon ze alles ruiken: koffie, de oceaan, het parfum en de aftershave en zonnebrandmiddelen van voorbijgangers. Ze hoorde alle flarden van gesprekken, alle lachsalvo's.

Er leek wel een soort babyboom te zijn in Noosa. Het was er vergeven van de baby's en de peuters en de bolronde zwangere vrouwen. De baby's waren stuk voor stuk snoezig: hun grote, smeltende ogen leken op Ellen gefixeerd alsof zij haar geheim kenden. De zwangere vrouwen leken het ook te weten. Ze schonken haar een vriendelijke, mysterieuze glimlach van achter hun zonnebrillen.

Ze had zich altijd zo buitengesloten gevoeld bij deze club van moeders en kinderen. Ze betrapte zich steeds op de gedachte:

zou het wel mogen? Zou ík achter zo'n grote, gecompliceerde wandelwagenconstructie mogen lopen? Zou ík een baby mogen oppakken zonder toestemming van een ander? Zou ík een peuter bij de hand mogen pakken als we de straat oversteken?

Waarom zou jij dat niet mogen? vroeg ze zich af. Hoezo niet?

Maar ze had het hem nog steeds niet verteld.

Het ene na het andere moment ging voorbij waarop ze het hem best had kunnen vertellen. Ze hadden alle tijd. Ze had hem nog nooit zo ontspannen gezien. Zijn voorhoofd leek gladder. Hij zat de hele tijd aan haar.

Saskia was nergens te bekennen. Ellens maag raakte langzaam uit de knoop, en ze speurde de mensenmenigten niet meer af. Ze was zo opgelucht voor Patrick. Die arme man verdiende een weekendje zonder de hele tijd over zijn schouder te hoeven kijken.

En wat vond zíj er eigenlijk van dat Saskia bij haar thuis was geweest? Was ze bang, woest, voelde ze zich aangerand?

Ze lag hierover te peinzen toen ze wakker werd na hun middagdutje, en Patricks lichaam nog steeds om het hare gevouwen lag, en hun vingers nog verstrengeld waren, net als toen ze in slaap vielen.

Al die gevoelens leken haar mogelijk. Ja, als ze eraan dacht dat Saskia in haar glazen behandelruimte zat en haar bedroog, en haar stiekem observeerde, dan voelde ze zeer zeker oprechte angst en een flard woede. Wat wilde Saskia van haar? Wat voerde ze in haar schild? En: hoe durfde ze? De brutaliteit.

Maar ze was nog steeds geïntrigeerd. Nog meer dan eerst zelfs. Gefascineerd. Onder de angst voelde ze... Nee, dat kon niet. Ja, toch, al was het nog zo misplaatst, ze voelde het echt: iets van plezier. Ze vond het leuk dat iemand zo in haar geïnteresseerd was. Het gaf alles een spannend randje. Een fonkeling. Misschien was dit wel een klein, verleidelijk voorproefje van het leven van een celebrity: het gevoel dat alles wat je deed belangwekkend was. Misschien had Ellen wel een persoonlijkheidsstoornis die de stoornis van Saskia perfect aanvulde. Zij was de yin en Saskia de yang, en samen vormden ze een psychopathisch geheel.

(Of wilde ze nu net zo interessant eigenaardig zijn als Saskia?)

Hoe dan ook, ze zou Patrick toch ooit een keer moeten vertellen over Saskia's lage list. Maar ze wilde het deze korte onderbreking van het echte leven niet laten verzieken. Ze zou wachten tot ze terug in Sydney waren. Bovendien was de zwangerschap er ook nog. De baby.

Ze voelde hoe Patricks hand de hare steviger vastpakte toen hij wakker werd.

'Hallo daar.' Hij geeuwde en hij liet zijn hand over haar schouder en langs haar taille glijden, en liet hem rusten op haar heup. 'Lekker geslapen?'

'Als een roos,' zei ze.

'Hm, ik ook.'

Nadat ze waren opgestaan stelde Patrick voor om een stukje te gaan wandelen. Hij trok haar mee naar het raam. 'Zie je de kaap? Daar is een plek, vlak voor de toegang tot het natuurpark, waar ik met jou wil kijken naar hoe de zon ondergaat. Hoe klinkt dat?'

'Perfect,' zei Ellen.

En dat was het ook, bijna.

Op de punt van de kaap stond een picknicktafel met een bank. Het lommerrijke groen van het park contrasteerde met het intense blauw van de oceaan. De lucht toonde allerlei pasteltinten: roze, blauw en oranje.

Patrick had een dure fles champagne gekocht, en kaas en crackers en aardbeien. Hij had zorgvuldig twee champagneglazen uit de minibar in het hotel in een badhanddoek gepakt.

'Indrukwekkend,' zei Ellen en Patrick ontkurkte de champagne met een feestelijke plof.

'Blijf maar bij mij, babe,' zei Patrick terwijl hij de glazen inschonk. 'Wij landmeters weten hoe we de vrouwtjes moeten behandelen.'

Ze had besloten om één glas champagne te drinken. Haar

moeder had gezegd dat 'af en toe een glaasje wijn heus niet tot een foetaal alcoholsyndroom leidt'.

'Op ons.' Patrick klonk met zijn glas tegen het hare. 'Opdat we nog veel van dit soort weekendjes mogen hebben.'

'Opdat we nog vele glazen champagne mogen drinken precies zoals nu,' zei Ellen. De champagne was fantastisch: droog en toch zacht.

'Opdat we – oeps, wacht even.'

'Wat heb je laten vallen?' vroeg Ellen verward terwijl Patrick aan haar voeten naar iets zocht.

Hij gaf geen antwoord. Hij leek overeind te komen op een wel heel moeizame manier, als een ouwe man met reumatiek.

'Heb je je pijn gedaan?' Ellen stond op om hem te helpen.

'Ga zitten... mens! Ik heb me helemaal geen pijn gedaan.' Patrick deed zijn best om niet te lachen.

'Wat dóé je dan in vredesnaam?'

'Ellen,' zei hij en zijn stem klonk anders, diep en ernstig. Zijn gezicht had iets grappigs, iets schaapachtigs, alsof hij toneelspeelde.

Hij zat met een knie op de grond, en de andere stak voor hem uit. Hij hield een klein fluwelen doosje in zijn handpalm.

Goeie god, hij ging haar een áánzoek doen. Hij deed een heus aanzoek, zoals het hoort, op zijn knie, en met een ring en alles. Wat geweldig.

En toch ook: wat verschrikkelijk.

Haar oog viel op iets achter hem. Er bewoog iets. Er stond iemand bij de uitkijktoren die foto's maakte van de zonsondergang.

'Ellen,' zei Patrick nog eens. Hij schraapte zijn keel. 'Oké, ik voel me een beetje belachelijk. En er steekt iets in mijn knie. In de film ziet het er veel gemakkelijker uit.'

Ellen lachte en zette haar champagneglas met licht trillende vingers neer. Ze knipperde haar tranen weg, en werd overvallen door een gevleide verlegenheid. *Een man vraagt mij ten huwelijk bij zonsondergang.*

Ze zag dat de vrouw met de camera zich omdraaide en naar hen keek. Ze glimlachte.

'Ellen, wil je, ik bedoel, kun je, tenminste, ik zou het een eer vinden als jij met mij wilde trouwen.'

'Dan wil ik je eerst twee dingen vertellen,' zei Ellen. De helderheid van haar stem verbaasde haar.

'Oké.' Patrick liet meteen de hand met het zwartfluwelen doosje vallen en verloor vervolgens bijna zijn evenwicht. Hij greep zich vast aan de zijkant van de picknicktafel voor steun. 'Uh. Moet ik weer gaan staan?'

'Ik ben zwanger,' zei Ellen. Ze bleef even stil. 'En daarbij weet ik bijna zeker dat die vrouw daar Saskia is, en dat ze onze kant op komt.'

Toen legde ze een hand stevig op zijn rechterschouder en hoopte er het beste van.

12

Een van de effecten van toenemende verstedelijking is het feit dat het individu steeds meer geïsoleerd raakt en vereenzaamt. In dit kader wordt wel geopperd dat men psychiaters en psychologen dient te betrekken bij stedenbouwkundige projecten, zodat zij hun bijdrage kunnen leveren aan dit complexe probleem.

Citaat uit een presentatie door Saskia Brown, tijdens de conferentie 'Stedenbouw voor 2004 en daarna', in 2004 in Noosa

'Hi Patrick, hi Ellen. Ik dacht al dat ik jullie herkende!'

Saskia kwam aanbenen en bleef staan bij de picknicktafel. Ze zette haar zonnebril af en keek breed glimlachend op hen neer. Ze droeg een korte broek (Ellen zag dat ze prachtige, gladde lange benen had), een T-shirt en een honkbalpetje, en haar gedrag leek volkomen normaal en gewoon. Ze zag er sportief en aantrekkelijk uit. Als je het zo beschouwde, zou je denken dat zij een wandeling maakte en stomtoevallig vrienden tegen was gekomen. Sterker nog, je zou denken dat Ellen en Patrick zich vreemd gedroegen. Ze zeiden allebei geen woord; ze staarden met stomheid geslagen omhoog, naar Saskia.

'Wat een heerlijke avond, hè?' Saskia wreef de glazen van haar zonnebril met de rand van haar T-shirt en gebaarde naar de lucht. 'Dit is echt zo'n zonsondergang die je kent van ansichtkaarten.'

'Saskia,' zei Patrick hees. Hij stond op, zijn rug gebogen als die van een oude man.

'O nee, Patrick, ik wilde je niet onderbreken!' Saskia flapperde vriendelijk met haar handen om te laten zien dat hij weer op zijn knieën moest gaan zitten. 'Ga vooral door met je huwelijksaanzoek. Hartstikke leuk om jullie allebei te zien!'

Ze liep met grote stappen weg.

Patrick ging moeizaam op de bank tegenover Ellen zitten, pakte het champagneglas op en dronk dat in één teug leeg.

Saskia bleef staan en riep achterom: 'Ik zie jou vrijdag voor onze afspraak, Ellen!' Ze klapte op haar dij. 'Het gaat hartstikke goed met het been!' Ze zwaaide.

Ellens hand ging automatisch omhoog en ze zwaaide terug.

'Jij ként haar?' vroeg Patrick. De paniek stond op zijn gezicht te lezen. 'Jij kent haar al die tijd al? Is dit een of ander gestoord opzetje?'

'Nee, nee, nee!' Ellen wilde het meteen uitleggen. 'Ik ken haar als Deborah. Zo noemde ze zich. Deborah Vandenberg. Ze komt bij me voor de pijn in haar been.'

'Deborah,' herhaalde Patrick, en toen keek hij fel van achterdocht. 'Maar jij wist dat zij Saskia was, net! Jij wist dat zij het was.'

'Ik kwam erachter in het vliegtuig,' zei Ellen. 'Toen jij me vertelde over Saskia's been. Maar ik wilde het je toen niet vertellen, want dan zou je boos worden. Het is mijn schuld dat ze hier nu is. Ik had haar verteld dat wij naar Noosa gingen... toen ik nog dacht dat zij Deborah was. Het spijt me. Het spijt me zo ontzettend.'

Ze had het gevoel alsof ze inderdaad betrokken was bij een gemene samenzwering met Saskia.

Patrick tilde het dekseltje van het doosje op en liet het weer dichtklappen. Hij lachte bij zichzelf. Vol ongeloof. 'Ik wist zo zeker dat ik hier veilig was. Ik dacht dat ik jou een aanzoek kon doen zonder dat zij erbij zou staan te kijken, maar zelfs dat kon dus niet.'

'Mag ik de ring zien?' vroeg Ellen.

'Hij is antiek,' antwoordde Patrick. 'Hij heeft een geschiedenis. Die van iemand anders, bedoel ik. Het is geen ring uit mijn eigen familie, maar ik dacht dat jij hem wel leuk zou vinden.' Hij deed het doosje weer open en klapte het dicht zonder ernaar te kijken. 'Ik vond jou geen type voor zo'n standaardring met een glinsterende diamant. Jack heeft me geholpen bij het uitkiezen.'

Hij sprak bedroefd en melancholiek, alsof hij het had over iets wat heel lang geleden was gebeurd.

'Het klinkt helemaal goed,' zei Ellen. 'Dus, mag ik...'

Hij duwde de ring over tafel en zij deed het doosje open.

'O, Patrick.' De ring was van witgoud en bevatte een kleine, ovale aquamarijn met de kleur van de oceaan. 'Hij is prachtig. Dit is precies wat ik zelf ook had uitgekozen.'

Ellen was nooit zo geïnteresseerd in sieraden. Ze was niet zo'n vrouw die verstand had van karaten en de vorm van stenen. 'O, schitterend!' zei ze altijd als vriendinnen die zich verloofd hadden hun linkerhand aan haar toonden. Maar wat haar betrof zagen die ringen er allemaal precies hetzelfde uit.

Ze kon wel huilen, omdat Patrick zo in de roos had geschoten met zijn keus. Dit was het tastbare bewijs dat hij haar echt zag. Het was een ring die ze zich nooit had kunnen voorstellen en die ze nooit had kunnen omschrijven. Het was een ring die zei: 'Wist je dat dan niet? Dít ben jij.'

Ellen deed het dekseltje vol spijt dicht, en wist niet wat ze nu moest doen. Ze had nog geen ja gezegd op zijn aanzoek. Voor het eerst sinds ze wist van Saskia's bestaan voelde ze een lekkere, gerechtvaardigde opwelling van woede. Dat moment was van háár. Zij had nu eigenlijk half snikkend, half lachend moeten doen wat vrouwen op zo'n moment horen te doen: haar hoofd tegen Patricks borst leggen, af en toe stoppen om haar hand op te steken en haar ring te bekijken. Het had een herinnering moeten zijn om te koesteren, en die was nu voorgoed verpest.

'Het was waarschijnlijk te vroeg om het je te vragen,' zei Patrick. 'Maar het voelde gewoon zo goed en ik dacht: wat maakt het ook uit, ik weet dat zij de ware is, dus...'

Hij zweeg en knipperde langzaam met zijn ogen, als een van haar cliënten die uit een trance kwam.

'Zei jij nou dat je zwanger bent?'

Dus hij wordt de echtgenoot van de hypnotherapeute.

Hij pakte het aan zoals in de film. De roze zonsondergang. De champagne. De knie.

Ik dacht: ze gaan het nog echt doen ook. Zie je nou, sommige mensen overkomt dit echt. Ze krijgen een mooie, elegante bruiloft, waarschijnlijk op het strand, en het zal niet regenen, maar als het toch regent, is dat grappig. Dan houden de mannen grote paraplu's op en de vrouwen giechelen en rennen in het rond op hun hoge hakken. Ze neemt maar één glaasje champagne, want ze is zwanger. En dan komt de baby, en iedereen komt bij elkaar in het ziekenhuis, met bloemen en grapjes en camera's. Dan nemen ze nog een baby, van het andere geslacht dan de eerste. Ze geven dinertjes met vrienden en het weekend is altijd superdruk en ze pinken een sentimenteel traantje weg bij optredens van de kinderen. En als de kinderen uit huis zijn gaan ze samen op reis en nemen ze een hobby en uiteindelijk verhuizen ze naar een vriendelijk dorp voor ouden van dagen en als ze doodgaan komen de kinderen en kleinkinderen bij elkaar om om hen te rouwen.

Wie zou om mij rouwen als ik vandaag doodging? Mijn collega's? Ik denk dat die er behoorlijk snel overheen zullen zijn, en dat ze al snel ruziemaken om mijn kantoor. Vrienden? De meesten sturen me niet eens meer een kerstkaart. Maar dat is mijn schuld. Ik heb er geen moeite meer in gestoken. Ik belde niemand meer terug en ik reageerde nooit op e-mails. Ik had het te druk met Patrick achternazitten. Dat is een vrij tijdrovende bezigheid. Mijn kapster is geloof ik wel dol op me, maar wie zou haar moeten vertellen dat ik dood ben? Ze zal wel denken dat ik haar in de steek heb gelaten voor een andere kapster. Wat ik nooit zou doen. Misschien moet ik een briefje achterlaten: *Na mijn dood graag de kapper informeren.*

De hypnotherapeute en haar echtgenoot zullen geen verdriet of pijn kennen, en als dat wel zo is, gaat het vanzelf weer voorbij. Ze kunnen op elkaar steunen tot ze eroverheen zijn. De dokter schrijft een receptje uit tegen de pijn.

Het is gek, maar nu dit is gebeurd, kan ik me niet meer voorstellen dat Patrick en ik ooit weer bij elkaar komen. Er is iets veranderd. Mij heeft hij nooit ten huwelijk gevraagd. We hebben het er zelfs nooit over gehad. Die grote wittejurkenbruiloft had hij al met Colleen gehad. Ik heb eindeloos in hun in leer gebonden, vierkante trouwalbum zitten bladeren en zitten staren naar Colleen in haar grote witte jurk met de gigantische pofmouwen. Dan vroeg ik me altijd af wat zij van mij had gevonden.

Op een ochtend lagen we in bed, en toen zei Patrick zomaar ineens: 'Ik hou jou voor altijd.'

Meer had ik niet nodig. Dat was mijn romantische aanzoek en verlovingsring en trouwceremonie en huwelijksreis ineen. Wat mij betrof waren we vanaf dat moment getrouwd.

Maar wat Patrick betrof dus duidelijk niet.

Ellen is het soort vrouw bij wie iedere man de behoefte krijgt om op zijn knieën te zakken en haar ten huwelijk te vragen, en ik behoor niet tot die soort.

Toen ik op hen afliep bij de picknicktafel voelde ik me een soort afschuwelijk halfmens. Ik kon mijn eigen lelijkheid ruiken.

Ik aanvaard het. Het is goed zo. Zij zullen voor eeuwig bij elkaar horen, en ik sta voor eeuwig buiten.

Maar ik zal er wel voor zorgen dat ze altijd zullen weten dat ik er nog ben, dat ik naar binnen kijk, door het glas gluur, tegen het raam tik. Ik ga nooit meer weg.

'Ze gaat nooit meer weg,' zei Patrick. 'Als je met mij trouwt, moet je accepteren dat je haar erbij krijgt. Mijn zoon. Mijn pa en ma. Mijn broer. Mijn stalker.'

'Ja,' zei Ellen. 'Dat begrijp ik.'

'Ik hoop dat het een meisje wordt,' zei Patrick. 'De baby. Ik hoop dat het een klein meisje wordt. Een mooi klein meisje, dat zou ik fantastisch vinden. Zou jij ook wel een meisje willen?'

'Tuurlijk,' zei Ellen.

Patrick was niet dronken, maar zijn spraak werd wel een beetje wattig. Ze zaten op het balkon van hun hotelkamer en hij dronk de fles champagne leeg.

Blijkbaar waren ze verloofd. Ellen droeg de ring aan haar linkerhand. Steeds weer viel haar oog erop. Ze had 'ja' gezegd.

Patrick was dolgelukkig over de baby. Extatisch. Toen het nieuws over de zwangerschap eenmaal tot hem doorgedrongen was, had hij haar in zijn armen genomen en haar vastgehouden alsof ze een kostbaarheid was. 'Een baby,' zei hij zachtjes. 'Godsamme. Het maakt me allemaal geen bal meer uit. We krijgen een baby.'

Alles was perfect, behalve dat Saskia's gezicht de hele tijd aan de rand van Ellens blikveld bleef zweven, als de herinnering aan een vreselijk auto-ongeluk: het geknars van metaal, het achterover geklapte hoofd. Ze bleef het moment dat Saskia op hen afliep steeds maar afspelen: de brede, vriendelijke glimlach, de ogen die door haar donkere zonnebril waren uitgewist.

Ellens terechte woede was weggeëbd, en nu voelde ze zich zo wonderlijk moe en emotioneel leeg, alsof ze echt een traumatisch ongeluk had gehad.

'Zo raar, ik was vandaag helemaal niet zo kwaad als ik anders altijd ben als Saskia komt opdagen,' zei Patrick. 'Ik voelde iets van kalmte. Een soort acceptatie.'

Dus haar posthypnotische suggestie werkte. Ellen voelde zowel professionele trots als professionele schaamte. Ze zei niets. Haar rug deed zeer. Ze bewoog zich onrustig in haar stoel, want ze zat niet lekker, en ze speelde met haar ring.

'Zit hij te strak?' vroeg Patrick toen hij dat zag. 'We kunnen de maat nog aanpassen.'

'Hij past perfect,' zei Ellen. 'Ik ben alleen niet gewend om een ring te dragen.'

Patrick goot de laatste champagne in zijn glas en ging weer in zijn stoel zitten, strekte zijn benen en stak zijn teen door de spijlen van het balkonhek.

'Ja. Een beeldschoon blond meisje, dat precies op jou lijkt,' zei hij blij, en hij keek naar het maanlicht.

'Behalve dan dat ik geen blond haar heb,' lachte Ellen.

'Nee, natuurlijk niet.' Patrick rolde met zijn ogen om zijn eigen onnozelheid en stak zijn hand uit om Ellen zachtjes over haar haren te strelen. 'Ik stelde me voor dat ze op Jack gaat lijken.'

Ellen dacht aan de foto die ze bij zijn ouders thuis had gezien. De foto van Colleen in het ziekenhuisbed met Jack in haar armen. Colleens haar, herinnerde ze zich, was lang, golvend en heel erg blond.

Toen ze terugkwamen in Sydney vertelden ze iedereen die het maar horen wilde over hun verloving en alleen hun beste vrienden en naaste familie over de – sst – zwangerschap.

Mensen waren verbluffend blij voor hen. Ze kregen tranen in de ogen. Ze stuurden bloemen en kaartjes. Ze stonden op de stoep met flessen champagne en omhelsden hen hartstochtelijk.

'Waarom vind je dat zo verbazingwekkend?' vroeg Patrick.

'Ik weet niet,' antwoordde Ellen. 'Ik had niet gedacht dat het iemand nog iets kon schelen, op onze leeftijd.'

'Ze zijn gewoon blij om voor de verandering eens goed nieuws te horen,' zei Patrick. 'Mensen houden van een happy end.'

Om de een of andere reden vond Ellen al die ophef en feestelijkheid maar niets. Ze vond het fijner om te observeren dan om in het centrum van de belangstelling te staan. Al die vragen – 'Wanneer ben je uitgerekend?', 'Wanneer is de bruiloft?', 'Waar gaan jullie wonen?' – ze werd er kregelig van, want ze wisten het antwoord zelf nog niet eens. Bovendien was ze bang dat ze iedereen op de een of andere manier zou teleurstellen.

Haar moeders violetkleurige ogen traanden niet zo toen ze hoorde over de verloving. Ze trok alleen haar wenkbrauwen een stukje op, voor ze haar genadigheid toonde – ze leek net de koningin als ze zo deed – en Patrick volledig inpakte met haar welgemanierde charme – 'Ik ben werkelijk dolblij' – en de cheque van vijfduizend dollar die ze uitschreef.

Tegen Ellen zei ze: 'Hij hoeft niet met je te trouwen omdat je zwanger bent. Je kent die man nog geen vijf minuten!'

'Hij heeft me gevraagd vóór hij wist dat ik zwanger was,' zei Ellen. 'En ik weet alles over hem wat ik moet weten.'

'Dat denk je maar,' zei Anne zachtjes, en Ellen deed alsof ze het niet hoorde. Ze haalde diep adem en stond erboven.

Het was niet precies duidelijk wat Julia van het nieuws vond. Ze gilde en knuffelde Ellen toen ze hoorde over de verloving, en zei precies de juiste dweepzieke, meisjesachtige dingen over de ring, maar er viel een schaduw over haar beeldige gezicht toen ze hoorde dat Ellen zwanger was.

'Hoezo per ongeluk?' zei ze. 'Alleen pubers worden per ongeluk zwanger! Dacht je soms dat je je *mindpower* kon gebruiken als voorbehoedsmiddel?'

Ellen vertelde niet dat ze na haar eerste afspraak met een ontzettend aardige gynaecoloog die Madeline had aanbevolen, had uitgerekend dat ze waarschijnlijk zwanger was geworden na een dronken potje Gin Rummy, toen ze hun voorbehoedsmiddel 'vergeten' waren. Dat klonk wel als iets wat pubers deden.

'Ben je nu al uit geweest met Stinky, ik bedoel Sam?' vroeg Ellen, om het ergens anders over te hebben.

'Hij belde op het laatste moment af,' zei Julia kortaf. 'Hij beweerde dat hij griep had. Dat hij zijn bed niet uit mocht.'

'Dus het is uitgesteld?'

'Whatever,' zei Julia. 'En zet nou niet je zachte, sussende stemmetje op, want daar word ik knettergek van. Als hij geen interesse heeft, dan niet.'

'Julia, waarschijnlijk had hij echt griep.'

'Hou op! Nu heb je die neerbuigende rustige blik op je gezicht.'

Ellen gaf het op en vertelde haar over Saskia's verschijning in Noosa, en dat het allemaal haar eigen schuld was, waar Julia aanmerkelijk vrolijker van werd.

Patricks familie was allerliefst. Zijn moeder gaf toe dat ze had gebeden voor een verloving vanaf de eerste avond dat ze Ellen had ontmoet.

'En heb je ook gebeden voor een nieuwe baby?' vroeg Patrick onschuldig.

'Natuurlijk,' zei Maureen. 'Ik had natuurlijk niet gedacht dat het zo snel al zou gebeuren maar als je denkt dat ik het afkeur, Patrick, moet ik je teleurstellen. Zo ouderwets ben ik nu ook weer niet!' Ze keek Ellen stralend aan. 'Jullie gaan wel trouwen vóór de baby komt, toch?'

Patricks vader gaf haar een stevige, vaderlijke knuffel, waarbij hij haar hulde in de geur van een aftershave die haar zo sterk aan haar opa deed denken dat ze zich moest inhouden om zich niet aan zijn overhemd vast te grijpen. Patricks broer, Simon, gaf Ellen bloemen en nodigde hen bij hem thuis uit voor een heerlijk dinertje om het te vieren (hij kon veel beter koken dan Patrick). Hij plaagde Ellen op een broederlijke manier, iets wat ze nog nooit had meegemaakt. Ze vond het heerlijk.

Ellen had zich zorgen gemaakt over hoe Jack zou reageren op het nieuws dat zij zijn stiefmoeder zou worden, vooral als hij ook nog zou horen dat ze zwanger was. Maar hij leek er volkomen nonchalant onder. 'Ik hoop dat de baby een jongen wordt,' zei hij. 'Dan kan ik hem dingen leren. Autorijden en zo. En een vliegtuig besturen.' Hij zweeg en keek Ellen zijdelings aan. 'En schieten met een pistool.'

'Schieten met een pistool!' Ellen trok haar allerverschriktste gezicht.

'Ik zit je maar te dollen,' zei Jack verrukt. Het was zijn nieuwe favoriete uitdrukking.

En het leek erop dat het ook met de logistiek prima in orde kwam.

Patrick en Jack zeiden allebei dat ze graag bij Ellen in wilden trekken. 'Als je ons erbij wilt hebben,' zei Patrick. 'We houden ons eigen huis aan als investering, dan doen we het in de verhuur. Worden we vastgoedmagnaten!'

'Ik ga elke dag naar het strand, de rest van mijn leven!' zei Jack. 'Zelfs als het regent. Zelfs als het hagelt! Nee, hoor, niet echt. Ik zit je maar te dollen.'

Jack zou op dezelfde basisschool blijven. Het was twintig minuten rijden, maar dat was geen probleem voor Patrick, want zijn kantoor was toch die kant op.

Dus dat was dat.

Ellen hoorde bij een nieuwe familie en haar hele leven werd compleet anders. Ze bleef door haar huis dolen, en draaide haar verlovingsring rond en rond aan haar vinger, en stelde zich voor dat alles er vol zou zijn met nieuwe mensen en nieuwe spullen. Een kamer voor Jack. Een kamer voor de nieuwe baby. Ze zou moeder worden van twee kinderen. Er zouden nieuwsbrieven van Jacks school aan haar koelkast hangen. Patricks verzameling prenten van oude landmeetapparaten zou ergens opgehangen moeten worden. Er kwam een wiegje, een commode, een babybadje. Jacks fiets zou op zijn kant in de voortuin liggen. In de auto kwam een autostoeltje, in de hal een wandelwagen en een schooltas.

Het was geweldig.

Het was ronduit angstaanjagend.

'Deborah Vandenberg' had vrijdagochtend om elf uur een afspraak.

'Ik neem aan dat ze niet komt,' zei Ellen. 'Nu zij weet dat ik weet dat zij Saskia is.' (Al had ze gezegd: 'Tot vrijdag.')

'Ik neem een dag vrij,' zei Patrick. 'Ik laat jou niet met haar alleen.'

'Ze komt niet,' zei Ellen. 'Maar als ze wel komt, dan komt

het ook goed. Ze is nog nooit gewelddadig geweest.'

Ze wilde helemaal niet dat Patrick erbij was. Als Saskia wel kwam opdagen, wilde ze met haar praten. Ze wilde dolgraag eens echt, van vrouw tot vrouw, met haar praten. 'Waarom doe je dit?' zou ze zeggen. 'Ik wil het graag begrijpen.'

Ellen kon haar natuurlijk niet meer op professionele basis helpen, maar ze zou haar doorverwijzen naar iemand die haar kon helpen; zowel met de pijn in haar been als met het loslaten van Patrick. Ze zou vriendelijk maar stellig zijn, en ze zou een eind maken aan deze onzin.

(Ergens zag ze wel hoe dwaas haar gedachtegang was: als Saskia nou maar inzag hoe ontzettend aardig en begripvol Ellen was, zou ze hoffelijk aan de kant gaan.)

'Dit is mijn probleem, niet het jouwe,' zei Patrick zorgelijk. 'Je bent zwanger, weet je nog wel – je moet stress uit de weg gaan.'

'Ze komt niet,' hield Ellen vol. 'Ik weet zeker dat ze niet komt.'

'Ik moet toch dat straatverbod gaan regelen,' antwoordde hij. Sinds ze terug waren uit Noosa had hij het daar al over, maar om de een of andere reden die Ellen nog steeds niet boven tafel had gekregen, kwam hij daar maar niet toe. Ze wist zeker dat het niet alleen zijn trots was. Er zat iets anders achter dat uitstel, maar ze drong er niet op aan. Uit wat ze erover had gelezen maakte ze op dat een straatverbod sowieso geen echte bescherming bood tegen fanatieke stalkers.

Uiteindelijk besloot Patrick om toch naar zijn werk te gaan, want het bleek dat Ellen niet alleen thuis zou zijn. Een enorme loodgieter kwam langs om de cv-ketel te vervangen, want die had het de dag na hun terugkeer uit Noosa ineens begeven.

De enorme loodgieter was een vriend van Patrick en hij had beloofd om de hele tijd binnen gehoorsafstand te blijven, mocht Saskia toch komen opdagen. (Maar wat nu als Saskia snel een pistool met geluiddemper uit haar handtas trok en haar neerschoot, of een naald in haar arm stak en haar inspoot met iets wat haar van top tot teen verlamde, inclusief haar stembanden? Ellen had te veel horrorfilms gezien om te denken dat zelfs de allergrootste loodgieter ter wereld bescherming bood tegen een echte psychopaat.)

Naarmate het tijdstip van Saskia's afspraak dichterbij kwam, zat Ellen aan haar bureau te doen alsof het haar niet kon schelen of ze wel of niet kwam. Ze probeerde wat administratie te doen, maar haar hart bonsde te hard om zich te kunnen concentreren.

Ze komt niet, dacht ze.

Maar dat geloofde ze niet echt. Tijdens hun laatste sessie had Ellen Saskia een van haar boeken over hypnose voor pijnbestrijding geleend. Ze hadden het er nog over gehad dat ze allebei zo'n hekel hadden aan mensen die nooit de moeite namen om geleende boeken terug te geven. 'Maak je geen zorgen,' had Saskia gezegd. 'Je krijgt het wel terug.'

De minuten tikten voorbij en de deurbel bleef stil. Was ze teleurgesteld of opgelucht? Ze had het gevoel dat ze zichzelf ervan kon overtuigen dat ze dat allebei oprecht voelde.

Om twintig over elf ging de telefoon en Ellen griste de hoorn van de haak.

'Ellen O'Farrell hypnotherapie, wat kan ik voor u doen?' Haar stem trilde maar een heel klein beetje.

Stilte. Ellen dacht dat ze vaag het geluid van verkeer op een drukke weg kon horen.

'Hallo?' vroeg ze.

Niets. Ze drukte de telefoon stevig tegen haar oor. Ze hoorde absoluut verkeer razen. En een claxon.

Zachtjes vroeg ze: 'Saskia?'

Toen werd de verbinding verbroken.

Op weg naar mijn afspraak met Ellen kreeg ik autopech. Midden op de snelweg. Iedereen toeterde kwaad naar me, de hele tijd, alsof mijn auto door al dat getoeter uiteindelijk zou besluiten om toch maar weer te gaan rijden.

Ik stapte uit en schreeuwde naar de toeteraars: 'WAT VERWACHTEN JULLIE DAN? DENKEN JULLIE SOMS DAT IK DIT EXPRES DOE?'

Ze konden me toch niet horen boven het geluid van al dat verkeer uit. Ze konden alleen mijn mond zien bewegen en het boze gemaai met mijn armen. 'Gestoord,' zouden die toeterende automobilisten bij zichzelf mompelen.

Inderdaad.

Terwijl ik op de wegenwacht stond te wachten, besloot ik om Ellen te bellen en haar te laten weten dat ik het niet zou redden. Dat leek me beleefd, normaal. Dat zou ik bij elke andere afspraak ook gedaan hebben. Dat zou ik gedaan hebben als ik nog steeds Deborah was.

Ik had me zo verheugd om haar te verrassen door gewoon op onze afspraak te verschijnen. Ik had graag willen zien hoe ze daarop zou reageren. Ik vroeg me af of ze me nog wel binnen zou laten. Zou ze de deur in mijn gezicht smijten? Ik dacht van niet: smijten met deuren ligt niet in haar schattige, spirituele aard. Ik vermoedde dat Patrick misschien bij haar zou zijn, dat hij me opwachtte, klaar om de politie te bellen, klaar om eindelijk dat straatverbod aan te vragen waar hij al zo vaak mee heeft gedreigd, maar wat hij nooit doet. Klaar om zijn lieve, mooie, zwangere verloofde te beschermen.

Maar als Patrick er niet was, en ze liet me wel binnen, moest ik de ring bewonderen en haar vragen wanneer ze was uitgerekend en of het een grote bruiloft werd. Ik zou haar vragen of ze er aanstoot aan zou nemen als ik ook in het wit kwam, als ik tenminste werd uitgenodigd. Hahaha. Ik zou vragen of Patrick nog steeds zo hield van seks in de douche en van blowjobs op zondagochtend. Ik wilde zien hoe die serene uitdrukking van haar als glas uit elkaar zou spatten.

Of ik zou het niet eens over Patrick hebben. Ik zou mijn rol van Deborah blijven spelen en haar het boek teruggeven dat ze me had geleend en genieten van hoe zij zou doen alsof ze niet helemaal freakte. (Ik heb deze week een hoop tv-gekeken. Programma's met Amerikaanse meisjes. Hun taal is besmettelijk.)

Ik zou wel zien. Zelf kon ik alles aan. Het maakte mij niet

uit. Tenminste, dat dacht ik, maar toen ik haar stem aan de telefoon hoorde, verdween de mijne.

Mijn stembanden waren verlamd. Ik kon letterlijk niet zeggen: 'O, hi Ellen, met Saskia, ik haal het vanochtend niet, want mijn auto heeft pech.'

Nu zij me kent als een gestoorde gek kon ik niet meer doen of ik normaal was, want dat impliceert dat ik een keuze heb. Dat ik kan kiezen om normaal te zijn of gek. En als ik een keuze heb, zou dat impliceren dat ik helemaal niet echt gek ben, en dat ik hiermee op moet houden en mijn leven weer moet oppakken.

Maar welk leven? Patrick en Ellen zíjn mijn leven. Zonder hen heb ik alleen nog een baan en boodschappen en een auto die een nieuwe versnellingsbak nodig heeft en dat is het wel.

Laat in de middag, toen de loodgieter weg was, werd er aangebeld. Ellen stond net het chique nieuwe bedieningspaneel van de cv-ketel te bekijken.

Patrick had een systeem gekozen waarbij je de temperatuur van het kraanwater kon instellen. Dat was perfect voor het badje van hun kindje, zei hij. Ellen wist niet eens dat zulke systemen bestonden. (En 'het badje'! Ze verwonderde zich over zijn achteloze opmerking over iets zo gewoons dat toch zo bijzonder was.) Hij had een lange lijst opgesteld van dingen die moesten gebeuren om het huis voor te bereiden op de baby: de stopcontacten moesten kindveilig gemaakt worden, de wenteltrap was 'levensgevaarlijk voor peuters' enzovoort.

'Dan zullen we offertes aan moeten vragen.' Ellens stressniveau was omhooggeschoten toen ze de lijst zag.

'Daar zal ik wel voor zorgen,' zei Patrick. Hij zette zijn borst op en stak zijn kaak naar voren als een superheld. 'Maak jij je er nu maar geen zorgen over, liefje.' Ze legde haar hand op haar voorhoofd en deed alsof ze flauwviel in zijn armen. (Wat trouwens bijna echt gebeurde.)

Ellen keek op de klok. Ze verwachtte geen cliënten meer. *Sas-*

kia, dacht ze terwijl ze de trap af liep. *En nu is er geen enorme loodgieter meer om me te beschermen.* Voor het geval dat, pakte ze een van haar oma's zware glazen kandelaars van het gangtafeltje, en ze moest lachen om haar ernstige spiegelbeeld in de halspiegel. Wat overdreven. Maar toch zette ze de kandelaar niet terug.

Ze deed de deur open.

Het was niet Saskia. Het was een mager, nerveus uitziend meisje dat een sigaret rookte en haar verontschuldigend aankeek.

Ellen kende haar gezicht maar al te goed, maar toch kon ze haar even niet plaatsen, omdat ze zó zeker was dat het Saskia zou zijn, dat ze de naam 'Saskia' niet uit haar hoofd kreeg.

Het meisje liet de sigaret vallen en trapte hem uit. Toen raapte ze de peuk op en hield hem in haar hand.

'Niet te geloven dat ik deze opstak toen ik hier stond te wachten,' zei ze. 'Ik spoor niet. Maar goed, zoals je ziet, rook ik nog steeds.'

Ellen staarde naar de vertrapte sigaret en zei: 'Rosie.'

'Ja,' zei Rosie. 'Sorry. Ik weet dat ik geen afspraak heb. Ik ben sinds vanochtend terug van huwelijksreis en ik kwam langs op goed geluk. Misschien heb je even tijd...'

'Ik heb je trouwfoto's verleden week in de krant gezien,' zei Ellen, en ze probeerde niet verontwaardigd te klinken. *Dat je ondanks je doorbraak toch met hem bent getrouwd! Waarom ben je met hem getrouwd terwijl je wist dat je hem niet eens leuk vond?*

'Die foto's waren vreselijk,' zei Rosie. 'Ik stond er zo lelijk op, en heb je die jurken van de bruidsmeisjes gezien? Die kleur!'

'Het waren zwart-witfoto's.'

'O, ja, natuurlijk. Nou, ze waren spuuglelijk. Maar goed, heb je... Heb je even tijd voor me?'

'Natuurlijk,' zei Ellen hartelijk, en ze voelde zich schuldig over haar wrokkigheid. 'Goed om je weer te zien.'

Ze deed een stap naar achteren en gebaarde Rosie binnen te

komen, waarbij ze discreet de kandelaar op zijn plek zette.

'Je zult je wel afvragen waarom ik toch met hem getrouwd ben,' zei Rosie nadat ze in de groene stoel was gaan zitten.

'Alsjeblieft,' zei Ellen, en ze hield Rosie in haar vlakke hand een tissue voor zodat ze zich eindelijk van de peuk kon ontdoen die ze nog steeds in haar hand hield.

'Het was een superstomme reden,' zei Rosie. 'Je vindt het vast verschrikkelijk.'

'Vast niet.' Hoewel de kans groot was dat ze het wel degelijk verschrikkelijk zou vinden.

'Toen ik wegging na onze laatste sessie was ik er helemaal klaar voor om het huwelijk af te zeggen. Ik wist best dat het een enorme toestand zou geven. De uitnodigingen waren de deur al uit. Zelfs de premier stond op de lijst. Ze had iets in Japan of zo, maar toch... En mijn moeder was twintig kilo afgevallen en had de duurste jurk ooit gekocht, en mijn vader had dagen zitten sloven op zijn vreselijke speech, en mijn vriendinnen waren allemaal zo jaloers, wat al helemaal geen reden is om met iemand te trouwen, maar nou ja. Iedereen deed alsof ik ver boven mijn stand ging trouwen, en dat was ook zo, dat heb ik ook gedaan, maar dat is allemaal niet waarom ik het heb gedaan – het was iets wat gebeurde nadat ik bij jou was geweest.'

'Wat is er dan gebeurd?' vroeg Ellen.

'Ik ging een stukje over het strand wandelen,' zei Rosie. Ze vormde met twee vingertoppen een V: dat doen rokers die snakken naar een sigaret. 'Om mijn gedachten op een rijtje te zetten, en na te denken hoe ik dit in vredesnaam moest uitleggen aan Ian. En toen zag ik een stelletje op het strand zitten. Ze zaten te zoenen, heel hartstochtelijk, weet je wel, zoals mensen zoenen aan het begin van hun relatie.'

'Ja, dat ken ik wel,' zei Ellen. Ze dacht aan de kus van Patrick bij het museum.

'En ik dacht: ah, dat is lief. Maar toen ik dichterbij kwam, zag ik dat het Joe was! Mijn ex. We zijn een jaar geleden uit elkaar gegaan. Ik dacht dat ik over hem heen was. Ik dacht dat hij me niets meer kon schelen, maar de manier waarop hij dat meisje kuste, alsof hij nog nooit zo gelukkig was geweest! Dat was killing.'

'Aha,' zei Ellen.

'En toen dacht ik ineens, ik kan het niet, ik kan de bruiloft niet afzeggen,' zei Rosie. 'We zouden naar zo'n duur resort in Maleisië gaan, waar mijn ex en ik altijd eens naartoe zouden willen, maar dat konden we niet betalen. En ik wilde dat hij dat zou horen. Ik wilde dat hij zich zou voorstellen dat ik dan met een andere man was. Ik wilde die gelukkige blik van zijn tronie vegen. Hij had altijd zo'n ontzag voor geld, en deed alsof rijke mensen op de een of andere manier beter waren dan hij. En ik wist dat we wederzijdse vrienden hadden die hem alles over de bruiloft zouden vertellen – en, ik weet niet, het leek wel alsof ik niet meer toerekeningsvatbaar was. Dus toen ben ik toch getrouwd, en vond ik dat ik toch van Ian moest houden. Natuurlijk hield ik van hem, hoe zou ik niet van hem kunnen houden? Ik maakte mezelf wijs dat ik tijdens mijn sessie in de war was. Meer niet. Eerlijk gezegd gaf ik jou de schuld. Dus toen ben ik getrouwd, en dat was allemaal prima, maar zal ik je eens wat vertellen?'

'Nou?' vroeg Ellen.

'Twee dingen. Dat resort in Maleisië was helemaal niet zo geweldig. Sterker nog, het was er verschrikkelijk, en we moesten eerder terug vanwege een of andere coup. En raad eens wat ik vanochtend te horen kreeg? Dat mijn ex het maar een paar weken met die meid heeft gedaan. Hij is weer single. Niet dat mij dat wat kan schelen. Ik zou hem nooit meer terug willen, maar ík trok het niet dat hij zo gelukkig met een ander was en dat ik te horen kreeg dat ik weer alleen was. Heb je ooit zoiets sneus gehoord?'

'Natuurlijk niet,' zei Ellen. 'We hebben allemaal de vreemdste redenen voor de dingen die we doen.'

Er viel een stilte. Rosie frunnikte wat en zei ineens: 'Je bent verloofd!' Ze wees naar Ellens ring en Ellen besefte dat ze daar zelf de aandacht op gevestigd had door hem steeds rond te draaien. Dat was al snel een gewoonte geworden. 'Gefeliciteerd! Je houdt vast veel van hem. Op de goede manier.'

'Nou ja.' Ellen glimlachte verlegen. Ze wilde niet zelfgenoegzaam klinken.

'Maar goed,' zei Rosie. 'Ian wil meteen een baby.'

'Dus je bent er nu klaar voor om voorgoed te stoppen met roken?'

'Nee,' zei Rosie. 'Ik wil dat jij me hypnotiseert en ervoor zorgt dat ik verliefd op hem word. Ik bedoel, liefde is toch ook maar gewoon een gemoedstoestand? Ik wil geen baby van iemand van wie ik niet hou. Dat kun jij toch wel? Mij doen geloven dat ik van hem hou? Zodat ik niet de grootste fout van mijn leven heb begaan?'

13

De relatie die een vrouw met haar vader heeft, heeft een grote impact op al haar toekomstige relaties met mannen. De vaderloze dochter heeft geen voorbeeld. Vaderloze dochters zijn eerder promiscue – GEWELDIG, *bedankt, mam, ik word dus een snollebol!!*

Citaat uit het dagboek van Ellen O'Farrell,
een week voor haar vijftiende verjaardag

Ellens moeder was nerveus.

Ineens was het zonneklaar. Sinds ze in het restaurant zaten voor de lunch, had Ellen naar Anne zitten kijken en ze had zich afgevraagd wat er zo anders aan haar was. Ieder ander zou beweren dat Anne kalm en op haar gemak was terwijl ze met Ellen kletste over de zwangerschap, en gezellig kibbelde met Ellens peettantes over de wijnkeuze, en ze de ober scherp ondervroeg over de dagschotels. En toch was er iets raars aan de manier waarop ze zat: haar rug was onnatuurlijk recht, zelfs voor iemand die een hartstochtelijk voorstander was van een juiste houding, en ze hield haar kin te hoog, en haar schouders te verkrampt. Haar schitterende violette ogen bleven langs Ellen schieten. Normaal was Ellen zich bewust van het feit dat haar moeder grondig controleerde of ze wel gezond was door te kijken naar de teint van haar huid, haar gewicht, het wit van haar ogen. Anne zou haar het liefst als ze elkaar zagen een bloeddrukmeter ombinden en een thermometer in de mond duwen, dacht Ellen altijd. Liever dat dan een knuffel.

Ze richtte haar aandacht op haar peettantes. Phillipa had een air van onderdrukte opwinding, alsof ze dadelijk naar een pikante voorstelling ging. Eerst zag ze niets bijzonders aan Mel, maar toen viel het haar op dat die steeds naar Anne keek, alsof ze ergens op zat te wachten. Ellen dacht aan Mels telefoontje van twee weken geleden, toen ze zei dat Anne zich zo vreemd gedroeg. Vanwege de zwangerschap en de verloving was ze dat helemaal vergeten.

Zodra de ober hun bestelling had opgenomen en was vertrokken, zei Ellen: 'Oké, wat is er aan de hand?'

Annes hand schoot meteen naar haar hals, en Ellen zag dat ze een prachtige, duur uitziende ketting droeg die Ellen nog nooit had gezien en dat de huid van haar hals er ouder en kwetsbaarder uitzag dan de rest van haar lichaam. Als een stuk verkreukelde zijde. Ellen wilde haar hand uitsteken om het glad te strijken.

'Hoe kom je aan die ketting?' vroeg Ellen.

'Die ziet echt alles,' zei Phillipa trots. 'Zo is ze altijd al geweest. Weet je nog die keer dat wij haar wijs probeerden te maken dat...'

'Pip,' zei Mel. 'Dit is iets tussen Anne en Ellen.'

'Precies! Helemaal mee eens! Ik snap niet eens wat wij hier doen! Willen jullie niet liever dat wij weggaan en jullie wat privacy geven?'

Anne zuchtte. 'We hebben Ellen met z'n drieën opgevoed. Daarom wilde ik dat jullie er ook bij waren. Jullie zijn allebei als een moeder voor Ellen. We vormen een gezin, met zijn vieren. We zijn familie, en dit is... een familieaangelegenheid.'

Ellen schrok zich een ongeluk. Haar moeder zei nooit dit soort dingen.

'Je hebt toch geen kanker, hè?' vroeg ze.

'Nee, het is goed nieuws,' zei Anne met een glimlach. Ze straalde ineens. 'Toen ik die avond bij je langskwam wilde ik het je al vertellen, maar ja, toen raakten we een beetje afgeleid.'

'Oké,' zei Ellen.

'Ik heb je vader gezien, dat is eigenlijk alles.'

'Nee, dat is niet alles,' zei Phillipa.

'Ik heb... een soort relatie met hem,' zei Anne.

'Het is zó romantisch,' verzuchtte Phillipa.

'Ik begrijp het niet,' zei Ellen. 'Ik dacht dat hij getrouwd was en in Engeland woonde.'

'Gescheiden,' zei Anne stralend alsof er niets mooiers in het leven was dan een scheiding.

'En hij is weer naar Sydney verhuisd,' voegde Mel eraan toe. 'Je moeder doet het al een paar weken met hem. Zonder het ons te vertellen. Ik zéí toch dat er iets loos was!'

'En het komt allemaal door mij,' zei Phillipa. 'Hij heeft me op Facebook gevonden! Hij vroeg of ik nog contact had met Anne O'Farrell, en toen ik dat aan je moeder vertelde zag ik aan haar gezicht dat ze nog steeds gek op hem was, na al die jaren!'

'Gék op hem?' vroeg Ellen. Ze voelde een intense irritatie opkomen. Die drie stelden zich aan als een stel pubers. 'Maar jij hebt hem van een lijst gehaald!'

'Ja, ja, dat is ook allemaal waar,' zei Anne. 'Maak je geen zorgen. Jouw leven is niet op een leugen gebaseerd. Maar wat ik jou nooit heb verteld, is dat ik wel een beetje verliefd op hem was.'

'Meer dan een beetje,' zei Mel. 'Pip en ik prikten er natuurlijk dwars doorheen.'

Nu zaten ze alle drie op hun met dure lippenstift ingesmeerde lippen te kauwen, alsof ze in de klas zaten en probeerden om niet te giechelen. Anne vulde hun wijnglazen bij en Ellen, die mineraalwater dronk, voelde zich net hun moeder. Ze zaten zich zo aan te stellen.

'En nu blijkt dat hij ook altijd gek op mij is geweest,' zei Anne vol trots. 'Hij is zijn hele huwelijk aan me blijven denken. Hij droomde altijd van me, klaarblijkelijk.'

'Dat arme mens,' zei Ellen.

'Welk arme mens?' Haar moeder fronste.

'Zijn vrouw! De vrouw met wie hij verloofd was toen jij met hem naar bed bent gegaan om mij te krijgen!'

'Ach, doe toch niet zo...' Anne zweeg en maakte een gebaar alsof ze een onschuldig insect wilde wegwuiven. Ellen vermoedde dat ze 'saai' had willen zeggen.

Mel roerde zich. 'Ellen, jouw moeder heeft niets met hun scheiding te maken. Er is hier niets onbetamelijks aan de hand.'

Ellen dacht aan een of andere arme vrouw in Londen, die elke nacht naast haar man had liggen slapen terwijl die droomde van een meisje met violetkleurige ogen in Sydney. Nee, hoor, daar was niets onbetamelijks aan.

'En,' vroeg Ellen, en ze probeerde niet al te bits te klinken, 'heb je hem al over mij verteld?'

Annes dromerige blik verdween en ze keek meteen weer nerveus. 'Hij was natuurlijk erg geschokt, en ontzettend boos dat ik het hem nooit had verteld. Hij zei dat hij de bruiloft had afgezegd als hij het had geweten, en dat hij dan met mij was getrouwd. Stel je voor! Dan was ik nu een braaf huisvrouwtje geweest.'

'O, mama,' zei Ellen.

Haar moeders toon had iets tuttigs en zelfgenoegzaams. Ellens hele bestaan leek ineens morsig en banaal in plaats van onconventioneel en dapper.

'Je wilt hem toch wel ontmoeten, hè, Ellen?' vroeg Phillipa. 'Het lijkt wel zo'n televisieprogramma waar ze familieleden bij elkaar brengen. Ik moet al huilen bij het idee.'

'Ja, ik wil hem ontmoeten, natuurlijk wil ik hem ontmoeten, maar er is niets romantisch of hartverscheurends aan,' zei Ellen. 'We hebben toevallig hetzelfde DNA, meer niet.'

'Maar nu weet je tenminste dat jouw ouders van elkaar hielden!' Phillipa drukte haar beide handen tegen haar hart.

'We dachten dat je dolblij zou zijn.' Mel keek Ellen aan met een verwonderde, analytische frons, alsof ze een boekhoudkundige misser was die ze moest oplossen. 'Jij wilde altijd zo vreselijk graag je vader ontmoeten. Je bent nog een poosje helemaal geobsedeerd geweest.'

'Toen ik veertien was,' zei Ellen. Nu leek het eerder een ongemakkelijke sociale verplichting.

'Ben je dan niet benieuwd hoe hij is?' vroeg Phillipa.

'Ik ben wel nieuwsgierig, denk ik,' ging Ellen verder, maar ze was helemaal niet zo nieuwsgierig. Ze had het nu veel te druk met haar eigen leven: haar baby, haar bijna-stiefzoon en haar echtgenoot. En de ex van haar aanstaande echtgenoot. Ze had geen tijd om nog een nieuwe relatie op te bouwen.

'Ach, er is geen haast bij,' zei Anne. 'Het kan als jij er klaar voor bent.' Haar hand ging steeds maar weer naar haar hals om de steen aan haar nieuwe ketting te strelen.

'Dus die ketting is een cadeau van hem?' vroeg Ellen. 'Van, eh... David?' Het was toch niet de bedoeling dat ze hem papa noemde?

Anne haalde haar hand weg. 'Ja. Omdat we een maand bij elkaar waren.' Ze bloosde. 'Ik weet best dat we te oud zijn voor dit soort dingen.'

'Ah,' zei Phillipa.

Ellens moeder was overduidelijk verliefd. Verliefd op Ellens vader, wat in de meeste gevallen gepast en handig is. De bedoeling. Ellen begreep niet waarom ze er dan toch zo ongelukkig onder was. Was het omdat ze bang was voor verandering? Wilde ze niet dat haar moeder van iemand anders zou houden dan van haar? Ze moest er maar eens over nadenken als ze weer thuis was.

'Ik ben blij voor je, mam.' Ze deed haar uiterste best om oprecht te klinken.

'Het is nog pril, niet te vroeg juichen,' zei Anne kordaat, maar daar was die bizarre nieuwe glimlach weer, en ze stak haar arm uit om Ellens hand aan te raken. 'Je vader is de allerleukste man die ik ooit heb ontmoet.'

Ik woon in een twee-onder-een-kapwoning met drie kamers.

Ik ben nooit zo dol geweest op twee-onder-een-kaphuizen, maar het is niet anders.

Toen Patrick en ik uit elkaar gingen moest ik snel een ander huis vinden, en heb ik een makelaar gevraagd om de eerste de beste woning binnen mijn prijsklasse voor me te huren. Dus nu zit ik in dit nietszeggende, steriele huis, in een straat volgebouwd met identieke huizen en drie flats van twintig verdiepingen. De mensen die hier wonen zijn allemaal hardwerkende professionals die de top nog niet hebben bereikt. Het zijn de werkbijen van deze samenleving, op weg naar iets beters. Dit is een wijk waar alles draait om 'gemak'. Het station ligt op loopafstand en binnen tien minuten zit je in het centrum. Er zijn talloze restaurants waar je redelijk maar niet geweldig kunt eten, en er zijn stomerijen die vierentwintig uur per dag open zijn, en geldautomaten en taxistandplaatsen. Mensen benen voorbij terwijl ze hun BlackBerry's controleren en afhaalkoffie naar binnen klokken. Het is geen plek voor geliefden. Er zijn geen straatmuzikanten of boekwinkels of galeries of bioscopen. Het is prima. Het is een verlengstuk van kantoor.

Sinds ik hier woon, woont er een man genaamd Jeff in de andere helft van mijn twee-onder-een-kap. Hij is klein, kaal met een keurig rossig baardje, en het persoonlijkste wat ik van hem weet is dat hij geen last heeft van de kou. Hij draagt het hele jaar overhemden met korte mouwen. Als hij thuis is hoor ik nauwelijks geluid aan de andere kant van onze gedeelde muren: geen muziek, geen televisie. Ooit heb ik hem een keer gekweld horen roepen: 'Maar zo doe je dat niet!' Doe je wat niet? Maar zo geïnteresseerd was ik niet. Niet genoeg om echt een gesprek aan te knopen of oogcontact met hem te maken.

Als we elkaar bij de brievenbus tegenkomen, of als we toevallig net onze voordeur in- of uitlopen, versnellen we allebei onze pas, alsof we ons ineens realiseren dat we heel laat zijn. Of we zijn enorm verdiept in onze post, en scheuren de enveloppen open alsof de inhoud van het allergrootste belang is. Afwezig en op drukbezette toon roepen we dingen als: 'Warm, hè?' of 'Koud, hè?' of als het weer zich niet gemakkelijk onder een etiket laat vangen: 'Alles goed?' En we wachten nooit tot de ander antwoord geeft, want het boeit ons niet. Soms antwoord ik in mijn hoofd: 'Nou, nog steeds als een bezetene mijn ex aan het stalken, in de rouw om mijn dode moeder en die onverklaarbare pijn in mijn been gaat ook maar niet weg. En jij?'

Dus ja, Jeff is de ideale buurman voor een twee-onder-een-kap. We wonen nu al jaren naast elkaar en verzorgen elkaars post als de ander weg is, en we regelen gezamenlijk dingen over vuilcontainers en grasmaaien, maar we hebben verder een extreem oppervlakkige relatie.

En vandaag, toen ik net thuiskwam van de garage, kwam Jeff ineens op me af en ging hij veel te dicht bij me staan. Ik probeerde nog discreet een stap achteruit te doen. 'Hi, Saskia,' zei hij. Volgens mij was dat de eerste keer dat hij me bij mijn naam noemde.

'Hi Jeff,' zei ik. Idem dito.

'Ik wilde je even vertellen dat ik ga verhuizen,' zei hij. 'Ik vertrek naar een andere kust.'

'Een andere kust,' herhaalde ik.

'Ja. Ik verhuis naar een klein stadje aan de zuidkust. Daar ga ik een restaurantje runnen. Jeffs Jetty Café.'

Ik was verbijsterd. Waarom weet ik niet. Ik geloof dat ik hem nooit belangrijk genoeg vond voor zo'n ommezwaai in zijn leven, maar hij weet natuurlijk niet dat hij maar zo'n kleine rol speelt in het mijne. In zijn leven is hij de grote ster en speel ik een bijrolletje. Volkomen begrijpelijk.

'Het ligt niet aan een steiger, maar de look wordt wel helemaal steigerachtig. Met touwen en ankers en... emmers, en zo.' Even zag ik een flits van onzekerheid bij hem. Hij heeft geen idee waar hij mee bezig is.

'Klinkt geweldig,' zei ik. Het wordt een daverende mislukking.

'Ja, ik vond het tijd om weg te gaan bij de politie,' zei hij.

'Ben jij politieagent?' Ik kon niet geloven dat ik hem nog nooit in uniform had gezien. Ik dacht altijd dat hij accountant was, of IT-consultant of desnoods bibliothecaris. Moet een politieagent niet verplicht aan zijn buren melden wat hij voor de kost doet? Stel nou dat ik argeloos iets over een misdaad had gezegd als we bij de brievenbus stonden? Of als ik hem drugs had aangeboden?

En dan heb je dat gedoe met Patrick nog. Hij dreigt voortdurend de politie erbij te halen. Zo melodramatisch. Waarom zou de politie geïnteresseerd zijn in iets wat in essentie een privézaak is tussen twee volwassen mensen? Maar goed. Technisch gezien ga ik inderdaad zijn huis binnen zonder zijn toestemming.

'Ik had geen idee dat je bij de politie zat,' zei ik. Ik kon de verbolgenheid niet uit mijn stem houden.

'Undercover,' zei Jeff. 'Behoorlijk stressvol. Krijg je last van in je hoofd. Onmogelijk om relaties met mensen aan te gaan. Ik word er niet jonger op. En ik wil dolgraag de ware vinden. En vader worden! Ooit.'

Ik wilde niet horen dat Jeff zo graag de ware wilde vinden. Het was net of hij een intiem, licht ranzig seksueel geheim met me deelde.

'Er komt hier een leuk jong gezin wonen,' ging hij verder. 'Met twee kleintjes. Jongen en meisje. Die zul je wel een stuk levendiger vinden dan mij.'

En daarmee leek hij zich ineens weer te herinneren wat voor soort buren wij geweest zijn, en hij deed plotseling een stap naar achteren.

'Nou,' zei hij. 'Ik heb je lang genoeg aan de praat gehouden. Ik dacht, ik vertel het je even, dan sta je niet zo te kijken als de verhuizers morgen komen. Dat jonge gezin trekt hier overmorgen in.'

'Veel geluk met alles,' zei ik.

'Dank je,' antwoordde hij en hij had een onverwacht aardige, verlegen glimlach, en ik voelde een vreemde, bedroefde spijt. We hadden vrienden kunnen zijn. Ik had hem uit kunnen nodigen voor een borrel of een kopje koffie. Misschien had hij dan dat domme plan om naar een andere kust te verhuizen nooit opgevat.

Voor Patrick was ik zo iemand die dat soort dingen deed. Dit is allemaal Patricks schuld.

En nu komt hiernaast dus een 'leuk jong gezin' wonen. Mijn saaie twee-onder-een-kap is niet langer mijn veilige haven voor andermans geluk. De gedachte dat ik dat moet horen en zien hoe lief dat zelfgenoegzame gezinnetje tegen elkaar doet, is onverdraaglijk en onaanvaardbaar. Ik haat gezinnetjes met een jongen en een meisje, zoals die families in autoreclames. Het is allemaal zo keurig. En ze zijn altijd zo ingenomen met zichzelf.

Ik voel een explosieve druk in mijn hoofd. Er moet iets gebeuren. Ik moet iets laten gebeuren. En snel ook. Ik weet alleen niet precies wat.

Toen Ellen thuiskwam van de lunch met haar moeder en peettantes ging ze op de stoep voor de voordeur zitten met haar tas op schoot. Ze had geen zin om de sleutels uit haar tas te halen en de deur te openen om in een leeg huis te stappen. Ze wilde aanbellen en wachten op het geluid van traag schuifelende voetstappen. Haar opa deed altijd open met een achterdochtige, bijna vechtlustige blik die meteen verdween als hij haar zag staan. 'Ze is er!' jubelde hij dan tegen haar oma, en dan deed hij de deur wagenwijd open en kon Ellen de baklucht ruiken.

Ze waren nu al ruim een jaar dood, maar vandaag leek het haar om de een of andere reden onmogelijk dat zij niet daarbinnen waren. Ze moeten die deur honderden keren voor haar hebben opengedaan. Ze had ook niet het gevoel dat ze maar wat herinneringen zat op te halen. Het leek haar volkomen normaal dat ze daar nog steeds binnen zaten, ergens, op een ander bestaansniveau, en als ze hier nu maar lang genoeg stil bleef zitten en zich echt zou concentreren, dan kon ze door de tijd of de materie stappen, zoiets. Dan zou ze haar hoofd op haar opa's schouder leggen en hij zou een beetje blozen, zoals altijd als ze hem knuffelde.

'Wat is het probleem, Ellie?' Haar oma was de enige die haar ooit Ellie had genoemd. ('Ik heb mijn kind geen "Ellie" genoemd. Ik zou het niet in mijn hoofd halen,' huiverde Anne altijd.)

Ze zou zo graag met haar grootouders praten over deze nieuwe ontwikkeling in haar leven. Dat David Greenfield, die vreemde, betoverende naam op haar geboorteakte, niet meer de zorgvuldig geselecteerde spermadonor uit haar jeugd was, maar de 'allerleukste man die haar moeder ooit had ontmoet'. Het was net alsof iemand haar had verteld dat de Kerstman wel degelijk bestond, terwijl het haar allang niet meer kon schelen en zij ook niet meer in magie geloofde. Zodat het alleen maar verwarrend was.

En de reden waarom ze wilde dat haar moeder een standje kreeg was pure angst. Angst voor verandering. Angst voor het onbekende. Dezelfde angst die maakte dat haar opa altijd zo achterdochtig keek als hij de deur opendeed. *Staat er soms verandering voor de deur?*

Ze zuchtte, haalde haar sleutels uit haar tas en stond op. Haar oog viel op iets op de gietijzeren tafel met het mozaïekblad vlak bij de voordeur. Haar oma had die tafel gemaakt na een cursus mozaïeken. (Het was niet zo mooi geworden. De groene en oranje rechthoeken lagen helemaal niet recht. De cursusleidster had haar oma de mantel uitgeveegd omdat ze altijd zat te kletsen tijdens de les.)

Er stond een boek rechtovereind midden op de tafel, zorgvuldig tentoongesteld alsof het te koop stond in een boekwinkel. Schuin ernaast lag een roze camelia.

Een ijzige duim gleed langs Ellens ruggengraat. Dat was het boek dat ze aan Saskia had geleend. Ze had het teruggebracht, als beloofd. Ellen pakte het boek op en bladerde erdoor. Geen briefje. Alleen die griezelige, zorgvuldige manier waarop het was neergezet. En die bloem. Wat had die bloem te betekenen?

'Moet ik hier zijn voor de hypnotherapie?' onderbrak een stem haar gedachten.

Ellen schrok en slaakte een meisjesachtig kreetje.

'O! Het spijt me ontzettend dat ik je heb laten schrikken!' Een man van achter in de veertig, begin vijftig met een onderdanige, verontschuldigende blik stond onder aan de trap naar de veranda en keek naar haar op. Hij had een notitieblok bij zich waar hij zorgvuldig een pen aan had vastgeklemd, en hij droeg een zakelijk overhemd dat hem twee maten te groot leek, zonder das. Hij zag eruit als iemand die te laat aankwam bij zijn Bijbelstudiegroep.

Ellen drukte haar hand tegen haar borst om haar bonzende hart te kalmeren.

'Neem me niet kwalijk,' zei ze. 'Ik was zo diep in gedachten verzonken.' Ze glimlachte en stak haar hand uit terwijl ze het trapje af liep om hem te begroeten. 'Je bent zeer zeker aan het goede adres. Jij bent Alfred, toch? Alfred Boyle? Ik ben Ellen.'

Alfred was een nieuwe cliënt die haar via internet had gevonden en die haar een paar weken geleden een e-mail had gestuurd waarin hij vroeg om een prijsopgave. In zijn mail schreef hij dat hij partner was bij een accountantsbedrijf en dat hij 'hulp nodig had bij zijn presentatievaardigheid in een professionele setting'.

Toen Ellen de voordeur voor hem opendeed, en hem voorging de trap op, keek ze om zich heen in de hoop iets van haar grootouders te zien (wat zouden zij over Saskia zeggen?), maar het huis was leeg, en hoe hard ze ook snoof om iets van de bakluchten uit haar oma's keuken te kunnen ruiken, het enige wat ze rook was de geur van de Thaise kipcurry die ze gisteravond zelf had gemaakt.

Het boek en de camelia liet ze op het gangtafeltje liggen. Daar zou ze later wel over nadenken.

14

Freud zei altijd dat de reden waarom hij gestopt was met het toepassen van hypnose was dat een cliënt ooit was opgesprongen en hem had gekust. Maar de werkelijke reden was blijkbaar dat zijn kunstgebit niet meer goed paste doordat zijn tandvlees door de cocaïne was aangetast en hij daardoor niet goed genoeg meer kon praten om soepel trances in te leiden. Welke les kunnen wij hieruit trekken? Altijd flossen!

Citaat uit een lezing door Flynn Halliday voor de bijeenkomst van de Northern Beach Hypnotherapists in augustus 2010

'Ellen, lieve kind. Wat zie je er goed uit.'

'Dank je, Flynn.'

Flynn Halliday boog zich om zijn wang langs de hare te strijken.

Het was nu een maand geleden dat Ellen terug was gekomen uit Noosa en ze woonde de periodieke vergadering van haar vakvereniging bij, de Australian Association of Hypnotherapists. Flynn was voorzitter en Ellen penningmeester. Ze hielden de vergaderingen in een kleine ruimte in een wijkgebouw, en Flynn en Ellen kwamen een halfuur van tevoren om alles in gereedheid te brengen.

'Hoe is het ermee?' vroeg Flynn terwijl ze tafels en stoelen in een U-vorm zetten. 'Nog nieuws?'

Ellen aarzelde. Ze voelde zich schuldig. Ze voelde zich altijd schuldig als ze bij Flynn was, omdat ze hem naar haar gevoel op veel fronten teleurstelde.

Ze kende hem al sinds ze begin twintig was. Ze had heel lang bij hem in de praktijk gewerkt, eerst als stagiaire, toen als assistente en uiteindelijk als volwaardig hypnotherapeut. Hij had eigenlijk een maatschap met haar willen vormen, en ze wist dat ze hem erg gekwetst had toen ze besloot om haar eigen praktijk te beginnen.

Er was ook nog dat ene, wat ze nooit hardop had uitgesproken of zelfs in zoveel woorden bij zichzelf had toegegeven: de manier waarop Flynn naar haar keek. Soms dacht ze dat ze het zich maar verbeeldde, en dat ze zich gedroeg als een typische vaderloze dochter door de volkomen acceptabele genegenheid van een oudere man voor een jongere collega verkeerd te interpreteren. Maar andere keren wist ze vrijwel zeker dat als ze Flynn een beetje had aangemoedigd, hij werk van haar had gemaakt: met gedichten waarschijnlijk, uitvoerige complimenten en attente cadeautjes.

Flynn, die nooit getrouwd was geweest, of zelfs maar een relatie had gehad voor zover Ellen wist, was nu een eind in de vijftig, en had fijn, blond haar en een rozig, engelachtig gezicht. Hij leek net een oud koorknaapje. Het idee dat Flynn seks met iemand had leek haar in strijd met de wet.

Ze had hem nog niet van de zwangerschap verteld. Hoewel ze zich de afgelopen weken heel anders was gaan voelen (vreemde porretjes in haar buik, pijnlijke borsten, lichte misselijkheid die de hele dag aanhield, en een permanent gevoel dat ze op het punt van huilen stond), zag ze er nog precies hetzelfde uit, en bovendien vermoedde ze dat Flynn haar liever als schone maagd bleef zien.

Maar het zou raar zijn om het niet over de verloving te hebben.

'Ik heb inderdaad nieuws,' zei ze terwijl ze haar duim tegen haar ring drukte. 'Ik ben verloofd.'

Flynn stond met zijn rug naar haar toe. Hij wachtte een tel te lang voor hij zich omdraaide.

Ellen schoot vol. *Ach, Flynn, rare oude man*. Kon je maar een parallelleven leiden, een reserveleven, eentje waarin ze zich door Flynn het hof kon laten maken en met hem kon trouwen; dan zou ze hem gelukkig kunnen maken. Alleen dan wel zonder seks.

'Gefeliciteerd!' Flynn liep de kamer door en gaf haar nog een onhandige, vaag naar pepermunt ruikende zoen.

Hij stapte terug en sloeg zijn handen in elkaar als een plattelandspastoor. 'Wat geweldig.'

Terwijl Flynn wanhopig zocht naar iets anders om te zeggen, dacht Ellen aan Saskia. Als haar relatie met Flynn niet zo gecompliceerd was, zou ze hem om advies hebben gevraagd. Ze had veel respect voor zijn mening als het om de menselijke psyche ging.

Ellen wenste dat ze Patrick niet had verteld dat Saskia het boek had teruggebracht. Sindsdien kon hij niet meer slapen en beende hij door het huis, gefrustreerd door zijn eigen machteloosheid.

'Ik haat het dat jij dit op je bordje krijgt,' had hij gezegd. Zijn gezicht leek ouder, somber van de stress. 'Het is de bedoeling dat ik jouw leven mooier maak. Niet zwaarder.'

'Ze heeft alleen dat boek teruggebracht,' zei Ellen. 'Ik ben niet bang.' Dat was ze ook niet. Niet echt. Hooguit een licht, vluchtig onbehagen dat net zo goed een natuurlijke reactie kon zijn op alle veranderingen in haar leven en die niets met Saskia te maken had.

'Nou, dat is fantastisch nieuws, zeg,' zei Flynn nog eens. Toen vloog er een panische uitdrukking over zijn gezicht: 'Het is toch niet die Danny, hè?' vroeg hij.

'Nee. Ik ga trouwen met een landmeter,' zei Ellen. 'Ik word de vrouw van een landmeter.' *Wat?* Als ze zich niet op haar gemak voelde, flapte ze er altijd de vreemdste dingen uit.

'Een landmeter! Aha, een man van het land, prachtig.' Flynn klemde zijn handen in elkaar alsof hij zichzelf feliciteerde. 'Ja, ja, want die Danny... Heb je gehoord waar hij mee bezig is?' Danny en Flynn hadden elkaar nog maar één keer ontmoet. Ellen had ze aan elkaar voorgesteld tijdens een feestje van vakgenoten en ze mochten elkaar meteen niet.

'Ik heb hem al een poos niet meer gesproken.'

'Hij behandelt hypnotherapie als tupperware. Hij geeft van die party's en die noemt hij...'

'Hypnoparty's!' Marlene Adams kwam de kamer binnenschrijden. Ze was een hypnotherapeute van dezelfde generatie en met dezelfde instelling als Flynn. (Waarom viel hij eigenlijk niet op haar?) 'Dat is toch ontstellend! Ik hoorde hem gisteren nog op de radio, en ik dacht bij mezelf: *Wat? Pardon?* HYPNOPARTY'S*?* Echt geweldig voor onze professionele geloofwaardigheid!'

'Komende zondag is de laatste zondag van de maand,' zei Patrick later die middag.

'Oude spijkerbroeken,' zei Ellen. 'Op deze doos staat "oude spijkerbroeken".'

Ze stopte in de hal om het keurig met zwarte stift beschreven etiket op een grote, stoffige kartonnen doos te bekijken. Patrick en Jack woonden nu net een week officieel bij haar in. Maar het proces van het overhevelen van hun spullen bleek gecompliceerd. Kennelijk geloofde Patrick niet in verhuizers. Dat waren 'overbetaalde boeven'. In plaats daarvan haalde hij om de zoveel dagen, als hij maar even tijd had, een paar dozen met de bestelbus van zijn bedrijf.

Ellen had liever gezien dat hij een paar dagen vrij had genomen en van die overbetaalde boeven in de arm had genomen zodat het in een keer goed werd aangepakt. In plaats daarvan vulde haar hal zich snel met gigantische kartonnen dozen, die Patrick liet staan omdat hij er verder geen tijd voor had, en die te zwaar waren, zodat Ellen ze niet kon optillen. Haar cliënten moesten er zijwaarts langs schuifelen.

'Wil dat zeggen dat deze doos vol zit met oude spijkerbroeken?'

'Is dat een strikvraag?' vroeg Patrick.

'Waarom bewaar jij je oude spijkerbroeken?'

'Voor als ik iets te klussen heb in huis, of in de tuin, dat soort dingen,' zei Patrick op een geduldige, mannelijke toon.

'Oké, maar een hele doos vol?' Ellen liet een vinger over de laag stof glijden die op de doos lag. Ze had het gevoel dat deze doos al jaren bij Patrick in de garage stond. Deze spijkerbroeken zouden nooit meer gebruikt worden, en toch zou hij ze nooit weggooien. Het kietelde in haar neus en ze nieste.

'Gezondheid,' zei Patrick. 'Dus, zoals ik zei... het is de laatste zondag van de maand.'

Ze keek naar de volgende doos. Daar stond 'oude shirts' op. Ze rook een klamme, muffe lucht. Sterker nog, aan de zijkant van de doos groeide een harige, groene schimmelplek.

Hij was een hamster. Dat wist ze nog niet. Zijn huis kon er prima mee door als zij op bezoek kwam. Heel netjes en georganiseerd zelfs. Al deze dozen moesten dus in kasten hebben gestaan, en tot het plafond opgestapeld in zijn garage.

Het kietelde in haar keel, en ze nieste nog eens.

'Hoeveel dozen ga je hier nog neerzetten?' vroeg ze op een nonchalant geïnteresseerde toon.

'Dit is pas het begin,' zei Patrick opgewekt. 'We wonen al ruim twintig jaar in dat huis en we hebben een hoop spullen verzameld.'

Ellen voelde de hysterie opkomen.

'Hoezo? Heb je er last van? Dit is natuurlijk maar tijdelijk. Ik ben niet van plan jouw hal als permanente opslag te gebruiken, als je dat soms denkt.' Hij legde zijn hand in haar taille.

'Je had heel veel van deze, deze... troep regelrecht naar de vuilstort kunnen brengen.' Ellen bewoog zich een beetje zodat zijn hand van haar af viel. 'Je zou het nooit missen.'

Ze herkende die koele, afgemeten stem. Het was de stem van haar moeder. Julia zei pas nog dat ze merkte dat ze steeds meer als haar moeder begon te praten en toen had Ellen gezegd: 'Dat zal mij niet gebeuren.'

Anne had een gruwelijke hekel aan 'troep'. (Ze spuugde het woord altijd uit alsof het een vloek was.) Ellens bezittingen verdwenen voortdurend toen ze nog klein was. 'Je hebt die troep al in geen weken aangeraakt,' zei haar moeder als Ellen ontdekte dat een of ander speeltje of kledingstuk aan 'de arme mensen' was gedoneerd. Ellen was altijd jaloers als ze op bezoek was bij vriendinnen en zag hoe hun aanrecht vol stond met het puin van hun chaotische gezinsleven, de fotolijstjes op boekenplanken die volgepropt waren met boeken, de aardbeivormige magneetjes die kleurige tekeningen op hun plaats hielden op de koelkast. Haar huis, en dus haar leven, leek daarmee vergeleken zo steriel. Ze stelde rommel gelijk aan liefde en warmte en die lieve, vage, mollige moeders die haar verstrooid een boterham met pindakaas aanboden voor ze naar het fornuis holden of de wasmand.

Bij de zeldzame gelegenheden dat Anne niet aan het werk was, en Ellens vriendinnen waren op bezoek, lette haar moeder veel te veel op hen, haar violette ogen priemden, en ze bood hun limoensap aan (welk kind drinkt er nou limoensap?). Ze vroeg hun naar hun mening over actualiteiten (die ze natuurlijk niet hadden, op Julia na, die Ellens moeder dan ook fantastisch vond) en maakte vervolgens sarcastische grapjes die ze niet begrepen.

Ellen kon niet geloven dat het woord 'troep' zojuist uit haar mond was gerold op precies dezelfde manier als haar moeder het altijd gebruikte. Zo zie je maar weer hoe je jeugdervaringen in je onderbewuste zijn geprent. Als ze tijd had, zou ze daar serieus mee aan de slag moeten en haar ware gevoelens over dit onderwerp onder de loep moeten nemen. Anders zou zij straks ook nog limoensap aanbieden aan de vriendjes van haar kind.

'Je vindt het dus wel vervelend,' zei Patrick. 'Ik beloof dat het dit weekend allemaal weg is.'

Hij keek zo lief en verontschuldigend dat Ellen werd overspoeld door een golf van liefde en haar ogen vulden zich met schuldbewuste tranen. (Zwangerschapshormonen! Het was fascinerend om te zien hoe die haar emoties beïnvloedden.)

'Geeft niet, er is geen haast bij, ik stel me aan.' Ze knipperde snel met haar ogen, en liep de hal verder door zonder nog naar de dozen te kijken. ‘Wat zei je nou over zondag?’

Ze liepen de keuken in en Patrick zette water op. Hij zette altijd water op zodra ze de keuken in liepen, omdat hij er automatisch van uitging dat ze een kop thee zouden drinken. Het had iets ouderwets en ceremonieels, en het deed haar aan iemand denken. Aan wie? Aan haar opa natuurlijk. Haar lieve opa, die altijd theezette voor haar oma.

Ja, ze was stapelgek op Patrick. Goddank. Ze wist dat het stom en onrealistisch was, maar ze raakte altijd in paniek als hij haar maar even irriteerde. Ze kregen samen een kind. Ze moest op haar hoede blijven; eventuele scheuren in hun relatie moesten onmiddellijk dichtgesmeerd worden. Dat was van het allergrootste belang. Dit kind, haar kind, zou opgroeien met een moeder én een vader.

‘Wat was er nou zondag?’ vroeg ze toen Patrick de kop thee voor haar neerzette.

Deze zondag zou ze haar vader voor het eerst ontmoeten. Haar maag kromp ineen zodra ze daaraan dacht. Ze kon onmogelijk doen alsof het haar niet kon schelen, of dat ze niet gespannen was. Haar lichaam verraadde telkens wat ze ervan vond.

‘Dus is het de laatste zondag van de maand,’ zei Patrick. Hij draaide zich om naar de koelkast. ‘Hebben we nog crumpets?’ Hij praatte met zijn rug naar haar toe terwijl hij de inhoud van haar koelkast doorzocht. ‘O, mooi, hier zijn ze. Dus ik vroeg me af of je zin had om mee te gaan. Volkoren? Waarom zou je een crumpet verpesten door hem van volkorenmeel te maken?’

‘Waar heb je het over?’ vroeg Ellen. Hij ging nu alle crumpets opeten, en dan had zij morgenochtend niets meer voor bij de thee. Bovendien snapte ze niet waar hij het over had. ‘Waarom heb je het de hele tijd over “de laatste zondag van de maand”, alsof mij dat iets moet zeggen?’

Patrick keek verbaasd op terwijl hij de laatste twee crumpets in het broodrooster stopte. ‘Dat weet je toch wel – op de laatste zondag van de maand gaan Jack en ik altijd langs bij Colleens ouders voor de lunch. In de bergen.'

'Zie jij Colleens ouders nog?' vroeg Ellen beduusd. 'Elke maand?'

'Het zijn Jacks grootouders,' zei Patrick. 'Onderweg stoppen we altijd even bij Colleens graf.'

'Dat heb je me nog nooit verteld,' zei Ellen. Ze merkte dat haar hartslag versnelde. Een beetje. 'Nog nooit.'

'Sorry, ik dacht van wel,' zei Patrick. 'Maar goed, het maakt niet uit...'

'Daar heb je het nog nooit over gehad,' zei Ellen. Zoiets zou ze absoluut nooit vergeten. Ze was een vrouw. Ze was Ellen. Ze zou misschien vergeten welk model auto hij had, of van welke voetbalclub hij fan was, maar ze zou nooit vergeten dat hij elke maand het graf en de familie van zijn overleden vrouw bezocht.

'Het maakt niet uit,' begon Patrick weer.

'Het maakt wel uit,' zei Ellen. 'Dat heb je me nooit verteld. Ik weet het zeker. Ik zou me dat echt wel herinneren.'

'Ik zei toch niet dat ik het wel heb gezegd. Ik dácht dat ik het had gezegd,' zei Patrick. 'Kennelijk heb ik dat niet,' vervolgde hij. 'Maar het maakt echt...'

'Wanneer?' vroeg Ellen. 'Wanneer dacht jij dat je het me had verteld?'

De crumpets schoten omhoog. Patrick viste ze uit het rooster en verbrandde zijn vingertoppen.

'Au. Weet ik veel. Ik dacht echt dat ik het had verteld!'

'Dat heb je niet.' Ellen wist best dat ze zich vreselijk gedroeg.

'Best! Ik ben vergeten het je te vertellen. Sorry. Is het dan nu klaar?'

'Ik kan het niet uitstaan als je dat zegt!' zei Ellen, al bedacht ze meteen dat hij dat nog nooit had gezegd. Edward was degene die dat altijd zei. 'Is het dan nu klaar?' zei hij, op precies dezelfde vermoeide toon. Ongelofelijk hoe die lang vergeten herinneringen op de een of andere manier na al die tijd boven kwamen drijven.

'Wat kun je niet uitstaan?' Patrick leek perplex.

'Niks,' zei Ellen. 'Sorry.'

Ze vroeg zich af of hij het soms expres had gedaan, onbewust; dat hij het expres niet te veel over Colleen had gehad voor ze zich verloofden. Ze had wel gemerkt dat haar naam vaker viel sinds ze zijn huwelijksaanzoek had geaccepteerd. Laatst nog kwam hij langslopen toen ze waspoeder bij de was deed en hij zei dat Colleen altijd zei dat je eerst waspoeder in de trommel moest doen, en dan pas de kleren, want dan loste het beter op, of zo. Dat irriteerde haar een beetje. Alsof Colleen een huishoudgodin was. Ze naaide ook. Op een van de dozen in de hal stond 'naaimachine'. 'Colleen heeft haar eigen trouwjurk op die naaimachine gemaakt,' had Patrick geantwoord toen Ellen hem ernaar vroeg. 'Nou, ik ga mijn eigen jurk niet maken,' had Ellen luchtig gezegd. 'Ik kan nog geen naald vasthouden.' En Patrick zei: 'O nee, dat verwacht ik ook helemaal niet van je.' Wat Ellen het gevoel gaf dat hij eigenlijk bedoelde: 'Natuurlijk verwacht ik niet dat jij zo bijzonder bent als Colleen.' *Die verdomde mooie, blonde, waspoederoplossende Colleen.*

'Maar goed, ik dacht, nu we verloofd zijn, en met de baby en alles...' Patrick schraapte zijn keel en keek haar niet aan. 'Ik dacht, misschien wil je deze zondag meekomen, om kennis met hen te maken?'

Ellen haalde diep adem om rustig te worden. Dit was belangrijk voor hem. Hij was er zenuwachtig onder om het haar te vragen.

'Dat zou leuk zijn, alleen deze zondag kan ik niet,' zei ze. 'Ik ga lunchen met mijn moeder en met – mijn vader. Die ontmoet ik dan voor het eerst, weet je nog wel?'

Patrick was blij toen Ellens vader plotseling opdook in haar leven. Ze hadden het er uitgebreid over gehad, en zich afgevraagd hoe hij zou zijn (zou hij op Ellen lijken?) en hoe hij zich moest voelen, dat het zo vreemd was, en zo ongemakkelijk, en dat Anne zich zo wonderlijk gedroeg.

'O, natuurlijk,' zei Patrick en hij fronste terwijl hij veel te veel boter op de crumpets smeerde. 'Dat was ik vergeten. Denk je dat je dat kunt verzetten? Dat je 's avonds met hem gaat eten?'

Ze wilde het niet verzetten. Met iemand dineren was veel intiemer, formeler, gewichtiger. Lunch was precies goed. Luchtig en fris. 'Hallo, papa, leuk je eens te ontmoeten!' En ze had trouwens ook geen zin om al die moeite te nemen. Haar moeder zou een rolberoerte krijgen. Ellen had haar nog nooit zo gespannen meegemaakt (en dat zei iets, want haar moeder was van nature nogal een zenuwpees), alsof alles afhing van deze ene gebeurtenis. Ze had lang geaarzeld over het restaurant, en dat was niets voor haar. Ze had ergens gereserveerd en weer afgebeld. Toen had ze een ander restaurant uitgekozen, maar afgewezen omdat ze geen tafeltje met uitzicht kon krijgen. Toen ze eindelijk definitief had gekozen voor een Maleisisch restaurant, had ze de tijd en locatie aan Ellen bevestigd, en later nog een keer. Phillipa en Mel waren ook in gespannen afwachting. Ellens vriendinnen eisten dat ze hen belde om alles te vertellen zodra ze thuis was. Dat kon ze toch niet zomaar even verzetten.

'Die lunch is echt een big deal voor mij,' zei Ellen.

'Dat weet ik,' zei Patrick. Hij ging naast haar zitten en zette het bord met crumpets op tafel, en keek haar smekend aan. 'Maar je pa zou het toch niet erg vinden als je de afspraak omgooit? Ga anders zaterdag met hem lunchen?'

Je pa. Alleen uit zijn woordkeuze bleek al dat hij totaal niet snapte hoe ontzettend belangrijk deze ontmoeting was. Ze ging niet zomaar even lunchen met 'haar pa', zoals hij een broodje at met zijn eigen lieve vader in het plaatselijke winkelcentrum.

'Waarom verzet je jouw lunch met Colleens familie dan niet?' Ellen zei het neutraal en vriendelijk. Dit was toch niet zo moeilijk. Ze moesten alleen onderhandelen over de timing. Zoiets zou bij andere stellen misschien tot een conflict leiden, maar niet bij iemand die emotioneel zo ver ontwikkeld was als zij.

Patrick kromp ineen en krabde aan de zijkant van zijn kaak. 'Het punt is, dit is onze vaste afspraak. De laatste zondag van de maand. Zelfs toen Colleen nog leefde. Het is een traditie.

Dat is nog nooit anders geweest. Haar ouders zijn heel oud en conservatief – ze houden graag vast aan hun gewoontes. En bovendien, heb ik al zo'n beetje...'

Hij keek beschaamd, en legde zijn crumpet neer.

'Ik heb al gezegd dat je kwam. Dit is heel ingrijpend voor hen. En voor mij ook. Ik heb hen nog nooit laten kennismaken met een andere vrouw. Het zal heel zwaar voor hen zijn – ze hebben vast het gevoel dat jij Colleen vervangt. Ze rouwen nog altijd om haar, natuurlijk. Over het verlies van een kind kom je nooit meer heen. Maar ze willen je heel graag ontmoeten! Millie zei: "Ellen gaat deel uitmaken van Jacks leven, dus wil ik dat ze ook deel gaat uitmaken van het onze."'

Patrick schudde zijn hoofd vol verwondering, en schonk Ellen een bedroefd, sentimenteel glimlachje, alsof zij ook wel versteld zou staan van Millies dapperheid.

Ineens haatte Ellen iedereen. Ze had niet echt zin om de vreemde man te ontmoeten die haar vader was. Ze had geen zin om de familie van Patricks overleden vrouw te ontmoeten. (Ze voelde zich natuurlijk bereschuldig dat zij leefde terwijl hun geliefde kind dood was.)

Ze was zwanger. Ze was nog nooit in haar leven zo moe geweest als nu. Haar hal stond propvol troep. Het enige wat ze wilde was met rust gelaten worden en slapen, slapen en nog eens slapen, en dat Patrick die dozen weggooide terwijl zij lag te slapen.

Dat is wat ze zondag wilde doen.

Patrick likte honing van zijn vingers. 'Jack vindt het hartstikke leuk dat jij Millie en Frank gaat ontmoeten. Hij zei dat jij ze dan kunt hypnotiseren.'

'Heb je Jack verteld dat ik meeging zonder dat je het eerst aan mij hebt gevraagd?' vroeg Ellen.

'Ik weet het. Het spijt me ontzettend. Ik ben heel dom geweest. Maar ik had het zo in mijn hoofd dat je meekwam.'

'Maar ik kan helemaal niet!' zei Ellen.

'Maar je kunt je pa toch vragen...'

'Hij is mijn pa niet,' zei Ellen. Ze merkte dat ze haar tanden op elkaar klemde en deed bewust een poging om haar kaak te ontspannen. 'Ik heb die man nog nooit ontmoet. Dus wil je hem alsjeblieft niet mijn pa noemen.'

'Prima. Ik weet dat het belangrijk voor je is dat je je vader gaat ontmoeten. Natuurlijk! Het is ook superbelangrijk. Maar ik weet zeker dat hij het niet erg zou vinden als...'

'Ik ga het niet verzetten,' zei Ellen. 'Leg maar uit aan Millie en Frank dat ik deze keer echt niet kan. Ik kom volgende maand wel.'

'Is het soms omdat je het gek vindt om hen te ontmoeten? Want ze zullen je echt op je gemak stellen, hoor. Jemig, ze waren zelfs aardig tegen je-weet-wel – en dat was nog maar zo kort nadat Colleen was overleden.'

'Je weet wel? Je bedoelt Saskia? Je zegt nog geen twee seconden geleden dat je nog nooit een andere vrouw hebt meegenomen naar Colleens ouders!'

Patricks stem zwol aan. 'Een andere normále vrouw. Zij telt niet.'

Ellens stem nam hetzelfde volume aan. 'Maar tóén telde ze wel!'

Patricks blik toonde die ingehouden woede, zoals altijd als Saskia's naam viel. 'Waarom trek jij partij voor haar?'

'Ik zeg alleen...' begon Ellen.

'Laat ook maar. Laat zondag maar zitten. Vergeet dat ik er ooit over begonnen ben. Je hebt gelijk. We doen het wel een andere keer.' Hij stond op. 'Ik ga nog wat troep halen van thuis.'

Hij stampte de keuken uit zonder nog naar haar te kijken.

'Bedankt dat je al mijn crumpets hebt opgegeten!' gilde Ellen hem na.

En toen pakte ze tot haar eigen verbijstering het bord op en smeet dat tegen de muur.

Iedereen verhuist.

Jeff van hiernaast verhuist naar de kust. Het levendige nieuwe gezinnetje verhuist binnenkort naar hiernaast.

Patrick en Jack trekken bij Ellen in.

Ik ben de enige die stilstaat.

Vanavond na het werk heb ik in mijn auto bij Patricks huis gestaan terwijl hij dozen inlaadde in zijn bestelbus. Hij gelooft duidelijk niet in verhuizers. Ik kan me de dag nog herinneren dat ik bij hem introk. Hij stond erop zelf al mijn spullen te verhuizen. Hij had Stinky gevraagd hem te helpen terwijl ik op Jack paste. We gingen naar het park verderop. Er was nog een peutertje van ongeveer dezelfde leeftijd als Jack, dus we hebben samen delen geoefend. Jack dacht dat het park van hem was. Dat dacht het kleine meisje ook. Ze zeiden allebei steeds: 'Mij! Mij!' terwijl de andere moeder en ik van die stomme dingen scandeerden die ouders nu eenmaal zeggen, zoals: 'Samen spelen, samen delen!', 'Lief doen!', 'Om de beurt!'

De andere moeder zuchtte: 'Dit is zo'n vermoeiende fase, vind je niet?' en ik stemde in. Alleen, ik vond het helemaal niet vermoeiend, want ik was dol van geluk. Ik was verliefd op Patrick, en ik was verliefd op Jack, en we zouden met z'n drietjes een nieuw leven beginnen.

Die avond aten we pizza, dronken we een biertje en we gaven Jack zijn allereerste stukje pizza. Ooit. Patrick nam foto's. Hij zei dat het een historisch moment was. Jack had zo'n grappige, verbaasde, gelukkige uitdrukking – alsof hij niet kon geloven dat hij al drie jaar op deze aarde rondliep zonder van het bestaan van dit geweldige ding genaamd 'pizza' af te weten. Hij kauwde de punt weg alsof hij een machine was. 'Ik begrijp precies hoe je je voelt, mannetje,' zei Patrick. 'Wacht maar tot je er ook nog een koud biertje bij kunt drinken.'

Ik was erbij toen jouw zoon voor het eerst pizza at, Patrick. Ik heb hem geleerd te delen. Je kunt me niet uitwissen. Ik was erbij en ik ben er nog steeds.

Patrick keek vanavond niet zo gelukkig terwijl hij de dozen achterin smeet. Hij zag er helemaal niet uit als een man die ging trouwen en een baby kreeg. Hij zag er eerlijk gezegd uit als een ouwe mopperkont.

Dat kwam waarschijnlijk doordat hij wist dat ik naar hem zat te kijken. Ik weet dat mijn aanwezigheid hem woedend maakt, maar gek genoeg voelde ik ook dat er nog iets anders speelde. Ik ken hem beter dan wie dan ook.

Toen hij de laatste doos in de bus had gezet liep hij naar mijn auto. Ik draaide het raampje naar beneden en hij boog, leunde voorover en zei: 'Dag, Saskia.'

Het overdonderde me. Hij heeft mijn naam al zo lang niet meer genoemd. En als hij dat wel deed, dan schreeuwde hij hem uit, alsof zelfs het woord 'Saskia' iets kwaadaardigs en weerzinwekkends was.

Deze keer zei hij het zo gewoon, alsof ik een oude vriendin was. Heel even voelde ik een uitbundige, krankzinnige hoop. Hij gaat bij haar weg, dacht ik. Hij is weer zichzelf. Het is allemaal voorbij. Ik hoefde het alleen maar uit te zitten.

Maar toen begon hij te praten en ik zag dat hij in werkelijkheid bozer was dan ik hem ooit heb gezien. Het was alsof hij een bom bij zich had en hij heel zachtjes en zorgvuldig moest bewegen en praten, omdat die anders zou ontploffen. Hij zei: 'Ik wil niet dat jij ooit nog bij Ellen in de buurt komt, heb je dat heel goed begrepen? Als je mij zo nodig wilt achtervolgen, ga je je gang maar, maar haar laat je met rust. Ze heeft dit nergens aan verdiend.'

Hij hing de ridder uit, om zijn schone maagd te beschermen tegen de draak. Ik. Ik was de draak.

'Ik heb niet...'

'Het boek.'

'Dat heb ik teruggebracht!'

'De bloem.' Hij sprak het woord 'bloem' uit alsof ik een dood beest voor haar had achtergelaten.

'Patrick, ik vind Ellen heel aardig,' zei ik. Ik wilde hem ervan verzekeren dat ik geen gevaar voor haar vormde. De bloem was bedoeld als een soort aardig gebaar, verontschuldigend zelfs. Ik wilde haar weg hebben, zo ver mogelijk, ja, maar ik wilde haar niets aandoen.

'Hou op,' zei hij scherp. 'Ik wil niet eens dat je over haar praat. Hou op – jezus.'

Hij haalde diep adem en blies zijn wangen op om de lucht eruit te laten. Ik weet nog hoe we tegen Jack zeiden: 'Diep ademhalen, diep ademhalen, diep ademhalen,' als hij een driftbui had, en we hem wilden leren hoe hij zijn boosheid onder controle kon houden.

'Weet je nog...' begon ik.

'Wanneer komt hier eindelijk eens een eind aan?' Nu gebruikte hij zijn zogenaamd neutrale, redelijke stem.

Ik zei: 'Ik zal altijd van jou blijven houden, als je dat soms bedoelt.'

Hij zei: 'Jij houdt niet van mij. Je kent me niet eens meer. Jij houdt van de herinnering aan mij, meer niet.'

Ik zei: 'Dat zie je verkeerd.'

Hij zuchtte en zei: 'Prima, jij houdt van mij, maar wat heeft het voor zin? Ik ga met Ellen trouwen.'

Ik zei: 'Dat weet ik. Gefeliciteerd, ook met de baby.'

Zijn gezicht betrok weer en hij zei: 'Hoe weet jij van de baby?' En toen zei hij: 'Laat maar. Ik wil het niet weten.' En hij duwde zich van de auto af en liep weg.

Ik riep hem na: 'Weet je nog dat Jack voor de eerste keer pizza at?'

En toen bleef hij plotseling stokstijf staan, draaide zich om en schreeuwde: 'Ja, dat weet ik nog! We hebben het af en toe best leuk gehad! Nou en! Nou én?'

Hij stak zijn handen in de lucht met zijn vingers gespreid, en ik zag zijn handen trillen.

'Dit kan zo niet doorgaan,' zei hij, en hij klonk echt heel vreemd. 'Hier moet een eind aan komen.'

'Ik weet het,' zei ik, en ik klonk en voelde me volkomen rustig. 'Jij moet weer bij me terugkomen.'

Het bord dat Ellen tegen de muur had gesmeten, was er eentje van haar oma. Het was deel van een servies dat haar oma als huwelijkscadeau had gekregen van haar eigen ouders. Ellen hield zo van dat servies. Als er brand zou komen, zou ze het huis in lopen om het te redden. Ze kon niet geloven dat ze een van die dierbare, onvervangbare borden tegen de muur had gegooid. En om zoiets stoms en onbenulligs. Patrick had haar niet verteld dat hij vreemdging, of iets dergelijks. Ze hadden alleen een onenigheidje over de planning van afspraken!

Zij deed nooit zulke dingen. Stel je voor dat haar cliënten haar zo zouden zien!

Ze knielde op de grond en raapte vol spijt de brokstukken op. 'Het spijt me, oma,' zei ze hardop. 'Dat was echt gênant.'

Ze zag een beeld van haar oma voor zich in het geestenrijk (waar ze het druk had met een of andere geestencommissie; ze was altijd ontzettend betrokken bij alles): dat ze opkeek van haar paperassen en Ellen over de rand van haar bril aankeek. 'Niks voor jou, liefje.'

'Ik weet het,' zei Ellen. 'Raar, hè?'

De telefoon ging. Het was haar moeder.

'Ik heb net een van oma's borden gebroken,' zei Ellen tegen haar. 'Die van haar huwelijksservies.'

'Die borden geven me altijd zo'n muf, duf gevoel,' zei Anne. 'Als ik jou was zou ik een stapel bij de hand houden om tegen de muur te gooien als je een keer ruzie hebt met Patrick. Niet dat jij ooit zoiets zou doen. Jullie zullen wel samen mediteren als jullie het oneens zijn, of chanten, of je aura's op elkaar afstemmen of zoiets.'

'Toevallig heb ik het bord wel tegen de muur gegooid,' zei Ellen.

'Echt?' Haar moeder leek onder de indruk.

'Ja,' antwoordde Ellen. Ze was ineens zo kwaad op haar moeder! 'En Patrick en ik chanten of mediteren niet samen, en ik geloof niet in aura's, tenminste, niet als een daadwerkelijke fysieke verschijning, en bovendien stem je aura's niet op elkaar af, dat doe je met chakra's. Als je zo nodig bits moet doen, gebruik dan in elk geval de juiste terminologie.'

Er viel een stilte.

'Het was niet mijn bedoeling om bits te doen,' zei Anne met een zachtere, sussende stem. 'Het spijt me. Ik vond het zelf grappig. Je vader, eh, David zei er gisteravond toevallig ook iets over. Hij zei dat ik soms wel wat "scherp" ben. Misschien heeft hij een punt.'

Gek genoeg werd Ellen alleen nog maar bozer door haar moeders verontschuldiging. 'Tja, ik neem aan dat jij je persoonlijk niet gaat aanpassen aan een man,' zei ze kattig. 'Dat heb je er bij mij immers ingeramd sinds ik acht was! Toen Jason Hood naast me wilde zitten tijdens het overblijven zei ik tegen hem dat dat niet kon, omdat hij anders mijn persoonlijkheid zou kunnen onderdrukken. Hij zei dat hij helemaal niets wilde drukken en toen werd hij rood, moest hij huilen en is hij weggelopen.'

Anne giechelde. 'Zoiets heb ik nooit gezegd. Die onderdrukkingspreek zul je wel van Melanie hebben gehad. Ik heb er nooit in geloofd dat een man in staat zou zijn om mijn persoonlijkheid te onderdrukken. Kom, zeg!'

'Misschien heb je gelijk,' verzuchtte Ellen, hoewel ze er zeker van was dat het haar moeder was geweest. Dat was het probleem als je drie moeders had: ze haalde ze steeds door elkaar in haar geheugen. Ze drukte met een vingertop tegen haar voorhoofd. 'Ik heb hoofdpijn, geloof ik. Waar belde je voor?'

'Nou, ik vroeg me af of we de lunch kunnen verzetten. David en ik zijn uitgenodigd om een lang weekend op een enorm jacht door te brengen, op de Whitsundayeilanden. Leuk, hè! Een paar vrienden van hem zijn over uit Engeland. Bankiers blijkbaar. Heel rijk. Zo te horen redden zij zich prima in deze economische crisis.'

Er klonk een onderstroom van puur plezier door in haar moeders gebruikelijke afgemeten, koele toon. Ellen bedacht dat dit het leven was dat Anne in feite altijd al had moeten leven. Champagne drinken op een jacht, kletsen met bankiers. En dan shoppen in Parijs.

'David wilde onze lunch niet verzetten, maar ik zei dat jij het niet erg zou vinden. Ik heb hem er natuurlijk niet bij verteld dat jij nogal blasé bent over de hele gebeurtenis.'

'Geen probleem,' zei Ellen, maar ze was gekwetst. Haar vader had een beter aanbod gekregen. Want ja, zijn dochter zien, dat kon natuurlijk altijd nog. En nu had ze geen excuus meer om zondag niet mee de bergen in te gaan om Colleens ouders te ontmoeten. Geweldig.

'Weet je het zeker?' vroeg haar moeder. 'Je klinkt boos. Je bent toch niet boos, hè? Want ik was degene die zei dat we de uitnodiging best konden aannemen. Ik weet dat het vreselijk oppervlakkig van me is, maar ik moet toegeven dat het zo verrukkelijk... decadent klonk. Ja, dat is het woord.'

Haar moeders eerlijkheid en lichte gêne gaven haar iets kwetsbaars. Anne geneerde zich nooit ergens voor. Ellens hart smolt een beetje. Ze haalde diep adem. Allemachtig. Haar emoties schoten echt alle kanten op.

'Ik vind het best. Het komt zelfs goed uit. Patrick wilde ook iets van me.'

'Fantastisch!' zei haar moeder. 'O, trouwens. Ik dacht dat je het vast leuk vond om te horen dat de afgelopen week maar liefst drie patiënten vertelden dat ze door hypnose waren afgevallen.'

'O ja?' vroeg Ellen, al boeide het haar niet echt.

'Ja, ze zijn naar zo'n "hypnoparty" geweest. Die zijn momenteel helemaal in. Het is een soort tupperwareparty, alleen dan krijgen ze geen plastic doosjes, maar worden ze allemaal gehypnotiseerd. Dan drinken ze champagne en eten ze stukjes wortel, denk ik. Dames van een zekere leeftijd en met een zeker inkomen zijn er gek op.'

'Dat is ook wat,' zei Ellen. Die Danny.

Hoewel ze er ook licht gedeprimeerd van werd. Wat hadden standaardhypnotherapeuten als zij nog voor zin als dynamische jonge gastjes als Danny het vak op zijn kop zetten?

'Zeg, ik moet hollen,' zei haar moeder. 'We gaan naar het theater.'

'Oké. Doe de groeten aan Pip en Mel.'
'Ik ga met David.'
'O,' zei Ellen. 'En Pip en Mel dan?'
'Geen idee, maar David en ik gaan naar dat nieuwe stuk van Williamson. Het is de première. We zitten op de eerste rij.'
'Uiteraard,' reageerde Ellen.
'Sorry?'
'Laat maar. Doe pa de groeten!'
'Ellen?'
'Sorry. Ik ben in een heel vreemde bui. Maar het komt goed. Veel plezier.' Ze hing op en keek naar de piepkleine stukjes bord die op de grond lagen te glinsteren.

Alle dingen waarvan ze vroeger altijd dacht dat die haar heel gelukkig zouden maken, gebeurden. Ze had een vader en een moeder die vanavond samen naar het theater gingen. Ze had een verloofde en een stiefzoon en er was een baby op komst. Waarom was ze dan niet in de zevende hemel? Waarom voelde ze zich zo ongedurig en geïrriteerd? Het waren toch zeker niet de zwangerschapshormonen in combinatie met een eenvoudige angst voor verandering?

Was ze dan toch een gewoon mens?

Aha, Ellen! Dus jij vindt jezelf zo bijzonder?

Er klonk een enorm kabaal in de hal en Ellen schrok op. Ze rende de keuken uit, en zag dat twee van Patricks dozen die boven op de stapel stonden naar beneden waren gekukeld en opengebarsten waren, zodat de inhoud nu in een enorme berg op de vloer lag.

Ze zag een vieze oude gymschoen, cd's die uit hun doosje gevallen waren, kluwens verlengsnoer, een reisföhn, kerstversieringen, een koekenpan, een Matchbox-autootje, een uitpuilend fotoalbum dat op zijn kop was gevallen, een oud blik zonder veger, munten, bonnetjes... troep.

Terwijl ze een van de gevallen dozen oppakte, zag ze dat Patrick er zorgvuldig 'Diversen' op had geschreven. Ze schoot in de lach. Het hoorde een vriendelijke, liefhebbende lach te zijn om haar niet perfecte, maar o-zo-schattige aanstaande echtgenoot, maar het klonk als een onaangename, bittere blaf, alsof ze al jaren ongelukkig getrouwd waren en dit de laatste druppel was.

Toen zei ze: 'O nee, alsjeblieft niet,' terwijl de bodem van de doos scheurde en er nog een stroom 'diversen' op de grond stuiterde.

Ze liet de zachte, stoffige stukken karton vallen en stampvoette. Haar huis zou nooit meer van haar zijn. Het zou verdwijnen onder een berg rotzooi. Ze krabde verwoed aan haar pols omdat een kriebelig gevoel van blinde woede zich van haar meester maakte, alsof talloze piepkleine beestjes over haar lichaam krioelden.

Dit is een verkeerde reactie. Je moet ademhalen. In, uit. Stel je voor dat er wit licht is dat...

'Hou op! Hou op! Hou op!' schreeuwde ze door de lege hal.

Ze zocht naar afleiding, in welke vorm dan ook. Ze boog zich voorover en raapte het fotoalbum op.

De eerste foto die ze zag, was er eentje van een piepjonge Patrick in een wit shirt met wijde mouwen en met een blond meisje op schoot. Zij droeg een witte spijkerbroek die ze in haar laarzen had gepropt, iets met schoudervullingen, en dartele oranje veertjes als oorbellen. Patrick en Colleen. Prille liefde, eind jaren tachtig.

Ze sloeg de bladen om.

De ene na de andere foto van Colleen die poseerde voor de camera die waarschijnlijk door Patrick werd bediend. Handen in de zij, met getuite lippen, met wijd opengesperde ogen en een verleidelijk glimlachje.

Ellens zeventienjarige ik, het meisje dat bijna dezelfde oorbellen droeg toen ze nog op school zat, maar dat nooit het zelfvertrouwen zou hebben gehad om zo te poseren voor een vriendje, reageerde krengerig: 'O, o, wat zijn we mooi.'

Haar betere ik liet van zich horen: 'Ellen! Wat is er met jou? Dit is maar een meisje! Een meisje van zeventien dat heel jong zal sterven. Dit is wel het minste wat je haar mag gunnen.'

Ze sloeg de bladzijde om.

'Ach, hemeltje,' zei ze, ditmaal met de stem van haar oma.

Ze keek naar naaktfoto's van Colleen. Haar blonde haar plakte tegen haar hoofd alsof ze net uit de douche kwam. Zonder de gedateerde kleding en haardracht, zag ze er niet meer zo lachwekkend uit als mensen er meestal uitzien op oude foto's. Nu ze niet meer gewoon knap was zoals meisjes in de jaren tachtig knap waren, was ze een klassieke schoonheid, met hoge jukbeenderen en grote ogen. Ellen bestudeerde elke foto, en voelde zich zowel vreemd opgewonden als een beetje misselijk. Colleen had een perfect geproportioneerd lichaam, slank en met precies de juiste rondingen. Ze had wel model kunnen worden.

De foto's waren totaal niet pornografisch. Ze waren onschuldig sensueel; Ellen voelde de rauwe intensiteit van de ontluikende liefde.

Er zat een prachtige foto tussen van Colleen die helemaal bloot op een eenpersoonsbed lag, met haar ogen dicht en zonlicht op haar gezicht. Ellen stelde zich voor hoe Patrick zich moest hebben gevoeld als hitsige puber toen hij dit prachtige meisje zag. Ellen was heel aantrekkelijk als tiener, een 'knap' meisje – maar ze had nooit zo'n lijf gehad, en inmiddels was haar huid aan het verouderen en werd ze dikker door de zwangerschap, en ze werd door pure jaloezie overvallen. Ze wilde dat jonge meisje zijn, en naakt op bed liggen met het zonlicht op haar gezicht, en de waarheid was dat ze dat meisje nooit was geweest en ook nooit zou worden.

'Hou op met kijken,' zei ze tegen zichzelf. 'Dit is ontzettend privé! Je hebt het recht niet! Het is respectloos, en je reactie is emotioneel onvolwassen. Dit is geen grote zaak. Iedereen heeft wel ergens een doos met foto's van jeugdliefdes. Doe dat album dicht, berg het ergens op zodat Jack niet ineens met onkiese foto's van zijn overleden moeder wordt geconfronteerd en ga dan naar je computer om informatie te zoeken over wandelwagens. Of doe je belasting, of wat dan ook.'

Ze ging in kleermakerszit op de grond tussen de troep zitten en bleef kijken, en terwijl ze daarmee bezig was, voelde ze een vreemd verlangen naar een vriendschappelijke gedachtewisseling met Saskia.

'Denk jij dat hij nog steeds verliefd is op zijn vrouw?' zou ze haar vragen. 'Zou hij wel echt over haar heen zijn? Denk je dat wij überhaupt een kans hadden?'

Ze had het gevoel dat Saskia de enige was die zou begrijpen waarom ze niet kon stoppen met kijken naar deze foto's.

15

De eerste keer dat je in leeftijdsregressie gaat, vergeet je nooit meer!

Flynn Halliday

'Beschrijf maar alles wat bij je opkomt,' zei Ellen.

Alfred Boyle, de bescheiden accountant die hulp wilde bij zijn openbare optredens, zat in de groene ligstoel en vertoonde alle tekenen van de ideale hypnotische staat: blosjes op zijn wangen, ogen die rusteloos heen en weer schoten achter zijn oogleden, zijn glimmende zwarte schoenen die naar buiten gevallen waren.

Dit was Ellens tweede sessie met hem, en ze deed een leeftijdsregressie.

Na hun eerste afspraak was het Ellen duidelijk dat Alfreds angst voor spreken in het openbaar in feite een enorme fobie was. Hij kon niet eens praten over een lezing zonder te gaan trillen en stotteren. Hij dreigde zelfs zijn baan hierdoor te verliezen. Hij meldde zich vaak ziek als hij eigenlijk een presentatie had moeten geven, zodat anderen het voor hem moesten opknappen.

Alfred was in regressie al teruggegaan naar zijn eerste baan als trainee bij een accountantskantoor, waar hij een onbeduidende presentatie zo had verknoeid dat zijn baas hem vriendelijk in de rede was gevallen: 'Laat maar zitten, joh.'

Nu beschreef Alfred een spreekbeurt op de middelbare school. Hij had het op een briefje geschreven onderwerp uit een hoed getrokken en daarover moest hij onvoorbereid twee minuten praten voor de klas. Zijn onderwerp was muziek.

'Ik ben misselijk,' zei Alfred. Zijn stem klonk jonger. Niet zo diep. Zelfs de onzekere manier waarop zijn kaak van links naar rechts bewoog, deed Ellen denken aan een tiener. 'Ik heb helemaal niets te melden over muziek. Muziek. Wat is muziek überhaupt? Ik bedoel, geluid en dat soort shit? Ze zitten allemaal naar me te staren. Ze vinden me belachelijk. Ik bén ook belachelijk.'

'Waar voel je de angst?'

'Hier.' Alfred drukte zijn hand tegen zijn maag. 'Ik moet overgeven. Ik meen het. Ik ga over mijn nek op de grond, in de klas.'

Ellen keek hem ongemakkelijk aan en voelde de misselijkheid opkomen bij zichzelf.

'We gaan dat gevoel gebruiken als een brug,' zei ze stellig. 'En we lopen die brug over, en komen aan bij de allereerste keer dat jij je zo voelde.'

Ze was op jacht naar wat men de 'oorspronkelijke traumarespons' noemt.

'Ik tel terug van vijf naar een, en je reist terug in de tijd. Vijf, je wordt jonger, kleiner; vier, je volgt dit gevoel; drie, je bent er bijna; twee; een.' Ellen leunde naar voren en tikte zachtjes op Alfreds voorhoofd met haar nagel. 'Je bent er.'

Ze wachtte heel even.

'Waar ben je?' vroeg ze.

'Kleuterschool,' zei Alfred.

Toen ze zijn stem hoorde, voelde Ellen een koude rilling. Het verbaasde haar altijd nog als dit gebeurde. Er zat een man van tweeënvijftig voor haar, maar ze sprak met een klein kind.

'Hoe oud ben je?'

Alfred stak zijn vingers op en zoog op zijn duim.

'Vier?' vroeg Ellen.

Alfred knikte verlegen.

'En wat gebeurt er, Alfred?'

'We moeten stil zijn van de juf, maar Pam zit te huilen in de leeshoek. Ze is heel verdrietig. Ik vind dat ik haar moet opvrolijken. Dat ik haar een cadeautje moet geven.'

'Ah, dat is een goed idee. Wat voor cadeautje?'

'Mijn slak.'

O jee, dit liep vast niet goed af.

'Je slak?'

'Ja, die heb ik vanochtend op het pad gevonden en toen heb ik hem in mijn zak gestopt. Hij is supergroot! En weet je?' Alfreds gezicht straalde jongensachtig enthousiasme uit. 'Zijn huisje is harig! Ik heb nog nooit een slak met een harig huisje gezien.'

'Wat doe je nu?'

'Ik zeg: "Kijk, Pam, deze is voor jou."'

'Wat doet Pam?'

Uit Alfreds ontstelde uitdrukking bleek duidelijk dat de slak niet in goede aarde viel.

'Ze gilt en ze duwt me weg!'

O, Pam, dacht Ellen.

'Ik val tegen de boekenkast en die valt op de grond. En vanochtend hebben we paaseieren beschilderd en die stonden op de kast en die zijn nu ook stuk! En juf Bourke gilt zo hard, en ik kan mijn slak niet meer vinden en iedereen kijkt naar me.'

Alfreds schoenen tikken tegen de grond. 'Juf Bourke slaat me op mijn benen!'

Vals kreng, dacht Ellen.

De tranen van een jongetje van vier biggelden over Alfreds tweeënvijftig jaar oude gezicht. 'Ik moet voor de klas gaan staan en sorry zeggen tegen Pam en sorry zeggen tegen de hele klas, omdat ik de paaseieren heb stukgemaakt en iedereen kijkt naar me alsof... alsof ik een bankrover ben.'

Ellen wilde regelrecht naar 1963 om Alfred van die kleuterschool te halen en een ijsje met hem te gaan eten. Maar er was er maar één die dat zou kunnen.

Ze verhief haar stem. 'Ik wil nu graag even praten met de volwassen Alfred. Ben je daar?'

Alfred ging rechtop zitten. Hij schraapte zijn keel en tilde zijn kin op. Zijn stem klonk weer dieper. 'Ja.'

'Oké, Alfred. Ik wil dat je teruggaat en dat je kijkt naar jouw vierjarige ik door je volwassen ogen. Ik tel terug vanaf vijf. Vijf, vier, drie, twee, een... je bent er.'

Alfred rekte zijn nek.

'Ben je er?'

'Ja.'

'Kun je de vierjarige Alfred zien?'

'Ja.'

'Wat zou je tegen hem willen zeggen?'

'Het geeft niet, joh. Meisjes houden nou eenmaal niet van slakken. Ze zijn gewoon een beetje raar. En je wilde alleen maar helpen. Het was allemaal niet jouw schuld.'

Ellen keek op haar horloge. De sessie liep uit, en Mary-Beth McMasters kwam dadelijk, tenminste, als ze überhaupt kwam opdagen. Het was tijd om er een eind aan te breien met een paar positieve suggesties.

Er kwam een beeld bij Ellen op van Mary-Beths treurige koekdeeggezicht. Bedachtzaam keek ze naar Alfred.

Mary-Beth was ook alleenstaand.

'Alleenstaand,' hadden ze allebei meteen geantwoord toen ze hun tijdens de intake had gevraagd hoe het relationeel zat, met precies dezelfde gelaten, wat-dacht-jij-dan-intonatie in hun stem.

Ze waren ongeveer even oud. Ze had geen idee wat ze verder met elkaar gemeen hadden, maar de magische cocktail van karaktertrekken en achtergrondkenmerken en chemie waardoor twee mensen verliefd op elkaar werden viel toch nooit te voorspellen.

Dus waarom zou ze hun niet een piepklein zetje geven? Ze hoefde maar even iets met haar nagel te doen en ze zouden als knikkers naar elkaar toe rollen. Dat kon toch best?

Toen Alfred knikte om aan te geven dat hij er klaar voor was, zei ze: 'Je draagt de gevoelens van de vierjarige Alfred nu al heel lang met je mee. Het is tijd om de geschiedenis te herschrijven. De eerstvolgende keer dat je een treurig uitziende vrouw tegenkomt, voel je een sterke drang om haar een compliment te geven...'

Ellen zweeg. Aangenomen dat Mary-Beth de eerstvolgende treurig uitziende vrouw was die hij zag, hoe zou zij dan reageren? Waarschijnlijk niet als de vierjarige Pam, maar we hadden het hier wel over Mary-Beth. Ellen had geen idee hoe ze zou reageren. Was dit een krankzinnig idee?

'... en hoe ze ook reageert, jij hebt er een goed gevoel bij. Je bent zelfs een beetje trots op jezelf.'

Ellen aarzelde. Hoever kon ze dit doorvoeren?

Ach, wat kon het haar ook bommen.

'Misschien vraag je haar zelfs wel mee uit. Je spreekt duidelijk en vol zelfvertrouwen en je kijkt haar recht in de ogen, en ook al loopt de vierjarige Alfred in de weg, de volwassen Alfred neemt het voortouw. Je vraagt haar om een borrel met je te gaan drinken. Vanavond, als ze tijd heeft. In het Manly Wharf Hotel bijvoorbeeld. Dan hebben jullie mooi uitzicht op...'

Oké, nu ging ze wel iets te ver. Ze maakte er snel een einde aan.

'En zelfs al zegt deze vrouw nee, toch ben je vol optimisme en zelfvertrouwen en positiviteit, want waar het om gaat is dat jij die sprong hebt genomen. Knik maar als je me begrijpt.'

Alfred knikte een keer. Zijn hoofd was op zijn borst gezakt. Hij zag eruit als een dronkenlap die instemde met iemand die een taxi voor hem wilde bellen.

Nou, dacht Ellen. We zullen zien wat er gebeurt.

Ze haalde hem uit zijn trance.

'Hoe voel je je?' Ze schonk een glas water voor hem in.

Alfred pakte het glas water uit haar uitgestrekte hand, gooide zijn hoofd achterover en dronk het in een teug leeg. Toen zette hij het lege glas op tafel en grijnsde naar haar. Hij had eigenlijk een heel leuke glimlach.

'Goed, geloof ik,' zei hij. Hij schudde zijn hoofd en grinnikte.

'Ja, ik ben altijd zo in trek geweest bij de dames. Het is immers wat ieder meisje wil, een slak in een harig huisje. Ik had daar al in geen jaren meer aan gedacht.'

'Een jongensachtig meisje had die slak waarschijnlijk best leuk gevonden,' zei Ellen.

'Maar je wilt toch niet beweren dat dát de oorzaak is van mijn probleem met spreken in het openbaar?' vroeg Alfred.

'Ik beweer niets.' Ellen vouwde haar handen in haar schoot en keek hem glimlachend aan.

'Het punt is alleen...'

'Wat?'

'Nou ja, het is zo triviaal. Gênant gewoon. We hebben niet bepaald ontdekt dat ik in een vorig leven, weet ik veel, gestenigd ben door Egyptische monniken omdat ik een saaie speech had gehouden.'

'Egyptische monniken?'

'Ja, ik zeg ook maar wat. Ik ben accountant, geen historicus! Maar goed, ik geloof niet eens in vorige levens.'

Uitstekend. Dan had hij dat in elk geval gemeen met Mary-Beth. Konden ze kletsen over hun gebrek aan geloof in vorige levens. Misschien waren ze wel een sceptisch liefdespaar geweest in het oude Rome.

'Als het nu iets schokkends was geweest, een traumatische jeugdherinnering,' peinsde Alfred.

Interessant hoeveel cliënten met een volmaakt gelukkige jeugd graag iets verschrikkelijks in hun jeugd zouden ontdekken.

'Voor een kind kan iets heel triviaals heel traumatisch zijn,' zei Ellen. 'En je onderbewuste houdt die herinneringen vast. Daar gaan we de volgende sessie aan werken. We gaan jouw onderbewuste herprogrammeren. Alfred, je zult versteld staan hoeveel zelfvertrouwen je zult ervaren.'

Terwijl ze dit uitsprak, leunde ze voorover en keek ze Alfred diep in de ogen. Ze had gemerkt dat haar cliënten nog altijd sterk openstonden voor suggesties als ze net uit trance waren.

Het bood haar een mooie gelegenheid om de sessie te bekrachtigen met een aantal suggesties als de cliënt bij was.

Ze keek op haar horloge. Kom op, Mary-Beth. Niet afzeggen vandaag. Misschien wacht je lot wel op je.

Ze schreef een nota voor Alfred uit en terwijl ze langzaam met hem de trap af liep werd er aangebeld.

Yes!

'Ah! Daar heb je mijn volgende afspraak,' zei Ellen opgewekt, alsof het een enorme verrassing was dat er nog iemand op kwam dagen.

'O, dat is... mooi,' zei Alfred, die zich nu waarschijnlijk afvroeg of ze soms in financiële problemen zat.

Ellen deed de deur open en daar was Mary-Beths stugge, lachloze gezicht. Alfred deed hoffelijk een stap naar achteren om haar binnen te laten.

'Hallo, Mary-Beth!' zong Ellen.

Mary-Beth keek haar achterdochtig aan. 'Hallo.'

'O!' Ellen sloeg tegen haar wang (best hard – ze kon absoluut niet acteren). 'Ik wilde jou nog iets geven, Alfred. Wacht nog even, ik ben zo terug. Sorry, Mary-Beth. Nog heel even. Eh, ga anders allebei even zitten.' Ze gebaarde naar de twee rieten stoeltjes in de hal, naast een tafeltje met daarop wat tijdschriften.

Terwijl ze de trap op liep, zag ze dat Mary-Beth in een van de stoeltjes plofte en een tijdschrift pakte.

Alfred hoestte nerveus en bleef staan. Hij liep naar een van de prenten aan Ellens muur en bestudeerde die alsof hij overwoog hem te kopen.

Ellen liep haar behandelkamer in en zocht wat stukken over zelfhypnose bij spreken in het openbaar. Voor de volledigheid pakte ze ook nog een ontspannings-cd.

Toen ging ze voor haar raam staan kijken naar de oceaan. Stond ze nu alweer met haar tenen over de grens van de ethiek? Waarschijnlijk praatten ze niet eens met elkaar. Ze keek op haar horloge. Hoe lang zou het duren voor zij zich afvroegen of ze soms was flauwgevallen?

Ze gaf hun vijf minuten. Vijf minuten die totaal niets konden betekenen in de geschiedenis van hun leven, of vijf minuten die hun leven misschien voor altijd zouden veranderen.

Wat kiezen jullie, Alfred en Mary-Beth?

16

Blijf niet hangen in het verleden, droom niet over de toekomst, concentreer je gedachten op het nu.

Boeddhistisch citaat op Ellens badkamerspiegel

'Dus ik moet... tenminste, ik bedoel, ik neem aan dat jij niet wilt – moet ik in de auto blijven wachten?'

Ze hadden de auto geparkeerd bij de begraafplaats waar Colleen lag. Jack zat achterin, met zijn hoofd omlaag. Zijn lippen bewogen geluidloos terwijl hij een spelletje deed op zijn Nintendo DS. De volle anderhalf uur rijden naar Katoomba was hij daar al mee bezig geweest. Colleens ouders waren een paar jaar voor haar overlijden naar de Blue Mountains verhuisd, en ze wilden dat zij bij hen in de buurt werd begraven. Naast Jack lag een gigantische bos gele gerbera's, de lievelingsbloemen van Colleen, die Patrick speciaal had besteld en die ochtend bij de bloemist had opgehaald.

(Het was niets voor Patrick om bloemen voor een andere vrouw te kopen. Haar liefdesrivale. Een maîtresse. Absoluut niet. Bovendien kocht Patrick ook heus wel bloemen voor Ellen. Vaak zelfs. Dus waarom zat ze dan te piekeren over die vervloekte bloemen, als er niets, maar dan ook echt helemaal niets te piekeren viel?)

'Nee, ik wil dat je meegaat.' Patrick haalde de sleutel uit het contact en maakte zijn riem los. Hij keek haar aan en glimlachte onzeker. De hele ochtend was hij al in een grillige, lichtgeraakte stemming, en lachte hij te hard om haar grapjes, was hij te streng tegen Jack om hem vervolgens ineens te knuffelen om het goed te maken. Het was alsof hij enorme plankenkoorts had voor een aanstaand optreden.

'Ik wil je graag aan haar voorstellen, of zo,' zei hij zachtjes.

'Aha,' zei Ellen.

'Is dat heel raar?' Hij legde zijn hand op de hare.

'Natuurlijk niet,' zei ze terwijl ze inwendig gilde: 'NATUURLIJK IS DAT HEEL RAAR! BEN JIJ WEL GOED BIJ JE HOOFD?!!'

Patrick draaide zich om naar de achterbank. 'Ga je mee naar je moeder, jongen?'

'Nog even dit...' zei Jack zonder op te kijken terwijl hij zijn duimen druk bewoog.

'Jack,' zei Patrick scherp.

Jack zuchtte en gooide de DS aan de kant. 'Oké, dan.'

Ze stapten allemaal uit. Het was nog kouder dan Ellen had verwacht, en ze trok haar jas dichter om zich heen. Ze keek rond, zoals ze tegenwoordig altijd deed, om te zien of Saskia hen vandaag had gevolgd, maar er was alleen een ouder echtpaar dat tegen elkaar liep te mompelen terwijl ze hand in hand terugliepen van de begraafplaats. De vrouw glimlachte naar Ellen.

Sinds het incident met het boek en de bloem had Ellen Saskia nog maar één keer gezien, toen ze met Patrick en Jack in de supermarkt was. Jack en Patrick stonden te kibbelen over welke cornflakes ze zouden kopen, en Ellen had opgekeken en zag Saskia achter een leeg winkelwagentje op hen afkomen. Ze hadden elkaar recht in de ogen gekeken, en Ellen had automatisch gelachen, omdat ze eerst dacht Deborah Vandenberg te zien: een cliënte met chronische pijn bij wie haar behandeling aansloeg, en met wie Ellen had gekletst en grapjes gemaakt; een vrouw die ongeveer even oud was als Ellen, en die haar een beetje aan Julia deed denken, en met wie ze zo bevriend had kunnen raken.

Een tel later herinnerde ze zich de ware, wonderlijke aard van hun relatie, en om de een of andere reden had haar zenuwstelsel gereageerd alsof ze zich schaamde, en haar wangen stroomden vol met kleur. Haar keel viel droog en haar ogen schoten naar Patrick en Jack, die nog steeds ruzieden over Crunchy Nutcornflakes. Saskia schudde haar hoofd, bijna onmerkbaar, alsof ze wilde zeggen: 'Niet tegen hen zeggen,' en gleed stil voorbij.

'Gaat het?' Patrick had opgekeken op het moment dat Saskia een ander pad insloeg met haar karretje.

'Alleen een beetje duizelig,' had ze geantwoord. (Zwanger zijn was in dat opzicht heel handig.)

Ze voelde zich sindsdien gek genoeg schuldig, alsof zij en Saskia samenzwoeren tegen Patrick. Maar het had geen zin om het tegen Patrick te zeggen. Sinds Noosa leek zijn haat voor Saskia een nieuw, nog dieper niveau te hebben bereikt. Ellen was soms weleens bang voor de blik in zijn ogen als hij het over haar had. De avond dat zij haar oma's bord tegen de muur had gegooid, was hij met alweer een enorme stapel dozen thuisgekomen die hij in de hal zette (en met bloemen, om zich te verontschuldigen dat hij zo boos was weggegaan) en hij had gezegd: 'Ze was vanavond bij mijn huis. Die gestoorde bitch.'

Waarom had Saskia haar hoofd geschud naar Ellen? Dat had absoluut iets samenzweerderigs. Maar wilde ze normaal gesproken niet dat Patrick wist dat zij er was? Was dat niet juist het punt? Wat was anders het punt? Dacht ze nou echt dat Patrick haar uiteindelijk terug zou nemen? Wanneer en hoe zou dit allemaal aflopen? Saskia was een raadsel dat Ellen maar niet op kon lossen.

Patrick leunde naar achteren en trok de bos bloemen naar voren. Hij hield ze voor zich met beide handen om de stelen geklemd als een nerveuze vrijer op de stoep bij zijn vriendinnetje. Hij schonk Ellen een vreemde halve glimlach.

'Nou,' zei hij.

Jack trapte met zijn voet tegen het gras en maakte een 'powpow'-geluid, als een machinegeweer.

'Jack?' zei Patrick.

'Wat?'

'Hou daarmee op.'

'Waar moet ik mee ophouden?'

'Kom, we gaan.'

Jack rende vooruit. Ellen liep naast Patrick, keek naar de namen op de grafstenen, en vroeg zich af of het van slechte smaak zou getuigen als ze zou zeggen dat ze misselijk was. Ze verlangde naar het stapeltje droge koekjes dat ze zorgvuldig had ingepakt voor de rit van vanochtend, maar toen op het aanrecht had laten liggen.

Ze was precies elf weken zwanger en het leek alsof de misselijkheid, die tot dan toe nog als een onprettig vaag achtergrondgeluid was geweest, ineens heftiger was geworden. Ze had nog nooit overgegeven. Het woord alleen al. Het was afschuwelijk ongemakkelijk en onwaardig om op de badkamervloer neer te knielen, over de pot gebogen. Ze had om haar moeder willen roepen, wat absurd was, want als Ellen als kind ziek was, had ze niets aan haar moeder gehad. Anne probeerde Ellen altijd te troosten door haar te vertellen over de veel ziekere kinderen die ze die dag had behandeld.

Blijkbaar was Colleen geen moment misselijk geweest toen ze zwanger was van Jack. Ze had nog elke week getennist, tot ze acht maanden zwanger was!

Ze verbeeldde het zich niet. Patrick had het wel degelijk meer over Colleen sinds ze verloofd waren. Ze was de score bij gaan houden in haar hoofd en Colleen was de afgelopen week elke dag minstens een keer ter sprake gekomen. Zo had ze vernomen dat Colleen altijd een koptelefoon op haar zwangere buik had gezet en elke avond klassieke muziek aan haar baby had laten horen (Ellen had eigenlijk hetzelfde voor haar kindje willen doen, maar nu had ze er geen zin meer in); Colleen had haar hele zwangerschap onstuitbare trek in chips met azijn; Colleen was de eerste maanden van haar zwangerschap juist afgevallen, en dat had Patrick zorgen gebaard; Colleen had totaal geen last van stemmingswisselingen; Colleen was zonder ruggenprik bevallen; enzovoort.

Als Colleen een gewone, levende ex was geweest, zou Ellen

geëist hebben dat ze nooit meer ter sprake kwam, maar aangezien ze dood was, en aangezien het heel begrijpelijk was dat de komst van zijn tweede kind de herinneringen aan Jacks geboorte boven brachten bij Patrick, en aangezien Colleen Jacks moeder was en hij het leuk vond om verhalen te horen van toen zijn moeder in verwachting was van hem, had Ellen het gevoel dat ze niet alleen beleefd moest luisteren, maar dat ze Patrick zelfs moest aanmoedigen om met nog meer onthullingen te komen over de schijnbaar volmaakte Colleen. En dus stelde ze hem geïnteresseerd vragen met een vrolijke, liefdevolle, meelevende uitdrukking op haar gezicht.

Maar in werkelijkheid werd ze er knettergek van.

Ze was dol op Jack, en ze vond het hartstikke leuk dat hij de grote broer van haar baby zou worden, maar toch dacht ze eraan hoe het zou zijn geweest als Patrick nu voor het eerst vader zou worden, als ze met zijn tweetjes waren, en samen opgewonden en licht ongerust waren geweest.

De misselijkheid hielp ook niet bepaald. Ze wist wel dat het erg kon zijn; ze had alleen niet gedacht dat die echt een rol van betekenis zou spelen, althans, niet zo'n grote. Eigenlijk dacht ze zelfs dat die helemaal geen rol zou spelen. Ook al wist haar rationele brein dat dit niet eeuwig zou duren, dit afschuwelijke, brakke, onpasselijke gevoel leek alles aan te steken. Als ze eraan dacht dat ze straks haar baby vast zou houden, was het overheersende gevoel: hoe kan ik in vredesnaam voor een kind zorgen als ik me zo voel?

'Ze ligt helemaal in de hoek,' zei Patrick.

Jack holde vooruit. Patrick bleef staan en raakte Ellens schouder aan.

'Gaat het, liefje?' vroeg hij en zijn ogen vonden de hare. Dat deed hij soms, als ze er totaal niet op bedacht was. Dan stopte hij ineens met dat waar hij mee bezig was en keek hij haar intens aan. De blik van zijn groene ogen was dan zo indringend dat het leek of hij verwachtte dat zij een boodschap voor hem had die van levensbelang was.

Haar hart smolt er altijd weer van.
'Goed, hoor,' zei ze. Ze wilde nu niet dat hij zich zorgen zou maken om haar misselijkheid, en dat hij haar snel naar de auto zou terugbrengen of zo.
'Weet je het zeker? Heb je het niet te koud?'
'Het gaat prima.'
'Oké, het is deze kant op.'
Ze liepen door, langs het ene na het andere graf, het ene leven na het andere. Ellen was weleens op een begraafplaats geweest, maar nog nooit om het graf te bezoeken van iemand die ze kende. Allebei haar grootouders waren gecremeerd en hun as was verstrooid in de oceaan, vanaf een rotspunt op hun favoriete wandelroute. Natuurlijk rouwde ze om hen, maar het was een mild, berustend soort rouw; eenvoudig verdriet om zichzelf en het verlies van hun gezelschap. Niet het soort rauw verdriet dat je voelt om iemand die te vroeg is gegaan. Ze was vijfendertig geworden zonder ooit een schokkend sterfgeval mee te maken.
Ze zag verse bloemen voor een grafsteen staan en vroeg zich af of het oudere echtpaar daar soms op bezoek was geweest.
Ze bleef even staan om het opschrift te lezen. Het was het graf van een jongen die Liam heette, en die geboren was in 1970 en overleden in 1980. Ze keek achterom naar de parkeerplaats en zag de auto van het echtpaar wegrijden; het profiel van de vrouw was nog net zichtbaar door het autoraampje.
Ze bleef achter Jack en Patrick aan lopen. Haar maag begon nu echt in opstand te komen, en haar mond vulde zich met speeksel. Op dat moment deed niets anders er meer toe: niet hoe lief Patrick was, zelfs het verdriet van die arme vrouw niet. Alles draaide alleen nog maar om deze misselijkheid; deze afschuwelijke, afschuwelijke misselijkheid.
Uiteindelijk bleven ze staan bij een glanzende grijze grafsteen met een ovaal fotolijstje erin. In het lijstje zat een zwart-witfoto van Colleen die niet naar de fotograaf keek, maar naar iemand anders leek te glimlachen (Patrick?); haar haren werden door

een bries van lang geleden omhooggeblazen en haar blik was vol liefde.

Voor het eerst stond Ellen oog in oog met de realiteit van Colleens dood. Dit beeldschone jonge meisje hoorde helemaal niet dood te zijn! Ze hoorde in de auto te zitten met haar man en zoon, de bergen in op weg naar haar ouders, in verwachting van haar tweede kind.

Of nog beter, ze zou Patricks nog in leven zijnde ex moeten zijn, niet meer zo mooi als toen, en ze zou onredelijke dingen van hem moeten eisen over alimentatie en bezoekregelingen. Op die manier bleef Ellen tenminste in beeld (en ze zou natuurlijk uitblinken in de omgang met een doodgewone, geslepen ex-echtgenote – ze zou rustig en verdraagzaam zijn, en Patrick vond haar daardoor alleen nog maar aantrekkelijker!). Het in steen gehouwen opschrift luidde:

COLLEEN SCOTT
1970-2002
GELIEFDE VROUW VAN PATRICK, MOEDER VAN JACK
EN DOCHTER VAN MILLIE EN FRANK.
HET LEVEN IS NIET VOOR ALTIJD. DE LIEFDE WEL.

Oké.

'Dat is mijn moeder op mijn eerste verjaardag,' zei Jack tegen Ellen, en hij legde zijn vinger op de foto. 'Ze kijkt naar mij; ik maak net oma's cadeautje open. Het was een puzzel van een dinosaurus. Die heb ik nog steeds.'

'Het is een mooie foto,' zei Ellen.

'En trouwens, die dino was een tyrannosaurus, als je dat soms wilt weten,' zei Jack. Hij stak zijn handen in de zakken van zijn spijkerbroek en dacht even na. 'Het is een supermakkelijke puzzel. Met maar vijf stukken of zo. Ik kan hem in drie seconden maken. Of zelfs in een seconde.'

'We, eh... we praten altijd zo'n beetje tegen haar,' zei Patrick zonder Ellen aan te kijken. 'Beetje suf...'

‘Natuurlijk is dat niet suf,’ zei Ellen. Ze voelde zich ongelofelijk beroerd, maar ze kon moeilijk overgeven op Colleens graf. Ze keek om zich heen. Als het echt niet anders kon, zou ze snel naar Billy Taylors graf lopen. Hij was ‘teer van hart, en gul van geest’, dus misschien zou hij het niet erg vinden.

Patrick knielde neer voor Colleens grafsteen. Hij leunde voorover en kuste de foto.

Allemachtig.

Jack knielde naast zijn vader neer en deed doodgewoon hetzelfde, zonder spoor van verlegenheid. ‘Hi, mam.’

Wat schreef de etiquette precies voor? Moest Ellen ook neerknielen om de foto te kussen? Nee toch zeker? Ze had Colleen nog nooit ontmoet. Dat zou heel erg ongepast zijn. Een handdruk was beter. Misschien dat ze beleefd op de steen kon kloppen? ‘Hartstikke leuk je te ontmoeten.’ Ellen stelde zich voor dat ze dit verhaal aan Julia zou vertellen. Wat zou die gillen, met haar hand voor haar ogen: ‘Afgrijselijk! Afgrijselijk!’

Patrick legde de bloemen voor de grafsteen neer. Het cellofaan ritselde. Hij schraapte zijn keel. Ellen ademde in en uit door haar neusgaten.

‘We zijn er weer, Colleen. We gaan zo lunchen met je pa en ma. Je ma maakt die kiprisotto weer eens.’

Terwijl Patrick sprak, werd zijn stem steeds gewoner.

‘Weet je nog hoe beledigd ze was toen jij tegen haar zei dat die veel te flauw was? Tegenwoordig stopt ze er zoveel knoflook in dat je het al ruikt als je binnenkomt. Het is zulk mooi weer vandaag. Was jij maar – o, en raad eens? Jacks team heeft dit weekend gewonnen met voetbal. Hun eerste wedstrijd!’

Ellen wist zich geen raad met zichzelf. Hij had willen zeggen: ‘Was jij maar bij ons.’ Maar toen herinnerde hij zich dat zijn zwangere verloofde erbij was.

‘We hebben die gasten ingemaakt,’ zei Jack luchtig.

‘Inderdaad,’ zei Patrick. ‘En Jack speelde zo goed. Je zou zo trots zijn geweest.’

‘Je hebt toch wel gekeken?’ vroeg Jack. ‘Vanuit de hemel? Je zult daar wel een supergrote tribune hebben, met al het eten en drinken dat je maar wilt, en als je meer dan een familielid hebt die tegelijk een wedstrijd spelen, heb je een soort scherm dat je in tweeën kunt verdelen, en dat je dan heen en weer kunt schakelen...'

'Zo kan-ie wel weer, mannetje,' onderbrak Patrick hem. 'Hé, Colleen, we hebben nog meer groot nieuws, toch, Jack?'

Jack keek niet-begrijpend. Patrick draaide zijn hoofd om naar Ellen en zei: 'De baby!'

'O ja,' zei Jack. 'Misschien weet mama allang of het een jongen of een meisje is! Toch? Misschien heeft ze wel gezien dat die van de lopende band rolde, weet je wel, net als in een fabriek, een babyfabriek, en dat mama daar dan bij was, en dat ze zei: "Hé, dat is Ellens nieuwe baby! Jij wordt Jacks broertje! Of, jij wordt Jacks..."'

'Juist, ja,' zei Patrick. 'Nou, dit is dus Ellen.' Hij keek op, pakte haar hand en nam die in de zijne.

Moet ik nou ook knielen? Ik moet knielen. Maar als ik nu moet overgeven? Nee, ik moet absoluut niet knielen.

Ze knielde. Nu kwamen er dus grasvlekken op haar crèmekleurige broek. Ze dacht dat dit goed was, omdat Patricks gezicht ineens bol stond van zo'n complexe emotie en Jack hartelijk een arm om Ellens schouders sloeg, iets wat hij nog nooit eerder had gedaan.

'Ellen en ik gaan trouwen, en ik weet dat jij daar blij om zou zijn, Colleen, want ik weet nog goed dat jij tegen me zei dat ik op zoek moest naar een heel lieve vrouw.' Patricks stem brak, en hij kneep pijnlijk hard in Ellens hand. 'En dat ik toen zei dat ik dat nooit zou doen. Maar ik heb het toch gedaan. En ze is echt heel lief. Ontzettend lief. En ze maakt ons erg gelukkig.'

'Ja.' Jack sloeg zachtjes met zijn kin tegen Ellens schouder.

'O, jongens,' zei Ellen, want ze had geen idee wat ze anders moest zeggen. Ze rook de koude, vochtige aarde en Patricks aftershave en Jacks pindakaasadem. Patricks hand voelde warm om de hare en heel even trokken de golven misselijkheid zich terug. Ellen voelde een verrukkelijke opluchting.

Nee, dit was geen vreselijk verhaal om met Julia om te lachen. De ongemakkelijkheid en vreselijkheid gaven het juist iets diep menselijks. Het was een van die zeldzame, ontroerende, pure momenten die alles in zich hadden wat prachtig en gruwelijk was aan het leven.

Vandaag was het de vierde zondag van de maand. Dat hield in dat Patrick bij de ouders van Colleen lunchte.

Dat veranderde nooit. We boekten onze vakanties daaromheen.

Ik ben maar één keer mee geweest, toen we een paar maanden bij elkaar waren. Het was geen succes. Het was te snel. Ik had niet mee moeten gaan, maar Patrick wilde zo graag. Hij stond er zelfs op. Het was alsof hij er haast mee had, alsof dit iets was wat hij moest afwerken, aftikken van zijn to-dolijstje. Ik had de indruk dat hij dacht dat het goed zou zijn voor zijn schoonouders. Ik weet nog dat mijn moeder zei dat het een vergissing was. 'O, Saskia, je moet niet gaan – dat zou te wreed zijn,' zei ze. Maar domkop die ik was, ging ik ervan uit dat Patrick het beter wist.

En uiteraard had mijn moeder gelijk. Het was vreselijk voor Frank en Millie om mij met Patrick te zien, om te zien dat hun kleinzoon op mij afrende. Ze waren nog steeds in de rouw. Het was voelbaar zodra je het huis in liep, alsof tranen een geur hebben en de lucht daarvan doordrongen was. Ze hadden allebei precies dezelfde geschokte uitdrukking, alsof ze net in het gezicht gestompt waren. Overal stonden foto's van haar. Het was net een museum met maar één onderwerp: Colleen. Colleen als baby. Colleen op haar eerste schooldag. Colleen en Patrick. Colleen en Jack. Ik kon mijn ogen nergens laten rusten. Hoewel ik me gek genoeg niet kan herinneren dat ik jaloezie voelde toen ik de foto's van Colleen en Patrick samen zag; ik was volkomen, krankzinnig overtuigd van zijn liefde voor mij. Het waren de foto's van Jack en Colleen die me van streek maakten; het bewijs dat ik niet echt Jacks moeder was.

Nadien liet ik Patrick en Jack altijd zonder mij de bergen in gaan. Zelf deed ik die zondag achterstallige klusjes in huis; of sprak ik af met een vriendin; of ik ging sporten, maar dat was voordat ik last kreeg van mijn been. Ik vond het wel lekker om het huis voor mijzelf te hebben. Dat staat nu zo ver van me af, het idee dat ik kon genieten van tijd voor mezelf, nu ik mijn hele leven voor mezelf heb, en alle tijd buiten mijn werk een gigantische lege vlakte is; een eindeloze woestijn die ik vul door naar Patrick te kijken.

Was ik echt dat drukke, gelukkige meisje? Het meisje dat snel door de paden in de supermarkt racete na haar werk, die voedzame maaltijden kookte voor een peuter en heerlijk eten voor zijn vader. Het meisje dat naar feestjes en barbecues en films ging. Dat seks had op zondagochtend. Het meisje dat een heel gewoon lid van de menselijke soort was.

Die Saskia lijkt echt iemand anders, iemand die ik goed gekend heb, iemand die ik graag mocht – maar ik ben het niet zelf.

Op de vierde zondag van de maand ben ik nooit achter Patrick aan de bergen in gegaan. Ik weet waar hij is. Ik weet welke bloemen hij meeneemt en ik ken de bloemist waar hij die haalt. Ik weet hoe hij parkeert bij de begraafplaats waar Colleen ligt. De dag dat ik meeging, wilde hij dat ik met hem meeging naar Colleens graf. Ik weigerde. Ik vond het een volkomen bizar idee. Ik zei dat ik niet zou willen dat hij zijn nieuwe vriendin mee zou nemen naar mijn graf als ik dood zou gaan. Hij zei: 'Ik vraag je toch niet om erop te dansen.' Maar goed, Jack was in slaap gevallen in zijn autostoeltje, dus zei ik dat we hem niet wakker moesten maken en dat ik bij hem in de auto bleef.

Ik vond het hoog tijd dat hij Ellen mee de bergen in zou nemen. Nu ze samenwonen, en ze gaan trouwen en zo. Nu hij een échte relatie heeft, nu Jack een échte stiefmoeder heeft.

Ik bekeek hen vanuit mijn auto toen ze allemaal Ellens huis uit kwamen, als een echt gezinnetje. Jack was niet warm genoeg gekleed voor de bergen, midden in de winter. Hij droeg alleen een T-shirt met lange mouwen. Ik overwoog om naar Ellen te roepen: 'Haal even een jas voor Jack!' maar ik deed het niet. Ik heb altijd mijn best gedaan om Jack niet in verwarring te brengen of overstuur te maken.

Ellen zag me niet, maar Patrick wel. Hij hield zelfs mijn blik een paar seconden vast, en toen snoof hij, haalde zijn schouders op en zette zijn zonnebril op alsof hij een gangster op een begrafenis was en hij een politiewagen had zien staan.

Het was raar toen ik ze laatst in de supermarkt zag. Ik was ze namelijk niet aan het volgen. Ik was daar toevallig. Het was toeval. Zo ongeveer. Ik was in de buurt, want ik was uit mijn werk bij hen langsgereden, maar besloot toen nog wat boodschappen te doen. Ik dacht niet eens aan Patrick en Ellen, wat een zeldzaam genot is. Ik was op zoek naar havermout. Ik had opeens ontzettend zin in havermoutkoekjes. Ik heb al in geen jaren koekjes gebakken. Niet sinds ik met Patrick was. Jack en hij vonden het geweldig als ik koekjes bakte. Uiteraard had ik geen zin meer om ze te maken toen ik thuiskwam met de ingrediënten. Wat had het voor nut. Ellen was degene die koekjes zou moeten bakken, niet ik.

Ellen zag me en wendde snel haar blik af; het leek net of ze zich schaamde of schuldig voelde, alsof niet ik maar zij de stalker was.

Zo noemt Patrick me. Een stalker. De eerste keer dat hij dat zei schrok ik zo. Hoe kon ik nou een stalker zijn? Ik was niet een of andere gestoorde vreemdeling. Wij hadden samengewoond. We hadden geprobeerd samen een kind te krijgen. De enige reden waarom ik hem volg, is omdat ik hem wil zien, met hem wil praten, omdat ik wil proberen het te begrijpen.

Maar misschien is dat technisch gesproken wel wat ik ben geworden. Een stalker.

Nooit gedacht dat ik alleen zou zijn op mijn drieënveertigste.

Nooit gedacht dat ik kinderloos zou blijven. Nooit gedacht dat ik een stalker zou worden.

Ik schudde mijn hoofd naar Ellen, omdat ik Jack niet overstuur wilde maken als Patrick zou doen alsof ik een potentiele moordenaar was. Ik probeer mijzelf onzichtbaar te maken als zij samen zijn, dat is mijn hoogstpersoonlijke gedragscode voor stalken.

Ik zie er het nut niet van in om hen vandaag helemaal achterna te rijden de bergen in. Ik hou niet van die slingerwegen, en ik wil ook niet dat Patrick plankgas geeft met Jack in de auto. Dus ik ben meegereden tot de snelweg, alleen om te bevestigen waar ze naartoe gingen, en toen heb ik de volgende afslag genomen.

'Veel plezier!' riep ik tegen de achterkant van hun auto terwijl die in de verte verdween. En toen strekte de hele zondag zich voor me uit als een wrede grap. Op weg naar huis stelde ik me voor waar ze het in de auto allemaal over zouden hebben. De bruiloft. De baby. Wat ze vanavond zouden eten. Ik vraag me af of Ellen Jacks schoollunch voor hem klaarmaakt. Is ze net zo gemakkelijk en enthousiast in de moederrol geschoten als ik toen? Ik kan me nog herinneren welke lunch ik had klaargemaakt voor Jacks eerste schooldag. Volkorenboterhammen met ham en kaas. Een perzik. Hij was dol op perziken. Klein doosje rozijntjes. Pakje appelsap. Een beboterde plak bananencake. Ik had het allemaal tot in de puntjes voorbereid. Had er nog met mama over gepraat.

'Heeft hij alles opgegeten?' vroeg ze die avond aan de telefoon.

'Alles behalve de rozijntjes,' zei ik tegen haar. Patrick had geen idee wat Jack in zijn lunchtrommel meenam. Eten boeit hem niet echt.

Als je verantwoordelijk bent voor een kind, als je dagen zijn gevuld met de kleinste details waaruit het leven van een kind bestaat – zijn lunchtrommel, zijn schooltas, zijn schoenen, zijn lievelingsshirt, zijn vriendjes, de moeders van zijn vriendjes, de televisieprogramma's waar hij naar kijkt, zijn driftbuien – en je vervolgens te horen krijgt dat jij niet langer verantwoordelijk bent, dat je niet langer gewenst bent, dat er van jouw diensten geen gebruik meer zal worden gemaakt, dat je ontslagen bent als een werknemer die door de bedrijfsbeveiliging naar buiten begeleid wordt, is dat moeilijk.

Het is echt ontzettend moeilijk.

Jack moet naar me gevraagd hebben. Hij moet vreselijk in de war zijn geweest.

Ik heb hem teleurgesteld. Ik neem het mezelf kwalijk dat ik een kleine zenuwinzinking had, of wat het ook was, toen Patrick het uitmaakte. Ik kon niet in hetzelfde bed blijven slapen, dus ben ik bij mijn vriendin Tammy gaan logeren. Tammy. Wat is er eigenlijk met Tammy gebeurd? Ze deed zo haar best om bevriend te blijven met mij, maar toen is ze toch uit mijn leven gegleden, met alle anderen.

Ik weet nog dat ik vijf dagen later wakker werd in Tammy's kamer, en dat het tot me doordrong dat het vrijdagochtend was, en dat Jack meteen na school naar zwemles moest, en dat ik de avond ervoor altijd zijn zwemspullen inpakte, en wie zou hem er nu heen brengen? Ik werkte van halftien tot halfdrie. Ik had mijn werkuren anders ingedeeld zodat ik hem van school kon halen. Dat deed ik met liefde. Ik kon flexibeler met mijn uren omgaan dan Patrick, en ik vond het heerlijk om hem op te halen. Ik was Jacks moeder. Ik vond het niet erg om een promotie mis te lopen omdat ik niet fulltime werkte. Dat geldt voor alle moeders: ze zetten hun carrières op een laag pitje voor hun kinderen.

Dus belde ik Patrick om hem aan de zwemles te herinneren, en zo is het allemaal begonnen: mijn verslaving. Het 'stalken' van mijn oude leven.

Omdat Patrick me als een vreemde behandelde. Alsof ik niets te maken had met Jacks zwemlessen, terwijl ik er verleden week nog bij was, en Jack hielp om zijn zwembrilletje recht te zetten, en met zijn zwemjuf had besproken of hij niet al een groepje hoger kon, en een speelafspraak had gemaakt met de moeder van een ander jongetje. 'Dat komt wel goed,' zei Patrick. Een en al irritatie. Alsof ik hem stoorde. Alsof ik nooit iets met Jack te maken had gehad. 'We hebben alles onder controle.' De woede die toen door me heen vlamde was ongekend. Ik haatte hem. Ik hield nog steeds van hem. Maar ik haatte hem. En sindsdien kan ik die twee dingen bijna niet uit elkaar houden. Als ik hem niet zo intens zou haten, zou ik misschien kunnen stoppen met van hem te houden. Ik weet wel dat dat niet logisch klinkt.

Als hij me nu langzaam had laten ontwennen dat ik zijn vrouw was – ik zag mezelf als zijn vrouw – en Jacks moeder, als hij naar me had geluisterd met het respect dat ik verdiende toen ik hem belde om hem dingen over Jack te vertellen, als hij gewoon met me om de tafel was gaan zitten en mij had laten zeggen hoeveel pijn het me deed, als hij ooit een keer 'het spijt me' had gezegd en dat meende, dan had ik hem denk ik los kunnen laten. Misschien zou ik uiteindelijk ook nog zijn genezen, zoals mensen van dit soort dingen genezen. Maar in plaats daarvan raakte de wond geïnfecteerd. En dat breidde zich uit. Als koudvuur. De wond ging niet meer dicht. Dat is zijn schuld. Ik weet dat wat ik doe onacceptabel is. Diep vanbinnen weet ik dat heus wel. Maar hij is begonnen. Mama zei altijd dat het een volmaakte liefdesgeschiedenis was toen ze mijn vader ontmoette. Ik dacht dat Patrick mijn volmaakte liefdesgeschiedenis was. Maar dat is hij niet. Hij is de liefdesgeschiedenis van de hypnotherapeute. In de liefdesgeschiedenis van de hypnotherapeute ben ik alleen de ex-vriendin. Niet de heldin. Ik speel maar een bijrol.

Of misschien ben ik wel de schurk.

Niemand zei iets toen ze de begraafplaats hadden verlaten en op weg waren naar Frank en Millie.

Jack zat stilletjes op de achterbank en was weer in zijn game verdiept. Patrick concentreerde zich op de slingerweg door de bergen.

Ellen liet haar hoofd tegen de autostoel rusten. De misselijkheid hield nog altijd aan, maar viel te hanteren, zolang ze maar niet te lang op eten hoefde te wachten als ze eenmaal bij Frank en Millie waren. Een stukje droog brood was al genoeg.

Ze keek hoe de wereld buiten het raam voorbij joeg als een film die versneld werd afgespeeld. Schattige ouderwetse bergdorpjes met cafeetjes en tweedehandsboekwinkeltjes en antiekzaken. Ze herinnerde zich een romantisch weekend in de bergen met Jon, helemaal in het begin van hun relatie. Die herinnering was haar ontglipt. Hij ging trouwen. Net als zij. Het leven ging verder. Ze moest haar blik op de weg voor zich gericht houden. Net als Saskia. Net als Patrick trouwens.

Ze vroeg zich af of hij nu aan Colleen zat te denken, en haar met Ellen vergeleek, en zich afvroeg hoe zijn leven eruit had gezien als ze niet was overleden.

Kon ze zijn gedachten maar lezen. Ze keek even naar zijn ondoorgrondelijke profiel.

Er was natuurlijk wel een manier voor.

Patrick vroeg nog bijna elke avond om een ontspanningsoefening voor het slapengaan. Het was hun vaste routine. Hij vertrouwde haar volledig. Ze kon hem gemakkelijk in een diepe trance brengen en hem dan vragen naar zijn gevoelens voor Colleen, en dan door middel van een posthypnotische suggestie zorgen dat hij zich niet meer zou herinneren wat ze had gevraagd.

Maar dat kon ze niet maken. Volkomen onethisch. Ze kon niet in zijn gedachten rondwoelen zonder zijn toestemming. Dat was net zoiets als in zijn dagboek lezen.

En het was oneerlijk, omdat hij niet hetzelfde bij haar kon doen. Ze wilde niet dat hij erachter zou komen dat ze gecompliceerde gevoelens voor Jon had.

Dus zoiets zou ze uiteraard nooit doen. Iemand als Danny zou zijn vriendin zoiets flikken als hij ooit een relatie kreeg.

Ze kon niet geloven dat ze zich zelfs de gedachte permitteerde. Niets voor haar. Ze raakte de laatste tijd steeds meer teleurgesteld in zichzelf. Ze was lang niet meer zo meelevend of moreel of geduldig als ze zichzelf altijd had gezien.

Maar jeetje, het was wel verleidelijk.

'Pap?' vroeg Jack ineens. 'Als we geluncht hebben, kunnen we dan weer de bush in, naar diezelfde plek als de vorige keer?'

'Tuurlijk,' zei Patrick. 'Of wacht, nee, we moeten meteen weer weg, want ik moet vanmiddag nog een paar uur naar kantoor.'

Jack gromde.

'Volgende keer.'

'Moet jij nog naar kantoor?' vroeg Ellen.

Patrick keek haar even aan. 'O, ja, sorry, had ik dat niet gezegd? Ik moet mijn administratie bijwerken. Ik heb het zo druk gehad.'

Dat zou dus wel betekenen dat zij voor Jack moest zorgen. Ze was eigenlijk van plan geweest om die middag bij te kletsen met Julia. Die had ze al eeuwen niet gezien, en Julia verheugde zich erop om alles te horen over het bezoek aan Colleens ouders. Ze kon natuurlijk niet vrijuit praten met Jack erbij.

'Dus ik moet vanmiddag op Jack passen?' vroeg ze voor de zekerheid.

'Nou, hij is al groot. Hij heeft niet echt een babysitter meer nodig, toch, Jack?' antwoordde Patrick. 'Hij doet gewoon zijn eigen ding. Trouwens, volgens mij heb jij nog huiswerk, of niet?'

Ellen onderdrukte een zucht. Sinds Patrick en Jack bij haar ingetrokken waren, had ze het genoegen van het toezicht houden op huiswerk al mogen smaken. Het was verschrikkelijk. Het was zo moeilijk om het voor elkaar te krijgen dat Jack rechtop aan tafel zat met zijn potlood in de hand en zijn boek opengeslagen voor zich. Hij gleed steeds half van zijn stoel, of leunde met zijn wang op tafel alsof hij niet lekker was, of hij smeerde hem om iets anders te doen als hem dat zo uitkwam.

Ze moest de slag nog te pakken krijgen wat Jack betrof. Niet dat hij zich tegen haar afzette, of dat hij haar als een boze stiefmoeder behandelde. Hij was heel aardig en relaxed tegen Ellen; zij was degene die spanning voelde. Ze merkte dat haar stem ontzettend bibberde als ze iets tegen hem zei. Het deed haar denken aan toen ze veertien was en verliefd was op de eenbenige jongen van de andere school. Giles deed aardig tegen haar, zoals hij aardig deed tegen alle meisjes die hem adoreerden, en de geduldige, afgeleide uitdrukking op zijn gezicht terwijl Ellen doorratelde als ze wanhopig graag indruk op hem wilde maken voor de trein van kwart voor vier aankwam, was precies dezelfde uitdrukking die Jack op zijn gezicht had. Die betekende: het kan me eigenlijk geen bal schelen, maar ik ben nu eenmaal een aardige jongen, en ik wil je niet kwetsen dus ik blijf glimlachen tot jij eindelijk je mond houdt.

En als ze probeerde om te doen alsof het haar niet kon schelen wat Jack van haar dacht, was het nog veel erger, omdat Jack zo opging in zijn eigen leven dat hij echt vergat dat ze überhaupt bestond, precies zoals Giles vroeger.

Nou ja, ze had nu eenmaal a gezegd. Het idee van een stiefkind sprak haar aan; het idee van een kant-en-klaargezin. Ze moest blij zijn dat Patrick haar als zijn vrouw behandelde en dat hij er automatisch van uitging dat zij die middag over het huiswerk zou waken. Zij zou al haar aandacht wijden aan die arme Jack, die niet een maar twéé moeders had verloren voor zijn vijfde, en die waarschijnlijk enorme verlatingsangst had.

'YES!' schreeuwde Jack, en hij stak zijn Nintendo de lucht in.

'Jezus,' zei Patrick. 'Niet zo tegen mijn stoel schoppen.'

Maar had Patrick het niet eerst even aan haar moeten vragen? Maakte hij geen misbruik van haar op deze manier? Door ervan uit te gaan dat zij wel tijd had?

Natuurlijk had zij ook niet aan Patrick gevraagd of zij koffie kon drinken met Julia. Dus zij gedroeg zich als een single, alsof Jack haar pakkie-an niet was.

Het was zo moeilijk te bepalen wat wel en niet eerlijk was. Waarschijnlijk hadden ouders er een soort procedure voor als je afspraakjes wilde maken. Ze zou Madeline er eens naar vragen.

'Ik dacht dat jij had gezegd dat je vanmiddag alle dozen uit de hal zou opruimen,' zei Ellen.

Zaterdag was opgegaan aan Jacks sportactiviteiten en Patrick had beloofd dat de dozen voor het eind van het weekend weg zouden zijn.

'O, natuurlijk, maak je geen zorgen,' antwoordde Patrick. 'Dat doe ik als ik terugkom van kantoor.'

Maar daar kwam natuurlijk niets van terecht. Dat wist ze heus wel. Dan was hij te moe van het tripje en zijn werk op kantoor. En Jack wilde aandacht als hij thuiskwam, en daarna zou Patrick instorten op de bank voor de buis. Dan kon ze hem er moeilijk nog eens aan herinneren, want dat zou 'zeuren' zijn. En dus zat ze nog een week met die dozen in haar hal.

Al die rotzooi had een catastrofaal effect op de feng shui in haar huis. Ze herinnerde zich dat de ingang van een huis de 'mond van chi' werd genoemd, waardoor alle energie naar binnen hoorde te stromen. Geen wonder dat ze zo lichtgeraakt was – alle energie hoopte zich voor de deur op!

Dit was uiteraard niet het moment om door te gaan over de kwestie van de dozen; niet nu Patrick zo gespannen was over de lunch met Frank en Millie.

Maar de woorden waren even onweerstaanbaar als de laatste bonbon in een doosje.

'Je laat ze gewoon staan,' mompelde ze tegen het raam, alsof het niet telde als ze het zachtjes zei.

'Wat zei je?' vroeg Patrick fel.

'Niets.'

'Ellen! Ik zeg net dat ik ze vanavond weghaal.'

'Dus je verstond me wel.'

'Hebben jullie ruzie?' vroeg Jack geïnteresseerd.

Tot zover het ontroerende moment, dacht Ellen.

Ik besloot dat ik de rest van de zondag tv zou kijken. Een paar maanden geleden heeft Lance, die in het kantoor naast dat van mij werkt, me het eerste seizoen van *The Wire* geleend. Hij en zijn vrouw zijn altijd wel geobsedeerd door een of andere televisieserie, en dan heeft hij het de hele tijd over de geweldige karakterontwikkeling en de ongelofelijke plotwendingen en weet ik veel – het is maar televisie, hoor. Ik heb altijd zin om te zeggen: 'Lance, moet je luisteren, tv boeit mij niet zo. Ik heb namelijk een leven.'

Ha. Da's een goeie.

Jammer dat 'stalken' geen sociaal geaccepteerde hobby is.

Om de een of andere reden stond hij erop dat ik de serie leende, ook al weet ik zeker dat ik nauwelijks interesse toonde. Hij wil dat ik die bekijk, zodat we elke aflevering uitvoerig kunnen nabespreken. Dat weet ik omdat hij aan een ander meisje op kantoor *West Wing* had uitgeleend, en hij elke keer wilde weten bij welke aflevering ze was, zodat hij haar zijn analyse kon geven. Uiteindelijk begon ze zich voor hem te verstoppen, en sprong ze het dichtstbijzijnde kantoortje in als ze hem door de gang zag lopen.

Dus was ik niet van plan de serie ooit te bekijken, en Lance vraagt ook al niet eens meer of ik de pilot al heb gezien, maar ineens leek het me een perfecte manier om een hele zondag op te slokken. Dan zou ik toast en chocola eten, en proberen de rest van de dag aan me voorbij te laten gaan zonder aan Patrick, Ellen of Jack te denken. Ik verheugde me er zelfs op.

Maar zoals met zoveel dingen: het mocht niet zo zijn.

Toen ik mijn oprit opkwam, kwam het nieuwe gezin van hiernaast ook toevallig net aangereden, met een onberispelijk gruwelijke timing.

Ze waren vrijdag in het huis getrokken, en ze zijn precies zo erg als ik al vermoedde. Een mama met een zwierige paardenstaart en een cool-kale papa. Een klein meisje met sproetjes en krulletjes. Een klein jongetje met kuiltjes in zijn wangen. Ze zijn schattig en sportief, vriendelijk en dartel. Alsof je een nest labradors als buren hebt. Ze zijn zich komen voorstellen en zeiden dat ze hoopten dat ze niet al te lawaaiig waren en dat ik het absoluut moest zeggen als dat wel het geval was, en dat ik ook vooral eens een borrel moest komen drinken. Ik probeerde beleefd maar afstandelijk te reageren, zodat zij doorhadden dat dat helemaal niet nodig was, en dat ik verder niets van hen verwachtte, hooguit een vriendelijke groet. Dat had Jeff of de makelaar hun wel uit mogen leggen: 'De deur van de garage klemt, op maandag komt de vuilniswagen, en met de buurvrouw hoef je niet te kletsen.'

Zodra ik uit de auto stapte kwamen ze allemaal op me af stuiteren, met hun tong buitenboord en kwispelende staarten. Ik had bijna mijn hand uitgestoken om hen af te weren.

'Heb je zin om vanmiddag bij ons te komen?' vroeg het meisje.

'Geef Saskia even de tijd,' zei de moeder, een en al liefhebbende glimlach. Ze is minstens vijftien jaar jonger dan ik. Misschien wel meer. Ik kon me haar naam totaal niet meer herinneren, want ik had niet de moeite genomen daarnaar te luisteren.

Ze nodigden me uit voor een housewarmingbarbecue die middag.

'Er komen alleen een paar vrienden,' zei de moeder. 'Heel informeel.'

'Onze vorige buurvrouw heette mevrouw Short,' zei het jongetje tegen me. 'Maar ze was helemaal niet kort, ze was juist heel lang.'

'Hm,' zei ik.

Het jongetje deed me een beetje aan Jack denken; misschien kwam het door zijn ogen. Of misschien komt het wel gewoon door zijn leeftijd. Hij oogt een jaar of vijf, de leeftijd die Jack had toen Patrick en ik uit elkaar gingen. Ik wil geen vrienden met hem worden. Alleen hem zien doet al pijn in mijn borst.

'Of kom anders alleen even langs voor een borrel,' opperde de vader.

'We hebben heel speciale worstjes,' zei het meisje. 'Er zit chilipeper in.'

'Voel je niet verplicht!' zei de moeder. 'We dachten alleen

– nou ja, als je geen andere dingen te doen hebt, en aangezien we hetzelfde huis delen, wij hebben nog nooit in een twee-onder-een-kapwoning gewoond, dus we dachten – maar als je andere plannen hebt, of als je gewoon lekker niks wilt doen op je vrije zondag...'

Ze zweeg en werd een beetje rood. Ik zag dat haar man haar een blik toewierp. Ze voelden mijn weerstand en boden me een uitweg. Aardige, beleefde, gewone mensen. Dat kon er nog wel bij. Dat ik aardige mensen als buren heb. Ik voel me zo minderwaardig aan hen.

Daar gaat mijn dagje zelfverdoving, thuis voor de buis. Ik zei dat ik het hartstikke leuk had gevonden om langs te komen, maar dat ik andere verplichtingen had die me de hele dag zouden kosten.

Ik zette mijn spijt dik aan. Maar dat had ik ook kunnen laten.

'Een andere keer!' zei de vader.

'Een andere keer!' zei de moeder.

'Een andere keer!' zei ik.

'Een andere keer!' zei het jongetje, en toen moesten we o-zo-hartelijk lachen, en het arme joch fronste, want wat was er nou zo grappig aan dat hij dat zei?

Geweldig. Nu komt er dus een andere keer.

Ik liep naar binnen en deed er heel lang over om me klaar te maken voor mijn zogenaamde sociale verplichting. Ik besloot dat ik naar de veertigste verjaardag van een oude vriendin zou gaan. Een informeel, maar elegant feestje in haar achtertuin. Er zouden veel kinderen rondrennen en er was catering – ik besloot dat dit vrienden met geld waren; sterker nog, de tuin lag aan de haven – dus er zou lekker eten zijn. Ik moest een speech houden! Het werd een grappige en sentimentele speech. Het soort van speech dat Ellen zou geven ter gelegenheid van de veertigste verjaardag van een vriendin.

Ik trok een spijkerbroek aan met laarzen, een supermooie blauwe bloes die Tammy voor mijn verjaardag had gekocht vlak voor mama doodging en waar ik nooit meer een goede gelegenheid voor heb gehad om hem te dragen – een verjaardagsfeest aan de haven, perfect! – en een lange sjaal die mama voor me had gemaakt. Ik wist dat iedereen op het feestje me zou complimenteren met de sjaal. Mijn moeder was erg getalenteerd, zou ik tegen hen zeggen. Ik had zelfs mijn haar geföhnd en make-up opgedaan en ik droeg grote oorbellen die Patrick me altijd sexy vond staan.

Tegen de tijd dat ik klaar was om de deur uit te gaan voelde ik me aantrekkelijker dan ik me in tijden had gevoeld.

In een impuls pakte ik de ingrediënten voor de havermoutkoekjes bij elkaar die ik had gekocht en stopte die in een plastic tas. Ik besloot dat ik die op weg naar het feest bij Ellen voor de deur zou zetten. Dan kon zij de koekjes bakken. Ik had het te druk met mijn actieve sociale leven.

Terwijl ik naar mijn auto liep kwamen een man en een vrouw de oprit van mijn buren op gelopen, op weg naar de housewarmingbarbecue. De man droeg een fles wijn en de vrouw hield een grote schaal verpakt in aluminiumfolie vast.

Ik glimlachte naar hen en zei: 'Hallo!' alsof ik ook iemand was; iemand op weg naar een verjaardagsfeestje.

Ze lachten terug. De man zelfs extra vriendelijk, helemaal niet plichtmatig, net alsof hij me ergens van kende en probeerde om me te plaatsen, bijna alsof hij me leuk vond om te zien – kon dat?

'Kom je ook naar het feest?' vroeg hij.

'Nee, ik heb een ander feestje,' zei ik. 'Een vriendin die veertig wordt.'

'Nou, veel plezier dan!' antwoordde hij, en op dat moment ging de voordeur open en kwamen de buren naar buiten, onder het roepen van: 'Wie hebben we daar!' en 'Dus jullie konden het vinden?'

Ik liep snel naar mijn auto voor ze het in hun hoofd kregen dat ze ons aan elkaar moesten voorstellen. Toen Jeff nog mijn buurman was, waren er nooit van dit soort ongemakkelijke situaties, want wij kregen geen van beiden ooit bezoek. Terwijl ik de sleutel in het contact omdraaide en gedag zwaaide, zag ik dat de man nog steeds naar me keek. Hij tilde zijn hand op ten afscheid en dat gaf me een warm gevoel. Ik herinnerde me dat het zo voelde om gelukkig te zijn.

Ik stak achteruit de straat op en wierp een blik achterom, met een lach, klaar om nog eens te zwaaien, mocht iemand naar me kijken, maar niemand keek nog. Zijn vrouw overhandigde de in aluminium ingepakte schotel en terwijl ze dat deed, zag ik dat de man haar naar zich toe trok, met zijn hand op haar heup, op dezelfde pseudobezitterige manier waarop Patrick dat ook altijd bij mij deed. En zij keek hem lachend aan, en mijn buurjongetje trok aan zijn vrije hand, omdat hij hem iets wilde laten zien.

Het warme gevoel was meteen weg.

Hij vond me dus helemaal niet aantrekkelijk. Hij was gewoon zo'n aardige, vriendelijke man die iedereen leuk vond. Mijn aardige buren kenden natuurlijk andere aardige mensen. Dat soort lui zocht elkaar altijd op.

Of misschien vond hij me wél aantrekkelijk, maar op een walgelijke, foute als-je-zin-hebt-wil-ik-best-mijn-vriendin-belazeren-manier. Hij was waarschijnlijk zo'n man die naar iedere vrouw zo glimlachte, voor het geval dát.

En toen dacht ik: waar moet ik nu in godsnaam heen?

Ik was zo in dat verjaardagsfeest bij de haven gaan geloven dat ik me er bijna op was gaan verheugen.

Maar ik kon nergens heen. Ooit waren er mensen die ik had kunnen bellen. Verbluffend hoe vrienden je door de vingers kunnen glippen; hoe je sociale netwerk kan verdwijnen alsof het nooit heeft bestaan. Als je geen gezin hebt, en als je in een stad woont die zo is gebouwd dat je nooit met iemand contact hoeft te hebben en je overal met de auto heen gaat en je nergens kunt wandelen en passanten gedag kunt knikken en je je boodschappen doet in zielloze supermarkten waar pubers werken met uitgestreken gezichten die dwars door je heen kijken, alsof je niet bestaat, omdat je in feite inderdaad niet bestaat.

Als ik in een stad zou wonen zoals de steden die ik ooit wilde ontwerpen, zou ik nu ergens naartoe kunnen waar ik me niet alleen zou voelen, en waar het open en licht was en waar ik een kop koffie kon drinken en een boek kon lezen op een plek die gesprekken tussen mensen stimuleerde.

Al hou ik mezelf met dat gelul voor de gek, want ik zou het niet trekken om ergens te wonen waar het mooi was, en waar ik gedwongen zou zijn om elke dag met mensen te praten, een hele stad vol gruwelijk aardige types die voortdurend zonnig naar me lachten terwijl ik alleen een pak melk wilde kopen zonder dat iemand me vroeg of ik een leuk weekend had.

Ik ben niet eenzaam. Ik ben alleen. Maar daar kies ik voor.

Ik weet precies wat ik moet doen als ik weer deel zou willen nemen aan de samenleving. Ik kan bijvoorbeeld naar *The Wire* kijken en het daar met Lance over hebben, en dan zou ik hem aan kunnen bieden om een dvd-serie van mij te lenen, en dan kan ik zeggen: 'Waarom kom je niet een keer gezellig eten met je vrouw?' Heb ik zijn vrouw niet een keer ontmoet? Ik zou tegen zoveel mensen op kantoor kunnen zeggen: 'Heb je zin om een keer een borrel te drinken na het werk?' Ik had ja kunnen zeggen tegen dat feestje van kantoor, een paar maanden geleden. Ik had ja kunnen zeggen tegen de buren. Ik zou zelfs het internet op kunnen gaan om af te spreken met mannen die een relatie willen, of in elk geval seks.

Ik ben niet sociaal gehandicapt. Ik ben gereserveerd, soms verlegen – maar niet zo dat het me sociaal ondermijnt. Ik zou het best kunnen. En toen ik pas in Sydney kwam wonen en nog geen kip kende, heb ik het ook gedaan. Ik deed mee. Ik zei ja op uitnodigingen. Ik lachte en stelde vragen en zette de eerste stap.

Maar ik heb er nu geen zin meer in. Ik ben te oud, en wat vooral het punt is: het is niet eerlijk. Ik zou niet meer in deze positie hoeven te verkeren.

Ik trek het niet meer: het doen alsof, de gemaakte vrolijkheid, zoals toen ik net met de buren sprak. Ik zou de hele tijd moeten doen alsof, want dat is in het begin altijd zo – zo werkt het nu eenmaal.

Maar ooit had ik echte relaties met echte vrienden. Ooit was ik een moeder en een vrouw en een vriendin en een dochter, en nu ben ik niets meer.

En als ik alles achter me zou laten, als ik een gewoon leven zou leiden, zou het lijken alsof Patrick ermee wegkomt, alsof hij gelijk had: dat we niet bij elkaar hoorden.

Ik reed naar Ellens huis, en mijn gewone gevoel, die permanente mengeling van pijn en verlies en woede, was nog heftiger dan anders, omdat het een paar seconden weg was geweest.

Ik wilde alleen de plastic zak met ingrediënten bij de voordeur zetten – een briefje leek me niet nodig, ze zouden heus wel begrijpen dat het van mij was – maar toen ik het pad weer wilde af lopen, zag ik dat ze een stenen uiltje op het afdakje boven haar deur had staan. Een uil met een bril op. En ik dacht: wedden dat ze een reservesleutel onder die uil heeft gelegd?

En ik had gelijk.

17

NIET AAN EEN HOND DENKEN!

Je dacht aan een hond, of niet soms? Daarom is het zo belangrijk om voorzichtig te zijn met je woorden als je je suggesties structureert. Dit heet de wet van het omgekeerde effect. De verbeelding negeert het woord 'niet' en hoort alleen 'hond'.

Citaat uit Ellen O'Farrells 'Inleiding tot de hypnotherapie', een tweedaagse cursus

Colleens ouders kwamen meteen hun veranda op lopen zodra Patrick de auto geparkeerd had.

'Dat zijn ze. Frank en Millie.' Patrick sprak met een vreemde, onnatuurlijke stem en zwaaide, terwijl hij met opeengeklemde kaken naar hen glimlachte.

Jack gooide het autoportier open en holde naar zijn opa en oma. Ellen en Patrick keken toe hoe hij hen knuffelde. Het leek alsof hij de enige was die vandaag normaal kon doen.

'Oké,' zei Patrick en ze stapten uit de auto.

'Kom snel!' riep Millie bij de deur, en ze wenkte terwijl Jack met zijn opa in het huis verdween. 'Kom snel binnen, jongens, want daar is het lekker warm!'

'Hi Millie! Ja! Goed idee!' riep Patrick terug op een joviale toon die Ellen hem nog nooit had horen gebruiken.

Goeie hemel, dacht ze.

'Halló!' riep ze, in een wanhopige poging om Colleens ouders te laten zien dat zij een aardig mens was en dat ze het toch zo erg vond dat ze zo'n groot verlies hadden geleden.

(O god, waarom had ze zo galmend 'hallo' geroepen? Alsof ze hen toeschreeuwde vanaf een bergtop! Ze leek wel niet goed snik.)

Millie had gelijk. Het huis leek extra warm en gezellig na hun kille bezoekje aan de begraafplaats. Er stond zachte muziek aan, en Millie ging Ellen voor naar een stoel pal naast de open haard.

'Wat kan ik voor je inschenken?' vroeg ze. Ze was een klein, vogelachtig vrouwtje, dat de kleren droeg van een jonger iemand: een spijkerbroek met een witte trui die om haar smalle schouders hing. Je kon zien dat ze ooit heel mooi was geweest, en ze had een soort gelatenheid over zich waaruit sprak: Ik weet dat ik niet mooi meer ben, maar het interesseert me geen biet.

Haar man, Frank, was ook dun, en heel lang, als een oude, kromme basketbalspeler. Ellen zag hoe het verdriet hun gezichten had doorgroefd, als de vervaagde sporen van een klauw.

Ze leken verlegen mensen, maar ze waren een en al glimlach, hoffelijk en hartelijk, en ze kletsten over het verkeer en het weer. Het brak Ellens hart. Waren ze maar niet zo verdomde aardig.

'Ellen heeft nu eigenlijk een droge cracker nodig,' zei Patrick. 'Ze is misselijk. Door de, eh, zwangerschap.' Verbeeldde ze zich dat nu, of sprak hij het woord 'zwangerschap' zachtjes uit, alsof het een gênante kwaal was?

'Ik zal er meteen eentje halen,' zei Millie.

'Ik had er thuis een paar klaargelegd, maar ik ben vergeten om die mee te nemen. Het spijt me dat ik zo'n lastpost ben,' wauwelde Ellen, alsof het een enorme moeite voor Millie was om even een crackertje te pakken. Wat ze eigenlijk wilde zeggen was dat het haar zo speet dat ze daar überhaupt was, en dat ze levend en zwanger de plek van hun dochter innam.

'Toen ik zwanger was van Colleen at ik de hele dag droge crackers,' zei Millie terwijl ze Ellen een bordje gaf. 'Maar toen zij zelf in verwachting was van Jack, was ze totaal niet misselijk, de bofkont.'

Ze glimlachte naar haar kleinzoon. 'Jij was toch zo'n keurige baby, Jack, zelfs voor je geboorte al.' Ze wendde zich weer tot Ellen. 'Niet dat jouw kleine kindje zich niet gedraagt.'

Terwijl Millie sprak, zag Ellen een foto van Colleen in een lijstje aan de muur hangen. Ze had Jack vast toen die ongeveer een halfjaar oud was. Ze glimlachte vol aanbidding naar hem, terwijl Jack aan de poot van een speelgoedkonijn knaagde.

Toen gebeurde het.

Ze barstte in tranen uit, en verslikte zich in de cracker, zodat ze kruimels in het rond spuugde, en iedereen haar verschrikt en verbijsterd aankeek.

Waar ben je mee bezig? Het was alsof haar lichaam iets heel vies had gedaan in beschaafd gezelschap; alsof ze een explosieve wind had gelaten. *Hou op!* maande ze zichzelf, maar de tranen bleven over haar wangen glijden.

Het was de combinatie van de aanbidding op Colleens gezicht op de foto, de intense opluchting van het eten van de cracker, de warmte van het huis na de koude berglucht, Millies 'jouw kleine kindje', de vreemdheid en de stress van het bezoek aan de begraafplaats, en het feit dat ze haar vader de volgende dag voor het eerst zou ontmoeten – ach, wat maakt het ook uit wat het precies was. Zeker was wel dat ze zich nog nooit zo had geschaamd voor haar eigen emoties.

'Hé,' zei Frank, en hij kwam op haar af, zakte op zijn lange spillebeenhurken en wreef zachtjes cirkeltjes over haar rug.

Wat een mazzel had Colleen dat ze was opgegroeid met een fantastische vader als Frank.

'Wat is er, Ellen?' vroeg Jack.

Hij had zijn vader aangekeken, maar aan Patrick had hij niets. Die keek alsof zijn vriendin zojuist een kostbare vaas aan diggelen had gegooid. Hij had de hele tijd gebabbeld sinds hij het huis in was gelopen, en zijn stem klonk luchtig, maar met een ondertoon van paniek. Alsof hij iemand die van een rots wilde springen probeerde af te leiden door over gewone dingen te kletsen tot de politie kwam. Ellen had hem nog nooit zoveel horen kletsen, en ze zag wel dat deze bezoekjes voor hem een enorme inspanning waren, en dat hij vastbesloten was om geen ongemakkelijke stiltes te laten vallen waardoor het verdriet aan de oppervlakte zou kunnen komen. En nu had zij de balans die hij met zoveel moeite had gecreëerd verpest.

'Het spijt me zo,' snifte ze uiteindelijk. 'Het zullen de hormonen wel zijn.'

Hormonen, hormonen, hormonen. Ze had het de laatste tijd nergens anders meer over, terwijl ze er vroeger nooit in geloofde om de schuld op haar lichaam te schuiven. Ze dacht altijd dat het juist de andere kant op werkte met lichaam en geest: dat de geest van invloed was op het lichaam, en niet andersom. Als een cliënte dit soort irrationeel gedrag aan haar beschreef, en dan de schuld op haar hormonen probeerde te schuiven, had zij gezegd (op zo'n sussend, alwetend toontje!): 'Ik vermoed dat dit de manier is waarop jouw lijf iets duidelijk wil maken aan jouw onderbewuste.'

Patrick herstelde uiteindelijk voldoende om naar haar toe te komen en haar te omhelzen.

'Je bent gewoon uitgeput van de rit,' zei hij, met zijn normale stem, en door de opluchting zijn armen om haar heen te voelen en zijn vertrouwde Patrick-geur op te snuiven, moest ze bijna weer huilen.

'Het spijt me zo,' zei ze bevend.

'Geeft helemaal niks,' zeiden Frank en Millie geruststellend.

Ze deed ontzettend haar best zich bij de lunch te revancheren, door Patricks opgewekte geklets te imiteren. Het gesprek schoot snel heen en weer over tafel, als een hete aardappel die ze niet wilden laten vallen. Toen ze klaar waren om te vertrekken, zag ze dat Frank en Millie er uitgeput uitzagen. Die hadden het waarschijnlijk wel op prijs gesteld als zij even een paar tellen hun mond hadden gehouden.

'We hopen je volgende maand weer te zien, kind,' zei Millie toen ze weggingen, en ze had haar hand op Ellens arm gelegd.

Een gruwelijke seconde lang voelde Ellen nog meer tranen

branden, die ze met pure wilskracht terugdrong.

Niemand zei iets toen ze uit Katoomba wegreden. Jack leek op de achterbank te slapen. Uiteindelijk trok Ellen het niet meer.

'Het spijt me van mijn onverwachte geween, net,' zei ze, alsof het woord 'geween' er een charmante, zelfs vrij fascinerende draai aan kon geven.

'Het geeft niet,' zei Patrick. 'Echt niet. Maak je maar geen zorgen.'

Daar had ze het bij moeten laten.

'Ze vonden het vast ontzettend zwaar,' zei ze. 'Om mij te ontmoeten, en de nieuwe baby.'

'Ja,' zei hij. 'Hoewel jíj natuurlijk de enige was die daarom moest huilen!'

De steek was zo fel dat hij haar de adem benam.

'Sorry,' zei hij bijna meteen, en hij haalde een hand van het stuur om haar aan te raken. 'Dat was als grapje bedoeld. Een ontzettend stom grapje. Altijd als ik Frank en Millie zie, voel ik me schuldig omdat ik nog leef terwijl Colleen dood is. Ik vind die bezoekjes heel zwaar. Ongemakkelijk.'

O ja, joh?

'Ja. Ik vond het zelf ook ontzettend ongemakkelijk,' zei ze. *Ik heb op het graf van je dode vrouw gezeten! Die grasvlekken krijg ik nooit meer uit mijn broek!*

'Sorry,' zei hij nog een keer, en hij legde zijn hand weer op het stuur. 'Echt. Je hebt het geweldig gedaan vandaag. Ik ben zo dankbaar dat je meekwam. Ik zou alleen willen dat...' Zijn stem stierf weg en toen hield hij op met praten, en fronste naar de weg voor hen, alsof het rijden al zijn concentratie vergde.

Wat bedoelde hij? Ik zou alleen willen dat je niet had gehuild? Ik zou alleen willen dat Colleen niet dood was? Ellen borrelde en kookte in stilte van allerlei emoties die ze niet eens goed kon omschrijven: schaamte, wrok en iets wat leek op angst. *Dit ben ik niet*, dacht ze steeds maar. *Ik ben zo niet.*

Ze verbrak de stilte toen ze bij een rood stoplicht bleven staan. 'Je zult wel geen tijd hebben om die dozen vanavond op te ruimen, hè?'

Op het moment dat ze dat zei, keek een deel van haar toe en schudde koeltjes het hoofd. *Ach, Ellen. Jij voelt je schuldig omdat je hem met je tranen voor schut hebt gezet, dus dit is jouw kinderachtige manier om hem duidelijk te maken dat hij ook niet helemaal perfect is. Je zoekt ruzie, omdat je wilt dat er iets gebeurt.*

'Ik zei toch dat ik vanmiddag moet werken,' zei hij.

'Kunnen we dan afspreken dat volgend weekend de nieuwe deadline is?' vroeg ze, en haar toon was licht en humoristisch, maar net als zijn grapje liep ook hier een fijne staaldraad doorheen.

'Zeur niet aan mijn hoofd, Ellen,' zei hij, en toen ze zich omdraaide om naar zijn profiel te kijken, zag ze dat hij zijn kaken zo stevig op elkaar klemde dat zijn wangen hol trokken.

'Zeur niet? Hoezo zeur ik?'

'Niet nu. Niet hier,' siste hij, en hij draaide zijn hoofd een beetje om naar Jack op de achterbank te wijzen, alsof ze expres ruzie zocht waar zijn jonge, gevoelige zoontje bij was.

De rest van de rit naar huis wisselden ze geen woord meer. Ellen dacht de hele tijd aan dat weekend in de bergen met Jon, en bleef expres hangen bij haar herinneringen aan hun vrijpartijen. Zo passief-agressief had ze nog nooit gedaan.

Eenmaal thuis was de sfeer in de auto om te snijden.

'Tot later,' zei Patrick kortaf voor hij wegreed en Ellen Jack met zich naar binnen liet nemen. Ze moest eraan denken om haar koffieafspraak met Julia af te zeggen voor ze met het huishouden begon.

'Wat is dit?' vroeg Ellen terwijl ze de hordeur opendeed.

Er stond een in folie verpakt pakje voor de voordeur. Ze boog zich om het op te pakken. Het voelde warm aan.

Ze begon sneller te ademen. *Saskia.*

Het was een impuls. Ik liep haar keuken in met de plastic tas vol spullen en het was net of ik thuiskwam van de supermarkt. Ik dacht: waarom zou ik niet wat koekjes voor hen bakken?

Ik vond het prettig om in haar keuken te zijn, om haar beslagkom te gebruiken, haar lepels, haar bakblikken. Ik heb het gevoel dat de meeste spullen in haar keuken van haar oma zijn geweest. Ik herinner me dat ze zei dat ze niet veel had veranderd toen ze het huis erfde. 'Ik heb een soort retrosmaak,' zei ze ooit eens tegen me. Ik zei dat ik haar vloerkleed mooi vond. Dat hebben we dus met elkaar gemeen; behalve Patrick natuurlijk.

Ik voelde me wonderlijk vredig, alsof ik het volste recht had daar in huis te zijn, alsof ik Ellen was, en Patrick en Jack samen ergens waren en ik hen wilde verrassen met versgebakken koekjes. Net als vroeger, toen Jack klein was en zij samen naar het park gingen. Ik stelde me voor dat ze straks thuis zouden komen, het geluid van de sleutel in het slot, het stampen van Jacks voetstappen in de gang.

Ellens keuken deed me sterk denken aan die van mijn moeder – misschien voelde ik me daarom wel zo onterecht op mijn gemak, omdat het voelde alsof ik in mijn ouderlijk huis was. Ik weet nog dat ik als klein meisje op een keukenstoel stond, met een van mijn moeders schorten rond mijn middel gebonden, en dat ik haar hielp bij het koken. Ik had altijd gedacht dat ik dat ooit ook met mijn eigen dochtertje zou doen.

Ik heb dat trouwens ook gedaan, met Jack, alleen dan zonder schort, en hij stond ook niet op een stoel. Ik liet hem gewoon naast me op het aanrecht zitten. Dat vond hij geweldig. Meel in zijn haar, plakvingertjes, stukjes eierschaal in het beslag. Hij mocht de mixer gebruiken, maar hij tilde hem te hoog op en spetterde zo de hele keuken onder het cakebeslag.

Wat had ik gezegd als ze te vroeg thuis waren gekomen?

Ik weet dat jullie dit raar vinden, maar ik trek het niet dat ik niet besta in jullie leven. Kan ik anders niet bij jullie komen wonen? Dan zit ik stilletjes in dat hoekje daar, en dan kijk ik toe naar hoe jullie leven. Trouwens, hoe was het vandaag in de bergen? Iemand zin in een koekje?

Ze kwamen niet thuis, maar er kwam wel iemand langs.

Ik haalde net de koekjes uit de oven toen er werd aangebeld.

Ik schrok op. Voelde me schuldig. Ik ben niet volkomen knetter, ik weet dat het niet de bedoeling is om andermans huis in te lopen om daar koekjes te gaan bakken.

Nadat er was aangebeld, begon iemand hard op de voordeur te slaan.

Mijn eerste gedachte was dat het Patrick was; dat kwam door de boze klank van het gebons. Ook al sloeg dat nergens op, want waarom zou hij niet gewoon binnenlopen?

En toen dacht ik dat het de politie zou kunnen zijn, omdat iemand had gezien dat ik de sleutel had gepakt en toen de politie had gebeld. Een buurvrouw of zo. Ellen is echt iemand om dikke mik met de buren te zijn.

Ik zette het blad neer en sloop de hal in, langs Patricks dozen die slordig opgestapeld stonden. Arme Ellen; haar huis voelt nu helemaal niet meer zo spiritueel, met al die stoffige dozen. Zou ze het vreselijk vinden, of is ze boven dat soort aardse zaken verheven? Patrick kennende staan die dozen hier nog wel een poosje.

Ik keek uit het raam en zag een man staan. Hij stak zijn handen in zijn zakken en schoof zijn kaak naar voren alsof hij zich opmaakte voor een confrontatie. Hij was ergens in de veertig. Hij had iets chics over zich, ademde geld: misschien was het zijn pak, of het lange, zorgvuldig warrig gemaakte haar, maar misschien kwam het wel doordat hij daar zo stevig op zijn voeten stond, alsof hij de baas was.

Hij intrigeerde me.

Een klant die een shotje hypnose nodig had?

Een ex van Ellen? Hij leek me niet haar type. Patrick is trouwens ook niet haar type – veel te gewoontjes, en te macho. Zij zou met een interessante bleke dichter moeten zijn, en mij mijn zondoorstoofde landmeter weer terug moeten geven.

Een minnaar? *Misschien was Patrick wel niet de vader van de baby.* Dat zou geweldig zijn. Zou deze bezoeker, deze echt vrij boos uitziende man, de boel voor hen komen bederven?

Ik deed open.

18

Het is grappig dat mensen hypnotherapie 'new age' noemen. Op graftombes aangetroffen hiërogliefen tonen aan dat de Egyptenaren al in 3000 voor Christus hypnose gebruikten.

Citaat van www.EllenOFarrellHypnotherapie.com

'Madeline, moet je horen.'

Julia legde haar hand op Madelines arm en Ellen zag Madeline een beetje ineenkrimpen. Het was woensdagavond en ze waren met zijn drietjes uit eten in een druk Thais restaurant voor ze naar de film zouden gaan. Ze zaten opeengepropt in een zitje. De film begon om negen uur, en het was nu halfacht, en ze hadden pas net de menukaart gekregen. Ze zouden te laat zijn voor de film, en dat zou Madeline irriteren, terwijl Julia er een hele show van zou maken dat het haar totaal niet boeide, omdat zij nu eenmaal, in tegenstelling tot Madeline, een vrije, flexibele geest was.

Julia en Madeline konden niet met elkaar opschieten, en ze deden alleen voor Ellen of ze elkaar mochten. Als de 'wederzijdse vriendin' zorgde Ellen er normaal gesproken voor om apart met hen af te spreken, maar ze wist dat ze allebei naar de nieuwe film met George Clooney wilden, dus leek het haar onzinnig om hen niet allebei mee te vragen.

Ze droeg zichzelf op dat nooit meer te doen. Julia wilde Madeline altijd inpeperen dat zij langer met Ellen bevriend was, en ze stelde zich nogal puberaal aan. Madeline weigerde mee te doen aan dat spelletje 'wie is Ellens enige echte beste vriendin' maar verschanste zich in haar rol als de enige moeder van hun drieën. Ze keek altijd afgeleid en gekweld, alsof ze gespitst was op het huilen van een kind. Momenteel was ze acht maanden zwanger, dus was ze nog erger dan normaal, met een hand volcontinu op haar buik gedrukt. Nu Ellen ook in verwachting was, had Madeline een voorsprong op Julia en die buitte ze flink uit, door het gesprek de hele tijd op baby's te brengen. Als de enige die wel mocht drinken, werkte Julia een fles wijn weg, en vocht ze terug door elke kans aan te grijpen om te kunnen benadrukken hoe ze genoot van haar kindvrije bestaan en glansrijke carrière.

Ellen had zin om hen allebei bij de schouders te grijpen en te zeggen: 'Doe normaal!'

'Wat?' vroeg Madeline, en ze trok haar arm weg van Julia. Ze hield niet van lichamelijk contact. Julia, die dit wel doorhad, zat zo vaak mogelijk aan Madelines arm, en kuste haar met overgave als ze weer eens hadden afgesproken.

'Haar stalker zet versgebakken koekjes op haar stoep – en denk je dat zij die vervolgens regelrecht in de vuilnisbak gooit en de politie belt zoals ieder normaal, weldenkend mens zou doen?' vroeg Julia. 'Welnee, ze zet een kopje thee en eet ze op!'

'Ik mag hopen dat er geen noten in zaten,' zei Madeline. 'Je mag geen pinda's eten tijdens je zwangerschap, wist je dat wel?'

'Noten zijn wel het laatste waar zij zich druk om zou moeten maken,' riep Julia uit. 'Die stalker heeft natuurlijk in het deeg gespuugd. Of nog erger. O god, ik ga al over mijn nek bij de gedachte aan wat ze allemaal gedaan kan hebben, Ellen – en wat ze waarschijnlijk ook heeft gedaan. Serieus.'

'Wat voor soort koekjes waren het nou?' vroeg Madeline.

'Poepkoekjes,' zei Julia, en ze kreeg acuut een lachstuip.

Madeline keerde zich van Julia af en glimlachte stijfjes. 'Hoe wist je dat ze van haar waren?' vroeg ze aan Ellen.

Julia boog zich langs Madeline en vroeg: 'Waren het soms chocoladekoekjes?'

'Het waren havermoutkoekjes, en ik weet dat ze van haar waren omdat ze er een briefje bij had gedaan,' zei Ellen. '"Deze heb ik vandaag gebakken. Jullie vinden ze vast lekker, dacht ik. Veel liefs, Saskia." Dat stond erin.'

'Jemig, wat griezelig.' Madeline huiverde misprijzend, om te tonen dat zij dit soort dingen nooit zou toelaten in haar ordelijke leventje.

'Het wordt nog veel erger,' zei Ellen.

'Echt?' Julia zat alweer rechtop. Ellen had haar nog maar de helft van het verhaal verteld voor Madeline arriveerde.

'Ik denk dat ze die koekjes in mijn huis heeft gebakken,' zei Ellen.

'*Oh. My. God,*' zei Julia.

'Waarom denk je dat?' vroeg Madeline kalm, omdat Julia zo dramatisch deed.

'Er hing een baklucht in mijn keuken,' zei Ellen.

Ze dacht terug aan hoe ze in de keuken stond na die vreemde, vreselijke dag in de bergen, en ze de sterke geur van stroop en bruine suiker inademde, met bonzend hart. Het deed haar sterk denken aan hoe het was als ze bij haar oma op bezoek kwam, toen die nog leefde. Haar oma bakte ook altijd havermoutkoekjes. Die van Saskia smaakten bijna net zo lekker als die van haar oma, of misschien zelfs lekkerder. Ze waren knapperiger.

'Misschien verbeeld je je dat maar,' opperde Julia.

'Dat lijkt me sterk,' zei Madeline. 'Als je zwanger bent, staat je reukorgaan op scherp. Toen ik Isabella kreeg, rook ik een keer...'

'Geen kruimels?' viel Julia haar in de rede. 'Of andere tekenen? Stonden dingen anders in je kastjes?'

'Het tegenovergestelde van kruimels,' antwoordde Ellen. 'Mijn oven was te schoon. Ik denk dat ze die na gebruik heeft schoongemaakt.'

'Waarom zou ze in jouw keuken bakken?' peinsde Julia. 'Welk punt wil dat gekke wijf daarmee maken? Wat is de boodschap die ze je wil geven?'

'Ik vind het vreselijk om in andermans keuken te koken,'

merkte Madeline op. 'Ik kan er nooit vinden wat ik nodig heb.'

Julia keek haar met langzaam knipperende ogen aan en wendde zich toen weer tot Ellen.

'Wat zei Patrick ervan?'

'Ik heb het niet aan hem verteld,' zei Ellen. 'Toen we terugkwamen uit de bergen, ging hij direct door naar kantoor. Hij heeft Jack en mij voor de deur afgezet. Het heeft geen zin om het hem te vertellen. Hij wordt alleen maar boos.'

Ze vertelde er niet bij dat zij en Patrick niet meer met elkaar hadden gepraat toen ze uit de bergen terugkwamen.

'Heb je het wel aan Jack verteld?' vroeg Julia.

'Ik zei dat een vriendin van mij de koekjes had gebracht,' zei Ellen. 'Het boeide hem niet zo.'

'Je hebt Jack er toch niet van laten eten, hè?' vroeg Madeline.

'Nee,' zei Ellen. 'Dat leek me beter van niet. Ik heb hem afgeleid met chocoladekoekjes bij het huiswerk.'

'Koekjes voor het eten,' mompelde Madeline.

'Maar je hebt er zelf wel van gegeten! Je had ze niet eens aan moet raken!' zei Julia. 'Voor hetzelfde geld zat er gif in.'

'Laat staan dat je je ongeboren kind ermee in gevaar bracht,' zei Madeline.

Nu zaten ze met zijn tweeën instemmend te knikken, allebei met een ernstige, verantwoordelijke uitdrukking op hun gezicht.

'Ik weet het,' zei Ellen. 'Ik heb er niet eens bij nagedacht.'

En ze roken zo lekker. Het was ironisch, maar ze was boos en verontrust toen ze de koekjes zag staan, maar toen ze er eentje van het bord pakte en tussen haar vingertoppen hield, had ze het gevoel dat dit precies was wat ze nodig had. En toen smaakte het zo goed, dat ze er nog eentje nam. Het eten van de koekjes hief de schok van het krijgen van de koekjes dus op. Pas toen ze er drie achter elkaar had verorberd, kwam het bij haar op dat ze misschien vergiftigd waren, dus de rest van de avond zat ze stilletjes te hyperventileren en googelde ze dingen als: Hoe lang duurt het voor gif werkt?

'Je neemt dit totaal niet serieus, vanaf het begin al niet. En dat is heel raar.' Julia sprak terwijl ze ondertussen de aandacht van de ober probeerde te trekken aan de andere kant van het restaurant. 'Die vrouw is in je huis geweest. Ze heeft je privacy geschonden. Dat je niet doodsbang bent! En waarom doet die ober alsof hij me niet ziet. Je ziet me heus wel!'

'Ik weet niet,' zei Ellen. 'Ik ben wel een beetje bang, hoor.'

Sinds het incident met de koekjes voelde ze zich steeds een beetje buiten adem, alsof ze te laat was voor iets belangrijks. De vorige nacht was ze heel vroeg wakker geworden, net voor zonsopgang, met een heel heldere gedachte: *Er gaat iets vreselijks gebeuren.* Saskia zou hier niet mee ophouden tot er iets gebeurde. Maar wat? Wat moest er gebeuren?

Het leek wel alsof het niet meer om Saskia en Patrick ging. Het ging om Saskia en Ellen. Het was iets tussen de twee vrouwen. En als ze nu maar kon bedenken wat ze moest doen, wat ze moest zeggen, kon ze hier misschien een eind aan maken. Maar wat moest ze dan zeggen? Wat moest ze doen? Wat? Het voelde als zo'n eindeloos moment nadat je iets breekbaars van een tafel hebt gestoten en je het niet grijpt maar bevroren met een uitgestrekte arm blijft staan. En als het dan stukvalt, denk je: dat had ik kunnen voorkomen.

'Je zou als de dood moeten zijn,' zei Madeline ernstig. 'De hele tijd.'

'Nou, bedankt,' zei Ellen. 'Dat is een hele troost.'

'Wat ik niet begrijp, is dat je de politie er niet bij hebt gehaald,' zei Julia. 'Er moet een straatverbod komen, en elke keer als dat mens dat schendt, bel je de politie en *wham*, dan wordt ze in de boeien geslagen. Probleem opgelost.'

'Patrick is ooit weleens naar de politie geweest,' zei Ellen. 'En hij zegt steeds dat hij nog eens zal gaan, maar hij komt er nooit aan toe. Het is trouwens ook niet zo eenvoudig als jij het nu beschrijft.'

'Ik heb weleens gehoord dat een straatverbod geen enkele zin heeft,' zei Madeline instemmend.

'Ga zelf naar de politie,' commandeerde Julia, die Madeline negeerde.

Er was een moment, toen ze haar ovenwanten vasthield, de ovenwanten van haar oma, en het tot haar doordrong dat Saskia die waarschijnlijk had gebruikt, en haar handen tussen de zachte stof had laten glijden om ze te beschermen, dat Ellen woedend werd om de gore moed van dat mens. Ze was naar de telefoon gebeend om de politie te bellen, maar nog voor ze de hoorn van de haak had gepakt, bedacht ze zich. Hoe kon ze het bewijzen? *Ruik maar eens, agent, ruikt u die baklucht dan niet? En kijk eens hoe schoon mijn oven is! Zo schoon heb ik hem niet achtergelaten!* Ze zou voor gek staan.

En trouwens, het was Patricks taak, en om de een of andere reden had die geen zin om de politie erbij te betrekken.

'Ze heeft nog nooit geweld gebruikt,' zei ze zwakjes.

'Nog niet,' zei Madeline.

'Je snapt toch zeker wel dat ze jullie bruiloft komt verstoren,' zei Julia. 'Als de pastor zegt: "Is er onder de aanwezigen iemand die een reden kan noemen waarom deze twee niet in de echt zouden mogen worden verbonden?" roept zij: "O, ik, ik!"'

'Volgens mij wordt die zin niet meer gebruikt,' zei Ellen.

Julia negeerde haar. 'Dan stormt ze het pad op en roept ze: "Die reden ben ik!"'

'Misschien neemt ze wel een pistool mee,' zei Madeline.

'Ik zou maar een kogelvrij vest onder mijn jurk aantrekken als ik jou was,' zei Julia.

'Ik geloof niet dat ik mijn kinderen meeneem,' peinsde Madeline.

'Hm,' zei Ellen. Dit was de reden waarom zij en Patrick nog niet ver waren met het plannen van hun bruiloft. Telkens als ze erover begonnen, kwam het gesprek op Saskia. 'Zelfs al gaan we naar een ander land, dan nog weet ze ons waarschijnlijk te vinden,' had Patrick gezegd.

Hij leek opgelucht toen Ellen opperde dat ze misschien beter konden wachten tot de baby er was, ook al zou zijn moeder waarschijnlijk 'over de rooie gaan' omdat het kind dan een 'bastaard' zou zijn.

En Ellen was steeds zo misselijk dat ze zich waarschijnlijk toch niet echt de bruid zou voelen.

'Wat zul jij haar haten,' zei Madeline. 'Ik haat haar al zo erg. Je kunt niet eens je eigen bruiloft plannen!'

'Ik haat haar niet,' zei Ellen. 'Niet echt. Ik zou eigenlijk best graag eens met haar willen praten.'

'Ja, goed idee, vraag je stalker op de koffie,' zei Julia bulderend van de lach.

'Bel haar anders meteen even op, en vraag of ze zin heeft om met ons mee te gaan naar de film,' zei Madeline met een kort, verlegen grijnsje richting Julia.

Julia lachte harder dan nodig was. Ze voelden zich verbonden door Ellens stompzinnigheid.

'Misschien bel ik haar weleens,' zei Ellen bedachtzaam. Ze roerde in haar glas mineraalwater met haar rietje en keek naar de belletjes. 'Ooit.'

Sinds zondag moet ik steeds denken aan de man die bij Ellen had aangebeld.

'Ellen O'Farrell?' vroeg hij toen ik opendeed, en hij dook zowat op me af. Ik deed een stap naar achteren en hield de hordeur dicht.

'Nee,' zei ik. 'Ze is niet thuis.'

'Oké, en wie ben jij?' Hij sloeg de toon aan van iemand die altijd de allerbeste service eist én krijgt. Hij deed me denken aan de projectontwikkelaars met wie ik op mijn werk te maken heb. Mannen die heel, heel erg zeker zijn van hun plaats in deze wereld.

'Nou ja, wie ben jij?' zei ik heel hooghartig, en dat is gek, want ik was de indringer.

'Ik ben iemand die haar moet spreken,' zei hij. Zijn neusvleugels trilden. 'Dringend.'

'Ik kan haar wel een boodschap doorgeven,' bood ik aan, en

ik stelde me voor dat ik een vrolijk Post-itje op haar koelkast zou achterlaten. *Boze man kwam langs, moet je dringend spreken. Liefs, Saskia.*

'Laat maar.' Het leek alsof hij zich enorm moest inhouden om niet tegen de muur te beuken. 'Ik kom wel een andere keer terug.'

'Doe dat,' zei ik vol vuur.

En toen vertrok hij.

Gek, maar toen ik de deur achter me dichtdeed, had ik het gevoel dat ik Ellen wilde verdedigen. Ze heeft zoiets argeloos, alsof ze denkt dat iedereen even lief en oprecht is als zijzelf. Terwijl we dat overduidelijk niet zijn.

Bovendien had ik het gevoel dat ik die man ergens van kende. Ik kon me alleen niet herinneren waarvan.

'Maar hoe was de ontmoeting met de familie van de dode echtgenote?' vroeg Julia. Haar wangen waren rood van alle wijn die ze had gedronken, en ze had in haar ogen gewreven zodat haar mascara een beetje uitgelopen was en ze er nu sexy slonzig uitzag. Door de sfeerverlichting van het restaurant zag ze er precies zo uit als toen zij en Ellen nog met valse identificatiekaartjes rondliepen zodat ze konden drinken. Dat was toen ze nog op de middelbare school zaten en ze een korte en niet bijzonder indrukwekkende rebelse fase doormaakten. (Ellens moeder en peettantes hadden het veel bonter gemaakt toen zij nog jong waren.)

'Nee, wacht, ik wil eerst horen hoe het ging met je vader!' Madeline ging achterover zitten en vlocht haar handen ineen onder haar borsten, dwars over haar enorme buik. Toen ze ging verzitten, stootte Ellen met haar elleboog tegen het stevige vlees van die buik, en de realiteit van Madelines baby schokte haar. Er zat een heuse baby op nog geen paar centimeter van Ellens elleboog. Niet alleen het idee van een baby. Een echte, levende baby lag opgekruld onder de gestreepte stof van Madelines zwangerschapsbloesje, en de uitgerekte huid van haar maag. Ellen imiteerde Madeline stiekem, en vlocht ook haar handen ineen rond haar buik, die nog steeds zacht en maar een heel klein beetje bol was, alsof ze iets te veel pizza's had gegeten. Haar kleding begon al wat strakker te zitten maar ze kon zich onmogelijk voorstellen dat ze over een paar maanden ook zo'n enorme buik zou hebben als Madeline. Zo eentje waar je ook zo'n typisch zwangerschapsloopje door kreeg, achterover hellend en licht zwalkend. Zo eentje waardoor mensen naar je glimlachten en je een zitplaats aanboden en vroegen: 'Moet je nog lang?'

'Haar leven is tegenwoordig net een soap, vind je niet?' zei Julia. 'Weet je nog dat ze altijd zo kalm en zen was? Dat haar nooit eens iets wanordelijks overkwam?'

'Dat is niet waar!' protesteerde Ellen. 'Mijn relaties kwamen altijd heel wanordelijk tot een einde.'

'Nee, zelfs als je verkering uitging gebeurde dat op een hoger bestaansniveau dan bij de rest van ons,' zei Madeline.

'Zo klinkt het net of ik heel saai ben,' zei Ellen. Ze was gekwetst, alsof ze per ongeluk een gesprek had gehoord waaruit bleek wat haar vriendinnen werkelijk van haar vonden.

Julia en Madeline hadden het te druk met elkaar voor het eerst te mogen om dat te merken.

'O, zo saai ben je nu ook weer niet. Maar goed, ik eerst,' zei Julia. 'De familie van zijn vrouw?'

'Misschien kunnen jullie je maar beter concentreren op zo snel en efficiënt mogelijk eten,' zei Ellen toen de ober aan hun tafel verscheen met drie gigantische borden balancerend op zijn onderarm.

'Laten we die film overslaan,' zei Madeline. 'Laten we gewoon relaxed doen.'

'Uitstekend plan.' Julia zakte achterover in hun nisje en lachte naar Madeline.

Ellen keek naar hoe zij met de ober kletsten om te zien wie welk gerecht kreeg, en hoe ze beleefd naar achteren bewogen zodat hij de rijst kon uitserveren, en ze zag voor het eerst dat zij eigenlijk heel veel op elkaar leken. Onder hun zorgvuldig relaxte gedrag gingen stekels schuil die snel omhoogschoten, alsof ze dachten dat ze elk moment bekritiseerd konden worden en niet van plan waren dat te pikken. Ze hielden zich allebei krampachtig vast aan hun zelfgekozen persoonlijkheid. *Ik ben nu eenmaal zo'n soort mens en daarom geloof ik dit, denk ik dit, doe ik dit en ik heb gelijk, ik heb gelijk, ik heb honderd procent gelijk!*

Hoewel, misschien was ieder mens tot op zekere hoogte wel zo. Misschien waren alle volwassenen wel kinderen die zorgvuldig hun grotemensenvermomming aantrokken en zich vervolgens als grote mensen gedroegen. Misschien was het een noodzakelijk onderdeel van volwassen zijn. Of misschien was het alleen dat Ellen vond dat zijzelf een waziger, minder scherp omlijnde persoonlijkheid had dan zowel Madeline als Julia.

Het kon ook zijn dat het allemaal een hoop onzin was, en Madeline en Julia gewoon zichzelf waren. De laatste tijd kreeg Ellen steeds minder geduld voor het feit dat ze nooit iets zomaar voor lief nam. Ze kon dat ongeduld niet plaatsen. Het leek alsof ze ineens zomaar genoeg had van een lieve oude vriendin.

'Dat zal wel heel ongemakkelijk zijn geweest,' zei Madeline. 'Om Patricks voormalige schoonouders te ontmoeten.'

'Denk je dat zij je haten?' vroeg Julia 'Omdat je hun geliefde dochter vervangt?'

'Ze waren ontzettend aardig,' zei Ellen. 'Ze bleven er heel gewoon onder, maar ik heb me vreselijk aangesteld.'

'O, nee,' zei Julia, alsof Ellen er een gewoonte van maakte zich aan te stellen. 'Wat heb je dan gedaan?'

'Ik zag een foto aan de muur hangen van Colleen met Jack toen die nog een baby was, en ik...'

'Heb je kritiek op haar geleverd?' vroeg Julia. 'Je hebt kwaadgesproken over de doden!'

Julia was als de dood voor de dood. Telkens als ze ermee

werd geconfronteerd, deed ze nerveus en raar, alsof ze hem op die manier van zich af kon houden.

'Dus jij denkt dat ik tot zoiets in staat ben?' vroeg Ellen terwijl ze haar lepel naar haar mond bracht.

'Schaaldieren!' gilde Madeline en ze stootte de lepel uit Ellens mond.

'Helemaal niet.' Ellen wees naar haar bord. 'Dit is de kip.'

'O, sorry, je hebt gelijk,' zei Madeline. 'Ga verder.'

'Trouwens, dat gezeur over wat je wel en niet mag eten als je zwanger bent gaat mij veel te ver,' zei Ellen. 'In Frankrijk eten ze rustig rauwmelkse kaas, met een glas wijn erbij, en in Japan eten ze sushi – en er is niets aan de hand met de baby's daar.'

Madeline klemde haar lippen op elkaar alsof zij niet helemaal overtuigd was van de kwaliteit van Franse en Japanse baby's. 'Ik zou geen risico's nemen in mijn eerste trimester.'

Julia's gezicht betrok wat bij dit zwangerschapsgeklets. 'Wat deed je dan toen je die foto zag?'

'Ik moest huilen,' zei Ellen.

'Je moest huilen? Je kende dat kind niet eens!' Madeline legde haar vork neer alsof ze net iets heel smerigs had geproefd; ze had duidelijk last van plaatsvervangende schaamte.

'Waarom moest je dan huilen?' vroeg Julia geïnteresseerd.

'Zwangerschapshormonen,' zei Madeline wijselijk. 'Maar je kunt je de komende zes maanden niet zo blijven gedragen, hoor! Kun je jezelf niet hypnotiseren of zo?'

Het was wel duidelijk hoe serieus Madeline dit nam, als ze zelfhypnose opperde. Ellen wist dat Madeline hypnotherapie maar onzin vond met een hoog new-agegehalte, tijdverspilling, geldverspilling, kwakzalverij, ronduit belachelijk, misleidend maar goedbedoeld, zoiets in elk geval. Ze wist niet precies hoe Madeline het zelf zou omschrijven, maar uit de zorgvuldig beleefde, uitgestreken uitdrukking die Madeline altijd had als het over Ellens carrière ging, kon ze opmaken dat het iets in die trant moest zijn. Ellen had er nooit op doorgevraagd, omdat ze wist dat Madeline uit beleefdheid zou liegen, en ze was zo'n beroerde leugenaar. Ze wist dat Madeline dol op haar was en dat ze Ellen nooit zou willen kwetsen.

Tot nu toe vond Ellen het gebrek aan balans in hun gesprek geen probleem. Ze genoot zelfs een beetje van haar superieure gevoel van volwassenheid vergeleken met Madelines vooroordelen. Haar gevoel van eigenwaarde was niet afhankelijk van de goedkeuring van anderen. Maar toch was ze nu enorm verbolgen. Haar werk was belangrijk voor haar. Het was een groot deel van haar leven. Waarom had Madeline dan niet eens haar best gedaan om iets over hypnotherapie te weten te komen? Ze had haar nog nooit ook maar één vraag over haar werk gesteld! Hoezo eigenlijk niet? Het was ronduit onbeleefd. Het was zelfs om woedend van te worden.

'Zit er iets tussen mijn tanden?' vroeg Madeline beschaamd. Ze draaide zich om naar de spiegelwand. 'Waarom zit je anders zo naar me te staren?'

Ellen schraapte haar keel. Het zou nu niet passen om ineens te gillen: 'Waarom kan ik het met jou nooit eens over mijn werk hebben, Madeline?'

Wat was er toch met haar aan de hand de laatste tijd? De zwangerschap had haar beroofd van al haar emotionele volwassenheid. Ze had allemaal van die nieuwe, onbeheersbare gevoelens. Momenten van blinde woede werden afgewisseld met momenten van pure wanhoop. Goeie hemel. Ze gedroeg zich als een cliënt.

'Sorry,' zei Ellen. 'Ik was even ergens anders met mijn gedachten.'

'Nou, ik denk dat er meer aan de hand was dan alleen hormonen,' zei Julia. 'Voelde je je soms schuldig? Omdat jij daar zat in de wetenschap dat je een kind krijgt van haar man? Je bent natuurlijk een expert in onderdrukte gevoelens.'

Ellen keek Julia dankbaar aan. In tegenstelling tot Madeline had Julia haar altijd gesteund en was ze zelfs trots op Ellens werk. Ze had in de loop der jaren al heel wat vrienden en kennissen naar haar doorverwezen. Ja, het was een ontzettend lieve vriendin.

'Zit je nu alweer te huilen?' vroeg Julia. 'Alleen bij de herinnering?'

'Nee, sorry, ik ben alleen...' Ellen begon hopeloos te giechelen.

Ze zag hoe Julia en Madeline een blik wisselden.

'Ik weet dat zwangere vrouwen een beetje gek kunnen doen,' zei Julia. 'Maar gaat dit niet wat te ver?'

'Ja,' zei Madeline.

'Ik moet er niet aan denken wat je deed toen je je vader voor het eerst ontmoette,' zei Julia. 'Je zult wel een kalmeringspil nodig hebben gehad.' Ze legde de rug van haar hand tegen haar voorhoofd. 'Pappie, pappie! Waar ben je toch al die tijd geweest?'

Madeline grinnikte en keek meteen schuldbewust. 'Nou ja, een ontmoeting met je vader is natuurlijk ook best emotioneel.'

'Eigenlijk had ik met hem juist het tegenovergestelde probleem,' zei Ellen. 'Ik voelde niets. Absoluut niets.'

'Echt niet?' Madeline keek opgelucht. Dit sprak haar meer aan.

'Het was gewoon een man,' zei Ellen. 'Een saaie, doodgewone man. Net als je tandarts. Of accountant. Kalend. Bril. Ik vond hem gewoon niet zo interessant.'

'Arme pappie,' zei Julia in haar wijnglas.

'Weet je waar ik het graag over zou willen hebben?' Ellen legde haar mes en vork neer. 'Over dozen. Dozen die mijn hal blokkeren.'

'Dat klinkt niet echt boeiend,' vond Julia.

'Het zijn zeker Patricks dozen, hè?' Madeline greep deze situatie meteen met beide handen aan.

'Ja,' zei Ellen. 'Ik heb het zo vaak gevraagd, maar hij doet er niets aan. Ik word er knettergek van. Hoe laat je een man iets doen zonder te zeuren?'

'Tja,' zei Madeline. 'Dat is een heel goeie vraag.'

Ik zat vanavond naar het late nieuws te kijken toen ik het ineens wist.

Ik wist precies wie die man was.

Wat wilde híj nou van Ellen? En waarom was hij zo kwaad op haar?

Ellen zat in de auto in het donker, zonder de sleutel in het contact te stoppen. Ze genoot van de plotselinge stilte na het lawaaiige gesnater in het restaurant. Haar oren gonsden en ze had het gevoel dat ze te veel indrukken te verwerken had gekregen. Alsof ze een avondje was wezen stappen in een nachtclub en heel veel had gedronken, in plaats van bedaard uit eten te zijn geweest met twee oude vriendinnen. Om de een of andere reden vond ze Julia en Madeline vanavond nogal overweldigend. Hun gezichten waren te dicht bij dat van haar, in dat kleine nisje: Julia's fijnbesneden gezichtje met de verbazingwekkende rimpels om haar ogen (verbazingwekkend, omdat Ellen altijd nog aan haar dacht als een schoolmeisje van veertien) en Madelines molliger, zachtere trekken met het wipneusje en de rozenknopmond. Ellen kon Julia's parfum nog ruiken, en hoorde het ritme van Madelines licht hese stem (ze werd verkouden).

'Ik zie Sam morgenavond,' had Julia tegen haar gezegd toen ze op de stoep voor het restaurant stonden nadat Madeline snel naar huis was gegaan.

'Stinky? Had hij nou echt griep, laatst? Ik wist het! Dus je ziet hem wel vaker? Waarom heb je me dat niet eerder verteld?'

'Zo noemen wij hem niet,' zei Julia. 'En doe maar kalm aan en ga vooral geen gezellige dubbeldates afspreken. We zijn gewoon vrienden.'

Ellen zag de hoop in Julia's ogen stralen.

'Hou op,' zei Julia toen ze zag hoe Ellen keek. 'Geen woord hierover.' Maar ze gaf Ellen een heel stevige knuffel ten afscheid.

Ellen keek op haar horloge. Het was pas negen uur. Jack zou nog op zijn als ze thuiskwam. Hij ging wel erg laat naar bed voor een jongetje van acht. Enfin, wat wist zij daar ook van?

Ze wist dat Patrick het volkomen zou respecteren als zij zou opperen dat Jack weleens wat vroeger naar bed kon gaan, maar ze was zo onzeker wat betreft de opvoeding van dat zelfredzame mannetje, dat ze altijd het gevoel had dat ze maar wat aanklooide. Ze had Madeline moeten vragen hoe laat haar kinderen naar bed gingen. Madeline had het wel geweten.

Het was zo fijn om niet naar een leeg huis terug te hoeven. De lichten zouden stralen als ze de oprit op kwam. En als ze de deur opentrok zou de geur van taco's of popcorn of een andere snack haar tegemoetkomen. Patrick en Jack zouden samen televisiekijken of een of andere game spelen op de Wii. Of ze zouden elkaar door het huis achternazitten met de tak die zijzelf ooit gebruikte om mindfulness te oefenen en die nu dienstdeed als zwaard of laserpistool of wat dan ook (ze waren soms wel erg gewelddadig!). Patrick zou haar vragen hoe de film was. Jack zou haar iets willen vertellen over zijn dag. Ze zouden warme chocolademelk drinken en een paar chocolaatjes eten die Jack eigenlijk moest verkopen voor een inzamelingsactie op school. Patrick zou een keer of twintig tegen Jack zeggen dat hij naar bed moest, en uiteindelijk zou hij gaan.

Ja, het was zo heerlijk om naar huis te gaan als daar het drukke gezinsleven wachtte dat ze altijd al had gewild.

En toch stak ze de sleutel niet in het contact.

Prima. Denk maar hardop, Ellen.

Het zou ook best lekker zijn om in een leeg huis thuis te komen, in de kalmerende stilte en in een hal zonder dozen. Om een kopje thee te drinken en een boek te lezen, om lekker lang in bad te gaan zonder dat iemand vroeg of ze al naar bed kwam.

Gezien haar huidige toestand zou dat zelfs geweldig zijn: haar huis voor zichzelf te hebben, haar bed voor zichzelf, haar oude leven weer terug. Alleen vanavond.

Ze dacht aan al die avonden verleden jaar, toen ze alleen thuiskwam en ze in het donker stond te prutsen met haar sleutel om de deur open te maken. En dat ze tijdens het prutsen zó verlangde naar iemand die binnen op haar wachtte; precies zo iemand als Patrick.

Ze dacht aan Saskia, die zo vastberaden haar best deed om Patrick terug te krijgen. Ze had hem al die jaren niet losgelaten. Ze was een aantrekkelijke, intelligente vrouw. Ze had genoeg andere kerels kunnen krijgen, maar ze wilde alleen Patrick. Het was misschien gestoord, maar er sprak wel toewijding uit.

Ellen wist dat zij niet zo heftig van Patrick hield. Ze had zelfs nog nooit zo heftig van iemand gehouden. Ze zou nooit bij iemand inbreken. Ze zou nooit zo door een gevoel worden overmand dat ze iets illegaals zou doen, of iets wat normale mensen niet normaal vinden. Ze hoorde het Julia en Madeline al zeggen: 'Dat is juist goed, sufferd! Dat is normaal! Dat is volwassen!'

Ze zuchtte en stak haar hand uit om de sleutel in het contact te steken, maar liet die toen toch weer in haar schoot vallen. Er liep een jong stel over de stoep langs de auto. Ze hadden ergens ruzie over. Plotseling maakte het meisje rechtsomkeert, en beende weg met een afwerend handgebaar. De jongen keek haar na. Loop achter haar aan, dacht Ellen. Dat is wat ze wil. Maar zijn kaak verkrampte, hij haalde zijn schouders op, stak zijn handen in zijn zakken en liep de andere kant op.

Ze dacht aan alles wat ze die avond tijdens het eten tegen haar vriendinnen had gezegd, en alles wat ze niet had gezegd.

Al die jaren had ze schijnheilig tegen haar cliënten gezegd dat 'een relatie hard werken was' terwijl ze de waarheid van die bewering zelf nooit echt had doorvoeld.

(Sterker nog, ze dacht waarschijnlijk heimelijk dat een relatie voor andere mensen hard werken was, maar niet voor haar, met haar kennis en vaardigheden en emotionele intelligentie. Wat een eigenwaan!)

Zij en Patrick hadden het later op de avond na hun tripje naar de bergen uiteraard weer bijgelegd. De opluchting voelde zo goed dat het de ruzie bijna waard was.

'Het was mijn schuld,' zei Ellen nobel.

'Het was absoluut mijn schuld,' zei Patrick en hij vertelde iets over problemen op het werk: een klant die weigerde om een forse rekening te betalen. Bovendien stond Saskia buiten in haar auto te wachten toen ze richting bergen vertrokken. Patrick zei: 'Ik denk dat ik onbewust mijn stress op jou afreageerde.' Hij deed zijn best om haar taal te spreken, en dat was best schattig.

Vervolgens schrok hij ervan dat zij haar koffieafspraak met Julia had moeten afbellen om thuis te blijven bij Jack.

'Waarom heb je dat dan niet gezegd?' zei hij. 'Dat is toch te gek?'

'Ik weet niet,' zei Ellen. 'Ik denk dat ik wilde doen wat een echte moeder zou doen.'

'Je bént een echte moeder,' zei Patrick. 'Je doet het geweldig met hem. Kan niet beter. Ik had er nooit automatisch van uit mogen gaan dat jij niets te doen had.'

'Tja, dan had ik je dat maar eerder moeten vertellen.'

'Schei uit, mens. Ik zat echt fout,' zei Patrick en de daaropvolgende twintig minuten masseerde hij haar voeten.

No way dat ze het op dat moment over Saskia's koekjes wilde hebben. Dan zou er een abrupt einde komen aan de voetmassage, en zou hij zijn gaan ijsberen en piekeren en vloeken.

En later die avond had hij twee dozen weggehaald. Hij sleepte ze de eetkamer in, en trok sporen als die van een monstertruck over haar oma's vloerbedekking. Ellen had een visioen van haar oma's ontstelde gezicht, en dacht aan alle keren dat ze op handen en knieën had zitten schrobben op piepkleine vlekjes die verder geen mens opvielen.

Sorry, oma.

De rest van de dozen stond er nog. Ze stonden er wat ingezakt bij, alsof ze voorlopig nergens heen gingen. Je kon je zo langzamerhand de gang ook niet meer zonder ze voorstellen.

Ze startte de auto en de koplampen verlichtten de straat voor haar.

De jongen die ze eerder had gezien, rende terug door de

straat, kin naar beneden, armen pompend alsof hij over een voetbalveld holde. Yes! Ellen voelde een tinteling. Hij rende zijn vriendin achterna om haar in zijn armen te nemen en zijn gezicht in haar haren te verbergen. Wat schattig.

Of misschien liep hij achter haar aan om haar tanden uit haar mond te slaan. Het leven was niet altijd zo romantisch als het leek. Ze voegde zich bij het verkeer.

Bijvoorbeeld: je dacht dat de eerste ontmoeting met je vader een tedere, wat beschroomde gebeurtenis zou zijn.

De lunch op maandag was zo'n stom idee. Hoe kwam ze er in vredesnaam bij dat het beter was om overdag af te spreken in plaats van 's avonds? Het was zo duidelijk dat een diner veel passender was geweest. Ze hadden uiteindelijk afgesproken in een restaurantje in Noord-Sydney, omdat ze daar alle drie die ochtend afspraken hadden en dus leek het logisch. Het probleem was dat de lunch daardoor voelde als een van de vele afspraken die dag. Iets wat ze van hun lijstje moesten strepen. Ellen had steeds het gevoel dat ze kletsten zoals je met een zakenrelatie kletst voordat iemand zijn notitieblok tevoorschijn haalt en zegt: 'Goed, laten we beginnen.'

Bovendien was het licht helemaal verkeerd. Het was veel te zonnig en echt. Ze wilde de minuscule zwarte stipjes haar op haar vaders bovenlip helemaal niet opmerken. Ze wilde de poriën op zijn neus niet zien, of de stukjes vlekkerig roze schedel onder zijn haar. Ze wilde de saus van zijn Marokkaanse kipwrap niet op zijn lip zien zitten. En ze wilde al helemaal niet zien hoe haar moeder die gracieus afveegde met haar servet! (Haar moeder! Zo lief en toeschietelijk en vrouwelijk. Op een gegeven moment had ze zelfs met haar haren zitten spelen.)

De misselijkheid had Ellen ook parten gespeeld. Die kleurde echt hoe ze de wereld zag. Een afschuwelijke kleur beige. 's Avonds leek het beter te gaan. Waarom had ze daar niet aan gedacht?

Toen ze het restaurantje binnenging, deed het haar denken aan internetdaten: dat intens vreemde gevoel dat je hebt als je de ruimte afspeurt op zoek naar het gezicht van iemand die je niet kent, iemand die je zag als potentiële toekomstige partner. *Zou ik jou kunnen kussen, met je wakker kunnen worden, ruzie met je maken?* Alleen bestond er voor deze ontmoeting geen ontsnappingsclausule, want het maakte niet uit wat ze van hem vond. Er was geen website waar ze een andere potentiële vader uit kon zoeken.

Eerst keek ze langs hem heen. Hij was gewoon zo'n grijzende zakenman in een net pak waar het restaurant vol mee zat. En toen zag ze haar moeder tegenover hem zitten. Ze herkende haar bijna niet. Ze was er zo aan gewend haar moeder samen met Mel en Pip te zien, en dat ze zich met zijn drietjes nogal aanstelden door harder te praten en te lachen dan de rest. Op de een of andere manier leek haar moeder te verbleken tegenover deze grijze man. Ze zat niet perfect rechtop in haar stoel, als een koningin, maar leunde voorover, met allebei haar onderarmen op tafel en ze hield haar hoofd gedienstig schuin.

Toen ze Ellen zag, kwam ze abrupt overeind, alsof die haar op een wandaad betrapte, en begon vervolgens te glimlachen en te zwaaien en Ellen zag trots in haar gezicht, bijna meteen gevolgd door angst.

David, haar vader, stond op toen Ellen op hen afliep, en kuste haar hoffelijk op beide wangen, zoals mannen van zekere leeftijd en met een zeker inkomensplaatje tegenwoordig allemaal deden. ('Het loopt de laatste tijd helemaal uit de hand met dat gekus hier in de stad,' had Madeline vanavond bij het eten gezegd. 'Nog even en je moet de caissière gedag zoenen als je je boodschappen hebt afgerekend.')

'Het is me een genoegen je te ontmoeten, Ellen,' had hij gezegd, en toen ze gingen zitten zei hij stijfjes: 'Je bent een uitermate welkome verrassing in mijn leven.' Maar net op het moment dat hij dat zei, verscheen er een serveerster die over zijn hoofd praatte en geplastificeerde menukaarten op tafel gooide, en hij wist duidelijk niet of Ellen hem wel had verstaan en of hij het nog eens moest zeggen. Ellen zelf had het te druk met de serveerster, die ze vroeg om zo snel mogelijk wat droog brood te brengen, dus het moment om hem gerust te stellen door te zeggen dat hij ook een welkome verrassing in haar leven was, ging voorbij. Dat heel korte momentje van sociaal ongemak had zijn façade van wellevendheid een beetje aangetast, wat haar het akelige gevoel gaf dat ze iets had gezien wat ze niet had mogen zien, alsof ze ineens doorhad dat hij een toupetje droeg.

Daarna zaten ze vast aan de koetjes en kalfjes. Ze kletsten over hun weekendje op de Whitsundayeilanden. (Goddelijk! Onvoorstelbaar! De stem van haar moeder klonk zo schril. Ze klonk als de moeder van iemand anders.) Toen over het toneelstuk dat ze hadden gezien, en hoe David het vond om na al die jaren weer in Sydney te wonen. Hij was orthopedisch chirurg en was van plan om nog maar een paar jaar te werken, en om dan met pensioen te gaan.

'Dan koop ik misschien een boot en ga ik een jaar lang om de wereld zeilen,' zei hij. Hij keek Anne aan. 'Lijkt het je wat om dan mijn eerste matroos te worden?'

Anne straalde. 'Zolang er maar een espressoapparaat aan boord is.'

Af en toe dacht Ellen: dit zijn mijn ouders. Ik ben aan het lunchen met mijn ouders. Ze stelde zich voor dat er een kennis of een cliënt voorbij zou komen, iemand die haar geschiedenis niet kende. *Dit zijn mijn vader en moeder.*

Wat ongelofelijk gewoon.

Haar vader had haar allerlei diepgravende vragen gesteld over hypnotherapie, waarbij hij uitvoerig refereerde aan artikelen die hij pas nog had gelezen. Het was wel duidelijk dat hij speciaal voor deze ontmoeting behoorlijk wat onderzoek had gepleegd, het was bijna pijnlijk. Ellen voelde het achter haar ogen prikken toen hij zo genadig en aandachtig naar haar antwoorden zat te luisteren.

Het was ook duidelijk dat hij enigszins openstond voor 'alternatieve behandelwijzen', vooral voor een chirurg van zijn leeftijd en met zijn achtergrond. Haar moeder hield haar gebruikelijke scherpe opmerkingen voor zich. Ze gaf zelfs een vaag compliment: 'Ellen heeft vaak een wachtlijst,' zei ze tegen David, en een paar minuten later, op een toon van dokters onder elkaar: 'Het schijnt dat ze een paar keer goede resultaten heeft geboekt met idiopathisch pijnmanagement.'

Alleen heb jij nog nooit ook maar één patiënt naar mij doorverwezen, mam, dacht Ellen. Dacht haar moeder soms dat ze Ellen aan hem moest verkopen? Alsof Anne een alleenstaande moeder was en hij haar kind er nu eenmaal gratis bij kreeg, zoals Jack bij Patrick hoorde.

David sprak over zijn twee zoons met de terloopse tederheid van een vader; alleen al bij het noemen van hun naam glimlachte hij onwillekeurig.

'Hebben zij al kinderen?' vroeg Ellen. Ze wilde per se niet al te nadrukkelijk stilstaan bij het feit dat deze twee vreemde mannen – de een zat in het vastgoed en de ander in de marketing – een paar jaar jonger dan zij, aan de andere kant van de wereld, waarschijnlijk met een Engels accent en een Engelse teint, haar halfbroers waren. Het was net zoiets als horen dat je denkbeeldige vriendje uit je jeugd de hele tijd echt had bestaan. Toen ze klein was, had ze haar moeder vaak gevraagd of haar vader nog meer kinderen had, en haar moeder antwoordde dan altijd luchtig of kortaf, dat hing van haar bui af: 'Waarschijnlijk.'

Ellen had in haar fantasie zusjes en broertjes geschapen: een sexy oudere broer die een leren jack droeg en motorreed en die heel veel knappe vrienden had, een jonger zusje dat haar op handen droeg, een ouder zusje dat haar make-up uitleende. Daar was ze natuurlijk overheen gegroeid. Ze zat helemaal niet meer te wachten op twee jongere broertjes. Ze had het druk. Het kostte haar al genoeg moeite om haar vriendschappen te onderhouden. Wat moest ze dan doen: hen opzoeken op Facebook?

'Nog geen kleinkinderen,' zei David. 'Callum is getrouwd, maar zijn vrouw zit niet te springen om een kind, en Lachlan lijkt me een eeuwige vrijgezel.' Hij zweeg en fronste. 'Dus dit...'

Hij maakte een ongemakkelijk veeggebaar met zijn theelepeltje richting Ellens buik. 'Dit wordt mijn eerste kleinkind!' Toen bloosde hij alsof hij te ver was gegaan.

'Ja,' zei Ellen in een poging ruimhartig te doen.

'Wie had ooit kunnen denken dat wij samen grootouders zouden worden,' mompelde Ellens moeder, en Ellen zag haar ouders (haar óúders!) elkaar een steelse, zwaarbeladen blik toewerpen.

Tijdens de hele lunch had Ellen naar haar vaders trekken gestaard, op zoek naar bewijs van hun gedeelde DNA. Ze zag de kleine oren en het goede gebit die haar moeder op zijn lijstje pluspunten had geschreven. (Maar ze merkte niets van zijn 'wonderlijke gevoel voor humor', hoewel dat waarschijnlijk kwam doordat hij gespannen was. Dat waren ze alle drie. Ze waren geen van allen zichzelf.) David moest haar ook stiekem bestudeerd hebben, want op een gegeven moment zei hij: 'Volgens mij heb jij de ogen van mijn moeder.'

Dat was de enige keer dat ze op het randje zweefde van het gevoel dat ze iets heel belangrijks meemaakte: een gevoel van verlies om alles wat had kunnen zijn? De familie die ze nooit had gekend? Ze had een zwak voor grootouders.

'Jouw moeder las toch tarotkaarten?' vroeg Ellen.

Hij keek verschrikt op. 'Dat klopt. Dat deed ze. Het was een rare hobby van haar. Maar hoe weet jij dat in vredesnaam?'

'Je moeder heeft ooit eens mijn kaarten gelezen,' zei Anne snel. (Waarschijnlijk wist David niet van haar scorelijstje.) 'Weet je dat niet meer? Ze zei dat ze een reis naar verre landen in mijn toekomst zag. Ik denk dat ze hoopte dat ik ver bij jou vandaan zou gaan. Ze mocht me niet zo.'

'Ik geloof dat ze jou als bedreiging zag,' zei David met een glimlach. 'Ze was dol op Jane.'

'Was Jane je vrouw?' vroeg Ellen, en toen bloosde ze zelf ook, want toen Ellen werd verwekt had hij zijn vrouw bedrogen, en Ellen voelde zich gek genoeg schuldig.

David schraapte zijn keel. 'Ja.' Hij bracht zijn cappuccino

naar zijn mond. Ellens moeder tikte met haar lepeltje tegen de rand van haar schoteltje. Aan het tafeltje naast hen zaten twee vrouwen samen naar een laptop te kijken terwijl ze hartstochtelijk spraken over 'lage responscijfers'.

'Mijn moeder is in 1998 overleden,' zei David. 'Ze zou jou geweldig gevonden hebben. Ze was heel erg geïnteresseerd in jouw werk.'

'Maar ze had mijn bestaan vast niet goedgekeurd,' zei Ellen, en ze glimlachte om te tonen dat hij zich geen zorgen hoefde te maken, omdat het haar allemaal niet echt kon schelen. Ze was geen verwarde puber, dat was allemaal al zo lang geleden.

'Hoe dan ook,' zei haar vader. Hij kauwde op zijn lip. 'Hoe dan ook...' Hij wierp een blik op zijn horloge. 'Ik moet ervandoor. Het was me een genoegen, Ellen. Ik hoop dat we nog eens iets kunnen afspreken. En ik zou natuurlijk ook graag je aanstaande man eens willen ontmoeten, eh, Patrick, toch? Tenminste, als jij dat ook leuk vindt.'

O, wat was het toch allemaal vreemd! Het leek net op het eind van een internetdate, als de man wilde peilen of er nog een tweede afspraakje in zat, terwijl hij eigenlijk ook wel wist van niet.

'Natuurlijk!' zei Ellen met een grote neplach.

Hij kuste hen beiden, en vertrok nadat hij eerst halt hield bij de balie om snel en efficiënt af te rekenen. Hij was duidelijk een man die altijd automatisch de rekening betaalde.

'En, wat vond je van hem?' vroeg Anne met haar ogen op Davids rug gericht terwijl hij het restaurant uit liep. Hij keek niet meer om. Hij keek op het schermpje van zijn iPhone terwijl hij doorstapte. De blik in haar moeders prachtige, violetkleurige ogen deed Ellen denken aan hoe Patrick keek bij Colleens graf. Was het hunkering? Ze werd er chagrijnig van.

'Ben je naar hun bruiloft geweest?' vroeg ze kortaf.

'Wiens bruiloft?' vroeg Anne.

'Die van hem. Van David en Jane.'

'O.' Haar moeder nam haar gebruikelijke houding weer aan

en haar stem zakte een paar octaven. 'Ja, daar ben ik inderdaad geweest. Mel en Pip ook. Wij allemaal. We hoorden allemaal bij dezelfde vriendengroep. Een vreselijke dag. Ik was zo misselijk.'

'Omdat je je schuldig voelde?'

'Nou, nee. Omdat ik drie maanden in verwachting was van jou.'

'O, mam!' Moet je je indenken dat dat arme kind wist dat een van haar gasten zwanger was van haar gloednieuwe echtgenoot.

'Ik snap niet waarom je doet alsof dit een verrassing voor je is,' zei haar moeder. 'Je wist toch altijd al dat hij verloofd was met een ander?'

'Dat weet ik ook wel,' zei Ellen. 'Het spijt me. Ik had alleen nooit stilgestaan bij het feit dat je ook op hun bruiloft was.'

Ze wist wel waar ze mee bezig was. Ze identificeerde zich overmatig met de bruid. Dat kwam doordat ze zich onbewust – nee, ze was zich er eigenlijk donders goed van bewust – realiseerde dat ze misschien ging trouwen met een man die nog steeds verliefd was op een ander, ook al was die ander dood.

'Heb je ooit overwogen om hem te vertellen dat je zwanger was?' vroeg Ellen.

'Niet echt,' zei Anne. 'Ik wilde niet toegeven hoeveel ik om hem gaf. Ik onderdrukte het – zoals jij het zou uitdrukken. Ik deed alsof ik de stoere feministe was, die alleen een kindje wilde.'

Maar ik vond het fijn toen jij de stoere feministe was, dacht Ellen. Ik vond het fijn dat jij zo anders was dan ik. Daardoor was ik echt mezelf.

'Ik had gedacht dat jij dit allemaal reuze romantisch zou vinden!' ging Anne verder. 'Dit leek me nu typisch iets voor jou! Ik zei nog tegen Pip en Mel: "Ellen vindt dit vast geweldig!" En nu doe je overal zo raar en zo negatief over. Mijn dochter, Miss Positiviteit! Miss Ik-Kan-Me-Inleven-In-De-Hele-Wereld! Zelfs in die gestoorde stalk-ex van je vriend! Is het dan zoveel gevraagd om je ook een klein beetje in te leven in je moeder?’

‘Mijn hormonen,’ begon Ellen voorzichtig.

‘Ach toe, zeg. Kom niet aan met je hormonen!’

‘Oké,’ zei Ellen. En toen wist ze wat ze moest zeggen. Haar moeder had haar net laten kennismaken met een nieuwe man. ‘Hij is heel leuk,’ zei ze. ‘David, bedoel ik. Charmant. Knap. Ik vond hem erg aardig.’ Dat was niet eens gelogen.

Het was alsof ze een lamp had aangedaan. Haar moeder straalde. ‘Ja, hè?’

En toen hadden ze nog een halfuur zitten kletsen over alle positieve eigenschappen van David, vergeleken met die van alle andere mannen met wie haar moeder ooit iets had gehad.

‘Die andere mannen hadden natuurlijk nooit een schijn van kans,’ zei haar moeder. ‘Dat zie ik nu ook wel in. Ik was nog altijd verliefd op je vader. Mijn onderbewuste trapte steeds op de rem. Ik had me door jou moeten laten hypnotiseren! Dan hadden we met mijn issues aan de slag kunnen gaan!’

‘Alsof je dat ooit had gedaan, in nog geen miljoen jaar,’ antwoordde Ellen.

Het had iets troostrijks hoe haar moeders ogen vals oplichtten toen ze het woord ‘issues’ uitsprak. Als haar moeder nu ook nog respectvol had gedaan over hypnotherapie, was het haar echt te veel geworden.

Inmiddels zette Ellen haar auto stil voor haar huis en ze zag dat alle lampen brandden.

Ze hoefde niet in het donker te zoeken naar haar sleutel. Het licht op de veranda was al jaren stuk, maar zoals zoveel dingen in huis, was het als bij toverslag gemaakt door Patrick toen die nog geen week bij haar woonde.

Ze lachte toen ze de silhouetten van Patrick en Jack ineens voor het raam zag schieten, met maaiende armen. ‘We zijn thuis,’ zei ze in stilte tegen de baby. ‘En je papa en je grote broer zijn zo te zien nog op.’

Ze legde haar handen over haar buik en ineens, alsof ze een

boodschap uit de toekomst kreeg, voelde ze een pijnlijke, warme tinteling rondom haar borsten. Het was een openbaring dat haar lijf zulke nieuwe dingen kon voelen.

'Hé, hallo daarbinnen.' Deze keer sprak ze hardop. 'Dat doet een beetje pijn. Maar het geeft niet, ik vind het niet erg. Doe maar kalm aan, en groei maar flink.'

Daar was dat verblindende gevoel van blijdschap weer. Een baby. Allemachtig, ze kreeg een baby, samen met de man die haar op handen droeg. De rest was allemaal niet belangrijk.

19

Ik word beter en beter, elke dag en in elk opzicht.

De klassieke bewuste autosuggestie, gecreëerd door
de beroemde Franse psycholoog en apotheker
('de vader van de zelfhypnose') Émile Coué (1857-1926)

'Heb je lekker geslapen, Jack?' vroeg Ellen.

Het was dinsdagochtend en ze zat met Patrick en Jack aan het ontbijt. Patrick las de krant en Jack was stil, wat geheel tegen zijn natuur was. Normaal gesproken stuiterde hij rond tijdens het ontbijt, alsof hij gedurende de nacht een heleboel gedachten had opgeslagen die eruit spoten zodra hij aan zijn cornflakes begon. Maar vandaag zat hij ongeïnteresseerd met zijn lepel tegen de zijkant van zijn kom te tikken en Ellen zag dat hij kringen onder zijn ogen had. Die staken heel fout af tegen de rest van zijn frisse jongenssnuitje.

'Ik had een heel grote, lange droom,' zei Jack. 'Hij ging maar door en door en door, de hele nacht. Het was net een film die eeuwig duurde.'

'Huh?' zei Patrick zonder op te kijken van zijn krant. 'Eet eens door.'

'Wat was dat dan voor een film in jouw droom?' vroeg Ellen.

'Armageddon,' zei Jack.

Patrick legde zijn krant neer en keek Ellen met opgetrokken wenkbrauwen aan. 'Weet je wel wat dat betekent?'

'Ja, tuurlijk,' zei Jack. Hij ziet zo bleek, vond Ellen. 'Dat betekent het einde van de wereld. Heb ik opgezocht op internet.'

'Daar zul je wel veel nuttige dingen tegenkomen,' zuchtte Patrick.

'Ja, inderdaad,' zei Jack argeloos. 'Maar het komt eraan, wist je dat? Armageddon.'

'Nee, dat komt er helemaal niet aan.'

'Hoe weet jij dat nou?' vroeg Jack. 'Je zei laatst zelf nog dat jij ook niet alles weet.'

Patrick vouwde kordaat zijn krant op. 'Dit weet ik wel.'

'In mijn droom ging iedereen die ik ken dood,' zei Jack. 'Het was heel eng.' Hij stond op en bracht zijn half leeggegeten kom cornflakes naar de gootsteen. 'Ik moet Ethan over de droom vertellen. We hebben een Armageddon Club.'

Patrick schudde zijn hoofd. 'Toen ik op school zat, hadden we een spionnenclub. Kun je jouw club niet veranderen in een spionnenclub?'

Jack keek zijn vader aan alsof die niet goed snik was. 'Nee, pap, dat kan echt niet.' Hij klonk als iemand van dertig; een gestreste zakenman die er echt geen project meer bij kon hebben, al zou hij nog zo graag willen.

Hij liep de kamer uit, met het gewicht van de wereld op zijn smalle schoudertjes.

'Dus... Armageddon? Vrolijk gespreksonderwerp voor bij het ontbijt, vind je ook niet?' vroeg Patrick terwijl ze hoorden hoe Jack de trap op kloste naar zijn kamer. Hij zette zijn eigen bord in de gootsteen en glimlachte naar haar. 'Heb je er zin in?'

Ze gingen naar de dokter voor Ellens eerste echo.

'Ja,' zei Ellen. 'Ik kan niet wachten. Deze baby voelt nu vooral als een afschuwelijke buikgriep. Ik wil weleens bewijs zien dat er een echte baby is die me zo misselijk maakt.'

Zeg nu alsjeblieft niets over dat Colleen nooit misselijk was, of over hoe Colleens eerste echo was.

Patrick wilde iets zeggen, maar Ellen viel hem snel in de rede, want ze was bang dat ze zou gaan gillen als het woord 'Colleen' van zijn lippen zou rollen.

'Goed onthouden, hè, het is om elf uur. Zie ik je daar? Bij de kliniek?'

'Dat wilde ik net zeggen,' zei Patrick. 'We kunnen wel samen gaan. Als ik Jack straks naar school heb gebracht, kom ik weer terug om eindelijk die dozen eens op te ruimen. Toen ik vanochtend wakker werd dacht ik: wat heeft het voor zin om eigen baas te zijn als ik niet eens een paar uurtjes vrij kan nemen als dat nodig is? En jij zit al lang genoeg tegen die dozen aan te kijken.'

Voor Ellen de kans kreeg te antwoorden, riep Jack van boven: 'Pa-hap!'

'Ik ga maar eens kijken wat Meneer Armageddon wil,' zei Patrick. Hij zweeg en fronste. 'Ik vraag me af of die club zijn idee was. Wat vind jij ervan dat een jongetje ineens zo geïnteresseerd is in het armageddon? Vind je dat niet ook een beetje...'

'Pa-haap!' De eerste keer dat Jack zo gilde, was Ellen met bonzend hart de hal in gestoven, omdat ze dacht dat hij minstens in een plas bloed zou liggen. Inmiddels wist ze wel beter. Waarschijnlijk was hij een sok kwijt.

'Ik kom eraan!' brulde Patrick en vervolgens kloste hij op precies dezelfde manier de trap op als zijn zoon. Misschien zelfs nog iets luidruchtiger.

Ellen legde haar lepel neer en dacht na over haar havermout en haar geweten.

Hij neemt de ochtend vrij om de dozen op te ruimen.

Ze voelde hoe ze glimlachte: een tevreden, katachtige glimlach. Ja, ze was hier goed in. Verdomd goed. Ze maakte hem beter en beter, elke dag en in elk opzicht. Maar plotseling verdween die glimlach. Mijn hemel, het was nog een wonder dat ze haar vingertoppen niet tegen elkaar tikte terwijl ze ondertussen duivels kakelend haar hoofd in haar nek gooide. Wat was ze een heks! Een manipulatieve, onethische...

Nee, dat was valse schaamte. Ze voelde eigenlijk totaal geen schaamte. Diep vanbinnen voelde ze alleen koele tevredenheid, omdat ze het zo goed had aangepakt.

Niet dat ze het zo gepland had; tenminste, voor zover ze wist. Ze had geen bewuste behoefte om Patrick te hypnotiseren zodat hij de dozen zou opruimen. Hij maakte zich weer druk over de cliënt die zijn rekening niet betaalde. 'Hij belt nooit terug en hij geeft ook geen antwoord op mijn e-mail,' raasde Patrick toen ze de vorige avond samen in bed lagen. 'Hij negeert me, alsof ik degene ben die iets misdaan heeft. Hij doet net of ik hém stalk. Alsof ik een soort Saskia ben!'

'Zal ik je wat ontspanning geven?' had Ellen gevraagd. Na de avond voor het huwelijksaanzoek had ze dat niet meer aangeboden, en er was ook zoveel afleiding: de zwangerschap, de verhuizing van Patrick en Jack, de ontmoeting met haar vader.

Patrick was zo dankbaar, en hij was ook een prima cliënt; dat was het juist. Hij was net zoals Julia. Hij kon goed focussen en visualiseren. Hij had veel meer fantasie dan hij zelf dacht.

Ze liet hem zich inbeelden dat hij naar de top van een berg klom. Hij droeg een rugzak vol met de zorgen en woede die die vreselijke klant hem bezorgde, en bij het beklimmen van de berg gooide hij steeds een deel van die negatieve emoties weg, tot hij uiteindelijk de hele rugzak wegdeed en de top bereikte, waar hij diepe teugen zuivere, ontspannende berglucht inademde, en met elke ademhaling keerde hij dieper en dieper in zichzelf.

En toen ze zag dat zijn voorhoofd gladder werd en zijn borst op en neer ging terwijl hij zo diep ademde, voelde het net alsof ze daar samen op die bergtop stonden en dezelfde lucht inademden. Ze sprak over hoe die schone, frisse berglucht hem zou helpen om doelgericht te werk te gaan. 'Je gaat precies datgene doen wat je moet doen om weer grip op je leven te krijgen,' had ze gezegd. 'Of je nu je advocaat gaat bellen, of administratief werk uitbesteedt, of de dozen gaat opruimen zoals je van plan was. Je gaat de rommel in je leven systematisch opruimen, zodat je tegen het eind van de week het gevoel krijgt dat je alles onder controle hebt, dat je weer lucht hebt, energie en kracht, alsof je met je armen gespreid boven op die bergtop staat!'

Je kunt niet onder hypnose dingen doen die tegen je eigen normen ingaan, sterker nog, je zou nooit iets doen waar je geen zin in hebt.

Ze had dat al zo vaak aan haar cliënten uitgelegd.

Patrick wilde die dozen opruimen. Hij wilde zijn administratie aanpakken. Hij wilde zijn advocaat bellen. Hij had ruiterlijk toegegeven dat hij iemand was die alle onprettige klusjes voor zich uit schoof. Haar eigen belang deed niets af aan het feit dat hij zich geweldig zou voelen als hij die dozen eindelijk had opgeruimd.

'Koop hem anders om met seksuele gunsten,' had Julia gisteravond tijdens het etentje gezegd.

'Weiger met hem naar bed te gaan tot hij ze heeft opgeruimd,' zei Madeline.

Dan was een prettige hypnose toch zeker een mildere manier vergeleken met zaniken of gillen of hem met seks manipuleren? Dat deden ze misschien in de jaren vijftig, maar nu toch niet meer?

Bovendien had ze zijn bewuste brein niet de opdracht gegeven om haar suggestie over het opruimen van de dozen te vergeten. Hij was zich dus volledig bewust van wat ze had gezegd. Ze zou hem er nog wel naar vragen. 'Vond je het vervelend dat ik het gisteravond over die dozen had,' zou ze luchtig vragen, langs haar neus weg.

Uiteraard pas nadat hij ze had opgeruimd. Wat voor nut had het om erover te beginnen voordat dat gebeurd was.

'Doei, Ellen!' Jack holde de keuken in met zijn schooltas.

'Heb je je lunch bij je?' vroeg Ellen.

Ze had het inpakken van het lunchtrommeltje overgenomen toen ze zag wat Patrick hem elke dag meegaf: een slordig met Marmite besmeerde boterham op slap witbrood (Wie at tegenwoordig nou nog witbrood? Was dat niet illegaal?) en een groene appel. 'Hij moet bij elke maaltijd eiwitten binnenkrijgen,' had ze tegen Patrick gezegd. Die protesteerde door te zeggen dat hij niet zo seksistisch was om te verwachten dat zij voortaan Jacks lunch klaarmaakte omdat zij toevallig een vrouw was, en dat hij al jaren over Jacks lunch ging, en dat Jack trouwens toch niets anders lustte, en dat er in Marmite ook heus wel eiwitten zaten. Toch? Maar ze stond erop, en ze stond versteld van haar eigen beslistheid. Zodra Jack bij haar ingetrokken was, had ze het gevoel dat zij verantwoordelijk was voor wat hij allemaal at. Telkens als het haar lukte om hem iets gezonds te laten eten, voelde zij zich intens tevreden, en kauwde ze met hem mee alsof ze ook iets in haar mond had. Alsof het een soort aangeboren, biologische behoefte was. Aan het eind van de dag ging ze in haar hoofd het lijstje langs van alles wat Jack die dag had gegeten, alsof ze iemand verslag moest doen van zijn dieet. In elk geval niet aan Patrick; dan moest het wel aan zijn moeder zijn. *Dit heb ik jouw zoon vandaag te eten gegeven, Colleen: complexe koolhydraten en eiwitten, in een verantwoorde samenstelling.*

Vandaag had ze een wrap voor hem gemaakt met een salade van tonijn en rijst, en een klein bakje fruitsalade met yoghurt. Jack haalde zijn lunch niet erg enthousiast uit de koelkast.

'Je kunt het yoghurtje over het fruit doen,' zei ze tegen hem.

Hij keek haar uitdrukkingsloos aan.

Ze zuchtte. Misschien maakte hij zich nog zorgen over het armageddon, of misschien miste het arme schaap zijn boterhammen met Marmite wel. Haar pogingen om hem gezond te laten eten leken niet veel op te leveren; hij zag er uitgeput uit.

'Voel je je wel lekker?' vroeg ze aan hem. 'Zou je niet liever een dagje thuis willen blijven?'

'Neuh,' antwoordde Jack. 'Ik ga na school bij Ethan spelen.'

Ze keek over Jacks hoofd naar Patrick. Als ze erop stond dat Jack thuisbleef, zou hij het zeker met haar eens zijn. Hij trok altijd één lijn met haar als zij op haar strepen stond.

'Nou, dan moet je vanavond maar eens vroeg naar bed.'

'Absoluut.' Patrick woelde door Jacks haar op de ruwe manier van een liefhebbende vader. 'En geen computer meer zonder toezicht van een volwassene. We zullen weleens op zoek gaan naar informatie over spionnenclubs.'

Jack rolde met zijn ogen.

Toen ze naar school vertrokken, keek Ellen in haar agenda om te zien met wie ze die ochtend een afspraak had vóór de echo.

Luisa Bell.

Wat een treurig toeval dat degene die ze onder behandeling had voor 'onverklaarde onvruchtbaarheid' op de dag van haar eerste echo langskwam.

Of misschien was het juist een gelukkig toeval. Ze zou haar hele ziel en zaligheid in Luisa steken en doen wat ze kon.

Ellen werd overvallen door een golf misselijkheid, en keek om zich heen naar haar 'wellnesssteen'. Dat was een witte steen met een fijne vorm die ze op het strand had gevonden toen ze Patrick net had ontmoet. Ze gebruikte hem als onderdeel van de zelfhypnose waarmee ze haar ochtendmisselijkheid onder controle probeerde te krijgen, of die verdomde elke-minuut-van-de-dag-misselijkheid. Het idee was dat haar onderbewuste zou helpen de golf misselijkheid te onderdrukken als zij met de steen over haar buik rolde. Het probleem was alleen dat ze de steen nergens kon vinden. De laatste keer dat ze hem had gezien, gooide Patrick hem in de lucht terwijl hij ermee door het huis liep en door de telefoon tegen iemand liep te vloeken. Het gesprek klonk zo ernstig dat ze niet kon zeggen: 'Hé, geef mijn wellnesssteen eens terug!'

Ze zuchtte en zette een kopje gemberthee voor zichzelf en in gedachten hoorde ze haar moeder honen: 'Jij met je wellnesssteen. Drink je thee nou maar op!'

Een uur later liep Luisa het pad op, waar ze bijna tegen Patrick op botste, die de voordeur uit waggelde met zijn armen om een doos met willekeurig bijeengeraapte spullen die hij aan een of ander goed doel wilde doneren. Hij deed een stap opzij voor Luisa, knikte grimmig naar haar en liep door naar zijn auto. Zijn voorhoofd was bezweet en zijn ogen stonden verdwaasd. Al sinds hij terug was van het wegbrengen van Jack was hij als een bezetene aan het werk, alsof hij een onmogelijke deadline moest halen.

Als je ooit bewijs wilt dat hypnose werkt...

'Sorry,' zei Ellen. 'Mijn, eh, verloofde is aan het opruimen.'

'O ja, ik hoorde inderdaad dat je ging trouwen.' Luisa bette haar neus met een doorweekt papieren zakdoekje. Het was alsof ze gecast was voor de rol van een verkouden vrouw in een televisiereclame voor grieptabletten. Ze had een rode neus en haar ogen waren bloeddoorlopen en pafferig. Ellen voelde haar eigen holten vollopen met medeleven.

'O ja, heb je dat gehoord?' vroeg Ellen terwijl ze Luisa voorging naar boven. Om de een of andere reden dacht ze aan Saskia. Gaf die het nieuws soms door aan al haar cliënten?

'Van Patricia Bradbury,' zei Luisa kortaf.

Julia's moeder. Ellen was vergeten dat Luisa de dochter was van een van de vriendinnen van Julia's moeder.

Als Luisa van de verloving wist, wist ze dan ook dat Ellen zwanger was? Mensen hielden zich toch zeker wel in en vertelden niet aan een vrouw die wanhopig graag een kind wilde krijgen wie er allemaal wel zwanger was?

'Heb je trek in een kopje kruidenthee?' vroeg ze aan Luisa terwijl ze gebaarde dat ze in haar cliëntenstoel mocht gaan zitten. 'Misschien met honing en citroen voor je verkoudheid?'

'Dus ík ben niet zwanger,' zei Luisa, 'maar jíj blijkbaar wel.'

Blijkbaar hielden mensen zich dus niet in.

'Nou, ja, inderdaad. Maar het is nog niet zo lang...'

'Ik hoorde dat het een ongelukje was,' zei Luisa. Ze snufte en greep een handvol van Ellens tissues. Ze veegde agressief langs haar neus.

'Het klopt dat het niet gepland was,' zei Ellen voorzichtig. Ze ging zitten en pakte Luisa's dossier erbij dat ze voor de sessie had klaargelegd op de salontafel.

'Misschien heb je jezelf per ongeluk gehypnotiseerd toen je mij eigenlijk onder hypnose had moeten brengen.' Luisa liet een bitter lachje horen dat overging in een sputterende hoestbui.

'Dit moet allemaal heel oneerlijk lijken voor jou,' zei Ellen.

'Jij zei dat je ervoor kon zorgen dat ik zwanger werd,' zei Luisa.

'Dat heb ik helemaal niet gezegd!' zei Ellen. Zoiets zou ze nooit zeggen. Hoewel ze inderdaad goede hoop had op succes met Luisa. In de loop der jaren had ze een aantal vrouwen kunnen helpen met dezelfde medische geschiedenis. Die hadden haar dankbare brieven gestuurd met foto's van hun baby's erbij. Er was er zelfs eentje die haar dochter naar Ellen had vernoemd.

'Ik wil mijn geld terug,' zei Luisa. 'Dat is de enige reden waarom ik hier vandaag ben gekomen. Jij bedondert de kluit. Je maakt misbruik van mensen die lijden, mensen die kwetsbaar zijn. Niet te geloven dat mensen jou hebben aangeraden.'

Ellen voelde een prikkende hitte over haar hele lichaam, als een plotselinge allergische reactie. 'Luisa,' zei ze. 'Het spijt me zo...'

'Geef me nu maar gewoon mijn geld terug.'

Geef nooit geld terug aan een ontevreden cliënt. Dat had Flynn er bij haar in geramd. *Je levert een professionele dienst. Professionals geven nooit zomaar geld terug. Respecteer jezelf. Respecteer wat je doet.*

'Jij bent een kwakzalver,' zei Luisa. Haar stem trilde en ze stond op het punt in tranen uit te barsten. 'Waarom zou ik de spullen voor jouw baby moeten betalen: de kleertjes van jouw baby, de luiers van jouw baby. Denk jij soms dat we op deze extra kosten zitten te wachten met alles wat we al kwijt zijn aan ivf? Mijn man zei nog dat al dat alternatieve bullshit is, en hij had gelijk.'

Ze barstte in snikken uit, en schommelde van achteren naar voren, alsof ze verging van de pijn. Ellens ogen vulden zich met tranen van medeleven. Wat kon ze in vredesnaam zeggen?

'Luisa, ik geloof echt dat we nog steeds...'

'Geef me nou maar gewoon mijn geld terug.'

'Goed,' zei Ellen. 'Dat zal ik doen. Wacht maar even, dan zal ik een cheque voor je uitschrijven.'

Ze pakte haar chequeboekje uit de la van haar bureau en zag hoe haar hand licht beefde terwijl ze Luisa's naam opschreef. Al haar zwangerschapssymptomen leken intenser te worden – haar borsten werden hard en voelden branderig, haar mond vulde zich met een metaalsmaak – alsof haar lichaam haar nog meer schuldgevoel wilde aandoen omdat zij zwanger was en Luisa niet.

'Ik mag hopen dat hij gedekt is,' zei Luisa terwijl ze de cheque in haar handtas propte.

'Dat is hij zeker,' zei Ellen. Ze had zin om dat mens te slaan, maar ze wilde haar ook in haar armen sluiten.

'Nou, mooi. Dan ga ik...' Luisa nieste drie keer achter elkaar. Ze drukte haar doorweekte tissue tegen haar neus en keek Ellen met overstromende ogen aan.

'Gezondheid,' zei Ellen. Haar hand schoot onwillekeurig naar Luisa's arm, in een gebaar van medeleven. Het arme mens zag er ook zo zielig uit.

'Raak me niet aan,' zei Luisa. Ze draaide zich om en liep de trap af, terwijl ze onderweg haar neus snoot. Patrick keek op in de hal waar hij net overeind kwam met twee gigantische vuilniszakken over zijn schouders. Hij leek wel een gewichtheffer. Hij glimlachte beleefd naar Luisa, maar zijn glimlach verdween toen hij zag hoe ongelukkig zij overduidelijk was. Zijn ogen bewogen vragend naar die van Ellen, en zij haalde zwijgend haar schouders op.

Ellen deed de deur voor Luisa open en die vertrok zonder nog een woord te zeggen. Ze liep met ferme passen het pad af, kin vooruit, alsof ze van plan was iets een halt toe te roepen.

'Wat is er met haar?' vroeg Patrick, die naast Ellen in de deuropening kwam staan.

'Ze is kwaad op me omdat ik zwanger ben en zij niet,' zei Ellen. 'Ze – wie is dat?'

Luisa bleef aan het begin van het pad staan om te praten met een lange man met een donkere zonnebril en een stijlvol pak.

'Ken jij hem?' vroeg Patrick.

‘Volgens mij niet,’ antwoordde Ellen.

Ze had een sterk gevoel van naderend onheil toen ze zag hoe Luisa woest gebaarde in de richting van het huis terwijl de man zich naar haar toe boog, en met zijn hele lichaam leek te luisteren. Hij was veel te geïnteresseerd in wat Luisa te zeggen had; wie hij ook was, Ellen wilde niet dat hij nu met Luisa sprak.

‘Dat is toch zeker geen cliënt, hè?’ vroeg Patrick. ‘Want zo te zien doet zij een boekje open over jou.’

‘Ik verwacht helemaal niemand,’ zei Ellen. Ze kneep haar ogen tot spleetjes. De man draaide zich om zodat ze zijn gezicht en profil kon zien. Hij had een grote haakneus. Ergens kwam hij haar bekend voor.

‘Ik heb het gevoel dat ik hem ergens van ken.’ Patrick verlegde de vuilniszakken zodat die comfortabeler op zijn schouders rustten.

‘Ik ook,’ zei Ellen. ‘Is hij niet een nieuwslezer, of zo? Een acteur?’

Ze keken naar Luisa die iets uit haar handtas haalde en dat ophield voor de man.

‘Ik denk dat ze hem de cheque laat zien die ik haar heb gegeven,’ zei Ellen.

‘Waarom heb je haar een cheque gegeven?’

‘Ik heb haar haar geld teruggegeven,’ antwoordde Ellen.

‘Haar geld terug? Je hebt haar haar geld teruggegeven omdat jij zwanger bent?’

‘Ik leg het je later wel uit. Wat doet hij nu?’

De man haalde iets uit zijn zak wat leek op een visitekaartje. Luisa keek er even naar en glimlachte toen.

‘O god,’ zei Ellen. ‘Wie ís die vent?’

‘Ik loop er wel even heen,’ zei Patrick. ‘Ze kunnen daar niet zomaar een potje kletsen op ons terrein.’

‘Nee, wacht.’ Ellen beet op haar nagel en keek naar Luisa die het kaartje van de man behoedzaam in haar tas stopte, alsof het een heel belangrijk document was. Toen liep ze weg. De man tilde een hand op ten afscheid, en beende vervolgens het pad op, waarbij hij met een soepel gebaar zijn zonnebril van zijn neus haalde. Hij keek boos en vastberaden, alsof hij op weg was naar het loket voor zoekgeraakte bagage op het vliegveld.

Patrick zette zijn vuilniszakken neer en deed de hordeur open. 'Kan ik iets voor je doen?'

Zijn stem had iets agressiefs. Ellen trok aan de achterkant van zijn T-shirt. 'Patrick, niet doen...'

'Ik kom voor Ellen O'Farrell,' zei de man. Hij lachte er niet bij. De meeste mensen glimlachten plichtmatig als ze bij een wildvreemde aanbelden.

'Heb je een afspraak?' Patrick rechtte zijn schouders.

'Nee.' De man stak zijn kin in de lucht alsof hij wilde zeggen: 'En wat zou dat?'

Patrick liet zijn borst opzwellen en Ellen dacht: moet je hem nou eens zien, zo ridderlijk. Hij zei: 'Kom anders terug als je een afspraak hebt gemaakt.'

Dit begon uit de hand te lopen. Ellen stapte naar voren. 'Ik ben Ellen. Kan ik...' De man keek haar aan met zoveel haat in zijn ogen dat Ellen begon te stotteren. 'Kan ik iets voor u doen?' vroeg ze.

'Ik ben Ian Roman. Mijn vrouw is een "patiënt" van jou. Rosie. Weet je nog wel? Je zou haar helpen om te stoppen met roken, hoewel ze gek genoeg nog steeds een pakje per dag weg paft.'

Daardoor herkende ze hem dus. Dit was Rosies rijke echtgenoot. Een 'hotshot'. Zo omschreef Rosie hem. Zat hij niet in het onroerend goed? Of was hij soms een mediamagnaat? Ellen kon het zich niet meer precies herinneren. Ze wist alleen dat ze zijn gezicht weleens in de krant had gezien.

'Het maakt me niet uit wie je bent,' zei Patrick, hoewel Ellen aan de subtiele verandering in zijn stemkleur kon merken dat hij precies wist wie Ian Roman was en wat zijn plek op de sociale ladder was. 'Je kunt hier niet zomaar binnenstormen zonder afspraak.'

'Het geeft niet,' zei Ellen. 'Ik heb nog wel een paar minuten.'

Ze ging tussen de twee mannen in staan en keek Patrick aan met een blik die zei: 'Dank je, lieve schat, maar je kunt nu wel gaan.'

'Mijn behandelkamer is deze kant op, Ian.' Ze legde expres nadruk op zijn naam. 'Ik heb een minuut of tien de tijd voor je.'

'Ik ben hier beneden,' zei Patrick waarschuwend.

'Dus hier hypnotiseer jij de mensen zogenaamd,' zei Ian Roman nadat ze hem voor was gegaan naar boven. Hij keek rond in haar heerlijke werkruimte en zijn neusvleugels trilden alsof hij iets onhygiënisch en onsmakelijks onder ogen kreeg.

'Ga zitten.' Ellen wees op de groene ligstoel, en om de een of andere reden – angst misschien – zei ze luchtig: 'En neem een chocolaatje.'

Ian ging zitten en keek niet eens naar de chocola. Hij trok aan zijn broekspijpen. Ellen ging voor hem zitten. In gedachten speelde ze haar laatste sessie met Rosie af.

Ian leunde plotseling naar voren. 'Dus, Rosie had laatst haar zus op bezoek. Ik kwam vroeg thuis en bleef in de hal staan om naar de post te kijken en ik hoorde hen praten. Ik luisterde niet echt, maar toen begon het tot me door te dringen, en raad eens wat ik hoorde?'

Hij wachtte niet op antwoord.

'Ik hoorde mijn vrouw zeggen dat ze onder hypnose had ontdekt dat ze helemaal niet van mij hield. Geweldig! Maar zal ik je eens wat zeggen: dat geeft niet, geen probleem, want nu leert ze onder hypnose om wel van me te houden. Voor honderdvijftig dollar per consult! Stoppen met roken moeten we maar vergeten, dat is te moeilijk; laat me je dan maar helpen om van je man te gaan houden. De man met wie je verdomme nog geen vijf minuten getrouwd bent!'

Ellen ademde diep en bevend in. *Wat hing er vandaag toch in de lucht?* Ze probeerde haar stem afstandelijk en professioneel te laten klinken, maar toch ook vol zorg en empathie. 'Het zou natuurlijk niet ethisch zijn om de behandeling van je vrouw met jou te bespreken, maar ik begrijp zeker...'

'O ja, want jij bent immers zo vreselijk ethisch.'

Beneden klonk een harde plof en het geluid van iets wat brak. Kennelijk had Patrick een van de dozen laten vallen. Ellens wangen voelden warm aan.

Ik ben geen kwakzalver. Ik heb niets om me schuldig over te voelen.

Of misschien toch.

'Heb je hier met Rosie over gesproken?' vroeg ze.

'Ik heb haar niets meer te zeggen,' zei Ian. 'Het lijkt me duidelijk dat ons huwelijk voorbij is. Ik hoef geen vrouw die gehypnotiseerd moet worden om van me te houden. Godallemachtig. Wat een giller. Wat een ongehoorde giller.'

Hij liet zijn masker van beheerste woede heel even zakken en meer had Ellen niet nodig om alles te begrijpen. Hij hield van Rosie en hij was diep gekwetst, maar dat alles ging schuil onder zijn gekrenkte trots. Die dreef hem nu. Zijn ego had een forse knauw gekregen en hij zou terugvechten tot het geen pijn meer deed.

'Je moet nooit hun trots krenken,' had haar oma ooit tegen haar gezegd. 'Een man wiens trots is gekrenkt, is als een gewonde beer die door het bos raast.'

Ellen masseerde haar buik. Voor ze Luisa binnenliet had ze twee glazen water gedronken ter voorbereiding op de echo van vanochtend. Haar blaas stond op knappen.

'Ik had net het genoegen om een van jouw andere tevreden cliënten te ontmoeten,' zei Ian. 'Lekkere praktijk heb jij hier. Doe je dat vaker, mensen hun geld teruggeven?'

'Je moet hier echt met je vrouw over praten,' zei Ellen. Ze hakkelde; haar professionele identiteit leek haar ineens door de vingers te glippen. Ze zag het gezicht van haar moeder, al die jaren geleden: 'Ellen, je kunt toch niet serieus van zoiets je beroep maken?' Ze dacht aan alle grapjes en sarcastische opmerkingen en twijfels die ze ooit voor haar kiezen had gekregen. Ineens had ze het gevoel dat ze inderdaad een kwakzalver was, een charlatan. 'Dit is niet wat het lijkt.'

'Ik durf te wedden dat jij ook bij die krankzinnige hypnoparty's betrokken bent, of niet soms?' vroeg Ian. 'Wel zo makkelijk om mensen en masse van hun geld te beroven.'

O god, als hij wist van haar link met Danny... Hoe zou die zo'n soort aanval aanpakken? Of Flynn? Die zouden het er allebei een stuk beter vanaf brengen dan zij op dit moment.

'Je kunt vast ook kanker genezen, denk ik zo,' zei Ian. 'Nee, joh, laat toch lekker zitten, die chemotherapie. Je gebruikt toch gewoon de kracht van je eigen brein?'

'Ik heb nog nooit dingen beloofd die ik niet kon waarmaken,' zei Ellen. 'Allemachtig, ik ben geen gebedsgenezer. Ik ben een volledig gekwalificeerde klinisch hypnotherapeut en counselor. Hypnotherapie is erkend door de Australische Vereniging van Medische Professionals. Artsen verwijzen hun patiënten naar mij door.'

(Behalve dan mijn eigen moeder.)

'Daar zul je ze dan wel rijkelijk voor belonen.'

'Nee, dat doe ik niet.' (Hoewel ze Lena Peterson verleden jaar met kerst een doos mooie bonbons had gestuurd. Was dat verkeerd?)

Ian stond op en liep naar het raam. Hij tikte tegen het glas alsof hij wilde testen hoe sterk het was. 'Uitzicht op de oceaan. Dit is een geweldig huis. De zaken gaan kennelijk goed.'

'Dit was het huis van mijn grootmoeder...' begon Ellen. Ze hoorde Flynn zeggen: 'Je hoeft je financiële situatie niet aan hem uit te leggen.'

Ian draaide zich om en keek haar aan. Hij sprak zachtjes, bijna vriendelijk, alsof hij haar een aardig compliment maakte. 'Ik maak je kapot.'

'Pardon?' Ze moest bijna lachen. Het klonk ook zo dramatisch. Waar had hij het over?

Hij glimlachte liefjes. 'Ik maak jouw zaak kapot.'

20

Alles wat wij zijn is het resultaat van wat we hebben gedacht. Als een man spreekt of handelt vanuit een slechte gedachte, zal hij door pijn achtervolgd worden. Als een man spreekt of handelt vanuit een zuivere gedachte, zal hij door geluk achtervolgd worden, als een schaduw die hem nooit verlaat.

Boeddhistische spreuk op de
koelkast van Ellen O'Farrell

Ik reed terug naar kantoor na een bespreking op locatie toen ik bedacht dat het naar het huis van de hypnotherapeute maar een paar minuten rijden was.

Doe het nou niet, dacht ik. Je hebt straks die vergadering met Steve. Er staan miljoenen e-mails op je te wachten. Je bent in een goed humeur. Waarom doe je dit toch altijd terwijl het net goed met je gaat?

Maar ik was al links afgeslagen in plaats van rechts, alsof ik helemaal geen keus had, alsof haar huis een soort magnetische aantrekkingskracht had.

Ik had een beetje een raar gevoel overgehouden aan wat ik zondag had gedaan. Ik moest er steeds aan denken en ik stond versteld van mezelf; dat ik andermans huis in kon gaan om daar koekjes te bakken. Ik stelde me voor hoe andere mensen op dat soort gedrag zouden reageren. De mensen die ik net op het bouwterrein had ontmoet, bijvoorbeeld. Een van die vrouwen vertelde dat ze vorig weekend in Mudgee was geweest, en ik dacht: je moest eens weten wat ík zondag heb gedaan. Wat zou je dan anders kijken. Je zou een stap naar achteren doen, en ik zou meteen veranderen van collega-professional in een raar, gestoord wijf.

Toen ik Patricks huis in ging voelde dat nooit echt verkeerd, want het voelde nog altijd als mijn thuis. Ik heb er de gelukkigste jaren van mijn leven doorgebracht. Ik heb er de badkamer elke zaterdagochtend geschrobd. Ik heb Jacks slaapkamer geschilderd. Ik heb het kleed in de eetkamer uitgekozen. Het voelde nooit illegaal of verkeerd; ik had het gevoel dat ik het recht had om daar te zijn, al zou niemand het verder met me eens zijn.

Maar Ellens huis binnengaan en daar koekjes bakken, en de deur opendoen voor boos bezoek alsof ik daar woonde – ik had het gevoel dat ik misschien een grens overgegaan was.

Maandagnacht werd ik om drie uur wakker met een heel duidelijke gedachte in mijn hoofd: ik moet hulp zoeken. In therapie. Goede therapie. Ik moet hiermee ophouden. Ik ben zelfs uit bed gegaan om namen en telefoonnummers van therapeuten op te zoeken op het internet. Dat leek me verstandig.

En toen ik een paar uur later wakker werd om naar mijn werk te gaan, en alles bij daglicht weer zo gewoon leek, dacht ik: o, kijk, ik hoef helemaal niet in therapie. Ik heb een baan. Ik ben niet suïcidaal, ik heb geen boulimia en ik hoor geen stemmen. Ik hou er gewoon mee op. Die koekjes waren mijn laatste daad. Mijn afscheidscadeau.

En dat gevoel hield gisteren de hele dag aan, en ik voelde me gisteravond geweldig. Ik ben zelfs nog naar de buren gegaan om de blije labradorfamilie eraan te herinneren dat morgen de vuilnis werd opgehaald. En dat was toch een zorgzame daad, echt iets voor een goede buur; zoiets doet iemand die therapie nodig heeft niet. Ze kwamen allemaal naar buiten gestuiterd, zo dankbaar, want ze waren helemaal vergeten dat ze de vuilnis aan de straat moesten zetten, en ze hadden juist zoveel vanwege de verhuizing, en o, trouwens, of het nog leuk was, zondag? Die mythische veertigste verjaardagspartij was me helemaal ontschoten, maar ik voerde een volmaakt geloofwaardige act op en zei dat het een fantastisch feest was, en dat het weekend al zo lang geleden leek, ook al was het pas maandag, maar ja, dat had je als werkend mens, en o, hahaha, tralala, wat is het leven toch enig.

En vandaag ging ik dus naar mijn werk zonder zelfs maar aan Patrick of Jack of Ellen of de baby te denken. Ik vond de vergadering leuk. Het ging over een nieuw winkelcentrum. Dat komt op een geweldige plek te liggen, met uitzicht op de oceaan, en ik dacht aan Ellens behandelkamer met die grote ramen, en hoe de zon in het water wordt weerspiegeld, en ik zei tegen de projectontwikkelaars dat we een soort dorpsplein nodig hadden, met grote ramen, en een plek om te zitten en een kop koffie te drinken, waar je naar de lucht kon kijken, en waar genoeg ruimte was voor je peuter om rond te rennen en te doen alsof hij een vliegtuig was. Het zou het soort oord kunnen zijn dat ik nodig had gehad toen Jack nog een peuter was en ik hem mee uit winkelen nam. Gek, dat ik nog steeds het gevoel heb dat ik de moeder van een peuter ben, terwijl hij inmiddels al op de basisschool zit en hij niet meer van mij is. Het is net of voor mij de tijd stilstaat. De projectontwikkelaars zeiden: 'Oké,' grinnik, grinnik. 'En dan noemen we het Saskia's Serene Pleintje.' Op zo'n neerbuigend maar toch flirterig toontje van: 'ja hoor, liefje', alsof het vrouwtje om een grotere keuken vroeg. Maar ik zal vechten tot ik erbij neerval om te zorgen dat het er komt, dat pleintje. Ik doe het voor de moeders.

Dus was ik vol van krachtdadige, beroepsmatige tevredenheid, en ik wist weer wat ik precies zo leuk vond aan het vak stedenbouwkunde. En toen ik in de auto stapte, ging mijn telefoon. Het was Tammy.

Mijn oude vriendin Tammy Cook. Degene die me in haar logeerkamer liet slapen toen Patrick had gezegd: 'Het is over.'

Ze was toen een goede vriendin voor me, en ze zorgde voor me alsof ik zwaar ziek was. Ze maakte kippensoep en zette kopjes thee voor me, en hield mijn hand vast terwijl ik op bed lag te staren naar het plafond en probeerde adem te halen, ook al voelde het alsof iemand een vrachtwagen op mijn borst geparkeerd had. Ik weet nog dat ik aan haar vroeg of het leven ooit weer hetzelfde zou worden, en zij zei: 'Natuurlijk, lieverd.' Ze had uiteraard ongelijk, maar het was een lieve meid. Typisch iemand die je 'lieverd' noemt en die 'ik hou van je' tegen je zegt. Niet te geloven dat ik ooit zo'n vriendin had. Het is net zoiets als je herinneren dat je ooit vloeiend Frans sprak, terwijl je nu geen woord van die taal meer verstaat.

Nadat ik bij haar weg was gegaan en in mijn huidige huis was getrokken, bleef zij proberen om vriendinnen te zijn. Ze wilde met me uit dansen en drinken in clubs en barretjes. Ze wilde me eruit trekken, zorgen dat ik alles weer op een rijtje kreeg, ze wilde hem een poepje laten ruiken, wilde dat ik de relatiemarkt weer op ging.

Ik herinner me dat ik het niet eerlijk vond. Als Patrick was omgekomen door een auto-ongeluk had ik jaren om hem mogen rouwen. Mensen zouden me bloemen hebben gestuurd en condoleances. Ze zouden ovenschotels komen brengen. Ik zou zijn foto's mogen laten staan, over hem mogen praten, mogen terugdenken aan de mooie momenten. Maar omdat hij mij had gedumpt en omdat hij nog leefde werd mijn verdriet onwaardig en sneu gevonden. Ik was geen fatsoenlijke feministe als ik het erover had hoeveel ik van hem hield. Hij hield niet meer van me, en dus moest ik ook maar niet meer van hem houden. En wel meteen. Vooruit, schiet eens op. Schakel die nutteloze gevoelens eens even uit. Je liefde wordt niet meer beantwoord, dus doe niet zo belachelijk.

Hij en Jack waren allebei uit mijn leven verdwenen alsof ze dood waren, maar dat was toch niet zo'n tragedie? Iedereen had weleens een relatie die stukliep. Net zoals iedereen een moeder had die ooit doodging. Oude mensen stierven nu eenmaal. En ze was toch ziek! Nou, dan was het toch eigenlijk een zegen. Wat maakt het uit dat je haar stem nooit meer hoort. Wat maakt het uit dat je Jack nooit meer kunt voorlezen voor het slapengaan. Wat maakt het uit dat je nooit meer met Patrick zult vrijen.

Kom op, zet je eroverheen, laat het los, mens. Iedereen wilde dat ik mezelf zo snel mogelijk weer gelukkig maakte – lekker naar de kapper, me inschrijven voor cursussen om de avonden te vullen – en het was ronduit irritant dat ik dat niet deed; dat ik dat niet kon. Geen wonder dat Tammy stilletjes uit mijn leven verdween.

En nu was ze er weer, na al die jaren, en door mijn mobiele telefoon klonk haar stem precies zoals vroeger: Tammy leek altijd licht buiten adem, alsof ze net een paar straten had gehold.

'Saskia, lieverd, ik ben weer terug in Sydney!' zei ze. Ik wist niet eens dat ze weg was geweest uit Sydney. 'Jij zit helemaal niet op Facebook!' zei ze. 'Hoe kunnen je oude vrienden je nu terugvinden als je niet op Facebook zit, jij cultuurbarbaar!'

Ze deed alsof we elkaar als gewone mensen uit het oog verloren waren. Ze noemde Patrick niet eens. Ze vroeg of ik zin had om woensdag een borrel met haar te drinken. En ik zei: tuurlijk heb ik zin. Ik zat in de auto en ik voelde de zon op mijn gezicht, en ik dacht: ik heb absoluut geen therapie nodig! Ik ga morgenavond borrelen met een oude vriendin! Ik ben volkomen normaal.

Vijf minuten later reed ik naar het huis van de hypnotherapeute.

Ik rij alleen even langs, hield ik mezelf voor. Ik blijf niet staan. Jack is op school, en Patrick zal nog wel op zijn werk zijn, en Ellen zit in haar gestreepte stoel in haar gezellige glazen toevluchtsoord, en biedt iemand chocolaatjes aan terwijl ze haar vloeibare stem laat zingen en het zonlicht over de muren danst.

Terwijl ik ernaartoe reed, wenste ik dat ik Deborah nog was, en dat ik een afspraak had voor mijn been. Gek, dat ik die sessies zo prettig vond. De pijn wordt de laatste tijd weer erger. Ik heb Ellens technieken nooit meer gebruikt. Nu zij me niet meer ziet als Deborah, heb ik het gevoel dat ik het recht niet heb om ze te gebruiken.

Maar Patrick was er wel.

Toen ik de hoek om sloeg en haar straat in reed, zag ik ze samen het huis uit lopen, haastig, alsof ze te laat waren voor een afspraak. Patrick droeg een spijkerbroek. Hij had een dag vrij; waarom? Hij nam doordeweeks nooit vrij. Ellen droeg ook een spijkerbroek, en een prachtige lange, getailleerde jas waar schattige pompons aan hingen te dansen. Zo'n jas die alleen gedragen kan worden door iemand die lekker gek en snoezig is. Je kon helemaal nog niet zien dat ze zwanger was.

Ze zagen eruit als een stelletje; als je hen samen zag zou je niet denken dat ze niet bij elkaar hoorden. En daar had je dat vreemde gevoel weer, die scherpe en toch delicate pijn: als een lange, dunne, glanzende naald die langzaam mijn huid doorboorde.

Waar zouden ze heen gaan? Ik vocht er niet eens tegen: ik moest het weten. Als ik het dan wist, zou het niet meer zoveel pijn doen. Dat denk ik namelijk altijd, ook al doet het altijd nog meer pijn om het wel te weten.

Dus ben ik ze gevolgd. Ik reed in een van de auto's van kantoor, want mijn eigen auto had weer eens kuren, dus Patrick zag me niet, en hij maakte ook geen slimme manoeuvres om me te lozen.

Ze reden naar Jacks school.

Misschien was er een schoolconcert? Of een voetbalwedstrijd? Eentje die ik had gemist? Ik overwoog hem te sms'en om het hem te vragen, maar hij zou natuurlijk geen antwoord geven. Ellen bleef in de auto terwijl Patrick de school in liep. Hij rende half. Was Jack soms ziek?

Een paar minuten later kwam hij weer tevoorschijn, en hij liep heel hard, met Jacks schooltas in zijn handen, terwijl Jack moest hollen om hem bij te houden. Ze sprongen in de auto en reden door.

Ik kon niet bedenken waar ze op dat tijdstip van de dag naartoe moesten, en mijn verlangen om het te weten was als een knagende honger. Ik leunde voorover, met mijn handen om het stuur geklemd, en focuste al mijn aandacht op de nummerplaat van Patricks auto.

Ik droom over die nummerplaat.

Toby van kantoor belde me op mijn mobiel en ik liet hem overgaan op voicemail. Hen achtervolgen was het enige wat ertoe deed. Ik raakte ze kwijt bij de stoplichten op Military Road, toen een of ander gestoord mens op haar rem ging staan bij het oranje licht alsof ze mij wilde dwarsbomen. Ik gilde het uit van frustratie en sloeg zo hard met mijn handen op het stuur dat ik er wel blauwe plekken aan over zal houden. Het was pure mazzel dat ik ze weer vond. Toen ik aan het eind van Falcon Street kwam, sloeg ik links af de Pacific Highway op, zomaar, omdat ik toevallig op de linkerbaan reed, en toen zag ik ze met zijn drietjes over de stoep lopen. Ellen wees naar een gebouw en daar verdwenen ze in.

Ik vond een parkeerplek in de buurt en gooide geen geld in de meter. Ik liep terug naar het gebouw terwijl de pijn bezit nam van mijn been.

Toen ik in de lege lobby kwam, bleef ik staan bij het bord met alle bedrijfsnamen. Een tandarts. Registeraccountants. Specialisten in immigratievraagstukken. Ze konden overal wel zitten.

En toen zag ik het: *Sydney echografie.*

Daar gingen ze heen. Om de baby te zien.

De baby.

Het voelde persoonlijk, alsof zij dit met zijn drieën deden om mij pijn te doen, alsof dit hele gebouw hier was neergezet om mij te kwetsen.

Hij zou haar hand vasthouden, en ze zouden naar het hartje luisteren, en in tranen, maar stralend naar elkaar glimlachen. Dat ken ik uit films. Ik weet hoe dat gaat. Jack zou zijn kleine broertje of zusje voor het eerst zien.

Jij wordt de allerbeste grote broer van de hele wereld, zei ik vroeger altijd tegen hem, toen Patrick en ik probeerden om zwanger te worden. Jack zei dat hij het liefst een zusje wilde. Zijn beste vrienden op de kleuterschool waren allemaal meisjes. 'Ik wil een zusje en dan heet ze Jemima,' zei hij. 'En ze heeft zwart haar.' En toen zei hij nog: 'Graag.' Ik was toen bezig om hem manieren bij te brengen. Ik zei dat ik dat prima vond. Ik vond Jemima een heel leuke naam.

Goddank ben ik hen gevolgd, dacht ik. Anders had ik misschien nooit geweten dat ze de echo gingen laten maken. Dan zou het ineens tot me doordringen, waarschijnlijk om drie uur 's nachts, dat ze rond deze tijd aan de beurt waren voor een echo, en dan zou ik eindeloos wakker liggen en piekeren over de details. Waar het zou zijn, en wanneer, en wat ze allemaal aan zouden doen. Op deze manier had ik tenminste nog wat controle. Ik was erbij; ik bestond nog. Ook al wisten zij niet dat ik er was, ík wist het wel. Ik zou zeggen: 'Nou ja, dat ik jullie hier tegenkom!' als ze uit de onderzoekskamer kwamen, of ik zou hun vanavond een sms'je sturen: 'Hoe ging de echo?' Of ik deed helemaal niets, maar dan nog was ik er vanaf het begin al bij geweest; tenminste, vanaf die allereerste zwangerschapstest natuurlijk.

Misschien mag ik wel peettante worden.

Ach, wat ben ik toch een grapjas.

Het was een grote, drukke wachtkamer, vol met bolle zwangere buiken, en stelletjes die elkaars hand vasthielden terwijl ze zachtjes zaten te kletsen, en slanke vrouwen met tijdschriften in hun handen en een heimelijke glimlach op hun gezicht. Het waren allemaal mensen die naadloos in de maatschappij pasten, als de stukjes van een puzzel: nette, normale mensen die van iemand hielden en die iemand hield ook van hen.

Ik ging op de eerste de beste lege stoel zitten, vlak bij de deur, en pakte een tijdschrift op. Terwijl ik dat deed, hoorde ik een verpleegkundige zeggen: 'Ellen O'Farrell.' Er viel een stilte, en toen nog eens, wat harder deze keer: 'Ellen O'Farrell.'

Ik keek op en zag dat Ellen net bezig was om twee bekertjes water uit zo'n waterkoeler te halen, en dat ze rood aangelopen was, op die charmante, meisjesachtige manier van haar. Haar tas gleed van haar schouder omdat ze te snel omhoogkwam. Ik zag dat Patrick en Jack op haar afliepen, en dat Jack de band weer over haar schouder hing – zo volwassen, zulke goede manieren; die had ik hem geleerd – terwijl Patrick de bekertjes van haar overnam. Toen zei de verpleegkundige iets wat ik niet verstond en ze moesten allemaal lachen, en daarna verdwenen ze de gang in, met zijn drieën. Ze hadden me totaal niet opgemerkt.

Een vrouw die naast me zat vroeg: 'Gaat het wel?'

Ik had niet eens door dat ik huilde.

'Als jij dood zou gaan,' vroeg Jack aan Ellen, 'gaat de baby dan ook dood?'

'Jack!' zei Patrick. 'Wat is dat nu weer voor een vraag?'

Ze waren naar een pizzeria in de buurt gegaan en Jack bestudeerde de echo's terwijl ze op hun pizza's zaten te wachten.

'Voor de baby is het nodig dat ik in leven blijf, anders kan hij niet groeien,' zei Ellen. Moest ze hem geruststellen dat ze niet dood zou gaan, zoals zijn moeder? Of vroeg hij het alleen uit interesse? Of hoopte hij juist dat ze dood zou gaan? Misschien had hij wel schoon genoeg van al die gezonde lunches.

'Heb je vandaag je lunch opgegeten, Jack?' vroeg ze.

'Dus als het armageddon komt, en alle zwangere vrouwen gaan dood...' begon Jack.

'Jezus! Nu is het genoeg met dat armageddon van jou,' zei Patrick. 'Je krijgt er alleen maar nachtmerries van en daardoor zit je in de klas te slapen.'

'Ik ben niet echt in slaap gevallen,' zei Jack. Hij legde de echo's neer en Ellen liet haar hand over tafel glijden en trok ze naar zich toe. 'Ik deed alleen even mijn ogen dicht, om me te concentreren.'

'Ze kregen je met geen stok wakker, vriend,' zei Patrick.

Toen Ellen en Patrick op het punt stonden naar de echo te gaan, belde school om te zeggen dat Jack met zijn hoofd op tafel was gevallen en zo diep in slaap was dat de juf hem helemaal naar de ziekenboeg had gedragen zonder dat hij wakker werd. Ze dachten dat hij iets onder de leden had, maar hij leek tiptop in orde, en was erg in zijn nopjes dat hij vrij van school had en mee mocht naar de echo.

'Je hebt waarschijnlijk liggen snurken,' zei Patrick. 'Niemand kon zich nog concentreren.' Hij hield zijn hoofd schuin en snurkte overtuigend en ronkend.

Jack grinnikte. 'Jíj snurkt. Ik snurk nooit.'

'Ik? Ik snurk niet,' zei Patrick. 'Toch, Ellen?'

'Nee,' zei Ellen. Maar hij snurkte wel degelijk; ze overwoog om met oordopjes te gaan slapen. Ze pakte de echo op en bestudeerde die. Van mij, dacht ze. Mijn baby. Ze keek even naar Patrick en verbeterde zichzelf: Ónze baby. De foto had iets spookachtigs, alsof het een kiekje van een bovennatuurlijk verschijnsel was.

'Alles zit er keurig op en aan,' had de vrouw van de echo gezegd. 'Gefeliciteerd.' En toen zei ze: 'O, kijk! Hij of zij zwaait naar jullie!' En ze had naar een piepklein geestenhandje gewezen, en Patrick, Ellen en Jack hadden allemaal teruggezwaaid.

'Jij snurkt als een aardbeving!' Jack prikte Patrick met zijn vinger. Hij leunde met zijn ellebogen op tafel waardoor het tafelkleed begon te verschuiven. 'Jij snurkt als een vulkaan!'

'Pas op, hè!' Patrick trok het kleed recht. 'Je moeder heeft een keer opgenomen hoe ik lag te snurken. Ik leek inderdaad wel een beetje op een vulkaan.'

Ting! Dat was de vierde keer in het afgelopen uur dat Colleen ter sprake kwam, dacht Ellen. Ze bleef er maar op letten, hoe ze ook probeerde om dat niet meer te doen.

'In Amerika is een vulkaan en die heet de Yellowstone Supervulkaan,' zei Jack. 'Als die uitbarst – BENG!' Hij bonkte met zijn vuisten op tafel en een glas vol suikerzakjes viel om. 'Dat is het einde van de wereld. Het kan elk moment gebeuren.'

'O ja?' vroeg Ellen.

'Ik geloof er niets van,' zei Patrick. 'Waar blijft onze pizza? Ze zien toch zeker wel dat we uitgehongerd zijn? Laat me die foto nog eens zien?' Hij pakte de foto uit Ellens handen.

'Heb je van mij ook ergens zo'n foto?' vroeg Jack.

'Ja, die heeft je moeder in jouw babyalbum geplakt, weet je nog wel? Die heb je al eens gezien.'

Ting!

Kom op, Ellen, laat het rusten. Wat moest die arme man dan doen? De vragen van zijn zoon negeren? Doen alsof Colleen nooit had bestaan?

'Ik ga naar de wc,' kondigde Jack aan.

Hij ging altijd naar de wc als ze uit waren. Het was een excuus om door het restaurant te kunnen zwerven, en te kijken of er nog iets interessants te beleven viel.

'Ik durf te wedden dat hij daar blijft staan, waar je de keuken in kunt kijken,' zei Ellen.

Jack bleef staan als voorspeld, en keek nonchalant terwijl hij op zijn tenen ging staan zodat hij over een richeltje kon kijken naar hoe de koks het pizzadeeg in de lucht gooiden.

Ellen en Patrick lachten en even voelde het alsof ze allebei zijn ouders waren. Patrick glimlachte. 'Grappig joch.' Hij pakte de foto op en keek ernaar. 'Ik vraag me af of jij je ook ooit zulke zorgen zult maken over het armageddon, baby. Of ben je net zo'n serene, spirituele ziel als je moeder?'

'Ik voel me momenteel anders helemaal niet zo sereen,' zei Ellen. 'Wat een dag. Eerst Luisa die haar geld terug wil, en dan Ian Roman die komt dreigen dat hij me "kapotmaakt". Ik denk dat dit wel zo'n beetje de ergste dag in mijn professionele bestaan is.'

'Ian Roman roept maar wat,' zei Patrick. 'Maak je over hem nu maar geen zorgen. Die is zo afgeleid door zijn volgende televisiestation of zo.' Hij viel even stil. 'Maar leer je zijn vrouw echt onder hypnose om van hem te houden?'

'Natuurlijk niet,' zei Ellen. 'Ik kan mensen niets laten voelen wat niet oprecht is. Rosie heeft mij gevraagd om dat te doen, en toen heb ik voorgesteld om in plaats daarvan te werken aan haar zelfbeeld. Je kunt namelijk niet van iemand houden als je niet ook van jezelf houdt. Ik kan er niet te veel over zeggen, maar ik hielp haar om genoeg zelfvertrouwen op te bouwen om hem ofwel te verlaten of om te proberen er iets van te maken.'

'Hm,' zei Patrick. Hij keek vertwijfeld.

'Wat?' vroeg Ellen.

'Ik weet niet. Het klinkt gewoon een beetje... vaag?'

Ellen voelde zich intens geïrriteerd. 'O, dus nu vind jij me ook al een soort charlatan?'

'Natuurlijk niet. Luister. Ik ben maar een eenvoudige landmeter. Een man van het land. Ik heb geen idee waar ik het over heb.'

'Dat lijkt me duidelijk,' zei Ellen.

'Snel! Ander onderwerp! Wat zou je zeggen van onze prachtige baby! Nou?' Hij gaf haar de afdruk en Ellen moest onwillekeurig glimlachen.

Na een paar tellen zei Patrick op een andere toon: 'Heb jij haar ook gezien?'

Ellen bleef naar de foto kijken. Ze wist precies over wie hij het had. 'Ja,' antwoordde ze.

'Ik moet er iets aan doen,' zei Patrick. 'Nu, met de baby...' Hij duwde een vingertop tegen de foto. 'Ik heb haar nooit als een gevaar gezien, maar ze zag er een beetje... ik weet niet, vreemd uit. Gekker dan normaal.'

Ellen dacht aan hoe Luisa vandaag was; gek van verdriet en jaloezie op Ellens zwangerschap. Ze dacht aan Saskia's gezicht toen ze de wachtkamer binnenliep. Ellen had haar meteen gezien. Ze had iets koortsachtigs en wanhopigs over zich, alsof ze zich had gehaast om een belangrijke vlucht te halen.

'Wilde Saskia een baby met jou?' vroeg ze.

'Wat maakt dat nou uit?' vroeg Patrick woest. 'Er is niets wat dit gedrag rechtvaardigt!'

'Ik vroeg het me alleen af,' zei Ellen. *Ik wil het alleen begrijpen.*

'De gezinspizza?' kwam de serveerster tussenbeide.

Toen ze thuiskwamen stond op Ellens antwoordapparaat een bericht van een journaliste genaamd Lisa Hamilton. Ze zei dat ze voor de *Daily News* werkte aan een verhaal over hypnotherapie en 'wat men beweert daarmee te kunnen bereiken' en dat ze met een paar van Ellens cliënten had gesproken. 'Ik vroeg me af of u zou willen reageren op een aantal van hun aantijgingen.'

Haar stem was kil en kortaf; vol van zekerheid en autoriteit, met een zweempje walging.

Ellen legde de hoorn op de haak.

'Alles oké?' vroeg Patrick.

'Ik geloof dat ik weet hoe Ian Roman mij wil ruïneren.'

21

Dromen zijn de koninklijke weg naar het onbewuste.

Sigmund Freud, 1900

'Hoe luidt dat oude cliché ook alweer? Alle publiciteit is goede publiciteit?' vroeg Patrick.

Ellen lag al in bed en Patrick was net weer terug, nadat hij even bij Jack was gaan kijken.

'Dit wordt geen goede publiciteit,' zei Ellen. Ze had de journaliste teruggebeld en de volgende ochtend om elf uur met haar afgesproken voor een interview. Ellen had in de loop der jaren zoveel journalisten te woord gestaan en normaal vond ze dat best leuk. Sinds ze een paar jaar geleden een seminar had bijgewoond getiteld 'Marketing voor hypnotherapeuten', was ze actief op zoek gegaan naar publiciteit en stelde ze zich altijd beschikbaar voor commentaar. Elk jaar in december werd ze opgebeld door journalisten die artikelen schreven voor het nieuwe jaar met onderwerpen als: 'Vasthouden aan je goede voornemens: experts vertellen hoe dat kan!' Ze was geïnterviewd voor gezondheidsmagazines over afvallen, en door zakelijke tijdschriften over het overwinnen van plankenkoorts. Ze schreef een column over 'geestelijk welzijn' in een regionale krant en ze werd regelmatig uitgenodigd voor radioprogramma's. Ze was zelfs al een paar keer op televisie geweest.

Alle journalisten met wie ze tot nu toe te maken had gehad, waren zo niet respectvol dan toch minstens vriendelijk en geïnteresseerd. Zij was soft nieuws. Human interest. Iets ongewoons voor de vrouwelijke lezers, iets leuks. Niemand maakte zich ooit echt druk om wat zij te zeggen had. Ze geloofden allemaal niet echt in hypnose, maar ze waren er ook niet tegen.

Toen ze Lisa Hamilton had gesproken, wist ze dat dit een heel ander interview zou worden dan ze gewend was. De journaliste ontdooide niet eens toen Ellen, in een overduidelijke poging om het mens voor zich te winnen, zei dat ze zwanger was en veel last had van ochtendmisselijkheid en dat ze daarom liever niet al te vroeg in de ochtend wilde afspreken. Lisa was duidelijk niet iemand die charme kon voorwenden om meer aan Ellen te ontlokken. Als zij een artikel ging schrijven om Ellen te gronde te richten, moest ze haar haten.

Ellen had geen ervaring met gehaat worden.

Het hielp niet bepaald tegen de misselijkheid.

'Ik weet nog dat Colleen zei dat zij het nooit erg vonden als ze een slechte productrecensie kregen, omdat de naam van het product het enige was wat bij mensen bleef hangen.' Patrick sloeg het dekbed terug en kroop naast haar in bed.

Colleen was marketingassistent geweest. Ellen vroeg zich af of ze het zich inbeeldde dat Patricks gezicht automatisch verzachtte als hij Colleens naam noemde, precies zoals het gezicht van haar vader verzachtte als hij het over zijn echte kinderen had.

Nou en?

(En hoezo 'echte kinderen'? Wat kinderachtig en stom en doorzichtig van haar. Ze deed net of haar vader haar in de steek had gelaten. Was dat wat ze onbewust vond? Ze dacht dat haar onderbewustzijn daar te volwassen voor was.)

'Ik ben geen product,' zei Ellen, hoewel ze tijdens de marketingcursus die ze had gedaan, had geleerd dat ze zichzelf als 'merk' moest zien.

'Je begrijpt best wat ik bedoel,' zei Patrick. 'Ik wil niet dat je over je toeren raakt als het waarschijnlijk toch niets te betekenen heeft. Misschien heeft het zelfs wel niets te maken met die patser van een Ian Roman.'

‘Hij is eigenaar van die krant,’ zei Ellen. ‘Dat heb ik opgezocht op internet. Dus dat is wel erg toevallig.’

‘Heb je zijn vrouw al gebeld?’ vroeg Patrick. ‘Zij is degene die hier een eind aan moet maken.’

‘Ik heb twee berichten ingesproken,’ zei Ellen. ‘Maar ik denk dat zij toch niets voor me kan doen. Hij heeft het nu eenmaal op mij gemunt.’ Ze zweeg. ‘Ongelofelijk.’

Patrick reageerde niet. Hij lag met zijn hoofd op het kussen naar zijn BlackBerry te kijken. Hij was er verslaafd aan. Ellen moest dan ook lachen als hij klaagde dat Jack te veel met zijn DS speelde.

‘Jezus,’ zei Patrick. Hij kwam overeind.

‘Wat?’ vroeg Ellen, en ze dacht: *Saskia*.

‘Die klootzak wil míj voor de rechter slepen.’

‘Welke klootzak?’

Patrick zat nog steeds ongelovig naar het piepkleine schermpje te staren. ‘Die klant die zijn rekening weigert te betalen.’ Hij tikte verwoed met zijn duimen. ‘Ik heb mijn advocaat vandaag een aanmaning laten sturen. En nu weigert die gast niet alleen om me te betalen, maar hij wil ons ook nog voor de rechter slepen, omdat wij te lang over de klus hebben gedaan. Wat een giller.’

‘Dat is waarschijnlijk gewoon een – hoe noem je dat? – een tegenzet,’ zei Ellen.

‘Godallemachtig! Over onrechtvaardig gesproken.’ Patricks hele lijf was verstijfd van woede. ‘Hij wilde dat we de klus er even snel door zouden jagen. We hebben overuren gedraaid voor die vent. Ik heb Jacks voetbalwedstrijd laten schieten vanwege die eikel, en dan heeft hij het gore lef om te zeggen dat wij er te lang over hebben gedaan?’

‘Je advocaat zal wel weten wat je hiermee moet doen,’ zei Ellen.

Ze werd nerveus van zijn woede. Ze vond mannelijke woede altijd al intimiderend. Het was zo fysiek.

Ze zei: ‘Je kunt hem toch morgenochtend meteen bellen.’

'Ja,' zei Patrick. Hij zette zijn BlackBerry uit, zuchtte diep en keek haar even aan. 'Dit was geen geweldige dag, hè?'

Ellen wees naar haar buik. 'Sst. Het was wel een geweldige dag, weet je nog wel?'

Patrick legde zijn hand kort op Ellens buik. 'Tuurlijk.' Hij legde de BlackBerry op zijn nachtkastje en klapte het dekbed terug zodat het Ellen bedekte, maar hem niet.

Ze deden tegelijk hun leeslampje uit, gingen liggen en draaiden zich van elkaar af, met hun ruggen tegen elkaar.

'Plat kussen,' zei hij, en hij ging weer zitten en pakte zijn kussen op.

'Oeps,' zei Ellen. Ze ruilden van kussen en gingen weer liggen.

Patrick tikte met zijn hak tegen haar been bij wijze van welterusten, en zij tikte terug met haar hak.

Ze hadden nog geen jaar een relatie, en ze had nu al zoveel vaste routines, zoveel gewoontes en procedures. Het was alsof elk nieuw stel samen een nieuw koninkrijk schiep.

Saskia kon haar koninkrijk niet loslaten.

Ze deed haar ogen dicht en meteen doemde het gezicht van Ian Roman op, alsof hij achter het gordijn had zitten wachten, klaar om haar te bespringen zodra ze probeerde te slapen.

Ik maak jouw zaak kapot.

Hij kon haar zaak toch niet echt kapotmaken? Zelfs als in het artikel gruwelijke dingen over haar werden beweerd, dan nog zou ze toch zeker niet al haar cliënten kwijtraken? Alle goodwill die ze door de jaren heen had opgebouwd kon toch niet zomaar weg zijn?

Door één enkel artikel?

En hoe erg kon zo'n artikel zijn? Ze was toch geen boosaardige oplichter? Ze had niets verkeerd gedaan.

Ze konden toch niet zomaar van alles verzinnen?

Nou ja, dat kon natuurlijk best. Ze dacht aan al die artikelen over beroemdheden als Jennifer Aniston en Brad Pitt, en dat die weer bij elkaar kwamen, terwijl dat helemaal niet zo was. Maar Ellen was geen beroemdheid. Niemand was in haar geïnteresseerd, terwijl iedereen graag wilde dat Brad en Jennifer weer bij elkaar kwamen. Daarom schreven ze die artikelen ook: omdat de mensen het graag wilden horen.

(Zelf wilde ze ook heel graag dat Jennifer en Brad weer bij elkaar kwamen.)

Die Lisa Hamilton had toch hopelijk wel genoeg journalistieke integriteit om niet alleen met Luisa te praten, maar ook met andere cliënten? Of had ze geen keus? Had Ian Roman haar gebeld en gezegd: 'De reputatie van deze vrouw gaat eraan, anders kost het jou je baan'?

En die arme journaliste had een man die haar sloeg en drie kleine kinderen, en een daarvan had een of andere kostbare transplantatie nodig, en ze moest tot elke prijs haar baan zien te behouden, en dus ging Ellen naar de slachtbank.

'Kun jij slapen?' vroeg Patrick, en zijn stem klonk onverwacht hard in de stille slaapkamer.

'Nee.'

'Ik ook niet.' Hij deed zijn licht weer aan. 'Zal ik anders wat melk voor ons halen? Of thee?'

'Nee, dank je,' geeuwde Ellen. Ze ging rechtop zitten.

Zonder veel animo vroeg hij: 'Moeten we anders seksen of zo?'

Ellen schoot in de lach. 'Ik ben niet zo in de stemming.'

'Nee,' zei Patrick instemmend. Hij kwam ook overeind. 'Ik denk dat ik een scheldmail ga typen aan die klant. Of dat ik ergens tegen ga stompen. Of een eind hardlopen.'

'Laat me anders een ontspanningsoefening met je doen,' zei Ellen. Dat zou voor haar ook een welkome afleiding zijn.

'Jij hebt genoeg aan je hoofd,' antwoordde Patrick.

'Dat geeft niet,' zei Ellen. 'Ik raak er zelf ook van in trance.'

'O god, wat fijn. Ik wilde het niet zelf vragen.' Patrick ging naast haar liggen. 'Niet te geloven hoe verslaafd ik hieraan ben geraakt.'

Tien minuten later was hij half in trance, en Ellen zelf was in die heerlijk vloeibare staat die ze altijd had als ze Patrick onder hypnose bracht.

'Ik wil dat je teruggaat naar een tijd waarin je je helemaal ontspannen voelde. Een tijd waarin je nog niet de druk had van een eigen bedrijf. Denk maar aan een tijd waarin je je helemaal ontspannen en gelukkig voelde. Heb je zo'n tijd te pakken?'

Hij knikte.

'Waar ben je?'

'Huwelijksreis,' zei Patrick. Zijn stem klonk zo dommig, alsof hij drugs had genomen.

Ellen werd heel stil.

'Nu stoppen,' zei Flynns stem in haar hoofd. Ze zweeg en dacht na terwijl ze luisterde naar Patricks diepe, gelijkmatige ademhaling.

'Vraag het hem,' zei Danny. *'Vraag hem wat je wilt weten.'*

'Wat ben je aan het doen?' vroeg ze aan Patrick. Dat kon ze best vragen.

In het zachte licht van de lamp leek Patrick tien jaar jonger. De lijntjes tussen zijn ogen waren gladgestreken en zijn wangen leken voller.

'We zijn aan het snorkelen,' zei hij.

'Jij en Colleen,' checkte Ellen.

'Wie anders?' hoorde ze Julia honen. *'O, wat een onzin,'* zei haar moeder. *'Hij beschrijft een herinnering. Dit is geen reis door de tijd.'*

'Ja, het is super,' zei Patrick glimlachend. 'Col draagt een blauwe bikini.'

'O ja?' zei Ellen vaag.

'Ze ziet er geweldig uit.'

'Mooi zo,' zei Ellen. In haar hoofd rolde Julia over de grond van het lachen. *'Je hebt erom gevraagd, domkop.'*

'Hoogst onprofessioneel,' zei Flynn.

'Beschrijf eens wat je voelt,' zei Ellen, in een poging hem weer op de rit te krijgen.

'Ik heb nog nooit gesnorkeld. Het voelt alsof alles heel traag en stil is en ik kan mijn eigen ademhaling horen. Het koraal is – o, maar dat moet ik haar vertellen!'

Zijn gezicht veranderde. De lijntjes kwamen terug, en trokken hun sporen over zijn wangen.

'Wat moet je haar vertellen?' vroeg Ellen. Soms kwamen er bij een simpele ontspanningsoefening onderdrukte negatieve gevoelens boven; dat was met Patrick nog nooit gebeurd, en het was ook niet de bedoeling dat het met Patrick gebeurde. Dit was geen echte sessie; dit was alleen bedoeld om hem te helpen die afschuwelijke klant te vergeten, zodat hij kon gaan slapen.

'En dit is nu precies waarom wij adviseren om nooit je eigen partner onder hypnose te brengen,' zei Flynn.

'Dat ze naar de dokter moet! Nu. Nu meteen. We moeten naar de dokter, want dan zijn we er nog op tijd bij, bij de kanker. Voor het te laat is.' Patricks hand ging open en klemde zich in een reflex om het laken. 'Ze is zo stom, zo koppig. Ze had dat knobbeltje allang gevoeld en ze had er nooit iets van gezegd, maandenlang. Ze hoopte dat het niets was, dat het vanzelf weer weg zou gaan. Net zoals ze altijd hoopte dat het lampje van het oliepeil in de auto vanzelf ophield met knipperen. Jezus christus. Stomme trut, zei ik tegen haar. Stomme trut! Ze moest huilen. Ik mag haar niet aan het huilen maken. Maar ze had een verantwoordelijkheid. Naar Jack. Naar míj.'

Het verdriet verwoestte zijn gezicht.

'Het is tijd dat je die herinnering loslaat,' zei Ellen. Haar stem had niet de juiste autoriteit. Ze klonk als een beginner: bibberig en geforceerd.

'Ik zal nooit meer van een vrouw houden zoals ik van haar hou.'

'Na vijf tellen,' zei Ellen.

'Dan kijk ik naar Ellen,' zei Patrick.

Ellen verstijfde.

'En dan denk ik: het is niet hetzelfde. Het is gewoon niet hetzelfde.'

Toen ze naar binnen waren voor hun echo, kon ik niet meer stoppen met huilen. Ik moest weg. Ik zette mezelf voor schut. Er kwam een vrouw van achter de receptie naar me toe met een vriendelijke, resolute blik, waaruit sprak: *ik leef met je mee, maar nou stil zijn.*

Mensen zitten daar kennelijk niet altijd te huilen van vreugde. Een echo brengt niet altijd goed nieuws. Die vrouw dacht waarschijnlijk dat ik een baby was verloren.

Wat had ik tegen haar kunnen zeggen? Nee, ik ben nog nooit zwanger geweest, maar ik ben mijn stiefzoon verloren? Telt dat ook? Hij is dat prachtige kind, daar, dat zijn nieuwe stiefmoeder helpt met haar handtas. Hij ziet er moe uit. Ik denk niet dat ze hem de goede dingen te eten geeft. Te veel tofoe en linzen. Niet genoeg eiwitten. En ook al heb ik niet echt een baby verloren, ik heb wel een gedroomde baby verloren, want die man daar hield ineens niet meer van me, en nu ben ik te oud, en hij heeft een jonger en leuker iemand gevonden.

Ze zouden zeggen: 'Nee, dat telt inderdaad absoluut niet. Maak jezelf niet zo te schande. Toon eens wat waardigheid. Wat zelfrespect.'

En dan hebben ze nog gelijk ook.

Toen ik met de lift naar beneden ging, huilde ik nog steeds, maar ik voelde er niet een bepaalde emotie bij. De tranen waren een symptoom van een heel vreemde ziekte. Ik wachtte tot ze vanzelf zouden ophouden.

Ik liep terug naar mijn auto toen de pijn in mijn been ineens ondraaglijk werd. Als ik het in Ellens knoppenmetafoor zou moeten uitdrukken, was het net alsof iemand de thermostaat vol open had gedraaid.

Ik kon niet meer lopen. Ik moest gaan zitten. Ik zocht om me heen naar een bushokje of een muurtje, maar er was niets, en dus ging ik maar op de stoeprand zitten, als een dronkenlap. Niet te geloven dat ik nog geen halfuur geleden zo efficiënt met die projectontwikkelaars had vergaderd en dat ik nu in de goot zat te huilen.

Een man die zijn auto vlak bij waar ik zat had geparkeerd, kwam vragen of het wel ging. Hij leek me ergens achter in de zestig. Hij had zo'n vriendelijk verweerd gezicht, alsof hij van buiten kwam. Hij deed me aan Patricks vader denken. Hij was ervan overtuigd dat hij had gezien dat ik mijn enkel verzwikte en had het erover dat hij ijs voor me zou halen en dat ik mijn been omhoog moest houden. Het duurde even voor ik hem aan het verstand kon peuteren dat er niets aan de hand was met mijn enkel. Uiteindelijk moest ik hem het hele verhaal vertellen van de pijn in mijn been, en dat ik niet huilde vanwege de pijn maar vanwege 'iets persoonlijks'. Hij trok zijn portefeuille uit zijn zak en haalde daar een visitekaartje uit. Ik dacht even dat hij me de naam van een therapeut wilde geven maar hij zei: 'De kerel is een fantastische fysiotherapeut. Een paar maanden geleden had ik heel erge rugpijn. Ik werd er gek van. Ik moest zelfs bijna janken van de pijn. Maar hij heeft me er helemaal van afgeholpen. Ben weer zo goed als nieuw!'

Ik bedankte hem, en vertelde maar niet dat ik al naar zeven verschillende fysiotherapeuten was geweest, en dat ik niet van plan was om daar nog meer geld aan te verspillen.

'Ondertussen zou ik maar een heel sterke pijnstiller slikken,' zei hij. 'En laat die vent lekker barsten! Hij weet niet wat hij mist! Geen handvol maar een landvol voor een schitterende meid zoals jij!' Hij gaf me een schouderklopje en leek zich ineens te generen, alsof hij bang was dat hij over de schreef was gegaan, en hij stond snel op, waarbij zijn knieën hard kraakten. Misschien moet die fantastische fysiotherapeut van hem daar eens naar kijken.

Aardige mensen! Hoe komen ze zo aardig? En hoe houden ze het vol? Al dat glimlachen en zorgen en samen delen? Het moet dodelijk vermoeiend zijn en heel veel tijd vreten – oog hebben voor een vreemdeling in nood.

Toen ik hem nakeek dacht ik voor het eerst sinds jaren: wat moet het fijn zijn om een vader te hebben.

Ellen heeft vast een geweldige vader, een papa die haar vroeger op zijn knie liet paardjerijden en die haar zijn prinsesje noemde. Ze ziet eruit als iemand die door haar vader op handen gedragen wordt.

Vanuit de goot belde ik naar kantoor en ik zei dat ik de rest van de dag thuis ging werken.

Het lukte me om naar mijn auto te hobbelen, en toen ik thuiskwam, volgde ik het advies van de aardige man op en nam een stevige pijnstiller. Toen ik wakker werd, kwamen het broertje en zusje van de aardige mensen hiernaast thuis uit school. Ze gingen in de tuin spelen. Ik probeerde wat te werken, maar mijn hoofd voelde zo wattig en raar, en ik raakte steeds afgeleid door de geluiden van de kinderen. Voor een stel leuke kinderen speelden ze helemaal niet zo leuk. Zo te horen hadden ze een ernstig verstoorde relatie: het ene moment liepen ze te lachen en te zingen, en het volgende moment hoorde ik ze huilen en gillen: 'Hou daarmee op!' Ik dacht altijd dat kinderen tegenwoordig binnen bleven om computerspelletjes te doen.

Uiteindelijk staakte ik mijn pogingen om te werken en trok ik een fles rode wijn open. Ik wilde er eentje nemen op Patricks nieuwe baby.

Maar dat was een fout. Ik kan niet zo goed tegen drank.

Ellen droomde.

Haar dromen waren levendig en eindeloos. Ze wist dat ze droomde en ze probeerde wakker te blijven zodat de dromen zouden stoppen, en af en toe was ze terug in de realiteit van de donkere kamer, dan draaide ze zich om en legde ze haar kussen recht en gaf ze Patrick een por om te zorgen dat hij stopte met snurken. Maar voor ze het wist, viel ze weer in slaap, en tuimelde ze in een ravijn vol kolkende gedachten en gezichten en geluiden.

Haar moeder en peettantes renden over een strand, naakt, lachend als schoolmeisjes. Zo lachten ze vaak, en dan voelde zij zich buitengesloten.

'Ze sloven zich uit,' zei ze tegen haar vader die naast haar op het strand zat, volledig gekleed, goddank, in zijn pak, met een das om. Er zat saus van zijn Marokkaanse kipwrap op zijn kin.

Ellen zei: 'De relatie die een dochter met haar vader heeft, staat model voor al haar toekomstige relaties.' Ze was trots, alsof ze een ongelofelijk subtiele, ironische, geestige opmerking had gemaakt.

Haar vader zat inmiddels de krant te lezen. Hij keek haar aan met een blik vol pure walging. 'Dit artikel gaat over jou,' zei hij.

'Het is niet waar,' zei Ellen, vervuld van schaamte en diep gekwetst.

'Het is wel waar,' zei een meisje dat voor Ellen een zandkasteel aan het bouwen was met behulp van een geel schepje.

'Colleen!' riep Ellen. Patricks ex! Ze zou heel aardig tegen haar doen, want zo was ze nu eenmaal. 'Hoe is het met jou!'

Ze probeerde een gespreksonderwerp te verzinnen dat Colleen zou interesseren. 'Ik hoorde dat je zelf je eigen trouwjurk hebt gemaakt,' zei ze. 'Wat moet jij getalenteerd zijn!'

'Doe niet zo neerbuigend,' zei Julia. Ze lag op haar buik te zonnen, en tilde haar hoofd van haar handdoek terwijl ze sprak.

'Ze had nooit zwanger moeten worden,' zei Colleen tegen Julia. 'Dat was onethisch van haar.'

'Dat zal wel,' geeuwde Julia. 'Maar ze bedoelt het goed.'

'Het was onethisch, omdat hij nog steeds verliefd is op mij,' zei Colleen zelfgenoegzaam.

'Maar jij bent dood!' riep Ellen uit toen ze het onrecht van die beschuldiging tot zich door liet dringen.

'Je bent een heel mooi meisje,' zei Ellens vader tegen Colleen.

Colleen hield haar hoofd schuin. 'Dank je, David.'

'Nou, het spijt me dat ik zwanger ben,' zei Ellen. Ze wist best dat ze dwars deed omdat ze jaloers was dat haar vader Colleen een compliment gaf, maar ze had zichzelf niet in de hand. Ze begon handenvol zand in haar eigen gezicht te gooien. 'Wat kan ik doen om het goed te maken met jou?'

'Ellen, hou op. Je zet jezelf voor schut,' zei Madeline, die op de oude bank zat die vroeger in het huis stond waar ze samen woonden.

'Hoorde jij ook iets?' vroeg Patrick.

Ellen werd wakker en zag dat hij rechtop in bed zat en in zijn ogen wreef. 'Het zal de wind wel zijn.'

Buiten gierde de wind. De ramen rammelden ervan. Ze ging zitten en reikte naar het glas water op het nachtkastje.

'Sorry,' zei Patrick. Hij ging weer liggen.

Ellen zette het glas aan haar mond. Het was leeg. Ze kon zich niet herinneren dat ze eruit had gedronken. Ze keek op de wekker: vier uur pas. Er kwam geen eind aan deze nacht.

'Ik droom steeds zo vreemd,' zei Ellen.

Er klonk een klap, alsof er een tak of zoiets op het dak was gevallen.

'Ik ook,' zei Patrick. 'Het komt door de wind.'

'Je zei iets toen ik die ontspanningsoefening met je deed,' zei Ellen.

'Hm?' vroeg Patrick.

'Over Colleen.' Ze wachtte. Patrick snurkte.

Ellen ging weer liggen en droomde meteen door.

Deze keer liep ze op haar trouwdag door de kerk, in haar oma's trouwjurk. Ze droeg de baby in de palm van haar uitgestrekte hand. De baby was zo groot als een kraal en rolde heen en weer in haar hand.

'Hou je hand vlak! Anders laat je hem vallen!' zei een van de bruiloftsgasten. Ellen draaide haar hoofd om en zag dat het haar cliënte Luisa was, met een grote hoed op. 'Je weet niet eens hoe je voor een baby moet zorgen! Ik zou zwanger moeten zijn! Geef hier die baby!'

'Ik heb je al je geld teruggegeven,' zei Ellen bruusk. 'Meer kan ik niet voor je doen. Ik ben een goed mens.'

Ze liep door. Ze zag Patrick aan het eind van het gangpad, hij stond met zijn rug naar haar toe. Hij draaide zich om en keek haar aan. Ellen glimlachte naar hem maar zijn gezicht betrok.

'Stop met dat achtervolgen!' schreeuwde hij. Zijn stem galmde door de hele kerk. 'Het is voorbij! Begrijp je dat dan niet? Ik heb nooit van je gehouden!'

Ellen voelde zich diep gekrenkt. 'Patrick, ik ben niet Saskia, ik ben het!' riep ze uit. Ze probeerde haar stem luchtig en opgewekt te laten klinken, het was per slot van rekening een bruiloft, maar wel zo hard dat Patrick haar kon horen aan het andere eind van het gangpad, dat nu zo lang geworden was als een landingsbaan.

'Laat me met rust!' schreeuwde Patrick.

'Lieveling, ik geloof dat hij niet meer van je houdt,' zei haar moeder. Zij en de peetmoeders waren gekleed als bruidsmeisjes uit de jaren tachtig, in jurken van roze tafzijde met gigantische pofmouwen.

'Mannen!' zei Phillipa. 'Je kunt ook zonder. Kom, dan gaan we ons bezatten.'

'Je vindt wel weer een ander,' zei Mel.

'Ik vond hem toch al niet leuk,' snoof Ellens moeder.

'Hij denkt dat ik Saskia ben,' zei Ellen. 'Ik weet zeker dat het gewoon een vergissing is.' Maar ze was er helemaal niet zo zeker van. Was zíj degene geweest die Patrick de hele tijd liep te stalken?

'Jij hebt me gehypnotiseerd zodat ik die dozen zou opruimen!' schreeuwde Patrick. 'Je hebt me gemanipuleerd.'

'Het spijt me!' riep Ellen. Hij ging het uitmaken. De relatie ging stuk, zoals al haar andere relaties. Ze zou dit kindje in haar eentje groot moeten brengen, en het was nog zo piepklein! Ze sloot haar hand behoedzaam om het babyhoofdje en begon te rennen, maar zodra ze het op een lopen zette, maaiden haar benen tot haar ontzetting door de lucht, alsof ze van een rots was gesprongen.

Ze deed haar ogen open.

Ze wist niet of het ochtend of nacht was; in de kamer scheen een vreemd, griezelig geeloranje licht.

Het was alsof er brand was, alleen dan zonder rook. Ze hoorde Patricks rafelige ademhaling, het was net geen snurken, en het holle, ritmische geluid van golven die aanspoelden op het strand.

En ze hoorde of voelde nog iets anders. Er klopte iets niet.

Er stond een lange, donkere figuur aan het voeteneind van het bed. Ellen staarde, en haar hart bonsde terwijl ze wachtte tot haar ogen gewend waren en de figuur een vertrouwd object bleek te zijn, zoals een stoel, of een badjas die aan de deur hing.

Het bewoog.

Ellens longen vulden zich met lucht.

Er stond een vrouw in hun slaapkamer, aan het voeteneind van hun bed, te kijken naar hoe zij lagen te slapen. Ellen kwam zo snel overeind dat ze haar hoofd pijnlijk stootte tegen het hoofdeind van het bed.

Colleen. Colleen was opgestaan uit de dood om haar man op te eisen.

'Wat is er?' vroeg Patrick slaperig. Hij ging zitten en wreef met de muis van zijn handen in zijn ogen. Toen gooide hij ineens de deken van zich af en kroop naar de andere kant van het bed.

'Donder op!' brulde hij. 'Donder op!'

Het was Colleen niet. Het was Saskia. Ze droeg een pyjamabroek en een sweater. Haar haar was nat en zat tegen haar hoofd geplakt; ze was op blote voeten.

'Patrick,' zei ze. Ze deed een stap naar achteren om aan zijn greep te ontkomen. 'Ik wilde alleen...'

Patrick viel uit bed op de grond, met zijn armen en benen alle kanten op.

Ellen zag dat Saskia iets in haar handen had. Het waren de foto's van de echo die ze op de keukentafel hadden laten liggen.

'Hé!' Ze had haar eigen stem nog nooit zo gehoord: alsof ze schor geschreeuwd was. 'Geef terug!'

Ze kwam het bed uit en liep op Saskia af. 'Die zijn van míj!'

Er klonk een doodsbange kreet van de overloop. 'Papa!'

'Jack,' zei Saskia. Ze draaide zich om naar de deur.

Patrick stond op en greep Saskia bij allebei haar armen vast.

Hij tilde haar in de lucht alsof hij haar tegen de muur wilde slaan. De foto's vielen uit haar hand op de grond. Ellen zag dat Patrick helemaal stond te trillen, en dat hij een wilde, krankzinnige blik in zijn ogen had.

Hij gaat haar vermoorden, dacht ze. Ik moet voorkomen dat hij haar vermoordt. Ze greep naar de achterkant van Patricks T-shirt.

'Ik wil het alleen maar uitleggen!' Saskia probeerde haar armen om Patricks hals te slaan. Hij duwde haar weg en zij viel op haar knieën.

'Papa!' schreeuwde Jack. 'Ellen! Wat is er aan de hand?'

'Donder op!' Patrick sleurde Saskia omhoog. 'Nu meteen!'

'Het spijt me,' snikte Saskia. Ze viel weer tegen Patricks borst en omdat Ellen de achterkant van zijn T-shirt nog altijd vasthield, schuifelden ze met zijn drieën naar de overloop, als in een vreemde, intieme dans.

De ochtend brak aan en door de openstaande deur van haar behandelkamer tegenover hun slaapkamer, waar Ellen normaal gesproken het strand en de oceaan kon zien, zag ze nu alleen een apocalyptische oranje mist. Geel licht drong het huis binnen. Ze liet Patricks T-shirt los en staarde.

Wat was er aan de hand? Was het soms oorlog?

'Papa! Het is armageddon!'

Ellen draaide zich net op tijd om, om te zien hoe Patrick Saskia van zich af duwde terwijl Jack op dat moment in zijn pyjama de overloop op stormde, met grote ogen vol angst.

Saskia gleed uit over de loper en gooide een arm opzij om zich te redden.

Haar maaiende hand greep zich vast aan Jacks pyjamajasje en samen vielen ze naar beneden; buitelend, stortend, rollend.

22

Voorzichtig!

Moeders over de hele wereld door de eeuwen heen

Een eindeloos lang, stil moment bleven Ellen en Patrick boven aan de trap staan, met hun handen om de leuning, en hun ogen gefixeerd op Jack en Saskia beneden.

Saskia lag op haar rug. Een been lag in een misselijkmakend rare hoek. Haar hoofd hing erbij; haar gezicht was verborgen onder haar haren.

Jack lag plat op zijn buik, met zijn benen gestrekt, zijn handpalmen op de grond, alsof hij in bed lag te slapen.

Ze zijn allebei dood, dacht Ellen stellig, en ze werd gegrepen door de angstaanjagende openbaring dat dit soort dingen gebeurden, de hele tijd, dag in, dag uit. Mensen gingen dood, kinderen gingen dood, door onhandige, stomme ongelukken die maar een paar seconden duurden. En daarna bleef je ademhalen, en je hart bleef pompen, en alles was nog precies zoals het was. Het onaanvaardbare was gebeurd, en jij moest het maar accepteren.

Patrick maakte een geluid als van een jankende hond. Toen bewoog Jack, en Patrick kwam meteen in actie. Hij stormde de trap af, zo snel dat Ellen, die achter hem aan kwam, riep: 'Voorzichtig!'

Jack zat op zijn hurken en hield zijn arm vast. Zijn gezicht zag lijkbleek. 'Volgens mij is hij gebroken,' zei hij nuchter, en toen draaide hij zijn hoofd weg om over te geven op de grond.

Ellen en Patrick vielen op hun knieën naast hem, ieder aan een kant.

'O, liefje,' zei Ellen. Ze stroopte de mouw van zijn pyjama op en zag dat zijn arm al begon te zwellen en dat hij er vreemd scherp uitzag.

'Het komt goed, jongen,' zei Patrick weinig overtuigend. Het leek of hij op het punt stond om flauw te vallen.

Jack tilde zijn hoofd op en veegde zijn mond af met zijn hand. Hij keek hen aan met betraande, verbijsterde ogen.

'Wat is er gebeurd? Ik begrijp het niet. Waarom is Saskia hier?'

'Maak je daar maar niet druk over,' zei Patrick. Hij stak zijn armen uit naar Jack alsof hij hem op wilde tillen. 'Ik breng hem naar de Spoedeisende Hulp.'

'Nee, je mag hem niet bewegen,' zei Ellen. 'Misschien heeft hij iets aan zijn rug of zijn hoofd. Zorg maar dat hij blijft liggen, en dat hij die arm stil houdt. Ik ga een ambulance bellen. Ik kijk alleen nog even naar Saskia.'

'Vergeet Saskia,' siste Patrick.

'Waarom is zij hier?' vroeg Jack nog eens. Zijn ogen werden groot toen hij haar over Ellens schouder kon zien liggen. 'Is alles goed met haar?'

'Vergeet haar nou maar,' zei Patrick.

'Nee!' gilde Jack. Zijn stem klonk onverwacht hard in het stille huis.

Patrick trok wit weg. 'Het komt wel goed, mannetje.'

Jack trok zich van hem los. 'Ik kan haar toch niet zomaar vergeten! Dat moet je niet steeds zeggen! Alleen maar omdat jij haar niet leuk meer vindt! Het is niet eerlijk!'

'Alles komt goed,' zei Patrick sussend.

'Ga bij haar kijken!' De kleur van Jacks gezicht verschoot van wit naar vuurrood, zijn kleine borstkasje bewoog hevig op en neer onder zijn pyjama en zijn ogen glinsterden van woede. Ellen staarde hem aan; ze had nog nooit een klein kind gezien met zulke volwassen emoties.

Ze zei: 'Ik zorg voor haar, Jack.'

Er zijn bepaalde stukken die ik nooit zal vergeten, en sommige stukken zal ik me waarschijnlijk nooit meer kunnen herinneren.

Zo kan ik me bijvoorbeeld niet herinneren dat ik een taxi heb gebeld, maar ik weet nog wel dat ik voor Ellens huis stond en de chauffeur heb betaald. Ik gaf hem een fooi van tien dollar en we hadden het over de wind. Die gierde; ik weet nog dat de bomen heen en weer bogen, als vrouwen die treurden om hun overleden kinderen.

Ik voelde me opgetogen, door het dolle; als een vrouw die in het bos haar innerlijke weet-ik-veel omarmt. Ik voelde aan mijn haar en ik realiseerde me dat het druipnat was. Ik begreep alleen niet waardoor, want het regende niet. Ik moet regelrecht uit de douche zijn gestapt en een taxi hebben gebeld.

Gelukkig ben ik niet dronken in de auto gestapt. Een rationeel deel van mijn brein was zo verstandig om die taxi te bellen.

Ik kan me niet herinneren waarom ik besloot om naar Ellens huis te gaan, maar ik kan mijn gedachtegang wel raden. Waarschijnlijk stond ik in de douche en stelde ik me voor dat Ellen en Patrick zich op dat moment opmaakten om naar bed te gaan en dat ze de dag doornamen. Dat het zo spannend was om de baby voor het eerst te zien, en ik moet gedacht hebben: Kon ik hen maar zien.

En op dat punt heb ik vast gedacht: Waarom ga ik er nu niet heen?

Of misschien voelde ik een overweldigende behoefte om Patrick iets te vertellen: dat ik van hem hield, of dat ik hem haatte, dat ik het begreep, of dat ik het nooit zou begrijpen, dat ik hem losliet, voorgoed, dat het hier eindigde, dat ik nooit meer bij hem in de buurt zou komen, of dat ik hem nooit zou loslaten, dat ik voor de rest van mijn leven van hem zou blijven houden.

Wie zal het zeggen?

Het volgende dat ik me herinner is dat ik aan het voeteneind van hun bed stond.

Patrick lag plat op zijn rug met open mond te snurken zoals hij altijd snurkt: elke snurk krijgt net iets meer volume tot er uiteindelijk een enorme snurk volgt waar hij bijna wakker door wordt en dan stopt hij, en een paar seconden later begint het weer. Ellen lag op haar zij, met haar handen als in gebed onder haar hoofd gevouwen, precies zoals je verwacht dat zij slaapt. Hoewel zij ook snurkte, alleen in een lichtere cadans, regelmatiger dan Patrick. Hun gesnurk klonk komisch, alsof ze van plan waren om samen een deuntje te snurken, maar steeds uit de toon vielen en weer helemaal van voren af aan moesten beginnen.

Ik voelde geen jaloezie of woede of pijn. Ik voelde me kalm, en had eigenlijk best vriendelijke gedachten over hen. Ik denk dat het door het snurken kwam. Dus ik schrok me rot toen ze wakker werden en ik hun reactie zag. Die angst op hun gezichten! Ik wilde zeggen: 'Nee, nee, relax, ik ben het maar!'

Het was alsof Patrick een of ander gevaarlijk beest zag. Alsof ik een grizzlybeer was die over hem heen gebogen stond. Ik! Ik ben het maar! Saskia! Ik kan nog geen kakkerlak doodslaan. Dat weet hij best.

En toen begon Ellen tegen me te gillen over iets wat ik in mijn handen hield en ik zag dat ik de echo's van hun baby vasthad, al kan ik me niet herinneren dat ik die heb opgepakt of dat ik ze heb bekeken.

Ze reageerde alsof ik haar baby kwam stelen.

Technisch gesproken heeft zíj juist míjn baby gestolen. Ik had zwanger kunnen zijn van Patricks baby, als we door waren gegaan met proberen. Dat had best gekund.

Ze maakten Jack wakker met al hun lawaai. Ik hoorde hem roepen. Dus toen wilde ik alleen maar dat iedereen weer kalm werd. Ik wilde dat ze begrepen dat er helemaal geen reden was om zo boos te zijn.

Het was als zo'n nachtmerrie waarin je plotseling naakt in het winkelcentrum staat. Een stemmetje in mijn hoofd zei: '*Saskia, je bent te ver gegaan. Wat zou mama hiervan denken?*'

Mama zou het nooit goedkeuren dat ik Jack overstuur maak.

Niemand kalmeerde. Patrick weigerde naar me te luisteren. Hij duwde me, trok aan me. Ik zag dat alles sepia kleurde; alsof we in een oude foto waren. Daardoor voelde alles nog meer als een nachtmerrie, nog onwerkelijker.

Ik herinner me dat Jack in zijn pyjama over de overloop holde, zijn ogen vol ontzetting. Dat stemmetje in mijn hoofd zei: '*Dit is jouw schuld, Saskia.*'

En toen kwamen we op de een of andere manier samen ten val, en ik probeerde hem vast te houden, te zorgen dat hem niets overkwam. Het was verschrikkelijk.

Dat is het laatste wat ik me nog herinner voor ik wakker werd in het ziekenhuis en voelde hoe de ondraaglijke pijn mijn onderlichaam versplinterde, alsof iemand er van grote hoogte bakstenen op liet vallen, en ik zag Ellen, die met haar rug naar me toe bij het raam stond. Ik moet een of ander geluid hebben gemaakt, want ze draaide zich om en glimlachte naar me. Ze keek niet bang. Ze glimlachte naar me, alsof ik een normaal mens was, geen grizzlybeer.

Ze zei: 'Er is een vreselijke stofstorm geweest.'

Het was het eerste wat bij haar opkwam.

'Heel Sydney ligt onder het stof,' zei ze. 'Het ziet er behoorlijk apocalyptisch uit, buiten. Geen wonder dat Jack dacht dat het einde van de wereld was gekomen. Ik dacht zelf ook dat er een kernbom was ontploft.'

Saskia staarde haar wezenloos aan, alsof ze een vreemde taal sprak.

'Blijkbaar kunnen ze het zelfs vanuit de ruimte zien,' zei Ellen. Ze haalde diep adem en ging op de stoel naast Saskia's bed zitten. 'Daarom duurde het een poos voor de ambulance vanochtend kon komen. Het is een chaos in de stad.'

Saskia's ogen bewogen langzaam over het bed en de witte ziekenhuisdeken die haar lichaam bedekte.

'Je hebt je bekken gebroken,' zei Ellen. 'En je rechterenkel.

Misschien moet je aan die enkel geopereerd worden, maar ze denken dat het bekken vanzelf kan genezen. Je kunt op dit knopje drukken als je meer pijnstillers nodig hebt.'

Er viel een stilte. Ellens ogen keken in die van Saskia. Het voelde als een schok, alsof de vreemde band tussen hen intiemer was dan die tussen minnaars.

'Ik weet niet of je je kunt herinneren wat er is gebeurd,' begon Ellen.

'Jack,' zei Saskia helder.

'Hij heeft zijn arm gebroken,' zei Ellen. 'Maar verder gaat het prima met hem.'

Saskia's gezicht vertrok. 'Mijn schuld.'

'Nou,' zei Ellen. 'Ja.'

Toen Jack een peuter was ging hij door een fase waarin hij steeds brokken maakte. Dan stootte hij zijn hoofd tegen de salontafel, of zijn elleboog tegen de deurpost. De ene blauwe plek of schram was nog niet genezen of de volgende diende zich alweer aan. Dan was ik aan de andere kant van het huis en hoorde ik iets vallen, gevolgd door een stilte, en dan de gepijnigde kreet die mijn hart verscheurde. Dan dacht ik altijd: Niet nog eens.

Een keer zat Patrick nog met hem te spelen terwijl hij eigenlijk al in bed had moeten liggen, en ik zei: 'Oké, zo is het genoeg,' want ik wist dat Jack oververmoeid raakte, en dan werd hij altijd een brokkenpiloot. En ja, hoor, binnen de kortste keren zat Jack te gillen en spuugde hij bloed uit, omdat hij op zijn kin was gevallen en op zijn tong had gebeten, en ik was woest op Patrick.

Ik had het al duizend keer gezegd: 'Voorzichtig!'

En nu had Jack een arm gebroken, door *míj*. Het viel niet te ontkennen dat ik verantwoordelijk was. Ik kon de gebeurtenissen van de vorige avond onmogelijk zo keren dat het de schuld van iemand anders was.

Ellen zat daar en bleef me maar aankijken. Ze zag er uitgeput uit: grauwe kringen onder haar ogen, bleke lippen. Geen make-up. Haar door de war. Haar gezicht zoals het was. Een beetje gewoontjes. Behalve dat ze iets zuivers had. Als je naar haar keek, keek je naar iets wat puur en oprecht was.

Jack heeft door mij zijn arm gebroken.

Het was alsof iemand een scherm heel dicht bij mijn gezicht hield waar een film op werd geprojecteerd van alles wat ik de afgelopen drie jaar had gedaan: elk sms'je, elk telefoontje, elke brief die nooit door hem gelezen was, tot aan dat sepiakleurige moment dat Jack en ik van de trap stortten.

Ik deed mijn ogen dicht in een poging eraan te ontkomen, maar ik kon het nog steeds zien. Het ging niet weg, het was genadeloos.

Ik werd verstikt door schaamte.

'Haal maar rustig adem,' zei Ellen. 'Concentreer je op je ademhaling. Adem in, adem uit. Adem in, adem uit.' Het geluid van haar stem was als een oud, vertrouwd wijsje. Ik zat meteen weer in haar kleine glazen kamer, met uitzicht op de oceaan. Ik luisterde er gretig naar, alsof haar stem de zuurstof was.

'Goed zo. In... en uit.'

Ik deed mijn ogen open, en zag dat ze dichter naar me toe leunde, zodat haar gezicht nog maar een paar centimeter bij het mijne vandaan was. Ze pakte mijn hand. Haar handen voelden koud aan. Mijn moeder had ook altijd koude handen. 'Koude handen, warm hart,' zei ze altijd.

'Ken je die uitspraak: "Het absolute dieptepunt bereiken"?' vroeg Ellen.

Ze wachtte niet op antwoord. Ik merkte dat haar stem subtiel veranderde. Ze sprak nu met haar 'professionele' stem.

'Dat overkomt volwassen mensen soms als ze uiteindelijk op alle mogelijke manieren instorten: fysiek, spiritueel, emotioneel. Ik denk dat dat jou nu is overkomen, Saskia. En ik spreek niet uit ervaring, maar ik kan me voorstellen dat het een verschrikkelijk gevoel is. Het zal voelen als het einde van de wereld.'

Ik had een wild, fladderend gevoel in mijn borst, alsof er een vogel gevangenzat.

Ellen bleef doorpraten. 'Maar het is juist goed. Het is goed dat het gebeurd is. Geweldig zelfs, want dit is een keerpunt. Ik denk dat je al eerder hebt geprobeerd om ermee te stoppen, klopt dat?' Weer wachtte ze niet tot ik antwoord gaf. 'Maar deze keer gaat het lukken. Om te beginnen kun je geen kant op.' Ellens ogen schitterden, alsof het allemaal een goede grap was. 'Ze zeiden tegen me dat je zes tot acht weken niet kunt lopen, en daarna moet je krukken.'

Ik reageerde daar helemaal niet op. Mijn toekomst leek onmogelijk. Hij was totaal irrelevant.

'En in die tijd krijg je therapie,' vervolgde Ellen vol vertrouwen, blijmoedig, alsof we het over onze gezamenlijke vakantieplannen hadden. 'Dat is een goede manier om de tijd zoet te brengen. En als je weer mobiel bent, denk ik dat je moet verhuizen.'

Ze glimlachte. 'Dat klinkt wel een beetje aanmatigend, maar, nou ja, ik heb ook wel het recht om aanmatigend te zijn. Ik denk dat je ver van Sydney vandaan moet gaan wonen. Dan kom je niet meer in de verleiding.'

Ze greep mijn hand steviger vast. 'Ik denk dat Patrick nu eindelijk een straatverbod gaat regelen. Dus juridisch gesproken kun je niet meer bij ons in de buurt komen. Hij heeft zoiets nodig, maar wat ik nodig heb, is een belofte van jou, een belofte, nu meteen, dat dit het was, dat gisteravond het einde was, en dat vandaag een nieuw begin is. Het einde van jouw oude leven, en het begin van je nieuwe leven. Kun je me dat beloven?'

Ik voelde mijn hoofd op en neer schokken, alsof ik een marionet was, en zij aan de touwtjes trok. Ik zei: 'Dat beloof ik.'

Ze klopte op mijn hand en zei: 'Mooi.'

Ik werd me weer bewust van de pijn; die greep mijn onderlichaam vast en kneep er gemeen in. Het voelde persoonlijk, alsof iemand het expres deed. Ik probeerde me er niet tegen te verzetten, om het als straf te ondergaan, maar eerlijk gezegd was de pijn te hevig.

'Geef jezelf maar een stoot,' zei Ellen. Ze legde een soort lichtknop in mijn hand. Ik drukte op het knopje. Een paar seconden later voelde ik een wattige warmte, alsof mijn benen sliepen, en de pijn nam af.

Ik vroeg: 'Wat doe jij hier? Waarom doe je zo aardig tegen me?' Het voelde alsof er allemaal knikkers in mijn mond zaten, alsof ik al heel lang niet meer had gepraat.

Ellen wilde iets zeggen, maar zweeg toen alsof ze er nog eens over na wilde denken. Ze zei: 'Ik heb geen idee. Ik was bang van je, maar tegelijk intrigeerde je me. Gek genoeg voelde ik me zelfs door je gesterkt. Doordat jij ons begluurde leek mijn leven een stuk interessanter.' Ze schudde haar hoofd. 'Ik was een beetje verslaafd aan jou.'

'Je zou me moeten haten,' zei ik. Mijn stem klonk vreemd: ik brabbelde, alsof ik een hersenbloeding had gehad. 'Patrick haat me.'

'Dat komt doordat ik geen emotionele band met je heb, zoals Patrick. Patrick haat je omdat hij ooit van je hield.'

'Lief dat je dat zegt,' zei ik. Mijn neus liep. Ik veegde hem af met de rug van mijn hand, en zag dat daar een infuus in zat. Ik haalde luidruchtig mijn neus op. Het kon me niet eens schelen. Ik had geen enkele waardigheid meer over.

'Zo lief ben ik anders niet,' zei Ellen. 'Toen ik jou met de echo's zag, wilde ik je vermoorden. Blijkbaar heb ik ook mijn grenzen. Ik wil jou niet in de buurt van mijn baby.' Haar ogen werden staalhard.

De woorden 'het spijt me' kwamen bij me op, maar ik vond ze beledigend tekortschieten. In plaats daarvan zei ik: 'Patrick mag zijn handen dichtknijpen met jou.' En ik voelde dat ik dat nog meende ook, en dat ik in een afgelegen, grootmoediger deel van mijn brein zelfs blij voor hem zou kunnen zijn.

Haar gezicht veranderde heel subtiel. Ze zei: 'Hij is nog steeds verliefd op zijn eerste vrouw.'

'Ja, natuurlijk,' zei ik. Ik voelde dat mijn zintuigen vervaagden. 'Hij houdt nog steeds van Colleen. Eerste liefde en zo, maar nou en, zij is toch dood? Ik heb altijd geweten dat ik meer van hem hield dan hij van mij, maar dat kon me niet schelen, zo intens was mijn liefde.' Een enorme golf vermoeidheid sleurde me ergens heel ver daarvandaan.

'Dat weet ik.' Ellen stond op, trok mijn deken recht als een moeder. 'Jij hield van hem. En je hield van Jack.'

Heel even zwom ik terug naar de heldere oppervlakte en ik vroeg: 'Heb jij mij soms gehypnotiseerd?'

Ze glimlachte. 'Ik heb juist geprobeerd om je uit hypnose te halen, Saskia.'

En daar dreef ik weer af, en ik hoorde haar zeggen: 'Het is tijd om je leven weer op te pakken, Saskia, en om al die herinneringen aan Patrick en Jack los te laten. Dat betekent niet dat het allemaal nooit is gebeurd, of dat Patrick nooit van je heeft gehouden, of dat je geen geweldige moeder voor Jack bent geweest. Want ik weet dat je dat bent geweest. Het betekent ook niet dat hij jou niet vreselijk veel pijn heeft gedaan. Maar het is nu tijd om die deur dicht te trekken. Stel je maar een echte deur voor. Een grote, zware houten deur met een ouderwets koperen slot. Doe hem maar dicht. *Beng*. Doe hem op slot. Gooi de sleutel weg. Hij zit dicht, Saskia. Hij zit voor altijd dicht.'

Toen ik weer wakker werd, was de kamer leeg en het bezoekje van de hypnotherapeute leek wel een droom.

23

Liefde? Geef mij maar chocola!

Ellens peettante Phillipa

De suffragettes hongerden zich niet uit voor het stemrecht opdat de meiden van tegenwoordig zich kunnen uithongeren voor een vent.

Ellens peettante Mel

Mijn hemel, wat een oppervlakkige nonsens had ze gespuid: *Doe de deur dicht. Trek hem voor altijd dicht.*

Allemachtig, dat mens had midden in de nacht bij hen ingebroken en gekeken naar hoe ze lagen te slapen. Ze was waarschijnlijk schizofreen of bipolair of Joost mag weten wat. Ze had waarschijnlijk antipsychotica nodig, met heel intensieve therapie. Ellens zoetsappige geklets was net zoiets als vitaminepilletjes geven aan iemand die eigenlijk een operatie nodig heeft.

Bovendien was die dichte deur niet eens de juiste metafoor. Je deed de deur niet dicht om je af te sluiten van je herinneringen. Door dat te doen stimuleerde je iemand om gevoelens te onderdrukken! Ze had beter iets met water kunnen kiezen. Reinig jezelf... O, wat maakte het ook uit.

Ellen geeuwde enorm en nam niet de moeite haar hand voor haar mond te doen. Ze kwam net uit het ziekenhuis en was op weg naar huis. Op de weg was het niet zo druk als anders; mensen bleven thuis vanwege de stofstorm. Het waaide nog altijd flink, maar niet zo hard als gisteravond. De lucht was zwaar van de sombere bewolking, en de hele stad was bedekt onder een fijne laag oranje stof. Alles zag er vies uit. Ze reed langs een leeg terras en zag een vrouw met een monddoekje voor dweilen. Een moeder haastte zich uit haar auto met een peuter in haar armen. Het hoofdje van het kind ging schuil onder een laken, als een van de kinderen van Michael Jackson. Toen jogde er een jongeman in een korte broek en een T-shirt voorbij, alsof hij regelrecht uit een andere dag kwam rennen, een zonnige dag met een blauwe hemel, een schone, normale dag.

Waarom moest jij zo nodig met dat mens praten? Dat zou iedereen tegen haar zeggen. *Jij bent nog gestoorder dan zij! Heb je haar bonbons en bloemen gebracht? Een beterschapskaartje gestuurd?*

Ze keek op haar horloge. Het was twaalf uur 's middags. Ze dacht terug aan die ochtend: het leek alsof er dagen voorbijgegaan waren in plaats van uren.

Toen duidelijk werd dat Jack vervoerd kon worden, had Patrick besloten om met hem naar het ziekenhuis te rijden. Ellen begreep dat hij het niet trok om te zitten wachten op een ambulance. Hij moest in beweging zijn, in actie komen; en wat nog het allerbelangrijkst was, hij moest zo ver mogelijk bij Saskia vandaan. Ellen voelde de hitte van de kokende woede uit zijn lijf stomen als een sluimerende koorts. Ze had aangeboden om thuis te blijven wachten op Saskia's ambulance. 'Je kunt hier niet met haar alleen blijven,' had Patrick gezegd, maar Ellen had erop gewezen dat Saskia nauwelijks bij bewustzijn was (ze ademde oppervlakkig en had duidelijk erg veel pijn), zodat ze voor niemand een gevaar vormde, en bovendien konden ze haar moeilijk alleen achterlaten, met een briefje op de deur voor de ambulancebroeders. Patrick was niet in de stemming voor zulke luchtige opmerkingen. Laten we de politie bellen, had hij gezegd, dan kunnen die haar inrekenen. Maar Ellen had hem weten te overtuigen dat hij zich op Jack moest concentreren.

Toen de ambulance kwam, zeiden de mannen van de ambulance dat ze Saskia naar het Mona Vale Hospital zouden brengen, en dat Saskia in goede handen was. Ze gingen er blijkbaar van uit dat Ellen ook naar het ziekenhuis zou komen. Dus kleedde ze zich aan, en reed ze naar het ziekenhuis, waar ze urenlang in een overvolle wachtkamer zat te wachten, omgeven door piepende astmapatiënten die klachten hadden vanwege de stofstorm. Uiteindelijk kwam een verpleegkundige vertellen dat ze een paar minuten bij Saskia mocht zijn.

In de tussentijd had ze Patrick een keer op zijn mobiel gebeld. Hij had Jack meegenomen naar een privékliniek in Manly, en daar zaten ze te wachten tot er een röntgenfoto van zijn arm gemaakt zou worden. Patrick had niet eens naar Saskia gevraagd, en hij nam aan dat Ellen nog thuis was, want hij zei dat ze moest proberen nog wat te slapen.

Hoe zou hij reageren als hij zou horen dat ze in werkelijkheid in het ziekenhuis was, en dat ze met Saskia had gepraat? Zou hij dat als verraad zien? Wás het verraad?

Het punt was, het voelde niet alleen goed, het voelde als iets wat móést gebeuren, voor hen allebei.

Ellen dacht aan de wanhoop op Saskia's gezicht, zoals ze daar in dat smalle ziekenhuisbed lag. Ellen vond dat ze leek op iemand die alles kwijtgeraakt was bij een natuurramp; iemand die worstelde met het idee dat het hele geraamte van haar leven was weggevallen.

Had ze nu echt het absolute dieptepunt bereikt? Misschien was die wanhoop die Ellen had gezien wel alleen de lichamelijke pijn (die volgens de verpleegkundige heel heftig was), en zou ze op de oude voet verdergaan als ze eenmaal weer mobiel was.

Ellens telefoon rinkelde op de bijrijdersstoel, en ze zag dat het Patrick was. Hij zou nu wel thuis zijn met Jack en zich afvragen waar zij was. Ze was nog maar een paar minuten bij haar huis vandaan, dus nam ze niet op.

Dit zou voor hem zonder meer een keerpunt zijn. Nu Jack gewond was geraakt, zou hij zeker naar de politie gaan. Als Ellen hem zou willen vertellen dat ze dacht dat Saskia misschien haar keerpunt had bereikt, zou hij haar niet geloven. Ze dacht aan hoe hij over het bed gekropen was in dat griezelige morgenrood, met een lelijk vertrokken gezicht van angst en woede.

Als ze het mis had, als Saskia door zou gaan met stalken, zou Patricks haat voor haar hem uiteindelijk kapotmaken. Die was als een bijtend zuur dat hem vanbinnen uitholde. Ze vond dat het hem nu al een scherp randje had gegeven. Meestal ging dat scherpe randje schuil achter de persoonlijkheid die hij graag aan de buitenwereld toonde: de relaxte, goudeerlijke Australische kerel. Maar de afgelopen maanden, naarmate ze hem beter leerde kennen, écht leerde kennen terwijl ze allebei diepere gevoelens voor elkaar kregen dan alleen verliefdheid, zag ze dat randje steeds vaker. Bitterheid. Wantrouwen. Angst. En hij had in zijn leven al zoveel verdriet doorgemaakt voor hij Saskia zelfs maar ontmoet had.

Ze vroeg zich af wat voor man Patrick was geworden als Colleen was blijven leven. Ze zouden waarschijnlijk na Jack nog meer kinderen hebben gekregen. Patrick zou een typische vader zijn geweest, betrokken bij school, maar niet bij het huishouden, want dat was de taak van zijn vrouw – een simpeler, liever mens. Een gelukkiger mens.

En de piepkleine baby die gisteren naar hen zwaaide zou nooit hebben bestaan.

Ach, wat had het voor zin om zulke dingen te denken.

Ze geeuwde nog eens. Ze was niet alleen uitgeput maar ook uitgehongerd: ze snakte naar iets eetbaars op een manier die ze voor ze zwanger was niet kende. Als ze thuiskwam, wilde ze in bed klimmen met een enorm bord vol toast en een kop thee, en dan wilde ze onder de wol kruipen en meteen in een diepe, droomloze slaap vallen. Ze zou wel tegen Patrick zeggen dat ze te moe was om te praten; te moe om het waar dan ook over te hebben – het verleden, de toekomst, het heden.

Hij houdt niet...

'Niet aan denken,' sprak ze zichzelf streng toe.

Maar het had geen zin, want ze wist dat ze sinds gisteravond bijna nergens anders meer aan had gedacht, ondanks alles wat er was gebeurd. Het maakte de nachtmerrie van de afgelopen uren alleen nog maar erger.

Hij houdt niet zoveel van mij als hij van Colleen houdt. Hij heeft twijfels. Hij kijkt naar me en denkt aan haar en ziet dat het niet hetzelfde is. Hij zal nooit van een andere vrouw houden zoals hij van Colleen heeft gehouden.

Ze nam haar gevoelens langzaam en behoedzaam onder de loep, alsof ze een kledingstuk optilde om een schotwond te bekijken.

Deed het pijn?

Ja, heel erg.

Ze dacht aan Saskia's nuchtere aanvaarding van het feit dat Patrick altijd het meest van Colleen zou houden, en tot haar ontzetting werd haar iets volkomen duidelijk: *Ik hou niet zoveel van Patrick als Saskia.*

Het kon Saskia niet schelen dat zij meer van hem hield dan hij van haar, terwijl dat Ellen wel kon schelen. Als ze een deel van haar hart aan iemand gaf, wilde ze daar een even groot stuk voor terug. Eigenlijk zelfs liever een groter stuk.

Wat ze het liefst wilde was dat de ander haar aanbad. Ze kreeg een kind. Ze had recht op aanbidding.

Lekker kinderachtig.

Er waren zoveel vrouwen die een kind kregen zonder de steun van een partner die hen aanbad. Zij had tenminste een partner die van haar hield. Dat moest genoeg zijn. Zij had geluk! Haar eigen moeder had een kind moeten baren zonder man.

Ellen hád ook echt geluk. Ze kreeg meer dan genoeg liefde. Misschien was dat juist wel het probleem. Ze was verwend geraakt door al die aanbidding.

Ze zou vergeten wat Patrick over Colleen had gezegd. Ze zou er nooit meer over nadenken, en het ook niet met een vriendin bespreken, en ze zou het er zeker niet met hem over hebben.

Ja, dat was misschien moeilijk, maar zo moest ze het doen.

De auto achter haar toeterde beleefd, en ze realiseerde zich dat het stoplicht op groen gesprongen was terwijl zij haar deugdzame gedachten had. Ze stak een verontschuldigende hand op en zette haar voet op het gaspedaal.

'Geluk,' zei ze nog maar een keer.

'Je hebt dus de komende maanden heel veel ondersteuning nodig,' zei mijn dokter tot slot. Hij zag er erg jong uit, met blozende, babyzachte wangetjes. Ik word oud.

Ik weet nog dat mama er niet over uit kon hoe jong haar artsen waren, toen zij in het ziekenhuis lag. 'Ik krijg er de slappe lach van,' fluisterde ze tegen me. 'Ze klinken zo ernstig maar ze zien eruit als kinderen in verkleedkleren!'

Maar die kinderen wisten wel waar ze het over hadden. 'Waarschijnlijk redt ze het nog wel tot de kerstdagen,' zei een van hen tegen me. 'Maar niet veel langer meer.'

Ik was er niet bij toen ze stierf. Ik moest naar huis, omdat Jack voor het eerst naar school ging. Gek dat ik dat toen als mijn 'thuis' zag.

Mijn arts bevestigde wat Ellen me al had verteld. Gebroken bekken. Gebroken enkel. Ik zou de volgende dag geopereerd worden, en dan zes weken bedrust.

Ik vroeg me af hoe lang het zou duren voor Jacks arm weer beter was.

'Ik heb helemaal geen familie,' zei ik tegen de dokter. Ik weet niet waarom ik dat zei. Misschien dacht ik dat hij me er eentje kon voorschrijven.

'Dan zul je een beroep moeten doen op je vrienden,' zei hij. 'Je had toch iemand op bezoek? Dat leek me een goede vriendin, want ze maakte zich erg zorgen om je.' Hij bedoelde Ellen.

'Hm,' zei ik. 'Ik denk niet dat die ooit nog op bezoek komt.'

'O,' zei hij. 'Nou ja, zoals ik al zei, je hebt veel hulp nodig, dus misschien moet je mensen maar om een gunst vragen. Maak je geen zorgen. Mensen vinden het fijn om een ander te helpen in tijden van crisis. Dan voelen ze zich nuttig, weet je wel. Het zal je verbazen hoeveel van je vrienden je te hulp zullen schieten.'

'Vast,' zei ik.

Ik vertelde hem maar niet dat er helemaal niemand was die me te hulp kon schieten, dat ik geen sociaal netwerk had zoals normale mensen. Dat ik helemaal alleen was, en dat er niemand was die ik om hulp zou kunnen vragen. Die man had geen idee dat er mensen zijn zoals ik: mensen die er heel verstandig en normaal uitzien, maar die eigenlijk zo eenzaam en gestoord zijn als een zwerver.

Toen herinnerde ik me dat het verschil tussen mij en een zwerver is dat ik geld heb. Ik betaal wel iemand om me te helpen, dacht ik. Er is vast wel een of ander bedrijf voor mensen zoals ik.

'Je komt hier wel doorheen,' zei de dokter.

Ik probeerde beleefd te glimlachen, maar mijn gezichtsspieren protesteerden, alsof het een onbekende beweging voor ze was, alsof ik nog nooit geglimlacht had.

De dokter drukte me de morfineknop in handen en gaf me een schouderklopje. 'Geef jezelf maar wat verlichting tegen de pijn. Geniet ervan zolang het nog kan. Binnenkort gaan we afbouwen.'

Ik drukte op de rode knop.

Jack was diep in slaap toen Ellen thuiskwam. Hij lag in bed, op zijn zij gekruld, en hij zag er zo klein en zo bleek uit, met zijn gipsarm boven op de deken.

'De dokter heeft hem sterke pijnstillers voorgeschreven,' zei Patrick zachtjes terwijl ze samen naast zijn bed stonden en op hem neerkeken. Hij trok het dekbed wat hoger en legde even zijn hand op Jacks voorhoofd. 'Hij zal wel uren slapen.'

Toen ze samen de trap af liepen, voelde Ellen Patricks woede ineens omhoogkomen als een ketel water die aan de kook raakte. Ze gingen naar de zitkamer, en hij begon te ijsberen en non-stop te praten. Hij had niet gevraagd waar Ellen was geweest. Hij wilde haar vertellen dat hij de politie al had gebeld en dat ze hadden gezegd dat hij meteen naar het bureau moest komen om een volledige verklaring af te leggen zodat ze een begin konden maken met de procedure om Saskia een contactverbod op te leggen. Patrick bleef maar herhalen dat Jack er veel slechter aan toe had kunnen zijn, dat hij dacht dat Jack dood was toen hij onder aan de trap lag en of zij dat ook dacht, en dat hij dat contactverbod al veel eerder had moeten regelen en dat hij zichzelf dat nooit zou vergeven.

'Ik snap maar niet hoe ze binnengekomen is,' zei hij uiteindelijk.

'Ik weet het ook niet,' zei Ellen vermoeid. Terwijl Patrick aan het praten was, was zij op de leren bank van haar opa gaan liggen, met haar onderarm voor haar gezicht. Patrick had aangeboden een kop thee voor haar te zetten toen ze net thuis was, maar tot dusverre was daar nog niets van gekomen. 'Ik had de sleutel ergens anders neergelegd na de vorige keer.'

'Wat?' vroeg Patrick.

Ellen realiseerde zich te laat dat ze dat niet had moeten zeggen. Ze deed haar ogen open.

Patrick stopte met ijsberen en stond als aan de grond genageld midden in de kamer. 'Hoezo "de vorige keer"?'

Ze deed haar mond open om iets te zeggen, maar deed hem weer dicht. Ze zocht wanhopig naar de juiste balans tussen eerlijkheid en hem nog bozer maken dan hij al was. Ze gaf het op.

'Ze had koekjes op de stoep gezet toen wij in de bergen waren,' zei ze. 'Die had ze volgens mij in mijn keuken gebakken.'

'Wát? Dus ze heeft al eerder ingebroken en dat heb je mij nooit verteld?'

'Nou ja, misschien vergiste ik me.' Ellen ging rechtop zitten en vouwde haar armen beschermend over haar buik. 'Ik had alleen zo'n vermoeden.' Het leek bijna alsof Patrick haar wilde slaan. Ze zag voor zich hoe hij Saskia bij de schouders had gegrepen alsof hij haar tegen de muur had willen smijten. 'Ik ben Saskia niet,' zei ze zomaar.

'Dat weet ik ook wel,' zei hij met een ongeduldig handgebaar, vol walging. 'Maar waarom heb je daar niets over gezegd?'

'Ik wilde niet dat je kwaad zou worden,' zei Ellen. 'Ik weet hoe kwaad je hiervan wordt.'

'Die koekjes heb je natuurlijk wel meteen in de vuilnisbak gegooid, mag ik hopen?'

'Uiteraard,' zei Ellen. Eerlijkheid wordt overschat.

'Want ze had er waarschijnlijk rattengif in gedaan. Of, jezus, weet ik veel, miltvuurbacteriën.'

'Ze wil jou niet vermoorden, Patrick. Ze houdt van je.'

'Hoe weet jij nou wat zij wil?' vroeg Patrick. 'Jij hebt geen idee wat ze wil. Godallemachtig, dat mens stond vannacht te kijken terwijl wij lagen te slapen!'

'Ik heb net met haar gesproken in het ziekenhuis,' zei Ellen. 'Volgens mij is het nu afgelopen. Dat denk ik echt. Ze heeft het me beloofd. En trouwens, ze kan een hele poos haar bed niet uit.'

Patrick ging voor Ellen in de stoel zitten. Het was de stoel waar haar oma altijd in zat als ze tv-keek. Patrick leek er veel te groot en te onbehouwen voor. Ellen moest zich inhouden om niet te zeggen: 'Daar mag je niet zitten.'

'Je hebt haar gesproken,' zei Patrick langzaam. 'Waarom in vredesnaam?'

'Ik had gewoon het gevoel dat ik daardoor iets aan de situatie kon veranderen.'

'Ja, ja,' zei Patrick. Hij haalde zijn hand met een woest gebaar over zijn gezicht en trok aan zijn stoppelkin. 'Dus de meisjes hebben gezellig gebabbeld met zijn tweetjes?'

'Ik denk echt dat ze haar dieptepunt nu heeft bereikt,' begon Ellen.

'Ach jee, dat arme kind,' zei Patrick.

Ellen viel stil. Hij had het recht om sarcastisch te zijn.

Ze keken elkaar een paar seconden in de ogen en toen wendde Patrick zijn blik af en schudde zijn hoofd.

Hij haalde diep adem. 'Jij hoort aan mijn kant te staan.'

'Ik sta aan jouw kant!' zei Ellen meteen.

'Het voelt anders alsof jij aan haar kant staat.'

'Dat – slaat nergens op.'

'Als jij een ex had die jou zou stalken zoals Saskia mij stalkt, zou ik geen seconde aarzelen. Ik zou zijn kop er afslaan.'

'Dus je wilt beweren dat ik Saskia had moeten sláán?' vroeg Ellen. Het was flauw, maar ze moest punten scoren, omdat ze op achterstand stond.

'Natuurlijk niet,' zei Patrick vermoeid. Hij zakte achterover en deed zijn ogen dicht.

Midden op haar voorhoofd voelde Ellen iets bonzen. Haar polsen jeukten verschrikkelijk.

Schuldgevoel. Dat voelde ze, omdat hij voor een deel gelijk had. Ze had zich meer in Saskia ingeleefd dan in Patrick. Het zou nu wel zo volwassen zijn om niets te zeggen, om niet te proberen zichzelf te verdedigen, en al helemaal om geen partij voor Saskia te kiezen.

Maar ze zei: 'Denk je het nu ook?'

'Denk ik wat?' Patrick deed zijn ogen open.

'Denk je aan Colleen?'

'Waar heb je het over? Waarom zou ik aan Colleen denken? Wat heeft die hier nu weer mee te maken?' Hij keek totaal verbijsterd.

Daar ging haar deugdzame beslissing die ze net in de auto had genomen. Een deel van haar zou dolgraag kunnen terugspoelen om die opmerking in te slikken, maar het andere deel, haar basale, instinctieve zelf wilde dat alles, maar dan ook alles nu werd gezegd.

'Je zei gisteravond dat je me soms aankijkt en dat je dan aan Colleen denkt, en dat je dan denkt dat het niet hetzelfde is en dat je nooit meer zoveel van iemand zult houden als van Colleen.'

'Heb ik dat gezegd?' zei Patrick. Hij zweeg. 'Dat heb ik nooit gezegd!'

'Je was onder hypnose,' gaf Ellen toe.

Hij zei niet: dat zou ik nooit gezegd hebben.

'Dus dat was net zoiets als slaapwandelen,' zei Patrick langzaam.

'Zoiets,' zei Ellen. 'Je was ergens tussen slapen en waken.'

'Dus als we die hypnosesessies doen, vraag jij mij van alles?' vroeg Patrick. 'Dan stel jij mij vragen over Colleen? Doe je het daarom? Zodat je kunt wroeten in mijn hoofd?'

'Natuurlijk niet,' antwoordde Ellen. De telefoon ging. Ze vroeg zich af of ze de gelegenheid moest aangrijpen om uit dit gesprek te ontsnappen, want echt soepel liep het niet. Ze keek omlaag en zag dat ze zo hard aan haar polsen had gekrabd dat er kleine spikkeltjes bloed op zaten.

'Laat ze maar een boodschap inspreken,' zei Patrick.

Ze zaten naar elkaar te kijken, en ondertussen bleef de telefoon maar overgaan.

Alles smolt door de morfine. Het plafond werd zacht en begon te kolken; de witte deken die mijn lichaam bedekte, rimpelde als water.

Toen ik mijn ogen dichtdeed om te ontsnappen aan de smeltende kamer, zag ik beelden van mijn leven die als speelkaarten voor me neer werden gegooid, heel snel achter elkaar.

Patrick die bij de bioscoop op me stond te wachten, diep in gedachten verzonken, zo verdrietig zag hij eruit, en hoe zijn gezicht veranderde, opklaarde toen hij mij aan zag komen; mijn moeder, toen haar haar nog blond was, die me met de auto van school haalde, en lachte om iets wat ik had gezegd terwijl ze haar blik op de weg voor zich gericht hield; de kinderen van de buren die naar me opkeken met hun argeloze ogen, vol vertrouwen; Lance van kantoor, die bij mijn kantoortje stond te trappelen om mij de dvd-set van *The Wire* uit te lenen.

Ik deed mijn ogen weer open en bedacht dat ik een baan had en dat ik de mensen op kantoor waarschijnlijk moest laten weten dat ik voorlopig niet kon werken.

Ik belde met de telefoon naast mijn bed. Nina nam op. En toen ik haar vertrouwde, vrolijke stem hoorde, voelde ik me vreselijk, alsof ik in een droom was en ik naakt het kantoor in liep. Het spel was uit. Ze zouden nu achter de waarheid komen.

Ik hoorde mezelf zeggen: 'Nina, met Saskia spreek je.'

'O hoi, Saskia, ik wist niet dat jij vanochtend niet op kantoor zou zijn. Hé, ik wilde het nog even met je hebben over...'

'Nina,' zei ik. Het voelde alsof ik onder water praatte. Ik greep de telefoon stevig vast.

Waarschijnlijk wachtte ik te lang, want zij vroeg: 'Ben je daar nog?'

'Ik heb mijn dieptepunt bereikt,' zei ik.

'Pardon?'

'Ik weet niet wat ik tegen je moet zeggen.' Zijn ogen stonden glazig. 'Mijn hoofd zit te vol vanwege vannacht. Ik kan me niet herinneren dat ik dat gezegd heb, dat van Colleen.'

'Ik had er niet over moeten beginnen,' zei Ellen. Ze was ontzettend teleurgesteld in zichzelf. Haar mobiele telefoon rinkelde ergens in huis.

'Kunnen we het hier een andere keer over hebben?' vroeg Patrick. 'Ik wil naar de politie nu Jack ligt te slapen.'

'Natuurlijk,' zei Ellen. 'Weet je, vergeet maar dat ik hier ooit...'

'We vergeten het helemaal niet,' zei Patrick. 'We hebben het er later over.' Hij glimlachte naar haar en ze kon wel huilen, zo onverwacht kwam die glimlach. 'Ik beloof je dat we het later uitgebreid over alles zullen hebben en dan komt alles goed.'

'Oké.'

Haar telefoon ging alweer over.

'Iemand heeft jou kennelijk dringend nodig,' zei Patrick.

'Ja,' antwoordde Ellen, en toen hield ze van schrik haar adem in. 'O god, helemaal vergeten. Echt, totaal niet meer aan gedacht.'

'Wat?'

Ellen keek naar de klok boven Patricks hoofd en wenste dat de wijzers terugliepen. Het was halfdrie 's middags. 'Die journaliste. Ik had om elf uur vanochtend met haar afgesproken in een restaurant.' Ze zag voor zich hoe die journaliste daar had gezeten, trommelend met haar vingers en steeds geïrriteerd op haar horloge kijkend. Ze zou denken dat Ellen expres niet was komen opdagen. Ze zou denken dat ze iets te verbergen had.

'Dan maak je maar een nieuwe afspraak,' zei Patrick. 'Vertel haar maar dat je een ongeluk hebt gehad. Jij kunt er niets aan doen.'

'Ja,' zei Ellen, omdat dat uiteraard logisch was, maar ze wist dat het een ramp zou worden, en toen ze de berichtjes afluisterde die dat mens op haar vaste en mobiele telefoon had ingesproken, wist ze dat ze gelijk had.

'Ik zit te wachten in het restaurant dat jij voorstelde,' zei Lisa, met lichte nadruk op het woord 'jij' en door de geluiden van het restaurant op de achtergrond voelde ze zich alleen nog maar schuldiger. 'Ik lever mijn verhaal vanmiddag in, dus als ik niet snel wat van je hoor, ga ik ervan uit dat je geen commentaar hebt en dat je niet wilt reageren op de zaken die jouw voormalige cliënten aan de kaak stellen.'

Toen Ellen ophing, begon de telefoon meteen weer te rinkelen, en ze griste hem uit de houder, omdat ze dolgraag nog een kans wilde. Het was haar moeder. 'Ik probeer je al de hele ochtend te pakken te krijgen,' zei Anne beschuldigend. 'Ik móét je echt spreken.'

'Ik kan nu niet met je praten,' zei Ellen. 'Ik bel je wel terug.'

Meteen daarna ging de telefoon weer. Deze keer was het Julia, die met een lage, hese stem sprak. 'Raad eens wie er net mijn bed uit gestapt is?'

'Ik kan nu niet met je praten,' zei Ellen nog een keer. Het leek wel een vreselijke slapstick. 'Sorry.' Ze hing op.

'Adem in, adem uit,' zei Patrick, die in de deuropening van haar behandelkamer stond.

Ze belde het nummer van de journaliste. De telefoon sprong meteen op de voicemail. Ellen probeerde niet paniekerig te klinken terwijl ze een boodschap insprak.

'Mijn stiefzoon heeft een ongeluk gehad,' zei ze. 'Ik was in het ziekenhuis.'

Haar stem klonk niet authentiek, maar geforceerd en huichelachtig. Ze had het gevoel dat ze loog, omdat ze Jack nog nooit haar 'stiefzoon' had genoemd, en omdat ze helemaal niet bij hem in het ziekenhuis was, maar bij Saskia. Patrick mimede dat ze diep moest inademen. Ellen gebaarde dat hij weg moest gaan.

Het schuldgevoel dat ze ervaarde was buitenproportioneel: ze had geen moord gepleegd. Sterker nog, het enige waar ze schuldig aan was, was het vergeten van een afspraak.

Terwijl ze het bericht afmaakte – 'Ik zou nog steeds dolgraag de kans krijgen om met je te praten!' (*dolgraag de kans krijgen*: ze leek wel zo iemand die jou opbelde om je van alles aan te smeren) – hoorde ze de deurbel.

Patrick liep naar beneden om open te doen, en de moed zonk Ellen in de schoenen toen ze de stem van de cliënte hoorde. Het was Mary-Beth, die zoals altijd te laat kwam voor haar afspraak van halfdrie. Mary-Beth verdiende zeker een alinea in het artikel waarin Ellen aan de schandpaal werd genageld. De journaliste kon zo uitrekenen wat Mary-Beth de afgelopen maanden aan Ellen had betaald, zonder ook maar een stap vooruit te zijn gekomen. En dan zouden ze iets kunnen opmerken over de dure laarzen die Ellen had gekocht en die ze nog maar één keer had gedragen.

Ik ben een slecht mens, dacht Ellen. Ik ben door en door slecht.

(Hij zal nooit zo van mij houden als van Colleen.)

(Uiteindelijk gaat hij bij me weg, en dan ben ik een alleenstaande moeder, net als mama.)

(Zonder werk.)

(En om het allemaal nog erger te maken, over vijf jaar ben ik veertig. Véértig!)

'Mary-Beth,' riep ze vastberaden. Ze liep kordaat de trap af terwijl Patrick Mary-Beth binnenliet. 'Het spijt me vreselijk, maar ik kan je vandaag niet behandelen. Sterker nog, ik wil de hele behandeling staken.'

Mary-Beth keek verbijsterd. Ellen zag dat Mary-Beth vandaag anders dan anders was. Haar gezicht was niet zo pafferig als normaal. En ze had een enorm boeket bloemen bij zich, en ze droeg een lange, boterbloemgele sjaal.

Patrick trok zijn wenkbrauwen op en keek Ellen over Mary-Beths hoofd heen vragend aan. Met zijn blik probeerde hij iets over te brengen als: *Ben je nu al je cliënten aan het ontslaan?* Hij haalde nauwelijks merkbaar zijn schouders op en verdween naar boven.

'Gaat het wel?' vroeg Mary-Beth.

'Niet echt,' antwoordde Ellen. 'Ik geloof dat er morgen een artikel in de krant verschijnt dat mijn reputatie zal verwoesten.'

'Welke krant?' vroeg Mary-Beth meteen, alsof ze onmiddellijk naar de winkel wilde om er eentje te kopen.

'De *Daily News*,' zei Ellen. 'Ik heb echt liever dat je het niet leest, om je de waarheid te zeggen, maar mijn punt is...'

'Nou, ik zal zien wat we daaraan kunnen doen,' zei Mary-Beth. 'O, en trouwens, deze zijn voor jou.' Ze gaf Ellen de bloemen.

'Dank je wel.' Ellen staarde naar het boeket. Het was geel, net als Mary-Beths sjaal. 'Ik geloof niet dat je iets kunt doen, al waardeer ik...'

'Vertel me alles.'

'Pardon?'

'Vertel me alles wat je mag vertellen zonder de vertrouwelijkheid te schenden. Alles wat er is gebeurd.'

'Sorry, ik begrijp je niet.'

'Ik ben advocaat,' zei Mary-Beth. 'Ik ben gespecialiseerd in mediazaken, vooral smaad.'

24

Maar ik heb een zoontje.

Colleen Scotts eerste woorden nadat haar was verteld
dat ze nog maar enkele maanden te leven had

Ik droomde dat Lance van kantoor naast mijn ziekenhuisbed zat, samen met een bleke vrouw met rood haar die ik niet kende.

'Nee, Lance, ik heb *The Wire* nog steeds niet bekeken,' zei ik, voor mijn eigen lol.

'Geeft niet,' antwoordde hij. Het was geen droom. Lance zat echt naast mijn bed.

'Heb je erge pijn?' vroeg de roodharige vrouw. 'Mijn nicht heeft verleden jaar ook haar bekken gebroken. Ze zei dat het meer pijn deed dan een kind baren.'

'Ik heb nog nooit een kind gebaard,' zei ik. Wie was dat mens?

'Ik ook niet,' zei de vrouw. 'Maar het is de universele graadmeter voor pijn, althans, zo lijkt het. Alsof je niet over pijn kunt praten als je nog nooit een kind hebt gekregen. Hoewel een niersteen uitplassen dan nog weer erger schijnt te zijn.'

'We moeten haar juist afleiden van de pijn,' zei Lance.

'Ik wilde alleen maar mijn medeleven betuigen,' zei de vrouw. 'Ik zeg altijd precies het verkeerde als ik op ziekenbezoek ga.' Ze keek me aan en zei: 'Ik ben trouwens Kate, de vrouw van Lance, mocht je me niet kunnen plaatsen. We hebben elkaar verleden jaar op de kerstborrel ontmoet.'

'Ja, natuurlijk,' zei ik, al kon ik me niet herinneren dat ik haar al eens had gezien. Ik dacht dat ik meestal een smoes verzon om onder de kerstborrel uit te komen.

'We dachten, kom we gaan even langs,' zei Lance.

'We zijn op weg naar de bioscoop,' verklaarde Kate.

Er viel een stilte. 'Naar welke film gaan jullie?' vroeg ik, en Lance zei: 'Ik heb een kaart bij me van iedereen van kantoor.' Hij gaf me een witte envelop met mijn naam erop.

'En bonbons.' Kate hield een doos op en zwaaide ervoor met haar hand, als een assistente in een quiz. 'En roddelbladen. O, en druiven. Erg origineel.'

Ik probeerde de envelop te openen, maar het lukte me niet, want mijn handen trilden te veel.

'Laat mij maar,' zei Lance vriendelijk.

'Heb je zin in een chocolaatje?' vroeg Kate.

'Misschien straks,' zei ik.

'Vind je het erg als ik er eentje neem?'

'Kate,' zei Lance.

'Sorry,' zei ze.

'Neem er maar eentje,' zei ik. Ik keek naar de kaart die Lance me had gegeven en las een paar van de krabbels.

Saskia! Je had je echt niet van de trap hoeven storten alleen maar om onder het Eastgateproject uit te komen! GAUW beter worden! Malcolm

Ik denk aan je, Saskia, en ik kom snel op bezoek, veel liefs, Nina xx

Lieve Saskia, arm kind! Hou de moed erin! J.D. (Ik kom zaterdag langs met brownies.)

'Kunnen we iets voor je halen van thuis?' vroeg Kate, die een tweede bonbon nam. 'Ik herinner me dat je vertelde dat jouw familie in Tasmanië woont, dus...' Ze keek Lance even aan, alsof ze bang was dat ze weer iets verkeerds zei. Lance schraapte zijn keel ongemakkelijk en keek naar het lege televisiescherm boven mijn bed. Kate kletste door.

'Mijn familie woont in Brisbane, dus ik begrijp hoe het is, hoor; andere mensen hebben zusjes en moeders en neven en nichten en weet ik wat. Echt. Het is geen moeite.'

Ik staarde naar hen. Naar Lance. Hij had vriendelijke, slaperige ogen en brede schouders, alsof hij naar de sportschool ging. Ik keek naar zijn vrouw. Ze was ontzettend dun en had totaal geen borsten – 'een robbedoes' zou mijn moeder haar hebben genoemd. Ze had heel kort haar en grote ogen, als een bosdiertje. Ze zat in een vreemde hoek op de stoel, en at nog steeds van mijn bonbons. Misschien herinner ik me toch dat ik met haar heb gepraat op de kerstborrel; ik geloof dat het over haar vakantie naar Cradle Mountain ging. Ik ben toen vroeg naar huis gegaan, om in mijn auto voor Patricks huis te gaan zitten. Ik zag hem thuiskomen en Jack mee naar binnen nemen. Die lag over zijn schouder te slapen, en zijn hoofd bungelde erbij.

Ik dacht weer aan Jack, en zijn gebroken arm, en Ellen die tegen me zei dat ik weg moest uit Sydney, en wat deze twee lieve mensen ervan zouden zeggen als ze wisten wat ik gisternacht had gedaan, wat ik de afgelopen drie jaar had gedaan, en ik voelde hoe ik instortte.

'Het is een schok, hè, als je zoiets overkomt,' zei Kate. 'Je leven gaat een kant op en dan, bam, krijg je een effectbal voor je kiezen.' Ze trok haar hoofd plotseling opzij, alsof ze zelf een effectbal moest ontwijken, en de helft van de bonbons vloog uit de doos op haar schoot.

'Kate,' zei Lance. Hij zakte op zijn hurken om de bonbons op te rapen.

'Oeps,' zei Kate.

'Ik ben niet...' Wat ik wilde zeggen, was: *'Ik begrijp het niet. Jullie denken dat ik een normaal mens ben, maar dat ben ik niet.'* De woorden droogden op. Het was alsof mijn hele persoonlijkheid aan diggelen viel. Ik ademde nog wel, en mijn hart klopte, maar ik was er zelf niet meer. Er was de kordate, professionele Saskia die Lance had gekend, en de gestoorde Saskia die Patrick had gekend, maar het leek nu alsof die allebei niet meer bestonden. Ik had geen idee wat ik voor iemand was: grappig of serieus, stilletjes of luidruchtig. Als ik Patrick niet meer wilde, wat wilde ik dan wel? Waar lagen mijn interesses? Bestond ik überhaupt wel? Deze twee vreemde, lieve mensen keken naar me alsof ik wel bestond, maar mijn hele bestaan leek twijfelachtig.

'Bodyboarden,' zei ik ineens.

'O ja,' zei Kate gemoedelijk, alsof het volkomen normaal was om dat zomaar te zeggen.

'Ik dacht dat Nina zei dat je van de trap was gevallen,' zei Lance fronsend. 'Ze zei dat je aan het slaapwandelen was.'

Ik kon me niet herinneren dat ik dat tegen Nina had gezegd, maar het klonk logisch.

'Ik ben geïnteresseerd in bodyboarden,' zei ik, en toen dacht ik: *Zei ik dat nou hardop?*

'Ik ook!' riep Kate. 'Nou ja, niet dat ik het ooit heb gedáán, maar ik zou het wel graag eens willen proberen, of om precies te zijn, ik zou graag eens echt willen surfen, op een echt surfboard. Ik was al van plan om les te nemen.'

Lance snoof, en Kate gaf hem een mep tegen zijn arm en keek me opgewekt aan.

'Zo te zien gebruik je heel goeie pijnstillers, of niet soms, Saskia?' vroeg Lance.

'Doe niet zo lomp,' zei Kate. 'Wat ze zegt is allemaal heel logisch.'

'Dat zei ik toch niet?' antwoordde Lance.

'Wiens telefoon is dat?' vroeg Kate.

Ik herkende het geluid van mijn mobiele telefoon. Kate tilde mijn leren tas op. 'Zal ik opnemen?'

Ik keek naar de tas. Hoe was het mogelijk dat ik mijn tas nog had? Na alles wat er was gebeurd? Op de een of andere manier vond ik het grappig dat ik mijn tas nog had. Ik lachte hardop.

'Wat ze jou hebben gegeven, zou ik ook weleens willen gebruiken,' zei Lance.

'Ik neem wel op.' Kate begon in mijn tas te graven en trok de telefoon eruit.

'Ze zei niet dat ze wilde dat je opnam,' zei Lance.

'Met de telefoon van Saskia!' Kate stond op en liep weg van het ziekenhuisbed met mijn telefoon tegen haar oor gedrukt. Ik hoorde haar zeggen: 'Ja, ze is in de buurt maar, niet schrikken, want álles is goed met haar, ze ligt momenteel in het ziekenhuis.'

'Sorry,' zei Lance. 'Kate is soms een beetje...' Hij haalde zijn schouders op en kon niet op het juiste woord komen om zijn vrouw te omschrijven. 'Weet je zeker dat je geen bonbon wilt?'

'Goed dan,' zei ik. Ik pakte een bonbon en keek naar Kate, die geanimeerd stond te kletsen. Een paar minuten later kwam ze terug en legde ze de telefoon op mijn nachtkastje.

'Dat was je vriendin Tammy,' zei ze. 'Jullie zouden vanavond toch samen een borrel drinken? Nou goed, ze komt er zo aan. Ik heb uitgelegd hoe ze moet rijden.'

'We moeten gaan.' Lance sloeg zijn handen op zijn knieën en kwam half uit zijn stoel. 'We willen je niet te veel vermoeien, Saskia.'

'Je hebt gelijk.' Kate keek op haar horloge. 'Hoewel, we hebben nog tijd zat. We kunnen best wachten tot Tammy komt, als je het fijn vindt om gezelschap te hebben, Saskia?'

Ik wilde iets zeggen als: 'O, maar ik wil niet dat jullie te laat komen voor de film,' maar de woorden die uit mijn mond rolden waren: 'Blijf, alsjeblieft.'

'Natuurlijk,' zeiden Lance en Kate tegelijk.

Het was vroeg in de avond en het was onverwacht druk bij Ellen in huis.

Patricks ouders en broer waren langsgekomen om hun handtekening op Jacks gips te zetten en om hem beterschapscadeautjes te geven. Net als haar eigen moeder. Dit irriteerde Ellen een beetje, al kon ze niet verklaren waarom. Anne had Jack het *Guinness Book of Records* gegeven, en dat bleek een schot in de roos.

Ze zaten met zijn allen rond Ellens eettafel en aten worstjes die Patrick op de barbecue had klaargemaakt. Toen Patrick van het politiebureau kwam, was hij een stuk rustiger. De politie had hem gecomplimenteerd met zijn *Stalklogboek*: een ringband met een nauwkeurig verslag van al Saskia's daden van de afgelopen drie jaar, inclusief printjes van e-mails, brieven en omschrijvingen van 'incidenten'. (Ellen had de map doorgebladerd, en zich verwonderd over Patricks bondige commentaar: '12.30, 27 juli: S bonkte op de voordeur, eiste dat ik haar binnenliet, negeerde herhaalde verzoeken om weg te gaan.') Ze hadden tegen Patrick gezegd dat er een tijdelijk contactverbod zou worden uitgevaardigd, en dat het aan Saskia was om zich daar voor de rechter tegen te verdedigen. Ze zou bijna zeker worden veroordeeld wegens huisvredebreuk. Kennelijk had degene die Patrick te woord had gestaan op het bureau wel de juiste hoeveelheid respectvol medeleven getoond. Hij was niet meer zo ziedend. Hij zag eruit als een man die eindelijk, na een lange strijd, het recht aan zijn kant had.

Ellens mobieltje lag op de sidetable, binnen gehoorsafstand. Ze zat te wachten op een telefoontje van Mary-Beth, die had gezegd dat ze zou proberen om de publicatie van het krantenartikel tegen te houden. Ellen had niet veel hoop. Het leek haar niet erg waarschijnlijk dat Mary-Beth – die logge, stuurse Mary-Beth – in staat was om een machtige man als Ian Roman aan te pakken, die zich tot de tanden had bewapend.

'Ik beloof niks,' had Mary-Beth gezegd nadat ze Ellens verhaal had aangehoord en zo nu en dan zeer beslist een aantekening had gemaakt in een klein in leer gebonden boek. 'Maar als ik hier weg ben zal ik hem meteen dagvaarden in een kort geding. Niet dat we een schijn van kans maken – de rechtbank hecht nogal aan de vrijheid van meningsuiting, dus het lukt bijna nooit om publicatie tegen te houden – maar mijn doel is ook om de advocaten van de *Daily News* ervan te overtuigen dat het ons menens is. Het is duidelijk dat er kwaadwillende motieven aan het artikel ten grondslag liggen, en het lijkt er inderdaad op dat jouw reputatie eraan gaat. Maar goed, ik ga ervoor.'

'Ik dacht dat jij juridisch secretaresse was,' zei Ellen zwakjes.

'Welnee, mens,' zei Mary-Beth hoogst onadvocaterig.

Er kwam een herinnering boven aan Mary-Beth die zei dat ze 'op een advocatenkantoor' werkte. Ellen was er gewoon van uitgegaan dat ze daar secretaresse was. Had ze misschien meer geduld en respect voor Mary-Beth gehad als ze had geweten dat ze met een advocaat te maken had? Het was beschamend, maar het antwoord op die vraag was ja.

'Weet je wat het wereldrecord is voor het hoogste aantal gebroken botten?' vroeg Jack. Hij had het *Guinness Book of Records* opengeslagen op tafel liggen en sloeg de bladzijden om terwijl hij at. Hij wachtte niet op antwoord.

'Vijfendertig! Een of andere gast die Evel Knievel heet.'

'Echt waar? Ik wist niet eens dat we zoveel botten hadden!' zei Maureen. Ze deed of ze heel erg geïnteresseerd was in het boek, om te laten zien dat ze het niet erg vond dat Jack haar cadeau minder leuk vond dan dat van Anne.

'We hebben er tweehonderdzes, om precies te zijn,' zei Anne.

'Jemig!' Maureen glimlachte verwoed.

'Baby's hebben er rond de driehonderd. Die groeien dan samen naarmate ze groter worden,' verklaarde Anne.

'Het was vast geweldig om een kind op te voeden, met jouw medische deskundigheid,' zei Maureen. 'Ik moest ze altijd in de auto stoppen en naar de dokter brengen en dan schaamde ik me dood als bleek dat er niets aan de hand was.'

Nu alsjeblieft niet neerbuigend doen, mam, dacht Ellen.

'Eerlijk gezegd denk ik dat het daardoor juist erger was.' Tot Ellens opluchting toonde Annes glimlach maar een heel klein beetje hooghartigheid. 'Ik wist wat er allemaal mis kon gaan. Dus telkens als ze koorts had, wist ik zeker dat ze doodging.'

'Over koorts gesproken,' zei Patricks vader, 'tenminste, niet koorts, maar pijn. Ik heb al een poos een heel rare pijn in mijn...'

'Pa,' zei Patrick.

'George wil niet naar de dokter,' zei Maureen, 'maar telkens als hij er een tegenkomt begint hij over zijn medische problemen.'

'Ik dacht dat ze het misschien interessant vond,' zei George.

'Zou jij het soms interessant vinden als mensen tegen jou aan leuteren over problemen met hun elektriciteit?' zei Maureen.

'Absoluut!' zei George. 'Heb je de laatste tijd misschien last van doorgeslagen stoppen, Anne?'

'Hoe dan ook, voor jou was het vast fijn, Ellen, om op te groeien met een moeder die arts was,' zei Maureen.

'Ma,' zei Patrick.

'Wat is er nou?'

Patrick haalde zijn schouders op en nam een hap van zijn broodje worst.

'Ze was altijd een beetje pissig op me als ik ziek werd,' zei Ellen.

'Net als onze moeder!' zei Patricks broer. 'Ik heb mijn moeder nog nooit zo kwaad gezien als toen ik buiten westen was geslagen door een cricketbal. Ik kwam bij, en het eerste wat ik zag was ma die stond te schreeuwen: "Simon! EN NOU BIJKOMEN!"'

'Ik dacht dat hij dood was,' zei Maureen.

'Dus je dacht dat je me door tegen me te schreeuwen wel weer tot leven kon wekken.'

'Ik begrijp het volkomen,' zei Anne. 'Je wordt woest van angst.'

'Je zult het wel begrijpen als je baby er eenmaal is, Ellen,' zei Maureen.

Ellen, die zich er juist op verheugde om precies het tegenovergestelde te worden van haar moeder en zich graag voorstelde dat ze het koortsige hoofdje van haar kindje met een lieve, koele hand zou strelen, zei: 'Vast.'

'Papa was helemaal niet boos op mij toen ik mijn arm brak,' zei Jack. 'Hij was boos op Saskia.'

Meteen viel er een gespannen stilte aan tafel.

'Dat was omdat het Saskia's schuld was,' zei Patrick.

'Het was een ongeluk,' zei Jack. 'Eigenlijk kwam het doordat jíj haar een beetje duwde.'

'Ja, lieverd, het was een ongeluk, maar wat papa bedoelt, is dat Saskia niet midden in de nacht bij jullie in huis had moeten zijn.'

'Hoe ging het bij de politie?' vroeg George aan Patrick.

'Heb je de politie over Saskia verteld?!' Jack draaide zijn hoofd met een ruk om, en keek zijn vader beschuldigend aan. 'Ze hoeft toch niet naar de gevangenis, hè?'

'Ze hoeft niet naar de gevangenis,' zei Patrick. 'Maar weet je wat het is, mannetje, ze mag nooit meer bij ons inbreken. De politie gaat haar gewoon even vertellen dat ze niet meer bij ons in de buurt mag komen.'

'Oké. Maar ik denk dat ze nog wel steeds komt kijken als ik moet voetballen,' zei Jack.

Ellen hield haar adem in.

'Goeie hemel,' zei George.

'Hoe bedoel je, Jack?' Patrick legde zijn worstje behoedzaam op zijn bord.

'Ze kwam altijd kijken, bij al mijn wedstrijden,' zei Jack.

'Ik heb haar nooit gezien,' zei Patrick.

'Jij hebt slechte ogen,' zei Jack smalend. 'Ze staat altijd een heel eind van het veld. Bij een boom of zo. En ze heeft altijd zo'n blauwe gebreide muts op. Een soort pannenkoek.'

'Een baret?' zei Anne zacht.

'Allemachtig, ik geloof dat ik die nog voor haar heb gebreid,' zei Maureen.

'Als ik haar ooit nog bij jou in de buurt zie, laat ik haar arresteren,' zei Patrick.

'Nee!' riep Jack.

'Jawel,' zei Patrick.

'Als je dat doet, praat ik nooit meer met je.'

'Prima,' zei Patrick. 'Dan praat je maar niet meer met me.'

'Jongens.' Maureen stak hulpeloos haar handen uit naar Jack en Patrick.

Ellens telefoon begon te rinkelen.
'Ik moet even – sorry.' Ze stormde de keuken in met haar telefoon. 'Mary-Beth?'
'Ja, hallo Ellen. Oké, ze gaan de publicatie uitstellen. De journaliste heeft ermee ingestemd om eerst jouw kant van het verhaal aan te horen. En ik krijg de indruk dat ze de hele zaak graag zou willen laten vallen. De meeste journalisten zijn wel degelijk integer – en deze vrouw vindt het heel akelig dat ze weleens gebruikt zou kunnen worden in een persoonlijke vendetta van Ian Roman. Zelfs al regeert Ian Roman haar wereld.'
Ellen voelde haar hele lijf slap worden van opluchting. 'Dank je wel,' zei ze. 'Echt ontzettend bedankt, Mary-Beth.'
'Graag gedaan,' zei Mary-Beth.
Ellen hoorde het diepe gebrom van een mannenstem op de achtergrond. 'Trouwens, je krijgt de groeten van Alfred.'
'Alfred?' vroeg Ellen. 'Alfred Boyle?'
Mary-Beth grinnikte. Ellen had haar nog nooit horen lachen. 'Doe nou maar niet net of je verbaasd bent, Ellen.'
Ellen schoot in de lach. Van de zenuwen.
'Ik moest van Alfred zeggen dat hij vandaag tweehonderd accountants heeft toegesproken, en dat de hele zaal dubbel lag. En dat wil wat zeggen. Dat je accountants aan het lachen krijgt.'
'Wat geweldig,' zei Ellen.
'Ik hou contact over hoe we dit verder gaan aanpakken,' zei Mary-Beth. 'Maar ik verwacht dat de publicatie wordt afgeschoten zodra de journaliste en de redacteur het hele verhaal weten.'
'Je moet me wel een rekening sturen voor je werk,' zei Ellen. (Was het niet zo dat advocaten elke minuut in rekening brengen?)
'Doe niet zo belachelijk,' zei Mary-Beth opgewekt, en toen hing ze abrupt op.
Ellen liet haar hoofd zakken, deed haar ogen dicht en tikte met de telefoon tegen haar voorhoofd. Haar koppelpoging tussen Mary-Beth en Alfred was dus gelukt. Dat moest ze zeker

aan de journaliste vertellen, als ze die ooit te spreken kreeg. 'Klinisch hypnotherapeute laat haar cliënten onder hypnose verliefd op elkaar worden': alsof dat haar geloofwaardigheid goed zou doen.

'Alles in orde?'

Ellen deed haar ogen open. Haar moeder stond voor haar met een slakom in haar handen. 'Ik dacht: ik begin vast met afruimen. De sfeer daarbinnen wordt een beetje gespannen. Het verbaast me niets. Die Saskia is duidelijk geestesziek.'

'Saskia is nu klaar met ons,' zei Ellen. 'Ik heb vandaag met haar gesproken.'

'Onder hypnose zeker?' zei Anne snedig, maar automatisch, uit de macht der gewoonte, en voor Ellen antwoord kon geven, zette ze de kom op tafel en zei: 'Luister, ik moet je iets vertellen. Over je vader.'

'Jullie gaan trouwen,' gokte Ellen. Ze zag de bescheiden, elegante huwelijksceremonie al helemaal voor zich. Haar moeder zou violet dragen, zodat haar ogen mooi uitkwamen. Iedereen zou designerkleding dragen, en een champagneflûte tussen de gemanicuurde vingers houden. Het zou het soort bruiloft zijn dat het societynieuws zou halen. Ellens gezicht zou pijn doen van het nepglimlachen.

'Zijn Pip en Mel dan je bruidsmeisjes?' vroeg ze. 'Dan kan ik bloemenmeisje zijn! Je dochter als bloemenmeisje. Je schattige, kleine, zwangere bloemenmeisje.'

'Ellen.'

'En dan zijn mijn stiefbroers de bruidsjonkers. Gigantische bruidsjonkers.'

'Het is uit.'

'O nee!' Deed Ellen ook een keertje kattig, was het totaal misplaatst en kwetsend. (En bovendien zou ze er heel blij mee zijn als haar ouders zouden trouwen! Het zou een ontroerende en mooie bruiloft zijn geweest. Hoe haalde ze het in haar hoofd om zo te doen?)

'Wat is er gebeurd?' vroeg ze. Hij was natuurlijk weer teruggegaan naar zijn vrouw. Of hij had haar moeder ingeruild voor een jonger modelletje. Of was het op de een of andere manier Ellens schuld? Vond hij Ellen soms niet leuk? (Ach, daar had je haar Innerlijke Kind weer dat om aandacht schreeuwde.)

'Ik heb er een eind aan gemaakt,' zei Anne. Ze ging aan de keukentafel zitten en pikte een cherrytomaatje uit de sla.

'Waarom?' Ellen trok een stoel bij en ging tegenover haar moeder zitten. 'Je leek me zo... Nou ja, jij was helemaal hoteldebotel.'

'Is ook zo,' zei haar moeder. Ze keek Ellen aan, glimlachte half en haalde haar schouders op. 'Was ook zo. Luister, ik schaam me zo verschrikkelijk.'

Ellen werd afgeleid door het geluid van Patricks stem die aanzwol in de eetkamer. 'Kunnen we het alsjeblieft ergens anders over hebben dan over Saskia? Over het armageddon desnoods? Wie wil het over het armageddon hebben?'

'Je hoeft je nergens voor te schamen,' zei ze tegen haar moeder.

'Ik ben zo'n stomme tut geweest,' zei Anne. 'Gezien alles wat jij momenteel aan je hoofd hebt.' Ze knikte met haar hoofd richting eetkamer. 'Je gaat trouwen, nieuwe stiefzoon, er komt een baby, gestoorde stalkers en weet-ik-wat-nog-meer – en dan moet ik je zo nodig ook nog eens opzadelen met je vader!'

'Mama, ik ben een volwassen vrouw,' zei Ellen ernstig, en geheel in strijd met haar gevoelens, aangezien zij datzelfde ook had gedacht. 'Vertel me maar gewoon waarom jij het hebt uitgemaakt.'

'Ik ben de afgelopen vijfendertig jaar verliefd geweest op een herinnering,' zei Anne. 'Dat slaat natuurlijk nergens op, en ik zou het ook altijd ontkend hebben, maar elke keer als ik uitging met een ander vergeleek ik hem met je vader. En iedereen schoot uiteraard tekort.' Ze giechelde. 'In diverse opzichten.'

'Moeder,' zei Ellen huiverend. 'Alsjeblieft.'

'Sorry. Dus toen David en ik weer bij elkaar kwamen, was ik buiten zinnen. Hij was nog precies zo geweldig als in mijn herinnering. Want dat wil ik wel duidelijk stellen. Hij ís geweldig. Hij is nog altijd de geweldigste man die ik ooit heb ontmoet.'

'Wat is dan het probleem?' vroeg Ellen.

'Nou, ik merkte dat een bepaald gevoel me bekroop als we langer dan een uur bij elkaar waren. Eerst kon ik het niet plaatsen, maar verleden week begreep ik het ineens: ik verveelde me.'

'Je verveelde je,' zei Ellen. Plotseling voelde ze heel erg veel medelijden met haar vader.

'Ja, ik verveelde me een ongeluk,' bevestigde Anne.

'Nou ja, dat kan natuurlijk weleens gebeuren...'

'Nee,' zei Anne zeer beslist. 'Hij is niet geschikt voor mij. Hij was nooit geschikt voor mij. Hij heeft niet genoeg te melden! En er zijn hele periodes waarin hij letterlijk niets doet. Laatst zat hij 's ochtends twintig minuten in een stoel, he-le-maal niets te doen. Hij las niet. Hij zei geen woord. Hij zat daar maar naar een boom te staren. Waar slaat dat op?'

'Misschien zat hij in stilte te genieten van de schoonheid van de natuur,' opperde Ellen. 'Of hij zat even te mediteren en dankbaar te zijn voor zijn leven. Of hij was bezig met mindfulness...'

'Het was een retorische vraag, Ellen. Ik dacht echt dat zijn hersenfunctie was uitgevallen. Maar goed, zoals de jeugd het tegenwoordig zo eloquent uitdrukt: whatever. Het kan me niet schelen wat hij dan doet, ik word er iebel van. We zijn uiteraard nog steeds vrienden, o, het is allemaal reuze beschaafd. En hij zegt dat hij jou dolgraag nog eens zou willen ontmoeten, als jij dat zou willen.'

'Dat zou ik leuk vinden,' zei Ellen. De gedachte om haar vader nog eens te ontmoeten leek haar nu volkomen normaal, geruststellend zelfs. Ze dacht aan vroeger, toen ze als kind op regenachtige zondagmiddagen als betoverd op het vloerkleed lag te staren naar de regendruppels die van de ruit gleden, en hoe haar moeder dan de kamer in en uit liep en zei: 'Wat doe je, Ellen? Kom, we gaan naar buiten! Kom, we gaan praten. Kom, laten we iets gaan doen!' Misschien kon ze samen met haar vader lekker zitten zonder een woord te hoeven zeggen. Geen ongemakkelijke gesprekken om elkaar 'te leren kennen'. Ze zouden gewoon samenzijn. Vader en dochter. En als ze niets anders voor elkaar zouden voelen dan een mild soort vriendelijkheid, zou dat ook prima zijn.

'Dus, op de jeugdige leeftijd van zesenzestig,' zei Anne, 'ben ik misschien eindelijk klaar voor een echte relatie, nu ik mijn rare obsessie voor een romance die nooit echt heeft bestaan, kan loslaten. Misschien shop ik wel een nieuwe man op het internet. Dat is blijkbaar heel hip onder mensen van boven de zestig. En moet je zien wat het jou heeft gebracht!'

'Ja!' zei Ellen. Patrick zou nooit zo van een andere vrouw houden als van Colleen. Misschien had het haar dus niet veel goeds gebracht.

'Nu we het daar toch over hebben,' zei Anne, en ze ging zachter praten. 'Ik moet je zeggen dat ik erg gesteld ben geraakt op Patrick. Echt. Zeer op hem gesteld. Het duurde even voor ik hem leerde waarderen...'

'Hij zit hiernaast!' siste Ellen.

'Geeft niks. Ik zeg alleen maar lieve dingen over hem. Ik vind het goed zoals hij naar jou kijkt. Je hebt gelijk: Jon was vermakelijk, maar hij keek nooit naar je zoals Patrick naar je kijkt.'

'Hoe kijkt Patrick dan naar me?' wilde Ellen weten.

'En hij is een goede vader.'

'Stoor ik?'

Ellen en haar moeder draaiden zich om en zagen Maureen in de deuropening staan met haar armen vol borden.

'Ik zei net dat jouw zoon zo'n goede vader is.' Anne stond op en pakte een paar borden van haar over. Maureen straalde.

Er klonken rennende voetstappen en ze hoorden Jack schreeuwen: 'Ik haat je!'

'Kan me niet schelen!' riep Patrick terug. 'Voor mijn part breek je je andere arm ook!'

Maureens glimlach bestierf. Toen had ze hem weer onder

controle en begon ze met een mes de etensresten van de borden te schrapen.

'Mensen worden altijd zo prikkelbaar van dit stormachtige weer, vind je ook niet? Is daar nou een medische oorzaak voor, Anne?'

Ik moet in slaap zijn gevallen, want het leek alsof ik alleen maar even met mijn ogen knipperde of Tammy stond daar ineens. Zij zat met Lance en Kate in een half kringetje van stoelen naast mijn bed en ze aten bonbons.

Tammy had geen lang, donker haar meer, maar kort, rossig blond. Een vergissing, vond ik.

Lance en Tammy praatten opgewonden met elkaar in een vreemd accent, haalden hun schouders op en staken hun kin naar voren.

'Volgens mij doen ze drugsdealers uit Baltimore na,' verklaarde Kate toen ze zag dat ik wakker was. 'Ze hebben ontdekt dat ze allebei geobsedeerd zijn door *The Wire*. Er zijn weekenden dat Lance de héle dag zo praat. Dat geloof je toch niet? Ik bedoel, als hij nu echt als een drugsdealer klonk, was het nog wel sexy.'

'Tammy?' zei ik.

'Saskia, lieverd!' Ze stond op en leunde voorover om me op mijn wangen te kussen. Ze gebruikte kennelijk nog steeds hetzelfde parfum als vijf jaar geleden, omdat ik meteen terug was in die tijd. 'Het is zo goed je te zien!' zei ze. 'Maar jij hoorde naast mij te zitten aan een bar, en niet in een ziekenhuisbed te liggen. Lance en Kate zeiden dat je aan het slaapwandelen was en van een of andere trap viel. Wat afschuwelijk! Hoe lang slaapwandel jij al?'

'Sinds ik jou voor het laatst heb gezien,' antwoordde ik mysterieus – Ellen zou het waarderen, zo'n diepzinnige opmerking – maar Tammy nam het letterlijk.

'Echt? En is het te genezen? Weet je, op weg naar hier zat ik te denken aan de laatste keer dat ik je heb gezien. Toen was er een of andere vent die je hart had gebroken. Die landmeter. Hoe heette hij ook weer? Pete? Patrick? Het is zo lang geleden dat jij zijn naam waarschijnlijk ook al bent vergeten.'

O, wat moest ik toen lachen.

'Ellen!'

Het was Patrick, die haar riep vanaf de tweede verdieping.

'Jemig, gaat het wel goed met hem?' vroeg Ellens moeder geschrokken.

'Ik denk dat hij je hulp nodig heeft om het goed te maken met Jack,' zei Maureen tegen Ellen. 'Een vrouwelijk perspectief.' Ze schonk Anne een je-weet-wel-wat-ik-bedoel lachje, dat totaal niet aan Anne besteed was.

Ellen droogde kordaat haar handen af aan een theedoek en haastte zich weg, puur omdat ze wist dat het Anne zou irriteren dat zij zich zo huissloverig opstelde, en rende de trap op naar Jacks kamer. Patrick en Jack zaten op de grond, met hun rug tegen Jacks bedje, hun handen bungelend over hun opgetrokken knieën, zonder naar elkaar te kijken.

'Kun jij dit koppige kind uitleggen waarom Saskia niet midden in de nacht bij ons in mag breken?' vroeg Patrick toen hij Ellen in de deuropening zag staan. 'Help!' mimede hij.

'Ik ben niet dom, pap,' zei Jack verhit. 'Ik weet best dat ze dat niet had mogen doen.'

'Oké, goed, wat is dan precies het probleem?' vroeg Patrick. 'Waarom ben je dan zo kwaad op mij?'

Ellen ging naast Jack op de grond zitten. Ze keek naar Jacks magere, kwetsbare, in een trainingsbroek gestoken beentjes die voor hem uitstaken. Ze zei: 'Wat vond jij ervan dat papa en Saskia uit elkaar gingen, Jack?'

Jack en Patrick vielen allebei stil, alsof ze iets heel beschamends ter sprake had gebracht. Allemachtig, dacht Ellen. Ze zat vol vechtlust. Alles kon nu net zo goed uitgesproken worden! Het onderwerp Saskia mocht niet meer geschuwd worden.

'Dat lijkt me niet...' begon Patrick.

'Ik wil het graag weten,' zei Ellen. *Je hebt me zelf om hulp gevraagd, vriend.*

'Dat weet ik niet meer precies,' zei Jack. 'Ik was nog superklein. Pas vijf of zo.' Hij staarde voor zich uit, en keek achterom over de enorme vlakte van tijd die vijf van acht scheidde.

'Dat klopt, je was nog heel klein.' Patrick keek Ellen triomfantelijk aan. 'Dus, het punt is...'

'O ja, ik weet nog wel een ding,' onderbrak Jack hem. 'Ik dacht dat het kwam door haar geluksknikker.'

Patricks gezicht betrok. 'Wat?'

Jack sloeg met zijn knokkels tegen het gips.

'Haar geluksknikker?' vroeg Ellen.

Patrick gaf antwoord, en keek Jack aan terwijl hij sprak. 'Saskia had een grote gekleurde knikker die van haar vader was geweest. Die hield ze altijd in haar handpalm als ze ergens gespannen om was. Die had ze aan Jack gegeven toen hij voor het eerst naar school ging.' Hij zweeg en schraapte zijn keel. 'Ze zei dat hij hem in zijn zak moest doen, en dat de knikker hem magische krachten zou geven.'

'Het was geen wapen of zo,' verduidelijkte Jack. Hij keek op naar Ellen. 'Je kon hem niet als een lasergeweer gebruiken of zo. Eigenlijk kon je er helemaal niks mee.'

'Ik heb Saskia's geluksknikker nog meegenomen naar een afspraak met mijn allereerste klant,' zei Patrick. 'Ik had hem in mijn hand terwijl ik in de receptie zat te wachten.'

Hij had nog nooit iets leuks gezegd over Saskia. Dit was de eerste keer dat Ellen een glimp te zien kreeg van de andere kant van het verhaal.

'Ik ben de knikker verloren op school,' zei Jack. 'Ik heb me suf gezocht, en de juf hielp me, maar we konden hem nergens vinden. Ik wilde het niet tegen Saskia zeggen, want ik wist dat ze dan verdrietig zou zijn, en toen was ze de volgende dag ineens weg. Dus ik dacht dat ze erachter was gekomen dat ik haar knikker kwijtgemaakt had.'

Patricks ogen vonden die van Ellen over Jacks hoofd.

'Jij dacht dus dat het jouw schuld was,' zei Ellen tegen Jack.

'Ik dacht dat ze heel kwaad op me was,' zei Jack. 'En ik dacht dat papa kwaad op me was omdat ze weg was, door mijn schuld, en dat we daarom niet over haar mochten praten.'

'Ach, mannetje.' Patrick drukte twee vingers tegen zijn voorhoofd. 'Dat was niet zo.'

'Wel waar,' zei Jack opgewekt.

'Maar het had absoluut niets met jou te maken!' Patricks ogen glinsterden. Hij sloeg zijn arm om Jacks schouders. 'Saskia hield van jou! Ze deed alles voor je! Ze...'

Jack schudde zijn vaders arm van zich af. 'Doe effe chill, pap. Ik weet dat het niet mijn schuld was. Jij en Saskia zijn gescheiden, net als de ouders van Ethan. Ik zeg alleen wat ik dacht toen ik nog een dom klein kind was.' Hij geeuwde. 'Ik denk dat ik nog even in mijn *Guinness Book of Records* ga lezen.'

'We zijn nog niet uitgepraat!' protesteerde Patrick.

Jack rolde met zijn ogen: 'Whatever.'

'Ik wil je duidelijk maken dat...'

'Je hoeft niet zo gemeen over haar te doen.' Jack wilde zijn armen over elkaar vouwen en realiseerde zich toen dat dat niet lukte vanwege zijn gips. 'Dat is het enige wat ik wil zeggen. Jij doet net alsof ze iemand heeft vermoord! Ze heeft mijn arm niet expres gebroken. Het was een ongeluk.'

'Ja,' zei Patrick vermoeid. 'Ik weet het, jongen, je hebt gelijk, maar het ligt moeilijk...'

'Ha, jongens.' Simon stond in de deuropening van Jacks kamer. 'Ik moet ervandoor. Heb met vrienden afgesproken.'

Jack greep Simons komst aan als gelegenheid om naar beneden te ontsnappen. 'Doei!' zei hij, en hij gaf zijn oom een high five voor hij de kamer uit liep.

'Jullie zien er geradbraakt uit.' Simon keek naar hoe ze daar op de grond zaten en schudde zijn hoofd voor hij ook naar beneden ging.

'Ontzettend bedankt!' riep Ellen hem na.

Patrick stond op en reikte Ellen de hand om haar omhoog te trekken. Ze kreunde. 'Oef. Ik vóél me ook geradbraakt.'

Patrick trok haar tegen zich aan en zij liet haar voorhoofd even tegen zijn borst rusten. Ze voelde zich draaierig. *Arme kleine Jack. Dat hij dacht dat het zijn schuld was. Arme Saskia, dat ze haar geluksknikker kwijt is. Arme David, dat hij door mijn moeder is gedumpt omdat hij saai is. Arme ik, dat Patrick niet echt van me houdt en omdat ik een piepkleine baby heb en o hemel wat doen mijn borsten pijn.*

'Alles komt goed,' zei Patrick zachtjes in haar oor.

'O ja?' vroeg ze.

Toen ze beneden kwamen zagen ze dat Anne haar halfhartige poging om Patricks moeder te helpen had gestaakt en dat ze met een glas wijn aan de keukentafel was gaan zitten terwijl Maureen de afwasmachine inruimde.

'Zeg, ik moet rennen,' zei ze toen ze Ellen zag. 'Ik heb met Pip en Mel afgesproken voor een borrel. Er is een nieuwe wijnbar in de stad die we graag eens willen uitproberen.'

'Ga je nú nog de stad in?' Maureen keek op Ellens keukenklok. Het was acht uur. 'Jeetje.'

'Ach, wij zijn een stel nachtvlinders!' zei Anne.

Het was alsof haar intermezzo met Ellens vader nooit had plaatsgevonden. Zijn verschijnen had helemaal geen enorme omwenteling veroorzaakt in Ellens leven. Eerder een vreemde, bescheiden rimpeling.

Anne vertrok tegelijk met Simon, die toevallig met zijn vrienden had afgesproken in een club in dezelfde straat als Annes wijnbar en die dolblij was dat hij geld voor een taxi kon uitsparen. 'Nou, dat is geweldig aardig van je, Anne,' zei Maureen ongelukkig.

Nadat Ellen en Maureen klaar waren met het opruimen van de keuken (Ellens keukenkastjes waren sinds de dood van haar oma niet meer zo blinkend schoon geweest) stelde Patricks vader voor om een potje Monopoly te spelen. Hij had de doos op een plank zien staan en wreef in zijn handen onder de belofte dat hij hen allemaal binnen een uur failliet zou hebben gespeeld.

Terwijl George het bord klaarlegde en zorgvuldig stapeltjes maakte van de bankbiljetten, vroeg Patrick of ze het erg vonden als hij en Ellen niet meespeelden.

'We kunnen wel even langs het strand wandelen,' zei hij terwijl hij Ellen vragend aankeek. Ze knikte. Misschien was het goed om even uit te waaien.

'Het is midden in de winter, en het is hartstikke laat!' protesteerde Maureen. 'En je vrouw is zwanger!'

'Het is lente, en het is pas halfnegen,' zei Patrick. 'Het is heel mild buiten en de baby maakt heus geen bezwaar.'

'En ik ben zijn vrouw niet,' zei Ellen. Er viel een ongemakkelijke stilte. 'Nog niet!' corrigeerde ze snel. 'Want ik word het natuurlijk wel.'

'Ga dan maar.' Maureen wierp Patrick en Ellen een snelle, onderzoekende blik toe, alsof ze een relatiedeskundige was op zoek naar haarscheurtjes die tot problemen zouden kunnen leiden. Toen trok ze haar gezicht in de plooi en zei: 'Als jullie terug zijn, gaan George en ik nog lekker een potje tennissen bij maanlicht.'

'O, wat een sarcastisch vrouwtje heb ik toch!' zei George. 'Kom maar, schat, jij hebt het strijkijzer.' Hij hield het miniatuurstrijkijzertje op.

'Jij weet heel goed dat ik altijd het oorlogsschip heb.' Maureen ging aan het hoofd van de tafel zitten en schudde de dobbelsteen in haar samengevouwen handen. 'Kom op, Jack! Denk maar niet dat ik je laat winnen vanwege een gebroken botje!'

Patrick had gelijk. De wind was gaan liggen en het was lekker om over het verlaten strand te slenteren met hun jas aan en een sjaal om. Het zand was nog oranje van het stof, maar de zilte, koude lucht leek stofvrij. Ze namen allebei flinke teugen lucht, voor ze naar het harde zand vlak bij het water ploeterden.

Ze liepen naast elkaar zonder elkaar aan te raken. Ellen concentreerde zich op het ritmische, holle geluid van de golven die stuksloegen op het strand en op haar eigen ademhaling.

'Dus,' zei Patrick uiteindelijk.

'Dus.'

'Dus daar schrok ik wel even van.'

'Jack.'

'Ja. Ik bedoel, ik dacht juist dat het een goed teken was dat hij nooit meer naar Saskia vroeg! Het is nooit bij me opgekomen dat hij zichzelf er de schuld van gaf dat zij wegging.' Zijn stem brak. 'Arm jochie.'

'Kinderen zien zichzelf als het centrum van het universum,' zei Ellen. 'Daarom geven ze zichzelf de schuld.'

'Ik denk dat hij al jaren boos op me is vanwege Saskia,' zei Patrick.

'Dat zou kunnen.' Ellen kon zich inhouden voor ze er nog meer over zei. Hij moest dit zelf bedenken.

Ze liepen een paar minuten zwijgend naast elkaar, en toen zei Patrick zachtjes: 'Ze was ook echt een goede moeder voor hem. Ze...' Zijn woorden verwaaiden en hij keek omhoog naar de sterren alsof hij daar inspiratie zocht. Toen haalde hij diep adem en begon snel te spreken, zonder haar aan te kijken. Alsof ze geheim agenten waren die op het strand hadden afgesproken en hij maar heel kort de tijd had om zijn dringende informatie met haar te delen.

'Toen Colleen overleed, kon ik daar niet goed mee omgaan. Het was een soort pijn die ik nog nooit had gevoeld en ik was er doodsbang voor. Ik wist niet wat me overkwam. Zoveel pijn! Dus mijn briljante strategie was om het weg te duwen. Ik weet nog dat ik dacht dat ik geen zin had in die onzin van de zeven stadia van rouw. Als het pijn doet om aan haar te denken, dan denk je toch gewoon niet aan haar? Ga wat doen. Toen ben ik mijn eigen bedrijf begonnen. Als ik maar genoeg mijn best deed, als ik mentaal sterk genoeg bleef, dan kon ik de pijn vermijden, dacht ik. Nou, dat is allemaal heel goed gelukt, zoals je je wel kunt voorstellen. Ik was een wandelende, pratende robot. Maar mensen dachten dat ik me prima redde. Ze complimenteerden me. En in zekere zin was het ook waar, ik redde me heus wel. En toen kwam ik Saskia tegen op die conferentie, en weet je, ik mocht haar. Waarschijnlijk heb ik zelfs ook nog wel van haar gehouden, op een rare, robotachtige manier. Maar zij merkte blijkbaar helemaal niet dat ik een robot was! Dan deden we iets, en zij glimlachte naar me, en dan dacht ik weleens verbaasd: goh, ze is echt gelukkig. Ze doet niet alsof, ze is oprecht gelukkig. En ik dacht: ach, wat maakt het uit, want dit is hoe ik nu ben, en Jack is gelukkig – pas op.'

Er was een golf aangespoeld die langer doorrolde dan de andere, en er kwam wit schuimend water op hen afgestormd. Patrick tilde Ellen met één arm snel even op, om haar schoenen te redden, voor hij haar weer op het droge zand zette. De onverwachte warmte van zijn lichaam vervulde Ellen van een vreemd verlangen naar hem, alsof ze geen relatie hadden, alsof ze een wandeling maakte met een man die niet onbereikbaar was, die alleen maar een vriend was.

'Saskia nam zoveel van de ouderlijke taken voor haar rekening,' zei Patrick. 'Dat neem ik Colleen kwalijk.'

'Pardon?' vroeg Ellen. Ze begreep hem niet, maar ze was op de een of andere manier blij om te horen dat Colleen ergens de schuld van kreeg.

'Colleen was een fantastische moeder, maar ze was wel erg van: dit is *mijn* territorium. Ze was zo neerbuigend als ik probeerde om te helpen met Jack. Alsof ik een schattige clown was, alsof hij niet veilig was bij mij. Dus toen ze doodging was ik zo vreselijk bang. Ik dacht dat ik mijn kind nooit in mijn eentje groot kon brengen! Ik trek hem vast de verkeerde kleren aan, te warm of te koud, en ik geef hem niet op tijd te eten, of ik koop de verkeerde luierzalf, of weet ik veel. Ik had geen idee, en mijn moeder en die van Colleen waren altijd bij me, maar die waren natuurlijk nog erger dan Colleen, alsof geen enkele man in staat is een luier te verschonen. En toen ontmoette ik Saskia, en zij wilde graag Colleens rol op zich nemen, de rol van mama, en ik vond dat best. Ik heb haar gewoon haar gang laten gaan. Jack was dol op haar en zij op hem. Ik had dat nooit zo mogen doen.' Hij keek naar Ellen. 'Hoewel, misschien doe ik dat nu ook wel weer, dat ik jou Jacks lunch klaar laat maken.'

'Ik vind het leuk om zijn lunch klaar te maken,' zei Ellen voorzichtig. Ze voelde de aanwezigheid van al die andere vrouwen in Jacks leven – de grootmoeders, Colleen, Saskia. Ze stonden allemaal om haar heen en keken hoofdschuddend naar Patrick en mompelden afkeurend zoals alwetende vrouwen dat doen, en allemaal dachten ze hetzelfde: jij voert hem witbrood!

'Enfin,' zei Patrick. 'Ik geloof wel dat ik deze keer een betere balans probeer te vinden. Ik zadel jou niet met mijn zoon op met de mededeling: "Hier, zorg jij maar voor hem." En als ons kindje er is, wil ik daar ook voor zorgen, oké? Vanaf het begin.'

'Jij hebt meer ervaring met baby's dan ik,' zei Ellen.

Patrick schonk haar een dankbare glimlach. 'Zo is dat. Ik ben de expert. En ik zal je wel trainen, liefje, en je uitleggen hoe alles werkt.'

'Maar was je toen opeens geen robot meer?' vroeg Ellen. 'Is dat de reden waarom je het uitgemaakt hebt met Saskia?' *Of ben je nog steeds een robot? Ben ik soms een tweede Saskia?*

'Op een dag begon ik te huilen,' zei Patrick. 'In de auto. Zo vreemd. Ik heb de hele weg van Gordon naar Mascot zitten janken. En dat bleef maar gebeuren. Telkens als ik alleen in de auto zat, kwamen de tranen. Soms zag ik mensen naar me staren bij het stoplicht. Een volwassen vent die achter het stuur zit te grienen. Het ging weken door. En toen op een ochtend werd ik wakker en voelde ik me anders. Zoals je wakker kunt worden nadat je heel ziek bent geweest en je je ineens beter voelt. Niet dat ik me gelukkig voelde, maar ik had wel het gevoel dat ik ooit weer gelukkig zou kunnen zijn. En ik keek naar Saskia die naast me lag en ik wist dat ik het uit moest maken. Dat dat absoluut goed was. Dat ik nu een poos alleen met Jack moest zijn. Het was zonneklaar. Maar zij had net gehoord dat haar moeder ziek was, dus stelde ik het steeds maar uit.'

'En toen overleed haar moeder.'

'Ja,' zei Patrick. 'En toen heb ik het haar eindelijk verteld. Ik was zo stom om te denken dat ze niet overstuur zou zijn, dat ik haar bijna een dienst bewees omdat ze nu op zoek kon naar iemand die echt van haar hield. Ik was geschokt door haar reactie en ik geloof niet dat ik die serieus nam. Het was alsof ik dacht: maar jij kúnt nooit echt van mij gehouden hebben, want ik wás er niet eens. Begrijp je wat ik bedoel?'

'Ik denk het wel,' zei Ellen. Ze was een beetje buiten adem. Hoe langer Patrick aan het woord was, hoe sneller hij begon te lopen, en ze moest moeite doen om hem bij te houden.

'Sorry,' zei Patrick. 'Laten we even gaan zitten.'

Ze liepen naar het zachtere zand en gingen daar zitten, met hun gezicht naar de zee, hun schouders tegen elkaar aan.

'Dat is denk ik de reden waarom ik steeds maar geen contactverbod heb geregeld,' zei Patrick. 'Omdat ik diep vanbinnen wist dat ik haar slecht heb behandeld, al wilde ik dat nooit toegeven, zelfs niet tegenover mezelf. Dan zat ik in de auto op weg naar het politiebureau, en dan dacht ik: jezus, dat mens heeft mijn kind zindelijk gemaakt. Ze heeft haar carrière op een laag pitje gezet zodat ze voor hem kon zorgen. Ik sta bij haar in het krijt. En dan dacht ik: ach, uiteindelijk houdt ze er vanzelf mee op. Meteen na Noosa had ik iets moeten doen, zodra ik wist dat jij er ook last van had. Als ik eraan denk wat er gisteren had kunnen gebeuren, met jou, of met Jack, of met de baby...' Hij huiverde.

'Het had misschien niets uitgemaakt,' zei Ellen. 'Al was je wel naar de politie gegaan.'

Patrick haalde een schouder op in een 'wie zal het zeggen?'-gebaar. 'Maar goed,' zei hij. 'Genoeg over Saskia.' Hij tilde zijn hoofd omhoog en keek naar de sterrenhemel. 'God, alsjeblieft, genóég over Saskia.'

'Ja,' zei Ellen, en ze dacht aan Saskia's witte gezicht, en vroeg zich af wat Saskia nu, op dit moment, aan het doen was. Of ze vrienden of familie op bezoek had in het ziekenhuis, en wat er door haar vreemde, verwarde hoofd spookte.

Patrick haalde diep adem. 'De reden waarom ik een stukje wilde lopen, is omdat ik het met je wilde hebben over vannacht en over, eh, dat ene wat ik zei. Over Colleen.' Zijn toon was nu compleet anders. Hij sprak stijfjes en formeel, alsof hij partij was in een rechtszaak.

'Oké,' zei Ellen. Haar maag schoot in de knoop, en ze voelde dat ze eigenlijk helemaal geen zin had om het er met hem over te hebben. Woorden zouden alles nog meer verwarren en haar een nog akeliger gevoel geven. Raar. Ze had altijd gedacht dat woorden het antwoord waren op alles; per slot van rekening behandelde ze mensen met niets anders dan woorden. *Open houden die communicatielijnen!* Dat zei ze altijd tegen cliënten die bij haar kwamen met relatieproblemen. En nu kon ze niets bedenken wat erger was dan praten. Zo was het dus om een man te zijn bij wie de moed in de schoenen zonk telkens als een vrouw zei: 'We moeten praten,' terwijl hij dacht MENS HOU JE MOND als zij haar ziel voor hem blootlegde, terwijl hij wilde dat ze alles netjes bedekt hield.

'Het punt is...'

'Is dat je moeder niet?' zei Ellen. Ze zag de vage contouren van Maureen die zich voorzichtig een weg baande over het zand, alsof ze bang was voor landmijnen.

'Telefoon voor Ellen!' Haar stem klonk verbazingwekkend duidelijk over het strand. 'Ze zegt dat het dringend is!'

25

Vriendschap is de enige remedie tegen haat, de enige garantie voor vrede.

Boeddhistische uitspraak op het
prikbord van Ellen O'Farrell

Uiteindelijk vertrok Tammy tegelijk met Lance en Kate. Ze had zichzelf uitgenodigd om met hen naar de film te gaan. Het was duidelijk dat die drie vrienden zouden worden. Ik was vergeten dat Tammy dat kinderlijke vermogen had om meteen vriendschap te sluiten. Zo was dat met mij jaren geleden ook gegaan.

Er kwam een verpleegkundige bij me kijken, net toen zij allemaal waren opgestaan om te vertrekken. Toen de verpleegkundige de deur opende, stond iedereen te lachen om een opmerking van Kate, en ze verontschuldigde zich en zei: 'Ik kom wel terug als je vrienden weg zijn.'

Ze dacht dat ik een normaal mens was, met normale vrienden, die van me hielden, en die meteen langsgekomen waren toen ze hoorden dat ik een ongeluk had gehad. Ze had geen idee dat Lance een collega was met wie ik nog nooit buiten het werk had afgesproken, en die ik, om eerlijk te zijn, nooit eerder als mens had gezien, en dat ik zijn vrouw al helemaal niet kende, en dat het eigenlijk heel raar was dat ze bij me op bezoek kwamen, en dat Tammy iemand was met wie ik al drie jaar geen contact meer had, en dat geen van de aanwezigen de ware oorzaak achter mijn gebroken bekken kende.

Maar wat pas echt vreemd was, was dat Lance, Kate en Tammy vastbesloten leken om deze schijnvertoning voort te zetten.

Ze waren allemaal van plan om nog eens op bezoek te komen. Het was een soort projectje van hen geworden om mij de zes weken verplichte bedrust door te helpen. Ik vroeg me af of ze zich soms alle drie hadden ingeschreven voor een of andere beweging op het internet – help jezelf door zomaar een ander te helpen.

Lance zou een dvd-speler voor me meebrengen, zodat ik eindelijk *The Wire* kon kijken. 'En deze keer heb je geen excuus,' zei hij met een vriendelijke plaagtoon in zijn stem, die mij deed vermoeden dat hij me misschien, bizar genoeg, écht mocht.

Bovendien kwam Kate nog een keer terug om mij te leren breien, nota bene. Dat kwam doordat Tammy had gezegd dat ik deze tijd moest benutten om iets te doen wat ik altijd al wilde, maar waar ik nooit tijd voor had – zoals Spaans leren, of wat dan ook. Ik zei dat ik altijd al wilde leren breien, en dat was deels waar. Ik zei altijd dat ik dat wilde, alleen had ik nooit de intentie om er daadwerkelijk iets mee te doen. Maar ik had het nog niet gezegd of er kwam een evangelische gloed in Kates ogen, dezelfde gloed die Lance altijd heeft als hij het over *The Wire* heeft, en nu wilde ze mij per se breiles geven.

En naar het scheen ging Tammy in mijn huis wonen, zolang ik in het ziekenhuis lag. Sinds ze terug in Sydney was, logeerde ze bij haar zusje, maar daar werd ze knettergek van, dus leek het me logisch om haar mijn huis aan te bieden. Ze zou morgen wat schone kleren voor me komen brengen, als ik de operatie aan mijn enkel achter de rug had.

Ik vroeg me af wat ze van mijn huis zou vinden. Geen boeken of schilderijen, geen foto's op de koelkast. Als ik had geweten dat ze kwam, zou ik de boel van tevoren hebben gestyled. De fles wijn waar ik uit had gedronken en het doosje pijnstillers zouden nog op tafel staan. Los daarvan was het helemaal leeg, en extreem, bizar schoon. De koelkast en de voorraadkast stonden vol met functioneel eten: melk, brood, boter. Geen koekjes of andere lekkere dingen. Ze zou zien hoe ik veranderd was, en daar zou ze iets over zeggen. Toen ik nog met

Patrick was, kwam ze weleens op bezoek, en dan stak ze de draak met mijn huiselijkheid: de vazen met keurig geschikte boeketten, de trommel altijd gevuld met versgebakken koekjes. Nu leek mijn huis eerder op dat van een eenzaam mens met een dwangstoornis, of dat van een seriemoordenaar.

Nadat ik mijn eten ophad – op het deksel stond dat het een 'lichte' maaltijd was, maar ik had al in geen maanden zoiets substantieels gegeten; normaal bestond mijn avondeten uit een kom cornflakes – legde ik mijn hoofd weer in het kussen en luisterde naar de bedrijvige geluiden van het ziekenhuis: snelle voetstappen in de gang, het rammelen van trolleys, stemmen die op en neer gingen.

De meeste mensen zouden zich eenzaam voelen als ze plotseling alleen in een ziekenhuis kwamen te liggen, maar ik niet. Ik vond het geluid ergens wel geruststellend. Dit was mijn dorp. Een dorp voor zieke, droevige en gebroken mensen zoals ik.

De pijn zwol weer aan, en als een goedgetrainde rat klikte ik automatisch op de morfineknop.

Zoals gewoonlijk vroeg ik me af wat Patrick en Ellen en Jack op dat moment aan het doen waren, of Jack veel pijn aan zijn arm had, en of Patrick me had aangegeven bij de politie. Maar ik werd loom van de morfine. Het was maar wat loos gepeins. Ik had absoluut niet de wens om daar nu te zijn, om hen te bekijken.

En toen dreven mijn gedachten weg van hen naar Kate, Lance en Tammy en of die het leuk hadden bij de film, en of ze daarna nog naar dat Koreaanse restaurant zouden gaan waar ze het over hadden, en ik stelde me voor dat Lance en Tammy weer drugsdealers imiteerden en dat Kate met haar ogen zou rollen.

Ik geloof zelfs dat ik hardop lachte voor ik in slaap viel.

'Ik verstond haar naam niet, sorry,' zei Maureen terwijl ze Ellen de telefoon overhandigde. 'Het spijt me dat ik jullie wandeling moest onderbreken, maar het klonk alsof ze huilde.'

'Geeft niks, geeft niks.' Ellen nam de telefoon nerveus van

haar aan. Wat nu weer? Ze schraapte haar keel. 'Hallo?'

Er klonk een huilerige vrouwenstem aan de andere kant van de lijn. 'Ellen, moet je horen, het spijt me dat ik je op dit late tijdstip bel, maar ik ben er pas net achter en ik moest je meteen bellen om het jou te vertellen, en om mijn excuses aan te bieden voor mijn verschrikkelijke gedrag van gisteren. Hoewel daar eigenlijk geen excuus voor is.'

De stem kwam haar bekend voor, maar Ellen kon hem niet plaatsen. Iemand die snipverkouden was. Ze had pas nog iemand gesproken die snipverkouden was. Wie ook weer? 'Ik weet niet precies...'

'Ik ben zwanger, Ellen.'

'Luisa!' Ellen dacht terug aan Luisa's woedende, bleke gezicht toen ze haar geld terugeiste. Achteraf lag het voor de hand. Natuurlijk was ze zwanger. Ze had precies hetzelfde afgepeigerde gezicht als Ellen zelf kende van de badkamerspiegel. Alleen Luisa was zo kwaad dat ze niét zwanger was, dat Ellen het niet doorhad.

'Mijn dokter probeerde me de hele tijd al te bellen. We zouden aan onze volgende ronde ivf-behandelingen beginnen, en toen belde mijn dokter en die zei: "Je mag deze ronde niet beginnen," en ik vroeg: "Wat is het probleem?" en toen zei zij: "Het probleem is dat je zwanger bent." Een natuurlijke zwangerschap! Na al die jaren! En allemaal dankzij jou! Jij hebt ervoor gezorgd dat ik zwanger ben!'

'Ik vermoed dat je man er ook iets mee te maken heeft,' zei Ellen.

'Ik kan niet geloven dat ik mijn geld teruggevraagd heb. Ik heb me zo misdragen, ik gruw ervan. Ik was gek van jaloezie, en ik weet niet – gewoon gek!' Ze begon zachter te praten. 'En ik weet niet of je het weet, maar de *Daily News* gaat een verhaal over jou publiceren.'

'Ja,' zei Ellen. 'Dat weet ik.'

'Het spijt me zo verschrikkelijk, maar ik liep Ian Roman tegen het lijf toen ik bij jou wegging, en misschien intimideerde hij me een beetje, of ik was onder de indruk van zijn beroemdheid – nou ja, eigenlijk zoek ik nu een excuus voor mijn vreselijke gedrag. Hij heeft mijn gegevens doorgegeven aan een journaliste, en die heeft me geïnterviewd, en nu voel ik me zo ellendig over wat ik allemaal tegen haar heb gezegd. Ik heb haar voicemail wel dertig keer ingesproken om te proberen mijn verklaring weer in te trekken. Als het te laat is en het verhaal verschijnt toch, moet je me maar voor de rechter slepen. Ik meen het. Dat is de enige oplossing. Je moet me helemaal uitkleden. Niet dat er veel uit te kleden valt, maar je moet me toch terugpakken. Dat verdien ik.' Ze zweeg en haar stem klonk verstomd terwijl ze iets zei tegen iemand anders. 'Maar het is zo! Ik verdien het!' Zo te horen was Luisa's echtgenoot er een stuk minder op gebrand om een proces aan zijn broek te krijgen.

'Ik geloof dat het me is gelukt om het verhaal nog een paar dagen tegen te houden,' zei Ellen.

'O, goddank! Nou, als die journaliste me terugbelt, zal ik haar meteen vertellen hoe het echt zit. Ik zal haar zeggen dat jij wonderen verricht.'

'Zeg dat nou maar niet tegen haar,' zei Ellen. 'Serieus.'

'Nou, ik zal haar de waarheid vertellen. Deze baby is een wonder. O, sorry, Ellen, ik moet ophangen, mijn ouders zijn net binnen, maar bedankt, echt, en nogmaals mijn nederige excuses.' Haar stem klonk verrukt. 'Pap, ik mag geen champagne!'

Ellen hoorde een mannenstem zeggen: 'Nou, maar opa wel!'

'Gefeliciteerd,' zei ze. 'Gefeliciteerd aan iedereen,' maar Luisa had al opgehangen.

Ze ademde in. Ademde uit. Ze kreeg tranen in haar ogen bij de gedachte aan die aanstaande opa met zijn fles champagne. O god, maar het was nog maar zo pril. Als zij nu de credits kreeg voor Luisa's zwangerschap, zou ze dan ook de schuld krijgen als het misliep? Maar goed, in elk geval leek haar professionele reputatie een paar dagen veiliggesteld.

Ze ging terug naar de eetkamer. Patrick leunde over zijn

moeders stoel om te kijken hoever het spel gevorderd was, terwijl zijn vader zijn pionnetje neerslachtig over het bord liet marcheren.

'Betalen! Betalen!' schreeuwde Jack. 'Drie keer huur!'

'Volgens mij heb je hem bankroet laten gaan, lieverd,' zei Maureen hoopvol. 'Zijn we dan nu klaar?'

'Alles oké?' Patrick keek Ellen aan.

'Het was iets goeds,' zei Ellen. 'Ik vertel het je straks wel.'

'Geef me je poen, gast.' Jack hield zijn hand uitgestrekt voor zijn opa.

'Het is al laat. Laten we maar een eind aan dit spelletje maken,' zei Patrick.

'Maar jij zei dat ik morgen niet naar school hoefde,' protesteerde Jack.

'Dat klopt, maar het punt is juist dat jij moet uitrusten.'

'Ik heb de hele dag geslapen,' zei Jack. Hij blaakte inmiddels weer van gezondheid, en zijn ogen stonden helder.

'Hij is niet wijs,' zei Maureen. 'Jullie zien er uitgeteld uit. Waarom laat je hem niet bij ons logeren?'

'Ik weet niet,' zei Patrick. 'Na gisteravond heb ik liever...'

'Dan nemen we hem morgenochtend mee naar McDonald's voor het ontbijt, om hem te verwennen,' zei Maureen langs haar neus weg. Ze concentreerde zich op het schudden van de dobbelsteen in haar samengevouwen handen.

'Yes!' zei Jack. 'Lekker!'

'Ma,' zei Patrick, maar Ellen zag dat hij de energie niet meer had om ertegen in te gaan. Haar eigen moeder zou een geduchte tegenstander krijgen in de strijd om de bazigste oma.

Een uur later hadden Ellen en Patrick het huis voor zich alleen, maar in plaats van te gaan slapen, werkten ze een zak marshmallows weg en speelden ze *Dragon Blade Chronicles* op Jacks PlayStation. Sinds ze een stiefzoon had, deed ze veel aan ninjavechten.

'Jij bent best goed,' zei Patrick nadat hij haar voor de vijfde keer had verslagen. 'Voor een linzen etend hippiemeisje.'

'Het is gek, maar het is heel verslavend,' zei Ellen. 'Trouwens, linzen zijn niet mijn favoriete peulvruchten.'

'Het zijn toch helemaal geen vruchten?'

'Hou je mond en eet je marshmallows.'

Ze zat een poosje zwijgend te kauwen.

Uiteindelijk schraapte Patrick zijn keel en zei voorzichtig: 'Oké, nu is het genoeg. We hebben het belangrijkste punt op de agenda nog steeds niet afgehandeld.'

'Laat maar,' zei Ellen. 'Echt. Laten we nog een potje doen.' Ze pakte de console op. Patrick nam die haar uit handen en legde hem terug op de salontafel.

'Was dat de eerste keer dat ik zoiets heb gezegd onder hypnose?' vroeg hij.

'Ja.'

'Omdat jij ooit tegen me hebt gezegd dat hypnotherapie volledig met wederzijds goedvinden gebeurde,' zei Patrick, 'en dat geen enkele therapeut jou dingen kan laten doen of zeggen waar je niet achter staat, en ik weet heel zeker dat ik dat nooit tegen jou had willen zeggen.'

Misschien wilde jouw onderbewuste mij dat wel zeggen, dacht Ellen.

'Tja, het is wat dat betreft niet zo helder, want ik ben niet alleen je therapeut, maar ook je partner,' zei ze met haar professionele stem. 'En ik lig normaal niet in bed met mijn cliënten!' Ze liet een gruwelijk neplachje horen, maar Patrick lachte niet mee. 'Ik vermoed dat je half in slaap en half in trance was. Maar goed, het doet er verder niet toe...'

'Het doet er niet toe? Natuurlijk doet het er wel toe!' zei Patrick. 'Dat jij zoiets moet aanhoren! En bovendien geeft het je een volledig vertekend beeld van wat ik echt voel, en sinds je mij dit hebt verteld zit ik al te peinzen wat nu de goede manier is om het uit te leggen.'

'Het geeft niet,' mompelde Ellen. Als zij haar professionele integriteit niet zo erg had geschonden, zouden ze dit afschuwelijke gesprek nooit hebben gehad.

'Heb jij ooit twijfels gehad over deze relatie? Heb jij me ooit met een van je exen vergeleken? Is er ooit een gedachte bij je opgekomen die je liever niet met mij zou willen delen?'

'Ik weet het niet. Ik denk het wel.' Ze was in verlegenheid gebracht. In de loop van hun relatie had ze zo vaak gedachten en gevoelens gehad die ze niet met hem zou willen delen.

'Neem nou die dag dat we bij Colleens ouders op bezoek gingen en ik me zo hufterig gedroeg; heb jij toen niet gedacht: jezus, wat heb ik me op de hals gehaald?'

'Ik... ik kan het me niet meer herinneren.' Ze dacht aan hoe ze de hele rit naar huis aan het weekend in de bergen met Jon had zitten denken.

'Natuurlijk heb je zulke momenten gehad. Je kon me waarschijnlijk wel wurgen toen ik die dozen in de gang liet staan, maar het punt is dat je nu eenmaal niet elke gedachte die bij je opkomt hardop uitspreekt.'

'Ja,' zei Ellen. Zijn blik hield die van haar gevangen. Ze keek weg. 'Ik bedoel nee.' Ze voelde zich zo ellendig. De hele dag had ze gewacht tot hij zou ontkennen wat hij had gezegd, tot hij er een verklaring voor had. En al zou ze hem toch niet hebben geloofd, ze was volkomen bereid om het proces van zelfbedrog op te starten. Ze moest gewoon lachen en het uitzingen: haar echtgenoot zou altijd wensen dat zij zijn eerste vrouw was als hij naar haar keek. 'Ik begrijp het,' zei ze dapper.

'Nee, je begrijpt het niet,' antwoordde Patrick.

'O, dan niet.'

'Jij denkt dat de liefde zwart-wit is. Alle vrouwen denken dat. En dat hebben ze goed mis. Vrouwen zijn heel intelligent, behalve als ze echt dom doen.'

Ze stompte hem tegen zijn arm. Heel hard.

'Au. Oké. Luister, ik zeg het nog steeds niet goed.' Hij kauwde op de binnenkant van zijn wang en keek gekweld van frustratie.

'Het is goed.' Ze wreef over zijn arm op de plek waar ze hem had gestompt. 'Ik begrijp het echt.'

'Heb ik het de laatste tijd te vaak over Colleen?' vroeg Patrick abrupt.

Ellen haalde haar schouders op en glimlachte.

'Het spijt me.' Hij pakte haar hand. 'Ik moet steeds aan haar denken sinds we ons verloofd hebben, en jij me van de baby vertelde. Dat komt doordat ik zo gelukkig ben. Zelfs met Saskia op de achtergrond. Ik ben niet meer zo gelukkig geweest sinds Colleen zwanger was van Jack. En daardoor moet ik steeds aan haar denken, dan komen de herinneringen boven.'

Hij liet zijn duim over haar knokkels glijden. 'Colleen zei tegen me dat ik weer verliefd zou worden, en dat ik nog meer kinderen zou krijgen, en toen zei ik van niet. Ik zei dat ik nooit meer gelukkig zou worden. Maar ik ben het wel. Soms denk ik juist dat het nu beter is dan toen met Colleen. Het is dieper, meer volwassen. Het is gewoon... beter. En dan dank ik god en het internet dat ik jou heb ontmoet! En dan voel ik me schuldig ten opzichte van Colleen, omdat het net lijkt alsof ik denk: goddank dat ze dood is.'

'Aha.' Ze wist niet zeker of ze hem geloven moest, of dat hij dit alleen maar zei om haar op te beuren.

'Ik weet niet of je me gelooft, maar het is de waarheid. Heb jij dan nooit gedachten die elkaar volkomen tegenspreken? Is het niet mogelijk dat je de ene dag dit voelt en de volgende dag precies het tegenovergestelde?'

'Vast wel. Ja, dat kan.' Deze rol sprak haar totaal niet aan. Het had iets vernederends. Zíj was degene die de wijze vragen hoorde te stellen en de ander die emotioneel minder intelligent was voorzichtig tot nieuwe inzichten hoorde te brengen.

'En het stomme is, als ik zulke gedachten heb, heb ik het gevoel dat ik het goed moet maken met Colleen, door terug te denken aan alle mooie momenten met haar. Als boetedoening. Dus hoe beter het is met jou, des te meer ik aan haar moet denken. Snap je dat? Ik weet het niet. Misschien moet je er wel katholiek voor zijn.'

'Nee, ik snap het best.'

'Hoe dan ook, ik zit uiteraard niet de hele dag jou met Colleen te vergelijken alsof jullie in een soort permanente ninjastrijd verwikkeld zijn. Eerlijk gezegd zijn mijn gedachten meestal behoorlijk oppervlakkig. Dan denk ik: hmm, ik heb zin in lamskoteletjes. Of: hoe kan ik Jack verslaan in level 4 van *Tomb Raider*? Dat soort dingen.'

Ellen pakte twee marshmallows en perste die samen tussen haar vingertoppen.

'Toen Colleen overleed begon iedereen over haar te praten alsof ze een heilige was. Mensen kijken dan altijd zo bedroefd en doen alsof wij een fantastisch huwelijk hadden, alsof wij nooit ruziemaakten. En ik geloof dat ik daar ook ingetuind ben. Ik was jonger. Alles was toen zoveel eenvoudiger. Dus ik denk dat ik daarom zei wat ik die avond zei. Natuurlijk zal ik nooit meer van een vrouw houden zoals ik van Colleen heb gehouden, want ik word nooit meer achttien en ik zal nooit meer voor de eerste keer verliefd worden. Maar dat wil niet zeggen dat ik niet verliefd ben op jou. Het omgekeerde is trouwens ook waar: ik had nooit van Colleen kunnen houden zoals ik nu van jou hou.'

Ellen moest ineens, onverwacht gapen en Patrick schoot in de lach. 'Is het niet de bedoeling dat ik gaap terwijl jij over je gevoelens praat? Maar goed, waar het op neerkomt is dat ik met heel mijn hart van jou hou. Niet halfhalf, je komt niet op de tweede plaats. Ik hou van jóú. En het enige wat ik verder nog kan doen, is de rest van mijn leven aan jou bewijzen dat dat zo is. Snap je dat, rare hypnodame?' Hij legde zijn hand tegen haar achterhoofd en kuste haar, heel stevig, alsof ze afscheid namen op een treinstation, en hij naar het slagveld moest.

Een intens vredig gevoel stroomde door haar aderen. Niet zozeer door wat hij had gezegd, maar vooral door de twee rimpels van opperste concentratie tussen zijn ogen terwijl hij aan het woord was. Alsof het echt, echt heel belangrijk was dat ze hem begreep. Of misschien was ze gewoon ontzettend slaperig, en Luisa was zwanger en het artikel zou niet in de krant komen.

‘Ik denk dat ik het snap,’ zei ze toen ze even stopten om naar adem te happen.

‘Goddank, want ik denk niet dat ik ooit in mijn leven zo lang over gevoelens heb gepraat als in de afgelopen twee uur.’ Hij gaf haar een marshmallow. ‘Zie je. De laatste marshmallow. Dat is nou liefde. En nu gaan we naar bed.’

26

Enrique Peñalose, de voormalige burgemeester van Bogota, Colombia, vond dat we moesten streven naar het scheppen van 'Steden van Vreugde'. Zijn doel was om een stedelijke infrastructuur te scheppen met maar één doel voor ogen: geluk. Kunnen wij als stedenbouwkundigen geluk plannen? En doen wij dat ook?

Citaat gehoord tijdens een seminar, bijgewoond door
Saskia Brown na het overlijden van haar moeder.
'Plan je geluk', schreef zij in haar notitieboekje.

Het was een warme zaterdagmiddag, twee weken na het ongeluk, of het incident, hoe je het ook wilt noemen. Ik was naar een nieuwe kamer verhuisd, die uitkeek op de tuin. Soms rolden ze me naar buiten voor wat frisse lucht. Ik rook de jasmijn en de voorzichtige tekenen van de zomer.

De operatie aan mijn enkel was goed verlopen volgens de artsen, en mijn bekkenbreuk genas voorspoedig. Geen morfineknop meer. Alleen doodgewone pijnstillers die in kleine plastic bekertjes werden rondgedeeld.

De vrouw van Lance, Kate, zat op de stoel naast me. We waren allebei aan het breien. Ze was twee keer eerder langs geweest om me les te geven, en ze weigerde om geld aan te nemen voor de nieuwe breinaalden die ze speciaal voor mij had gekocht, en voor de wol. Mijn eerste project moest een knalrode muts worden met een witte pompon erop. Voor mezelf. De gedachte kwam bij me op om iets voor Jack te breien, of zelfs voor Patricks moeder, Maureen, omdat zij ooit een baret voor me had gebreid. Als afscheidscadeau. Het zou een aardig gebaar zijn. Maar zodra de gedachte bij me opkwam, zag ik een enorme eiken deur voor me. Zo'n deur die je in middeleeuwse kastelen aantreft. De deur viel dicht in mijn gezicht.

Kate zei dat ik een 'geboren breister' was. Ik snapte niet waarom ze zo aardig voor me was. Ze leek me helemaal geen weldoener, zoals mijn moeder bepaalde vrouwen in de kerk altijd noemde; van die vrouwen met zo'n vrome glimlach, die altijd ovenschotels en tassen vol afdragertjes kwamen brengen, maar die het te druk hadden met hun goede daden om ooit een kop thee met mijn moeder te drinken. Dat ik zo goddeloos ben, komt door die vrouwen.

Ik mocht Kate. Ze was een heel klein beetje gek. Niet excentriek, maar gewoon een beetje anders. Ze sprak altijd net een tel te laat of te vroeg, en ze liet vaak dingen uit haar handen vallen. Ze was vriendelijk, maar niet zo van: 'Kijk mij eens even met mijn geweldige sociale vaardigheden.' Ik voelde me heel erg op mijn gemak bij haar.

Ze vertelde me dat ze tegen Lance had gezegd dat hij mij eens moest uitnodigen om te komen eten, na de kerstborrel van verleden jaar, maar dat Lance daar te verlegen voor was. Zij en Lance kwamen uit Brisbane, en ze woonden pas een jaar in Sydney.

'We zijn op jacht naar nieuwe vrienden,' zei Kate. 'En nu lig jij gevangen in je bed, dus nu kun je me niet meer ontglippen. Ik stalk je.'

Daar moest ik net iets te hard om lachen.

Kate schraapte haar keel, en we vielen stil. Ik luisterde naar het zachte klikken van onze breinaalden, en de gedempte geluiden van het ziekenhuis die tegenwoordig de achtergrond vormden van mijn leven.

'Over nieuwe vrienden gesproken, Tammy en ik zijn dit weekend samen naar yoga geweest,' zei Kate ineens. 'Ik heb haar bij jou thuis opgehaald.'

'Dat weet ik,' zei ik. 'Dat vertelde ze al.'

Tammy kwam nu een paar keer in de week langs, en bracht

boeken en dvd's mee, en afhaalmaaltijden, en roddels uit onze oude vriendenkring waar zij zich weer bij aangesloten had. Ik vond het leuk om haar te zien, maar ik was altijd moe als ze weer wegging. Kates bezoekjes gaven me meer rust. Misschien lag dat aan het breien.

'Is dat raar?' vroeg Kate. 'Dat ik in jouw huis geweest ben terwijl jij er niet was?'

Het was wel een beetje raar, maar het kon me niet echt schelen.

'Ik was bang dat je misschien zou denken dat ik jouw vriendin van je afpak,' zei Kate, op die typische, bijna kinderlijke manier van haar. Het drong tot me door dat het door haar eerlijkheid kwam dat ze een beetje vreemd leek. Ze filterde nooit wat ze zei. Ze leek wel een beetje op de hypnotherapeute.

'Tammy en ik hebben jaren geen contact meer gehad,' zei ik tegen Kate. 'Ze ligt voor het grijpen.'

Kate glimlachte. 'Als jij weer op de been bent, kunnen we wel met z'n drieën naar yoga. Na afloop hebben we koffiegedronken in een restaurantje waar ze de allerlekkerste chocoladetaart maken die ik ooit in mijn leven heb geproefd. De tranen sprongen me in de ogen, zo lekker.'

Ik zei niets. Ik wilde er niet aan denken dat ik na het ziekenhuis mijn leven weer zou moeten oppakken. 'Je zult de dagen wel aftellen,' had een van de verpleegkundigen tegen me gezegd, en ik zei ja. Maar niet op de manier die zij bedoelde. De gedachte dat ik weer naar huis moest, naar mijn echte leven, maakte me misselijk.

'Je hoort eigenlijk kruidenthee te drinken na yoga,' zei ik.

'Ik weet het. We hebben waarschijnlijk de flow van onze energie verpest met cafeïne,' antwoordde Kate.

We breiden in stilte door. Ik hield van het ritmische gevoel van het insteken, overhalen en af laten glijden, het gevoel dat je iets had gepresteerd naarmate het breisel groter werd.

'Je wordt nog verslaafd.' Kate knikte met haar hoofd naar mijn breiwerk.

‘Het heeft iets hypnotisch,’ zei ik, en ik zag het gezicht van de hypnotherapeute voor me toen ik haar voor het eerst bezocht als ‘Deborah’ en we samen uit haar raam naar de oceaan keken. Het voelde als heel lang geleden.

De politie was bij me geweest op de dag van mijn enkeloperatie. Een man en een vrouw. Ze leken me allebei erg jong, maar toch was ik doodsbang voor ze, en ik voelde me vernederd, en vol brandende schaamte. Wat zou mama denken? Ze had zoveel ontzag voor de politie. Ze lazen me voor wat mijn rechten waren. Het week iets af van wat je altijd ziet in Amerikaanse televisieseries, droger, zonder de glamour, en dus des te enger.

‘Hoe komt u hier zo terecht?’ vroeg de politieman, wijzend op het ziekenhuisbed, en hij haalde zijn notitieboekje tevoorschijn. Ik vertelde het hun, en ze luisterden allebei met effen gezichten.

Ze hadden vast weleens ergere dingen gehoord.

Ze vroegen me of ik me ervan bewust was dat stalken tegenwoordig gold als een misdrijf. Ze zeiden dat ze me een voorlopig contactverbod oplegden, op Patricks verzoek, en wel per onmiddellijk, en dat ik me niet binnen honderd meter van hem, zijn woning of zijn werkplek mocht begeven en dat ik wettelijk verplicht was hem niet ‘aan te vallen, te molesteren, lastig te vallen, te bedreigen, te intimideren of te stalken’. Ik had de mogelijkheid om het contactverbod tijdens een zitting van de rechtbank aan te vechten. Ze brachten dit op een toon waaruit duidelijk bleek dat ik daarbij geen schijn van kans zou maken. De straf voor het schenden van de voorwaarden van het contactverbod was een boete van vijfduizend dollar of een vrijheidsstraf van twee jaar.

Aanvallen. Molesteren. Lastigvallen. Bedreigen. Intimideren. Stalken.

Die woorden zijn voor eeuwig in mijn hoofd gebrand. Ze gebruikten die woorden in verband met mij: een net meisje. Een klassenvertegenwoordigster. Een pacifiste. Ik huilde toen ik mijn eerste en enige verkeersboete kreeg.

Naast het contactverbod werd ik ook beschuldigd van inbraak. De politieagente overhandigde me een dagvaarding, die ik met zulke hevig trillende vingers aannam dat die uit mijn hand viel en bijna op de grond terechtkwam. Ze kon het papier nog net op tijd grijpen, en legde het zorgvuldig op mijn nachtkastje. Haar ogen verloren heel even hun officiële glans en ik zag iets van medelijden.

Toen vertrokken ze, met hun blauwe petten onder de arm, hun pistolen in hun holsters. Drie uur later bonkte mijn hart nog steeds als een gek.

'Ik heb Lance leren kennen door het breien,' zei Kate. 'Hij zat naast me in de bus, en vroeg: "Wat ben je aan het breien?"'

'Geweldige versiertekst.'

'Nou, hè? Zo creatief,' zei Kate. 'En jij? Jij bent toch single?'

Ik zei: 'Ik heb al drie jaar geen relatie meer, maar ik geloof dat ik me al die tijd niet single heb gevoeld.'

'Hoe bedoel je?' Kate keek op. Haar naalden tikten door.

Ik wilde verder niets zeggen, ik kende dat hele kind nauwelijks, en ik had het recht te zwijgen, maar ineens tuimelden de woorden eruit.

Hij is vroeg, dacht Ellen terwijl ze naar de deur liep.

Haar vader kwam haar halen om haar mee uit te nemen. Bizar genoeg gingen ze naar een of ander evenement in Parramatta dat het Festival van de Olijf heette.

Het was Davids idee. 'Kon weleens interessant zijn,' had hij gezegd toen hij belde met het voorstel. 'Het is bij Elizabeth Farm. Weet niet of je daar weleens bent geweest. Het is de oudste nog intact zijnde Europese woning in Australië.' Het was duidelijk dat hij dat ergens uit voorlas. Hij schraapte zijn keel. 'Klinkt best leuk. Weer eens wat anders.'

Ze zou willen dat ze haar ontmoetingen met haar vader niet steeds vergeleek met internetdaten (want dat was zo ongepast), maar onwillekeurig deed hij haar denken aan een bepaald soort behoeftige mannen, die veel te graag indruk wilden maken en te hard hun best deden om 'aparte, interessante' dates te verzinnen.

Het brak haar hart wel een beetje, het idee dat haar vader 'evenementen' op het internet had bekeken, op zoek naar iets wat zijn vijfendertigjarige dochter aansprak. Als ze elkaar dertig jaar eerder hadden ontmoet, zou hij haar waarschijnlijk meegenomen hebben naar een pretpark en een knuffelbeest voor haar hebben gekocht. 'We hoeven niets te doen, we kunnen ook gewoon praten,' had ze tegen hem willen zeggen, maar ze wist eigenlijk niet waar ze het dan over moesten hebben. Die rotmoeder van haar ook.

Ze deed open met een innige, dochterlijke glimlach op haar gezicht, maar werd begroet door een vrouw met een oversized zonnebril op haar neus en een honkbalpetje dat ze diep over haar ogen had getrokken.

'Vlug,' zei de vrouw. 'Laat me erin.'

'Sorry?'

De vrouw schoof haar bril omlaag om haar vertrouwde blauwe ogen te laten zien. 'Het spijt me dat het zo dramatisch moet. Ik ben het, Rosie. Ik heb de hele dag al fotografen achter me aan.'

Ellen liet haar binnen. Sinds zijn bezoek, twee weken geleden, had ze niets meer van Ian Roman vernomen. Van de journaliste ook niet, trouwens. En berichten inspreken bij Rosie leidde tot niets, dus daar was ze mee gestopt.

'Waarom heb je fotografen achter je aan?' vroeg Ellen.

'Heb je de krant van vandaag niet gezien?' Rosie zette haar pet en zonnebril af. Ze zag er bruin en knap uit; gelukkiger dan Ellen haar ooit had meegemaakt.

'Nee,' zei Ellen. Haar hart begon sneller te slaan. Mary-Beth had gezegd dat ze het verhaal niet zouden publiceren, maar toch werd Ellen misselijk telkens als ze de bladzijden van de krant opsloeg en zich voorstelde hoe het zou voelen om met haar eigen gezicht te worden geconfronteerd onder een of andere afschuwelijke krantenkop. Ze had tegenwoordig veel medelijden met iedereen die de hele tijd door de pers lastiggevallen werd. Gek dat ze altijd had gedacht dat ze meer dan genoeg empathie had; maar nu bleek dat ze iets eerst zelf moest ervaren om echt met een ander mee te kunnen voelen.

Rosie trok een boulevardblad uit haar tas, en vouwde dat in tweeën. Ze hield het omhoog en tikte met een vinger tegen de voorpagina. Het was een zwart-witfoto van Ian Roman en een lange vrouw met eindeloze benen die zo te zien samen uit een hotellobby kwamen. De implicatie was duidelijk, zelfs zonder de kop, die luidde: ROMAN AAN HET ROTZOOIEN!

Ellen las de eerste alinea:

Mediamagnaat Ian Roman stapte slechts drie maanden geleden in het huwelijksbootje, maar de wittebroodsweken lijken nu al voorbij.

'Ian heeft een affaire met een of ander topmodel,' zei Rosie. 'Dus willen ze een foto van mij waar ik gebroken en slonzig op sta.'

'Wat erg voor je,' zei Ellen.

'Welnee,' zei Rosie nonchalant. 'Hij doet het alleen om zijn gezicht te redden. Hij dacht dat ik op het punt stond om een eind aan ons huwelijk te maken, dus wil hij me voor zijn. Hij zal die fotografen wel zelf getipt hebben. Maar luister, Ian vertelde dat hij bij jou langs is geweest.'

'Dat genoegen heb ik inderdaad mogen smaken,' zei Ellen op haar moeders droge, afstandelijke toontje. Dat toontje kwam soms goed van pas. Ze ging Rosie voor naar de zitkamer. 'Thee? Koffie? Iets fris?'

'Nee, nee, ik blijf niet lang. Het spijt me dat ik zomaar ineens op de stoep sta.' Rosie ging tegenover Ellen zitten in de leren fauteuil van Ellens opa. Haar benen waren zo kort dat de punten van haar ballerina's de grond niet raakten. Ze leunde voorover en sloeg haar handen ineen alsof ze om vergeving smeekte. 'Ik wilde je alleen persoonlijk spreken en mijn excuses aanbieden voor wat ik jou heb aangedaan. Ik was namelijk weg, en ik had mijn mobieltje niet bij me. Ik heb je berichtjes pas vanochtend gehoord en toen ben ik meteen hiernaartoe gekomen.'

Ellen huiverde toen ze terugdacht aan die afschuwelijke dag. 'Ik zal wel hysterisch geklonken hebben...'

'Mijn god, daar had je dan ook alle reden toe! Ik weet precies wat voor dingen hij gezegd heeft. Hij is soms net, ik weet niet, Rambo, of Tony Soprano.'

'Hij was vrij... intimiderend. Hij zei dat hij me "kapot" zou maken.'

'Wat een eikel.' Rosie pakte een kauwgumpje uit haar tas, haalde het papiertje eraf en begon heftig te kauwen. Ze wees naar haar mond. 'Nicotinekauwgum. Ik ben eindelijk van de sigaretten af.'

'Nou ja, zoals je echtgenoot al zei, daar heb ik niet zoveel aan bijgedragen.'

'Hoe kom je erbij? Ik zou jou aan iedereen aanbevelen!' Rosie kauwde stevig door en keek in de verte, waarschijnlijk op zoek naar een goede reden waarom ze Ellen zou aanraden.

'Dus Ian hoorde jou over mij praten met je zusje,' begon Ellen.

'Ik had geen idee.' Rosie leunde achterover; nu bungelden haar benen helemaal vrij. 'Ik dacht altijd dat hij zich te ver boven me verheven voelde om mijn onbeduidende gesprekken af te luisteren. Ik heb alleen maar tegen mijn zusje gezegd dat ik jou had gevraagd om ervoor te zorgen dat ik onder hypnose verliefd op hem werd, en toen zei zij dat ik niet spoorde.

Maar goed, toen heeft zij me overgehaald om met haar gezin op vakantie te gaan naar Queensland. Het was geweldig. Een doodgewone strandvakantie, zandkastelen bouwen met mijn nichtjes. Broodjes garnaal eten. Ian zou het vreselijk vinden. Het bevestigde in feite alle verschillen tussen ons. Ik ben gewoon zo... doorsnee.'

'Niemand is doorsnee,' zei Ellen automatisch.

'Ik wel. Ik ben echt superdoorsnee. Ik snap überhaupt niet wat hij zag in een gnoom zoals ik. Ik ben zijn type niet. Dat topmodel in de krant – dat is zijn type. Die staat goed op zijn jacht.'

'Ik weet niet, Rosie,' zei Ellen. 'Ik denk dat hij echt van je hield. Daarom was hij ook zo kwaad.'

'Nee,' zei Rosie. 'Dat was gewoon zijn trots. Maar goed, het is voorbij. Het was van ons allebei een grote fout. Ik heb nooit echt van hem gehouden. Dat wist je al. Jij hebt me geholpen om dat in te zien.'

'Ik denk,' zei Ellen, 'dat jij het jezelf nooit hebt toegestaan van hem te houden, of zelfs maar om hem te mogen, of hem überhaupt te leren kennen, want je had het veel te druk met je afvragen wat hij in vredesnaam in jou zag. Ik denk dat jij verblind was door het imago van Ian Roman. Het geld. De macht. Zijn tycoonact. Misschien vindt hij een doorsneestrandvakantie wel heerlijk.'

Rosie knipperde met haar ogen en zette het weer op een kauwen.

'Hij heeft jou uitgekozen,' zei Ellen. 'Een man in zijn positie zou iedere willekeurige trofeetroel kunnen krijgen. Maar hij koos geen topmodel, hij koos jou.'

Wat ze probeerde te zeggen was: *het feit dat hij iemand koos die er zo bijzonder uitziet als jij betekent dat hij iets bijzonders in jou zag en* DAT *betekent dat hij misschien een andere man is dan wij denken.*

Ze dacht aan Patricks woorden. Jullie vrouwen denken dat de liefde zwart-wit is.

Rosie fronste. Er flikkerde iets in haar ogen. Ze keek omlaag naar haar handen, en schopte met haar benen. Toen zag Ellen dat haar gezicht op slot ging terwijl ze een besluit nam. Nee. Ze had het zelfvertrouwen niet, of de moed, of wat er ook maar voor nodig was; haar huwelijk met Ian Roman stierf precies op dat moment.

'Whatever,' zei Rosie. 'Hij is nu toch vreemdgegaan. Ik ben er klaar mee. Maak je maar geen zorgen. Doe ik ook niet. Zoals ik zei, ik kwam hier om mijn excuses aan te bieden en je te laten weten dat hij je met rust zal laten. Ik heb tegen hem gezegd dat als ik ooit iets negatiefs over jou in de krant lees, ik een boekje open zal doen over mijn huwelijk met Ian Roman, en dat ik dan waarschijnlijk wel een paar heel interessante seksuele fetisjen zou noemen. Daar zou hij nooit meer vanaf komen. Dus je zit safe.'

'Dank je,' zei Ellen.

'Hij heeft trouwens helemaal geen rare seksuele fetisjen,' zei Rosie terwijl ze opstond en haar tas pakte. 'De seks was best goed.'

Het was niet logisch dat Ellen verdriet had om het einde van dit huwelijk. Rosie hield niet van Ian Roman, en de verschrikkelijke Ian Roman zat nu waarschijnlijk op zijn jacht aan de champagne met zijn topmodel. Het punt was dat Rosie en Ian misschien samen gelukkig hadden kunnen worden als hun trots hen niet zo in de weg stond.

Rosie stak haar hand uit. Ze glimlachte. Ze had echt een heel mooie glimlach. 'Terug naar mijn doorsneeleventje.'

Toen Rosie vertrok, kwam Ellens vader het pad op lopen. Hij stopte om het hek voor haar open te houden.

'Patiënt?' vroeg hij terwijl Ellen hem binnenliet.

'Cliënt,' verbeterde Ellen hem. 'We noemen ze nooit patiënten.' Ze keek naar Rosie en zei: 'Achteraf zou ik haar heel anders behandeld hebben.'

'Achteraf,' zei haar vader. 'Dat is altijd een fractie te laat.'

'Nou,' zei Kate. Ze was even stil en keek de kamer rond, op zoek naar inspiratie. Ze keek me niet eens aan. 'Holy shit.'

Terwijl ik aan het woord was, had ze de hele tijd geen woord gezegd. Ze bleef breien en knikte af en toe, en soms trok ze haar wenkbrauwen op. Ik had geen idee wat ze dacht. Ik vertelde haar alles wat er was gebeurd en alles wat ik had gedaan. Ik probeerde dat wat ik had gedaan op geen enkele manier mooier voor te stellen. Als ik een vreselijke jeugd had gehad, had ik het daarop kunnen schuiven, maar ik kon niets of niemand de schuld geven. Het was mijn schuld, zei ik tegen haar. Honderd procent.

'Jij wist niet dat je bij een gestoorde gek op bezoek kwam,' zei ik ten slotte.

Het voelde zo goed om het haar te vertellen. Ik kon er niet mee stoppen. Het was alsof ik een walgelijk korstje weg pulkte met mijn nagels, maar nu het eraf was, zat ik roodrauw en naakt voor haar, en had ik intense spijt en een heftig gevoel van verlies. Ik vond haar echt leuk. We hadden vriendinnen kunnen worden. En nu had ik alles verpest.

'Joh,' zei Kate, 'ik heb zelf ook heel rare dingen gedaan.'

'Echt?'

Kate hield haar hoofd schuin en dacht na. 'Nou, nee, niet echt. Vergeleken hiermee niet. Ik zei het alleen om je op te vrolijken.'

'Dank je.'

Ze bleef doorbreien. 'Ik durf te wedden dat jij Schorpioen bent,' zei ze zonder op te kijken.

'Nou, ja, dat klopt, maar ik geloof niet...'

'Je gelooft niet in astrologie. Dat doen Schorpioenen nooit. Maakt niet uit, jullie zijn wel heel gepassioneerd, jullie Schorpioenen. Heel duister en mysterieus. Ik zou zo graag Schorpioen willen zijn. Of Leeuw. Ik ben zelf Weegschaal. Wij kunnen geen beslissingen nemen.' Ze breide door. 'Ik geloof er trouwens ook niet in.'

Ze wikkelde wat wol van haar pols. 'Je hebt vast echt veel van hem gehouden,' zei ze. 'En van het jongetje.'

'Ja,' zei ik. 'Maar als ik echt van hen zou houden, zou ik hen "vrijlaten" of hoe je dat ook noemt. Dat ik van hen hou, is geen excuus.'

Sinds die nacht zag ik steeds het beeld voor me van Patricks gezicht toen hij me aan het voeteneind van zijn bed zag staan. Het was niet alleen erg dat daar überhaupt iemand stond, maar dat ík het was, was juist zo erg. *Ik was zijn nachtmerrie.* Ik had ervoor gezorgd dat ik zijn nachtmerrie was.

'Weet je wat je volgens mij moet doen?' zei Kate.

'In therapie gaan, waarschijnlijk,' zei ik vermoeid. Zij en de hypnotherapeute hadden natuurlijk gelijk. 'Professionele hulp' was wel nodig.

'Als jij dat wilt, ja,' zei Kate. 'Maar ik wilde eigenlijk zeggen dat je ermee moet kappen.'

'Kappen.'

'Ja, dat is mijn ontzettend wijze raad. Kap ermee.'

'Gewoon... kappen.'

Kate begon te giechelen. 'Dat zou ik zeggen als ik jouw therapeut was. En nou kappen, Saskia. Ga maar liever breien.'

Ik pakte mijn naalden weer op. Kate glimlachte. 'Zo ja. Zie je, je bent genezen. Dat is dan tweehonderd dollar graag.'

Het universum vond het blijkbaar nodig om mij een nieuwe vriendin te sturen. Ik vroeg me af of mijn moeder dat soms had geregeld. Ik stelde me haar voor in het hiernamaals, waar ze met mijn vader danste in een ballroom vol sterren. Misschien hadden ze het over mij, en schudden ze hun hoofd om mijn schokkende gedrag. Misschien zei mijn moeder toen Jack en ik van de trap stortten: 'Ik zei toch dat ze er niet overheen zou groeien. Wat zij nodig heeft is een nieuwe vriendin.' En toen kreeg ze een ingeving: 'Ik weet wat! Iemand die breit! Ik heb haar altijd al willen leren breien.' En toen stormde ze weg om de juiste papieren in te gaan vullen.

'Breien, niet stalken,' mompelde Kate. 'Zeg maar na: breien, niet stalken.'

Het Festival van de Olijf was onverwacht verrukkelijk.

Uiteraard. Ellen zou niet weten waarom dat zo onverwacht was. Ze was altijd al dol geweest op dit soort dingen: tombola's op school, kunstnijverheidsbeurzen, braderieën. Ze vond het enig, die kraampjes, de ernstige mensen die hun biologische, huisgemaakte waren op witte tafelkleden uitstalden: honing, jam, chutney, wijn of, in dit geval, olijven en olijfolie. Ze genoot van het geluid van windgongen en de geur van essentiële oliën.

Dit was haar soort mensen; dit was haar dingetje. ('Hippies met geld,' zou Julia zeggen.)

Ze liep met haar vader langs rijen witte tentjes met in de wind flapperend tentdoek, en ze snoven de mediterrane geur op van knoflook, versgebakken brood en blauweregen, terwijl de lentezon hun schouders zachtjes streelde. Ellen was vervuld van een diep, slaperig gevoel van tevredenheid.

Voor een deel kwam dat doordat het zo zoetjes aan tot haar doorgedrongen was dat dit helemaal geen date was, en dat er (waarschijnlijk) geen enkel risico bestond dat haar vader haar plotseling zou willen zoenen. Deels kwam het ook doordat ze voorgoed van haar misselijkheid verlost leek, en ze was zo opgelucht. Alsof ze net een heel vervelende logee had uitgezwaaid.

En waarschijnlijk kwam het vooral door Patrick, die die ochtend voor ze vertrokken haar vader de echo's had laten zien, en vervolgens tranen in zijn ogen kreeg, en zich toen geneerde. Op dat moment was hij ineens een echt mens voor haar, en niet de clou van een grap over Ellens leven. Op weg naar het festival, naast hem in de auto, had ze zitten kijken naar hoe haar vader reed (vaardig, nonchalant – net als Patrick), en ze voelde diep vanbinnen iets verzachten. En waarom zou je hier niet sentimenteel over mogen zijn? Hij is je vader. Het mag. Je mag hem leuk vinden. Je mag dol op hem zijn.

Ze stopten voor een kraampje en een kleine, drukke vrouw stak meteen van wal met een hartstochtelijke uitleg van de Australische Olijfolievereniging over wanneer je het predicaat 'extra vergine' mocht voeren. Ze was zo breedsprakig dat je zou denken dat David en Ellen in aanmerking wilden komen voor dat predicaat, en ze het waarschijnlijk niet zouden krijgen.

'Aha!' zei David toen ze eindelijk klaar was. 'Nou, dat is... Ellen, laten we maar eens proeven.'

Ellen doopte een stukje brood in een klein vierkant bakje met goudkleurige olijfolie. 'Fantastisch.' Ze sloeg haar ogen ten hemel, al wist ze uit ervaring dat alles altijd verrukkelijk smaakte op dit soort evenementen. En als ze de producten mee naar huis nam, smaakte het precies zoals de spullen die ze in de supermarkt kocht. Dat kwam door de frisse lucht en de macht van de suggestie. Ze raakte een beetje gehypnotiseerd.

'Mag ik een fles voor je kopen?' David trok een biljet van vijftig dollar uit zijn portefeuille.

'Wat een aardige vader,' zei de vrouw.

David hoestte in zijn vuist, en Ellen glimlachte meelevend naar hem.

De vrouw fronste. 'O, neem me niet kwalijk, zijn jullie geen vader en dochter?'

'Jawel, u hebt gelijk, dat zijn we wel,' antwoordde Ellen.

'Ik wist het wel,' zei de vrouw licht berispend, alsof zij hadden geprobeerd haar in het ootje te nemen. Ze gaf David zijn wisselgeld en de olijfolie in een witpapieren zak. 'Jullie hebben dezelfde kin.'

Ellen en haar vader voelden tegelijk met hun vingertoppen aan hun kin en lieten toen hun hand weer vallen.

Ze aten spaghetti, zittend op stoeltjes van wit plastic, onder een enorme luifel. Het gesprek verliep plezierig, al was het soms wel wat stroef, alsof ze twee onbekenden waren die aan de praat waren geraakt bij de bushalte en het inmiddels te lang duurde voor de bus kwam maar ze zich verplicht voelden toch door te praten.

'Het spijt me dat het weer uit is tussen jou en mijn moeder,' zei Ellen na een lange discussie over de lente in Australië in vergelijking met de lente in Engeland.

'Mij ook,' zei David. 'Het lag waarschijnlijk aan mij. Ik had niet meteen aan een relatie moeten beginnen toen ik nog wat gebutst was.'

'Gebutst,' herhaalde Ellen niet-begrijpend.

'Nou ja, mijn vrouw is na dertig jaar huwelijk bij me weggegaan,' zei David. 'Daar was ik wel door van de kaart. Ze had niet eens een andere man. Ze zei dat ze "vergeten was hoe ze zichzelf moest zijn". Ik zei: "Wees gewoon jezelf. Ik hou je niet tegen!" Maar blijkbaar was dat wel het geval.' Hij draaide zijn spaghetti geroutineerd om zijn vork en keek er bedroefd naar.

'Wat erg voor je,' zei Ellen. Ze moest haar best doen om haar mening over hem bij te stellen. 'Ik geloof dat ik dacht dat jij bij je vrouw was weggegaan, of dat het wederzijds was.'

'Wederzijds was het zeker niet.'

'Dat heeft mama helemaal niet verteld.'

'Ik heb het ook wel gebagatelliseerd. Ik heb nooit gedaan van: ik ben er zo kapot van dat mijn vrouw me heeft verlaten,' zei David.

'Ze zei dat jij je hele huwelijk aan háár bent blijven denken.' Ze hoopte dat hij de beschuldigende klank in haar stem niet opmerkte.

Haar vader keek haar treurig aan. 'O, heeft ze je dat verteld.' Hij duwde zijn bord van zich af en legde zijn armen op de leuningen van zijn stoel. 'Dat was niet gelogen. Door de jaren heen heb ik af en toe teruggedacht aan je moeder, en ik heb zelfs van haar gedroomd, maar dat wil niet zeggen dat ik niet van Jane hield.'

Ellen duwde haar eigen bord ook van zich af. 'Hoewel je haar natuurlijk wel hebt bedrogen toen jullie verloofd waren,' zei ze recht voor zijn raap, maar luchtig, om te tonen dat ze hem niet veroordeelde. Ze gebaarde naar zichzelf om het resultaat van deze ontrouw aan te geven. 'Meer dan eens, heb ik gehoord.'

'Ja,' zei David. 'Ik was jong en dom en je moeder was zo vreselijk mooi. Die ógen van haar!' Jongensachtig haalde hij zijn schouders op, zo van: kan ik er wat aan doen? 'Maar wel een geluk dat ik dat heb gedaan, toch?'

Ellen wist niet of ze gecharmeerd moest zijn of niet.

De feiten rond haar conceptie waren wat slordig, niet erg duidelijk afgebakend: niet echt een mooie liefdesgeschiedenis, ook niet echt een morsige affaire en ook niet echt een dappere feministische daad.

'Maar goed,' zei David, 'je moeder en ik zijn nog steeds vrienden, en tussen ons gezegd en gezwegen geef ik de moed nog niet helemaal op.'

'O nee?' vroeg Ellen. Ze vroeg zich af of zij hem moest vertellen dat hij waarschijnlijk geen schijn van kans had, maar wat wist zij nu helemaal? De afgelopen maanden had ze gemerkt dat al haar zekerheden in één klap konden omslaan. Niets was blijvend: de boeddhisten wisten waar ze het over hadden.

Ze zaten er een poosje zwijgend bij en keken naar de voorbereidingen van een of ander optreden dat kennelijk in het midden van de tent zou plaatsvinden.

'Patrick lijkt me een geschikte vent,' zei David. 'Hij heeft toch ook een zoon? Uit een vorig huwelijk?'

'Jack,' zei Ellen. 'Die heeft vandaag een feestje. Zijn moeder is overleden toen Jack nog heel klein was.'

'Test, test,' zei iemand in een microfoon. 'Test, twee, drie, vier.'

'Dus het is een wat gecompliceerde relatie,' hoorde Ellen zichzelf zeggen. Dat kreeg je als je te lang stond te kletsen met een onbekende bij een bushalte. Dan kreeg het gesprek ineens een ongepast intieme wending.

'Hoezo?' vroeg David.

Die vraag verbluftte Ellen. Dat hoefde ze toch niet uit te leggen? De meeste vrouwen die ze kende zouden iets gezegd hebben als: 'O ja, natuurlijk, kan ik me helemaal voorstellen, want de vriendin van mijn zus had verkering met een weduwnaar en dat was een drama...'

'Ik bedoel alleen dat zijn eerste vrouw is overleden en dat...' Ze werd onderbroken door een hoog gegil uit de geluidsinstallatie. Iedereen kromp ineen en stopte zijn vingers in zijn oren.

Uiteindelijk stopte het en iemand zei 'Excuses!' door de microfoon.

David zei: 'Volgens mij hoef jij je nergens zorgen over te maken.'

'Hoezo niet?'

Hij draaide zich half om en keek haar recht aan. 'Ellen,' zei hij. (Ze dacht dat dit weleens de eerste keer kon zijn dat hij haar bij haar naam noemde, terwijl zij steeds 'David' dit en 'David' dat zei, want ze sprak mensen veel te vaak bij hun voornaam aan als ze hen niet zo goed kende.) 'Ellen, die man was vanochtend gordijnen voor je aan het ophangen.'

'Dat weet ik ook wel, maar...'

'Weet je wat voor rotklus dat is?'

'O ja?'

'En hij wilde me maar wat graag de echo's laten zien. Dus mij lijkt dat helemaal geen gecompliceerde relatie.'

De tent vulde zich met het geluid van gitaarmuziek. Drie flamencodanseressen schreden het podium op, wapperden met hun beeldschone jurken en gooiden hun hoofd in de nek. Hun prachtige jonge gezichtjes keken fel en koninklijk.

'Olé!' zei Ellens vader. Hij tilde zijn handen boven zijn hoofd en deed alsof hij klikte met denkbeeldige castagnetten. Het was intens suf, typisch iets wat een vader doet om iedere zichzelf respecterende puberzoon of -dochter zich dood te laten schamen.

'Olé,' zei Ellen gezellig. Ze zakte achterover in haar stoel en keek naar het dansen. En terwijl ze dat deed dreef die ene laatste twijfel over Patricks liefde voor haar – een twijfel waarvan ze niet eens wist dat die bestond – stilletjes weg.

Dus zo was het om een vader te hebben.

'Klop, klop?'

Het was Tammy's stem aan de deur van mijn kamer in het ziekenhuis.

'Niks zeggen,' zei ik tegen Kate. Niet dat ik dacht dat Tammy me zou veroordelen, hoewel ze dat natuurlijk wel deed, maar ik wist dat ze veel te geboeid zou zijn, te geïntrigeerd en gefascineerd. Ze zou haar adem inhouden en gillen, en de ene vraag na de andere stellen. Ze zou urenlang mijn motieven willen uitdiepen en Patricks reacties. Ze zou het onderwerp nooit meer laten rusten.

'Natuurlijk niet.' Kate legde haar breiwerk neer. 'Ik ga het Lance niet eens vertellen.'

Ze zou het Lance wel vertellen. Meteen als ze vanavond thuiskwam zou ze het hem vertellen. Zo'n soort geheim kun je onmogelijk niet met je partner delen.

Lance zou een poosje denken dat ik een gestoord wijf was, en dat hij blij was dat hij nooit mijn vriend was geweest, en hij zou medelijden hebben met Patrick. Maar toch had ik het gevoel dat hij, als Kate er over een paar jaar weer eens iets over zou zeggen, vagelijk zou opmerken: 'O ja, hoe zat dat ook alweer?' Hij was niet het type dat persoonlijke informatie opslaat. Bovendien had ik het gevoel dat een soort aangeboren integriteit of moreel besef of afkeer van roddels hem ervan zou weerhouden om het aan de mensen op kantoor te vertellen. Trouwens, ik had het gevoel dat ik toch niet snel weer aan het werk zou gaan. Alles zou anders worden.

'*What up, bitches?*' zei Tammy.

Kate en ik rolden met onze ogen: Tammy en Lance spraken nog steeds als drugsdealers uit Baltimore.

Tammy nam haar gewone stem aan: 'Moet je jullie nou zien met je breiwerkjes, stelletje oma's.' Ze gooide een stapel post voor me op bed. 'Trouwens, je moet de groeten hebben van Janet en Peter.'

'Janet en Peter?' vroeg ik niet-begrijpend.

'Je buren,' zei Tammy. Aha, de familie labrador. Ik probeerde me hun gezicht voor de geest te halen, maar het lukte niet. Misschien had ik hen wel nooit echt aangekeken.

'Ik ben daar gisteravond wezen eten,' zei Tammy.

Het was interessant om te zien dat iemand anders in mijn huis woonde en mijn leven leefde, en me liet zien hoe gemakkelijk en natuurlijk dat kon zijn. Zij had waarschijnlijk geen seconde geaarzeld toen ze haar uitnodigden. 'Leuk! Wat zal ik meebrengen?' zou ze gezegd hebben.

'Het zijn leuke lui,' vertelde ze verder. 'We hebben Monopoly gespeeld met de kids.'

'Ik haat Monopoly,' merkte Kate op terwijl ze haar breiwerk weer ter hand nam.

'Maar goed, we zijn van plan om een welkomthuisfeest voor jou te organiseren,' zei Tammy.

'Een feest?' zei ik. 'Ik doe niet aan feesten.'

'Waar heb je het over?' zei Tammy. 'Ik vertelde aan Janet en Peter over dat halloweenfeest dat jij jaren geleden hebt gegeven. Weet je nog? Dat was een van de beste feesten waar ik ooit ben geweest.'

Ik wist het nog. Dat was toen Patrick en ik pas bij elkaar waren, maar nog voor we gingen samenwonen. Ik had me vreselijk uitgesloofd en mijn flat versierd met pompoenlichtjes en spinnenwebben. Ik had zelfs droogijs in emmers neergezet voor een griezelig rookeffect. Iedereen kwam verkleed. Patrick was als Dracula en hij boog steeds over me heen zodat hij zijn tanden in mijn nek kon zetten. Ik was Morticia met een lange zwarte pruik en een strakke spinnenketting om mijn hals. Ik zie de foto's zo voor me: zo'n blije Morticia heb je nog nooit gezien.

Maar het meisje dat dat feestje gaf, bestaat niet meer, dacht ik.

'Je had pompoentaart gebakken,' zei Tammy. 'Goddelijk lekker.'

'Ik heb nog nooit pompoentaart gegeten,' zei Kate.

'Ik zal er wel een keer eentje voor je bakken,' zei ik, en ineens schoot het lijstje ingrediënten door mijn hoofd: roomkaas, kaneel, gemberpoeder. En het verbaasde me hoe graag ik een pompoentaart zou willen bakken voor Kate en Lance en Tammy, en misschien ook voor de buren. Hoe graag ik wilde dat mensen van mijn eten zouden genieten, en nog eens extra opschepten. Hoe lang was het geleden dat ik mensen over de vloer had, dat ik voor iemand had gekookt?

Ik dacht aan de havermoutkoekjes die ik in Ellens keuken had gebakken en ik huiverde bij de herinnering. Ik pakte de post op voor wat afleiding.

'Janets broer ziet jou blijkbaar wel zitten,' zei Tammy. 'Dus we gaan je koppelen op het feest.'

'Janets broer?' Ze kletste maar wat. 'Ik heb haar broer nog nooit ontmoet.' Ik sorteerde mijn post. Rekeningen. Reclame. Nog meer rekeningen.

'Je hebt hem een keer gezien toen je net je huis uit kwam,' zei Tammy. 'En hij dacht dat hij je al eens eerder had gezien, op Avalon Beach, bij het bodyboarden? Kan dat?'

Ik pakte een envelop waar mijn adres op geschreven stond in een keurig handschrift dat me vaag bekend voorkwam. Rechts onderin zat een klein bobbeltje. 'Ik heb een paar keer geprobeerd te bodyboarden,' zei ik, en ik wapperde met de envelop terwijl ik dacht aan de man met dat wollige haar op het strand, en hoe zijn schaduw over me heen viel toen ik in mijn rode jurk op het zand lag. Dat was nadat ik die avond naar het huis van Patricks ouders was gegaan toen Ellen daar was.

Vervolgens dacht ik terug aan de man met de honkbalpet die het pad van de buren op liep terwijl ik zogenaamd naar een verjaardagsfeest ging. Ik weet nog dat hij naar me keek alsof hij me kende.

Ik schoof die twee beelden uit mijn herinnering in elkaar en zag wel dat het met gemak dezelfde man zou kunnen zijn. Het gaf me een wonderlijk gevoel, alsof ik terug moest en mijn hele leven onder de loep moest nemen om te zien wat ik allemaal had gemist.

'Maar hij heeft een vriendin,' zei ik, want ik herinnerde me hoe hij zijn arm om de vrouw met wie hij was had geslagen, en de spijt die ik toen voelde.

'Het is net uit,' zei Tammy. 'Hij is weer op de markt. Je moet snel zijn, anders wordt hij door een ander ingepikt.'

'Wat doet hij voor de kost?' vroeg Kate. 'Of is dat een oppervlakkige vraag? Wat zijn zijn dromen, zijn wensen?'

'Hou je vast,' zei Tammy dramatisch. 'Hij is... timmerman.'

'Dat méén je niet.' Kate liet haar breiwerk vallen.

'Dat meen ik wel!'

'Maak me gek!'

Ik lachte om hen. Ik was vergeten hoe dat was, zo te lachen.

Een meisjesachtige slappe lach, om niets. Ik dacht dat ik daar te oud voor was, maar je groeit er dus nooit overheen. Ik had het moeten weten. Toen mama al over de zeventig was, ging ze eens in de maand lunchen met haar oude tennisclubje. Ik was een keer bij haar toen het haar beurt was om de dames te ontvangen en ik weet nog dat ik binnenkwam en lachsalvo's in de zitkamer hoorde. Ze klonken als een stel tieners.

Ik was vergeten dat het leukste van daten niet de date zelf was, maar de gesprekken erover; de analyse van potentiële nieuwe vriendjes met je vrienden.

'Mag ik ook op dat feest komen?' zei Kate. 'Zodat ik de timmerman kan ontmoeten?'

'Natuurlijk,' zei Tammy. 'Ik vraag me af of we een excuus kunnen verzinnen zodat hij iets moet timmeren op het feest.'

'Een boekenplank ophangen?'

'Idealiter moet het iets zijn waardoor Saskia hulpeloos en kwetsbaar lijkt.'

'Lekker feministisch,' zei ik.

Kate knipte met haar vingers. 'Een oprit! Voor haar rolstoel!'

'Als ik naar huis mag, kan ik lopen, zeggen ze,' zei ik. De volgende week moest ik met krukken gaan oefenen.

'O,' zei Kate teleurgesteld. 'Weet je het zeker?'

De envelop met het vertrouwde handschrift liet ik liggen tot ze later die avond naar huis waren. Ik draaide hem om en zag het adres van de afzender.

Mevr. Maureen Scott.

Patricks moeder. Natuurlijk. Ze was net als mijn eigen moeder. Iemand die kaartjes verstuurde. Toen ik met Patrick was, stuurde Maureen talloze kaartjes, om de kleinste dingen. *Lieve Patrick, Saskia en Jack, bedankt voor de fijne avond, afgelopen zaterdag. We hebben genoten van Saskia's 'Thaise salade met rundvlees'. Hij was zalig.*

Waarom schreef ze me nu? Om me te zeggen dat het afgelopen moest zijn? Jij hebt de arm van mijn kleinzoon gebroken, vals kreng dat je bent?

Ik maakte hem open. Het paarse briefpapier met een randje van lavendeltakjes kwam me bekend voor. Waarschijnlijk gebruikte ze al jaren hetzelfde papier.

Ik las:

Lieve Saskia,

Jack wilde je deze 'beterschapskaart' sturen (hij heeft hem zelf gekocht, van zijn eigen geld) en ik heb hem beloofd dat ik jouw adres zou achterhalen en de kaart zou versturen. Patrick weet niet dat hij je heeft geschreven, dus ik zou je heel dankbaar zijn (gegeven de huidige omstandigheden) als je niet terugschreef.
Ik had dit al eerder moeten zeggen, Saskia, maar je was een geweldige moeder voor Jack, en als zijn oma had ik meer moeten doen om ervoor te zorgen dat jullie contact bleven houden. Het spijt me ontzettend. Het zal me altijd blijven spijten. Jack is een heerlijke jongen geworden. Hij doet je eer aan.
Ik hoop en bid dat het je lukt om je leven nu weer op te pakken, en om gelukkig te worden. Ik weet dat je eigen moeder dat ook zou hebben gewild.

Liefs, Maureen

Op de kaart stond een afbeelding van een giraf die rechtop in bed zat met een thermometer in zijn mond.

Lieve Saskia,

Snel weer beter worden. Met mij gaat het goed. Volgende week mag mijn gips eraf.
Ik mag niet bij je op bezoek van papa. Sorry.

Liefs, Jack
PS *Ik weet nog van de steden van Play-Doh. Die waren echt vet.*

PPS Hier is een nieuwe geluksknikker, omdat ik je oude heb kwijtgemaakt.

Onder in de envelop zat een knikker. Ik hield hem tegen het licht en bestudeerde de complex verweven verfdruppels en er kwam een waas voor mijn ogen.

Ik huilde heel erg lang. Zonder pijnlijke snikken, alleen maar heel stille, heilzame tranen, als een lange, milde regenbui op een zondagmiddag.

Toen de tranen eindelijk opdroogden, snoot ik mijn neus en deed ik het licht uit. Daarna sliep ik dieper dan ik in jaren heb geslapen. Ik geloof dat ik helemaal niet heb gedroomd. Ik leek wel een dier dat een winterslaap deed. Toen ik wakker werd voelde het alsof ik uit een diep, donker hol kroop, de frisse lentelucht in.

Ik wreef met mijn polsen in mijn ogen en rook te kort gebakken spek en slechte koffie. Sally, de heerlijk chagrijnige verpleegkundige die meestal 's ochtends mijn ontbijt kwam brengen, stond aan het voeteneind van mijn bed. Lomp als altijd dumpte ze het blad op mijn tafeltje en ze keek me fronsend aan.

'Goed geslapen?' vroeg ze.

'Fantastisch,' zei ik.

27

Voor we onze baby ontmoeten, kunnen we onmogelijk weten hoe diep de liefde is en hoe intens de spanning kan zijn of ons kindje zal overleven en gezond zal zijn.

Baby Love, de Australische klassieker over babyverzorging, door Robin Barker

'Ja, dat is mijn neus en ja, dat is heel grappig. Wil je je nu even concentreren?'

De baby liet Ellens neus los en legde haar handje op Ellens mond.

Ellen deed net of ze het op wilde eten. 'Hap, hap.'

De baby grijnsde. Ze draaide haar hoofdje en zoog zich weer aan Ellens tepel vast om met gretige concentratie te drinken, met een vingertje in de lucht, alsof ze wilde zeggen: 'We praten zo verder.'

Ellen deed even haar ogen dicht terwijl ze de tintelende warmte voelde van duizend kleine magneetjes die de melk uit haar borst trokken. Zes maanden geleden had ze dit nog nooit gevoeld; nu was het net zo'n vertrouwde sensatie als niezen.

Hoewel dit toch nog steeds telkens een beetje bijzonder was.

Grace dronk een paar minuten, en draaide met haar kleine handje alsof ze tegelijk een symfonie dirigeerde. Ze hield haar hoofdje naar achteren en wapperde met haar oogleden alsof de muziek haar in haar ziel raakte.

'Waar is mijn kleine meisje?'

Bij het horen van haar vaders stem draaide de baby haar

hoofdje zo snel zijn kant op dat ze Ellens borst meetrok en de druppeltjes melk in het rond vlogen.

'Hallo, mijn kleine Gracie, hallo, hallo, hallo!' Patrick zakte naast Ellen op zijn hurken. De baby kraaide en gorgelde en wriemelde van extatische liefde. Patrick stak zijn handen uit en keek Ellen aan voor haar goedkeuring.

'Het is oké, ze zat maar een beetje te snacken.'

Patrick nam de baby in zijn armen en verborg zijn gezicht in haar nekje. 'Poppelepee, ik ruik een heel lekker baby'tje!'

'Allemachtig, ik heb nog nooit zo'n verliefde vader meegemaakt,' had Anne de vorige avond gezegd toen ze hem met Grace zag spelen. Ze klonk licht afkeurend, een beetje chagrijnig zelfs. Ellen vroeg zich af of dat kwam door de spijt, omdat Ellen zelf geen verliefde vader had gehad, en jaloezie omdat Anne een alleenstaande moeder was geweest. Maar voor hetzelfde geld vond ze Patricks gedrag niet mannelijk, of onbetamelijk.

'Sorry.' Patrick stond op met de baby op zijn heup en hij kuste Ellen op haar kruin. 'Hallo.'

'Ach, let maar niet op mij,' zei Ellen schouderophalend.

Ze vond het helemaal niet onmannelijk. Ze kon er geen genoeg van krijgen te zien hoe Patrick met Grace omging. Vanaf het allereerste moment dat ze in een rolstoel werd teruggebracht naar haar kamer in het ziekenhuis en zag hoe hij het nieuwe kindje tegen zijn blote borst aan gedrukt hield (de verpleegkundigen hadden gezegd dat Grace huid-op-huidcontact moest hebben zolang Ellen nog lag bij te komen, en dus had hij zijn overhemd losgeknoopt en haar tegen zijn blote borst gelegd als een slaperig koalabeertje), voelde ze een heel sterke emotie – het leek op lust, maar dan anders. Het was net zoiets als borstvoeding geven, een totaal nieuwe sensatie. Ze vroeg zich af of het biologisch was: die tevredenheid als je je man met je kroost bezig zag, zodat je wist dat hij waarschijnlijk wel bij je zou blijven en dat hij de leeuwen en tijgers bij je uit de buurt zou houden. Of kwam het doordat ze zich identificeerde met

Grace, en vervulde Patrick Ellens eigen onderdrukte behoefte aan vaderliefde?

Wat het ook mocht zijn, ze was er dankbaar voor. Al die angst of Patrick nog gevoelens voor Colleen had, leek nu zo suf. Ellen keek teder en meewarig terug op zichzelf, een jaar geleden: al dat onnodige drama! Er was genoeg liefde voor iedereen.

Er was zelfs genoeg liefde voor Harriets telefoontje van afgelopen maandag, om te zeggen dat Jons nieuwe vrouw een tweeling verwachtte.

(Tenminste, bijna genoeg liefde. Het hielp om zich voor te stellen hoe slecht Jon het slaaptekort zou trekken. Hij was altijd erg gesteld op zijn slaap. Zij hoopte dat zijn tweeling gezond en levendig zou zijn; vooral rond drie uur 's nachts.)

Na Harriets telefoontje bedacht ze dat ze nog maar zo zelden aan haar exen dacht. Gracies komst had hen uit haar gedachten geschopt. Vroeger was ze voor een groot deel zo tevreden over haar liefde voor Patrick omdat hij zo gunstig afstak bij haar vorige vriendjes. Het was alsof ze hun relatie in was gestapt als een voortdurende competitie met al haar vorige relaties. *Yes, we hebben alweer gewonnen! Moet je eens kijken naar ons superieure seksleven! Moet je eens zien hoe gelukkig we zijn!*

Alleen niemand keek (meer) en het kon ook niemand iets schelen.

Nu was haar liefde voor Patrick gewoon een feit, een onlosmakelijk onderdeel van haar leven, alsof het altijd al zo was geweest.

Ze vroeg zich soms wel af of al deze gelukzalige tevredenheid misschien te maken had met het feit dat bij het geven van borstvoeding het 'liefdeshormoon' oxytocine vrijkwam – wat vertrouwen en empathie stimuleerde en angst verminderde.

Nou ja. Ze zou net zo lang de borst blijven geven als Grace wilde. ('Beloof me dat je niet zo'n hippiemoeder wordt bij wie het kind nog aan de borst hangt als ze voor het eerst naar school gaat,' had Anne gezegd. 'Wat is daar dan mis mee?' vroeg Ellen onschuldig.)

Grace Lily Scott, vernoemd naar haar overgrootmoeders van moederszijde, werd geboren op Valentijnsdag, via een geplande keizersnede. Een natuurlijke geboorte was geen optie vanwege de 'laag liggende placenta'. Dat had een poos het einde van de wereld geleken. Ellen had altijd het idee gehad dat ze haar kind zonder medicatie en langs de natuurlijke weg op de wereld zou zetten, en dat ze daarbij de hypnosevaardigheden zou inzetten die ze al aan zoveel aanstaande moeders had geleerd. Het was nooit bij haar opgekomen dat ze er zelfs niet aan toe zou komen om te probéren haar kind zelf te baren.

'Ja, ik snap wel dat je daar overstuur van bent,' had Julia toen gezegd. (Ze was pas gaan samenwonen met Stinky, en gaf bijna licht van geluk, mede dankzij het feit dat de nieuwe vrouw van haar ex bij hem weg was voor een andere man: een heel bevredigend soort karma.) 'Een keizersnede past niet bij jouw imago. Jij had je kind thuis moeten krijgen, met veel gechant en kaarsen en wierook.'

'Zo is het niet precies,' zei Ellen snuffend, ook al sloeg Julia de spijker op de kop.

'Ik wist wel dat jij te fijngevoelig was om je kind er zelf uit te persen,' zei Madeline, voor ze toegaf dat ze jaloers was omdat de zestien uur die nodig waren om kleine Harry op de wereld te zetten niet tot haar favoriete herinneringen behoorden. (Madeline had pas kortgeleden toegegeven dat ze Ellen nooit naar hypnotherapie vroeg omdat ze bang was dat Ellen haar niet spiritueel of diep genoeg vond om te begrijpen waar het over ging. Ellen was verbluft.)

'Van baren word je geen moeder, kindje,' had Patricks moeder gezegd.

'Als je honderd jaar geleden had geleefd, zou je dagenlang in barensnood hebben verkeerd, en het loodje hebben gelegd door het bloedverlies,' had Ellens moeder gezegd.

Uiteindelijk bleek het er natuurlijk niet toe te doen. Ze had zelfhypnose gebruikt om haar bloeddruk stabiel te houden tijdens de operatie en er waren geen complicaties. 'Jouw vrouw is de kalmste, meest serene patiënt die ik ooit heb gehad,' zei de anesthesist tegen Patrick. 'U zou haar eens moeten zien tijdens het ninjavechten,' antwoordde Patrick.

Ellen was in haar eigen vredige zone gebleven tot de gynaecoloog haar baby omhooghield. Op dat moment hapte ze naar adem alsof iemand haar net van de bodem van een zwembad had geplukt. En iedereen maakte zich zorgen, maar ze kwam niet uit haar woorden en dus kon ze niet zeggen dat er niets aan de hand was, het was alleen – o mijn god, kijk dan, dat is een echte baby. Blijkbaar had haar bewuste brein boeken gelezen en een babykamer ingericht, terwijl haar onderbewuste brein dacht dat er straks een vis uit zou komen, of een teddybeer, in elk geval geen baby.

'Wat zullen wij eens gaan doen als mama druk is met hypnotiseren?' vroeg Patrick aan Grace. 'Heb je zin om naar het strand te gaan met je grote broer en met papa? Of zullen we een beetje in de tuin blijven hangen?'

Grace begon een lang verhaal in babytaal, haar grote ogen op Patrick gefixeerd. Ze had de violette ogen van Ellens moeder geërfd. Ellen was heel ijdel wat Gracies ogen betrof, en trok haar expres kleding aan in kleuren die het violet nog intenser deden spreken. Ze was letterlijk nog nooit met Gracie buiten de deur geweest zonder dat iemand een compliment maakte over die ogen, al reageerde ze altijd verbaasd en gevleid, alsof het de eerste keer was dat iemand er iets van zei. 'Die komen regelrecht van haar oma,' zei ze dan bescheiden.

'Zo is het.' Patrick knikte respectvol terwijl Gracie doorbrabbelde. 'Ja, ik begrijp het helemaal. Dus je weet het nog niet. Je komt er niet uit. Kijk, dat komt dus doordat jij een vrouw bent.'

'Hé!' zei Ellen.

'Waarschijnlijk komt het doordat je op je moeder lijkt en je de situatie te veel analyseert. Jij denkt: wat betekent het precies als pappie me meeneemt naar het strand? Probeert hij me onbewust iets anders duidelijk te maken? Onderdrukt hij soms wat hij echt wil doen?'

'Ik luister al niet eens meer naar jou.' Ellen stond op en rekte haar armen boven haar hoofd.

Ellen was sinds kort weer parttime aan de slag gegaan. Haar moeder en peettantes pasten elke woensdagochtend op Gracie. Ze kleedden haar aan als een prinsesje, en namen haar mee naar restaurants, waar ze haar piepkleine stukjes gerookte zalm en chocoladeschaafsel voerden en Joost mag weten wat nog meer. Patricks moeder paste elke donderdagmiddag na school op Jack en de baby. Maureen deed Gracie lekker lang in bad, en voerde haar geprakte pompoen, en stuurde haar nooit naar huis zonder roze strikje in haar dunne, zoetgeurende haar. Jack vond Gracie maar matig interessant toen ze nog een baby'tje was, maar nu ze op hem begon te reageren was het zijn levensmissie om haar aan het lachen te maken met steeds gekkere kiekeboespelletjes. Gracie had een heel ondeugend lachje dat ze speciaal voor Jack reserveerde.

Op zaterdag was Patrick aan de beurt, want dat was Ellens langste werkdag, met vier cliënten.

Ze had momenteel een wachtlijst van drie maanden, maar voorlopig wilde ze niet meer uren per week werken. Een baby hebben bleek een verbijsterend drukke nieuwe baan en het begin van een nieuwe relatie en verhuizen naar een ander land met een andere taal en cultuur, allemaal tegelijk. De baby vulde haar gedachten, haar hart en haar zintuigen. Ze wilde haar inademen, opvreten.

De liefde die ze voor Grace voelde leek permanent te zweven tussen vreugde en angst. 'Baby's kunnen wel tegen een stootje,' zei Patricks moeder als Ellen zei dat ze zich ergens zorgen over maakte, en dan wilde Ellen het liefst zeggen: 'Ben je wel goed wijs? Ze kunnen doodgaan in hun slaap!'

Op een keer, toen haar moeder op bezoek was zonder de peettantes, kwam Ellen de babykamer uit, en zei ze: 'Ik hou zo ontzettend veel van haar, maar het is alleen zo'n...'

'Martelgang,' vulde haar moeder aan. 'Ik weet het. En het wordt nooit beter. Je leert ermee leven.'

Ellen keek haar moeder in de ogen, die haar nu deden denken aan de ogen van haar dochter. Ze had altijd al geweten dat de felle, intense blik waarmee Anne haar aankeek bedoeld was om te verhullen hoeveel ze van haar hield, alsof liefde een zwakte was. Ze vond het altijd een schattig gebrek van haar moeder. Was ze maar meer zoals ik! Stond ze maar open voor de liefde! Het was voor het eerst dat ze begreep dat haar moeder geen weerstand bood aan de liefde, maar die probeerde te verdragen. Ze wist nu zelfs dat je zoveel van iemand kon houden dat het pijn deed: een fysieke pijn, in het midden van je borst.

Maar als haar gevoelens bovenaards leken te worden, zetten de banaliteiten van het moederschap haar weer met beide benen op de grond. Je kon je niet door sentimentaliteit laten overmannen als je met een ontploffende luier zat of als je probeerde uit te vogelen waarom ze ineens geen avocado met cottagecheese meer bliefde. Bovendien moest je je constant afvragen: is ze moe, heeft ze honger, heeft ze soms last van haar tandjes, en wat betekent toch dat monotone 'uh, uh, uh'-geluid dat ze maakt, en hoe kunnen we ervoor zorgen dat ze daarmee ophoudt?

'Ik denk dat ik met haar en Jack naar het strand ga,' zei Patrick. 'Dan komt Jack tenminste nog eens achter die computer vandaan.'

'Oké. Gracies hoedje ligt op de ladekast,' zei Ellen. 'En de zonnebrand ligt...'

'Alles onder controle,' zei Patrick.

'Goed,' zei Ellen. 'Er staat wind, dus...'

'Ellen. Respecteer de vader.'

'Oké. Alleen... Okido.'

'Oei, dit kost haar moeite!' zei Patrick tegen de baby. 'Ze wil nog zoveel zeggen. Ze heeft nog zoveel instructies.'

Ellen rolde met haar ogen. 'Ik ga me omkleden voor het werk.' Ze droeg een spijkerbroek met een T-shirt dat onder de vlekken van de babyvoeding zat. 'Veel plezier samen.'

Patrick tilde Gracies handje op en zwaaide naar haar. 'Dag mammie!'

Ellen bleef staan en keek naar de twee paar ogen die haar aanstaarden. 'Jullie hebben dezelfde vorm ogen. Mama's kleur, maar jouw vorm.'

'En moet je kijken: we hebben ook precies dezelfde kale plekken.' Patrick tilde Grace op onder haar oksels en boog zijn eigen hoofd.

Ellen liep de kamer uit, maar toen ze halverwege de hal was, rende ze terug en stak ze haar hoofd om de deur. Ze sprak heel snel: 'Als-je-haar-blauwe-vestje-zoekt-dat-zit-in-de-tas-bij-de-voordeur-nou-dat-was-het-meer-wilde-ik-niet-zeggen!'

Terwijl ze de trap op liep, hoorde ze hem zeggen: 'Ze kan er niets aan doen, Gracie. Echt niet.'

Twintig minuten later was ze aangekleed en stond ze bij het raam in haar behandelkamer, met haar hand aan het gordijn dat Patrick had opgehangen. Ze zag hem over het strand wandelen, met de baby op zijn heup, een parasol onder zijn arm, de strandtas over zijn schouder. Jack liep achterstevoren voor hen uit, en probeerde waarschijnlijk Grace aan het lachen te maken. Ellen kneep haar ogen tot spleetjes: Patrick had de baby het blauwe vestje aangetrokken.

Ze zag dat ze bleven staan op een plek bij het water. Patrick gaf de baby aan Jack en ging op zijn knieën zitten om een gat te graven voor de parasol. Hij groef de parasol zo stevig in dat hij tijdens een cycloon nog zou blijven staan.

'Snel,' zei ze tegen het raam. 'Ze zit in de volle zon.'

Patrick stopte met graven en keek op naar het huis, alsof hij haar had gehoord. Hij stak zijn armen hoog boven zijn hoofd, alsof hij vanaf een bergtop naar haar zwaaide. Ellen lachte, en zwaaide zinloos terug.

Zelfs de manier waarop Patrick in zijn vel stak was nu anders dan toen ze elkaar voor het eerst ontmoetten: zijn bewegingen waren ruimer, vrijer, losser. Het was nu een jaar geleden dat ze voor het laatst iets van Saskia hadden gehoord en Patrick was daarna met de maand veranderd: hij ontspande, deed gekker, blijer, was minder snel geïrriteerd en boos. Hij zong onder het huishouden countryliedjes met een Amerikaans accent – liedjes over vrouwen die vreemdgingen en ijskoude harten hadden. Het was net of Ellen de echte Patrick helemaal niet had gekend, alsof ze verliefd was geworden op een zieke, die nu weer gezond was. Het voelde als een verrassende bonus: een onverwacht cadeau dat ze gratis bij haar bestelling ontving.

Ook werd ze hierdoor alsnog kwaad op Saskia, en op zichzelf, omdat ze zo achteloos had gedaan over hoe zwaar hij leed onder het stalken, en hoeveel hij daar altijd onder zou blijven lijden.

Toen Gracie nog maar een paar weken oud was, keek ze met Patrick naar een documentaire over een vrouw die jarenlang was gestalkt door haar vroegere echtgenoot.

'Zo voelde dat voor mij ook,' zei Patrick op een gegeven moment.

Ellen schrok ervan. Ze had helemaal niet aan Patrick gedacht.

Ze gruwde van zichzelf. *Het was niet eens bij haar opgekomen dat hij op dat moment dacht aan zijn ervaringen met Saskia.* Haar medeleven was alleen uitgegaan naar de vrouw in de documentaire. Wat afschuwelijk voor haar! Er was geen enkel excuus voor het gedrag van de ex; ze was totaal niet geïnteresseerd in zijn motieven. Hij was gewoon door en door slecht: een schurk die de maximale straf moest krijgen die bij wet was voorzien. Terwijl Ellen daar zat met de slapende Gracie op haar schouder, en terwijl de vrouw op de televisie huilde, drong het tot haar door dat ze voor Patrick nooit zoveel medeleven of bezorgdheid had gevoeld als voor deze vrouw, die ze nog nooit had ontmoet. Haar vooringenomenheid en haar blindheid waren stuitend.

'Het spijt me dat jij dat allemaal hebt moeten meemaken,' had ze tegen Patrick gezegd.

'Ach, voor een vrouw is het erger,' had Patrick schouderophalend geantwoord.

Als ze in de auto zaten, keek Patrick nog steeds automatisch vaker dan een gemiddelde bestuurder in zijn achteruitkijkspiegel, en altijd als ze een restaurant binnengingen gleden zijn ogen door de hele zaak, alsof hij in een vorig leven spion was geweest. Maar hij keek er niet meer zo fronsend en defensief bij. Zijn slapeloosheid was verdwenen en hij had veel meer energie. Hij zag er jonger uit. 'Ik voel me alsof ik aan het herstellen ben van een vreselijke ziekte,' had hij tegen Ellen gezegd. 'Telkens als ik mijn mobieltje check, of mijn e-mail, en ik zie Saskia's naam niet staan, voelt het alsof ik een prijs heb gewonnen.'

Ellen en Patrick hadden nog steeds niet de tijd gevonden om te trouwen, maar ze waren er wel weer over aan het praten hoe ze zouden willen dat die dag eruit zou zien, zonder dat het meteen concreet ergens toe leidde. Patrick wilde nog steeds graag in het buitenland trouwen, en volgens Ellen betekende dat dat hij nog steeds niet helemaal genezen was – hij dacht dat er altijd nog een kans bestond dat Saskia zou opdagen.

Ellen vroeg zich af of Saskia inderdaad uit Sydney was vertrokken, zoals zij had geopperd. Ze vroeg zich af of ze nog steeds zoveel last van haar been had, en of ze eindelijk een ander had gevonden. Ze zou die dingen echt graag willen weten, maar ze was te bijgelovig om Saskia's naam te googelen. Straks stond ze ineens weer voor hun neus.

Ze zag hoe Patrick de parasol opstak en de baby overnam van Jack. Hij zwaaide haar in de lucht. Ellen wist hoe ze zou giechelen, en zich aan zijn haar zou vastgrijpen. Haar lachjes waren vet en heerlijk. Het was het meest eetbare geluid dat Ellen ooit had gehoord.

Jack rende langs de waterlijn en deed een handstand en liep een paar tellen op zijn handen, met zijn benen kaarsrecht in de lucht.

'Voorzichtig,' hoorde ze zichzelf tegen het glas mompelen.

Die ochtend bij het ontbijt had hij het met haar gehad over de aanstaande sportdag, waar ouders ook aan mochten meedoen.

'Ik heb tegen iedereen gezegd dat jij de moederrace wint, omdat jij alle andere moeders hypnotiseert! Pats, pats, pats! Vallen ze allemaal op de grond!'

Ze was dolgelukkig, omdat hij zo terloops en onbewust had gezegd dat zij bij de moeders hoorde, en in gedachten bood ze Colleen haar verontschuldigingen aan.

Ze dacht aan hoe het zou voelen als ze wist dat ze zou overlijden, en dat iemand anders Gracie zou grootbrengen. Voor ze een kind had, schepte ze er stiekem genoegen in om zich haar eigen begrafenis voor te stellen. Nu was de gedachte dat iemand anders beslissingen zou nemen over Gracies leven onverdraaglijk.

Het spijt me dat het zo is gelopen, Colleen, maar ik beloof je dat ik mijn best doe. En ik hou van Jack. Ik hou echt van hem.

Ze hield alleen niet zoveel van hem dat het pijn deed, niet zoals ze van Gracie hield.

Maar dat gaf niet, dacht ze, dat was niet iets om 's nachts over te liggen piekeren. Je kon op allerlei manieren van iemand houden. Ze dacht aan de nieuwe relatie die ze met haar vader aan het opbouwen was, en hoe ze steeds meer genegenheid en respect voor elkaar kregen. Dat het niet hetzelfde was als wat hij met zijn zoons had, betekende nog niet dat het niet bijzonder was.

Jack was natuurlijk een kind, geen volwassene, en als hij onbewust zou voelen dat Ellen niet op dezelfde pijnlijke manier van hem hield als van Gracie, zou dat zijn psyche misschien beschadigen. Dus ze zou waarschijnlijk nog weleens een nacht wakker liggen omdat ze bang was dat ze een boze stiefmoeder was.

Ze zuchtte. Kon ze die moederrace maar winnen! Helaas kon ze totaal niet hardlopen. Ze dacht er ernstig over na om te doen alsof ze een blessure had.

Inmiddels rende Jack rondjes om de parasol, en waarschijnlijk schopte hij zand in de ogen van Patrick en de baby. Hmm. Zo beschadigd zag hij er niet uit.

Er werd aan de deur gebeld.

Ze had een afspraak met een nieuwe cliënt die haar via het internet had gevonden. Aan de telefoon had hij kortaf en aarzelend geklonken – en wanhopig. Hij zei dat hij hulp wilde bij het stoppen met roken, maar Ellen vermoedde dat hij eigenlijk een heel ander probleem had. Ze wist dat zij zijn laatste redmiddel was.

Ellen keek nog een keer naar haar gezin, draaide zich om en liep naar beneden om te zien wat ze voor hem kon doen.

28

Zeg alsjeblieft tegen mijn dochter hoeveel ik van haar hou.

De laatste woorden van Saskia's moeder, gefluisterd in het oor van een verpleegkundige die op haar hurken naast het bed zat en probeerde de slang van haar infuus te ontwarren. 'Pardon?' antwoordde ze geïrriteerd, maar het was al te laat.

Ik heb niet alles gedaan wat de hypnotherapeute tegen me zei, maar ik ben wel naar een psychiater geweest. Een jaar lang, een keer per week.

Ik moest wel.

Toen ik verleden jaar uit het ziekenhuis kwam, aan het begin van de zomer, ben ik naar de rechtbank gegaan, in mijn meest degelijke, niet-gestoorde kleding, en terwijl ik daar zat te wachten tot ze mijn naam riepen, dacht ik aan de allereerste keer dat ik Patrick ontmoette, in Noosa. Ik nam deel aan een workshop over 'Ecologisch verantwoord bouwen' en hij kwam te laat binnen, en zocht een stoel. Ik zag zijn blik de zaal scannen, en ik dacht: kom maar naast mij zitten. Zijn blik ving de mijne, en hij glimlachte.

Dat was het begin, en dit was het einde.

Het was verbluffend snel voorbij. Ik vocht het contactverbod niet aan, en bekende schuld aan de inbraak. Ik kreeg een jaar voorwaardelijk, op voorwaarde dat ik geestelijke hulp zocht.

Mijn psychiater zei nooit veel, ze liet me maar doorzaniken. Maar als ze wel iets zei, voelde ik me net een vlinder waar een speld door gestoken werd. In het begin ging het altijd over Patrick.

'Hoe denk je dat Patrick zich voelde toen jij hem bleef bellen?'

'Wat ging er, denk je, door Patrick heen toen jij die dag voor zijn neus stond?'

'Denk je dat Patrick die nacht bang was?'

Het was ironisch dat ik de afgelopen drie jaar bijna nergens anders meer aan dacht dan aan Patrick, maar dat ik nooit echt goed over hem had nagedacht.

'Ik heb nooit geweld gebruikt,' zei ik.

'Geweld is niet alleen iets fysieks,' zei zij dan. 'Jij hebt hem van zijn macht beroofd.'

'Maar het ging mij niet om macht. Ik hield van hem. Ik wilde dat we weer samen waren.'

'Denk er maar eens over na, Saskia.'

Ze liet me nergens mee wegkomen. Het was alsof ze me dwong voor een spiegel te gaan staan en ik steeds de andere kant op wilde kijken. Ze pakte me dan telkens bij de schouders en liet me weer naar mezelf kijken. En als ik mijn handen voor mijn ogen deed, haalde zij die voorzichtig weg.

En uiteindelijk bleef ik staan en keek ik.

Dat was niet leuk.

Met haar droge, klinische stem somde ze op welk effect mijn gedrag op Patrick kan hebben gehad: angsten, depressie, posttraumatische stress.

'Ik geloof echt niet...' zei ik, maar toen zweeg ik.

'Dat is heel goed beschreven in de literatuur,' zei ze.

'Jemig,' zei ik.

'Jij wist dit wel,' zei ze. 'Ik denk dat jij ergens heel goed wist wat jij hem aandeed.'

'Ik kan hem een kaartje sturen om mijn excuses aan te bieden,' zei ik uiteindelijk met een dom, zogenaamd grappig stemmetje.

Het was zo'n foute grap dat ze er niet eens op reageerde. Ze keek me alleen maar aan, en stak die speld weer recht in mijn hart, waardoor ik tegensputterde en me los probeerde te wurmen, tot ik eindelijk stilviel.

Dat van die kaart was maar een geintje. Sinds ik thuis ben gekomen uit het ziekenhuis heb ik nooit meer contact met Patrick gezocht. Ik ging niet meer naar Jacks voetbalwedstrijden. Ik kwam niet eens meer in de verleiding. Niet echt. Het was als een bepaald gerecht waar ik vroeger dol op was, maar waar ik nu kotsmisselijk van werd. Dus hoewel ik me goed kon herinneren hoe lekker het smaakte, als ik eraan dacht wist ik meteen hoe ziek ik ervan was geworden. De walging was altijd zwaarder dan het verlangen.

We hadden het veel over rouw: om het verlies van mijn moeder en Patrick en Jack en de kinderen die ik nooit zou krijgen. We spraken over hoe ik mijn rouw had ingezet als wapen tegen Patrick, en hoe ik de pijn en de woede naar buiten had gericht, weg van mezelf, alsof ik een vlammend zwaard in mijn handen had en ik daarmee Patrick te lijf ging in een wanhopige, krankzinnige en uiteindelijk zinloze poging om te voorkomen dat ik me er zelf aan zou branden.

Ik heb heel veel van haar tissues moeten gebruiken.

We hadden het over hoe Patricks besluit om er een eind aan te maken niet echt iets met mij te maken had; het ging helemaal over hem en zijn eigen verdriet om Colleen. 'Als Ellen hem toen op die conferentie had ontmoet, zou hij het met haar waarschijnlijk op precies dezelfde manier hebben uitgemaakt,' zei mijn psychiater.

'Nee, zij zijn soulmates,' zei ik. 'Wat zij hebben is echte liefde.'

'Nee, het was een kwestie van timing,' antwoordde ze.

We hadden het over vriendschap en hoe ik mezelf uit mijn sociale netwerk had laten glippen. We hadden het over hobby's; en dan niet het stalken van je ex. We hadden het over manieren om in de toekomst met relaties en afwijzing om te gaan.

Ik begon minder tissues te gebruiken.

Toen kwam ik op een dag bij haar, en kletsten we over een film die ik dat weekend had gezien, en een nieuw visgerecht dat ik had uitgeprobeerd, en dat we allebei graag meer vis zouden willen eten, en aan het eind van de sessie zei mijn psychiater dat ze het niet nodig vond om een afspraak te maken voor de week daarop. Dus ben ik de week daarop naar de pedicure gegaan, in plaats van naar de psychiater.

Ellen zei dat ik weg moest gaan uit Sydney, maar dat heb ik niet gedaan.

Ik zou mijn vrienden te veel missen.

Tammy woont nu bij me, en we spreken vaak af met onze buren, Janet en Peter. Hun kinderen lopen de hele tijd bij ons in en uit. Tammy en ik hebben verleden weekend op ze gepast, zodat Janet en Peter samen weg konden.

Ik heb een paar maanden iets gehad met de broer van Janet. Die man van het bodyboard. Toby. Hij was leuk en hij was een goede afleiding, voor een poosje, maar hij had zelf net een relatie verbroken, net als ik, al klinkt dat gek. Dus voelden we ons allebei ongemakkelijk en kwetsbaar, en is onze relatie vriendschappelijk doodgebloed.

We zijn nog altijd vrienden, en dat is een vreemde ervaring voor me. Ik ben nog nooit bevriend gebleven met een ex. Ik weet niet precies hoe dat werkt, of wat de regels zijn, maar tot nu toe is dat prima, al voelt het soms wel wat ongemakkelijk. We kletsen, maar kijken elkaar niet aan.

Volgens Kate zijn Toby en ik voor elkaar bestemd, vanwege een of andere gecompliceerde reden die te maken heeft met hoe hij naar me kijkt (ik dacht dat hij helemaal niet naar me keek, maar kennelijk doet hij dat wel als ik afgeleid ben), maar ik weet het niet. Ze is nu zwanger en belachelijk sentimenteel. Ze belde me gisteravond om me te vertellen dat ze met Lance een echo had laten maken, en dat de baby een jongetje is, en dat ze mij graag als peettante wilden voor hun baby. Míj. Ze zei: 'Ik weet dat ik je nog niet zo lang ken, dus je moet het maar zeggen als het te veel gevraagd is.' Toen vroeg ze: 'Saskia? Ben je daar nog?'

Mijn petekind wordt volgend jaar geboren.

Over baby's gesproken, ik heb de hypnotherapeute vandaag met haar kind gezien.

Het was niet expres. Ik heb de voorwaarden van mijn contactverbod nog nooit geschonden, en ik kom nooit ergens waar de kans groot is dat ik hen weer tegen het lijf loop.

Het was vroeg in de avond en ik was op de Circular Quay. Ik had met Tammy en Kate afgesproken iets te gaan drinken in de Opera Bar voor we naar een toneelstuk zouden gaan. Kate had goedkope kaartjes geregeld en het was druk op de Quay met mensen die heen en weer liepen tussen de veerboten en het Opera House.

Ellen liep recht op me af met haar wandelwagen: het was zo'n groot, kleurig ding. Ik ving een glimp op van de baby. Patricks baby. Het was een meisje. Ze droeg een paars jurkje. Haar kleine beentjes met witte sokjes staken recht voor haar uit.

Ik bleef stokstijf staan, en iemand achter me zei: 'Hé, kijk eens uit.'

Ik zag Ellens gezicht oplichten. Het was alsof ze mij recht aankeek. Ik glimlachte terug, want ik had altijd al het gevoel dat we in een andere wereld vriendinnen hadden kunnen zijn. En ik wilde haar dolgraag vertellen dat het heel raar was, maar dat sinds ik mijn bekken en mijn enkel had gebroken, de mysterieuze pijn in mijn been helemaal was verdwenen.

En toen drong het tot me door dat ze naar iemand achter mij lachte, en dat ze haar hand optilde om te zwaaien. Ik keerde me niet eens om, om te zien of het Patrick was, of Jack, of iemand anders. Ik liep door en liet mezelf opgaan in de massa.

Dankwoord

Het schrijven van dit boek was een mooie aanleiding om te leren over de wondere wereld van de hypnotherapie. Ik ben Lyn Macintosh heel dankbaar voor al haar uitleg over dit fascinerende beroep. Eventuele fouten of verdichtsels zijn zonder uitzondering mijn verantwoordelijkheid.

Dank aan mijn vrienden: Mark Davidson voor zijn uitleg over politieprocedures, Janelle Atkins voor het beantwoorden van mijn vragen over stedenbouw, en Jack Mikhael omdat zij zich liet hypnotiseren en mij over haar ervaring wilde vertellen.

Dank aan mijn vader Bernie Moriarty, omdat hij me over landmeten heeft geïnformeerd en aan mijn moeder Diane Moriarty, omdat ze iedereen die ze tegenkomt over mijn boeken vertelt.

Dank, als altijd, aan mijn zusjes Jaclyn Moriarty en Nicola Moriarty die het concept van dit boek hebben gelezen, en aan Katrina Harrington die mij hielp om mijn laatste drukproeven te corrigeren.

Dank aan alle getalenteerde, behulpzame mensen bij Pan Macmillan Australia, die een manuscript omtoveren tot een boek: vooral Cate Paterson, Alexandra Nahlous, Susin Chow, Clara Finlay, Samantha Bok en Louise Cornege. Ook dank ik iedereen bij Curtis Brown, met name Fiona Inglis.

Sinds mijn laatste boek uitkwam, ben ik bevriend geraakt met de fantastische auteurs Dianne Blacklock en Ber Carroll. Het is een genoegen om met hen lezingen te geven. We hebben samen een nieuwsbrief opgesteld, 'Book Chat' genaamd. Wie zich hierop wil abonneren, of wie mijn blog wil volgen, zie ik graag op mijn website: www.lianemoriarty.com.

Referenties:
De volgende boeken hebben mij erg geholpen bij het schrijven van deze roman: *Hypnosis and Hypnotherapy* (2001) door C. Banyan en G. Kein; *Hypnosis: A Comprehensive Guide* (2008); *Finding True Magic* (2006) door Jack Elias; *The Art of Hypnosis* (2010) door C. Roy Hunter en *The Psychology of Stalking* (1998) door J. Reid Meloy.

Lees ook alvast een fragment uit

Negen volmaakte vreemden

Liane Moriarty

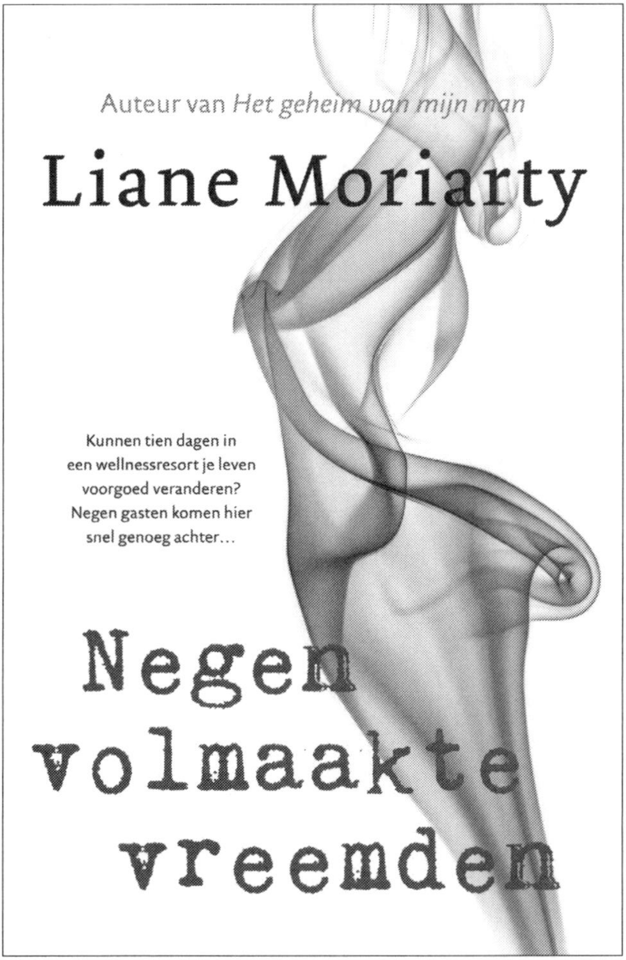

ISBN paperback 978 94 005 1061 6

ISBN e-book 978 90 449 7758 5

1

Yao

'Ik voel me prima,' zei de vrouw. 'Er is niets mis met me.'

Yao vond niet dat ze er prima uitzag.

Het was zijn eerste dag als trainee-ambulanceverpleegkundige. Zijn derde oproep. Yao was niet nerveus, maar hij was superwaakzaam, omdat hij het niet kon verdragen om zelfs maar de geringste fout te maken. Als kind blèrde hij altijd ontroostbaar als hij een fout maakte, en ook nu nog kreeg hij er buikpijn van.

Er rolde een eenzame zweetdruppel over het gezicht van de vrouw, die een slakkenspoor door haar make-up trok. Yao vroeg zich af waarom vrouwen hun gezicht oranje verfden, maar dat deed er niet toe.

'Ik voel me prima. Misschien gewoon een buikgriepje,' zei ze met een zweem van een Oost-Europees accent.

'Observeer alles aan je patiënt en zijn omgeving,' had Yao's supervisor Finn gezegd. 'Zie jezelf als een geheim agent die op zoek is naar aanwijzingen voor de diagnose.'

Yao observeerde de te zware vrouw van middelbare leeftijd met uitgesproken donkere kringen onder haar opvallend zeegroene ogen, haar piekerige bruine haar was weggestoken in een treurig knotje in haar nek. Ze zag er bleek en klam uit, en haar ademhaling was gejaagd. Een zware roker, te oordelen naar de asbakgeur die om haar heen hing. Ze zat in een leren stoel met een hoge rugleuning achter een gigantisch bureau. Het leek erop dat ze nogal een hotemetoot was, als de omvang van dit chique hoekkantoor en de glazen wanden die uitzicht boden op de haven enige indicatie vormden voor haar status binnen het bedrijf. Ze bevonden zich op de zeventiende verdieping en de zeilen van het Sydney Opera House waren zo dichtbij dat je de ruitvormige witte en roomkleurige tegels kon zien.

De vrouw hield haar hand op de muis. Ze scrolde door de e-mails op haar enorme computerscherm alsof de twee ambulanceverpleegkundigen die haar onderzochten slechts een onbeduidend ongemak waren, reparateurs die een stopcontact kwamen maken. Ze droeg een op maat gemaakt marineblauw mantelpakje alsof het een straf was; het jasje zat oncomfortabel strak om haar schouders.

Yao pakte de vrije hand van de vrouw en klemde een zuurstofmeter om haar vinger. Hij zag een glanzende, schilferige rode plek op haar onderarm. Aanleg voor diabetes?

Finn vroeg: 'Gebruik je medicijnen, Masha?' Hij ging op een gezellige, ongedwongen manier met patiënten om, alsof ze met een biertje in hun hand een babbeltje maakten tijdens een barbecue.

Het viel Yao op dat Finn zijn patiënten altijd bij hun naam noemde, terwijl Yao zich altijd een beetje opgelaten voelde als hij tegen ze praatte alsof ze oude vrienden waren, maar als het een betere uitwerking op de patiënten had, zou hij zijn verlegenheid wel leren overwinnen.

'Ik gebruik geen medicijnen,' zei Masha met haar ogen strak op de computer gericht. Ze klikte gedecideerd ergens op en wendde haar blik toen van het beeldscherm af, waarna ze Finn aankeek. Haar ogen leken geleend van iemand die mooi was. Yao nam aan dat het gekleurde contactlenzen waren. 'Ik ben volkomen gezond. Ik heb niet om een ambulance gevraagd.'

'Ik heb de ambulance gebeld,' zei een heel knappe jonge vrouw met hoge hakken en een strakke rok met hetzelfde ruitjespatroon als het Sydney Opera House. De rok stond haar fantastisch, maar dat was nu natuurlijk totaal niet relevant, al maakte ze technisch gesproken wel deel uit van de omgeving die Yao geacht werd te observeren. Het meisje beet op haar pinknagel. 'Ik ben haar persoonlijk assistente. Ze... eh...' Ze dempte haar stem, alsof ze iets beschamends wilde onthullen. 'Ze zag ineens lijkbleek en daarna viel ze van haar stoel.'

'Ik viel niet van mijn stoel!' snauwde Masha.

'Ze gleed er zo'n beetje vanaf,' verbeterde het meisje zichzelf.

'Ik was heel even duizelig, dat is alles,' zei Masha tegen Finn. 'En daarna ben ik meteen weer aan het werk gegaan. Zullen we het hierbij laten? Ik betaal jullie met alle plezier het volledige bedrag, nou ja, tarief, of hoe jullie je diensten ook in rekening brengen. Ik heb natuurlijk een ziektekostenverzekering. Ik heb hier nu alleen geen tijd voor.' Ze richtte haar aandacht weer op haar assistente. 'Heb ik om elf uur geen afspraak met Ryan?'

'Ik bel hem wel af.'

'Hoor ik daar mijn naam?' zei een man in de deuropening. 'Wat is er aan de hand?' Een kerel in een te strak paars overhemd liep met veel poeha naar binnen. Hij had een stapeltje dossiermappen in zijn hand en sprak met een bekakt Brits accent, alsof hij lid was van het koninklijk huis.

'Niks,' zei Masha. 'Ga zitten.'

'Masha is op dit moment duidelijk niet beschikbaar!' zei de arme assistente.

Yao had medelijden met haar. Hij hield er niet van als er luchthartig met gezondheidszaken werd omgesprongen en vond dat zijn vak meer respect verdiende. Hij had ook een sterke afkeer van bekakt pratende kerels met stekeltjeshaar in paarse overhemden die een maat te klein waren omdat ze hun opgepompte borstspieren wilden showen.

'Nee, nee, ga maar gewoon zitten, Ryan! Dit duurt niet lang. Ik voel me prima.' Masha wenkte hem ongeduldig.

'Mag ik je bloeddruk even opmeten, eh, Masha?' vroeg Yao, die dapper haar naam mompelde terwijl hij de band om haar bovenarm bond.

'Laten we eerst dat jasje maar eens uittrekken.' Finn klonk

geamuseerd. 'Je bent een drukbezette dame, Masha.'

'Ik moet deze eigenlijk echt even door haar laten ondertekenen,' zei de jonge kerel zachtjes tegen de assistente.

Yao dacht: ik moet eigenlijk echt even de vitale functies van je bazin controleren, lul.

Finn hielp Masha uit haar jasje en legde het hoffelijk over de stoel.

'Laat die documenten eens zien, Ryan.' Masha fatsoeneerde de knopen van haar roomkleurige zijden blouse.

'Ik hoef alleen je handtekening op de bovenste twee pagina's.' De kerel hield een map omhoog.

'Dit meen je niet.' De assistente stak ongelovig haar handen in de lucht.

'Je moet een ander keertje terugkomen, man,' zei Finn met een onmiskenbaar scherp randje om zijn barbecuestem.

De kerel deed een stap naar achteren, maar Masha knipte met haar vingers en hij sprong onmiddellijk weer naar voren om haar de map te geven. Hij was blijkbaar banger voor Masha dan voor Finn, en dat zei heel wat, want Finn was een grote, sterke vent.

'Dit duurt hooguit veertien seconden,' zei ze tegen Finn. Ze brabbelde een beetje bij het woord 'seconden', waardoor dat klonk als 'sjeconden'.

Met de bloeddrukmeter nog in zijn hand maakte Yao oogcontact met Finn.

Masha's hoofd viel opzij, alsof ze net was ingedommeld. De dossiermap gleed uit haar vingers.

'Masha?' Finn sprak op luide, commanderende toon.

Masha zakte voorover met haar armen opzij, als een marionet.

'Zo, ja!' gilde de assistente voldaan. 'Zo ging het precies!'

'Jezus!' De kerel met het paarse overhemd liep achteruit. 'Jézus. Sorry! Ik zal maar...'

'Oké, Masha, we leggen je op de grond,' zei Finn.

Finn tilde haar op bij haar oksels en Yao pakte kreunend van inspanning haar benen. Ze was een heel lange vrouw, besefte Yao, veel langer dan hij. Minstens één meter tachtig en een dood gewicht. Samen legden Finn en hij haar op haar zij op het grijze tapijt. Finn vouwde haar jasje tot een kussen en legde het onder haar hoofd.

Masha's linkerarm stak stijf en zombieachtig boven haar hoofd uit. Haar handen balden zich tot spastische vuisten. Ze bleef hortend en stotend ademhalen terwijl haar lichaam steeds andere houdingen aannam.

Ze had een epileptische aanval.

Epileptische aanvallen waren verontrustend om te zien, maar Yao wist dat je gewoon moest wachten tot ze voorbij waren. Er zat niets om Masha's nek dat Yao kon losmaken. Hij speurde de ruimte om haar heen af en zag dat ze nergens haar hoofd aan kon stoten.

'Gebeurde dit eerder vandaag ook?' Finn keek op naar de assistente.

'Néé. Nee, toen viel ze zo'n beetje flauw.' De assistente keek met grote ogen vol ontstelde fascinatie toe. 'Heeft ze wel vaker een epileptische aanval?' vroeg Finn.

'Volgens mij niet. Ik weet het niet.' Terwijl ze het zei, schuifelde de assistente terug naar de deur van het kantoor, waar zich nu een groepje andere zakelijke types had verzameld. Een van hen hield een mobiele telefoon omhoog en filmde, alsof de epileptische aanval van hun bazin een popconcert was.

'Begin met hartmassage.' Finns ogen waren zo hard en glad als stenen.

Gedurende één moment – niet langer dan een seconde, maar toch, een moment – deed Yao niets, omdat zijn brein worstelde om te verwerken wat er zojuist was gebeurd. Hij zou zich dat ogenblik van versteend onbegrip eeuwig herinneren. Hij wíst dat een hartstilstand gepaard kon gaan met de symptomen van een epileptische aanval, maar toch had hij het niet opgemerkt, omdat zijn hersenen, onterecht, zo volkomen overtuigd waren van één realiteit: deze patiënt heeft een epileptische aanval.

Als Finn er niet geweest was, was Yao misschien wel op zijn hurken blijven zitten toekijken hoe de vrouw een hartstilstand kreeg, zónder iets te doen, als een piloot die een vliegtuig laat neerstorten omdat hij te veel op zijn gebrekkige instrumenten vertrouwt. Yao's beste instrument was zijn brein, en vandaag was het gebrekkig.

Ze gaven haar twee keer een schok, maar waren niet in staat een regelmatig hartritme op gang te brengen. Masha Dmitrichenko had een volledige hartstilstand toen ze haar uit het hoekkantoor droegen, waar ze nooit meer terug zou keren.

2

Tien jaar later

Frances

Op een hete, wolkeloze dag in januari reed Frances Welty, de ooit zo succesvolle schrijfster van liefdesromans, in haar eentje door het met struikgewas begroeide bushland, zes uur ten noordwesten van haar huis in Sydney.

Het zwarte snelweglint rolde zich hypnotiserend voor haar uit terwijl de ventilatieopeningen van de airco op volle kracht ijskoude wind in haar gezicht bliezen. De lucht was een reusachtige diepblauwe koepel die haar kleine, eenzame auto omringde. Er was veel te véél lucht naar haar smaak.

Ze glimlachte omdat ze zichzelf deed denken aan zo'n knorrige reviewer op TripAdvisor: *Dus ik belde de receptie en vroeg om een laaghangendere, bewolktere, prettigere lucht. Een vrouw met een sterk buitenlands accent zei dat er geen andere luchten beschikbaar waren! En ze deed nog heel onbeschoft ook!* *DIT NOOIT MEER. GOOI JE GELD NIET WEG.*

Het kwam bij Frances op dat ze misschien wel bezig was haar verstand te verliezen.

Nee, niet waar. Ze voelde zich prima. Bij haar volle verstand. Echt, eerlijk waar.

Ze klemde haar handen om het stuur, knipperde met droge ogen achter haar zonnebril en gaapte zo uitgebreid dat haar kaken klikten.

'Au,' zei ze, ook al deed het geen pijn.

Ze zuchtte en keek uit het raampje, op zoek naar iets wat de eentonigheid van het landschap doorbrak. Wat moest het daar buiten hard en meedogenloos zijn. Ze zag het zo voor zich: het gegons van vleesvliegen, het treurige gekras van kraaien en dat verzengende, withete licht. Weids, bruin land, zeg dat wel.

Kom op. Geef me een koe, een gewas, een schuurtje. Ik zie, ik zie wat jij niet ziet en het begint met de letter...

N. Niks.

Ze verschoof op haar stoel en haar onderrug beloonde haar met een zo scherpe, indringende pijnscheut dat de tranen haar in de ogen sprongen.

'Jezusmina,' zei ze mistroostig.

De rugpijn was twee weken geleden begonnen, op de dag dat ze eindelijk had geaccepteerd dat Paul Drabble verdwenen was. Ze had het nummer van de politie ingetoetst en geprobeerd te bedenken hoe ze Paul moest noemen – haar partner, vriendje, minnaar, haar 'bijzondere vriend'? – toen ze de eerste steek voelde. Het was het duidelijkste voorbeeld van psychosomatische pijn ooit, maar de wetenschap dat het psychosomatisch was, maakte het niet minder pijnlijk.

Het was raar om elke avond in de spiegel te kijken en te zien dat haar onderrug er nog steeds even zacht, wit en enigszins mollig uitzag als altijd. Ze verwachtte iets vreselijks te zien, zoals een knoestige massa boomwortels.

Ze keek op haar dashboard hoe laat het was: 14.57 uur. De afslag kon elk moment komen. Ze had tegen de reserveringsmensen van Tranquillum House gezegd dat ze er tussen halfvier en vier zou zijn en ze had geen onvoorziene tussenstops gemaakt.

Tranquillum House was een 'boetiekresort voor gezondheid en wellness'. Haar vriendin Ellen had het haar aangeraden. 'Je moet herstéllen,' had ze vorige week bij de lunch tegen Frances gezegd na hun derde cocktail (een uitstekende *bellini* met witte perzik). 'Je ziet er niet uit.'

Ellen had drie jaar geleden een 'zuiverende kuur' gedaan bij

Tranquillum House, toen ook zij 'opgebrand' en 'ingestort' en 'niet in vorm' en... 'Jaja, ik snap het,' had Frances gezegd.

'Het is er nogal... apart,' had Ellen tegen Frances gezegd. 'Hun benadering is nogal onconventioneel. Het verandert je leven.'

'Hoe is je leven dan veranderd?' had Frances in alle redelijkheid gevraagd, maar op die vraag had ze nooit een duidelijk antwoord gekregen. Uiteindelijk leek het allemaal neer te komen op Ellens oogwit, dat echt heel wit was geworden, nee echt, bizar wit! En ze was ook nog drie kilo kwijtgeraakt! Hoewel het in Tranquillum House niet om afvallen draaide; Ellen maakte er een heel punt van om dat duidelijk te maken. Het ging allemaal om wellness, maar hé, welke vrouw zou klagen dat ze drie kilo kwijt was? Ellen in elk geval niet. En Frances ook niet.

Frances was naar huis gegaan en had op hun website gekeken. Ze was nooit zo'n voorstander geweest van zelfopoffering, was nooit op dieet geweest en zei zelden nee als ze zin had om ja te zeggen of ja als ze zin had om nee te zeggen. Volgens haar moeder was Frances' eerste, gretige woordje 'meer' geweest. Ze wilde altijd meer.

Maar de foto's van Tranquillum House hadden haar vervuld van een vreemde, onverwachte hunkering. Ze hadden allemaal een gouden glans, ze waren allemaal bij zonsopkomst of zonsondergang genomen, of anders was er een filter gebruikt om ze er zo uit te laten zien. Aantrekkelijke mensen van middelbare leeftijd namen krijgershoudingen aan in een tuin met witte rozen naast een prachtig landhuis. Er zat een stel in een van de 'natuurlijke warmwaterbronnen' die het landgoed omringden. Ze hadden hun ogen dicht, hielden hun hoofd achterover en glimlachten extatisch terwijl het water om hen heen borrelde. Op een andere foto stond een vrouw die genoot van een *hot stone*-massage op een ligstoel naast een aquamarijnblauw zwembad. Frances had zich voorgesteld hoe die verwarmde stenen verrukkelijk symmetrisch op haar eigen ruggengraat zou worden gelegd en hoe hun magische warmte haar pijn zou laten wegsmelten.

Terwijl ze over warmwaterbronnen en lichte yoga droomde, was er een urgente boodschap over haar scherm geflitst: *Slechts één plek over voor de exclusieve tiendaagse Totale Transformatie-retraite voor lichaam en geest!*

Ze had zich er belachelijk competitief door gevoeld en op RESERVEER NU geklikt, al geloofde ze niet écht dat er maar één plek over was. Toch typte ze haar creditcardgegevens verdomd snel in, voor het geval dat.

Blijkbaar zou ze binnen een luttele tien dagen 'getransformeerd' worden zoals ze 'nooit voor mogelijk had gehouden'. Er werd aan vasten, meditatie, yoga en creatieve oefeningen voor 'emotionele uitingen' gedaan. Alcohol, suiker, cafeïne, gluten en zuivel waren uit den boze, maar aangezien ze net een proeverijmenu in het Four Seasons had gehad, zat ze vol met alcohol, suiker, cafeïne, gluten en zuivel, en ze kon er niet zo mee zitten om die te laten staan. Maaltijden zouden worden 'gepersonaliseerd' aan de hand van haar 'unieke behoeften'.

Voordat haar reservering werd geaccepteerd, moest ze een heel lange, nogal diepgaande onlinevragenlijst invullen over haar relatiestatus, haar dieet, haar medische geschiedenis, haar alcoholconsumptie in de afgelopen week enzovoort. Ze loog zich er opgewekt doorheen. Het ging ze gewoon niks aan. Ze moest zelfs een foto uploaden die in de afgelopen twee weken was gemaakt. Ze stuurde er een van haarzelf tijdens haar lunch met Ellen in het Four Seasons, terwijl ze een bellini omhooghield.

Ze moest hokjes aankruisen om aan te geven wat ze tijdens haar tien dagen hoopte te bereiken: alles van 'intensieve relatiecounseling' tot 'beduidend gewichtsverlies'. Frances kruiste alleen de hokjes aan die leuk klonken, zoals 'spirituele voeding'.

Zoals zoveel dingen in het leven, had het op dat moment een uitstekend idee geleken.

De reviews op TripAdvisor voor Tranquillum House, waar ze pas naar had gekeken nádat ze haar niet-restitueerbare aanbetaling had gedaan, waren opvallend uiteenlopend geweest. Het was ofwel de beste, ongelofelijkste ervaring die mensen ooit hadden gehad, ze wilden het liefst meer dan vijf sterren geven, ze waren lyrisch over het eten, de warmwaterbronnen en het personeel, ofwel de ergste ervaring van hun leven, en dan werd er gesproken over juridische procedures, posttraumatische stress en ijzingwekkende waarschuwingen als 'betreden op eigen risico'.

Frances keek weer op haar dashboard, in de hoop dat ze zou zien hoe de klok naar drie uur sprong.

Hou op. Focus. Ogen op de weg, Frances. Jij hebt de verantwoordelijkheid over deze auto.

Er schoot iets door haar blikveld en ze kromp ineen, klaar voor de gigantische klap van een kangoeroe die haar voorruit zou versplinteren.

Het was niets. Die denkbeeldige botsingen met wilde dieren zaten allemaal tussen haar oren. Als het gebeurde, gebeurde het. Ze zou waarschijnlijk niet eens tijd hebben om te reageren.

Ze herinnerde zich een roadtrip van lang geleden met een vriendje.

Ze waren op een stervende emoe gestuit die midden op de snelweg door een auto was geraakt. Frances was als een passief prinsesje op de passagiersstoel blijven zitten, terwijl haar vriendje was uitgestapt en de arme emoe met een steen had gedood. Eén scherpe klap op zijn kop. Toen hij weer op de bestuurdersstoel was gaan zitten, was hij bezweet en blij geweest, een stadsjongen die opgetogen was door zijn eigen humane, praktische aanpak. Frances had hem die bezwete blijheid nooit echt vergeven. Hij had het léúk gevonden om die emoe te doden.

Frances wist niet of ze een stervend dier zou kunnen doden, zelfs niet nu ze tweeënvijftig was, financieel onafhankelijk en te oud om een prinsesje te zijn.

'Je zou die emoe kunnen doden,' zei ze hardop. 'Echt wel.'

Jeetje. Ineens schoot haar te binnen dat dat vriendje dood was. Wacht even, was dat zo? Ja, absoluut dood. Ze had het een paar jaar geleden in het roddelcircuit gehoord.

Complicaties na een longontsteking, schijnbaar. Gary had altijd vreselijk last gehad van verkoudheid. Frances had daar nooit bijster meelevend op gereageerd.

Precies op dat moment droop haar neus als een kraan. Perfecte timing. Ze hield het stuur met één hand vast en veegde haar neus af met de rug van haar andere hand. Walgelijk. Waarschijnlijk liet Gary uit wraak haar neus druipen vanuit het hiernamaals. Gelijk had hij. Ze hadden ooit roadtrips gemaakt en elkaar de liefde verklaard, en nu nam ze niet eens de moeite zich te herinneren dat hij dood was.

Ze bood Gary haar excuses aan, hoewel hij, als hij echt toegang had tot haar gedachten, wel moest weten dat zij daar niks aan kon doen; als hij deze leeftijd zou hebben bereikt, had hij wel geweten hoe buitengewoon vaag en vergeetachtig je dan werd. Niet altijd. Maar soms.

Soms ben ik juist heel bij de tijd, Gary.

Ze snufte weer. Het leek wel of ze deze werkelijk afschuwelijke verkoudheid nog langer had dan die rugpijn. Had ze ook niet lopen snotteren op de dag dat ze haar manuscript inleverde? Drie weken geleden. Haar negentiende roman. Ze had nog steeds niet gehoord wat haar uitgever ervan vond. Vroeger, eind jaren negentig, in haar 'hoogtijdagen', zou haar redacteur haar binnen twee dagen na inlevering champagne en bloemen hebben gestuurd, samen met een handgeschreven briefje. *Weer een meesterwerk!*

Ze begreep dat haar hoogtijdagen voorbij waren, maar ze presteerde nog steeds gestaag op redelijk niveau. Een enthousiast mailtje zou leuk zijn. Of gewoon een vriendelijk berichtje. Zelfs een kort zinnetje – *Sorry, ik ben er nog niet aan toe gekomen, maar ik kan niet wachten!* – zou wel zo beleefd zijn.

Een angst die ze niet onder ogen wilde zien, probeerde zich uit haar onderbewuste naar boven te wurmen. Nee. Nee. Absoluut niet.

Ze klemde het stuur vast en probeerde rustig te ademen. Ze had pillen tegen griep en verkoudheid achterovergeslagen om haar neus open te houden, en de pseudo-efedrine bezorgde haar hartkloppingen, alsof er iets geweldigs of iets vreselijks te gebeuren stond. Het deed haar denken aan het gevoel dat ze had toen ze naar het altaar liep op haar beide trouwdagen.

Ze was waarschijnlijk verslaafd aan die pillen tegen griep en verkoudheid. Ze raakte snel verslaafd. Mannen. Eten. Wijn. Eigenlijk had ze nu ook zin in een glas wijn, en de zon stond nog hoog aan de hemel. Ze had de laatste tijd misschien niet excessief gedronken, maar zeker wel enthousiaster dan gewoonlijk. Ze bevond zich op het gladde vlak waarop ze omlaagsuisde richting drugs en alcohol! Het was opwindend om te weten dat ze nog steeds aanmerkelijk kon veranderen. Thuis stond er een halflege fles pinot noir schaamteloos op haar bureau, waar iedereen (alleen de schoonmaakster) hem kon zien. Ze leek verdorie Ernest Hemingway wel. Had die niet ook een slechte rug? Ze hadden zoveel gemeen.

Behalve dan dat Frances een zwak had voor bijvoeglijke naamwoorden en bijwoorden. Die strooide ze blijkbaar als sierkussens rond in haar romans. Wat was ook alweer dat citaat van Mark Twain dat Sol altijd mompelde tijdens het lezen van haar manuscripten, precies zo hard dat ze het kon horen? 'Als je een bijvoeglijk naamwoord tegenkomt, draai het dan de nek om.'

Sol was een echte man, die niet van bijvoeglijke naamwoorden en sierkussens hield. Ze zag voor zich hoe Sol in bed boven op haar lag en komisch vloekend het zoveelste kussen achter haar hoofd vandaan haalde en het door de kamer smeet terwijl zij giechelde. Ze schudde haar hoofd, alsof ze de herinnering van zich af wilde schudden. Dierbare seksuele herinneringen voelden alsof haar eerste man een punt kreeg.

Als alles goed was in Frances' leven, wenste ze haar beide exmannen niets dan geluk en uitmuntende erectiefuncties toe. Maar nu wenste ze dat er sprinkhanenplagen op hun zilvergrijze hoofden neerdaalden.

Ze zoog op het kleine, geniepige papiersneetje in het topje

van haar rechterduim. Af en toe brandde het om haar eraan te herinneren dat het weliswaar de minste van haar kwalen was, maar dat het toch haar dag kon verpesten.

Haar auto zwenkte naar de hobbelige kant van de weg, waardoor haar duim uit haar mond schoot en tegen het stuur stootte. 'Jeminee.'

Ze had nogal korte benen, dus moest ze de bestuurdersstoel dicht naar het stuur schuiven. Henry zei altijd dat het eruitzag alsof ze een botsautootje bestuurde. Hij zei dat het schattig was. Maar na een jaar of vijf vond hij het niet meer zo schattig en vloekte hij telkens wanneer hij in de auto stapte en de stoel naar achteren moest schuiven.

Ze vond het ook een jaar of vijf charmant dat hij praatte in zijn slaap.

Focus!

Het platteland zoefde voorbij. Eindelijk een bordje: WELKOM IN JARRIBONG. WE ZIJN ER TROTS OP DAT WE EEN KEURIG STADJE ZIJN.

Ze minderde vaart tot de maximumsnelheid van vijftig, wat bijna absurd langzaam leek.

Haar hoofd bewoog van links naar rechts terwijl ze het stadje bekeek. Een Chinees restaurant met een verschoten rood met gouden draak op de deur. Een pompstation dat zo te zien gesloten was. Een postkantoor van rode baksteen. Een drive-inslijterij die zo te zien geopend was. Een politiebureau dat volkomen overbodig leek. Geen mens te bekennen. Het mocht dan keurig zijn, maar het voelde postapocalyptisch aan. Ze dacht aan haar laatste manuscript. Dat speelde zich af in een klein stadje. Dít was de grimmige, troosteloze realiteit van kleine stadjes! Niet het charmante dorp dat zij gecreëerd had, genesteld in de bergen, met een warm, bruisend café waar het naar kaneel rook en, het alleropmerkelijkst, een boekwinkel die winstgevend was. De recensenten zouden het terecht sentimenteel noemen, maar het zou waarschijnlijk toch niet gerecenseerd worden, en trouwens, ze las haar recensies nooit.

Dus dat was dat, arm oud Jarribong. Vaarwel, keurig triest stadje.

Ze trapte het gaspedaal in en zag dat haar snelheid weer opliep naar honderd. Volgens de website was de afslag twintig minuten na Jarribong.

Er kwam een bord aan. Ze kneep haar ogen tot spleetjes en boog zich over het stuur om het te kunnen lezen: TRANQUILLUM HOUSE VOLGENDE AFSLAG LINKS.

Haar hart maakte een sprongetje. Het was haar gelukt. Ze had zes uur gereden zonder gek te worden. Daarna zonk de moed haar in de schoenen, want nu zou ze dit moeten doorzetten.

'Over één kilometer links afslaan,' beval haar navigator.

'Ik wil niet over één kilometer links afslaan,' zei Frances treurig.

Ze had hier niet eens moeten zijn, in dit seizoen en op dit halfrond. Ze had met haar 'bijzondere vriend' Paul Drabble in Santa Barbara moeten zijn, met de Californische winterzon warm op hun gezicht als ze wijnmakerijen, restaurants en musea bezochten. Ze had lange, trage middagen bezig moeten zijn om Pauls zoon van twaalf, Ari, te leren kennen en zijn droge giecheltje te horen als hij haar een of andere gewelddadige PlayStation-game waar hij dol op was leerde spelen. Daar hadden Frances' vriendinnen met kinderen spottend om gelachen, maar ze had zich erop verheugd om die game te leren spelen; de verhaallijnen klonken echt behoorlijk leuk en complex.

Er kwam een beeld bij haar op van het ernstige, jonge gezicht van die rechercheur. Hij had nog sproeten uit zijn jeugd en hij schreef alles wat ze zei met een krasserige blauwe balpen op in een moeizaam handschrift. Zijn spelling was belabberd. Hij spelde 'vermist' met een d. Hij kon haar niet in de ogen kijken.

Een plotselinge golf van intense hitte omhulde haar lijf bij de herinnering.

Vernedering?

Waarschijnlijk.

Het duizelde haar. Ze huiverde en bibberde. Haar handen op het stuur werden op slag glibberig.

Zet de auto aan de kant, zei ze tegen zichzelf. Je moet nu de auto aan de kant zetten.

Ze gaf richting aan, al reed er niemand achter haar, en kwam langs de kant van de weg tot stilstand. Ze had de tegenwoordigheid van geest om haar alarmlichten aan te zetten. Het zweet droop over haar gezicht. Binnen een paar tellen was haar overhemdblouse doorweekt. Ze trok aan de stof en veegde slierten nat haar van haar voorhoofd. Door een koude rilling huiverde ze.

Ze niesde, en door het niezen verkrampte haar rug. De pijn nam zulke enorme vormen aan dat ze begon te lachen terwijl de tranen over haar wangen stroomden. O, ja, ze was tóch gek aan het worden. Absoluut.

Ze werd overspoeld door een grote golf van ongerichte, primitieve woede. Ze ramde steeds opnieuw met haar vuisten op de claxon, deed haar ogen dicht, gooide haar hoofd achterover en schreeuwde tegelijk met de claxon, omdat ze verkouden was en rugpijn had en haar hart verdomme gebroken was en...

'Hé!'

Ze deed haar ogen open en schoot omhoog op haar stoel. Er bukte een man naast het portier, die hard op het glas roffelde. Ze zag een auto, die blijkbaar van hem was, aan de overkant van de weg staan, ook met de alarmlichten aan.

'Alles oké?' schreeuwde hij. 'Hebt u hulp nodig?'

Godallemachtig. Dit had een wanhopig privémomentje moeten zijn. Wat ontzettend gênant. Ze drukte op het knopje om het raampje omlaag te doen.

Er gluurde een heel grote, onaangename, onverzorgde, ongeschoren man naar binnen. Hij droeg een T-shirt met het verschoten embleem van een of andere oude band over een fiere, stevige bierbuik en boven een afzakkende blauwe spijkerbroek. Hij was waarschijnlijk zo'n seriemoordenaar uit de outback. Al was dit technisch gesproken niet de outback. Hij was hier

waarschijnlijk op vakantie vanuit de outback.
'Autopech?' vroeg hij.
'Nee,' zei Frances. Ze ging rechterop zitten en probeerde te glimlachen. Ze streek met haar hand door haar vochtige haar. 'Dank u. Het gaat prima. De auto doet het prima. Alles is prima.'
'Bent u zíék?' Hij keek haar met enige walging aan.
'Nee,' zei Frances weer. 'Niet echt. Gewoon een fikse kou gevat.'
'Misschien hebt u wel echt griep. U ziet er écht ziek uit,' zei de man. Hij fronste en zijn ogen gleden naar de achterkant van haar auto. 'En u schreeuwde en toeterde alsof u... in de problemen zat.'
'Ja,' zei Frances. 'Nou ja, ik dacht dat ik alleen was in the middle of nowhere. Ik had gewoon... een rotmoment.' Ze probeerde de wrok uit haar stem te weren. Hij was een fatsoenlijke burger die gedaan had wat juist was. Hij had gedaan wat iedereen zou doen.
'Bedankt dat u gestopt bent, maar het gaat prima met me,' zei ze vriendelijk met haar liefste, meest verzoenende glimlach. Je moest grote, vreemde mannen in the middle of nowhere te vriend houden.
'Goed dan.' De man ging kreunend rechtop staan en zette zijn handen op zijn bovenbenen om zichzelf verder omhoog te duwen, maar toen roffelde hij met zijn knokkels op het dak van de auto en boog zich weer voorover, opeens resoluut: ik ben een man, ik weet hoe dingen gaan. 'Hoor eens, bent u niet te ziek om te rijden? Want als u niet veilig kunt rijden, als u een gevaar bent voor andere weggebruikers, dan kan ik u niet met een schoon geweten...'
Frances ging rechtop zitten. Jezusmina. 'Ik had gewoon een opvlieger,' snauwde ze.
De man trok wit weg. 'O!' Hij bekeek haar eens goed. Wachtte even. 'Ik dacht altijd dat het opvlieging was,' zei hij.
'Ik geloof dat het allebei kan,' zei Frances. Dit was haar derde. Ze had er heel veel over gelezen, erover gesproken met alle

vrouwen van boven de vijfenveertig die ze kende, en een extra lang consult bij haar huisarts gehad, waar ze huilend had gezegd: 'Maar niemand heeft me verteld dat het zo zou zijn!' Voorlopig werd ze in de gaten gehouden. Ze slikte supplementen en deed rustig aan met alcohol en pittig eten. Haha.

'Dus u voelt zich goed,' zei de man. Hij speurde de snelweg af alsof hij hulp zocht.

'Het gaat echt helemaal prima met me,' zei Frances. Er schoot een vriendelijk krampje in haar rug en ze probeerde niet ineen te krimpen.

'Ik had me niet gerealiseerd dat opvliegingen – opvliegers – zo...'

'Dramatisch zijn? Nou, dat geldt ook niet voor iedereen. Alleen voor een paar geluksvogels.'

'Bestaat er geen... hoe heet het? Hormoonkuur?'

Jezus christus.

'Kunt u me iets voorschrijven?' vroeg Frances monter.

De man deed een stapje achteruit en stak zijn handen op ter overgave. 'Sorry. Ik dacht gewoon, volgens mij kreeg mijn vrouw... Hoe dan ook, het gaat me niets aan. Als alles goed is, ga ik er maar weer vandoor.'

'Mooi,' zei Frances. 'Bedankt dat u gestopt bent.'

'Geen probleem.'

Hij stak zijn hand op, wilde nog iets zeggen, bedacht zich blijkbaar en liep terug naar zijn auto. Er zaten zweetplekken achter op zijn T-shirt. Een dijk van een kerel. Gelukkig had hij besloten dat ze het niet waard was om verkracht en vermoord te worden. Hij had waarschijnlijk liever iets minder zweterige slachtoffers.

Ze keek hoe hij zijn auto startte en de snelweg op reed. Hij tikte even zijn voorhoofd aan toen hij wegreed.

Ze wachtte tot zijn auto een piepklein vlekje in haar achteruitkijkspiegel was en reikte opzij naar het setje extra kleding dat op de passagiersstoel had liggen wachten tot precies deze situatie zich voordeed.

'Overgang?' had haar tachtigjarige moeder vaag gezegd door de telefoon aan de andere kant van de wereld, waar ze nu zalig in Zuid-Frankrijk woonde. 'O, volgens mij had ik daar weinig last van, lieverd. Het was allemaal in een weekend achter de rug, als ik het me goed herinner. Ik weet zeker dat het bij jou ook zo gaat. Ik heb nooit van die opvliegers gehad. Eerlijk gezegd denk ik dat het een mythe is.'

Hmmpf, dacht Frances terwijl ze haar mythische zweet met een handdoek afveegde. Ze overwoog een foto van haar tomaatrode gezicht naar haar groep schoolvriendinnen te appen, van wie ze sommigen sinds de kleuterschool kende. Als ze nu samen uit eten gingen, bespraken ze de overgangssymptomen met dezelfde gretige afschuw als waarmee ze vroeger over hun eerste ongesteldheid praatten. Niemand had zulke idioot hevige opvliegers als Frances, dus ze had ze voor de hele groep. Zoals alles in het leven werden hun reacties op de overgang gekenmerkt door hun persoonlijkheid: Di zei dat ze voortdurend in boze toestand was, en als haar gynaecoloog niet heel gauw zou instemmen met een hysterectomie, zou ze die kleine fucker in zijn kraag grijpen en hem tegen de muur beuken, Monica omarmde de 'prachtige intensiteit' van haar emoties en Natalie vroeg zich angstig af of het bijdroeg aan haar angsten. Ze waren het er allemaal over eens dat het echt typisch hun vriendin Gillian was om dood te gaan zodat ze onder de overgang uit kon komen, en daarna huilden ze in hun prosecco.

Nee, ze zou haar schoolvriendinnen niet appen, want ze herinnerde zich ineens hoe ze tijdens hun laatste etentje had opgekeken van de menukaart en hen blikken had zien wisselen die onmiskenbaar 'Arme Frances' betekenden. Ze kon geen medelijden verdragen. Dit groepje degelijk getrouwde vriendinnen moest haar beníjden, of ze hadden in elk geval al die jaren net gedaan alsof ze haar benijdden, maar kinderloos en single zijn als je in de dertig was, bleek heel iets anders te zijn dan kinderloos en single zijn als je in de vijftig was. Niet meer aantrekkelijk. Nu eerder tragisch.

Ik ben slechts tijdelijk tragisch, zei ze bij zichzelf terwijl ze een schone blouse aantrok die veel decolleté toonde. Ze gooide de bezwete overhemdblouse op de achterbank, startte de motor weer, keek over haar schouder en stuurde de auto de snelweg op. Tijdelijk Tragisch. Het kon zo de naam van een bandje zijn.

Er kwam weer een bord. Ze tuurde ernaar. TRANQUILLUM HOUSE, stond erop.

'Links afslaan,' zei de navigator.

'Ja, weet ik, ik zie het.'

Ze zag haar eigen ogen in het achteruitkijkspiegeltje en probeerde zichzelf een wrange 'wat is het leven toch interessant!'-blik toe te werpen.

Frances had altijd plezier beleefd aan het idee van parallelle universums waarin meerdere versies van haarzelf verschillende levens uitprobeerden – één waarin ze president-directeur was in plaats van schrijfster, één waarin ze de moeder van twee of vier of zes kinderen was in plaats van geen, één waarin ze niet van Sol gescheiden was en één waarin ze niet van Henry gescheiden was – maar ze was grotendeels tevreden geweest, of accepteerde in elk geval het universum waarin ze zich werkelijk bevond... behalve nu, want op dit moment voelde het alsof de kwantummechanica een rampzalige vergissing had begaan. Ze was van universum gewisseld. Ze zou high van lust en liefde in Amerika moeten zitten, niet overmand door pijn en verdriet in Australië. Het was gewoon verkeerd. Onaanvaardbaar.

En toch was ze hier. Er viel niets aan te doen, ze kon nergens anders heen.

'Verdomme,' zei ze, en ze sloeg links af.

3

Lars

'Dit is de favoriet van mijn vrouw.' De beheerder van de wijngaard, een stevige, vrolijke vent van in de zestig met een retrosnor, hield een fles witte wijn omhoog. 'Ze zegt dat hij haar aan zijden lakens doet denken. Hij heeft een romige, fluwelige afdronk die u denk ik wel kunt waarderen.'

Lars draaide het proefglas rond en snoof de geur op: appels, zon en houtrook. Een directe herinnering aan een herfstdag. De troost van een grote, warme hand die de zijne vasthield. Het voelde als een jeugdherinnering, maar was dat waarschijnlijk niet; het was eerder een herinnering die hij uit een boek of een film had geleend. Hij nam een slok wijn, liet hem door zijn mond rollen en werd naar een bar aan de Amalfikust getransporteerd. Wijnbladeren over de gloeilampen en de geur van knoflook en de zee. Dat was een betrouwbare herinnering uit het echte leven, met foto's als bewijs. Hij herinnerde zich de spaghetti. Met alleen peterselie, olijfolie en amandelen. Misschien was er zelfs nog ergens een foto van de spaghetti.

'Wat vindt u ervan?' De beheerder van de wijngaard grijnsde. Het was net of zijn snor perfect geconserveerd was sinds 1975.

'Hij is voortreffelijk.' Lars nam nog een slok en probeerde het plaatje compleet te krijgen. Wijn kon je om de tuin leiden: een en al zon en appels en spaghetti, en daarna alleen nog maar zure teleurstelling en lege beloften.

'Ik heb ook nog een pinot grigio die in de smaak zou...'

Lars stak zijn hand op en keek op zijn horloge. 'Ik kan het hier maar beter bij laten.'

'Moet u vandaag ver reizen?'

Iedereen die hier stopte, was ongetwijfeld onderweg naar elders. Lars had het kleine houten bordje WIJNPROEVERIJ bijna over het hoofd gezien. Hij was keihard op de rem gaan staan, want zo was hij: spontaan. Als hij eraan dacht, tenminste.

'Ik moet over een uur inchecken bij een wellnessresort.' Lars hield zijn wijnglas tegen het licht en bewonderde de gouden kleur. 'Dus voor mij geen alcohol de komende tien dagen.'

'Ah. Tranquillum House, zeker?' vroeg de beheerder. 'Voor de... hoe noemen ze dat? De tiendaagse zuivering, of zoiets?'

'Voor mijn zonden,' zei Lars.

'Normaal gesproken krijgen we gasten die hier onderweg naar huis stoppen. We zijn de eerste wijngaard waar ze langskomen op de terugweg naar Sydney.'

'Wat zeggen ze erover?' vroeg Lars. Hij haalde zijn portemonnee tevoorschijn. Hij wilde wat wijn bestellen om te laten bezorgen als welkomthuistraktatie.

'Sommigen lijken een beetje in shock, eerlijk gezegd. Ze hebben meestal gewoon een drankje en wat chips nodig om weer wat kleur op hun wangen te krijgen.' De beheerder legde zijn hand om de hals van de fles bij wijze van troost. 'Mijn zus werkt er sinds kort in de spa. Volgens haar is haar nieuwe baas een beetje...' Hij kneep zijn ogen tot kleine spleetjes, alsof hij het woord dat hij zocht wilde zien. Uiteindelijk zei hij: 'Anders.'

'Ik ben gewaarschuwd,' zei Lars. Hij maakte zich geen zorgen. Hij was verslaafd aan wellnessresorts. De mensen die daar de leiding hadden, waren meestal 'anders'.

'Ze zegt dat het huis zelf geweldig is. Het heeft een fascinerende geschiedenis.'

'Gebouwd door gedetineerden, geloof ik.' Lars tikte met het hoekje van zijn gouden Amex-card op de bar.

'Ja. Arme drommels. Geen spabehandelingen voor hen.'

Achter hem verscheen een mopperende vrouw in de deuropening. 'Dat klote-internet ligt er wéér uit.' Ze zweeg toen ze Lars zag en keek nog eens goed. Dat was hij wel gewend. Er werd zijn hele leven al twee keer naar hem gekeken. Ze wendde snel haar blik af, zenuwachtig.

'Dit is mijn vrouw,' zei de beheerder van de wijngaard trots. 'We hadden het net over je favoriete sémillon, schat, de sémillon van de zijden lakens.'

Haar blos kroop vanaf haar hals omhoog. 'Ik wil liever niet dat je dat tegen mensen zegt.'

Haar man was in verwarring. 'Dat zeg ik altíjd tegen mensen.'

'Ik neem een kist,' zei Lars.

Hij zag hoe de vrouw haar man in het voorbijgaan een klopje op zijn rug gaf.

'Maak er maar twee van,' zei Lars, want hij was dagelijks bezig de scherven van verbroken huwelijken op te rapen en vond het heerlijk als het een keer wél goed ging.

Hij lachte de vrouw toe. Haar handen frunnikten aan haar haar, terwijl haar argeloze man een beduimeld oud bestelboek met een pen aan een touwtje pakte, zwaar op de balie leunde en naar het formulier tuurde op een manier die duidelijk maakte dat dit wel even ging duren. 'Naam?'

'Lars Lee,' zei Lars terwijl zijn telefoon piepte omdat er een bericht binnenkwam. Hij tikte op het scherm.

Wil je er ten minste over nadenken? Xx

Zijn hart kromp ineen alsof er ineens een harige, zwarte spin voorbijkroop. Fuck. Hij dacht dat ze er klaar mee waren. Zijn duim bleef peinzend boven het bericht hangen. De passieve agressie van dat 'ten minste'. Die twee mierzoete kusjes. Hij vond het ook maar niks dat het eerste kusje een hoofdletter was en het tweede een kleine letter, en hij vond het maar niks dat hij dat maar niks vond. Het had iets van een dwangneurose.

Hij typte met hoofdletters een lomp, onbehouwen antwoord: *NEE. DAT DOE IK NIET.*

Maar toen wiste hij het en stopte hij zijn telefoon weer in de zak van zijn spijkerbroek.

'Laat me toch die pinot grigio maar proeven.'